凤试天下

典藏版

倾泠月

著

下册

青岛出版社
QINGDAO PUBLISHING HOUSE

第三十二章　白首不弃生死许

自世子丰兰息受伤后，兰陵宫紧闭宫门，对外只称是遵太医吩咐，世子伤势极为严重，必须静养。

有了太医这话，想来探病的人，不论是假心假意还是不安好心，抑或是那些想趁此拍马屁的，便都只得打道回府，所以兰陵宫这几日十分安静。

“公子，臣要禀报的就这些。”兰陵宫的正殿里，任穿雨对斜倚在软榻上的丰兰息道。

“嗯。”丰兰息淡淡地点头。他的臂弯里卧着一只通体雪白、小绒球般的猫，他用掌心轻柔地抚着它，无论是从他愉悦的神情还是那红润的脸色，都看不出他是一个“重伤”的病人。“想要？想要得自己拿，只要你的爪子够长够快，这东西便是你的。”他手中拿着一枝黄绢做的牡丹花，逗弄着白猫。

看着眼前的一幕，任穿雨有些恍惚，一时想起了当年双亲亡故、家产被夺，他与弟弟流落街头，混迹于流民乞丐，尝尽万般苦难的往事。

他们在饿得将死之际，遇见了丰兰息，七八岁的小世子有着一双比成年人还要冷漠的眼睛，抛下一堆食物，无动于衷地看着蜂拥而上的乞丐们争食。他与弟弟年少体弱，根本抢不过那些乞丐，饿得头晕眼花，他总觉得那双漆黑无底的眼睛在望着自己……后来，他再回想起那刻，都觉得自己是被鬼神附体了，所以那天才不顾一切地冲了过去，体内也不知从哪儿涌来的力气，他只知道一定要抢到吃的，否则他就会死，弟弟也会死，死在那个有着暗夜似的黑眼睛的孩童面前。

他手中抓着一只鸡腿时，人已几近昏迷，耳边响起一个声音：“这就对了，天地间没有伸出手便能得到的东西，都要你自己去争去抢！想要得到，必要付出一些东西，力气、良心或是性命。”

声音童稚，那句话却冷漠无比。

只是，他自心底认同那句话。既然天不怜人，那么人便只能自救，不论是以何种方式，只要能活下去，天地也不能苛责！

“既然已经差不多了，暂且就休养段时间吧。”

丰兰息的声音蓦然响起，将任穿雨的思绪从往事中拉回。

“是。”他垂首应道。

“启禀公子。”殿外忽然响起内侍的声音，“青王来探望公子，已至宫前，请问公子是要照以往推了，还是……”

丰兰息逗弄着白猫的手一顿，漆黑如夜的眸子里瞬间闪过亮光，“速迎！”他声音急切，却偏偏轻柔如风，隐隐还带着一丝激动。

一旁的任穿雨看得分明，也听得清楚，眉头几不可察地一皱，道：“那臣便先行告退了。”

“嗯。”丰兰息随意地挥挥手，眼睛虽是看着怀中的白猫，心思却已飘远了。

出了正殿，任穿雨刚迈出宫门，远远便瞅见了青王的身影，忙垂首退避到一旁。

一阵轻盈的脚步声接近，随后他头顶响起清亮的声音：“穿雨先生，又见面了。”

任穿雨低着头，目光所及是及地的绣着金色凤羽的裙裾，裙下露出白色的丝履，上面各嵌有一颗绿豆大小的黑珍珠。“穿雨拜见青王。”他恭恭敬敬地行礼。

他本以为风惜云会说些什么，但眼见着裙裾微动，她却走了。

任穿雨直待人已走远，才抬起头来，望着正殿方向，目中光芒晦暗难测。

风惜云跨入正殿，只觉得安静而清凉，一缕若有似无的清香传来，她拂开珠帘，便见窗前软榻上闭目卧着的丰兰息。

“在我面前用不着装。”她随意地在软榻上坐下。

丰兰息睁开眼眸，看着榻前的风惜云，长长久久地看着，深深幽幽地看着，良久后，唇边绽出一丝微笑，浅浅柔柔的，仿佛怕惊动了什么：“我以为你不会来。”他微微一顿，紧接着轻声道，“我真的……担心你不会来，你若不来……”他收住话音，黑眸紧紧地看着风惜云，似将未尽之语尽诉于眼中。

“我这不是来了吗？”风惜云淡淡一笑。

“你知道我的意思。”丰兰息坐起身，拉起风惜云的手，轻轻握着。

“这世间还有什么不在你的掌握中？”风惜云看着他道，手微微一动，想抽出来，“我也不例外的。”

丰兰息握紧她的手：“这世间唯有你是我无法掌握住的。”他凝视着她，幽深难测的眼眸此时如雪湖般明澈澄净，“唯有你。”

一言入耳，风惜云心中微震。

他们相识十余年，彼此嬉闹无忌，也相互扶持，可是……彼此间从未说过这样的话。

他们的关系，就连他们自己也说不清。朋友不会如他们这般相互猜忌，可朋友有时也未必能如他们这般亲近，但就算他们是最靠近彼此的人，却也从未往男女之情这一层靠近过。他们一直是这样暧昧着，本以为或许就这样暧昧一辈子了，可是……回到各自真正位置上的他们，因着这个风云变幻的天下，因着各种利益而订下婚盟，从此福祸相依。

只是他们之间，能有那种生死相许、白首不弃的真情吗？如今的他们，还能彼此信任、彼此相许吗？

风惜云看着丰兰息的眼睛，那双漆黑如夜的眼眸里，似乎有着与以往不同的东西，她一时有些茫然，已走至今时今日的他们，还能如何？

看着风惜云平静难测的神情，丰兰息蓦然觉得惊慌，握着风惜云的手不由得一颤。

“你放心，我既答应过你，那在江山还未到你手中之前，我们总是走在一起的。”良久后，风惜云平静地开口。

丰兰息闻言，心头一凉，放开风惜云的手，静静地凝望着她，半晌后才有些无奈又有些惆怅地道：“我们便只能如此吗？十余年的相知，竟只能让我们走至如此境地？”

是的。风惜云欲这样答，可话一出口却变了：“我不知道，我们……我不知道会如何。”

听了她这句话，丰兰息幽深的黑眸里闪过一丝光亮，抬眸看着风惜云，也看到了她眼中的迷茫与无奈，他不禁轻轻地松了一口气，至少，她还在他的身边。

“我送你的花喜欢吗？”

风惜云一顿，随即扬声唤道：“将东西抬进来。”

不一会儿，便有两名内侍抬着那罩着纱幔的水晶塔走了进来，在榻前放下水晶塔后，便又退下。

“你将花封在这塔中，这也算送我？”风惜云起身拉开水晶塔上的纱幔。

丰兰息一笑，起身下榻，走到她的身边，伸手在水晶塔的六角各自轻轻一按，那水晶塔便展开六角，如同花开般舒开花瓣，一株黑白并蒂的兰花亭亭玉立于眼前，一股清雅芬芳的兰香瞬间溢满殿中。

“这株兰因璧月只有我们两人可赏可闻！”丰兰息侧首看着风惜云，黑眸里漾着脉脉柔光。

“兰因璧月？”风惜云心念一动，转头看着兰息，“兰因……难道你不怕成絮果吗？”

“它是兰因璧月，绝非兰因絮果！”丰兰息平淡地道，语气却是坚定的。

风惜云看向他额间那枚墨玉月饰，不觉抬手轻轻抚上自己额间的雪玉月饰：“兰因？璧月？兰因……璧月……唉——”她长长地一叹，他的愿望是美好的，可这一对玉月能璧合生辉吗？能在六百年后重合一处吗？

叹息声未落，喵的一声，软榻的薄被里钻出一只雪白的小猫，滴溜溜地转着一双碧玉似的眼睛，好奇地看着花前并立的两人。

看着榻上的白猫，风惜云眉头不易察觉地跳了下，随后不动声色地远离丰兰息几步：“怎么你床上钻出的不是美女？”

“美女？”丰兰息长眉一挑，目光锁在风惜云身上。

两人说话时，白猫喵喵地叫着，跳下软榻，向花前的两人走来。

丰兰息弯腰，伸出左手，白猫轻轻一跳便落在他的手掌上，喵喵地在他掌心轻轻一舔，然后缩成一个雪球栖在他掌中。

在白猫跳上丰兰息手掌的瞬间，风惜云便转头移开了目光，脚下微动，瞬间便退开了丈远。

“你不觉得它也是个美人吗？”丰兰息伸指逗弄着掌心雪绒花似的白猫，“琅华，琅华，你也是个美人的。”

“琅华？”风惜云一惊，“你怎么给它取这么个名字？”

“难道不好？我倒觉得很贴切。”丰兰息到她身边，将掌上的猫儿递到她面前，想让她瞧瞧，这只小猫确实可以取名“琅华”，它的漂亮可不输那琅玕之花。但他才一伸手，眼前便一花，风惜云瞬间便已在一丈之外，那速度比之当年她抢他的琅玕果还要快！

“这猫若叫琅华，那以后我再也不要吃琅玕果了！”风惜云手探入袖中，搓着胳膊上的鸡皮疙瘩。

“嗯？”丰兰息一愣。

这天下间最好吃的人竟然因为一只猫叫琅华，要放弃人间仙果琅玕果？

他凝神仔细看着她，然后轻轻笑起来：“十年来我一直想找你的弱点，可是从未想过，你竟然……哈哈哈哈……你竟然怕猫！”

“什……什……么……我……我怎么会怕猫？我只是讨厌猫！”心思被戳破，风惜云脸上闪过一丝狼狈，略有些口吃，只是说到最后又理直气壮起来，仿佛她真的只是讨厌猫而已。

“你竟然怕猫？你怎么会怕猫呢？”丰兰息喃喃，看着风惜云的目光满是惊异，惊异之余还有一丝欢喜，原来强悍如她也是有弱点的，也有害怕的东西！

“你……你这只黑狐狸！果然是物以类聚！狐狸跟猫同卧一榻……哼！倒也正常！”风惜云再后退两步，紧张地盯着白猫，似怕它突然跳向她，心里郁闷至极。想她在武林中是天不怕地不怕的白风夕，在战场、在朝堂她是叱咤风云的青州女王，可是……她害怕许多人喜欢的小东西——猫！

丰兰息微笑地看着她，目光雪亮，移步走近窗边，伸手一抛，那白猫便被抛到了窗外。他转回身道：“你与它，我当然弃它取你！”

风惜云一直等到那毛茸茸的、让她心里发毛的东西消失在窗口后才放松下来，待听到他的话，不禁抿唇一笑，可笑到一半蓦地醒悟他的言下之意，当即心头一跳，面上涌起红晕。

丰兰息看着她，不由得痴了。他认识她十余年，何曾见过她有此小女儿情态，每每总是她逗弄得别人面红耳赤，讷讷无言，可是此刻……这玉颊晕红如霞镀雪云，尽显娇艳之美的佳人就站在自己的面前……因他一语而羞！

他顿时心神一荡，移步走近，伸手揽住佳人，温柔地唤着“惜云”，便想将佳人拥入怀中。

风惜云却一伸手，极其“温柔”地拍在丰兰息的左肩：“公子重伤未愈，还是好好休息，孤就此告辞。”

这一拍，顿时让丰兰息倒吸一口冷气，松开了手。

于是，满室的柔情蜜意便被破坏殆尽。

“我怎么会选你这种女人？”丰兰息抚着肩，恨恨地看着风惜云。

“我不是你选的，是你死皮赖脸求来的。”风惜云睨他一眼，转身离去。

“这女人……唉……”丰兰息抚额长叹，心头却渗着丝丝甜甜的喜悦。

雍州丰氏到了丰字这一辈，一共有八个兄弟，他排行第七，而且是庶出，但最后他在弱冠之年登上王位，至今已在位三十九年，兄弟中也仅剩与他一母同胞的八弟寻安君丰宁。

他有两位王后，三十二名姬妾，共有二十四名子女——十位公主，十四位公子。

第一位王后是从帝都皇室嫁来的倚歌公主东凝珠，但其早逝，仅育有一子，即在她薨逝后被立为世子的丰兰息。

丰兰息在雍王所有的儿子中排行第三，虽不是长子，却是嫡子，而且母亲贵为皇室公主，是以出身最为尊贵，立为世子是理所当然的事，再加上他仪容出众，才智不凡，且为人温雅谦和，礼贤下士，处事沉稳果断，贤明公正，深得臣民拥戴，在雍州百姓眼中，他早已是继承王位的不二人选。

第二位王后百里氏，是雍王昔年讨伐齐桑时，齐桑王敬献的美人，甚得雍王宠爱，在倚歌公主薨逝后被立为王后，共育有六个子女。

息风台上，雍王与世子丰兰息遇刺，雍王虽命寻安君主持朝政，朝局看似平静，其实却是暗流汹涌。寻安君秉着一贯“不多行一步、不多言一语、不多做一事”的行事风格，只每日例行前往昭明殿一次，听朝臣禀报政事，却总是不置一词，被朝臣问得急了，便吐出一句：“以前怎么办的现今照办就是了。”

当日的刺客还留有三个活口被羁押在大狱里，这些日子，有些朝臣上奏，要求将其凌迟处死，以儆效尤！

但雍王下旨，让寻安君务必严办此案，其意自是要将刺客背后的主谋揪出，以绝后患。

寻安君每日在府中发愁，这主谋岂是那么容易找的，而且就算找到了，能揪吗？

他虽然发愁，但事情还是要办的，只是没想到此次办案十分顺利，本以为要刺客开口会很难，谁知一提审，没从刺客口中套出什么话，却从刺客身上“掉”出了让刺客自己都惊诧不已的线索！他循着那线索，一步一步地推进，所有的情况、所有的证据也就一一清晰、一一到手了，就好似有人早就安排好了一样，他只需踩着脚印前去，便可到达那个藏有答案的地方。

那些证据与答案的准确性是无须怀疑的，朝中的局势他自是一清二楚，会有今日这个结果也算在他的意料之中，只是到了最后他依然胆战心惊。为那些人的所作所为心惊，为那个人的谋划手段而胆战！

他真要揭开那一层遮羞布吗？要让那个答案现于世人眼前吗？

寻安君扯着胡须叹着气。

“爹爹为何事发愁？”一个眉清目秀的锦衣少年走了进来，关切地看着他，“近日回府，爹爹总是愁眉不展，到底有什么让您烦恼的？”

“苇儿，”寻安君看到儿子，微微展开眉头，“你不在书房读书，跑到这儿来干吗？”

“我功课做完了。”少年是寻安君的幼子丰苇，“爹爹，有什么事难以解决吗？这几天大公子、四公子他们来拜访您，您总是避而不见。若有什么为难之处，不如说出来，让儿子替您分忧。”

听到这样的豪言壮语，看着爱子跃跃欲试的神情，寻安君不禁有些好笑："苇儿，你还太小了，朝中之事……"

"朝中之事太深奥、太复杂了嘛！"丰苇不待父亲说完便接口道，一脸不服气，"爹爹，我今年已经十六岁了，不是小孩子了！"

比起儿子的不甘心，寻安君却是一脸平静，伸手拍拍爱子的肩膀，目光柔和而慈爱："十六岁真的不小了，那两个人十六岁时已经可以一手掌控……"他猛然觉察自己的话不妥，赶忙打住，随即怜爱地抚着儿子的头，"苇儿，爹爹现在说的话你可能不爱听，但再过些年，你就会明白了，朝中的事啊……唉，哪个位置都是沾不得的，爹爹宁愿你庸碌一生，至少能平安一世。"

"爹爹说的话老是奇奇怪怪的，我听不大明白。"丰苇皱着眉道。

寻安君却笑了："不明白也好，这个雍州啊，无你插手之地！"

"爹爹，那可不行，我跟世子哥哥约好了，等他继位后，我要给他做大将军，领千军万马助他开创太平盛世！"丰苇边说边做出拉弓射敌、挥刀砍人的动作，一脸兴奋。

"世子……他跟你说的？他对你……"寻安君皱着眉看着爱子，"他……"

"世子哥哥对我可好了，他教我剑术、教我骑射，还教我兵法，而且他比……"丰苇说着小心翼翼地瞄一眼父亲，见他正认真地听着，便如受到了鼓励，兴致勃勃地继续道，"他比家里所有的哥哥都聪明能干！他什么都懂都会！这世上没有什么事能难倒他！而且他虽贵为世子，但对所有人都是那么温和有礼，他还称赞我聪明有潜质，将来定是栋梁之材！他还说……我才应该是他的兄弟！"

"他说你才应该是他的兄弟？"寻安君看着儿子，他一脸的崇拜自豪，一双眼睛因为兴奋而格外明亮，眼中只有向往，干净得没有一丝杂质。那个人，那个心机比海还要深的人肯这般对他，定是因为这颗干净的心与这双纯澈的眼吧？

"是啊！"丰苇点点头，"爹爹，我才不要庸碌一生，我要跟着世子哥哥做大事，我要英名传千古！"

"哈哈哈哈……"对于儿子的狂语，寻安君只是放声大笑，并非讥笑，而是一种有些高兴又有些伤感的笑，"罢了，罢了，你要如何便如何，我也看不到那一天的。"

"爹爹不高兴？"丰苇疑惑地看着父亲。

"岂会？你有如此大志，爹爹岂会不高兴？"寻安君拍拍儿子，眼中却带着忧思，"只是他之心计谋算比那个人更胜一筹，你啊……"

"爹爹在说谁？世子哥哥吗？"丰苇歪着脑袋想想，"怎么可能啊？世子哥哥待人那么好，他怎么可能算计人？倒是那个四公子……"

"苇儿！"寻安君猛然喝止儿子，待看到儿子有些委屈的神情，叹了口气，道，"罢了，爹爹还有事要做，你去……去看看你的世子哥哥也行。"

"真的？"丰苇眼睛一亮，"这几日我去兰陵宫，他们总不让我见世子哥哥，说他伤势极重，不能见客，害我担心得不得了！"

"今天去应该可以见了，听说一大早青王便去看望过他。"寻安君冲儿子挥挥手。

“那我去了！”丰苇顿时转身跑了出去。

看着儿子欢快离去的背影，寻安君微微皱起眉头，在儿子眼中，那人竟如此好？唉，那个人实在可怕，可也实在厉害！罢了，这个暗流汹涌的雍州啊，也只有那人才能掌控得了。

雍王宫的织桑宫前，一乘华丽的软辇驶了过来，宫人都知道，这是四公子丰芏到了，整个雍州也只有他能得此殊荣，可乘软辇入宫。只是……待看到他的两条腿时，众人那艳羡之情便也退去了，倒宁愿自己花上半天时间费点儿力从宫外走到宫内，至少……这双腿是可以自由奔跑的。

四名内侍小心翼翼地扶着丰芏下了软辇，然后有两名宫女搀扶着他走进了织桑宫。

“给母后请安。”

“芏儿，快起来！”百里氏赶忙亲自扶起爱子，“都说过了，不要这些虚礼。”

丰芏费力地从地上站起身来。

百里氏拉着爱子在身旁坐下，怜惜地摩挲着他的膝盖：“芏儿，近来腿可好些？还疼吗？”

“儿子很好，不敢劳母后挂念。”丰芏垂首答道，也掩去了眼中的阴沉。

“唉，你腿不方便，便不必每日都进宫请安。”百里氏看着爱子那双变了形的腿，心中一痛，“你这样，母后……母后看着难过。”说着她用帕子擦拭着眼角。

“母后，您不要伤心，虽然腿不方便，可我也不比那些人差！”丰芏安抚着母亲，并拍拍自己的腿以示无事。

“嗯。”百里氏努力绽出一丝微笑，却极为勉强，“你……唉，母后总觉得对不起你。”

“母后，不说这些了。”丰芏转移话题，“父王的伤势如何？”

“唉，母后也不知。”百里氏皱着眉，“自那日后，极天宫便不许人靠近，你父王……唉，母后到现在都没见着呢。”

“哦？”丰芏目光一闪，“那些太医怎么说？”

“问谁谁也不肯说！”百里氏有些愠怒，“竟连本宫也隐瞒！”

“连母后都不知道？”丰芏心中一惊，“那……那个人呢？母后可有听到什么消息？”

“他？”百里氏想起那双漆黑得像地狱的眼睛，顿时全身一抖，不由自主地抓紧手中的帕子，“母后也不知道，只是听说今天一大早，青王去探望他了，其余的消息，也是封锁得死死的。”

“是吗？”丰芏低头盯着自己的双腿。

“芏儿，你……为何这般关心？”百里氏看着儿子的表情，不禁心头一沉，“你……”

“母后。”丰芏唤道，看向四周。

“你们都下去吧。”百里氏吩咐侍候在旁的内侍、宫女。

“是，娘娘。”众人退下。

“芏儿，没人了，你有什么话就跟母后说吧。”百里氏抚着儿子。

“母后，我想请您去一趟寻安君府上。”丰芏猛然抬首，目光亮得可怕。

“去寻安君府上？为什么？”百里氏不禁奇怪地道。

“我需要母后您以王后的身份去向他说几句话。”丰芷的声音仿佛从齿缝里渗出。

“去向他说几句话？”百里氏一愣，然后一个念头跳进脑中，让她打了个冷战，“难道……难道你……那天……你……”

“母后，”丰芷握住母亲的手，压低声音道，“是的，我就是那样做了！这一切怨不得我！他凭什么可以做世子？我也是嫡子，况且母后您就是当今的王后，由我继承王位才是理所当然的！当年……当年若不是他，我又怎么会变成现在这样？”丰芷看着自己这双弯曲变形的腿，声音带着一种刻骨的怨恨，“我恨死了他！只要我在一日，就决不许他登上那个位置，我只要有一口气在，就定要报此仇！”他语气是那样怨毒，眼神如蛇般阴冷，仿佛眼前的便是自己的仇人，恨不得生吞活剥了才解恨。

“芷儿，你……”百里氏又惊又惧，“你难道不知道他是什么样的人？你怎么这么糊涂！”

“母后！”丰芷这一声叫得又急又响，“此时已不是指责我的时候，你得救我这一次！”他一下跪在地上，腿脚的不便令他痛得龇牙咧嘴，“此事若暴露，不但我性命难保，便是大哥、二哥、五弟、六弟、七弟他们也全脱不了干系，到时……”

“什么？连你的三个弟弟，他们也……”百里氏这一下不是惊惧了，而是心颤魂抖，“你怎么……怎么……这些年来，母后岂不知他不能留？但……多少次，何曾成功过？那个人……简直像魔鬼一样可怕！”

“母后，此事迟早会发生！多少人觊觎着那个位置！”丰芷抬首，眼中光芒如鬼火，“那日的十七名刺客全是大哥请来的，我另请的一些杀手不知何故未能赶到，后来得知消息，他们竟然全都暴死在半路上。我判断他已识破了我们的计划，所以先派人干掉那些杀手，我……没想到竟会落入他的圈套！那十七名刺客当日被他与青王联手制伏，还留着三个活口！现在……我已打探到，寻安君已从刺客身上找到了线索，我与大哥几次拜访都被拒之门外，想来他肯定是查到了些什么，那些刺客虽与我没有关系，但跟大哥有关系，大哥若……到时他定会拖我下水！那时……母后，您一定要救我！”

“芷儿，你先起来！”百里氏扶起丰芷，带着责备，“你杀他情有可原，可你……你怎么连你父王……连你父王也不放过？”

“母后，若父王以后知晓实情，您以为他会向着我们吗？”丰芷爬起来，眼神如针般盯着母亲，“既然已经做了，便做干净，这个雍州是属于我们母子的！”

“若你父王知晓……”百里氏打了个冷战，思绪不禁回到很久以前，那时候他是绝对会向着她的，可是，现在自己人老珠黄，已不是昔日那个艳冠群芳的美人了，“可是……寻安君他会听本宫的话吗？”她有些担忧，那个寻安君可是出了名地圆滑。

“本来我想找人动手脚，可是数次失败。他肯定暗中派人保护寻安君，他就是要借寻安君的手扳倒我们！所以，母后，不管是硬是软，您一定不能让寻安君将实情奏禀父王！”丰芷握紧拳头，“我们这些子侄是他的晚辈，他可以不理，但您是王后，您登门，他不能不见！”

“好！本宫去找他！”百里氏冷静下来，“为着我的儿子，我怎么也得让寻安君闭嘴！”

她曾若春水的眼睛，此刻射出雪刀似的冷芒。

只是百里氏去晚了，当她赶至寻安君的府邸时，府中的人告诉她，寻安君进宫去了，待她再匆匆赶回王宫，宫中的人却告诉她，寻安君进了极天宫！

进极天宫了？自雍王遇刺回宫后，极天宫除太医外，任何人不得进去，可现在寻安君进去了！那么……一切都晚了！那一刻，百里氏绝望了。

景炎二十七年四月，最让雍州轰动的不是世子与青王的婚约，而是诸位公子买凶刺杀主上与世子的惊天大案！

五月初，雍王颁下诏书：

大公子丰艽、二公子丰荛、四公子丰芏、五公子丰莒、六公子丰莛、七公子丰茳为谋夺王位，合谋买凶意图弑父弑兄，此等行径，禽兽不如，天理不容！赐白绫自尽！

诏书下达的那天，久微正采了那如雪的千雪兰，打算制成花茶给风惜云尝尝。

“这就是他要的吗？”久微看着半篮千雪兰，忽然没了兴致，担忧地看着坐在花前的风惜云，那样的人，适合夕儿吗？

风惜云摘下一朵兰花，摊在掌心，低头细闻清香，然后叹一口气：“这兰花多白、多香啊！”

“那么多的兄弟联手取他性命，他这样做似乎也没错，只是……”久微看一眼千雪兰前的风惜云，白衣皎皎，人坐花中，儿与花融为一体，他不由得走过去坐在她的身旁，“夕儿，那样的人，你……唉……”那话终究没有说出，他不想说也不能说，毕竟要如何做，都由她自己决定。

“大公子与四公子，一个为长，一个为嫡，若雍王与雍王世子死去，他们都幻想着自己登上王位！”风惜云吹落手中的兰花，抬首看向天际，天空阴沉沉的，太阳躲在厚厚的云层后，“只是他们……如何是他的对手？”

“一下就处死了六个儿子，这个雍王……也够狠心！”久微心惊。

“若不狠心，岂能执掌雍州近四十年？况且……若不能狠下心，那么其他的儿子……以他一贯的行事风格，必是一网打尽的，雍王其实已尽自己的力了，毕竟还是保下了几个！”风惜云闭上双目。

“原来他要的干净就是这么一个干净法！”片刻后，久微开口，拨弄着花篮里的花，“以后谁还敢觊觎这王位？他自可安安稳稳地坐上！”

风惜云睁开眼，淡淡地勾唇一笑，那笑却只是一种笑的表情，不带丝毫情绪：“久微，这只是其一，最重要的是他要他的手也是干干净净的。”

“他的手也要干干净净的？”久微眉心一皱，然后猛然心头一跳，手几乎抓不住花篮，“原来是这样！借雍王之手除去所有的障碍，便是雍王此次的伤能好，却也……这样，整个雍州真是完完全全地掌握在他的手中了！而放眼雍州，谁不为他的舍身救父之举感动，谁不因他被手足残害而同情？他一手策划了所有的事，却还要赚尽天下人的拥护！”这一刻，他虽不能说欣赏那人，却也不得不佩服那人，所有的事，所有的人，无一遗漏，尽在掌握。这样的人啊，幸好世上不多！

“夕儿，这世上能与他并驾齐驱的女子……大约真的只有你一个！”

风惜云却恍若未闻，只怔怔地看着眼前那一片兰花，良久后才道：“久微，你定未见过这样的人吧，他便是做尽坏事，天下人也依然信他是仁者！所以他这样的人最适合当皇帝，因为他必是人心所向！”

“所以不论怎样，你都会助他握住这片江山是吗？”久微认真地看着她。

“是的，不论怎样，我都助他！”风惜云抬手掩住眉心，手心触着那枚冰凉的玉月，指尖轻轻拢住双眸，遮住眼前的一切。

“新的王朝，新的天下吗？”久微抬首望天，眸中既有期待又有隐忧。

第三十三章　自有无情消长恨

除太医外不许闲人进入的极天宫，第一个踏入的是寻安君，第二个踏入的则是世子丰兰息。

雍王静静地躺在床上，一双与丰兰息极为相似的黑眸此时却无往日的犀利精明，有些黯淡地盯着头上青色的帐顶。

“主上，世子到了。”内侍轻声道。

雍王转过头，便见丰兰息已立于床前，神情平静，脸上挂着似乎永不会退去的淡雅笑容。

“你们都退下。”雍王吩咐。

“是。”

待所有的宫人退下后，丰兰息在床前坐下：“不知父王召见儿臣所为何事？”

雍王看着丰兰息，静静地看着他所有子女中最聪明也最可怕的儿子，看了许久：“现在，你可满意了？”

“嗯？”丰兰息似有些疑惑，“不知父王指的是什么？”

雍王费力地笑笑，苍白的脸上尽是疲倦之色：“你用不着在孤面前装，就算你可骗得天下人，但骗不过孤，不要忘了你是孤的儿子，知子莫若父！”

丰兰息也笑笑，笑得云淡风轻：“父王的儿子太多了，不一定每个都了解得那么清楚的。”

这话说得有些不敬，雍王却很平静，他看着那双与自己极为相似的眼眸，那样黑，那样深：“你就如此恨孤？你这样做是不是就能消了所有的怨恨？”

“怨？恨？”丰兰息眉头微动，似乎觉得有些好笑，“父王，儿臣孝顺您都来不及，又哪儿来的什么怨啊恨的？况且……您也知道，儿臣最会做的事就是让自己的日子过得舒服，又怎会自寻烦恼？”

雍王定定地看着他，似想看透他的内心，良久才移开目光，看着帐顶上绣着的银云，似是叹息地轻声道：“这些年来，你不就……你不就是想为你母后报仇吗？”

“为母后报仇？”丰兰息闻言更是一副奇怪的表情，黑眸看着父亲，含着一丝极浅的，却让人看得分明的讽刺，“母后当年不是为着救您而在极天宫被刺客所害的吗？而且那刺客早就被您‘千刀万剐’了，那仇早就报了！”

那冰冷刺骨的话顿时让雍王猛地闭上眼睛，似是回忆着什么，又似回避着他不能也不敢再看的事，片刻后，他声音有些嘶哑地开口："本来孤以为你不知道，毕竟那时你也才四岁，可是……四岁的你却敢将弟弟从百级台阶上推下去，那时孤就怀疑，难道你竟然知晓了真相？可你实在是个聪明的孩子，孤……舍不得你，想着你还那么小，日子久了，也就忘记了，况且你四弟被你弄得终身残废，你那恨也该消了。孤没想到的是，二十多年了，你竟从没忘记过，原来你一直……"

说至此处，雍王顿住了，紧紧地闭着双目，垂在床边的手也握紧了，苍老的皮肤上青筋暴起："你……当日息风台上，任穿雨一声惊叫阻了青王救孤，你竟是如此恨孤，要亲眼见孤死于刺客手中？芏儿他们虽有异心，但以你的能力，继位后完全可以压制他们，息风台之事本不会发生，你……却借着他们这点儿异心将所有的兄弟……你竟是要将亲人除尽吗？"

说到最后，雍王的声音已然嘶哑，一双眼睛猛然张开，目光灼灼地看着眼前这个人，这个既让他引以为傲，也让他时刻防备的儿子："那些证据，孤知道你手中有一大堆，孤若不处置了他们，吩咐你叔父将此事压下来，你是不是就要将全部证据公之于众？孤不动手，你便要让天下人杀之？你真的就不肯留下一个亲人？真的只能唯你独尊？"

雍王抬起手，手指微微张开，似想去拉住他，却又垂下，落在胸口："当年……当年八弟说孤心毒手狠，但你……可谓有过之而无不及！孤至少未曾赶尽杀绝，至少还留有余地，可你……你若执意如此，便是得了天下，也不过是一个'孤家寡人'！"

一口气说完这么多话，雍王已是气喘吁吁，眼睛紧紧地盯着丰兰息，目光似悲似愤，似伤似痛。

然而任凭雍王言辞如何犀利、情绪如何激动，丰兰息也只是神色淡然地听着，垂眸看着自己的手，手中似是紧紧地攥着什么。

殿内静悄悄的，唯有雍王粗重的呼吸声。

良久，丰兰息的声音淡淡地响起："父王今日叫儿臣来，就是为着教训儿臣吗？"他抬眸看着雍王苍老暗淡的脸色，完全无动于衷，对于自己的父亲，竟提不起丝毫感觉，哪怕是一丝憎恨也好。此时此刻，他们形同陌路，这算不算世间又一桩可悲之事？

"孤已时日无多，这个雍州很快便会交到你手中，希望你到此为止。"雍王平复了情绪，疲倦地闭上眼睛，苍白的脸上无一丝血色，"他们毕竟是与你血脉相连的亲人！"

"哈哈……"丰兰息蓦然轻笑出声，"血脉相连的亲人？哈哈哈哈……儿臣从未觉得自己有过亲人！"他微微抬头，仪态优雅，可黑眸中没有一丝笑意，如矗立万年的雪峰，冰寒彻骨，"儿臣只知道，自小便有很多很多想要儿臣性命的人，周围的人全都是的，全是那些所谓的亲人！"

此言一出，雍王缓缓睁开眼睛，看着丰兰息，叹了口气，却是无言。

"不过父王您有一点倒是料错了，儿臣不曾恨过任何人。"丰兰息看着雍王微微摇头，神情间竟有些惋惜，不知是惋惜父亲这个错误的判定，还是惋惜自己竟然不会恨任何人，"五岁的时候，儿臣就想通了这个问题，父亲又如何？兄弟又如何？这世上，没有规定谁一定要对你好，对你坏那倒是理所当然的，毕竟人都是自私自利的。所以啊……那些人、那些事，儿臣早就看透了、习惯了。”

说这番话时，丰兰息语气淡得没有一丝感情，声音如平缓的水流，无痕淌过。他低着头，摊开手掌，露出一支被拦腰折断的碧玉钗，钗身碧绿如水，细细的钗尖上沾着一块暗黑色的东西，那是干涸了很久很久的血迹！

“父王还记得这支钗吗？您也知道，儿臣自小记性不错，看过的东西都不会忘记，这支玉钗不是母后之物，却藏在母后的头发中。”丰兰息拈起那支碧玉钗凑近雍王，似要他看个清楚，又似要他闻一闻玉钗上尚未散去的血腥味，“母后死后，儿臣竟多次梦到她，她手中总拿着一支染血的玉钗，一双眼睛流着血泪看着儿臣，又痛苦又悲伤……儿臣日夜不得安宁。”说着丰兰息盯着雍王的眼睛，勾唇一笑，笑容淡薄微凉，瞳眸如冰无温，“您知道，对做过亏心事的人，只要稍稍试探一下，她便会惶恐地露出马脚。”

说罢他收回玉钗，看着那细细的钗尖，指尖轻轻地抚着钗尖上黑褐色的血迹：“这些血是母后的吧？母后既不肯安息，身为人子，我当然要略尽孝心。所以，有血缘又如何？这些人不但是欲取儿臣性命的敌人，更是儿臣的仇人！那么，我做这些事又有什么不对？儿臣所做的一切，不过是对母后——儿臣在这世上唯一的亲人——所尽的一点儿孝道，为了拿到儿臣想要的东西！”

丰兰息的语气依旧淡淡的，没有激动，亦无愤恨：“所以父王不要认为儿臣是为了什么仇啊恨啊，那些在儿臣看来实在可笑，这世上没有什么能左右儿臣的，儿臣想做便做，想要便要。”

雍王凝神静静地看着床前坐着的儿子，这样的仪容气度，这样平静的神情，这样无情的话语，真像啊……真像昔日的自己！

“至于父王认为儿臣做得过分，那么这些年来，您那位尊贵的百里王后，您那些聪明孝顺的儿子，他们对儿臣所做的又算什么？那些便不过分、不算心狠手辣吗？”丰兰息垂眸看着手中的玉钗，指尖轻轻地弹弹钗尖，却似弹在雍王的心口，“父王，这些年，儿臣若稍稍笨一点儿，便是有百条命也不够丢的！”

丰兰息抬首看着面无表情又似无言以对的雍王，微微一笑，起身凑近雍王，漆黑的眸子冰凉如水，轻声道：“若要说儿臣心狠无情，那父王您呢？不提您当年，便是这些年，您何曾不知您那位百里王后的所作所为，可您又何曾伸出手帮一下儿臣？”

他说完，身体后退，坐回椅上，笑容越来越淡，神情却依然无恨无憎，指尖不断地抚着钗尖上的血迹，似是想要擦去那血迹，又似是无限珍惜地轻轻抚触：“这世间无情的人何其多，儿臣，哈哈，儿臣也不过是其中之一，儿臣只是要好好地活着罢了，又何错之有？”

听丰兰息说完，雍王默然许久，才道：“孤是没有资格对你说教，但是……”他微微一顿，眼中涌出一抹温情，有些遗憾又有些无奈地看着儿子，“孤这一生，很多人称赞，但孤总记得昔年登上王位之时八弟说过的话——‘虚情伪善、自私冷酷、残忍狠厉’。虽然这些年来，八弟再也未说过这样的话，但孤知道，孤算不得好人，一生只为自己活着，得权得利，看似风光无限，可是……到了这一刻，孤才知道，这一生有多失败！所有的子女中你最聪明，但也最像孤，孤不希望你最后也如孤一般，活到最后却不知自己一生得到了些什么，又抓住了些什么。”

雍王抬起双手，张开十指，一层苍老又苍白的皮包裹着嶙嶙瘦骨，这样的一双手，是什么也抓不住的："别走孤的老路，对人做绝便是对己做绝，留一点儿余地吧，这是孤身为父亲，这一生唯一能留给你的——忠告！"

"哈哈哈哈……"丰兰息大笑，平静地看着父亲，看着那双凝视着自己的黑眸，也在这一刻，他真切地觉得这是他们父子唯一相像的地方，于是他终于伸出手，轻轻握上父亲那瘦得只剩骨头的手，"父王放心，自此以后，您那些聪明的儿子应该也知道收敛，那便可平安到老。您也知道的，儿臣爱干净，不喜欢弄脏自己的手。"

雍王看着他，半晌，忽然道："真的不恨孤？"

丰兰息眉头微微一挑，摇头："儿臣真的从未恨过您，也未恨过这个雍州的任何人！"

雍王忽然笑了，笑得凄楚而寥落："无爱便无恨吗？罢了，罢了，你去吧。"

丰兰息起身，恭恭敬敬地行礼："儿臣告退。"这或许是他们此生最后一次见面，也是他最后一次向父亲行礼。

雍王有些眷恋地看着儿子转身离去。

丰兰息走至门边，忽又停步，回头看着雍王："父王，儿臣不会如您一样，您一生也不知到底要什么，最后也未能抓住什么，但儿臣知道自己要什么。"他无波的黑眸瞬间绽开雪亮的光芒，"儿臣要将这万里江山踏于足下，还要那个伴我百世沧桑，携手同涉刀山剑海的人！这两样儿臣都会抓到手的！"

说完他拉开殿门，一道阳光射入，洒落他一身，如给他披上了一件金色的冕服。

"你就这么肯定她会伴你百世沧桑、伴你涉刀山剑海？"他身后忽然传来雍王极轻极淡的声音，"双王可以同步吗？"

丰兰息抬起的脚一顿，片刻后，他转身回头，面上淡笑依然："父王，儿臣不是您！"他拂开珠帘，跨出门去。闷热的空气迎面扑来，他拂拂衣袖，似要拂去在殿中沾染的药味，抬首，艳阳高挂，金芒刺目。

"这极天宫真该埋葬了。"

他呢喃自语，仿佛是要说与风中的某人听，摊开手，看一眼掌心那半截碧玉钗，然后一挥手，玉钗便射入极天宫高高的屋梁里，没入梁中只露一个绿点："母后，儿臣已经尽孝了。"

景炎二十七年，五月八日，雍王伤重不治，于极天宫薨逝。

五月九日，世子丰兰息在昭明殿继位，为第三十五代雍王。

五月十二日，冀州冀王禅位，世子皇朝继位，为第三十二代冀王。

在雍、冀两州忙于王位交替时，北州白氏、商州南氏则趁机侵吞祈云王域，不过一个月的时间，又各得数城。

六月初，皇朝以玄极号召天下英雄结乱世，清天下，建功勋！

此言一出，那些对大东王朝早已彻底失望，想要创一番功业、名留青史的人莫不响应，皆投奔冀州。

六月七日，皇朝发出诏天下书，洋洋洒洒上千字，字字锦绣，简而言之则是告诉天下百姓，他皇朝本来是资质平庸的，今日能继位为王，都是因为有玉无缘玉公子的教导，所以他很感激玉公子，本想拜玉公子为国相以辅佐自己，奈何玉公子不求名利，意在山林烟霞，所以他就尊玉公子为“玉师”，天下百姓也都要尊敬玉公子。

此诏一出，那些还在犹疑徘徊的人顿时都下定了决心——既然慈悲为怀、天人风骨的玉公子都愿意襄助冀王，那我等还有何疑虑？而那些昔日受玉公子之恩的，或是仰慕崇拜玉公子的，此时也无不投效冀王皇朝麾下。一时之间，天下有志之士，莫不奔往冀州。

皇朝发出诏天下书后，幽州的幽王也发出告天下书，与冀州缔结盟约，共同进退，开创新乾坤。

在冀、幽两州结盟之时，雍州新王丰兰息与青州女王风惜云继婚盟之后，共同发出诏天下书，号召九州英豪伐乱臣逆贼，抚普天苍生，还清宇于天下！

这份诏书则得到了那些忠心于大东王朝，不齿冀王、幽王公然背叛行径，痛恨北王、商王屡屡发动战争、侵吞王域的那些人的响应（尤以祈云王域内深受战乱之苦的百姓为甚），并那些想结束乱世、使天下重归太平，以及那些再三品味“还清宇于天下”而有所得的有识之人、有志之士的追随。

青、雍两王虽无天下第一公子的支持，但“白风黑息”即青王、雍王的传言越传越广，“白风黑息”名头之响亮绝不逊于玉无缘，加上丰兰息当年的有意为之，天下受其恩惠的不知有多少人，所以那些要报恩的或者敬慕“白风黑息”的人，无不投往青王、雍王麾下。

至此，天下局势已明，正是风起云涌，英雄之辈挺身而出之时。

六月十八日。

天朗气清，艳阳高挂，光辉洒遍九州。

冀州王都的夷武台上，旌旗摇曳，长枪林立，静然无声，透着一股庄严肃穆之气。

台下与台上隔着长长高高的数百级台阶。此时，远远地便可见两道人影快速奔来，经常来这里的人，自然知道这是每年都会上演的一幕“争位”之戏。

“你这臭女人，给我站住，这次说什么也不能让你夺了我的位置！”一名男子大声叫嚣。

“哼，你这头蠢驴，有本事就赢过我再说！”一名女子毫不客气地反驳。

“死女人，我就不信我这次赢不了你！”男子加快脚步。

“你哪次不是这么说的？可你没一次赢过，没用的笨牛！”女子嘲讽道，脚下也毫不放松，总是领先男子两个台阶。

“你这臭婆娘，竟敢骂我！你这叫以下犯上，我要让王兄砍了你！”男子威胁道，竭尽全力追赶女子，奈何总不能超越她。

“谁为上？谁为下？你那脑子真是比牛还笨啊！咱们风霜雪雨四将，你‘雷雨将军’排名最末啊，姑奶奶领先你两位！”女子得意之余还不忘回头，龇牙咧嘴地取笑身后的男子。

“你给我停下！”男子趁着女子回头的刹那，抓向她的左臂。

“哼，你抓得住吗？”女子手腕一转，如灵蛇般脱出他的手掌。

“这不就抓着了吗？”男子右手虽未能抓住女子，可左手一伸，揪住了女子的长发。

“你这小人，快给我放手！”女子头皮一痛，抬起左足踢向男子。

“今天本公子就要站在第一位！好不容易抓住你这女人，岂能这么轻易饶了你？”男子左手一缩，躲开女子一踢，右手却紧紧抓住了女子的右臂。

“你想站在第一位？别做梦了，主上说过，冀州永远只有一位烈风将军！你还是乖乖做你最末的雷雨将军吧！”女子虽右臂被抓，但身子一转，左手一伸，抓住了男子的领口，让他也不能再前进半步，两人一时扭在一块，既不能进，也不能退。

两人后面，一道淡蓝色的人影不紧不慢地走来。

“你快放手，臭女人！再不放手，那‘雪人’就要赶上来了！”

“放心吧，人家可不像你一样没用又小气，只记着区区虚名！”

“臭女人，什么虚名，这叫实名！本公子无论哪方面都在你之上，怎么可以叫你这小女人压在我头上？今天本公子要么排第一位，要么便要将名号重排为‘雨雪霜’！”男子一边抬步往前踏去，一边不忘压制住女子让她不能动弹。

可女子显然也不是省油的灯，左足一钩，便将男子跨出的脚钩回，同时右足迅速前跨一步：“你这笨牛，怎么样，敢看不起女人？你现在又输了一步！”

“女人本就应该待在家里生孩子做饭侍候相公，而且应该娇柔秀美、温良贤淑，哪有像你这样的，不但长得像个男人，还跑来跟男人争！”男子眼见又被她领先一步，当下一扯，仗着力大，将女子扯退一步。

“哼！张口‘女人’、闭口‘女人’，女人怎么啦？我这个女人就比你这个臭男人强！”女子左掌一抬，化为一记左勾拳直击男子下巴。

“哼！你那点儿伎俩算得什么，你以为排第二位是你有本事呀？还不是王兄看你一介女子可怜，才让你做了这霜羽将军！”男子一转身，右手放开女子右臂，反手一握，便挡住了女子的拳头。

“嘻嘻……我这点儿伎俩是不算什么。”女子闻言反倒笑了，被男子握在掌中的手忽然伸出没被禁锢住的小指，手腕微动，一个巧劲便脱出男子的掌控，尖尖的指甲看似极其轻巧地一划，“可是青王呢？你敢说那女人算不得什么？你到了人家面前还得下跪行礼呢！”

话音落时，男子便惨叫一声：“你这个阴险的女人，竟敢暗用指甲划伤我的手掌？我就知道你这臭女人妒忌本公子的手长得比你的好看！”

“少恶心人了！”女子冷叱一声，“你不是瞧不起女人吗？我就用女人独有的武器让你知道厉害！”

“你这个歹毒的女人……”男子捧着右掌，看着掌心那道血痕，伤口虽不很深，却十分痛，不禁连连呼气吹着掌心，仍大声地斥责女子，“每次都用这些阴狠的招数，就算赢也赢得不光彩！你已是如此，哼，那个什么风惜云肯定更加阴毒，否则哪儿来那么大的名声！”

“青王阴毒？哈哈……”女子如同听到全天下最好笑的笑话般放声大笑，指着男子道，“你果然是井底之蛙！青王可是连主上都倾心赞叹的绝世女子，你竟说她阴毒？果然是有眼无珠、鼠目寸光之辈，你这辈子也就只能当个最末的‘雷雨将军’了！”

“确实有眼无珠！”一道冷冰冰的声音插入女子的笑声中。

“雪人，你竟然帮这个女人？身为男人你竟然站在她那一边？”男子闻言顿时跳脚。

“活该！谁叫你说人家的心上人阴毒？”女子在一旁冷冷地笑道。

“心上人？”男子怪叫一声，从上至下地将眼前这个冰冷如雪的人打量了一遍，犹是有些怀疑地道，“这个雪人也会喜欢人？”

“人家可比你有眼光多了，一眼相中的就是天下第一的女子！”女子嘲讽着男子，抬首望天，无限幽怨地低叹着，“雪空……雪空……唉，结果终是一场空，人家可是要嫁给雍州的雍王了！”说罢她以手拭泪，似是无限落寞伤怀，与她英姿飒爽的模样相对，实是有些滑稽。

萧雪空冷冷地瞅着眼前一副伤心模样的秋九霜，眼中光芒如刺，眼珠泛起蓝色。

“哈哈……雪人竟然生气了！”一旁的男子看得夸张地拍手大笑。

他年纪二十三四，一身紫金铠甲，以玉冠束发，剑眉挺鼻，古铜色的肌肤，身材高大，是个十分英挺的男儿，唯有一双眼睛格外大，眼珠转动之时，竟是波光流溢，动人心魂。这样的眼睛俗称“桃花眼”，而此人正是冀王皇朝的四弟——雷雨将军皇雨。

萧雪空眼珠一转，盯在皇雨身上，目光如同剑锋般，望一眼就让人觉得被刺了一剑。

“喀喀……喀喀……”皇雨冷不防被他一瞪，吓得一口气卡住，顿时难受地咳起来，“雪人，你不要吓我好不好？本公子娇贵体弱……喀……喀……若是吓出病来，你担当不起！”

“两个疯子！”萧雪空冷冷地丢下一句话，抬步继续向夷武台上走去。

“什么？你竟敢骂我疯子！”

秋九霜与皇雨同时叫起来，紧接着齐齐抬步追向萧雪空，一左一右伸臂抓向他，只是手还未触及那淡蓝色的衣裳，一股寒意凌空笼下，雪芒如雨四面袭来。

“呀！”两人同时惊叫，然后使尽全力往后一跃，在半空中一个翻身再后跃一丈，总算避开了那一片雪芒。

雪芒散去时，两人听到叮的一声轻响，那是扫雪剑回鞘的声音。

“雪人，你竟敢突袭我！”秋九霜与皇雨又齐声叫起来，一左一右地指着萧雪空，“你竟敢以下犯上！”

两人说完同样的话，不由得瞅了对方一眼，又齐声叫道：“你干吗学我说话？”

萧雪空冷冷地看了两人一眼，然后冷冷地丢下一句：“倒是天生一对！”

“什么？谁和这个有眼无珠、自大无知、愚昧无能的男人是一对了？”

“什么？谁和这个粗鲁低俗、无才无貌、狂妄无能的女人是一对了？”

两人又同时叫起来，再度将矛头对准了对方。

“你……你这臭女人！竟然说本公子有眼无珠、自大无知、愚昧无能？你……你这臭女人，长着这么一张恶毒的嘴巴，你一辈子都嫁不出去！”皇雨指着秋九霜叫道，一双桃花眼射出的怒焰足以烧尽所有的桃花。

“谁让你骂本姑娘粗鲁低俗、无才无貌、狂妄无能！”秋九霜一张脸此时倒真罩了九层寒霜，目光也如冰霜般寒光凛凛，恨不能化指为剑刺穿对面那个臭男人，“你这斤斤计较、小气透顶的臭男人才会一辈子都娶不到老婆！”

“哼！本公子就算娶不到老婆也不要娶你这凶婆娘！”

"这天下就算只剩你和这个雪人，我宁愿嫁这雪人冻死也不要嫁你这鼠辈！"

…………

两人不依不饶地吵了起来，萧雪空却如若未闻般，抬首看着天空，万里无云，碧空如洗。

"萧将军，你有没有其他名字？你的眼睛就像雪原上的蓝空，澄澈而纯净，很漂亮啊，应该取名叫雪空才是。"

恍惚间，那碧蓝的天空如镜般映出那个女子的影子，长长的飘散着的黑发，额间一枚如雪似月的玉饰，一脸饶有兴趣的浅笑，一双清光流溢的星眸……那样真实，却那样遥远。

雪原蓝空……澄澈纯净……那些都会消逝，以后，战火会烧透这片蓝空，鲜血会污尽那片雪原，再也不会有了……便是昔日那一点点情谊也会消逝无迹。

"你说这雪人在发什么呆啊？"

原本吵着的两人不知何时竟停止了争吵，皇雨看着呆呆地望着天空的萧雪空问道。

"肯定又是在想那什么雪原蓝空的。"秋九霜撇撇嘴，不以为然。

皇雨悄悄地走至萧雪空身边，趴在他的肩上低低唤道："雪人，你在想什么？是不是在想英俊无敌、英雄盖世的本公子？"

"嗯。"萧雪空冷不防应了，回头望着皇雨，"我要是想了你，你是不是就要和我结亲了？"

"什么？！"皇雨闻言惊悚，马上跳开一丈。

萧雪空只是冷冷地看着他。

"那个……雪人，当年我虽然说过要娶你，可那时我以为你是女人啊！所以……所以……既然你是男人，我当然不能娶你了！"皇雨结结巴巴地说道，伸出双手挡在身前，似乎怕萧雪空突然靠近，"雪人，虽然你长得比冀州所有女人都漂亮，差不多跟那个号称'大东第一美人'的嫂子一样美，但我……就算这天下只剩你和那个臭女人，我也宁愿娶那个臭女人。"

"哈哈……你这自大愚昧的家伙也有被吓着的时候！"秋九霜在一旁看着直笑，这世上还有什么能比整到眼前这个臭男人还要让她高兴的事呢？只不过她转念一想，马上又叫道："这天下就算只剩你一个男人，本姑娘也不要嫁你！"

"你以为我愿意娶你呀？"皇雨马上转头瞪着秋九霜，"我这不是没办法才出此下策的吗？"

"下策？"秋九霜双眼一瞪，抬步走向皇雨，"你能娶到本姑娘是你修了十辈子才修到的福气，你竟敢说娶我是下策？"

"你看看……你也拿面镜子照照你自己。"皇雨指着秋九霜，"要身材没身材，要美貌没美貌，要修养没修养，要气质没气质……总之，你一无是处！而你竟还好意思说十世福气？你这女人不但狂妄，而且脸皮超厚！"

"看看到底是谁脸皮厚！"秋九霜手一伸，一掌抓向皇雨的脸。

"果然粗鲁！每次都是说不过时就动手！"皇雨躲开，同时还了一掌。

秋九霜身子一纵，躲过那一击，然后在半空中双足踢向皇雨的肩膀，皇雨双掌扬起，半途中化掌为爪直取秋九霜双足。

忽然，秋九霜收足落地，低呼一声："主上！"

“王兄来了？”皇雨慌忙转头看向长阶下。

谁知他才一转头，颈后一麻，紧接着身子腾空而起，那长阶竟离他越来越远，耳边响起秋九霜得意的笑声：“你就以五体投地的大礼去迎接主上吧！”

皇雨觉得颈后一松，身子便往后坠去，顿时明白是怎么回事，大叫道：“秋九霜，你这臭女人！竟然使诡计暗算我！”

皇雨闭上双目，不敢看向那青石板的台阶，他的穴道被点，这下可要摔个结实了。

“唉，你们又在闹了。”一道和煦如微风的嗓音响起，与此同时皇雨只觉得腰上被什么一托，然后身子转了个圈，双足便踩在了地上。他睁开眼睛，身前站着个白衣如雪的人。

“无缘！无缘！我就知道你是世上最最好的人！你肯定是知道我怕痛，所以才从九天上飞下来救我的，对不对？无缘，无缘，你为何不生为女子？”皇雨长臂一伸，一把抱住玉无缘，脸上又是感动又是憾恨，一双大大的桃花眼更是夸张地挤出两滴水珠，“无缘若是女子，我就可以娶你为妻了，那样我们便是一对更胜王兄与嫂子的神仙眷侣！”

“皇雨。”玉无缘只是轻轻唤一声，也不知他是如何动的，身体已脱离皇雨的铁臂。

“嗯，”皇雨重重地点头，一双桃花眼一眨也不眨地看着玉无缘，“无缘，你要和我说什么？”

玉无缘抬手指向他身后。

皇雨回头一看，顿时脸一白：“王……王……王兄！”

下方长长的台阶上，仪仗华盖、内侍宫女迤逦而来。

“他……他……怎么这么快就来了？我……我……”皇雨看着那越来越近的紫色身影，一时竟呆立着动弹不得。

“你还不快去？”玉无缘有些好笑又有些无奈地拍拍皇雨的肩膀，拍醒这个在人前骄傲无比，可只要一到兄长皇朝面前就口拙手笨、毫无自信的四公子。

“是……是！”皇雨赶快转身，只见前方的台阶上早已无秋九霜、萧雪空两人的身影，“这两个家伙，太没义气了！”他嘴中说着，脚下却疾奔而去。

第三十四章　双王共心存同步

夏日的天气总是反复无常，一大早还是艳阳高挂，中午却下起了雨，淅淅沥沥地打在屋顶，滴在荷池，空中雨雾弥漫，笼罩着远山近水，那宛溪湖畔的宛溪宫便如蓬莱山上的蕊珠宫，迷蒙而缥缈。

竹坞无尘水槛清，
相思迢递隔重城。
秋阴不散霜飞晚，
留得枯荷听雨声。[1]

宛溪宫中传来极浅的吟哦声，临水的窗前，风惜云一身素服，望着雨中羸弱的青莲紫荷，微有感慨："秋霜晚来，枯荷听雨，不知那种境界比之眼前这雨中风荷又是如何？"

"何必枯荷听雨，这青叶承珠、紫荷沐霖岂不更美？"丰兰息走近，与她同立窗前看雨中满池莲花，"正所谓'水面清圆，一一风荷举'，各有各的境界。"

"这枯荷听雨也好，青叶承珠也好，我觉得都不及久微用那污泥里的莲藕做出的'月露冷'来得美！"

良人相伴，雨中赏花，吟诗诵词，本是极其浪漫、极富诗情的事，却偏偏冒出这么一句大煞风景的话来。

"唉，看来无论是白风夕还是风惜云，都改不了这好吃的毛病。"丰兰息摇头。

"民以食为天。"风惜云倒无一丝羞愧，"我一直觉得这世间最美的享受，不是看美景，住华屋，而是能天天吃到最美味的食物！现在我天天能吃到久微做的美食，人生至此，甚为

1　引自李商隐《宿骆氏亭寄怀崔雍崔衮》。

满足。”

“落日楼的主人竟也心甘情愿沦为你的厨师？”丰兰息淡淡一笑。想着当日乌云江畔让他与玉无缘齐齐赞叹的落日楼，没有想到它的主人竟是看起来平凡至极的久微，可是那人真的那么平凡简单吗？

“久微……”风惜云侧头看一眼丰兰息，目光忽然变得犀利。

“怎么？”丰兰息唇角似笑非笑地勾起，黑眸里波光闪烁。

“黑狐狸。”风惜云忽然嫣然一笑，靠近他，纤手伸出，十指温柔地抚上丰兰息的脸，吐气如兰，神情娇柔，说出的话却略带寒意，“不管你有多少手段计谋，不管你有什么样的理由，都不得动他！便是我死了，他也必得安然活至一百岁！明白吗？”末了她十指忽地收力，一把揪住指下那张如美玉雕成的俊脸。

“他到底是什么人？竟能让你对我说出此话？便是当年的燕瀛洲……”丰兰息话音猛然顿住，不知是因为脸皮上的疼痛还是其他，抬手抓住脸上那两只手，将手下已变形的俊脸解救出来。

“他是谁不重要，你只要记住，决不能动他！你若……”风惜云不再说话，唯有一双眼睛冷如幽潭，一双手静静地搁在丰兰息的肩上，指尖如冰。

“他……等于玉无缘吗？”丰兰息依旧笑意盈盈，漆黑的瞳眸却如无垠的夜空般深沉。

风惜云一怔，转首看向窗外，目光似穿透那迷蒙的雨幕，穿透那茫茫天空，落在很远很远的地方，半晌后她转回头，脸上有着一丝浅浅的笑，笑意如窗外飘摇的雨丝，风拂便断：“这天下只有一个玉无缘，而久微——他便是久微！”

“是吗？”丰兰息淡淡地笑着，垂首看着近在咫尺的清丽容颜，没有脂粉的污染，长长的眉，清清的眸，玉似的肤，樱红的唇，似笑非笑，漫不经心的神情……他蓦然双手一使力，便将眼前的人揽在怀中，长臂一收，便将她整个圈住，“他既不是玉无缘，我便答应你。”

风惜云只觉得耳边低语声如琴，温热的鼻息扑在脸颊边，热热痒痒的，心头似被什么轻轻地抓了一下，一股异样的感觉生起，四肢不知怎的竟软软的提不起力。她脸上烫烫的，极想挣脱，却又有些不舍，被他抱在怀中，很舒服，却又有些不自在。她看不见他的脸，也看不见他那双黑眸，可是……她知道，那张俊脸就在鬓旁，那双黑眸眨动间，长长的睫毛似带起鬓边的发丝，一缕缕淡淡的兰香若有似无地绕在鼻尖，仿佛一根无形的绳索将两人缠在一起……

丰兰息感觉到怀中的娇躯从微微僵硬慢慢变得柔软放松，她的手也不知何时绕在他的腰间，她的头微微垂着，渐渐靠近他的肩膀……他不禁勾唇一笑，可那笑还未来得及展开，一阵困顿不堪的哈欠声响起。

“黑狐狸，我要睡了，你这样抱，我是不反对的，只是若让外面的人看到，你一世英名就毁了，到时看你还怎么争天下……”话还没说完，风惜云脑袋一垂，完全地倚入丰兰息怀中安然睡去。

“你！”丰兰息看着怀中睡去的佳人，一时之间哭笑不得，她竟然在这种时候……她竟然睡着了？“唉，你这女人……”他摇头叹息，一手揽着她，一手抚额，“我前生定是做了什么错事，今生才得和你绑在一起。”

说着，他抱起她，走近软榻，将她轻轻地放在榻上，取下她头上的冕冠，解散发髻，让她的头枕在玉枕上，然后退开，坐在榻边，看着榻上之人酣睡的模样。

雨忽然变小了，细雨如珠帘垂在窗口，微微的凉风轻轻吹进，送来一缕淡淡的莲香。

忽然，他觉得周围特别静谧。这天地是静的，这宛溪宫是静的，这听雨阁是静的，这心……也是静的，这样的静是从未有过的，这静谧之中还有着一种他一生从未享有的东西，这种感觉……似乎就这般走至人生尽头，也没什么遗憾的。

榻上的风惜云忽然动了，抬手摸索着，摸到冰凉的玉枕时，毫不犹豫地将它推开，然后继续伸手摸索……终于，她摸到了一个温热的、软硬适中的东西，当下拖过枕在头下，再次安心睡去。

看着被风惜云枕在头下的手臂，再看着榻上睡得香甜的人，丰兰息忽然神思恍惚，伸手轻触雪白的玉颜，轻抚长而柔软的青丝，任由心头的感觉泛滥、沉淀。他忍不住缓缓俯身，唇下就是那樱红的嘴唇，那一点点红在诱惑着他……

忽然，一个巴掌拍在他的脑袋上，紧接着脑袋便被一双手抓住了，丰兰息听得风惜云喃喃地道：“什么东西圆圆的？”她的手左摸右搓，最后似乎失去了兴趣，又一把推开了。

半晌后，丰兰息才起身，抬手抚着已被风惜云抓乱的发髻，无声又无奈地笑笑，取下头上的冕冠，一头黑发便披散下来。他将两顶冕冠并排放于一处，看着……脑中忽然响起了一个声音：双王可以同步吗？

心头猛然一惊，仿如冷风拂面，神思顿时清醒了，他看着榻上的人，目光时亮时淡，时冷时热，隐晦难测……终于，完全归于平静，漆黑的眸子，淡然的神色，如风浪过后的大海，平静而幽深。

丰兰息手一抬，指尖在风惜云腰间轻轻一点，十余年的相识，还是让他知道一些事情的。

果然，榻中人猛然一跳，一手抚在腰间，一双眼睛蒙蒙眬眬，带着睡意向他看来，长发披了一身，身似无骨般半倚榻中，那样慵懒茫然的神态竟妩媚至极！

“你这只黑狐狸，干吗弄醒我？”清清脆脆的声音响起，打碎了这一室的宁静，可碎得欢欢快快，如孩童玩耍时扯落的珠串。

“你说我们什么时候举行婚礼好？”丰兰息却随意地笑笑。

“啊？”风惜云似有些反应不过来，睁大眼睛看着他。

“你说我们什么时候举行婚礼好？”丰兰息依旧不紧不慢地道。

风惜云这下终于清醒了，蒙眬的双眸忽然变得幽深，定定地看着眼前的人。

金线在玄色王袍上绣出的苍兰纹样，披散着的漆黑长发，俊雅至极的容颜……窗外的风吹进，拂起那长长的发丝，掩住了那双如夜空的瞳眸，丝丝黑发之下，那目光竟是迷离的。

风惜云起身下榻，移步走至窗前，凉凉的雨丝被风吹拂着打在脸上，冰冰的，湿湿的，这夏日的雨天，让人感到寒冷。

“等你登基时，迎娶我为后如何？”风惜云的声音清晰地响起，虽是问话，但语气是坚定的。

“好。”片刻后，丰兰息的声音响起，没有犹疑，平淡如水。

那一声“好”道出时，两人忽然都想起了他们当日在厉城城楼上说过的话——

“怎么，你们风氏的女子都不喜这个母仪天下的位置？”

“我们风氏女子要做的是九天之上的凤凰，岂会卑缩于男人身后？”

可两人都没有再说话。

雍州下着雨，冀州却是朗日晴空。

“你何时出兵？”夷武台上，玉无缘问皇朝。

“幽州的金衣骑近日即可抵达，两军会合后，即可出兵！”皇朝道。望着夷武台下衣甲耀目、气势昂扬的争天骑，他金眸里的光芒比九天上的炽日还要灼热炫目，俊美尊贵的脸上是意气风发的傲然之色。

“听说金衣骑领兵的是三位公子。”玉无缘的目光落在那因着皇朝在此而不敢妄动，站得有些僵硬的皇雨身上。

皇雨依旧站在秋九霜、萧雪空之后，显然很不服气，眼眸总是带着怒焰瞪视着前方的两人，嘴唇时不时地嚅动着，似在喃喃自语着什么。

看着那张显露着各种情绪的年轻的脸，玉无缘无声地笑了。

“他们……我自有办法，倒是雍州，将来必是棘手的劲敌。”皇朝想到那两人，眉头不禁皱起。

“此时的雍州，有丰兰息与风惜云。”玉无缘收回目光，抬首仰望天际，炫目的日光让他微微眯起眼睛，“九天之上朗日一轮，双王又岂能同步？”

皇朝闻言猛然转头看去，却见玉无缘抬手遮住双眸，似不能承受朗日的光芒。

“他们……”

然而不待他说完，玉无缘的目光又移向皇雨：“皇雨不论文武，皆十分出色，你有这样一个帮手，便如虎添翼。”

“这小子也不知怎的，好好的人一到我面前就变得呆笨。”皇朝看着弟弟颇为无奈。

“因为你这位兄长的光芒让他望尘莫及，他衷心地崇拜你、敬仰你，并臣服于你。”玉无缘的眼睛如镜湖倒映着世间万物。

皇朝忽然明白了他的言下之意，看着那个有时似个呆子，有时又聪明无比，可又从未违背过自己的弟弟，不禁微叹：“只是可惜了……她。”

“她嘛，丰兰息那样的人是不同于你的，这世间也只有她可以站在他身边。可是，两个那样耀眼的人……”玉无缘移目看着夷武台，看着那空中招展的旗帜，“这天下，皇朝，尽你所能地去争取吧！”

皇朝傲然一笑：“这天下我当然要握在手中，而苍茫山顶，我必胜那一局！”

玉无缘闻言，淡淡一笑，如此时的碧空，晴朗得没有一丝阴霾。

而他们身后，一直注视着他们的三将，则各有反应。

萧雪空双眸平视前方，雪似的容颜，雪似的长发，静静地伫立，若非一双眼眸会眨动，人人皆要以为那是一尊漂亮的雕像。

秋九霜脸带微笑，抬首看着万里晴空，目光落回前方那道仿若顶天踏地的紫色身影，眉间涌起一抹豪情，手不由自主地按住腰间悬挂的箭囊。

皇雨那双与皇朝略有些相似的褐色瞳眸无限崇拜地看着朗日之下渊渟岳峙的兄长，暗自敬服。

“别看了，口水都流了一地。”他耳边响起一个细细的声音，“你就是看上一千年、流上一万年的口水，也不及主上的万分之一！”

“你！你这臭女人！你……你便是追上一万年也不及人家青王万分之一的风华！”皇雨以牙还牙。虽不知那青王到底长什么样，但只要能打击身边这个嚣张的臭女人，就算是丑八怪，他也要赞她是天仙。

六月二十日，青州五万风云骑抵达雍州。

六月二十二日，晴。

雍州陵武台上，旌旗飘扬，长长的台阶上士兵林立，长枪耀目。台下广场上，万军列阵静候，左边是身着黑色铠甲的墨羽骑，右边是身着银色铠甲的风云骑，虽千万人伫立，却鸦雀无声，一派威严肃静之气。

今日雍王、青王将于此举行缔约仪式。

两州之王缔结婚盟，这在大东朝六百多年来也是头一宗，因此广场的周边围了无数百姓，想一睹两王风采，也想亲眼见证这百年难得一见的王室婚仪。

呜——呜——呜——

乐声响起，便见紫服绛袍的朝臣、铠甲银盔的将军一个个步上陵武台，然后按官职地位站好，静待双王的驾临。

“请问太音大人，这是何意？”

肃静的陵武台上，忽然响起一道沉着而认真的声音，众人闻声看去，便见风云骑大将徐渊排众而出，指着陵武台最高处的两张玉座问雍州的太音大人。

“不知徐将军何以有此一问？”雍州太音大人似有些不明所以地反问道。

“我只想请问大人，两张玉座为何如此摆放？”徐渊依旧语气平静，唯有一双眼睛里闪着厉光，紧紧地盯着雍州太音大人。

两张玉座样式大小皆一致，但一张玉座居正中，另一张玉座略偏右下。

“青王与主上已有婚约，即为我雍州王后，如此摆放合乎礼制。”太音大人理所当然地答道。

“太音大人，即使主上与雍王有婚约，但她依旧是青州之王，与雍王平起平坐！”一直立于四将最后的修久容猛然踏前一步，声音又急又快，脸涨得通红，不知是因为害羞还是因为气愤。

“男为天，女为地，阴阳有别，乃自古即有的礼制，青王既嫁与主上为妻，那自应遵从礼制！”雍州的太律大人上前道。

“我们主上与雍王的婚礼还未举行，此行便为雍州贵客，难道尊主贬客便是你们雍州的待客之道吗？”林玑也踏前一步。

“青王既是女子，那么……”

雍州的太律大人刚开口，程知便跨前一步打断他：“我们主上是女子又怎样？”他粗壮高大的身躯几乎是那位太律大人的两倍，顿时让太律大人不由自主地后退一步，“她之文才武功，这世间有几个男子可比？你就是个男人，你自问及她万分之一吗？”

“此时不是论文才武功……”太音大人见太律大人似乎被程知吓到了，马上站出来道，可他还未说完，便又被打断了。

“那请问太音大人，你要论什么？地位？名声？国力？兵力？财富？还是论仪容风范？我们主上有哪一样不够资格与你们雍王平起平坐吗？”徐渊依然不紧不慢地问道，那种冷静的语气反比厉声呵斥更让人无法招架。

“这……”太音大人瞟向身后，盼着有人来帮一把。

奈何墨羽骑四将只是静立不动，眼睛也不瞟一下，似没看到也没听到；而寻安君更是闭目养神，一副置身事外的模样；其他的大人则有些不明所以地看着太音大人，不知精通礼制的他今日何以有此失仪之举。

“几位将军，”几人正僵持着，任穿雨忽然站出来，彬彬有礼地向风云四将施以一礼，语气极为温和，“太音大人此举乃按夫妻之仪而行，唯愿青王与主上夫妻一体，雍、青两州也能因两王的结合而融为一体，不分彼此，荣辱与共，是以……”说至此他微微一顿，目光扫过眼前的风云四将，脸上浮起一丝极浅的笑意，“是以太音大人并未料到几位将军此等见外之举。几位将军认定我们雍州对青王不恭不敬，这实是有伤我们两州盟谊，也有伤雍州臣民对青王与主上白首之约的祝愿之心。”

“你……”程知闻言大怒，却不知要如何反驳，气得抬手指着眼前这个清瘦文臣模样的人，恨不能一掌将这人打趴下。他几句话说来，无理的倒是自己这边了。

“程知！”徐渊上前拉住程知，免得他火暴脾气上来做出冲动之举，打量着眼前这个看似平凡无害的文臣，心中暗生警惕。

“在下请教太音大人一个问题。”站在四将之后的久微忽然站出来向雍州太音大人微微躬身道。

“不敢，请讲。”太音大人颇有得意之色。

“请问大人，大东帝国至高之人是谁？”久微彬彬有礼地问道。

“当然是皇帝陛下！”太音大人想也不想地答道，弄不明白眼前这人怎么会问此等三岁小儿也知的问题。

“那请问皇帝之下是何人？”久微继续问道。

“自然是皇后殿下！”太音大人答道。

“那皇后之下呢？”久微再问。

“皇子、公主及六州之王。”太音大人再答。

“那再请问，昔年嫁至雍州的倚歌公主与先雍王，二者地位如何排？”久微面带微笑地看着太音大人道。

“倚歌公主乃皇室公主，自然是与先王平起平坐。”太音大人迅速答道，可答完隐约觉得不妥。

“那我想再问大人，青王与雍王分别是何身份，他们与当年倚歌公主之身份有何差别？”久微看着太音大人道。

“这……他们……”太音大人有些犹疑了。

“太音大人乃掌管礼仪之人，自应最熟礼仪，难道竟不知青王、雍王的身份地位？”久微继续问道。

“青王……”太音大人抬手擦擦额上的汗珠，用眼角偷瞄一眼任穿雨，却得不到任何提示，只得一咬牙道，“青王、雍王乃一州之王，帝、后之下，百官之上，与皇子、公主平起平坐。”

“噢——”久微恍然大悟般地点点头，微微向太音大人躬身道，“多谢太音大人指点。”他转身看向青、雍两州所有的大人、将军，微微施礼道：“诸位大人，想来也都听清刚才太音大人之言了吧？”

“听清楚了！”不待他人答话，程知马上高声响应。

久微微微一笑，目光落向任穿雨，十分温文地道：“凡国之大典，皆由太音大人主持，而太音大人必也是熟知礼制，却不知为何今日竟犯此等错误？这……实在让人不得不怀疑，有人故意为之，以阻碍两王婚仪，离间两州情谊！”他声音不大不小，不急不缓，却保证在场每一人都能听得清楚。

“说得对！”程知又是第一个出声赞同。

“敢问太音大人，你很不希望两王联姻吗？不希望青州、雍州结盟吗？”徐渊逼视太音大人。

“不……这……当然不是！”这么一顶大帽压来，太音大人岂敢接，赶忙辩白。

正在此时，内侍尖细的声音响起：“雍王、青王驾到！”

随即号角长鸣，陵武台上上下下所有人跪地恭迎二王，原本僵持着的诸人也慌忙垂首跪下。

长长高高的台阶上，迤逦的仪仗之下，丰兰息与风惜云并肩走来，携手同步，走上陵武台，却发现原应分两边跪迎的臣子此刻全跪在中间，如要阻他们的路一般。

两人相视一眼，站定，转身面向台下万千臣民，道：“平身！”

两人声音清清朗朗地传出，同起同落。

“谢主上！”台下臣民、将士叩首，呼声震天。

两人转身，却见台上的臣子依旧跪在地上，又道：“众卿也平身！”

雍州的大臣都起身，唯有青州的臣子依然跪于地上，不肯起来。

丰兰息看一眼风惜云，有些不明所以，风惜云回以一个同样不明的眼神。

“徐渊。”她淡淡地唤了一声。

徐渊抬首看着风惜云，神情严肃：“主上，取婚以信，取盟以诚，雍州何以欺我青州？”

风惜云闻言一怔，目光越过他们，落向高阶之上的两张玉座，顿时明白了，脸上浮起一丝难以捉摸的浅笑，回首看一眼丰兰息，话却是对徐渊说的：“徐渊，仪式即将开始，你还不起身吗？”

淡淡的话语带着王者威仪，青州众臣不再多话，都起身归位。

丰兰息目光扫过左排雍州的臣子，但见那些人皆垂首避开：“柳卿。”他的声音温和无比，脸上依然有着优雅浅笑。

“臣在。”太音大人马上出列，心头有些忐忑不安，不知那人的话是否可信，主上真的不会责怪他吗？

“撤去一张玉座。”丰兰息转首看着风惜云，“玉座那么宽敞，孤与青王同坐即可！”

“是！”太音大人松了口气，主上竟真未追究，那人所料果然不差！他转身指挥着侍者撤椅。

台下的士兵与百姓并不知台上的插曲，他们只是翘首等待着两王的书约仪式。

终于，太音大人的声音响起：“仪式开始！”

顿时，乐声响起，雍容典雅，庄重大气，尽显王室尊贵风范，乐声中，但见宫女、内侍手捧金笔玉书，缓缓地拾级而上。

玉座前，内侍跪地捧书，宫女捧笔过顶，两王执笔，在白璧之上同时写下两行丹书。

鼓乐声止，两州的太音大人高昂的声音同时响起：“国裂民痛，何以为家？扫清九州，重还清宇，便是孤大婚之日！”

两位太音的声音落下，陵武台上下静然，良久后，爆出雷鸣般的欢呼声。

震天的欢呼声中，两王携手起身，并肩立于高台上，遥望台下万千将士与臣民，挥手致意。

“雍王、青王万岁！愿两王白头偕老！愿两州繁荣昌盛，千秋万世！”

当那一黑一白两道身影现于高台之上时，台下万千将士、子民皆跪地恭贺，声音直达九霄。那一刻，群情激奋，热血沸腾，两州的百姓将士对两王此等先国后家之举衷心敬服，所有的人愿为这样的王而慷慨奔赴刀山火海！

然而他们都看不到，青王优雅矜持的微笑中含着淡淡的冷诮，雍王深不见底的黑眸里闪过冷峻的神色，两人执手相视，那一刻，彼此的手心竟然都是冷的，冷如九阴玄冰！

“青王万岁！雍王万岁！”

台下是山呼海啸般的呼喊声，台上两州的臣子却是神情各异，有的为两王联姻、两州结盟而真心开怀；有的眉头深锁，似有隐忧；有的神色平静，目中一派了然；有的浅笑盈盈，神思不露……

“你到底在搞什么？”墨羽四将之首的乔谨目不斜视地注视着前方，低低的声音只有身边的四人可闻。

“是啊，哥哥，你这是什么意思？”任穿云也问兄长。

“我？只不过是想让主上认清一件事而已。”任穿雨微微地笑着，眸中闪着算计得逞的精芒。

乔谨闻言看他一眼：“你可不要搬起石头砸了自己的脚。”他的话中含着淡淡的警告。

“认清什么？”任穿云却问兄长。

“岂会？我的目的早已达成。”任穿雨看一眼乔谨，淡笑道，转头拍拍弟弟的头：“你就不必知道了。”话音落下时，他感觉到有人看着他，不禁转头看去，却看到一张平凡的脸，一双看似平和却又隐透灵气的眼眸。

纸是玉帛，笔是紫毫，砚是端砚。

有人挽袖提笔，淡淡的几描，轻轻的几画，浅浅的几涂，微微的几抹，行云流水，挥洒自如，片刻间，一个着短服劲装的男子便跃然纸上，腰悬长剑，身如劲竹，实是个英姿伟岸的好儿郎，却——少了一双眼睛！

紫毫停顿片刻后，终于又落回纸上，细细地，一丝不苟地勾画出一双眼睛，那双总在午夜梦回时让她心痛如绞的眼睛！

“夕儿，不要画这样的眼睛。”一道夹着叹息的低语声在她身后响起，然后瘦长略有薄茧的手伸过来，捉住了那支紫毫。

风惜云沉默地伸出左手，拨开久微捉笔的手，右手紧紧地握住紫毫，然后略略放松，笔尖毅然点上那双眼睛，点出那一对浅黑瞳仁。

收笔的刹那，那双眼睛便似活了一般，脉脉欲语地看着画前的人。

“夕儿，你这是何苦呢？”久微无奈地说。

“他是我亲手杀的。”风惜云紧紧地握住手中的笔，声音却极其轻浅，如风中柳絮般飘忽，却又极其清晰。她一字一顿地道，“瀛洲是我亲手射杀的！他……他的眼睛，他的眼神，我永远记得！”

久微看着画中的人，看着那双眼睛。那双眼睛似是含着无限的解脱，又似有无限的遗憾，似是藏着无限的欣慰，又似埋着无限的凄绝，它那么矛盾苦楚却又那么依恋欢欣地看着……看着画前的人。

“夕儿，忘记吧。”他无力地叹息，轻轻环住风惜云的肩膀，“背负着这双眼睛，你如何前行？”

“我不会忘记的。”风惜云的眼睛一眨不眨地盯着画中那双仿佛道尽千言万语的眼睛，“只不过……有些东西是必须舍弃的！”话落之时，风惜云将紫毫毫不犹豫地放回笔架，回头看着久微，也看见了他眼中的那抹忧心之色。她微微一笑，抬手抹开他蹙在一起的长眉，“久微，这样的表情真不适合你。”

久微闻言轻轻一笑，笑开的刹那，所有的轻愁忧绪便退去，现于人前的依旧是那张平凡而隐透灵气的脸，依然是那不大却似能看透天地奥秘的双眸。

风惜云看着他的笑，也浅浅地回以一笑，转身取过搁在画旁的半块青铜面具，轻轻抚过裂缝边缘，抚过残留在面具上至今未曾拭去的血迹……她的目光从画上移至面具上，从面具上移至画上，又从画上移向窗外，然后落得很远，散得漫无边际，就算你在她身边也无法探知她的所思所想。

许久，风惜云放开手中的面具，卷起桌上墨已干透的画像，以一根白绫系住，连同面具一起收入檀木盒中。

“久微，你说双王可以同步吗？”

落锁的那一刻，风惜云的声音同时响起，轻淡得似乎只是随口问话。

“不知道。”片刻后，久微才答道，声音轻缓。

风惜云轻轻一笑，回首看着久微：“我知道。”

这一刻，她的声音清冷自律，神情淡定从容，目光平缓无波。这样冷静得异常的风惜云是久微从未见过的，他心中一动，瞬间明白，那个檀木盒中锁起的不只是燕瀛洲的画像与面具，一同锁起的还有某些东西。

自这一刻起，世间再无白风夕，只有青州女王——风惜云！

“久微，你不用担心。”风惜云微笑着，笑得云淡风轻，不带烦忧，“不管前路如何，我风惜云——凤王的后代——不会畏缩！”

久微静静地看着她，久久地看着，那张平凡的脸上渐渐生出变化，以往的散漫消失了，代之而起的是一种执着，似是坚定了心中某种信念，那双眼眸中是逼人的灵气与智慧。

“夕儿，不论在哪里，我都会陪你！”

“嗯。”风惜云微笑点头，伸手将搁在案上的一个长约三尺的木盒打开，里面是一柄宝剑，她取剑于手，轻抚剑身，“这便是威烈帝当年赐予先祖凤王的宝剑——凤痕剑！”

“如画江山，狼烟失色。金戈铁马，争主沉浮。”风惜云慢慢地吟着，缓缓地抽出宝剑，“倚天万里需长剑，中宵舞，誓补天！”

“天”字吟出时，剑光闪烁，如流星飞出，剑气森森，如冰泉浸肤，一瞬间，久微不由自主地打了个冷战。

古朴的青色剑鞘上雕着一只凤凰，凤凰的目中嵌着一颗鲜红如血的宝石，栩栩如生，仿佛随时会展翅飞去，翱翔九天，睥睨万物。剑身则静若一泓秋水，中间隐透一丝细细的绯红，挥动之间，清光凌凌中绯光若虹。

“本来我不打算用凤痕剑的，但是……”风惜云手持宝剑，指尖一弹，剑身发出沉沉吟啸声，“金戈铁马中，凤王的后代，当用凤痕剑！”

第三十五章　风云初起缘初聚

相较于青州新王继位后大刀阔斧地整顿朝纲，雍州朝廷则一派平稳，除却几名老臣请辞外，雍州的朝局未有多少变化，每日里昭明殿依然是人才济济。

寻安君抬头看着眼前的极天宫，有些迈不动脚。

极天宫位于雍王宫的中心，是历代雍王所居的宫殿，他站在宫前许久，才抬步踏上台阶。他迈过最后一级台阶时，便见内廷总管祈源迎了上来。

“寻安君。”祈源行了个礼。

“臣奉召前来，还请祈总管通传一声。”寻安君微微抱拳，脸上挂着丰家人独有的温和无害的笑容。

“主上在东极殿呢。”祈源的态度十分恭敬。

他在这宫里摸爬滚打了几十年，看了不知多少风起云涌，对于眼前这位寻安君是打心眼里佩服的。寻安君是先王的胞弟，先王那样寡情独断的人独独亲近他，如今新王才继位不久，便数次单独召见他，满朝臣子也只他一人有此殊荣。

“请总管带路。”

“寻安君请。”

两人刚穿过偏殿，便见前边长廊里走来任穿雨及墨羽骑的乔谨、贺弃殊、端木文声、任穿云四将。

“见过寻安君。”几人向寻安君行礼。

“几位不必多礼。”寻安君回了礼，目光不动声色地扫过诸人。除任穿云脸上略露兴奋之情外，其余诸人面色沉静，目光平稳，如此年轻却皆是大家风范，那人用的人果然非同一般。

众人寒暄了两句，墨羽四将及任穿雨出宫去，寻安君跟着祈源来到东极殿。

“主上，寻安君到了。”祈源站在殿前通报。

“请。”丰兰息淡雅的声音传出。

“寻安君，请。”祈源轻轻地推开门。

寻安君淡淡地颔首，踏进殿中，门在身后轻轻合上，阳光在门外止步，四壁的水晶灯架上珠光灿烂，如殿外明晃晃的阳光，照得殿内一片明亮。

大殿的正前方端坐着当今的雍王丰兰息，身前的长案上堆满折子，丰兰息的目光则落在左侧的墙壁上，墙上挂有一幅一丈见方的舆图——绘着大东帝国全貌的舆图。

“臣拜见主上。”

“叔父免礼。”丰兰息起身，亲手扶起寻安君，“这里又没外人，自家人用不着这些虚礼。”

“礼不可废。”寻安君恭敬地行完礼才起身，“不知主上召臣来有何事？”

“叔父先请入座。”丰兰息却不答。

即刻便有内侍搬来了椅子，摆在书案的左下方。

“臣多谢主上。”寻安君倒也不客气，大大方方地坐在椅上。

丰兰息看着自己这位叔父。自他有记忆以来，这位叔父做任何事都是“无功无过”，在群臣眼中是一个平庸而老实的人，可是这么多年过去，父王处置过很多臣子、亲人，那些人中也有曾得父王十分宠信的，只有这位叔父一直站在那里，时不时地还被父王重用一两回。

寻安君眼观鼻、鼻观心地坐着，看似平静，脑中却在想着袖中的折子何时递上去最合适。

“颁诏。”丰兰息的声音忽然响起，在这空旷的大殿中显得分外响亮。

“是。”一旁候着的内侍捧着一份诏书走到寻安君身前，示意他跪下接诏，“寻安君。”

寻安君一愣，想着自己什么都还没说，主上怎么就颁诏了？这诏书的内容是什么？他一边想着，一边起身跪下。

“天下纷乱，兵祸不止，君难安国，民难安家，孤身受帝恩，自当思报。今愿举国之力，伐乱臣以安君侧，扫逆贼以安民生，肝脑涂地，唯求九州晏安。然，国不可一日无主，孤征讨逆党期间，命寻安君监国，愿卿勿负孤之厚望。”

内侍将诏书读完，寻安君顿时呆了：为什么是这样？

他跪在地上，蓦然抬首，毫不在意自己此时惊愕的表情尽落于雍王眼中，他只是想知道，怎么会这样？

按照他的设想，他的这位侄儿应该会先跟他寒暄数语，问问他的身体，问问他的那些堂兄弟，再随意地问问朝事。而他呢，可以一边作答，一边不时地咳嗽几声，以示年老多病，且答话时尽量口齿不清，说了前言就忘了后语，不时重复说过的话，以示他年老糊涂。到这个时候，侄儿要么是以厌恶的心态敷衍他，要么是很同情地安慰他，而他则或自责或自怜地再说几句胡话，博得侄儿几句宽慰的话后，他便可以掏出袖中被身体焐得温热的奏本，顺便挤几滴老泪，最后便可带着侄儿的恩赏回他的寻安君府颐养天年，含饴弄孙……那么以后所有的风风雨雨便全沾不上他的身了！

可是……为什么他进殿后侄儿当头颁下一道诏书？

这是诏书啊！他连推托、婉拒都不可以的！

“寻安君？”内侍尖细的声音响起，提醒着看起来被这巨大的恩宠惊呆了的寻安君。

不知道这个时候装晕能不能逃过去呢？寻安君小心翼翼地抬眼偷瞄玉座上的侄儿，目光才一触及那双黑夜似的眸子，心便咚地狠跳了一下，脊背上生出冷汗。

唉……除非此时真的死去，否则他便是使上千方百计也骗不了玉座上那人！

“臣叩谢主上隆恩。”寻安君终于伸手接过那道诏书，认命地看了眼玉座上的人。

“叔父，以后还请多多费心，这雍州孤可是托付给你了。”丰兰息唇角微扬，勾起一抹完美无瑕的笑容，漆黑的眸子亮晶晶地看着此时已顾不得讲究礼节、一屁股坐在椅上发呆的寻安君，哈哈哈……能算计到这头滑不溜秋的老狐狸，真是大快人心！

“臣必当尽心竭力，不负主上所托。”寻安君垂首，无比恭顺地道，只是那声音听在有心人耳中，显得不甘不愿。

“有叔父这句话，孤就放心了。”丰兰息笑得无忧无虑，黑眸一转，又淡然地道，“此次请叔父前来，还有一事要商量。”

“请主上吩咐。”寻安君心里叹气，不知道还有什么苦差要派下来。

“丰苇知道孤要出征后，每日都进宫来要求孤带他一起去。”丰兰息的指尖轻轻叩着长案，“我是想好好栽培他，只是……叔父也知道，战场上刀剑无眼，一个不小心便会受伤丧命，丰苇是您最疼爱的幼子，所以请叔父想法劝劝。”

寻安君一顿，从椅上起身，躬身道：“君有事，臣服其劳。主上都亲自领兵出征了，又何况犬子，且能得主上调教乃犬子之福，臣又岂会阻难？他既想追随主上左右，还请主上成全，让他也能为主上稍尽心力。”

“哦？”丰兰息微微一笑，手托着下巴，神色淡淡地看着寻安君，“叔父不担心丰苇的安危？须知战场上可是枯骨成山！”

寻安君抬首看一眼丰兰息，两人皆是神色淡然，眼波不惊。

“生死有命，富贵在天。况且他追随主上，自有主上护佑，若真有万一，那也是他为主上尽忠，此乃老臣之荣耀。”

“是吗？”丰兰息的目光落向寻安君抓着诏书的手，指节泛白，青筋醒目，看来并不似表面上无动于衷，“叔父有这份忠心，孤又岂能不成全？自当带上丰苇。不过叔父请放心，孤一向视丰苇如亲弟，只要孤在，他自安然无恙。”

“臣谢主上隆恩！”寻安君跪地行礼。

“雍州安然无恙便是叔父对孤的尽忠了。”丰兰息起身扶起寻安君，手轻轻地拍拍他紧握着诏书的手。

寻安君的手一抖，诏书差点儿掉在地上，慌忙又抓紧。这一松一抓之后，他心头苦笑，果然还是逃不过这个人的眼睛！而他面上一派恭敬，道：“臣必不负主上所托。”

“有叔父此话，孤便放心了。”丰兰息淡淡一笑，言罢轻轻一挥手。

寻安君会意：“臣告退。”

殿门开启又轻轻合上，内侍也悄悄退下，宽广的大殿中便只余丰兰息一人，明珠犹自挥洒着明光，似是在向殿中的龙柱炫耀它的风华。

“不愧是一家人，都是心有九窍，肠有九曲。”殿侧密密的珠帘后传来嘲讽的轻语声，珠帘卷起，走出风惜云。

“我这位叔父可是极聪明之人，连先王都敬他三分。”丰兰息看了一眼风惜云，走到墙边，看着墙上悬挂的舆图。

“你似乎不大放心他？”风惜云道。

“有吗？”丰兰息眼睛一眨，“整个雍州我都托付于他，这还不够信任？”

“哼。”风惜云轻哼，面上泛起一丝浅浅的讽笑，“在我面前你就少来这一套。你若真的信任他，又何必将丰苇带在身边？他若真有异心，区区一个人质有用吗？”

丰兰息对风惜云的嘲讽不以为意：“你们青州风氏历代都只有一个继承人，这王位之于你们某些继承人来说，代表的估计不是权力荣华，反倒是一种逃脱不得的负担。”他转身，负手看向玉座，“可在我们雍州，每一代丰氏子弟为着玉座都会争个头破血流、你死我活！”他说着，侧首看着风惜云，脸上依旧挂着淡淡的笑容，一双黑眸却如寒星般闪烁，“寻安君现在没有异心，但是……在我走后，整个雍州便都在他的手中了，日子久了，在高位上坐惯了，那种握生杀、掌万民的感觉难免让人飘飘然、忘乎所以、恋恋不舍！我带着丰苇不过是给他提个醒，让他时时记着，这个雍州的主人是谁，省得他忘了自己，也省得他……万劫不复！”

风惜云默然。

“况且……”丰兰息抬首看着墙上的舆图，“丰苇的确是可造之才，我本就有心栽培他。”

风惜云摇头，长长地一叹：“这世间或许本就没有人能让你完全信任。”

丰兰息凝神看她片刻，才道：“完全信任便是可生死相托，这样的人……太难得了。”

景炎二十七年七月初，雍王、青王以“伐乱臣逆贼”为名，发兵二十五万，征讨“屡犯帝颜”的北州。

同月，冀王以“结乱世，清天下”为名，集冀、幽三十万大军，兵分两路，向祈云王域和商州进发。

风云骑、墨羽骑不负盛名，一路势如破竹，不到一个月的时间即攻下北州四城，直逼北州王都最后一道屏障——鼎城。

同时，争天骑、金衣骑屡战屡捷。由幽州三位公子并冀州皇雨、秋九霜两将所率的金衣骑，一个月之间攻下祈云两城！由皇朝亲率的争天骑一路如入无人之境，一个月之内即攻下商州三城。

八月十日，临近中秋，月渐圆，桂飘香。

商州的泰城已被冀州争天骑所占，被战火灼烧出的伤口尽数掩于幽幽夜色里，城依然是那座城，只是其中的人少了一些，又多了一些。它静静地矗立于大地之上，灯火里，只有偶尔反射出的一抹冰寒刀光才能让人想起这座城池经历过什么，而城楼上现如今飘扬着冀州皇氏的紫色狮焰旗。

在城楼之上仰望夜空，那一轮明月仿佛挂在头顶，伸手可掬，只是它还不够圆满，让人稍感遗憾。反倒是月旁那几颗淡淡的星子让人记挂，让人生怕它们因受不住明亮的月辉而羞愧地隐遁。

“无缘，你说那个雪人是不是真的很漂亮？”城楼上，一身铠甲、腰悬长剑的皇雨问他身旁白衣如雪的玉无缘。

“你说雪空？”玉无缘依然遥视着头顶的明月，随意地道，“雪净空灵，当然很美。”

“那你说……那些女人见着了是不是都会喜欢他？”皇雨再问道，手微微握紧剑柄。

玉无缘闻言，转头看向他，一双眼睛仿佛吸收了明月的银辉，光华灿烂。

“我问你呢，你看着我干吗？”皇雨被那样的目光看得极不自在，仿佛被他从里到外看了个透。

玉无缘微微一笑，道：“你担心九霜会喜欢上雪空吗？”

“哪有？”皇雨像被踩到尾巴的猫似的叫道，“那个丑女人，我干吗担心她会喜欢上谁，那关我什么事？”

玉无缘却不理会他的叫嚷，依然微笑着道：“放心吧，九霜不会喜欢上雪空的。”

“我说过我不关心啊，你没听到？！”皇雨再次叫道，也不怕城头上的将士们听见。

“九霜是世间少有的奇女子，很多人喜欢她的。”玉无缘抬头，望着夜空中的那轮皓月，“这月虽有些缺憾，但无损于它的风华，它皎洁如霜，淡看红尘，依然是世人所恋慕向往的。”

“你在说什么啊……那女人既不美貌，也不温柔，还言语粗俗，动作粗鲁，一点儿也不像个女人，谁会那么没眼光去喜欢她……”皇雨反驳着，只是越说到后面声音越低，倒像是自言自语。

“喜欢她的人，那才是眼光奇绝。”玉无缘低头，微抬手掌，月华下，那双手闪着玉般的光泽，让人乍看之下几乎要以为是透明的白玉，十指修长，完美得令人目眩。但瞬间，那手又恢复正常，只是比常人的手稍显白皙。

皇雨没有注意到玉无缘的手，目光落在头顶那稍有缺陷的明月上，看了半晌，似有些认命地接受了那明月任他怎么看也不会突然变圆的事实，重重地叹了口气：“唉！至少是眼光奇绝，也不算亏！”

玉无缘看着他，似有些好笑，又有些羡慕，拍拍他的肩膀：“她跟雪空不是和你打了赌，看谁能先到苍茫山吗？”

“当然是我……嗯，王兄！”皇雨稍稍改了改说出口的话。

“嗯。”玉无缘看向前方，浓浓的夜色中，前方一片朦胧，就算皎月当空，数十丈外依旧是一遍晦暗，“苍茫山顶……皇朝会去的。”

“王兄当然会去苍茫山顶！”皇雨想也不想地道，看着眼前这个纤尘不染、如月下仙人般的人，不禁有些疑惑，“无缘，你有喜欢的人吗？”

“喜欢的人？”玉无缘回首看他一眼，温和地笑笑，“所有的人我都喜欢。”

“才不是呢。”皇雨却摇头，指指他的胸口，“我是说放在心上的人！”

“心上的人？”玉无缘一怔，片刻后淡淡一笑，笑意却如夜色般模糊，那双仿佛月辉所聚的眼眸也敛起了所有光华，微微垂首，一缕发丝落下，掩起了半边脸。

白如雪的衣，黑如墨的发，那一刻的玉无缘凄迷而寂寥，仿如在这浓夜中迷失的孤魂，不再是月中出尘的仙人。

“无缘……”皇雨伸出手，想拉拉他的衣袖，却不知为何又垂下了手。皇雨想唤他，却不知要说什么，只知道这样的玉无缘是自己从未见过的，仿佛是自己亲手拿了一把刀刺伤了他，让他从碧落瑶台坠入了这万丈红尘。

“玉家的人没有心，无心又何以容人？”玉无缘的声音清晰而平静，他抬头望向天际，发丝垂落，露出那张淡然无绪的脸。

“没有心，人哪还能活，岂不是早死了？”皇雨喃喃地道。

听到这样的话，玉无缘不由得转头看向眼前这个似是天真又似是聪慧的人，半晌后才淡然地道：“或许吧。”

“什么话！”皇雨闻言却眼一翻，“你明明活着啊！”他抓住玉无缘的肩膀，证明这具身体是温热的，“你们玉家人号称‘天人’，但你可不是那些摒弃世间爱恨情仇而无欲无求的天人！你是以慈心仁怀，泽被苍生的天人玉无缘！”

“天人玉家……”玉无缘喃喃着，望着夜空的眼眸如雾中幽湖。许久，他抬手掩目，不再说话，月华之中，那微仰的脸白玉般净美，唇边勾起一丝浅笑，可那笑比那悲伤的哀泣更让人心酸和……心痛！

那一刻，仿佛有什么堵在胸口，让皇雨无法呼吸，双眼酸酸的、涩涩的，竟极想流泪，可他不知道为何要流泪。眼前这个人，白衣如雪，飘逸绝尘，如月下飞仙，是应令世人恋慕的……可他看着只想哭。

很多年后，皇雨依然无法忘记这一夜的玉无缘，总是会想起他的笑，那仿佛是寂寥了千万年，也哀伤了千万年，却犹要云淡风轻的一笑。那一笑，不论过去多少年，总是让皇雨心酸得无以复加，每当这时，他总是抱住身边的爱人，没头没脑地说：“其实比起天人，我们凡人要幸福多了！”

八月十五日，北州王都。

一轮皓月悬于天际，清辉如银纱般将天地笼在一片蒙蒙的白光中，桂影婆娑，暗香浮动。今夜乃是中秋，本应是合家欢度的佳节，整个北王都却少有欢笑声，拜月祈神后，再无人能提起谈笑的兴致，心里都在担忧着，前方鼎城可有为雍、青大军所破？

北王宫，夷澹宫的正殿里，北王白涣静静地看着殿中悬挂的白氏历代国主的画像，看着画旁记载历代祖先功业的玉笈，良久后，似是看累了，闭上了双目。

门口传来极轻的推门声，闭着眼睛的北王顿时睁开双目：“琅华，你又不听话了。”话语是责备的，语气却带着一种无奈的宠溺。

“父王，您干吗待在这里？”银铃似的声音响起，然后一个身着火红宫装的少女踏入殿中，仿佛一道彤霞涌入，令死寂的夷澹宫平添了一抹朝气，“宫中一年一度的祈月宴您都取消了，是在担心雍州军会破了鼎城吗？那也不要待在这里，这些祖先早就化成灰了，您拜得再多，他们也没法活过来帮您退敌，还不如率军前往鼎城，与那雍王、青王决一死战！”

“琅华，不得对先祖无礼！”北王呵斥着。

少女却无所畏惧：“本来就是嘛，您拜这些祖先有什么用，他们难道还真有神力，能襄助我北州不成？”

少女十五六岁，生得娇小玲珑，瓜子脸上两道新月眉，水灵灵的杏眸，微翘的瑶鼻，小小的樱唇，肤色极其白净水嫩，在火红的绮罗裙的映衬下，雪白的肌肤透着淡淡的嫣红，无愧于她“琅华”之名，仿若一朵白生生的琅玕花绽在红霞中。她正是北王的第六个女儿——琅华公主白琅华。

“琅华，”北王有些无奈地摇头，对于这个最宠爱的女儿，他总是没法真正严厉起来，“你还不回宫歇息，跑来这里干吗？”

“今夜这么好的月色，宫中却无人欣赏，全是一副忧心忡忡的模样，令人看着便气闷无趣。”白琅华撇撇嘴道，“父王，我北州也有大军数十万，何惧他雍州？您也不要求这些祖先啦，不如派女儿前往鼎城，女儿定退雍军！”

“你这孩子，”北王看着爱女跃跃欲试的神情，又是好笑又是好气，“真是初生牛犊不怕虎。你一个女孩子家，懂什么领兵打仗？就知道胡闹！”

“父王，您怎么可以瞧不起女儿？”白琅华闻言抱住北王的手臂，半个身子都挂在上面，“女儿虽是女子，但自幼即习刀技箭术，熟读兵书，自问不会比几个哥哥差。况且女子又如何？那青州的女王风惜云，那冀州的霜羽将军秋九霜，她们不都是女子吗？但她们同样是威震天下的名将！”

“好！好！好！孤的琅华也很不错。”北王宠爱地拍拍女儿。

“父王，您还是瞧不起女儿。”白琅华怎会看不出父亲的敷衍，伸手扯着北王的胡须，不依不饶地道，“父王，您就派女儿领兵去鼎城嘛，女儿定不会让您失望的！”

“琅华别胡闹！”北王扯下女儿的手，摆出严肃的神情，“鼎城可不是你这种小孩子家去玩的地方！”

“父王……”白琅华不依。

“回宫去！”北王厉声喝道。

白琅华看看父亲的脸色，知道再怎么说也无用，心中一恼，甩手离去：“回去就回去！哼！父王你气死我了，明天我不吃饭了！”

看着气冲冲走出大殿的爱女，听着她任性的话，北王摇头失笑，只是笑容才展开半丝，想起前方战事，眉头又锁在一块。

白琅华冲出大殿，双足重重地踩在青石板地面上，似要将石地踏出一个大洞来方能解气，只是踏得脚板都麻痛了，这石地板依然是石地板，并未因为她是琅华公主而乖乖变成石粉地板。于是她手一伸，恨恨地扯着道两旁的花花草草，一边扯一边狠狠地扔出，一路走过，便余一路残花。

太过分了！父王老是不相信她！几个哥哥全都领兵出战了，两个去了鼎城，四个去了祈云王域，偏偏就她被困在这王宫里，日日和父王的那些嫔嫱吃饭喝茶，看花叹月，真是无聊透顶！父王若让她领兵，她琅华公主肯定不输青州的那个风惜云！一想到风惜云和华纯然，白琅华便更加气闷。

想她白琅华，自小长得玉雪可爱，年纪稍大一点儿更是眉目如画，娇美无匹，十岁时，在世子哥哥的大婚典礼上，她于琅玕台上献舞一支，倾倒了万千臣民，从而博得“琅玕之花”的称号，再过一两年她肯定会长得更美，到时便是整个大东帝国无与伦比的“琅玕花”。

可偏偏，幽州幽王为庆祝爱女纯然公主的生辰，举办了一个什么牡丹花会，邀请大东的王侯贵族们前往观赏，而在花会上小小露了一面的纯然公主竟让所有人惊为天人，说什么牡丹仙子也不及她三分美貌，自那以后，大东的人便私自封那个纯然公主为第一美人，而忘了她这朵琅玕花！

好吧，不能当第一的美人，那她就发奋读书，以期博得“第一才女”的名号，要知道腹有诗书气自华，那纯然公主美有什么用，还不是徒有其表？等着看吧，她白琅华日后定会成为大东的第一才女。可这意愿她才稍稍露了一点儿，四哥便一句话抛过来，说什么在她之前，青州的惜云公主以十岁稚龄作出《论景台十策》一文，压倒了青州的一干才子，早就得了“天下第一才女”的称号，四哥说完还讥笑她孤陋寡闻。

她气得直哭，哭完想着才女又算得了什么，手无缚鸡之力，若是遇上什么强盗土匪的，还不是吓得又哭又叫，仪态尽失？所以她决定习武，并看了大量兵书，立志做名扬天下的女将，英姿飒爽，意气风发，战马上杀敌擒贼，沙场上布阵点兵，攻城略地，扩土拓疆，让北州在她手中像冀州、雍州那样强大。而她便可凭借不世功勋，受后人景仰，留名于青史，遗芳于万世……多么美好的前景啊！

可偏偏……她一本兵书还未看完，就传来了青州风云骑大败幽州金衣骑的消息，一时世人都在议论那个一手创建风云骑的风惜云，说风惜云如何指挥风云骑西拒争天骑、南扫金衣骑，又如何用计将雍州军困在幽峡谷三天三夜……风惜云的传说还没说完，冀州又冒出个什么秋九霜，一人独领千军夺了商州两城，带着五千将士即抢了祈云王域数百里沃土……

呜呜呜呜呜………

她抱着枕头大哭一场，然后抹干眼泪，告诉自己不可以泄气。华纯然算什么，不就是长得美嘛，可空有美貌有什么用，她又没有风惜云的才华与武功！风惜云又算得了什么，她便是才华绝代、武功盖世又如何，她又没有华纯然的绝世容貌，从所有人从未谈论过她的容貌这一点便可知，她绝对容貌平庸，说不定还丑陋无比，有如夜叉再世！所以……她白琅华不但天生丽质，而且通诗文，善歌舞，再勤练武功，熟读兵书，她白琅华是有才有貌、有武有德又有艺的十全十美的琅华公主！

只是……抬首看着夜空中那一轮皎月，此时此刻依然毫无建树的白琅华无比幽怨地叹了口气。

就算她十全十美又如何，她还是被困在这小小的北州，小小的王宫，做她小小的琅玕花！人家华纯然依然风光无比地做着大东第一的美人，令天下男儿倾慕不已；风惜云更是名传天下，男女老少提起她来都是满脸敬仰。而“天下四大公子”中最尊贵的皇朝公子与兰息公子，一个娶了华纯然，一个与风惜云订了婚，只有她，今年都十六岁了，除了几个自大自狂的哥哥外，就没见过别的年轻男子。

哼，这都怪父王，疼爱女儿也不是这么个疼爱法，竟将这么优秀的她锁在深宫里，让她见不着世人，也让世人见不着她，这如何能让她的美名、才名传遍天下呢？

所以……白琅华握紧拳头。父王，我已经忍很久了！您不让我去，难道我就不能自己去？

第三十六章　鼎城之火沸乱世

北州的查山虽不如大东第一的苍茫山雄昂挺拔，也不似冀州天璧山险峻清幽，却是一座十分有名的山，它的名气来源于它那仿佛被什么一劈为二的主峰。

民间流传着一个传说，远古时期，查山的山神因为妒忌，想超越苍茫山成为世间第一高山，便偷饮了天帝的琅玕酒。琅玕酒乃是天庭仙树琅玕结出的珍珠所酿，凡人饮一口便能成为力大无穷的勇士，而山神饮一口即能长高百丈。查山的山神偷饮了一口琅玕酒后，果然一夜间长高了百丈，可祂想饮第二口时被天帝发现了，天帝震怒，不但收回了琅玕酒，还降下雷斧将神峰一劈为二，让山神永受分裂之痛，以示惩戒。

不管这传说是真是假，但这查山的主峰确是似被人从中劈开，东西永隔。沧海变为桑田，草原也化为沙漠，两峰的间隔也在慢慢扩大，两峰之间的区域从幽谷变为肥田沃土，从荒芜到人烟繁盛，天长日久，这里慢慢从户到村，从村到镇，从镇到城。

查山下的小城还盛产一种水果，传说是当年天帝收回琅玕酒时不小心洒落了一滴，那一滴酒落在查山便化为一棵树，开着白玉似的花儿，结满珍珠似的果实，这便是查山的特产琅玕果，小城也因着盛产此果而闻名天下。

朝代更替，历史长河流淌，小城越扩越大，并因着它特殊的地理位置，慢慢地显出了重要性，时至今日，它已是北州的咽喉——鼎城。

“这鼎城，你们说说怎么破吧。”

华丽而舒适的王帐中，丰兰息淡淡地丢下这么一句，便端起云梦玉杯细细地品尝起人间的仙酿——琅玕酒。

与他并排而坐的风惜云则是聚精会神地看着她面前那块荆山玉雕的玉狮镇纸，反倒对桌上那幅鼎城舆图瞟都不瞟一眼，似乎是觉得那块玉狮镇纸比这鼎城更有价值。

墨羽骑、风云骑的诸位将领则是散坐在帐中各处，形貌不同，神态各异，但相同的是都没有战前的紧张。

乔谨坐得最远，认真地擦拭着手中的宝剑；端木文声背靠在椅上，抬首仰望着帐顶上垂下的琉璃宫灯；贺弃殊在仔细查看衣袍上的尘土，并时不时地伸手掸去；任穿云双手支着下巴望着兄长；程知挥着一双大掌努力地扇起丝丝微风以解酷热，一旁的徐渊则皱眉看着他这失仪之举；林玑将自己的十根手指玩得甚为有趣；唯有任穿雨和修久容端坐在桌边查看着舆图，凝神思索着破城之法。

“这鼎城两面环山，唯有一条南北方向的通道，易守难攻。”修久容一边看着，一边喃喃自语，“而且北王派了大将军公孙比重率十万大军驻守于此，要想破城实是不易，可是去往北王都必经鼎城……”

任穿雨听着他的话，抬眸看向他，温和又谦逊地道：“依修将军所说，我们岂不就不能破这鼎城了？”

修久容自不会有他肚里的那些计较，而是认真地答道：“至少不能强攻，否则等到城破，我们也会损伤惨重。”

“哦？”任穿雨目光微闪。

“鼎城东西两面皆为笔直的山壁，根本无路可通，北面就是北王都，王都可源源不断地为鼎城供给粮草、兵器，我们既不能夹攻，亦不能围困，城内守军要守上一辈子都没问题，反倒是我们……”修久容盯着舆图，十分苦恼，似乎很想从图上瞅出一条天路来。

“修将军怎么就只想到攻城呢？其实还有其他方法的。”任穿雨和蔼地笑了笑，目光狡黠。

“嗯？任军师有法子？”修久容抬首看向他，一双秀目睁得圆圆的，很像一个求知若渴的谦谦学子。

任穿雨微笑着颔首，抬手摸摸光滑的下巴，暗想再过几年，就可以留一把美须，到时抚起来肯定风度翩翩。他一边摸着，一边淡淡地道：“我们干吗要耗力气去攻城？我们诱他们出城来迎战，然后在城外将之一举歼灭就是了。”

修久容闻言，顿时眼眸一亮。

“怎么诱敌出城？”远远地，乔谨抛来一句话。

“法子可多着呢。”一说到要计谋，任穿雨顿时精神一振，细长的眼睛亮亮的，“不过以目前的情况来看，都得花一点儿时间才能让鼎城那个被我们吓破胆的公孙比重大将军从龟壳里伸出头来。”

“我们一路过来已连破四城，可谓攻无不克，士气极其高昂，若鼎城久攻不下，必削士气。”徐渊很不喜欢这个任穿雨，所以出言打击。

“徐将军说得有理。”端木文声附和。

“这个嘛……”任穿雨摸着下巴沉思，该想个怎样的点子才能让公孙比重尽快咬饵呢？

在诸将沉思时，风惜云的目光终于从玉狮镇纸上移开：“这里有一条路。”她伸手以朱笔轻轻在舆图上一画，“东查峰山腰上有一隐蔽的山洞，洞内有一条密道通往鼎城内的东凡寺。”

她的话顿时让诸将投来了目光，任穿雨更是一脸惊异：“东查峰上有密道？这……青王如何得知的？”

想他这些年熟读万卷，遍览群图，整个大东帝国在他的脑中便是由一幅又一幅的城池图组成，桌上的这幅鼎城舆图便是他画的，他敢夸口，此时挂在守城大将公孙比重议事厅的那幅都不及他的详尽，可青王随意一点，便点出一条天下人皆不曾听闻的密道，这叫他如何能信服？

“读万卷书，不如行万里路。”风惜云淡淡地扫一眼任穿雨，感觉身后有目光投来，回头便见丰兰息摇晃着手中玉杯，似笑非笑地看着她，她不禁垂眸浅浅一笑，笑容里似有些赧然。

唉！她总不能告诉这些人，当年为着饱食一顿不要钱的琅玕果，她强拖着某人做伴爬上东查峰，美其名曰亲手采摘的沐天然雨露、吸日月精华的仙果必定更为美味。某人只要伸伸手就有的吃，当然不甘做这种劳筋苦骨的事，所以两人少不得一路吵吵打打，一个不小心，两人摔进了一个山洞，令人想不到的是山洞内有天然密道。等他们从浑身酸痛中缓过来后，她便又拉着某人去寻幽探险，虽然道路曲折陡峭，但难不倒他们。后来她走累了，也饿坏了，便想抢某人最后的琅玕果，少不了又是一番大打出手，结果是，那许是年代太久所以“腐朽”了的山壁，竟然经不起凤啸九天和兰暗天下的轰击，被击穿了！最终他们便从那破洞钻出来，然后发现到了东凡寺。

“是有一条密道。”丰兰息轻轻叩响指上的苍玉扳指，目光无波地扫一眼任穿雨。

任穿雨收回了看着风惜云的目光：“既然有密道可通往鼎城，那我们要攻城便容易多了。”他望着舆图，沉思片刻，“我们可先派勇士潜入鼎城，然后分两路行动。”他一边说着，一边抬指连连在图上点着，“据探子回报，这六处地方囤着北州军的粮草，若其失火，北州军必救。此计可乱军心，只等满城慌乱我们便可发兵攻城！”

任穿雨说完，帐中有片刻的安静，但也仅仅是片刻。

“嗯……前往放火突袭的人，不如都换上北州军的服装，放火后还可以北州军的名义趁乱放出谣言，更能让鼎城内的百姓、将士们溃乱。”修久容最先补充道。

任穿雨及墨羽骑四将皆转头看向他，有些意外这个看起来纯真羞涩的人竟也会有这等诡计，不过意外之后却又了然，能成为风云骑大将的又岂是无知愚善之人？

被这么多双眼睛一望，修久容脸顿时红了，不由自主地望向风惜云，接触到她含着淡淡笑意的目光，心中大定。

“修将军所言甚是。”任穿雨点头。

“那什么时候行动，人手如何安排？”任穿云则问兄长。

任穿雨抬眸扫视一圈，目光静静地落在徐渊身上，微微一笑道：“由东查峰入鼎城，途中山路、密道必是极为险峭，需是身手敏捷之人方可；而放火、突袭之事，则须谨慎行事，万不可被北州军发现。”说至此处，他微微一顿，不动声色地看了眼风惜云，然后目光再落回自始至终一脸沉静的徐渊身上，“风云骑的将士个个身手敏捷，武艺高超，要入鼎城自非难事，而徐将军的谨慎沉着，这一路行来，我们大家有目共睹，所以这入鼎城突袭之事，除徐将军不做第二人想。”

他的话一说完，任穿云便看了贺弃殊一眼，见他垂眸看着自己衣襟上的刺绣出神，似乎完全没有听到任穿雨的话。而徐渊神色未变，仅将目光移向风惜云。

风惜云平静地看着任穿雨，似乎在等着他后面的话。

任穿雨见无人发言，当下目光一转，望向自进帐后便忙着扇风擦汗的程知：“程将军有万夫不当之勇，所以这攻城的主将非程将军莫属。”

这一回，墨羽骑四将齐齐望向了任穿雨，但他视若无睹，只是转身面向风惜云，恭恭敬敬地请示：“穿雨的建议，不知青王以为如何？”

风惜云淡淡一笑，看向丰兰息，以眼神表达“你们君臣还真像”的意思。

一直擦拭着长剑的乔谨收起了长剑，站起身来，正欲开口，却见风惜云的目光无声地扫来，到了口边的话就这么给扫走了。他心念一转，暗暗叹息。

风惜云目光扫过乔谨，心中也有赞赏。比之墨羽骑其他三将，乔谨似乎不及端木文声豪爽大气，也不及贺弃殊精明斯文，更不如任穿云俊挺英朗，但他自有一种卓然气度，令人心生信服，从而成为墨羽骑首将。

她一边想着，一边道：“任军师事事考虑周详，可行。”

听了这话，林玑便握紧了拳，看样子是想起身说话，但风惜云目光一扫，他便深吸一口气，坐着不动了。

乔谨沉默地站着，只是望着风惜云的目光中有着淡淡的敬佩。

一直坐在一旁品着美酒的丰兰息终于饮完最后一口酒，将玉杯轻轻搁在桌上，而后慢慢站起身来。

墨羽骑诸将见此，都站起身。

“主上以为如何？”任穿雨恭声请示。

“由弃殊领两百精兵入鼎城。”丰兰息淡然地道。

此言一出，风云骑四将皆一怔，墨羽骑四将却是心知肚明——他们之中，贺弃殊善突袭。

“是。”贺弃殊垂首应道。

“至于两百精兵的行装……”丰兰息目光移向徐渊，“就请徐将军准备吧。”

“是。”徐渊起身应道。

“弃殊戌时出发，子时发十万大军攻城。”丰兰息扫一眼乔谨，“程将军主攻，乔谨、穿云左右助之。”

“是。”程知起身应道。他一起身，一串汗珠便落在地毯上，不由得抬手拭汗。老实说，他才不在乎到底谁主攻、谁突袭、谁吃亏、谁占便宜，他只想快点儿出营帐，比起这样干坐着，他宁愿上阵去杀敌。

“是。”乔谨、任穿云也垂首应道。

“这样安排，青王以为如何？”丰兰息望向风惜云。

比起任穿雨明显的私心，他这样自然是公平的，所以风惜云点点头，同样站起身来：“攻城之时，林玑领神弓队相助。”

“是！”林玑这会儿心平气和了。

“那各自回去准备吧。”丰兰息挥挥手。

“是，臣等告退。”诸将躬身退下。

待所有将领离帐后，风惜云才移步走向帐门。

"惜云。"她身后响起丰兰息温雅的声音。

风惜云脚步一顿，转身回首："不知雍王还有何事？"

丰兰息看着她，良久才摇首一叹："没事了。"

"既然无事，那孤先告辞了。"风惜云微微一点头，转身离去。

风惜云走出大帐后，两人同时轻轻一叹，一个抬首望天，一个垂眸握拳，中间隔着一道帐帘。

走出王帐一段距离后，乔谨叫住前头的任穿雨："你今日有些过头了。"

"有吗？"任穿雨回首看着乔谨。

"你想做什么？"一向寡言的贺弃殊也不禁质问，眼中尽是不赞同。

端木文声与任穿云虽没说话，却也都看着任穿雨。

"也没做什么呀！"任穿雨抬手摸摸下巴，"我也就是心疼我们墨羽骑的将士，舍不得他们受伤罢了。"

"哼，那是青王，你以为能蒙混过去？"端木文声皱了皱眉头。

"嗯，你这一提醒，我倒是想起来了，那可是天资聪慧又英明神武的青王。"任穿雨摸着下巴连连点头，"以后我会注意的。好了，晚上还有活儿要干呢，你们都回去准备吧，我这就面壁思过去。"说罢，他挥挥手转身走了。

四将看着他的背影，最后沉默地转身回各自的营帐去了。

与此同时，在青王的白色王帐中，风云骑四将静静地坐着，看着案前专心看书的风惜云。

终于，风惜云放下手中的书，抬眸望向四将。

"我知道你们在想什么，但是我告诉你们——决不可！"她的声音很轻，语气却是斩钉截铁的，"记住，我与雍王已缔婚盟，青、雍两州祸福与共。"

四将闻言，沉默了片刻，起身道："臣等遵命。"

"大战在即，你们都回去准备吧。"风惜云挥挥手。

"是，臣等告退。"四将退下。

四人出帐，迎面碰上了回途中的墨羽骑四将，八人对视，不发一言，片刻后，抬步走开。

八月十八日，夜晚，月隐星暗。

"将军，您还是去歇息一会儿吧。"鼎城城楼上，副将宋参对身前的大将军公孙比重道。

"兵临城下，如何安歇？"公孙比重凝重地望着对面。

如此晦暗的夜色中，他依然能感觉到对面军营中传来的锐气，如宝剑虽被收于鞘中，仍散发着锋锐之气！

风惜云，丰兰息。

这两位绝世英才，今日他公孙比重能与之对决，是幸还是不幸？而面对那样的两个人，自己能守得住鼎城吗？

“正因如此，将军才更要好好歇息，否则何来力气杀敌？”宋参劝道。

“我交代的事都办好了吗？”公孙比重忽然问道。

宋参忙道：“将军放心，属下已遵照您的吩咐，挑选了千名精兵保护两位公子和琅华公主。”

“那就好。”公孙比重叹了口气。

这个时候，主上派来两位公子，美其名曰助他守城，可实际上是为着监视他还是……算了，主上是怎样的意思他并不在乎，只是两位公子一到，他处处受到掣肘，好好的守城计划全被他们打乱，守城的将士更是被他们东调西遣的，如一团乱麻。更让他头痛的是今早来的那位很明显是偷溜出宫的琅华公主，这位主上的心头肉若有个万一，他公孙比重可是万死难辞其咎！

“将军还是先回去歇息一下吧，这里有属下守着。”宋参劝着公孙比重，看他双眼布满血丝，神情疲惫而紧张，颇为担心，“况且现在都快子时了，对面也没什么动静，想来今夜也会平安过去。”

“好吧，这里便交给你。”公孙比重拍拍宋参的肩膀，最后望一眼对面的军营，转身离去。

他领着十多名亲卫往暂住的衙署走去，可才转过两条街，一束火光蓦然冲天而起，照亮了半个天空。

“那是……？”公孙比重望着火光的方向。

“将军，那是我们在城东囤粮的地方。”他身旁的亲卫马上答道。

“难道……”公孙比重心一沉，话还未说完，便又有数道火光亮起。

“失火啦！失火啦！失火啦……”

惶恐的叫嚷声四起，顷刻间，鼎城已在一片火光之中，夜风扫过，火势更旺，火苗跃向半空，天空都被映得红艳艳的。

“哎呀！好像是城西着火啦！”

“城北也着火啦！”

“城东的火已烧了整条街了！”

“天哪！到处都起火啦？这是怎么回事啊？”

霎时，整个鼎城乱作一团，忙着救火的、忙着抢救家财的、忙着呼喊家人的、忙着逃命的……空中飘荡着的是各种惊恐的尖叫声，慌乱无主的啼哭声，以及咒天骂地声……衬着那烧透了半边天的火光，鼎城内便似一锅沸腾着的粥！

“不要慌！不要慌！”公孙比重呵斥着身边奔逃着的百姓，奈何已无人能听进他的话。

“将军，这……这是怎么回事，怎么到处着火啦？这……怎么办？”望着那冲天的火光，亲卫们也慌起来。

“马上命人救火！”公孙比重大喝道。

"是！"亲卫们马上奔出去，可奔了几步又跑回来，"将军……先……先救哪处？"

公孙比重握紧腰间刀柄，脸上肌肉抽动，最后深吸一口气道："传本将军命令，命曹参将领兵两千救城东大火，命李副将领兵两千救城西大火，命谢都副领兵两千救城北大火，命……"他话还未说完，只听到一声"将军！"，一名亲卫扑向他，倒地之时，一支火箭射在他刚才的立足之处。

不待他们反应过来，无数的火箭便从四面八方射来，公孙比重扯起那名亲卫就地翻滚，躲闪着火箭，有些亲卫躲避不及，被火箭射中，顿时惨叫声四起。

不知过了多久，那火红的箭雨终于停止了，公孙比重从街边屋角爬起来，眼前的景象让他傻了眼。刚才道旁完好的房子此时已完全笼于大火之中，火苗噼里啪啦地越烧越旺，无数百姓在火中奔逃着、尖叫着……而刚才还站在他身边的十多名亲卫此时全倒在地上，身上全燃着火，间或发出凄厉的痛呼声……

"将……将……将军……"那名仅剩的亲卫哆哆嗦嗦地爬起来，已被吓得三魂失了两魂。

"两位公子要弃城逃回王都，所以放火烧城了！"

"雍州大军攻进来了！"

"城门已被攻破了！"

"公孙大将军已殉城了！"

…………

不知从哪儿传来的嚷叫声隐隐入耳，由远至近，由小至大，由少至多……不过片刻，这些话语已传遍全城，响遍全城，那原已被大火烧得惊慌失措的百姓顿时魂飞魄散。

"雍州大军已经攻进来啦！快逃啊！"

那叫嚷声此起彼伏，霎时所有的人只知夺路而逃，已顾不得火中的家财，顾不得火中号哭的亲人，顾不得脚下踩着的是活人还是死人……

咚！咚！咚！咚！咚！咚……

猛然，震天的鼓声响起，盖住混乱的叫声，一下一下地如雷般击破鼎城内所有人的心魂！

公孙比重混乱的脑子还没来得及理清怎么回事，一名士兵飞奔而来："将……将军，他们……攻城了！"

"攻城？"公孙比重心头一震。

"是……是！宋将军请您速去城楼！"

公孙比重马上掉头往城门方向而去，可还没走几步，迎面又一名士兵飞奔而来："将军！将军！有奸细！城门已开！"说完最后一字，那士兵便倒在地上，在他身后是长长的血迹。

"公主！公主！"

惊恐急切的叫声伴着激烈的拍门声惊醒了熟睡中的白琅华。

"不要吵！本公主还没睡够！"迷糊中，白琅华呵斥道。要知道她为着溜出王宫，为着躲过父王的追查，已两天没好好睡一觉了，今天又被两个哥哥和那个什么公孙大将军唠唠叨叨了一整天，现在她只想睡个好觉，其余的都不想理。

“公主！公主！快开门啊！”门外，跟随白琅华从王宫溜出的侍女品琳依然大叫着。

“再吵本公主就将你嫁到蒙城去！”白琅华咕哝一声，翻了个身继续睡。

“公主！你快起来啊！城中已起了大火，雍州、青州的大军攻进来了！”品琳此时已是手脚并用地踢打着房门，只求唤醒那个不知大祸临头的公主。

“什么？”白琅华一下跳起，光着脚丫打开门，“品琳，你说他们攻城啦？”她语气中没有丝毫惊慌害怕，一双眼睛反而闪着兴奋的光芒。

“是的，公主，敌军已攻进城了，很快便要杀到这儿了，您快跟奴婢走！”品琳一把拖住白琅华便往外走，“两位公子已准备好马车，并将护卫的精兵都带上了，吩咐奴婢叫醒公主立即与他们会合！”

“等等！品琳！”白琅华却抓住门前的柱子不肯移步，“我才不要逃呢！我要赶走他们，为父王立功！”

“我的好公主，这种时候你就别再胡闹了！”品琳用力扯着白琅华，“此时城里一片混乱，听说公孙将军都殉城了，连两位公子都要逃，您一个女子如何能力挽狂澜？还是快跟奴婢走吧！”

“我不走！”白琅华却一把甩开品琳的手，跑回房中，“在这个时候挺身而出才能更显我琅华公主的厉害！待击退了风惜云，我便一战成名，从此我便是这天下最厉害的女子！”

“公主，这可不是闹着玩的，他们都是杀人不眨眼的！”品琳急了，追进房中，却见白琅华正到处翻东西，“公主，你干什么？”

“我的盔甲呢？品琳，我们带来的东西你都收在哪儿？噢……找到了！父王特意为我打造的弓箭！”翻箱倒柜后，白琅华终于找着了想要的东西，“噢！这是我的宝刀！”她喜滋滋地将打造得极为精美并镶着华丽宝石的弓箭和短刀拿出来。

“公主！”品琳急得满头大汗，“您就……”

“噢！我的盔甲！”白琅华又翻出了一副火红色的盔甲，“品琳，快来帮我穿上！”

“公主！”品琳听着外面的叫喊声，真是心急如焚，赶忙走至白琅华身边快速为她穿上铠甲——毕竟逃命也得穿上衣裳，“等下我们从后门出去，两位公子的马车就停在那儿，我们动作得快点儿！”

白琅华对她的话充耳不闻，穿好铠甲，将头盔戴上，低头审视自己一番，嗯，果然是英姿飒爽！将刀箭一握，她昂首抬步便往门外走去。

“公主！公主！走这边！”品琳追着她。

“品琳，你先随两位哥哥回王都去吧，我击退风惜云后再来接你。”白琅华头也不回地吩咐道，一双眼睛炯炯有神地望着大门外。只要走出这道门，她便可杀敌建功，一想到这儿她就兴奋得想跳起来。

“公主！你不可以去！”品琳大叫道。

“品琳，不许跟来！”白琅华转头喝住她，“这是本公主的命令！”说完她转身快步奔向大门。

“公主！公主！”品琳看着那个身影越走越远，急得大喊，“你回来啊！公主！”她边喊边追过去。

白琅华跨出大门，眼前是一片火海，火舌蹿得高高的，天都似给它点燃了，天与地因这一片火红融在一起。她移目望去，到处都是厮杀声，刀剑在火光里反射寒光，遍地都是鲜血与尸首，浓稠的血腥味、烈火焚烧的焦臭味和着夜风渗入城池每一个角落。炽红的火光之中，一切似在跳跃，一切似在扭曲，天地这一刻已不是之前那个天地！

“哕！”胃中一阵翻涌，白琅华一把捂住嘴。

这……为什么是这样？这跟她想象中的完全不一样！不！不应该是这样的！

为什么会有这么多的血？为什么会死这么多的人？

战争不应该是这样的！

战争应该是……应该是她领着千军万马驰骋于黄沙满天的战场，飞箭射丰兰息于马下，扬刀砍风惜云于脚下，然后以奇兵困敌，以奇阵擒敌，不损一兵一卒即大败风云骑、墨羽骑，然后她白琅华的威名便传遍天下，被万世传诵！

可是……为什么会是这样一番景象？这些火、这些死尸、这些鲜血、这些凄厉的惨叫与厉号声……这还是鼎城吗？这还是那个有着“北州琅园”之称的美城吗？

不！这不是鼎城！这是地狱！

第三十七章　琅华梦醒是倾城

嗒嗒嗒嗒……马蹄声传来，火光里，公孙比重领着将士们奔来。

“公主恕罪，臣来迟了，让公主受惊了！”公孙比重跳下马背行礼。

“是……公孙将军！”白琅华看清眼前之人后，惊惶的心稍稍安定。

“公主，为了您的安全，请速离鼎城。”公孙比重躬身道，转头吩咐身后的副将宋参：“你领两百精兵护送公主回王都。”

“是！”宋参领命。

“不！我……我还没有打败风惜云呢，怎么能回去？我要和公孙将军一起守护鼎城！”见有公孙比重及大批的将士在，白琅华心中安定，更不肯走了。

“公主，鼎城已经守不住了，青、雍大军已攻进来了。”公孙比重惨然一笑，看着眼前这个全然不晓人世疾苦的小公主，无奈又沉痛。

“怎么……怎么会？”白琅华不敢置信地瞪大眼睛，“你们……”她目光移向那些将士，“你们不是都还在吗？为什么说守不住了？难道……公孙比重！难道你想献城投降？”一念至此，她严厉地瞪向公孙比重。

“公主放心，臣不是叛主求荣的鼠辈。”公孙比重苦涩地一笑，抬目扫视火光中的部下，这些跟随他多年，一路拼杀过来的亲信今日或将全部殁于此地，“公主快走吧，臣自会与鼎城共存亡！”

“公孙将军……”白琅华看着公孙比重，不禁为自己刚才的怀疑而羞愧。

公孙比重转身对着白琅华深深一躬：“公主，请转告主上，臣未能守住鼎城，有负主上所托，但求以身殉城！”

白琅华心生恻隐，道：“将军……既然守不住了，你就和我一起回王都吧，我会向父王求情的。”

她的话音刚落，一道粗豪的大喝声传来。

“公孙比重！你竟然逃了！还不快快滚出来，和本将再战三百回合！”

那粗豪的喝声在这混乱的战场中如雷霆般，直震得在场所有将士心头惊骇。

公孙比重脸色一变，立时喝道："宋参，还站着干什么？快护送公主离开！"

"是！公主，请随属下走！"宋参顾不得身份尊卑，伸手去拉白琅华。

"不！"白琅华却甩开宋参，看着公孙比重道，"公孙将军都能至此，我白琅华身为北州王族，岂能弃你们而逃？"

在白琅华挣扎期间，粗豪的笑声传来："哈哈哈哈……公孙比重，逮住你了！"

笑声未止，众人便见一员猛将领着银甲大军迅速奔来，他来得那样快，仿佛是踏着火海而出，带着炙热的煞气，以及令烈火也为之退却的冷冽杀气！

"程将军。"公孙比重看着那领头的一骑，顿时瞳孔收缩，手不由自主地按上刀柄，紧紧握住。

"是本将军。"高居褐色战马上的魁梧大将挥着手中长刀，"怎么，你想逃吗？"

"岂会！"公孙比重跃上战马，拔刀在手，"本将今日便与你决一死战！"

"好！这样才算得上是当世名将！"程知大喝一声，双腿一夹，驱马攻来，"咱们便三刀定生死吧！"

"好！无论胜负，我公孙比重能与你程知一战，死亦瞑目！"公孙比重一挥手中的刀，策马奔去。

刀光雪亮，带起凛冽的寒风，划破了半空的火云！

"公主，快走！"宋参趁机拉起白琅华便往北门跑去。

"不……"白琅华挣扎着，奈何力气不及人家大，被宋参半拉半拖地往前奔去。

可他们才走不到十丈，一股杀气袭来，前方无数风云骑涌现！

"宋将军，不用顾忌我，迎敌吧！"白琅华握紧手中的短刀。

宋参看一眼目光坚定的白琅华，然后放开手，恭恭敬敬地行了一个礼："公主，请保重！"说完，他拔刀在手，领着余下的士兵杀向迎面而来的敌人。

霎时便是刀光剑影，血雨飞洒。

白琅华握着短刀站在原地，心中不断告诫自己不可发抖，腿不能发软，可她心里一片慌乱，腿僵在原地根本动弹不得，颈后一热，似乎有什么东西洒落，黏黏的……她惧怕得想要闭上眼睛，可眼睛也不听使唤。

忽地，前方有一骑疾驰而来，在一片混乱里显得格外高、格外耀目，银色的铠甲在赤红的火光中，如在寒潭中淬炼过的宝剑，闪着沁骨的寒光，剑芒如雪，银光挥动间，猩红遍地！

这是风云骑的将领，就是他们攻破鼎城，杀死了北州的将士！

一念至此，白琅华身体里蓦然涌出一股力量，拿起腰间挂着的弓箭，搭箭，拉弓，瞄准，等着那一骑靠近。很快，那一骑驰近，入目的是半张秀美到极致的脸，白净得无一丝瑕疵。

是风惜云到了吗？

白琅华轻轻一笑，松开了手，羽箭离弦的刹那，那人似有所觉，转首望来，整张脸映入白琅华眼中。那是一张五官极致完美却被生生撕裂的脸！

那一刻，白琅华不由自主地抬手按住胸口，只觉心痛难当。

剑光绽起，羽箭落地！

白琅华还未能反应过来，那道剑光已如寒电般划开火焰直劈而来！本能地，她拔刀格挡。叮！她的手臂一阵剧痛，接着便麻木得完全没有了感觉，短刀坠落在地上，断为两截。

茫然中，寒意当头笼来，白琅华似刹那间坠入冰窖！她抬首，便见半空中长剑高高扬起，带起冰冷的剑芒，向她挥下，剑光火影中，她看到一双眼睛，冷厉无情地看着她。

这个人要杀我。

白琅华呆呆地站着，眼中一串泪珠无声滑落。

电光石火中，一个娇小的身影猛然向她扑来："小心！"

白琅华摔倒在地上，一阵剧痛让她回过神，顿时尖叫："品琳！品琳！"她抱着倒伏在身上的品琳，手上是殷红的血，"品琳！"

"公主……"品琳吃力地抬头，声音微弱，"两位公子都……都走了……公……公主，你也快逃吧！"说完她头一垂，倒在白琅华怀中。

"品琳！品琳！"白琅华摇着怀中的侍女，"你这个傻瓜……"她眼中泪珠止不住地落下，猛然抬首，隔着蒙昽的泪眼狠狠地看向前方，就是那个人，就是那个人杀了品琳！她放下品琳，伸手抓向落在地上的弓箭，她要为品琳报仇！

"久容，你真不懂怜香惜玉，看把人家小姑娘给弄哭了！"

一个讥诮的声音从后面传来，白琅华还未站起身，颈后一痛，然后所有的知觉便慢慢模糊了。

"啧啧，刀呀箭呀镶了这么多宝石，可要费不少钱呢，真是佩服，竟有人拿这种玩意儿来杀人……"那讥诮的声音还在说着。

本公主的刀和箭才不是玩意儿……白琅华很想这样反驳，奈何那浓重的黑暗将她淹没，然后她便再无知觉。

鼎城的火还在燃烧，厮杀却近尾声，地上满是尸首与鲜血，半空之中，白色的凤旗飞扬于火中。

这一觉似睡了很久。

白琅华睁开眼睛时，只觉得眼睛刺痛，不禁抬手掩住，待眼睛适应后再慢慢睁开，却发现周遭全然陌生，看着似乎是一座营帐。

她坐起身来，便觉头脑一阵眩晕，全身软软的无一丝力气，只是心中的疑团未解，她强撑着下了床，往外走去，掀开帐帘，帘外又是一重天地。

天空蓝蓝的，飘浮着游丝似的絮云，地上则扎满了整齐的营帐，一眼望去，都望不到边儿，周围还伫立着标枪似的士兵，远处传来一阵阵吆喝声、喝彩声……

"小姑娘，你醒啦。"

蓦然一道带着笑意的声音响起，听着有些耳熟，很像那晚嘲笑她的刀和箭的声音。

白琅华转首，便见数名身着银色、黑色铠甲的将领走来，形貌不同，神态各异，她却一眼就看到了其中一名身形修长的年轻将领。全身一震，她猛然向那人冲过去，伸手便掐向那人的咽喉："你杀了我的品琳！你这个坏人！我要杀了你为品琳报仇！"她一边掐着，一边想也不想地张口便咬了过去，实因品琳之死令她恨这人入骨。

"你……"修久容吃惊非常，赶忙伸手想扯开几乎挂在身上的娇小身躯，蓦然颈上便被咬了一口，忍不住轻哼一声，转头想要避开。

他身旁其余诸将见之，都很有默契地后退数步，以免遭受池鱼之殃。

"林玑……你快拉开她。"修久容想要拉开白琅华，奈何白琅华下了死力，他又不敢过于用力伤人，所以希望林玑能出手相帮。

可林玑看着眼前的一幕——一个娇小美丽的女孩儿像只小猫似的挂在修长秀美的修久容身上——实在是有些舍不得这等好戏，于是再退后几步："你说什么？让我不要管？好的，我不会对女人动手。"

"你……都是你带回的……喀喀……"修久容此刻脖颈被白琅华掐着，还时不时被她凑上来咬一口，真是前所未有地狼狈兼手足无措，扯了半天还没将人扯开，脸已涨得通红："姑娘再不放手，我……我就不客气了！"

白琅华此刻却早失了理智，尖尖的指甲往修久容的脖子抓去："你这坏人，我要为品琳报仇！"

"不可理喻！"修久容被逼得没法，当下手一伸，扣住了白琅华的双手。

白琅华两手被修久容扣在腰侧不能动弹，想也不想便抬足踢了过去，修久容立时腿一抬，便将白琅华的腿夹住，如此这般便算是将这只张牙舞爪的猫儿给制住了。

只是……他们两人还没觉得，周围看着的人却顿时瞪大了眼睛。

"他长这么大从没近过女色，害我一直以为他有什么毛病，如今看来……"程知眼睛睁得圆圆的。

"嗯，我们的小弟弟终于长大了。"林玑则一副颇为欣慰的样子。

徐渊闻言扫了两人一眼，然后移目看向修久容与白琅华，没有丝毫上前拉开两人的意思。

"这……也还蛮好看的。"任穿雨则摸着下巴道。

其余诸将都点头，眼前这美男双手两腿紧圈小美人的场面还是挺赏心悦目的。

"坏人！我要咬死你！我要为品琳报仇！"白琅华身子不能动弹，犹是挣扎着伸长了脖子要去咬修久容。

修久容则后仰着脑袋躲避。

"久容，你就让她亲一口嘛！"林玑戏谑的声音响起。

确实，眼前的情景落在不知情的人眼中，倒真像是白琅华要亲修久容，而修久容拼死躲避。

一直不吱声的徐渊看着修久容越来越后仰，终是忍不住叹了口气："会亲到的。"

他的话音刚落，修久容便重心不稳，砰地倒在了地上，紧接着众人便听到啊的一声惊呼，修大将军终于被琅华公主亲到……呃，不，是咬到了。

“怎么了？”

诸将看戏看得正欢，身后蓦然传来一个淡雅的嗓音，顿时一僵。

“修将军？你这是——？”丰兰息看着地上纠缠着的两人，诧异地拖长了声音。

“雍王。”躺在地上的修久容仰首看到丰兰息，顿时死命地推开压在他身上的白琅华。

“坏人，赔我的品琳！”白琅华却不肯放过他，仍是凑过去要咬他。

“你快起来。”修久容却急得不行，只想推开白琅华。

于是，两人一个要扑过去，一个要推开来，只是纠缠得更厉害了。

丰兰息看着，忍不住轻轻笑出声来。

他的笑声一出，地上的白琅华蓦然一呆，只觉得这笑声如歌般清雅，令人迷醉，忍不住抬起头来望去，满目的银甲玄甲中只有一道墨色身影如此不同，那一刻她忽然间懂得了什么叫“鹤立鸡群”。明晃晃的阳光下，那人墨衣黑发，却比那些身着铠甲的将军更为耀眼，墨色的瞳眸望来时，似能将人的魂魄吸入。一时间她只呆呆地看着，耳边只有他的笑声，拜以前所读的诗文的熏陶，那刻她脑中闪过很优美的话：“在高之台，有子如玉。容且美兮气且华，语若兰兮笑如歌。”

丰兰息也在打量着地上趴着的娇小女子。她穿着一身火红的软甲，白嫩的小脸上沾染了尘土，嘴唇上还沾着血迹，嗯，就像一只刚伸爪抓过人的漂亮小猫。当下他浅浅一笑，道：“这位漂亮的小姑娘是……？”

眼看得这人冲自己微笑，白琅华只觉得心怦怦跳得厉害，耳中若有雷鸣，头脑一阵昏沉：“我叫琅华。”声音弱如猫吟，然后便是一阵眩晕，她头一垂便昏了过去。

白琅华后来真的名留青史，却不因为她是北州白氏的公主，也不是因为她的美名、才名、艺名……而是因为丰兰息。

《东书·列传·雍王兰息》中描述丰兰息的容貌时有这么一句：“其容美气华，曾一笑倾琅。”

“琅华？”丰兰息一怔，想起了自己养的那只白猫，然后再一次浅浅笑开，“原来是北州的琅华公主呀，真是好名字，还真是有些像呢。”他的最后一语轻如呢喃。

眼见白琅华不动了，修久容赶忙爬起来。

而在场的诸将此刻却看着地上的人有些发愣，想着刚才还张牙舞爪的人这会儿竟然晕倒了，再一致将目光移向犹自优雅微笑的丰兰息，感叹真不愧是名动天下的雍王，一笑竟是如此厉害。

丰兰息弯腰细细看了白琅华一眼，道：“看来她是饿晕了。”他的话刚说完，远远地传来号角声，“哦，开始了。”目光转向诸将，只是这一回，他的目光不及几人的动作快，眨眼间，刚才还立于一处的人便全都飞身远去了，不过……总算还有一个反应稍慢的。

被丰兰息一望，修久容才迈开的腿便顿住了。

“孤不能让青王久等，所以修将军，你便负责喂饱这位琅华公主吧。”说罢，丰兰息优雅地转身，施施然地离去了。

被留下的修久容看看地上躺着的人，忍不住抬手摸摸脖颈，触摸到一排牙印，耳中听着传来的号角声，一时竟不知如何是好。

“噢噢噢……噢噢噢……”

将士们演练的热烈吼声传来，修久容原本犹疑的眼神顿时变得冷静，抬手召来一名士兵：“去找六韵大人，请她安置这位琅华公主，并将那位受伤的姑娘与她安排在一个帐里。”

“是！将军。”士兵应道。

修久容吩咐完毕，转身疾步而去。

风云骑、墨羽骑互为对手演练了半日，本应各自散开歇息，可宽敞的空地上，围着无数的士兵，玄甲如墨，银甲如霜，黑与白鲜明的对比，白与黑分明的对垒。在空地的中心，两道人影缠斗在一处，难分难解，烈日之下，所有人注目于场中的两人，眼睛一眨也不眨，舍不得错过任何一个精彩瞬间。

场中比斗的两人乃徐渊与乔谨，两人皆持长剑，你来我往，飞腾跳跃，斗了近半个时辰，却还是不分胜负。两人精湛的武艺让所有的士兵看得眼花缭乱，热血沸腾，恨不能自己便是其中一个人，有那矫健的身手。

场中两人越斗越勇，毫无罢手之意，出招越来越快，剑光时如匹练，剑锋时如芒刺，时击时绞，冷厉的剑风扫向四周，稍靠得近的士兵不由自主地后退，悄悄地摸着肌肤上一粒粒的疙瘩。

“真是厉害啊！”

伴随着场中的惊叹声，两人已从地上斗到了半空。

半空中两道身影时分时合，时落旗杆，时翔高空，宝剑挥动间，炽芒闪烁，仿如两轮骄阳，炫得人目眩神摇。

“乔将军！乔将军！”

“徐将军！徐将军！”

不知何时，场中的将士们不约而同地为两人高呼助威，场中气氛顿时变得高昂激烈。而半空中交战的两人，此时对于周围一切全然不觉，完全沉浸于与旗鼓相当的对手决战的兴奋中。

“啊呀！”

将士们猛然惊叫，只见半空中剑光忽然大炽，如两道烈虹，带着耀目的光芒，携着划破长空的决然气势，直贯而去！

所有人都知道，这定是两人的最后一击，这一击不但关乎他们各自的荣誉，也关乎风云骑、墨羽骑的荣誉。那一刻，原本情绪激昂的士兵们皆不由自主地屏住呼吸，紧张地看着半空中那两道绚丽而强烈的剑光。

白琅华到来时，看到的便是这样激烈而又让人窒息的情景。尽管骄阳刺目，她依然睁大眼睛，目光紧紧锁住半空中的两道剑光。

如此绝烈的一剑之后，那两个人会如何？

在场的人都在这样想，只听到砰的一声巨响，震得所有人耳膜一阵嗡鸣，而后尘土散去，剑光敛去，众人便见空地上原来矗立着的一块巨石已然碎裂，地上还留下一道又深又长的沟，如同被雷劈电击过。

众人还在震惊时，半空中有两道人影落下，却是乔谨、徐渊。两人并肩而立，手依旧直直伸着，手中依然握着长剑，但两柄长剑被一根白绫紧紧地缚在一起，然后一道白影如轻羽般无声飞落。

场中静悄悄的，千万人无一丝声响。

"若是两剑合璧，自是无坚不摧，无敌不克；若两剑相刺，不过落得个两败俱伤！"一片安静中，一个清冷的嗓音如和风拂过，"同理，若风云、墨羽两军同心协力，自是天下无敌；若两军异心相拼，便是玉石俱焚。"

场中依旧一片安静，将士都在细细品味青王方才的话，然后，所有的将士——不论是风云骑还是墨羽骑——跪地，齐声高呼："谨遵青王教诲！青王万岁！"

那欢呼声响彻云霄，激起阵阵回响。

"她便是风惜云吗？"白琅华呆呆地看着万军中心的那道白影。

地上有千万人跪拜，她只是静静地垂手而立，骄阳的光芒都洒落了她一身，如凤凰独立，傲然绝世。

"天姿凤仪……天姿凤仪……原来就是这样的。"白琅华喃喃着。

"好厉害的女人。"外围瞭望台上，任穿雨轻叹，"此番比试，若风云骑胜，则墨羽骑不服；若墨羽骑胜，则风云骑不服。便是打成平手，只怕双方都心藏暗刺，可她只是轻轻松松一举，随随便便一言，就令风云骑、墨羽骑所有人臣服。"

"否则她岂配称凤王第二？"一旁的贺弃殊也由衷地赞叹。

"你那些谋算，在她面前都不值一提。"端木文声赞叹之余，不忘讽刺一下身旁这个自负智计超群的人。

"我只是没想到你们竟然不能全胜风云骑四将。"任穿雨耸耸肩，目光扫过身边三人，一副颇为失望的模样，"穿云与林将军一个长枪一个神箭，各有所长，打成平手；文声赢了程将军，可布阵弃殊输给了修将军。这最后一场，乔老大和徐将军也只能算是个平手，所以风云骑、墨羽骑谁为天下第一骑，嗯……还是个未知数。"

"刚才这一剑，若是双输……"贺弃殊看向任穿雨，略带嘲讽，"你怎么办？"乔谨、徐渊最后一招，几乎是同归于尽的招式，若没有青王阻止，两人不死也要重伤。

"双输吗？"任穿雨抬手摸摸下巴，"也就是两个都没命，嗯，失策，失策呀，都怪我对你们太高估了。"他一边说着一边摇头，半分反思的意思都没有。

贺弃殊白他一眼，转头不再理会他。

端木文声眉头微皱，抬手指向下方气氛热烈的将士们："两军同心共志难道不好？真弄不明白你脑中那些鬼想法。"

"我当然也希望看到两军同心共志，只不过……"任穿雨目光扫向场中那道白影，"那是凤凰，青州凤王之后。"后面的话他声音极低，便是站在他身边的三人也未听得清楚。

"哥哥，青王不同于你以往遇到的任何人。"任穿云则是提醒着兄长，"她也不同于主上身边以往的任何人。”

“我知道。”任穿雨轻轻颔首，转头目光深沉地看向远处的丰兰息。他们的主上依旧从容淡定，只不过……刚才那山呼海拜也不能令他有一丝警觉吗？哼，能令千万人俯首的人，岂能立于人后？他微微一笑，笑得狡黠而得意，谁说他无所得，这不就是他的所得吗？

一列列银甲、黑甲的将士自身边走过，所有人目不斜视，不曾因这漂亮小姑娘的出现而有丝毫异样，踏着整齐的步伐昂首挺胸地走出，人人面容严肃，目光锐利。

这就是名震天下的风云骑与墨羽骑吗？

白琅华默默感叹，转头便见两道身影并肩行来，身旁簇拥着部将，身后旌旗飘扬，仿佛是从远古神话中走来的王者，步履优雅，姿态从容，阳光下，两人额间的玉月熠熠生辉，盈盈光华轻轻笼住两人，白衣墨裳，如此分明，却又和谐如画中的白山黑水。

“这是北州的琅华公主，你还没有见过吧？”

白琅华听到那个俊雅无比的男子微笑着向那个清俊绝伦的白衣女子介绍她，她知道这两人就是雍王丰兰息、青王风惜云。

“琅华？”风惜云重复这个名字，望向白琅华，而后浅浅笑开，笑得意味深长，“琅华，果然是个美人。”说着她侧首看了丰兰息一眼。

听到这样的赞美，白琅华脸上微微一热，随即脱口而出：“我是北州的白琅华，我来是要打败你的。”

她话一出口，猛然捂嘴，那一刻，不用揽镜自照也知脸上一片火红，白琅华不禁低头，再不敢看面前的两人，只是头一低下，便想到她又没做错什么，于是便又抬头，一抬头便望进一双略有诧异却溢满笑意的眼睛里。那刻，她想，原来世上还有好看得似会说话的眼睛啊！

第三十八章　珠联璧合订婚盟

"打败孤？"风惜云笑盈盈地看着眼前的小美人，忍不住在心中叹息。

白琅华衣衫似火，肤白如雪，粉嫩的脸蛋上不曾有悲苦忧愁侵袭的痕迹，水灵的杏眸未曾被名利权欲沾染过，纯净娇美如东查峰顶上的琅玕花，反不似王侯贵女。

许是风惜云的笑令白琅华放松了，她不由自主地说出了她的宏图大志："我……我都立志七年了，每天习武，还看了很多很多的书……就为着有一天能打败你！"

"扑哧！"此言一出，两王身后的诸将忍俊不禁。

"哦？"风惜云眉头一挑，"孤有什么值得你立志七年打败的？"

"你……你竟然这样说？"白琅华顿时气愤了，雪嫩的脸涨得红通通的，水灵灵的杏眼睁得圆圆的，那可爱的模样爱杀众人，"这么些年来，天下人一提起'公主'两字，必然先说到你，我白琅华才不要做你的陪衬！"

闻言，风惜云愕然，实没想到这么个理由，看着白琅华，半晌后她戏谑着道："那……琅华公主打败了孤以后要如何？"

"打败了你？"白琅华看着风惜云，若是能打败眼前这个风华绝代的女子……光只是这样一想，她的嘴角便抑制不住地勾起，眼眸晶亮，"我若是打败了你……若是打败了你……"她全身都因着这个念头兴奋起来，若是打败了她……若是打败了她……要怎样呢？目光无意识地移动着，一道俊逸优雅的身影映入眸中，迷迷糊糊的脑中一念闪过，脱口而出道，"我若是打败了你就可以招一个像他这样的驸马了！"

此言一出，众人皆是一呆，待明白她说了什么，齐齐看向丰兰息，片刻后，诸将低头看着地面，只是肩膀都在抖动着，还有几声收不住的闷笑声响起。

"啊！"白琅华这刻也醒悟自己说了些什么，顿时懊悔不已地捂住脸。

怎么……怎么会说出这种话？她不是应该义正词严地回答"若打败了你，那便证明天下间出色的女子并不只有你风惜云一个！"吗？

风惜云闻言亦是一怔，目光移向丰兰息——难道他又使了什么手段？却见丰兰息也是一脸惊讶，她当下揶揄地笑笑，上前几步，伸手拉开白琅华捂脸的手："琅华公主中意雍王当驸马？”

“才不是！”白琅华反手抓住风惜云，结结巴巴地解释道，“我……嗯……我没那意思啊……他是你的丈夫，我才不会要呢！我只是……我只是打个比方，想招个像他这样出色的驸马而已！”

“哦。”风惜云一派了然地点点头，手指怜惜地抚摸着白琅华脸上被按出的红指印，“原来琅华公主是想招一个出色的驸马。”她目光一转，眸中流光盈溢，清如镜湖，“那公主看这几位将军如何？他们可都是青、雍两州最出色的男子，皆是相貌堂堂的文武全才，公主可中意？”说着，她侧身指向身后诸将。

白琅华呆呆地看着风惜云，脸上被她清凉手指抚过的地方生出了一阵酥麻之感，顿时全身发热，脑中便有些迷糊。

风惜云却似没发现她的异样，只是牵着她转过身，将除程知外的七位将军介绍一遍，然后回头问白琅华：“公主中意哪位？”

白琅华此刻脑中嗡嗡作响，哪里还听得清她说了什么，身子都不似自己的，根本动弹不得，满心满眼只有咫尺之处的这个女子，只觉得她目若清泉，声如黄鹂，一笑一语都令人神往，恍惚间似乎听到问话声，于是不自觉地点头：“嗯。”

风惜云见她点头，顿将目光落向诸将，眼见他们个个脸色僵硬却不敢逃走，心中畅快，扫视一圈，目光落在修久容身上。他与白琅华的事她自是了然于胸，心中一动，指着他道：“这位修将军琅华公主喜欢吗？”

“嗯。”白琅华恍惚中照旧点头。

诸将顿时望向修久容，神色各异。

“那么孤便将你许给修将军吧。”风惜云轻轻浅浅地道，看向白琅华的目光蕴着某种深意。

“嗯。”神魂仿佛已经游离于身外的白琅华再次点点头。

“主上！”被这从天而降的“喜讯”砸傻了的修久容终于在诸将同情的目光中回过神来。

“嗯？”风惜云回眸看着修久容。

被她一望，修久容心头一顿，顿时说不出话来，只能以目光表达意愿。

脱离了风惜云的目光与声音，白琅华终于回过神来：“我刚才……”

“公主刚才已选了修将军为驸马。”风惜云回头笑盈盈地看着她，“你俩才貌相当，一对璧人，孤很高兴。”

“我……选了驸马？”白琅华看向诸将，在诸将的目光中得到确认，顿时尖叫，“怎……怎么可能？”

“难道北州的琅华公主是一个出尔反尔、不守承诺的人？”风惜云顿时面色一寒。

听了这话，白琅华立时反驳：“本公主才不会说话不算话！”

“那就好。”风惜云的脸上再次绽出柔和的微笑，“刚才公主已承诺许婚，在场诸位都是证人，待战事结束，便择吉日为公主与修将军完婚。”

“我……”白琅华刚要开口，却在风惜云的目光中将话吞回了肚里。

“公主与久容可有什么话要说？”风惜云温和地问道，看一眼白琅华，再看一眼修久容。

“我……”

“我……”

白琅华与修久容同时开口，眼见对方开口，又同时收声，目光相对，修久容赶忙移开视线，脸上瞬间爬满红云。白琅华看着他秀美的脸上那道撕裂他的脸的伤疤，顿时心头一痛，仿佛那道伤口是划在她的心上。

“若没有什么要说的，此事便定下了。”风惜云颇为满意两人的反应，然后从腕间取下一串粉色珍珠手链，又从腰间取下一块苍山雪玉佩，“这两样东西便作为孤赐你们的婚约信物。”说罢她将那珠链套在白琅华的手腕上，阳光下珍珠颗颗圆润，散发着绚丽的光芒。

“很好看。”风惜云看着白琅华的手腕笑了笑，转头看着修久容，摊开手掌：“久容，这是孤赐予你的。”

她的掌心里躺着一枚椭圆形的玉佩，雪白的玉佩中部有一点朱红，如同苍玉赤红的心，又似苍玉滴下的血泪。

修久容抬首，深深地看一眼他的主上，然后恭恭敬敬地垂首接过玉佩：“久容谢主上赐婚。”

眼见着这样就定下了一桩婚事，风云骑诸将还好，墨羽骑诸将却惊异万分。

“这也太儿戏了吧？”端木文声喃喃自语。

“你们觉得儿戏，那是因为没见过昔日的白风夕。”任穿云此时想起了当初戏弄六州群英的风夕。

将北州的琅华公主许配给青州的修久容，这绝不是儿戏。任穿雨抚着下巴深思起来，一边想着，一边转头往丰兰息那边看去，却发现他的主君对于眼前的事似乎毫不意外，只是一脸的从容淡笑。

“六韵，好好安置琅华公主。”风惜云吩咐陪白琅华过来的六韵。

“是。”

事情已了，风惜云便向丰兰息告辞：“孤有些疲乏，先去歇息了。”

“青王请便。”丰兰息雍容回礼。

风惜云领着风云骑四将离去，而后丰兰息看了看还有些呆愣的白琅华，脸上浮起一丝耐人寻味的笑意，便也离开了，任穿雨几人自然也跟随而去。

一时间，原地只余白琅华依旧呆呆地站着，颇有些不知今夕何夕、此身何在的茫然。

当夜，疏星淡月，眼见着子时将近，青王的王帐里依然透着灯光。

“夕儿，这么晚了怎么还未睡？”久微踏入帐中，见风惜云正坐在桌前，手握紫毫，似在凝神思索着什么，忽然手腕挥动，玉帛纸上霎时墨迹淋漓。

如画江山，狼烟失色。

金戈铁马，争主沉浮。

倚天万里须长剑，中宵舞，誓补天！

天马西来，都为翻云手。
握虎符，挟玉龙，
羽箭射破、苍茫山缺！

道男儿至死心如铁。
血洗山河，草掩白骸，
不怕尘淹灰，丹心映青冥！

久微看着她下笔，一字一字地轻轻念出，当最后一字收笔时，他双眉耸动，抬首看着风惜云，一脸惊叹："好气势！"

风惜云淡淡地勾唇一笑，将笔放回笔架上，抬眸看向久微："这么晚了你怎么也还未睡？"

久微没有答她的话，伸手取过桌上的纸，再细看一遍后道："这阕《踏云曲》还未写完吧？"

风惜云目光微凝，看着久微手中那张纸，慢悠悠地道："你若想看，便写完了与你看。"说着她铺开另一张玉帛纸，提起紫毫继续写道：

待红楼碧水重入画，唤纤纤月，
空谷清音、桃花水，
却总是，雨打风吹流云散。

久微看着，半晌无语，许久后才长长叹息着唤一声："夕儿。"

风惜云却拾起桌上的纸，双掌一揉，那纸便化为粉末撒落："不过是闲来无聊之作，你何必在意？"

久微看着她，慢慢地将手中的纸放回桌面，然后道："听说你将北州的琅华公主配给了修将军。"

风惜云眼中浮起一抹狡黠之色："其实不算我配的，是她自己选的。"

"你要护着她？"久微直接问道。

风惜云抬眸看一眼久微，略有感慨地笑了笑："久微看出来了。"

"看出来的不止我。"久微叹一口气，"这琅华公主值得你这般吗？"

风惜云想起那个火霞似的人儿，脸上绽出微笑："琅华公主人如其名，如同一朵纯白无瑕的琅玕花，未曾染上丝毫尘俗之气，单纯得实在令人不忍心伤害。"

"这不像你会做的事。"久微摇首，"他们两个愿意吗？"

"久微放心。"风惜云在椅上坐下，"那朵琅玕花喜欢久容，从她看久容的眼神就可知道，她看着久容时，眼中总是流露出痛楚之色。”

“哦？”久微眉头一挑。

“久容脸上的伤让她心痛，她是在为久容而心痛。”风惜云微微一叹，“有这样无瑕的心，我岂能不成全？”

“修将军呢？”久微却问道，“我听说攻破鼎城时，修将军差点儿杀了她。”

“久容……”风惜云脸上的笑容微敛，垂眸看向腰间，那里挂着的玉佩已不在。她伸手按着空空的腰际，片刻后才道，“这朵琅玕花以后一定会开在他的心上。”

久微看着她的神色，沉默了片刻，才道：“他们这样的身份，你便是想成全，却也不知能否圆满。”

琅华公主诚然纯真可爱，修久容诚然英姿不凡，但他们一个是北州的公主，一个是青州的大将，他们此时此刻还是对立的，甚至……日后修久容还可能是白琅华灭国毁家的仇人。

风惜云淡淡一笑：“我能做的是给一个机缘，最后是成仇人还是亲人，他们自己把握。”

久微深深地看她一眼：“那么……你与雍王呢？”

风惜云垂眸，敛去所有情绪：“我与雍王在万千臣民眼前订下婚盟，那是生死不毁的约定。”

“夕儿……”久微欲言又止。

“久微，我饿了，想吃你煮的面条。”风惜云不想听久微的未尽之语。

“好吧。”久微无奈，转身出帐。

“我和你一起去。”风惜云这刻不想待在帐中。

两人出帐，走出好远，隐隐地听到一缕歌声传来，仿如夜神缥缈的吟哦。

闻君携酒踏月来，吾开柴门扫蓬径。
先偷龙王夜光杯，再采雪山万年冰。
犹是临水照芙蓉，青丝依旧眉笼烟。
捧出蒙尘绿绮琴，挽妆着我石榴裙。
启喉绽破《将军令》，绿罗舞开《出水莲》。

两人听着这幽幽歌声，不禁停步。

风惜云轻叹：“这么晚了，凤姑娘竟然也未睡啊！”

久微凝神认真地听着歌声：“这是你的那曲《醉酒歌》。”

风惜云抬首仰望夜空，神情有些恍惚，似乎是望向某个遥远的记忆时空：“那是很久以前的醉歌了。”

显然，这一夜晚睡的人不止他们，两军营帐的后方，一座小营帐里，住着白琅华与品琳主仆，品琳因为伤势，服药后便睡下了，白琅华却看着帐顶出神。

当一切的震惊与激动沉淀下来后，她想起了鼎城，想起了北州，想起了父王，也想起了自己此时此刻所处之地。

被风惜云赞叹的纯真瞳眸，染上了痛苦与忧愁。

八月二十一日，风云骑、墨羽骑拔营启程，分道而行。

青王率风云骑向厝城而去。

雍王率墨羽骑直逼北州王都。

八月二十二日卯时，雍州墨羽骑抵北王都城下，但雍王并未立时挥师攻城，反下令全军扎营，休整三日。

同日辰时，青州风云骑抵厝城。

同日巳时，青王下令攻城，至申时末，厝城破，凤旗高高扬于厝城城楼之上。

而在东南方，冀州争天骑与幽州金衣骑同样发动了大规模的攻占。

萧雪空、秋九霜与幽州华纳然、华经然、华绋然三位公子各领五万金衣骑分头攻取祈云王域的甾城与昃城。

皇朝则与皇雨各领十万大军从异城出发，分别奔向晟城与鉴城。

鉴城城外争天骑主帅帐，皇雨独坐帐中，看着面前那张囊括大东帝国全境的舆图，东、南两方的城池已大部分为朱笔所圈，那代表此处已尽归冀州皇氏所有。

"将军，有急报！"帐外响起急切的声音。

冀州的臣民都习惯称呼皇雨为"将军"，以"公子"相称的只有世子皇朝，当然，现今他们都改口称"主上"了。

"进来。"皇雨的目光从舆图上移开。

"将军，幽州的大公子请求将军派兵前往昃城支援！"一名年轻将领大步入帐，奉上信函。

皇雨眉头一皱，接过信函略略一看，然后置于案上："李显，守昃城的是谁？"

"是东殊放大将军之子东陶野。"李显答道。

"东殊放大将军的儿子呀？"皇雨沉思，"大东王朝最后的忠将之子看起来还是有点儿能耐的。"

"祈云王域能维持到今日，东大将军功不可没。所谓虎父无犬子，这位东陶野不辱其父威名，仅率一万五千守军，却抵御幽州三位公子五万大军的四次攻城，而且最后以火雷阵大败金衣骑，斩首近两万。"李显平静地道，语气中不难听出对东陶野的赞赏及对幽州三位公子的鄙视。

"东陶野，这名字本将记住了。"皇雨扬起眉。

"将军要派何人前往救援？"李显问道。

皇雨却不理会他的话，目光移向悬挂着的鉴城地貌图，看了良久，负手转身道："昃城之左为甾城，右为鉴城，萧将军与秋将军既已往甾城，那么不日即可破城，等本将军攻下鉴城，到时再与萧、秋两位一起左右夹攻昃城，那昃城自是囊中之物。"

"但那时……三位公子可能已被东陶野……"李显语气有些犹疑。

皇雨挥手打断他的话："替本将军修书给三位公子，说本将分身乏术，暂时无法前往增援，乃请稍缓攻势，本将军夺取鉴城后即刻前往助诸位夺取炅城。”

“将军？”李显一脸不解。这样的决定实在不像出自这位以率直热情著称，有着冀州“雷阵雨”之称的皇雨将军之口。

要知道此时金衣骑对战东陶野已完全处于劣势，东陶野肯定不会放过此等良机，必会乘胜追击，金衣骑连败之时士气低落，不堪一击，不但有全军覆没之危，幽州华氏的三位公子更有性命之忧。皇雨不可能不知此事，却依然没有派兵救援，难道是……一念至此，李显打了个激灵，一股寒意自脚底升起。

“就照本将军所言修书。”皇雨敛眉肃容道。

“是。”

待李显离去后，皇雨摘下腰间挂着的宝剑，这是出征前王兄皇朝亲手所赐的“朝日”宝剑。他轻轻抽出宝剑，灿亮的剑光霎时闪现，照亮他低垂的眼眸，也将眸中那一抹阴沉照得清清楚楚。

“朝日。”皇雨仿若唤着友人一般轻轻低语，以指弹剑，剑身震动，声若龙吟。

王兄，臣弟此生只对你一人尽忠！

以君愿为吾愿！

臣弟定尽己身所有助你握住这天下，即便……做我不喜欢做的事！

第三十九章　轻取王都覆北州

“主上，天色已晚，穷寇莫追。此番我们已追出两百里，士兵们已疲累至极，若商军掉头袭击，他们有两万之众，而我们仅八千骑，这于我们极为不利，不若先回晟城。”

夕阳的余晖渐渐收敛，阴暗的暮色浸染大地。一望无垠的荒野上，如紫云般飞驰的万千铁骑中，一名年轻将领紧追着一直驰骋于最前方的一骑劝说着。

但那一骑如若未闻，依旧纵马疾驰，身后将士自然是挥鞭急追。

“主上！”那年轻的将领叫喊着，却被身后飞驰而过的骑兵队淹没，他的话自然也就被淹没于雷鸣似的蹄声中。

“停！”猛然，最前方的那一骑勒马。

霎时，八千骑兵齐齐止步，战马嘶鸣，声震四野。

伫立于千骑之前的是一匹赤红如烈焰的骏马，马背上那名身穿紫金铠甲的伟岸男子，正是冀州之王皇朝。

“主上！”那名年轻的将领奔至皇朝身边，“是否回城？”

皇朝侧耳倾听，片刻后，微微一笑，自信而骄傲：“商州的这位丁将军竟也不过如此，以为这样就可以杀个回马枪吗？也太小看孤了。”

两个时辰前，冀州争天骑攻破商州晟城，晟城守将丁西在城破之时率领两万残兵直往商州王都逃去，皇朝得知后立即领八千争天骑追击。

“主上，商军真要掉头来袭击我们？可此时我们才八千骑而已，他们……主上，不如我们退回晟城吧？”他身边的那名年轻将领黎绪闻言不禁担心地皱起眉头。

皇朝看一眼身旁这位年仅十九岁的都尉，然后转头遥望前方：“黎都尉，有时人多并不一定代表胜数多。”

“主上……”黎都尉绞尽脑汁想说出些能劝动他的主君不要身陷险地的话语，奈何想了半天还只是一句，“主上，您还是先回晟城吧，集结大军后再追歼商军不迟。”

皇朝闻言却是淡淡一笑，那是一个已掌握全胜之局的高明棋手，对旁边棋艺不精、反被棋局所惑的观棋者，发出的一种居高临下的王者之笑。

他环视四周，暮色渐深，四周地形在晦暗之中依稀可辨，他们现在身处一片平坦的荒原之上，极目望去，唯有前方十丈处有一座高高的山丘。

“我们去那里。”他一挥手，遥指前方十丈处的山丘，然后纵马驰去，八千铁骑紧跟其后。

山丘之上的尘土刚刚落下，隐隐的蹄声从远方传来。

“举枪！”皇朝的声音极低，却清晰地传入将士们的耳中。

顿时，八千杆长枪同时放平伸向前方。

前方，密雨似的蹄声伴着阵阵吆喝声接近，待奔至山丘下时，商军忽然止步。

“将军？”一名副将模样的男子疑惑地看向下令停军的主将——晟城守将丁西将军。此时大军好不容易有了回袭敌军的勇气，正应乘此良机，回头杀争天骑一个措手不及，将军何以还未见争天骑的影子，却又下令停军呢？

商州的这位丁将军已是从军三十年的老将了，向来以谨慎细致著称于世，曾三次领军袭侵王域，每战必得一城。然而他此次面对争天骑毫无还手之力，眼睁睁地看着晟城的城门被攻破，一世英名也在皇朝的霸气中灰飞烟灭，唯一能做的是领着残兵逃命而去。只是他总是心有不甘，临走前必得给争天骑一点儿教训，否则就算逃回王都，又以何面目去见主上？

“将军……”身旁的副将唤着他。

丁西挥手打断他的话，跃下马，身手仍是矫健的。他蹲下细细查看着地面，只是没有星光的夜色中，难以辨认地上的痕迹。

“快燃火！”副将吩咐士兵，很快便有无数火把燃起，荒原上浮起一条绯红的火龙。

借着火光，丁西看清了地上的痕迹，当他确认那些是铁骑的蹄痕时，一种从未有过的恐慌感忽然涌上心头，他猛然站起身来。

“将军，怎么啦？”副将见他如此神态，不禁问道。

“他们到了这里，却不见了，难道……”丁西喃喃地道。

然而他的话还未说完，一个清雅如风的声音在这幽暗的荒原上响起：“丁将军，你果然没让孤失望啊！”

那个声音令所有的商军移目望去，但见高高的山丘上，朦胧的火光中反射出一片银霜，在所有人还在惊愣之中时，那个声音再次响起，带着无与伦比的傲然与决绝：“儿郎们，冲！”

话音落下的那一刻，荒原上响起八千铁骑雄昂的吼声，伴着雷鸣似的蹄声，争天骑仿如紫色的潮水铺天盖地而来！

“快上马！”丁西慌忙喝道。争天骑的勇猛他早已见识过，而此刻他们借助山丘高势，从上冲下，那种猛烈的冲势，便是铜墙铁壁也无法抵挡！

那紫潮却是迅速卷来，眨眼之间已冲到眼前，那些下马的商州士兵还未来得及爬上马背，便淹没在潮水之下；而那些还在马背上的士兵——紫潮最前方尖锐的银枪，刺穿了所有阻挡潮水去势的屏障！铮铮铁蹄雷击般踏平地上所有阻挡紫潮奔流的障碍，顷刻间，紫潮里泛起赤流！

“快退！”丁西断然下令。不能说他懦弱，不敢迎敌，而是他清楚地知道，在争天骑如此锐利、汹涌的冲势之下，迎敌也不过是让更多的士兵丧命而已。

有了主将的命令，那些本已被突然现身的争天骑惊得胆战心寒、被那锐不可当的杀气吓得魂飞魄散的商州士兵顿时四散逃去，顾不得刀剑是否掉了，顾不得头盔是否歪了，顾不得同伴是否落马了……只知道往前逃，逃到那紫潮追不到的地方。

“逃？”皇朝冷笑一声，高高扬起宝剑，“儿郎们，速战速决，回去后孤赐你们每人美酒三坛！”

“喝！”震天的回应声掩盖荒原。

在雄浑的吼声里，那最高最伟的一骑，在晦暗的夜色中，挟着烈日的光芒与长虹贯日的冲天气势从那高高的山丘上飞驰而下，一路飞过，手中无雪宝剑凌厉的寒光平划而去，一道血河静静淌开！

“将军，快走！”副将呼唤着虽下令撤退，自己却静立原地的丁西。

“姚副将，本将已没有退路了。”丁西回头看着催促着自己的副将，这一刻，他的神情平静至极。

“将军……”姚副将看着主帅那样的神色，一股不祥的感觉在心头生起，那种阴凉的感觉比眼前强大的敌人更为可怕。

丁西静静地拔出腰际的佩刀，轻轻抚着这柄伴随自己征战了数十年的宝刀，神情眷恋。

“本将无妻无儿，唯一有的便是这把刀。”丁西微微用力握住刀柄，转首看向跟随自己三年的副将，“姚副将，待会儿本将亲自迎敌，那时争天骑必会为本将所引，到时你领雷弩队百弩齐发！记住，决不可有丝毫犹豫，不论弩前是商州士兵还是……本将！”

“将军！”姚副将闻言惊呼。丁西此举不啻以自己为饵，与敌人同归于尽。

丁西摆摆手，移目看向前方，千万骑中独有一骑凌驾于所有人之上，那样傲岸的身影，那仿佛只手握天的气势，淡淡火光中，那个人的光芒却是绚丽而炽烈的，仿如朗日重返九天。

“能与这样的人死在一起，也是荣耀！”

丁西那双已然浑浊的眼眸此时却射出灼热而兴奋的光芒：“百弩齐发后，不论前方胜败生死，你即刻带着他们速速离去，能带走多少人便带走多少人！你们不要回王都，主上绝不会容你们！你们去牙城找拓跋将军，或还能苟存！”话音刚落，他高高扬起宝刀重重拍在战马上，霎时战马嘶鸣，展开四蹄，飞驰而去。

“雷弩队准备！”看着决然前去的老将军的背影，姚副将轻轻闭上眼，断然下令。

八月二十五日，风云骑攻破北州俞城。

同日，北州王都外一直静驻的墨羽骑也终要有所行动了。

“主上，探子来报，北王都内现有五万兵马，凭我们的兵力，要攻破此城，倒也并不难。”王帐中，任穿雨指尖轻轻在舆图上一圈，似这北王都已被其纳入囊中。

“北王都之所以仅有五万兵马，是因为北州的两位公子各领大军驻扎在祈云王域的宛城、宇城、元城、涓城，若其领军回援，我们便不会那么轻松了。”贺弃殊给任穿雨泼了盆冷水。

“那两位公子绝不会，也绝不敢在此时领军回援。”任穿雨却不在意地笑笑。

端木文声看一眼任穿雨，移目看向玉座上的丰兰息：“主上，此次我们是强攻还是围城？”

此言一出，其余四人也移目看向一直静坐不语的主君。

“不必强攻。”丰兰息抬起一根手指轻轻一晃，这小小的动作却优雅无比，仿佛他并不是晃动了一根手指，而是以指拂开了美人额间的流苏，那样温柔多情，“我们围城，而且只围三面。”

听到这话，任穿雨眼睛一亮，看向丰兰息，霎时心领神会。

“围三面？为何还留一面？不怕北王逃了吗？”任穿云疑惑。

“唉，猎人捕兽时也要网开一面，何况吾等仁义之师，岂能赶尽杀绝呢？”丰兰息长长地叹息，满脸的忧国忧民，“所以这一战中北王若逃，孤决不追击。”说罢他看一眼诸将，意思很明白，孤都不追，你们便也应该乖乖听话才是。

端木文声与任穿云面面相觑，他们可是跟随主上十多年的人，才不相信这个“仁义”的理由呢！

贺弃殊垂首微微一笑，不再说话。

乔谨则将手中把玩的长剑收回鞘中，道：“若北王不逃呢？若他死守王都，誓死一战呢？”

“他当然会逃。”答话的却是任穿雨，白净的脸上浮起狡猾而得意的笑，“他必须逃呀！”

乔谨眉头一挑，看一眼任穿雨，片刻后似认可了他话中的自信一般，不再说话。

端木文声则皱起浓眉看着任穿雨，每当他脸上露出这种笑时，便代表着又有某个阴谋成功了。他是四将中性格最为耿直的，对于任穿雨所有的阴谋诡计，他因站在同一方所以从不加以苛责与反对，但要他喜欢这些计谋也是不可能的。

而对于端木文声的目光以及他目中所表露的含意，任穿雨只是随意一笑。

“此次最好不要有太大的伤亡，不论是孤的墨羽骑，还是北王的将士。”丰兰息忽然又发话道，墨黑的眸子看向任穿雨。

“主上请放心，此次攻取北王都，臣定竭尽所能达成主上之愿。”任穿雨躬身向他的主君保证道。

“嗯。”丰兰息颔首，“那就这样吧。”

“是，臣等告退。”五人躬身退下。

在墨羽骑营帐最后方的一个较小的营帐里，住着风栖梧。

“凤姐姐，你唱歌给我听好吗？”娇娇脆脆的声音中带着一丝祈求。

帐中，一身青衣的凤栖梧正坐在榻上以丝绢擦拭着琵琶，一身红裳的白琅华则席地倚在榻边，仰首看着凤栖梧。

风云骑、墨羽骑分道而行时，按理，作为修久容未婚妻的白琅华应该跟随风云骑一起才是，青王却将她送至凤栖梧的帐中，只说了一句：“和凤姑娘做伴吧。”

这一路，白琅华内心惶恐又焦躁，凤栖梧见着，总会弹一曲琵琶或唱一曲清歌，每每那时，白琅华心便会变得平静，倚在凤栖梧的身边，如同一只猫儿。

“凤姐姐，唱歌好不好？”白琅华扯着凤栖梧的衣袖。

“每天都要唱歌给你听，你又不是睡不着觉的孩子。”凤栖梧淡然地道。

“可是……”白琅华眼神一黯，“姐姐，我心里慌慌的，我父王他……父王他……”她的话断断续续，没能说完。

凤栖梧擦着弦的手停下来，望向白琅华，少女红裳雪肤，如同彤霞里裹着的白玉兰，却一脸忧伤黯然，她不禁心头轻叹，却也无可奈何。

“凤姐姐，我父王他……他会死吗？”白琅华嗫嚅半晌，还是说出了想问的话，一个“死”字出口，眼中便滑落一串泪珠，赶忙又抬白生生的小手拭去，“凤姐姐，我害怕，这一路上我每天都在担心。”

凤栖梧轻轻抚了抚白琅华的头：“不用担心，雍王不会杀你父王的。”

“真的？”白琅华眼睛一亮。

“真的。”凤栖梧点头，不想继续这个话题，便道，“修将军走了这么些天，你是不是也在担心？”

“才没有！”白琅华立时反驳，一张小脸瞬间像身上的衣裳一般红。

凤栖梧继续擦拭琵琶：“修将军本领高强，你确实不用担心。”

“我才没担心他，我只是担心父王和兄长们。”白琅华再次反驳，只是那红通通的脸、水汪汪的眸泄露了她真实的心意。

看着她娇羞的、似喜似嗔的神情，凤栖梧冷艳的脸上也绽起一丝浅浅的笑容，平添一分柔丽：“修将军会是很好的夫君，你很有福气。”

“他……”白琅华很想说几句狠话来表明自己并不在意那个修久容，可当脑中闪过那张脸时，心头便有些痛，不由自主地抬手捂住胸口。

看一眼白琅华，凤栖梧微微摇头，丢开手中的帕子，指尖轻轻一挑，淙淙的轻响在帐中响起：“你想听什么歌？”

“啊？”白琅华自茫然中回神，“就唱……你上次唱的那个偷龙王杯采万年冰。”

“那是青王的《醉酒歌》。”凤栖梧眼中荡起一丝波澜。

“是青王所作？”白琅华杏眸一亮，流露出崇拜的光芒，“那姐姐快唱，可好听了！姐姐，我们要不要也喝酒？品琳，快去端酒来！”

看着眼前眨眼间又雀跃不已的人，凤栖梧轻轻一笑，不再说话，纤手轻拂，启喉而歌：

闻君携酒踏月来，吾开柴门扫蓬径。

先偷龙王夜光杯，再采雪山万年冰。

犹是临水照芙蓉，青丝依旧眉笼烟。

…………

叮叮的琵琶声和着泠泠的歌声散于帐中，品琳端着美酒进来时，那歌儿便自掀起的帐帘悄悄飞出……

北王都王宫，夷澹宫紧闭的宫门被轻轻推开，大殿里静立着有如木雕的北王。

“主上。”内廷总管葛鸿轻手轻脚地走进大殿。

“还没有消息吗？”北王头也不回地问道。

“暂时还未收到两位公子的消息。”葛鸿垂首答道。

“哼！”北王冷冷一哼，“只怕永远也不会有消息了！”

“大公子和四公子许是路上有什么事耽搁了，也许明日两位公子便率领大军回到王都了。”葛鸿依然垂着头。

北王闻言却沉沉地叹息了一声：“你不用安慰孤，那两个孽子是不会领军回援王都了。孤明白，王都现被雍王围着，眼见不保，他们怎肯舍了性命跨进来？”

“主上。”葛鸿抬头，这一抬头便发现主君消瘦得厉害，两鬓如霜，眼眶深凹，原本合体的王袍此时也松松地挂着。

“唉，祖先的基业，孤竟然未能守住。”北王目光在殿中白氏历代国主的画像上扫过，抬手掩目，苦苦叹息，“孤九泉之下也愧见祖先啊！”

葛鸿看着北王，却不知要如何安慰他，想着城内城外的情形，也是忧心如焚。

“可有琅华的消息？”北王忽然问道。

“还没有。”葛鸿答道，看到北王那失望忧心的目光，不禁劝慰道，“主上不用太担心，雍王要博仁义之名，便绝不会妄杀王族之人，况且公主那么可爱，是人都不忍心伤害。”

“但愿……但愿上苍保佑孤的琅华！”北王无奈地叹息，末了眼神变得狠厉，咬牙斥道，“那两个没用的孽子，竟然只顾自己逃命，把妹妹丢下不管！孤……孤……咯咯……”一阵急怒攻心，他顿时咳个不停。

“主上，请保重身体。”葛鸿慌忙上前扶住北王。

“孤不中用了。”待缓过气来，北王倦倦地道。

“主上……”葛鸿张口想说什么，却又咽下了。

北王转头看他一眼：“你有什么话就说，过了今夜，也不知孤还能不能听到。”

葛鸿想了想，鼓起勇气道：“主上，现今王都里谣言四起，人心涣散，王都只怕是不好守。”

北王闻言面露震怒之色，长须颤动，便要发作，但最终控制住自己的情绪，尽量以平和的语气道：“你都听到了些什么？”

“青、雍大军自起兵之日起，一路而来连得七城，吾北州已大半入其囊中。其虽以战得城，但深得安民之道，百姓皆不以国破为耻，反以能栖其羽下为安。北州境内，时传雍王之仁、青王之威，百姓不畏，反心生敬盼。今午时，城西即有强求出城，愿投雍王帐下者，守将勒止，反激民愤，后虽得以镇压，但此举已令吾等大失民心。而连日围城，我军如紧绷之弦，身心俱疲，长此以往，则无须雍王攻之，吾等自败也。”

葛鸿似背书一般，回答得抑扬顿挫、滔滔而出。

北王眼中闪过一道厉光，满脸寒霜：“谁教你说的？”

“奴婢该死。”葛鸿扑通跪下，从袖中掏出一本折子双手捧上，“只因主上已三日未曾上朝，常大人才托奴婢向主上进言。”

北王目中光芒明灭不定，良久不语，殿中一片窒息的静默。地上跪着的葛鸿额上已布满汗珠，不知是因为炎热还是因为紧张。

“拿来。”良久后，大殿中响起北王低哑的声音。

“是。”葛鸿慌忙跪行至北王面前，将手中折子高高捧至头顶。

北王接过折子，殿中又是一片死寂。

又过了许久，葛鸿双膝都跪麻了，才听到头顶传来北王不带情绪的声音：“起来吧。”

“谢主上。”葛鸿叩首起身。

北王的目光落向历代先人的画像，又落回手中折子：“挟天子以令诸侯……”声音呢喃如自语。

葛鸿一惊，悄悄抬眸看向北王，却见他似失神一般盯着大殿的正前方，那里悬挂的画像上是北州的第一代国主——白意马。

八月二十六日晚。北王领着五万大军，携宗室、近臣，乘夜悄悄逃离王都，前往涢城。

八月二十七日，王都百姓打开城门迎接仁德兼备的雍王。

就这样，墨羽骑不流一滴血，便将北州王都纳入掌中。此消息传出，天下莫不震惊。

“此事于雍王，不过平常。”星空之下，玉无缘平静地道。

“能不伤一兵一卒即取一城，这等智计，孤也不得不佩服。”皇朝说出此话之时，手抚上胸前的箭伤。

得到消息的风云骑四将却不似他们的对手那般称赞雍王。

“让北王逃走，岂不后患无穷？！”四将疑惑。

风惜云却微笑着摇头：“你们难道忘了我们起兵之时的诏谕吗？”

此言一出，四将霍然一惊。

“伐乱臣以安君侧，扫逆贼以安民生。若这天下都没什么‘乱臣逆贼’了，那我们还有讨伐的理由吗？若这通往帝都的桥断了，我们又如何走到帝都去呢？”风惜云温言点醒爱将。

四将醒悟，无不颔首。

“北王弃城而逃，此举也算合情合理，他大约也有他的打算。”风惜云又道，“外有不论是兵力还是实力都远远胜于己方的墨羽骑虎视眈眈；内则民心溃散，军心不稳，便是豁出去一战，也不过是一场惨败。所以他不若弃城，保存兵力，再会合两位公子驻于祈云王域的大军，向帝都而去，若能挟持皇帝，便可号令诸王……”

说至此，风惜云微微一顿，仰首望向天际：“只不过帝都还有一位东殊放大将军，大东王朝之所以还有这个名，皇帝之所以还能坐于金殿上，全都有赖这位大将军。所以北王的梦啊，终是要落空。”

“主上所言有理。”四将深以为然。

风惜云轻轻一笑，回首望向四将：“以后，你们大约可看到史上从未有过的奇景，而且能亲身参与并创造这一段历史，这是幸还是不幸，非我能断言。但不论是北王还是东殊放，他们终究都只是别人掌中的棋子，而掌握这些棋子的人，虽从未上马杀敌，可那些万夫莫当、杀敌如麻的勇猛大将也不敌他轻轻一指。那个人就算不披战甲，仍是倾世名将！”

说完这番话后，风惜云脸上浮起令人费解的神情，似笑似叹，似喜似忧，似赞似讽。

后来，风惜云的这段话与冀王皇朝、玉无缘的话皆被载入史书。

史家评曰：玉公子之语，尽显玉家慧见之能；冀王之语，则显英雄重英雄的胸怀气度；青王之语，则表露了其“参与并创造历史是幸还是不幸”的矛盾，以及王者所具有的洞彻世事时局的目光。

是以，后世论及乱世三王，认为雍王有令天下拜服的仁君之质；冀王有令天下俯首的霸主之气；而青王虽有帝王之能，却独缺王者心志，是天降于世的一曲空谷清音。

第四十章　醉歌起意话真心

八月二十九日，青、雍大军重会于北王都。

九月一日，青王、雍王亲自犒赏大军，并下令大军于城外休整，不得扰民。

九月六日。

北王宫的写意宫前，一众宫女、侍从、侍卫看到前方走来的人，忙跪地行礼："拜见青王！"

"平身。"风惜云摆摆手，"雍王在宫中吗？"

"主上在舞鹤殿。"一名内侍恭声答道。

"嗯。"风惜云微微颔首，直往舞鹤殿去，身后跟着久微。

两人才踏入宫门，便有歌声传来——

犹是临水照芙蓉，青丝依旧眉笼烟。

风惜云听着，眉头微皱："风姑娘这么喜欢《醉酒歌》吗？"

"或许人人心中都想要醉歌一回吧。"久微淡然地道。

两人穿过长廊，转过假山，舞鹤殿便在眼前，殿前侍立的宫人、内侍皆静悄悄地向青王行礼。

拂尘重弹绿绮琴，挽妆着我石榴裙。

启喉绽破《将军令》，绿罗舞开《出水莲》。

典雅中带着几分随意的舞鹤殿中，冷艳无双的歌者正启喉高歌，而大殿的中央，红裳如火的舞者正婆娑起舞。高高的玉阶上，丰兰息身子微斜地倚在玉座中，手持玉杯，黑眸半睁半闭，不知是为美酒而沉醉，还是为眼前的歌舞而沉醉。

红颜碧酒相映怜，流波欲醉意盈盈。

琵琶清音仿若山间蹿出的溪流，歌声如风中轻叩的铃铛，清越中犹带一丝多情的祈盼。舞者随着曲调轻盈地旋转舞动着，红衣翻飞时如一朵燃烧着的彤云，旋转时似绽在碧水之上的一朵红莲，绮丽娇媚。

久别不知秋云暗，纵欢不记流水光。

何处飞来白玉笛，折柳声声碎芙蓉。

丰兰息半闭的眸子忽然睁开，直看向大殿门口，这细微的举动引起了凤栖梧的注意。琵琶声息，清歌且休，她移目看去，殿外伫立的人影或因背着光，看起来竟有几分阴沉。

曲歌突止，犹自舞着的舞者便如失了灵魂的木偶，不知下一步如何动作。

“拜见青王。”凤栖梧怀抱琵琶盈盈下拜。

“拜见青王。”娇媚的舞者赶忙跟随行礼。

“都起来吧。”风惜云跨入殿中，“凤姑娘的歌声可以让人忘忧，而这位姑娘的舞姿也美得让人失魂。”

“多谢青王夸奖，栖梧先行告退。”凤栖梧又是盈盈一拜后即转身离殿。

那名舞者眼见凤栖梧离去，忙也跟着道：“多谢青王夸赞，奴婢先行告退。”

等凤栖梧与舞者离去，风惜云看着斜倚玉座的丰兰息，再回想起方才的画面，心头蓦然生出一种荒谬之感。她忍不住轻轻笑了起来，只是笑声里有着她自己也未曾察觉的尖锐。

“孤来得不是时候，打扰了雍王的雅兴。”

“那青王认为什么时候来才是好？”丰兰息自玉座上起身，慢慢从玉阶上走下，手中依旧端着玉杯，目光平静地看着殿中的人。

风惜云看着慢慢走近的人，有那么片刻的愣怔。同样的举止，玉无缘做来是出尘的飘逸灵动，皇朝做来是王者的傲岸霸气，而他自玉阶走下，只是随意的几步，却一派写意潇洒，无论是脸上的微笑，还是握杯的姿态，无不透着一种流畅如画的优美。

“又或是夜深人静时……”一步之隔，丰兰息微微低头，墨黑的眸子如不见底的深潭，却因着光线的照射，映出几点幽光，“青王愿携美酒踏月前来，找孤煮酒论英雄？”说罢，他状似无意地瞟了一眼风惜云的身后。

那一眼让一直安静站着的久微心头微凛，他垂下目光，无声一笑，默默地退出大殿。

风惜云看着丰兰息，眉头微挑：“虽长夜漫漫，但雍王应不缺品酒夜谈之人。”

“可是，能与孤对饮千杯而不醉的，只有青王呀！”丰兰息轻轻一笑，眼角微扬，漆黑的眸子里晶光闪烁。

“哦？”风惜云长眉一扬，略带讽意地笑笑，“我看雍王今日倒有些醉了，还是说……酒不醉人人自醉？”

“孤没有醉，只不过……”丰兰息举起玉杯凑近鼻端嗅了嗅，有些惋惜地摇头，“这是今年才酿的兰若酒，怎么闻起来有些酸味了？”说着，他上前一步，低头，微带酒香的气息便吐在风惜云的颊边，“青王可有闻到呢？”说话的同时，他手腕一移，那玉杯便到了风惜云唇边。

无端地，风惜云脸上一热，垂下眼帘，退开一步，可丰兰息如影随形地踏近一步，玉杯依旧停在风惜云的唇边。

见此，风惜云抬眸，微恼地瞪着眼前的人：“雍王真是醉了，这酒香得很，没有酸味。”

“是吗？”丰兰息轻笑。

风惜云不自在地低头，眼前一暗，带着酒香的鼻息便吹在鬓边：“青王也要尝尝才能知道。”低沉的嗓音在耳边响起的同时，她只觉得腰间一紧便动弹不得，唇上一凉，一股清流自玉杯灌入口中。

“你……”

她才开口，唇上一热，便再也说不得话。

丰兰息手一甩，玉杯飞落，同时衣袖拂起，殿门无声闭合，长臂一伸，便将眼前的人揽入怀中：“孤只愿与青王同醉，青王也只可与孤同醉！”轻淡的话语中却带着绝对的霸气，“所以，青王以后要醉歌一番时，只需唱与孤听！”

回应他的是一声极轻的嘤咛，然后殿中一片静谧，却洋溢着兰若酒的清香与甘甜，偶尔响起略有些急促又仿若叹息的呻吟声。

许久后，殿中才响起风惜云的喘息与低语声：“真不像你。”

“惜云，”丰兰息轻轻地唤着，指尖托起她的下巴，许是因为美酒的熏染，雪颊上如抹了淡淡的胭脂，樱唇红润欲滴，清眸秋波流溢，“红颜碧酒相映怜，流波欲醉意盈盈……”他俯首，与她额头相抵，鼻息相缠，“以后的怜与意，都只属于我！”

“真不像你。”风惜云还是那一句话。头微微后仰，想要看清眼前这个人，她抬手轻抚这张近在咫尺的脸。他的眉眼依然俊雅清贵，唯有那双以往深沉如海的眼眸变得有些不一样，漆黑的瞳眸里闪烁着星芒，点点星芒里漾着脉脉柔情，那一刻，她有些怔然，“我们……”她轻轻开口，话到嘴边却又收了，然后是悠悠的长叹，唇边绽起一丝微笑，笑如梦般美好虚幻。

殿中又恢复了静谧，那两人在相识十多年后，第一次靠得那么近，第一次头颈相交……在这个殿门掩起的舞鹤殿中。

花园的凉亭里，风栖梧抱着琵琶默默地坐着，垂着头，似乎出神地想着什么，冷艳的面孔上却不曾流露丝毫情绪。

“凤姐姐。”

娇脆的声音唤醒了沉思中的风栖梧，她抬头，看到白琅华站在眼前。

“找到修将军了没？”风栖梧淡然地道。

“我找不到他，也不知道要去哪里找他。”白琅华在风栖梧面前坐下，一张曾经不知忧愁为何物的小脸如今已是愁思遍布，“除了在青王身边可见到他外，我真不知道哪里还能找到他。”说到最后，她的声音渐渐低落，仿佛只是在无意识地呢喃。

凤栖梧看着她，心中忽然涌出一丝同情与一抹感同身受的自怜。

两人坐着，亭中一片安静。

“我讨厌我自己。”白琅华蓦然道。

凤栖梧一惊，看向白琅华。

“我讨厌我自己，真的讨厌！”白琅华双目无神地看着前方，“这里是我自幼生长的王宫，现在却已成为别人的；我安然坐在这里，我的父兄却在逃亡；我是北州白氏的公主，可此刻不但是阶下囚，还不思复仇……”

“琅华……”凤栖梧轻轻地唤着，却不知要如何劝慰眼前的人。

白琅华却似没听到，依然呆呆地看着前方：“我自负美貌才智，总是满脑子的妄想，觉得我比纯然公主更漂亮，比惜云公主更聪明，却到今日才知道自己是何等愚昧无知、不自量力……连我都讨厌这样的自己，别人又怎么会喜欢？”

听到白琅华的这些话，凤栖梧心头生出怜悯。凤栖梧还记得当初看到她的时候，她那样天真明媚，而眼前的她，眼中有了迷茫，脸上有了凄苦。磨难让人成长，可成长后，那朵无瑕的琅玕花终会消失。

“琅华，”凤栖梧将琵琶放在桌上，轻轻握住白琅华的手，“你或许没有纯然公主的倾国之颜，也没有惜云公主的绝代才智，但是你身上也有着她们没有的。”

“我有什么？”白琅华睁大迷茫的眼睛，仿若一只迷路的小白兔，无助地看着眼前的人。

“你只要像以前一样，笑着过每一天，总有一日会从别人的眼中明白。”凤栖梧却没有明说。

白琅华疑惑地看着她。

“来，先笑一笑。”凤栖梧拍拍她的脸。

白琅华勾唇微笑，虽有些勉强，却驱散了一脸忧苦，那朵渐渐卷起、花瓣萎去的琅玕花重新绽放了。

“看，你一笑，他不就来了吗？”凤栖梧忽然指向她的身后。

白琅华赶忙回头，便见远处走过身着银甲的风云骑四将，她一眼便看到走在最后的那个身影，心顿时怦怦直跳，脸颊发热，赶忙转回头，看着凤栖梧，垂首有些不好意思地笑了。

“你再害羞，人家可要走远了。”凤栖梧勾唇绽起一抹浅笑。

“啊？”白琅华赶忙回头，果不其然，那四人已要转过长廊，再走几步就要看不到了。她马上起身，可脚下移不开步，正焦急中，却见那四人停下脚步，修久容身旁的林玑侧首对他说了什么，修久容便转头往这边看来，顿时与她的目光对个正着，她的心跳更是猛然加快，心脏似要跳出胸膛。

似乎犹疑了片刻，修久容往这边走来，而其余三将站在原地，皆是面带微笑地看着这边。

随着修久容越走越近，白琅华一张雪似的脸庞染上一层红艳艳的彤霞，水灵灵的杏眼此时更是水波荡漾，便是一旁看着的凤栖梧也不禁为她此刻的明媚娇艳而赞叹。

奈何修久容似木头人般，对眼前的如花美眷毫无感觉，走到凉亭前，看了一眼亭中的两人，见她们都看着他，顿时红着脸低下头。

凉亭前一片静寂，谁也没有开口说话，白琅华看着修久容，修久容看着地面，凤栖梧看着两人。

又过了片刻，修久容终于抬头看向白琅华，脸上的红晕虽未退尽，一双眼睛却是坚定清澈的："琅华公主。"

"啊？"白琅华还有些呆呆的。自他们定下婚约以来，这是他们第一次站得这么近，也是他第一次和她说话。

修久容看着眼前这个似朝霞般娇艳的未婚妻，看着那双澄澈无瑕的眼睛，那娇柔中微带祈盼的神情，心头不知怎的便生出一丝愧疚："公主，明日久容就跟随主上离开了。"

"啊？"白琅华眨眨眼睛，似有些不明白他说了什么。

"战场不适合公主，请公主留在王宫。"修久容再一次说道。

"你要我留下？"白琅华盯着他，眼睛一眨也不眨。

"这是主上和雍王的意思。"修久容道。

"那你是希望我去还是希望我留下？"白琅华问道。

修久容闻言，秀气的眉头微微一动，看着白琅华清晰地说道："久容希望公主留在王宫。"

"那好，我留下。"白琅华一口应承。

修久容想不到她应承得这般爽快，不禁一愣，但随即垂首，郑重地道："那就请公主多多保重。"说罢他转身离去。

"等等。"白琅华脱口唤道。

修久容止步转身。

白琅华此刻却又不知道要说什么，嗫嚅了片刻才道："你……你会回来吗？"

修久容看着一脸羞意的白琅华，心中微有感动，目光扫见她手腕间戴着的风惜云赐给她的珠链，凝视片刻，道："公主可以送久容一件礼物吗？"

"可以！"白琅华想也不想地答道，"你要什么？"

"可以把这串手链送给久容吗？"修久容指指她腕间的珠链。

一旁静默地看着的凤栖梧闻言心头一动，看着修久容的目光便带了深思。

"好！"白琅华取下珠链，走出凉亭递给修久容，看着他，"那你也应该回赠我一件礼物吧？"

看着掌中的珠链，修久容轻轻合掌，抬眸看向白琅华："久容回来时定赠公主一件礼物。"说出此话时，他语气平静，眼神认真。

凤栖梧微微松了一口气。

"嗯。"白琅华点头，"那我等着。"

"公主保重。"修久容转身离去。

待修久容走远后，凤栖梧走出凉亭，看着依旧痴痴凝视着修久容背影的白琅华，轻声道："那串珠链是青王赐予你们的婚约信物，你为何不换一样送给修将军？"

"你回来要把你的剑送给我！"白琅华忽然大声叫道。

前方修久容的背影已从长廊里消失，也不知他是否听见了她的话。

"你回来时一定要把你的佩剑送给我……"白琅华喃喃。他的佩剑，在鼎城时曾经差一点儿取了她的性命，可她就是想要那柄剑。

凤栖梧轻叹一声，不再说话，望着白琅华的目光带着怜爱。这么单纯的一朵琅玕花，想来不会有人狠下心来伤害，但愿……但愿刚才只是她多心了。

"凤姐姐。"白琅华伏在凤栖梧的肩上，眼中落下泪来。

"修将军是一个有担当的男人。"凤栖梧想起修久容最后的眼神，"他若……他回来后，一定会娶你为妻，你一定会非常幸福的。"话虽这样说，可想起他要走的那串珠链，凤栖梧又有些忧心。他要什么不好，为何独独要走青王赐予的信物？但凤栖梧相信修久容最后的话，他会回来的，回来后一定会娶琅华，并一心一意地对她好。

"我不知道他是个什么样的人，可是……可是我看见他这儿就会痛，我若看不见他，这儿就更痛。"白琅华手抚着胸口，喃喃地道。

肩头一片濡湿，她的泪浸得凤栖梧心头酸酸的："他会对你好，你会幸福的。"

"嗯。"白琅华点点头，抬头看着凤栖梧，"久容会对我好，那姐姐呢？"

"我……我只要能给他们一辈子弹曲唱歌就心满意足了。"凤栖梧淡然地道。

"姐姐。"白琅华忽然抱住凤栖梧。

凤栖梧任她抱着，仰首看天，眼中无泪。

九月八日，墨羽骑、风云骑自北王都启程，墨羽骑前往浈城，风云骑则往末城。

已逃至浈城的北王不待墨羽骑赶到，留下一些守军后，即往宛城而去。

九月十二日，墨羽骑攻破浈城。

九月十四日，风云骑攻破末城。

墨羽骑攻破浈城后即向宛城进发。而北王此时已集宛城、涓城两处大军，从宛城出发，直取祈云王域的棣城。

九月十八日，北王攻破棣城。

九月十九日，墨羽骑攻破宛城。

九月二十二日，墨羽骑从宛城出发直往棣城。同日，北王领军从棣城出发攻向祈云王域的津城……

这是历史上绝无仅有的奇特一景：北王不断地攻占祈云王域，而雍王每每在他刚刚得城后便紧追而来，然后北王赶忙领军逃去，再向祈云王域进发，而他刚刚攻破的城池便落入雍王手中……

很多年后，有人说起这一段历史时，说北王便好比一匹饥饿的狼，但在他的身后紧追着兽中之王——雍王。为了不成为别人的食物，饿狼北王只好一直往前逃，沿途不断捕捉一只又一只"羚羊"以补充体力，但还来不及吃，猛虎已至，于是丢下才啃一口的羚羊再逃……

北王反复攻城、弃城而逃，而雍王反复追击、得城，二者高下已然分明。

还有人将这一段历史比喻成猫鼠之戏。雍王已掌控全局，却欲擒故纵地玩弄着那只早已胆战心惊的“老鼠”，这一切抱头鼠窜的北王何尝不明白，但他别无他法，只有不断地往前逃窜，只想抓住一件可以打败猫的武器——帝都的皇帝！

所以北王每弃一城，皆将城中粮草与财富带走，不能带走的便付之一炬，想以此拖垮雍州军粮草的补给。但很显然，他这一举动未起到丝毫作用，雍军不但粮草、武器充足，而且每到一城还会发粮救济城中难民，帮助百姓重建家园，结果不过是让雍王的仁义之名传得更远更广罢了。

“北王难道不知道，他便是烧到碧涯海去，我们的粮仓依然是满满的？”

任穿雨如此自负地说道。他们得到了地宫中青州风氏累积了数百年、足抵十个幽州的财富，再加上雍州自身盈足的国库，以及丰兰息游历江湖十年所得，此话并非虚言。

“主上能得青王为后，益有九九，唯一不好，这唯一的不好却是要命的不好。”

任穿雨说这话时，身边只有墨羽骑四将，当时四将对此嗤之以鼻，但日后发生的事证明了这句话，可谓一语成谶。

在墨羽骑追击北王之时，风云骑则纵向攻往宇城、元城、涓城，至九月底，祈云王域这三座曾被北州白氏攻占的城池，已全部纳入青王掌中。

十月四日，青王以北州四公子残党逃入焉城为由，发兵攻城。

同日，焉城破。

焉城过去便是青州的重城。至此，青州、雍州、北州三州辽阔的疆土尽在丰兰息、风惜云脚下，大东帝国近半数疆域握于丰兰息、风惜云掌中。

而另一边，幽州金衣骑在秋九霜、萧雪空两将的率领下，已攻占祈云王域六城，再联合攻下商州鉴城的皇雨，两边夹攻昃城。昃城守将东陶野在敌众我寡的情况下，无奈弃城而去。而在此之前，幽州三位公子领五万金衣骑进攻昃城，但为东陶野大败，几乎全军覆没，三位公子战死。攻破昃城后，秋九霜、萧雪空便暂缓攻势，于昃城休整，皇雨则领军前去与皇朝会合。

至九月底，冀州争天骑在皇朝、皇雨的率领下，已将商州除王都、牙城外所有城池攻下。

十月初，皇朝命皇雨领军攻往拓跋弘驻守的商州牙城，他自己则领军向商王都进发，必要一举攻克商王都，将商州完全纳入掌中，但此举遭到了反对。

“王兄，您留在合城养伤，待臣弟攻克牙城后定给您拿下商王都！”皇雨劝阻兄长。

在攻克晟城后，皇朝领军追击丁西，被商军暗中以雷弩射中了右胸及左肩。那雷弩的劲道非一般弓箭可比，若非皇朝有内力护体，只怕早被弩箭穿体，当场毙命！

皇朝当时受伤后并未休战疗伤，只是斩断箭羽，继续战斗，直到得胜回到昃城，见到了玉无缘，他一口气松下来，当场昏过去，一身紫甲已成血甲。

之后他又不肯好好养伤，三天后即领军攻打娄城，再攻纶城、裕城……直至昨日，在与皇雨比试时，伤口再次崩裂。

“你的伤至少要好好调养半年，否则……后患无穷！”一向淡然的玉无缘此时神态也少有地凝重。

“我没有时间养伤。”皇朝断然拒绝。

“王兄！”一直以来对兄长唯命是从的皇雨此刻也少有地硬气起来，“商王都随时可以攻下，但您的伤耽误不得！”

“这点儿伤算不得什么。”皇朝起身踱至窗前，金色的日辉从开启的窗射在他的身上，好似那光是他自身发出来的，身影显得格外高大，“他们都快到帝都了，我岂能落后于他们？”

他身后的玉无缘听到他这样的话，眉头微敛，看着那个伫立窗前，却只望向九天的人，心中长久以来的那一点儿隐忧终于化为现实。

“你就算不休养半年，至少也得休养半个月。”玉无缘尽最后的努力劝说，“半个月的时间，他们并不能将天下握于掌中。”

“是啊，王兄，您至少休养半个月，半个月内臣弟必将牙城攻下，再取商王都！”皇雨保证道。

“半个月啊，对他们来说，足够取下千里沃土了。”皇朝的声音低低的，却十分坚定，“我怎么可以在他们奔跑的时候停下来休养？苍茫山……我是一定要去的！”

那一刻，皇雨看着兄长，只觉得他身上传来一种迫切的渴望，可是那一刻皇雨分不清王兄到底是渴望能尽快将天下握于掌中，还是渴望能尽快见到他的对手。

“皇朝，你不是铜皮铁骨，所以不能一直只看着前方奔跑，也得停下来休息，回头看看身后和左右。”玉无缘无奈而忧心地看着皇朝。

“我的身后有你，左右有兄弟，有雪空，有九霜……我无须停下。”皇朝未曾回头，玉无缘话中的忧心他听得明白，可是他不能停下来，“我只要往前去，尽我最大的能力跑到最前最高的地方，与他们相会……然后将这天下握在掌中！”

那语气是决然的，没有人再说话，皇雨只是无言而心痛地看着兄长，然后将乞求的目光移向玉无缘。

房中最后响起的是玉无缘深深的叹息声。

第四十一章　古都日暮王气衰

十月四日，皇雨攻克牙城，牙城守将拓跋弘于城破时自刎。

十月六日，皇朝率大军围攻商王都。

十月七日，商王着布衣出城，捧着属于商州南氏的王位象征——玄枢，向冀王皇朝俯首称臣。

十月八日，皇朝赐商王“诚侯”爵位，并遣人“护送”诚侯及商州宗室四百余人往冀州安顿。随幽州三位公子出征的柳禹生主动请命护送。

帝都，六百七十二年前，威烈帝在此称帝，建宫殿、筑城墙，封文臣、赏武将，诏告天下大东帝国的建立，开启了大东帝国最为辉煌壮丽的一页。六百多年过去了，仿如雄狮俯瞰整个中原大地的帝都，在威严与霸气、富贵与绮丽、权力与谋算、奢侈与糜烂里沉沉浮浮，百年沧桑历尽，而今，它只是一座古老且有些暮气的都城，昔日的辉煌与壮丽已被一条名为时间的长河慢慢冲洗下去。

帝都皇宫，定滔宫。

“臣参见陛下！”

洪亮的声音响起，定滔宫的南书房中，一名须发全白的老将向书案前正专心绘画、身着便服的男子恭敬行礼。

“东将军来了，快快请起。”正在作画的男子示意旁边侍候着的内侍扶起地上的老将军。

“谢陛下！”老将军却无须人搀扶，自己站起来，动作敏捷。

这位老将军便是大东王朝的东殊放大将军。在这个群雄割据、纷争不止的乱世，他忠心耿耿地守护着大东皇室，虽已年过六旬，但从外表看去，除去那霜白的须发，只看端正如刀刻的面容与高大健壮的身材，倒像一个四旬左右的壮年人，似挥手间便能力拔千斤，每一个人看到他，脑中浮现的想法定是：这个人是个大将军！

“爱卿来得正好，看看朕临摹的这幅《月下花》如何？”作画的男子兴致勃勃地指着案上几近完工的作品。他便是大东王朝当今的皇帝，年约四十，中等身材，白面微须，神态间没有帝者的霸气，反而有一种学者的儒雅之气。

“臣乃粗人，不通文墨，如何能知陛下佳作的妙处？”东殊放并未上前去看那幅画，只是微微躬身答道。

“哦。”景炎帝有些失望，目光从东殊放身上移回画上，看着自己的画，目光便慢慢产生变化，慢慢地变得温柔，变得火热，慢慢地，整个心魂都似沉入了画中，那模样便如男人看着自己最爱的美人一般，专注而痴迷。

“写月公子的这幅《月下花》朕已临摹数十遍，以这次最佳，只是……”景炎帝脚下移动，目光从自己的画移向挂在书案正前方的一幅画上，再移回自己的画，如此反复地看着，喃喃自语声便不断溢出，“不妥，不妥！写月公子此画情景一体，令人见之便如置画中，实在妙不可言！看看这月，似出非出，皎洁如玉，偏又生朦胧之境。这花似放非放，含蕊展瓣，实若羞颜之佳人……妙！妙！实在是妙！难怪被称为‘月秀公子’，朕又岂能比得上他？”话一说完，他手一松，笔便坠在他自己所作的画上，一幅还未完工的《月下花》便就此毁了。

而一旁看着的东殊放，眼中是怎么也无法掩饰的失望与忧心。

“陛下！”他蓦然沉声唤道。

“嗯，”景炎帝转过身面向身前这名忠心耿耿的老臣，“东爱卿有什么事？”

“陛下，您乃一国之君，应以国事为重，不可执迷于这些……娴雅之事！”东殊放尽量措辞委婉。若上面这位不是皇帝，而是他的子孙或部下，以他的性子，怕是早就放声大骂并挥拳狠揍了。

大东王朝现在虽然名存实亡，但只要皇帝还在，只要帝都还在，那么王朝便在。而这位景炎帝，自登基以来，就从未将心思放于朝政上，所有的事托付东殊放一人，完全不害怕会被取而代之。他也不似他的几位先辈那样好酒好色好财好战好杀……他的爱好是比较风雅温和的，他只爱书画。对于书画，他有着莫大的热情，整日里便是临摹各代名家的画作，却从未画过一幅属于自己的画。

“哦。”对于东殊放的劝谏，景炎帝依旧是满不在乎的，“有爱卿在，朕不用操心那些闲事。”

东殊放闻言哭笑不得。纵观历史，大概也只有眼前这位皇帝会把朝政视为闲事，把写字画画当成正事了。面对这样的皇帝，他该如何是好啊？叹了口气，东殊放将心思放回这次进宫的目的上：“陛下，逆臣白氏已领军至商城，再过交城便到帝都了，而那位打着‘肃天下’旗号的雍王紧跟其后，形势已十分危急，请陛下……”

东殊放腹中放了一夜的话才说了个开头便无法再继续，只因他面前本应悚然而惊的帝王此时露出了笑容。这笑让他这么多年来第一次觉得眼前这个人是一位皇帝，是至高至尊的皇帝！

景炎帝淡笑着看着眼前满脸忧虑的臣子，他是在为这个苟且残活的大东王朝而忧心，只可惜啊……他的眼中不由自主地浮现出嘲弄之色，但一看到老臣那焦灼却又不失坚毅的眼神，嘲弄便化为了感激与叹息。

“东将军，朕登基已二十多年了。”景炎帝淡淡地开口，“朕自登基以来，便将所有的事务推给将军，躲在这定滔宫里写字画画，看书听曲……”说着他自嘲地笑笑，“说来朕真是昏君一名，这么多年来，真是苦了将军。将军一心辅佐着朕，一心护佑着大东帝国，数十年如一日，这一份忠贞可谓千古难有！”

“这些都是臣的本分。”东殊放恭敬地道，心里却有些奇怪皇帝此时怎么说起这些话来。

景炎帝摇摇头，目光穿过东殊放，悠悠地落得很远，仿佛是在看着前方的什么景色出神。“你刚才说雍王已快到商城了是吗？好快，不愧是昭明兰王的子孙。那被称为‘凤王第二’的青王又到了哪里？还有焰王皇氏的子孙，他又到哪儿了呢？”

“青王在夺了焉城后即至涓城，而冀王已将商州拿下，并攻占了王域六城，现已至呈城。”东殊放答道，说话间眉头不由自主地锁起，目光也是锋利而不屑的，这些个乱臣贼子，哼！

“嗯，都不错。”景炎帝闻言点头，“他们都不辱其祖的英名，只有朕这等不肖子孙未能承继先祖的雄风……唉，也不知他们谁会最先到达帝都。”

“陛下！”东殊放猛然叫道。

“呵呵。”景炎帝似有些无趣地笑笑，看着他的这位忠心老臣，眼眸清明如镜，不复以往那般漫不经心。

东殊放不由得有些惊奇而又敬畏地看着皇帝，难道陛下终于想起为国之君的重任了吗？

“东将军，我们还有多少人呢？”景炎帝问道，看到东殊放有些疑惑的眼神，便再加一句，“朕是说，我们还有多少兵力呢？”

“回禀陛下，臣麾下有十万禁卫军一直守卫帝都，再加上其他各城的守军，我们至少还可集齐二十万大军。”东殊放答道。

“哦，原来还有这么多人呀！”景炎帝似有些意外，略略沉吟，道，“那么东将军便领八万禁卫军前去讨伐青王吧。”

“讨伐青王？”东殊放以为自己听错了，瞪大眼睛看着景炎帝，“陛下，这怎么可以？”他已顾不得说话是否会冲撞了皇帝，“若此时臣领禁卫军前往讨伐青王，那帝都怎么办？北王与雍王可都有数十万大军，帝都的两万禁卫军如何能抵挡得了？到时……”

景炎帝却不在意地摆摆手：“东将军刚才不是说了吗？若集各城守军，至少可有二十万大军，那朕便从各城调集大军来守卫帝都便是。只要东将军将青王拿下，然后从涓城绕至雍王身后，到时与朕两面夹攻，雍王便如瓮中之鳖，自是手到擒来。将雍王拿下后，大将军再挥师征讨冀王，将冀王打败，这天下便平定了不是吗？”

“这……”东殊放哑然。皇帝此言似是极有道理，只是事情真有这么简单、这么顺利吗？

“难道东将军没有把握可以胜青王？又或是东将军不信朕能守护得了帝都？”景炎帝的声音忽然透着一种锐利。

“老臣不敢！”东殊放赶忙垂首道。

“那就好。”景炎帝的声音恢复如常，“那么东将军后日即启程去讨伐青王吧。”

“陛下，大军伐敌不是一日即可成行，还需做各种战前准备……”东殊放刚开口，就被景炎帝打断。

“怎么？大将军难道害怕了？”景炎帝忽然冷冷地道，那目光似也带了一些轻蔑，“看来大将军真是老了，听说那青王风惜云这些年来名头极响，文才武功皆是不俗，其麾下的风云骑更是彪悍无敌，想来大将军是不敢与之一战了！”

“臣……”东殊放看着皇帝良久，然后跪地，头垂得低低的，声音里难掩悲愤，“臣谨遵陛下旨意！”

“嗯。”景炎帝满意地点点头，“朕这里有一道圣旨，你带去，若能招降青王，那最好不过，毕竟她是我大东的臣子，朕岂能不给她回头之路，而且这可昭示朕的宽宏大量。若她归降了，雍王、冀王说不定仿效行之，那朕便不费一兵一卒就平定了天下！”他随手抽出一张纸，提笔写字，想来诏书内容并不多，不过片刻即停笔，然后示意内侍取来绫袋封好。

东殊放接过内侍递来的绫袋，抬首看一眼皇帝，又垂下头，掩起那一丝苦笑与满怀的失望：“陛下如此仁慈，但愿逆臣能体察圣心，早早归降，尽忠于陛下！”

“好了，你去吧。”景炎帝挥挥手。

“臣告退。”东殊放躬身退下，离去的背影显得苍老而疲惫。

定滔宫内又恢复了寂静，景炎帝的目光落回风写月的那一幅《月下花》上，良久，他轻轻笑起来，讽刺与冷嘲全夹在这一笑中，还隐带一丝让人无法理解的解脱：“东爱卿啊，一个人若是躯体都腐烂了，那便是头脑再清醒、再聪明，也是无救啊！这么多年你还没弄明白吗？”

商城，府衙。

贺弃殊望着案上刚送来的信函喃喃地道：“真是麻烦！”

“什么事麻烦？”门口传来轻笑声，任穿雨轻轻松松地踱着方步进来，“什么事竟能让精明的贺将军也感到麻烦？”

“哼！我之所以会这么麻烦还不都是因为你？”贺弃殊皱着眉头看着任穿雨，“若不是因为你心上长了毒瘤，歪了方向，主上至于把筹备粮草的事交给我吗？这些麻烦琐碎的事本来全该交给你这个四体不勤之人做的！”

“哦？”任穿雨摸摸下巴，对于贺弃殊毒辣的指控毫不在意，“难道不是因为贺将军聪明能干，所以主上才对你委以重任？”

“我的聪明才干要用也要用在明刀明枪的战场上杀敌建功，不似某人专用于那些阴槽暗沟里。”贺弃殊的话可谓毫不留情。论口才，墨羽骑四将中也只有贺弃殊的毒辣可与任穿雨的诡辩一争长短。

“弃殊。”

一场唇舌之战即将展开，却被门口大步而入的人打断了。

“粮草为何还未运到？城中粮草仅余五日之量。”乔谨问贺弃殊，身后跟着端木文声、任穿云。

“唉！”贺弃殊重重地叹一口气，“帕山连日大雨，山上冲下的泥石将路堵住，粮草无法运过来。”

乔谨闻言眉头一皱，看着贺弃殊：“空着肚子的士兵可没法打胜仗。”

“我知道。”贺弃殊烦恼地揉着头，“但要运粮草，必要先疏通道路，商城的粮草若省着用，再加上从亦城运来的，应该可以支撑十天左右，到那时粮草应该也可以运到了，只是……”他抬头看向同僚，“北王现已逃到了交城，再过去便是帝都了，所以我们不可能在此停留十日，这两日肯定要启程的，可若粮草不到，大军如何成行？”

“真是麻烦。”端木文声不知不觉地重复贺弃殊的话，“大军启程可是不能耽搁的，北王攻打帝都可以，但可不能让他真的将皇帝抓到手。”

“难道没有其他办法？”任穿云问道。

“有啊！”贺弃殊似笑非笑地看一眼他们中间最小的穿云将军，“去抢啊！你愿不愿意领着士兵去抢百姓的粮食？”

任穿云闻言一翻白眼：“若去抢我倒是没什么不好意思的，可我们主上不会答应我去做这种毁他清誉仁名的事情。”

“此时可不是开玩笑的时候。”乔谨挥挥手，看着贺弃殊，“有没有其他法子？”

“有啊！”贺弃殊点点头，在几人还没来得及欣喜时，掂了掂手中的信函，“不过我也是才收到此消息，所以办法暂时还没想出来。”

“是不是要等到大军空着肚子出发时你才能想出来？”端木文声道。

“唉，只不过是这么一件小事，就让你们如此烦恼。”一旁静默的任穿雨摇头叹息。

“哥哥，你有法子？”任穿云眼睛一亮。

“当然。”任穿雨抚着下巴点点头，“可以修书拜托青王啊，反正在北王拿下帝都前，风云骑应该不会轻易出战，必是在休整。所以我们可以按照计划启程前往交城，而粮草就请青王从涓城先拨部分给我们，再请其派兵前往帕山疏通道路，然后护送粮队赶上我们，这不就行了？”

四将闻言一怔，任穿雨的办法似乎不错，只是仔细想想……

“我一直很疑惑。”贺弃殊盯着任穿雨，“似乎从还未见过青王起，你便处处针对她，针对风云骑，为什么？你明知道青王与主上间不只是有婚盟这么简单，他们江湖相识十年，情谊非一般人能比，而青、雍两州更因他二人才可融合，两州联合才能如此迅速地将北州拿下。可你为何偏偏要做些离间两王、两军之事？你这个自负聪明才智只在主上一人之下的人，为何老是做出一些不明不智之举？”

贺弃殊此言一出，其余三人也转首看向任穿雨，这也是一直存于他们心中的疑惑。

“嗯，似乎总是好人难做啊！”任穿雨被四人的目光一望，不禁有些苦涩地笑笑，“难道在你们眼中，我任穿雨就真是一个小人？”

“你是不是小人我不知道，不过你绝不是君子。”端木文声道，“但我们从未怀疑过你对主上的忠心！”

“哦。”任穿雨听了，只是难辨喜忧地笑笑，定定地看着一旁剑架上的宝剑，良久后才开口问道，“你们觉得青王如何？”

四人沉默片刻，最后还是乔谨开口：“天姿凤仪，才华绝代。”

这是天下广为传诵的赞言，他们以前或许觉得有些过头，但此刻他们是真正从心底折服，觉得她实至名归。

任穿雨点头，也有同感：“自古有两类女子，为天下倾慕，但同样可倾天下。”

四人闻言皆是心头一震，这一句话似叩开了一扇门，一些以前他们从未想过的事便从那门里飞出来。

“一类是容色倾国。”任穿雨目光依然定在那柄宝剑上，“此类女子皆有美艳绝伦的容貌，可以迷人目、倾人心、惑人魂、荡人魄，以致人人为之魂迷神痴，舍身抛命、离亲叛友、卖家弃国……便是堕入阿鼻地狱也在所不惜，只为一亲芳泽。此为红颜祸水！”

“另一类则是才智倾国。”任穿雨目光移动，灼亮地望向乔谨，“此类女子聪慧绝伦，在野，可令群英折服，在朝，则使群龙俯首，天下也玩于股掌之上。这样的女子，必也自负才智，野心勃勃，必不甘于人下，轻者握一家一邦，重者必握天下于掌中！”

四人闻言，皆神色凛然。

“青王，她不但有容色……”任穿雨忽然笑笑，笑得无限感慨，“她还有才、有智、有德、有武，更甚至……她还有国、有财、有民、有兵，有一群忠心于她的文臣武将，并系着青州万千民心！这样的女子……她能立于人后吗？”

房中一片静寂，无人出声，几人皆是各自思索着，想着那个清丽高雅、才智绝代的女王，看似平和，可往往只要一眼，就令他们深感敬畏。

“她与主上已有婚盟，待与主上大婚后，她自是立于王之身后的王后。”端木文声沉声道，自古便是如此不是吗？

“这一点更让人担心。”任穿雨眸中闪现隐忧，“为迎接青王而铺下的花道，为和约之仪而筑的息风台，为她而种八年的兰因璧月……这些你们难道看不出来？”

“这有何不妥？两王情意深厚，只会更利于两州同盟。”端木文声反而很高兴看到主上能为某人做点儿事，这样的主上看起来才有些人情味，而不是完美却无情得不似血肉之人。

“哼！情谊深厚，能令两州融合得更好？你们想得太简单了！”任穿雨冷冷一笑。

“王道便是一条孤道吗？”一直不吭声的任穿云看向兄长，有些沉重地叹道。他自小即与兄长相依为命，兄长心中所思，或也只有他这位弟弟能知一二。

“是的，王道是孤道，是一条一个人走的路！”任穿雨悠悠长叹，眉头蹙起，“自古以来，任何一位帝王都绝对立于最高处，走在最前头，没有人可以和他并肩同步，没有人可站在他的身前，所有的人只能追随他，立于他的身后！”

四将呼吸一窒。

“而且，一位帝王心中处于首位的永远只能是江山社稷！任何人与事都不能逾越它！否则便会是羁绊，只会阻挡他登上至高之位的路！”任穿雨微微握紧双拳，“威烈帝，以布衣之身问鼎天下，何等雄才伟略。可是今天……大东王朝四分五裂，诸侯争霸，战乱连连，民不聊生……这个局面是威烈帝一手造成的！封王授国，便是裂土分权，当年的七将忠于他，可百年后七将的后人还会忠贞不贰吗？威烈帝他难道会不知道答案？可他还是要封王授国！他为何如此？还不就是为了凤王！为了一个女人而置国家若此，这样的帝王其实根本不是一个合格的王者，根本不配为君！”

这一番话，如冷刀利刃刮面，直令四将胆战心寒。

任穿雨目光如蕴刀剑：“你们难道想看主上走威烈帝的老路？想要我们以血肉性命拼回的天下也落得今日这个下场？”他抬眸，目光穿越四将，窗外射入的阳光被宝剑的铜鞘反射，点点落在他的眸中，却无法给那双眸子加温，那双眸子是冷的，那声音也是无温的，如冰落寒潭，“你们皆有目睹，风云骑和青州的百姓都只忠于她，臣服于她，若有一日……拔剑相对，她便是我们……她便是主上最大最危险的敌人！所以，要么削弱她的力量，要么……她就不能留着，因为我们誓死效忠的只有一位主君！”

窗外艳阳高照，十月的天气虽已不算炎热，但绝不冷，房中这一刻却寒意森森。静静伫立的四人，内心掀起汹涌浪涛。

当看到墨羽骑送来的信函时，风惜云并没有犹豫与疑惑。

“程知，从城中拨出一半粮草，你领三千人护送给墨羽骑。”

“徐渊，你领五千人前往帕山疏通道路。”

“是！”徐渊、程知领命而去。

看着他们离去的背影，修久容心中一动，道：“主上，数月来连番攻城，我们伤亡虽小，但也折去近千人，受伤者也有两千多人，再加上攻占各城后留下的守军，此时再派出八千人，仔细算来，城中能参战的人不足三万。而墨羽骑有二十万大军，难道连拨出一万人运送粮草也不能？北军可不是争天骑。”

“不用在意，久容。”风惜云浅笑着安抚爱将，“反正在雍王拿下帝都前我们都会留在这里休整，所以帮他们运粮草也没什么。”

此刻，他们都不知道东殊放奉命率领八万禁卫军正往涓城而来。

风惜云虽是用兵如神的名将，但并不是先知。她以兵家的头脑来思考，冀州争天骑正忙着将王域的土地纳入掌中，北军忙着逃命，帝都此时更是忙于准备抵挡北王、雍王大军，实在想不出如非她主动出兵，还会有什么战事找上门来。就因为她是用兵家的头脑来想，所以她没能想到帝都那位根本不懂用兵的景炎帝的神来一笔，以致日后落英山中无数英魂以鲜血与刀剑奏出一支壮烈的断肠悲歌。

如若他们能预测到以后的事，任穿雨会更开心地发出信函，而风惜云绝对宁愿两军分裂也不会派兵运粮。

只是如果他们预测得更远些，任穿雨或许一开始便不会针对风惜云，他或许一开始便会将之如神灵菩萨般供奉着。

而风惜云，如若能得知日后的种种，她还会与丰兰息订婚、与雍州结盟吗？还会如此毫无私心地助丰兰息征战天下吗？

第四十二章　问信与谁留心待

“将此信以星火令传给齐恕将军。”

“是！”

一道敏捷的身影在夜空中一闪而逝。

“星火令？夕儿，发生了什么事吗？”久微将一杯热茶递给风惜云。他知道星火令乃是最快的传信方式。

“没什么。”风惜云啜一口茶，甘霖入喉，清香绕齿，不禁长长地叹息，“久微，你泡的茶就是比六韵泡的香。”

“既然无事，那你为何以星火令传信？”久微却依旧心存关切。

风惜云轻轻晃一晃茶杯，目光追逐着杯中沉沉浮浮的翠绿茶叶，“今日久容说，城中此时能参战的人不足三万，我在想……或许应该做些准备。”

“哦。”久微不再追问。

“久微……”风惜云放下茶杯看着他，欲言又止。

“怎么？”久微看着她，奇怪她此时的踟蹰。

风惜云抬手托腮，目光定定地停在某个点上，沉思良久后道：“我在想，这世上……”她说到此话忽又断了，久微片刻后才听到她几不可闻的呢喃声，“可不可以信？会不会信呢？”

话说得糊涂，但久微明白了她的心思，只不过……他无法回答她，也不好回答她。

“晚膳想吃什么？我去给你做。”他只能如此说。

十月十八日，对涓城的百姓而言，这一天跟平常没有什么不同，太阳一早就高高挂起，秋风微带凉意地扫起地上的黄叶，山坡上的野菊烂漫多姿地铺满了一坡，大人们开始一天的忙活，孩子们聚在野坡上开始他们的游戏……涓城似乎除了主人换成青州那位美丽高贵的女王外，其他的并未有什么改变。

一大早，那位涓城百姓眼中美丽又可亲的女王正在官邸里悠闲地享用着久微做出的既美观又美味的早膳。听到部下的禀告时，她不禁略略拔高了声音：“东大将军率领八万禁卫军正往涓城来讨伐我？”

“是的，据探子所报，东大将军的前锋已离涓城不到五日路程。”林玑答道。

修久容则静静地站在一旁。

“哦。”风惜云淡淡地应了一声，不再说话，然后专心地解决起未吃完的早膳。早膳是一碗浮着几朵浅黄色菊花的粥，一碟小小的形似莲花的包子，当然，她此时的吃相绝对是优雅而斯文的，维持着她女王的端庄仪容。

林玑搬了一把椅子在久微身旁坐下，以只有两人才能听到的声音打着商量，问久微是不是可以打破只为主上做饭的原则，发发小善心，哪天也做顿如此漂亮又可口的膳食给他们吃吃。但他没有得到回答，因为久微只是面带微笑地看着正吃得津津有味的风惜云。而修久容就在林玑的椅旁盘膝席地而坐，目光似有些茫然地盯着墙壁上的一幅山水画，了解他的人知道他此时是在沉思。

用过早膳后，众人移步书房。

“这位东大将军可不同于一般的武将。”风惜云开口的第一句话便是对对手的肯定，“若幽王来，那他便是领十万争天骑也没什么好怕的，可若是这位东将军，他便是领五万金衣骑也绝对是可怕的敌人！”

“主上，是否要将徐渊和程知召回来？”林玑问道。此时城中能上阵杀敌的风云骑不过三万，两员大将外出，敌人却有八万之多，若要守住此城，实是有些艰难。

“时间不够。”修久容却道，“在他们回来之前，东将军早就到涓城了。”

“嗯。”风惜云点点头，“他们也快到帕山了，不可半途而废。”

“如若这样……主上，涓城城墙又薄又矮，难以坚守。”林玑道，“而且城中粮草被运走了一半，算来我们的粮草也不过刚够支撑二十天。”

“所以我们并不一定要死守涓城。”风惜云挥挥衣袖，潇洒地起身，“东将军虽为名将，但这十年来很少踏出帝都。”她目光扫向部将，浅笑盈盈，“而对于长辈，我们这些晚辈应该以礼相待，远道相迎才是。”

“主上是说……？”林玑与修久容眼睛一亮。

“我们如此……这般……”而后，风惜云白皙修长的手指在舆图上轻巧地移动着，淡红的唇吐出一道又一道命令。

“臣领命。”房中两将衷心拜服。

风惜云欣慰地点头：“这一战能否全胜，关键在于墨羽骑，所以，林玑你即刻派人送信给雍王，不过东将军定也料到我们此举，所以送信之事你需特别安排，而且……信必须亲自交到雍王手上。”

“是！”林玑领命。

“你们去准备吧。”风惜云挥挥手。

“臣等告退。”

两将躬身退去后，久微依然留在房中，从头至尾，他都只是静静地看着、听着。

风惜云负手于身后，仰首看着屋顶良久，最后长长地叹息，似是因看破了某事而生出了忧患，又似是为终于下定了一个本不想下的决定而无奈。

“久微，”风惜云将目光移向一旁静坐的久微，手臂微抬，长袖滑落，袖中的手是紧握着的。她张开五指，墨色的玄枢现于掌心，“这东西我现在交给你。”

“这是代表你青州之王的玄枢。”久微看着她掌心显露的那面令符，疑惑地问道，“你为何交给我？”

“因为……”风惜云走近久微，附于他耳边，以低得只有他一人能听到的声音说了一句话。

久微闻言睁大眼睛，惊愕无比地看着风惜云，似是不敢相信刚才所闻，震惊得久久不能言语。

“你都如此惊讶，何况是他人。”风惜云微微一笑，那笑却是苦涩而略带自嘲的，“这是我不到万不得已决不能走的一步，所以……久微，你一定不能在我跟你说的时间之前行动，必须且一定得在那之后！”

“可是，夕儿，若……那样你们……你可是十分凶险的。”久微眉心紧皱，眼中全是担心，“你既已考虑到这一步，那必是对他不能放心，既然如此，又何须顾忌，不如直接……”

“不行！”风惜云却斩钉截铁地道，“绝不可以在我定的时间之前！如果可以的话……”她微微停顿片刻，幽幽地长叹，“如果可以的话，我希望你无须动用玄枢，要知道，你此步一走，便绝无退路，而那之后啊……”她目光蒙眬地望着某点，“真是无法想象啊！”

久微闻言，目光带着深思地看着风惜云，然后淡淡一笑，那笑却是带着某种试探，某种深长的意味，“是不敢想象，还是害怕他的反应？”

风惜云的目光却落得远远的，似整个心魂都在远处飘荡着，在久微以为她不会回答的时候，她却开口了：“久微，风云骑、墨羽骑之所以还能如此相携相助地走到现在，除了共同的目的外，最重要的一点是因为两军的主帅——我和雍王——我与他在两州将士、百姓眼中是一体的夫妻。而我们俩能走到今天，是因为……是时局所致，也是因为我与他有十余年情谊。人生的十年并不多，非亲非故的两个人人生中最好的一段岁月牵扯在一起，不论我们如何不愿承认，事实上……却是真的有许许多多的东西是连接在一起的，是没法分割舍弃的。”说至此处，她抬起手，五指轻轻笼住眉心，神情却是略带苦涩的，“十余年，按理说，本应是相知相惜的知己才是，可是……”五指微微抖动，眼眸微闭，唇角的那丝苦意更深了，“可是……我们，久微，就如他所说，那种以命相许的信任太难了，我们似乎都未许给对方。不能……也不敢！”

“夕儿，”久微垂眸看看手中的玄枢，又抬首看着她，看着她脸上复杂的神情，心底沉沉地叹息，“其实……你是喜欢他的，是吗？所以才会如此矛盾，才会有如此复杂的感觉，也因此你才会如此……”

“久微，”风惜云抬手抚住脸，第一次，她的声音如此脆弱，只因里面承载了太多太多的东西，“这便是我们的悲哀。我与他，都不是彼此理想中的人，我们都不想，可是……偏偏……所以我们都是如此不甘心，可又是如此无可奈何。”

久微无言地看着她，那双由灵气凝聚的眼眸悲哀地看着她，心头一遍又一遍地长长叹息，一遍又一遍地无可奈何地叹息。

“久微，这世上我最希望能信任的人就是他。”风惜云回首看着久微，那双清眸仿如狂风扫过的湖面，波澜荡漾，“可是……我如此没有把握，所以我必须有那一步，只是……一步走出，我们这十余年的情谊，或都要在这一步中灰飞烟灭。到那时，不单是……我与他，便是墨羽骑与风云骑，青州与雍州，甚至这天下……”

“夕儿，若真到那时，你当如何？”这一句话久微本不想问，可是他还是问出口了，因为那个答案，他希望的答案。

但风惜云这一次没有回答，她微微仰头，目光穿透房门，似看向那不可知的未来，可眸中的那种惊涛已渐渐平息，神情已渐渐恢复镇定从容。

“当那一步踏出时……成，便是双赢！败，便是双输！”最后一字落下时，她的手负于身后，五指紧握，双目中射出雪剑似的光芒，身形仿如凌云苍竹，无形中透着一种凛然的决绝！

久微看着她，白衣似雪，长发如墨，仿如一道黑与白的剪影，遗世立于高峰上，单薄而坚强，寂寥又骄傲。他轻轻走上前，伸出手将那个朝堂上冷肃果断、战场上气势万千的女王，此时如此孤峭的孩子圈在怀中。

“夕儿……”

他低低地唤着，不知道要说什么，也不知道能说什么，唯一能做的便是敞开自己的怀抱，让她稍稍栖息，稍得一丝温暖与抚慰。

只是……他眼前却闪现昔日那个有着一双快活清亮的眼睛，在炫目炽日下张狂无忌地飞入落日楼抢他手中烤鸡的那个神采飞扬的身影。白风夕啊，再也无法回来了吗？只是，他知道，眼前这个肩负着千斤重担却坚定孤峭的人才是最重要的！

“久微，我知道我可以信任你的，是可以以命相托的信任。”风惜云将头伏在久微的肩上，闭上眼，轻轻地、安然地叹息，“看到你的第一眼我就知道的，我们……是亲人！”

“你果然知道。”久微并不诧异，抬手轻抚肩膀上的那颗脑袋，从头顶顺着那柔滑的青丝轻轻抚下，带着无限疼爱与怜惜，还有一份浓浓的宠溺与感动。

“我当然知道。”风惜云抱住久微，嘴角浮起一丝浅淡的笑容，“久微，我之所以会走上这个战场，其中也有我要实现你的愿望的原因。当我与他将这天下握于手中时，我便可以实现你的愿望，那也是我们青州风氏六百多年来都未曾遗忘的承诺！”

“我知道，我知道。”久微轻语，眸中隐有水光浮动，声音隐带一丝颤抖，“所以我来到了你的身边，我要看着你实现这愿望与承诺！夕儿，我会守护你的，我起誓！”

他轻轻捧起风惜云的脸，拂开她额间的发丝，露出光洁的额头，额间的那一弯玉月莹润雪白依旧。他右手移向她的眉心，尾指隐约缠绕着淡淡的青气，指尖轻轻点着她眉心，然后俯首，两额相触，眉心相印，刹那间有一缕青光在两人眉心一闪，但眨眼即逝，几乎让人怀疑是幻影。

“这会让我知道你是否平安。”久微轻叹一声，依旧将风惜云揽在怀中，长臂在她的身后交握，似为她筑起一堵厚实的墙壁，“夕儿，我但愿不会用到玄枢。”

只是，世事不会总沿着人们所希望的路线发展，想要达成所愿，必是要有一定的付出，甚至付出无法计算的代价！

“大将军，以我军的行进速度来看，三日后即可抵达涓城。”

平日杳无人烟的荒原上，现今旌旗飘展，万马嘶鸣。

“嗯。”高居战马之上的东殊放听到副将的禀告，只是淡淡地点点头，放眼瞭望这一望无际的荒原，脑中所想的却是大军离都时皇帝的话。

“爱卿，此次必得大胜而归！”

这似乎只是一句简单的嘱咐，但细细想来，却是“不击败风云骑便不能回来”。

为什么此次陛下会有如此行为？这些年来，诸侯争战，乱军四起，祈云王域也屡受侵袭，他也曾数次请命讨伐逆臣，但陛下从未准奏，每次皆以“帝都需大将军坐镇”为由不允出兵，任由王域被诸王吞并。只是这一次皇帝为何如此坚定地要他前来讨伐青王？如此坚决地下旨非胜不归？

“骆将军此时在何处？”

“回禀大将军，骆将军所率先锋领先半日路程，现离落英山不足百里。”

“嗯。”东殊放再次点点头，“记得每隔一个时辰即与先锋军联系一次。”

“是！”

八万大军要一起行动是十分不便的，因此东殊放派遣他一手调教出的禁卫副统领骆伦领一万禁卫军先行，他自己则领四万大军居中，而另一禁卫副统领勒源率领着余下的三万禁卫军延后半日行进，一为押运粮草，二则是若帝都有事也能在最快的时间回都救驾。由此也可看出，这位东大将军的领兵风格是严谨而稳重的。

先锋骆伦，今年不过二十七岁，在这个年纪便坐上禁卫军副统领的位置，其中虽不能说与他身为东大将军弟子的事情全然无关，但他也确是有几分才干的。在二十四岁时，他领五千禁卫军横扫王域境内十一座匪寨，被他斩首的盗匪不计其数，一时令王域境内所有盗匪闻风丧胆。而帝都也有不少人预言，东大将军退下来时，能竞争大将军之位的必是骆将军与东大将军之子东陶野，这其实是对他实力的一种肯定，但骆伦不以此为荣。在他的理念里，官拜大将军应该是在他领军平定六州乱臣、扫清天下逆军之时。所以对于此次出兵讨伐青王，他不似大将军那般诸多犹疑，反而十分期待能与青王一战。

“将军，前面便是落英山。”

奔驰的队伍中，一名副将放马靠近骆伦，指向前方那隐约可见的远山：“绕过此山，若以全速前进，一日便可抵涓城。”

骆伦一拉缰绳，日已偏西，黄昏将近，极目看去，一座形状有些奇怪的山矗立于远方：“一日便可到吗？”这话并非问话，只是一种自语，片刻后他下令道，“传令，全军休息半个时辰！”

“是！”

传令兵传下的命令让辛苦奔波了一天的士兵如奉纶音，全部停步下马休息。

“将军，那是……？”

刚下马，还未来得及喝口水，随着副将的惊呼声，所有人不禁移目看向前方。

但见前方忽然尘土飞扬，传来密集的马蹄声，隐隐夹杂着喊叫声。

难道是风云骑前来突袭？只是如若是大军袭来，声势又太小了点儿，所有的士兵不假思索地伸手按向兵器。

马蹄声越来越近，奔在最前方的约有十骑，而其后五十米左右则有数百骑，从那些人的服装看来，应该是普通百姓，而非穿着银甲的风云骑。

“救命！救命！”

跑在最前方的十来骑猛然看见前面有许多士兵，也顾不得许多，慌忙扬声呼救。这十来人虽显狼狈，衣着却十分华丽，全都背着长长鼓鼓的包袱，而在后面追赶着的人脸上一律蒙着黑布，口中不断吆喝着粗言粗语，手中挥着大刀纵马追赶。

“将军，请救救我们！我们都是山尤来的商人，后面的是抢劫的强盗！请将军救救我们！”那些商人大声呼救。

“哼！强盗！”骆伦目中射出冷芒，“上马！”

哗啦哗啦的铠甲声响起，顿时，一片褐色的波浪涌起，万名身着褐色铠甲的骑兵片刻间已全坐于马上，手中的刀枪对准了前方。

“停！”前方的盗匪中猛然响起了喝令声，“有官兵，快逃！”

话音未落，那数百壮汉已马上掉转马头，往回逃去。

“追！”骆伦的手断然挥下，话音刚落，他已率先追去。

在他的身后，士兵们纷纷纵马追出，这一万骑之中差不多有一半是曾跟随骆伦扫荡过匪寨的，他们深知将军对盗匪深恶痛绝，见之必杀，因此命令一下即纵马追杀。而另一些人不知此因，但既有将军之令，自是无一不从，而且难得的休息竟被这些盗匪断送了，自是满腔怨怒，正好杀几个以泄心中怒火，又可立功。所以这一万名禁卫骑兵霎时便如一股褐色的潮水冲向前方，追逐着刚才还气势汹汹，此时却抱头鼠窜的盗匪。

褐潮过后，留在原地的便是那十来名商人，遥望着前方。盗匪们虽说是惶惶逃亡，但骑术十分精湛，与追兵的距离时远时近，但总是有惊无险，而禁卫军的统领骆伦一马当先，手中宝剑已几次就要砍中盗匪中那似是头目之人，却总是被其险险避过。

“主上所料果然不差！”为首的商人脸上露出轻松而讥诮的笑容，然后将背上的包袱解下，露出长弓。其他商人也纷纷解下包袱取出兵器。

前方的追逐还在继续，已有数名盗匪被禁卫军追上，但那些盗匪武艺颇高，竟连斩数名士兵，然后继续前逃。如此一来更是惹怒了骆伦，他目光如烈火一般盯着前方的盗匪，扬鞭狠狠策马，霎时战马如箭一般飞出，手中长剑挥起，一名盗匪的脑袋便被斩下，坠落于马下。

“将这些盗匪全部斩杀！”骆伦冷冷地喝道，手中带血的宝剑又向前方一名盗匪挥去，顿时又有一人落马。

“杀！”见将军如此英勇，士兵们士气大振，快马加鞭地全力追杀着盗匪。

霎时，只见一股褐色的旋风卷起黄尘向前方袭去，那些盗匪此时便似被吓破胆一般死命往前狂奔！只是……那马蹄下的黄尘渐渐少了，取而代之的是飞溅的泥浆！

可奔驰着的禁卫军骑兵未在意这点，只知挥鞭追赶，直到前方的盗匪忽然弃马徒步奔逃时，他们才发现，战马奔跑的速度越来越慢，竟连徒步奔跑的人也追不上！

“这……”

骑兵们垂首看时，才发现自己竟置身于一片沼泽地中，战马每踏出一步便深陷泥浆之中，每跨一步都十分艰难。

正当数千骑兵身陷沼泽难以动弹之时，徒步逃跑的盗匪忽然全都停下，转身面对他们，而前方的山坡上忽然涌出一大片白云，那云在快速地移动着，顷刻间便至眼前——那是身着短装劲服、徒步奔来的风云骑！

“啊！是风云骑！我们中计了！”顿时，沼泽之中四处响起慌乱的叫声。

那惊呼声还未落下，风云骑的大刀长剑已挥砍过来！

禁卫军骑兵皆是身着厚实沉重的铠甲，便连战马也披着护甲，若是在干地与敌对决无疑是十分有利的，但在这潮湿松软的沼泽之中，不过是增加负担的累赘，令战马四蹄深陷泥池。有的骑兵跃下马徒步作战，可身上笨重的铠甲令他动作迟缓，往往才举起大刀，敌人的长矛已刺穿他的胸膛。

身着轻便武服的风云骑士兵手中的大刀灵活地砍向战马的腿，马上的骑兵便被马儿掀下，不是摔断了脖子便是被随后赶来的风云骑砍下脑袋；持长枪的狠狠地刺向马背上骑兵的脸部；握剑的则飞快地划向地上敌人的脖颈……无数的士兵在惨号，无数的战马在哀鸣，不断地有断臂横飞，不断地有人头飞落，沼泽地上的浅水已化为暗红色，西边挂着的太阳似也被血浸染，仿如一轮血玉，洒下绯红的光芒，笼罩着天地……

在后面未陷入沼泽的数千禁卫军骑兵则遭受了箭雨的攻击。在他们的身后，风云骑的神弓队早已悄悄弯弓搭箭，瞄准敌人的眼睛，瞄准敌人的咽喉……每一阵箭雨射出，便有一大片骑兵从马上倒下……前有沼泽不可行，后有箭雨不可退，于是有的骑兵便往两边逃去，可是那里也早有风云铁甲骑兵在等待着他们。

奔行一天，加上刚才的急追，十分力气已消耗了八分的禁卫军如何是养精蓄锐且实力更在他们之上的风云骑的对手？更何况，他们此时早已失魂落魄，军心涣散，毫无斗志……这一战的胜败在禁卫军追出第一步时便已注定。到此时，这已是一场单方面的屠杀。

不同于部下的狼狈，骆伦却是锐不可当。每一剑挥出，便有一名风云骑士兵倒下，他从泥泞的沼泽中杀开一条血路，当暮色来临之时，他已踏上干地，渐渐地靠向前方高坡——他的目标在那里！

高坡上有舞在风中的凤旗，旗下立着一匹白马，马上端坐着一名银甲骑士，静静的仿如一只栖息在旗下的银凤，就算是这阴暗的暮色也无法遮掩她的耀目光芒与凛然傲气。

青州的女王风惜云吗？可是为何……为何要装成强盗？不可原谅！骆伦握紧手中长剑，抬起溅满泥水的双足，向高坡上一步一步踏去。

“久容。”

修久容刚拔剑在手，风惜云便制止了他，望着那个满身泥污与鲜血却疾步奔来的人，唇畔绽出一抹似是嘲讽、似是感叹的笑容：“他要来便让他来。”

与风惜云相距约三丈远的地方，骆伦停下脚步，目光炯炯地盯着白马之上的银甲女王，而围在她身旁的修久容以及那些侍卫他全未看进眼内。

未见她有丝毫动作，人已轻盈优雅地跃下马背，有如梧桐枝上的凤凰雍容飞落。

骆伦最后一次回首，不论是沼泽还是干地上，已遍布身着褐甲的禁卫军的尸体，战斗已近尾声，一万部下此时已是寥寥无几！转首，他目光锋利地看向那静然立于对面的对手，手中带血的长剑高高举起。

“嗬！”他低吼一声，人如猛虎般扑向风惜云，手中长剑挟毕生力道以决然无悔之势直劈而去！

“气势很强。”风惜云呢喃。

骆伦手中一柄普通的青钢剑此时仿如上古神兵一般拥有劈开山河的力量，迅猛地扫向风惜云。风惜云额前的发丝已被凛冽的剑风扫起，全身被笼于那狂风骇浪一般的剑气之中，身后的侍卫不禁惊呼，纷纷拔刀于手，紧张地注视着前方，只有修久容一动也不动地注视着。

突然，一道银光划破茫茫暮色，隐约中挟着一抹淡淡的殷红，在所有人眼前绽出绚丽无比的光芒，使他们双目似不可承受一般微微闭起，耳际传来轻轻的剑鸣声。然后所有人目睹那威烈无比的青钢剑被震飞落向十丈之外，那如虎猛扑的人在一瞬间散去了所有的力量，缓缓地倒在地上。

“这是我今生第一次用风痕剑，你是死在我剑下的第一人！”风惜云微垂剑尖，眼眸淡然无波地看着倒在脚下的骆伦，平静地、不带丝毫感情地道。

骆伦张张口似想说什么，但最后什么也未说出，嘴角微微一勾，一缕几不可察的浅笑浮上。眉心的血不断涌出，他却察觉不到痛楚，目光涣散地看向天空，嘴角的笑意微微加深。

“蕊儿……”

他伸出手，虚空中有一道纤弱的人影，不同于以往满身的污浊与鲜血，这一次她身着她最爱的粉红罗衣，怀抱纯白的水仙花，温柔地微笑着向他伸出手……

“将军，除逃走约一千人外，禁卫军已全部歼灭！”一名都尉向林玑禀报，“将军，是否要追击？”

“不用了，此战我军已大获全胜，逃走的人便让他们逃吧。”林玑淡淡地道。

他目光扫向战场，看着地上倒着的无数尸体，心头虽略有沉重，但更多的是对他的主上的敬服。

“东大将军与他的禁卫军已近十年未曾出过帝都，对于帝都以外的地方，除了从舆图上了解外，并未亲自察看过，所以这是我们的优势。”

回想起主上那日的话，林玑目光移向高坡上的那道修长白影。整个大东王朝的山山水水大概全印刻在王的脑海中了吧。

“骆伦可谓勇将，以他这些年的功绩来看，也并非有勇无谋之人，只是……他对盗匪过于执着，这便是他的心结。当人对某一事物抱有不同寻常的执着时，那便成了他的弱点。如皇朝的骄傲、玉无缘的仁慈……”风惜云淡淡地对着身边的修久容道，目光无喜无悲地扫过尸身遍布的战场，“只有一个人，至今我都未看到他的弱点。”

第四十三章　以史为镜鉴前程

“王兄，都这么久了，为什么你一次也不让我上战场？”

王帐中，丰兰息与丰苇正在对弈，只不过棋还未下至一半，丰苇忍不住旧话重提。

“王兄。”丰苇见丰兰息只凝视着棋盘，似根本未听到他的话一般，不禁再次唤道。

“哦？”丰兰息稍稍将目光移至丰苇身上，但他的心思似乎不在丰苇身上，也不在棋局上。

“你每天就让这两个人守着我，根本就不让我上战场去，这样下去我怎么杀敌建功？到时候回家了，爹爹问我可有为王兄分忧，难道你叫我回答：我每天都待在帐中看书、练剑，再加吃饭、睡觉，其余什么也没有做？”丰苇委屈地道，颇有些怨气地指指侍候在一旁的双胞胎兄弟钟离、钟园，“王兄，你让我上战场去嘛，我一定将那个北王活捉到你面前！”

“我不是说过了吗？只要你的剑法可以胜过钟离，兵法可以胜过钟园，我就让你上战场去。”丰兰息目光又落回棋盘上，漫不经心地道。

丰苇闻言不禁泄气，目光无限幽怨地射向那对长得一模一样的双胞胎，心中又恼又羞，想他堂堂侯府公子却连这两个侍童也胜不了！“真是让人讨厌啊！”这样的话语脱口而出。

面对丰苇怨愤目光的钟离、钟园却是纹丝不动地立着，只是当丰兰息目光移向茶杯时，钟离赶忙将香茶奉上，钟园则将银盘托起，当丰兰息饮完茶手一转时，那茶杯便落在银盘上。

“对了，王兄，王嫂什么时候回来啊？我好久没看到她了。”丰苇很快便摆脱了自卑郁闷，兴致勃勃地谈起了另一件事，“我最近写了一篇文章，正想给她看看，她一定会夸赞我的！”

丰兰息听着这声“王嫂”，觉得颇为悦耳，于是回答丰苇：“她嘛……想来时便会来的。”

“唉，好想她啊！”丰苇双手托腮，侧首遥想，目光蒙眬，“王嫂笑起来最好看了，栖梧姐姐都比不上，她武功又高，文才又好，说话又风趣，穿着白色王袍时风姿绝轮又高贵雍容，穿着银色铠甲时英姿飒爽又丰神俊逸，唉……若她不是王兄的王后就好了……”他说着说着声音渐渐低如自语，脸上也浮起痴痴的傻笑。

“哎哟！”冷不防额头上被拍了一巴掌，“王兄，你干吗打我？”丰苇摸着脑门。

“小小年纪就满脑子女人，长大了岂不要成为纨绔子弟？为兄当然得好好教导你。”丰兰息温和地笑笑，“你今日的功课就是将《玉言兵书》抄写一遍，将‘射日剑法’练习一百遍！”

“啊？”丰苇顿时惨叫，“《玉言兵书》有四百九十篇，我怎么可能抄完？‘射日剑法’一共八十一招，要我练一百遍，我的手岂不要断掉？”

“是吗？”丰兰息身子微微后仰，抬手拨弄着榻边一盆青翠欲滴的兰草，姿态中是无限的悠闲与惬意，面上挂着可倾天下的雍雅浅笑。

丰苇看着这样的丰兰息，心思又转移了，暗想王兄长得真好看，与王嫂真是举世无双的绝配！

“那你就将《玉言兵书》背诵一百遍，将‘射日剑法’的口诀默写一百遍。”丰兰息的话淡淡地落下。

反应似乎慢半拍的丰苇在片刻后终于弄明白了：“不要！这根本就没有变啊！王兄，不如改成让我上战场杀一百个敌人好不好？”他恳求着，目光不忘投向钟离、钟园，盼着他们也能略施援手，奈何，双胞胎似没收到他传达的求助之意，只目不斜视地关注着他们的主君。

“丰苇，不要以为我不知道你每天都做了些什么。”丰兰息看着丰苇，面上露出少有的严肃神情，“你与其每天挖空心思地想着怎么从钟离、钟园眼皮底下溜出去，不如在兵书、剑法上下下功夫。钟离、钟园与你年纪相当，却可当你的老师，你若再如此下去，那一辈子也别想超越他俩，更遑论封将挂帅！”

“不公平！不公平！”丰苇闻言却连连嚷着，半点儿反思的想法都没有，“王兄你什么事也没做，可是什么都知道，什么都会，为什么我努力了还是赶不上你？”

丰兰息没料到他有此言，一时间啼笑皆非：“我什么都不做？”

“本来就是！”丰苇肯定地点头，目光崇拜又热切地看着丰兰息，“在王都时，王兄你养兰花的时间比花在政事上的时间还多，可是雍州是六州之中最强盛的！现在出征了，你每天也只是喝喝酒、品品茶，再听听栖梧姐姐的歌，要么就是下棋画画……王嫂都亲自披甲上阵了，我可从没见你的手握过兵器，可如今不但整个北州都归我雍州所有，便是半个天下都快为你所有了！”

丰兰息愕然地看着以敬慕的表情望着自己的丰苇，有一丝尴尬甚至有一丝狼狈地抬手摸了摸鼻子：“在你眼中，我好像还真是什么也没做。”

“王兄什么也不用做，天下也会归王兄所有！”丰苇一脸自豪。

丰兰息无奈地捂住了半张脸。

“王兄，你让我上战场吧。”丰苇继续央求。

丰兰息放开手，叹口气：“你这几个月来一点儿长进都没有，看来是我的教导不及叔父，不如我派人送你回去，以后还是由叔父亲自教导你为好。”

“不要！”丰苇一听马上叫起来，一双手赶忙抓紧丰兰息，明亮的大眼满是祈求，“王兄，我不要回去！我要跟随王兄打天下！”

“既然不想回去，那就快回你的营帐做功课去！”丰兰息瞥他一眼，挥挥手，语气淡然，无形中却有一种压力令丰苇不敢再多言。

“知道了。”丰苇放开手，垂头丧气地起身，但当瞟到一旁似是强忍着笑意的双胞胎时，眉头一跳，又一个问题浮上心头，“王兄，我问最后一个问题可不可以？”

“说吧。”丰兰息点点头。

“我昨天听到钟离、钟园悄悄地议论，说什么东大将军领八万大军前往涓城讨伐青王。”丰苇诡异地看着脸色一变的双胞胎，“他们还说不明白主上为什么不赶快出兵支援。”看着双胞胎有些发白的脸，他心头一阵惬意，总算出了一口被看得死死的恶气，“王兄，我也想知道，你既然知道青王有难，为何不派兵援助？”

“哦？”丰兰息淡淡地瞟一眼一旁的双胞胎，双胞胎顿时将头垂得低低的，“那女……嗯，青王既然并未要求我出兵支援，自是有稳胜之计，我又何必多此一举？”

“这样吗？”丰苇眨眨眼睛，似乎不大相信如此简单的理由。

“就是这样。”丰兰息点点头，“问完了，还不回去做功课？”

“是，臣弟告退。”丰苇退下。

“你们也下去吧。”丰兰息吩咐一旁正不知如何是好的双胞胎，“别跟着丰苇学些坏毛病！”

“是！”双胞胎同时松了一口气，动作一致地躬身退下。

待他们都离去后，丰兰息目光落在那一盘未下完的棋上，半晌后才略带笑意地轻轻自语：“丰苇，这世上只有你一人唤我兄长，也只有你敢如此坦然无忌地对我，便是她……”说着他微微长叹，似是有些惋惜与遗憾，“等你再长大些，便也不会如此了……”他抬手掩眸，将身体完全倚入榻中，帐中霎时一片寂静，如幽幽深夜。

过了片刻，榻中本似已沉睡的丰兰息忽然放下手，目光投向帐门：“进来。”

一道模糊的黑影悄无声息地落入帐中，垂首跪地：“暗魅拜见主上。”

“什么事？”丰兰息问道。

“青王派人传信，请主上出兵！”

“嗯？”原本漫不经心的丰兰息猛然从榻上坐起身，看着地上的暗魅，“如此看来，这东大将军与他的八万禁卫军也还是有些实力的。”他低低笑起来，目光一闪，似想到了什么，“只是……她竟会派你来传信，这倒有些出乎意料。”

“青王有另派人避开东将军的拦截正式前来传信，一刻前才至，只不过似乎被任军师请去‘休息’了。”暗魅的声音极低极淡。

“果然。”丰兰息点点头，挥挥手，“你去吧。”

“是。”模糊的黑影如一缕黑烟从帐中飘出。

“军师。”

帐外忽然响起的声音将任穿雨自沉思中唤醒：“是四位将军来了吗？快请。”

“不是，是主上派人传话，请军师前去王帐一趟。”

“哦？”任穿雨目光一闪，答道，“知道了，下去吧。”

“是。”帐外传来离去的足音。

好快！任穿雨拧着眉微微一笑，却略带一丝苦涩，还未想清楚该如何处置信使，传话的人便已到了，这世间看来没什么不在他的掌握之中。

“穿雨，”帐外又传来唤声，这一次却是乔谨冷静的声音。

“哦。”任穿雨应声出帐，四将正并肩立于帐前。

“你派来的人还未出门，主上的旨意便到了。”乔谨看着任穿雨，略有些嘲讽地道。

“看来所有的事都逃脱不了他的眼睛。”任穿雨微微叹道。

“穿雨，”乔谨看着任穿雨，目光有些复杂，“我到现在依然不能认同你的话，但是……”他抬手似有些苦恼地揉揉眉心，“我无法反驳你的话。”

“那是因为我们认同的主君只有一个。”贺弃殊一针见血地道，“你我心中或都有些鄙视这等行为，但为着那个人，为着我们共同的目标，我们只有如此。”

端木文声抬起手，看着腕间那一道长疤，然后长长地叹息：“当年我们滴血宣誓……唉，我依然希望双王能同步共存。”

“你的希望自古以来便是不可能的！”任穿雨淡淡地打破他的梦想。

一时间五人静默。

“走吧，可不能让主上久等。”乔谨率先打破沉默，领头向前走去。

“臣等参见主上！”王帐中，五人恭敬地向玉座上的人行礼。

“起来吧。”丰兰息摆摆手，目光一一扫过帐中爱将，神色淡然如常，“孤此次召你们前来，是因为我们在此已休整多日，该催交城的北王启程了。”

嗯？五人闻言有些愕然，本以为主上召他们前来是要训话的，谁知……不禁同时松了一口气。

“此次前往交城发兵十万，以乔谨为主将，穿云协之。”

可是丰兰息的后一句话又令他们心头一紧。

“十万大军前往交城，是否另十万大军绕道直往帝都？”任穿雨小心翼翼地问道。

丰兰息看着他淡淡一笑，道：“文声与弃殊领军五万半个时辰后随孤前往涓城，穿雨与余下的五万大军留守此地，兼负责粮草之事。”

此言一出，五人俱是一震，但还不待他们反应过来，丰兰息的声音再次响起：“穿雨，青王派来的信使休养好后，便让其协助你留守此地，无须再回涓城。”

五人此时已是脊背发凉，呆呆地看着玉座上的人。

“主上，请容臣进一言。”半晌后，任穿雨恢复清醒。

丰兰息看他一眼：“若非良策，不说也罢。”

“不！”任穿雨当即跪下，双目执着而坚定地看着丰兰息，“臣这一言只在此时说！”

丰兰息看着他，不发一言，旁边四将则有些担心地看着任穿雨。他们都是跟随丰兰息多年之人，深知其心思难测，喜怒不形于色。

“那你便说说看，让孤看看到底是什么良言令你如此执着。”片刻后丰兰息才淡淡地道。

任穿雨平静地看着丰兰息，一字一顿地郑重吐出：“一国不能二主，一军不能二帅！”

话音一落，帐中一片寂静，只能听到四将沉重的呼吸声，玉座上端坐的丰兰息与玉座下跪着的任穿雨则是目光相对，只不过一个平淡得没有丝毫情绪，一个却是紧张而坚定。

“穿雨，孤想有一点你似乎一直忽略了。”丰兰息的声音淡雅从容，墨黑的眸子深得令人无法窥视一丝一毫，“孤与青王是夫妻，自古夫妻一体，不存在什么二主之说！”那最后一语，已带有警告之意。

“可是……”任穿雨依然目光坚定地看着高高在上的主君，“主上，您应该比任何人都清楚青王是一个什么样的女子，青州又是一个怎样的国家，风云骑又是一支如何勇猛的军队！而且……”他微微一顿，目中射出如铁箭一般冷厉的光芒，脸上涌上一抹豁出一切的神情，“主上，前朝桓帝曾言‘非吾要为之，实乃其势所逼也’，您不可忘！”

那最后一句，清晰沉重地落在帐中，在帐中每一个人耳边惊雷般响起，直抵心脏。

“请主上三思！”四将一齐跪下，叩首于地。

“非吾要为之，实乃其势所逼也。”这样的自语声不觉中便轻轻溢出，丰兰息平静的面容也绽出一丝细细裂纹。

非吾要为之，实乃其势所逼也！

在史册上留下这句话的是前朝有着圣君之称的桓帝。

桓帝乃简帝第九子，简帝驾崩后太子继位，是为庄帝。桓帝是庄帝的同母兄弟，与庄帝素来亲密，且文武兼备，才干出众，是以庄帝十分宠信他。桓帝有着庄帝的宠信，是以做事皆可放开手脚，毫无顾忌。他对内改革弊政，用人唯贤，令国家日渐富足强盛；对外则三抵蒙成，又伐桑国，讨采蜚，收南丹……可谓战功彪炳，举世无伦，且麾下有无数能臣俊士，开府封将，位高权重，一时可谓国中第二人也。

只可惜，琉璃易碎。

功高震主者，从来都为人所忌。

也不知从何时起，朝中便有各种流言传出，说桓帝居功自傲，目无君长，已有叛立之意。也有的说庄帝忌惮桓帝功高，不能容他……这样的流言才出时，桓帝与庄帝都不甚在意，一笑置之，可三人成虎，众口铄金。流言传得多了，传得久了，彼此心中自然而然地便有了裂痕，到某一日醒悟时，才发现彼此都已疏远，彼此都在怀疑防备着。

先出手的是庄帝，或许他一开始还顾及着兄弟之情，并不想置桓帝于死地，只是想削弱他的势力，架空他的权力，便将他的部下调走或外迁。但桓帝是个十分重情重义之人，对于那些忠心耿耿的部下无辜遭此苛待很是愤慨，是以入宫向庄帝陈情，只是态度已不复往日亲近。两人之心已离，早已不似往昔一般能互诉衷肠，最后事情演变成兄弟大吵一架，桓帝被逐出皇宫。

至此，两人之间的情谊全面崩裂，是以庄帝下手不再容情，桓帝不少部下或冤死于狱中，或流放途中惨遭迫害，而朝中那些弹劾桓帝的折子，庄帝也不再似往日一般压下不理，而是交由解鹰府，要求严查。到这一步，桓帝已全无退路，要么束手待毙，要么叛君自立。若只他一人受难，他或许就接受了，但牵连到家人，连累那些同生共死、忠心耿耿的部下，他无论如何也不能坐视不管，所以他只能走第二步——篡位！

非吾要为之，实乃其势所逼也！

这样短短的一语道尽了多少无奈与悲哀，说出此言之时，桓帝内心是何等痛苦与决绝，已是无人能知。只是此语令后世人人警惕。

“主上，若青王只是一个普通的女子，那便万事安好，可是她是更胜男儿的无双女子，百世也未得一见！”任穿雨的话铿然有力。

丰兰息微微垂首，五指托住前额，面容隐于掌下，良久后，众人才听到那几不可闻的轻语声：“真像一面镜子啊！”

桓帝之所以有此举，除被情势所逼外，更重要的一点是：人皆以己为重。

当自身的生命、权益受到威胁之时，什么道义、情谊便全被抛开了。被逼至绝境之时，人心深处那被美好的道德礼仪之衣包裹着的自私自利、冷酷无情的本性便暴露了。于人来说，摆于首位的绝对是自己。

丰兰息苦笑。真是一面好镜子啊，纤毫毕现地映照出他们两个！他们也会如桓帝、庄帝一般吗？

惜云……

他闭目，眼前浮现的却是无回谷中两人交握的手。

漆黑的天幕下燃着无数火把，照亮夜色下的大地，火光之下，是惨烈而悲伤的一幕。

染满鲜血的旗帜倒在泥地上，到处散落的头盔与断刃，无数无息横卧的尸身，偶尔一声战马的哀鸣……那与身体分离的头颅，那或睁或闭的眼，那恐惧而绝望的脸，那痛苦挣扎的表情……在那血泊中，在那泥泞中，如一幅凄厉的画静静地呈现在所有人的眼前。

当东殊放接到消息，领军赶至时，数万人看到的便是这样的情景，数万人震惊无语地看着。

很久后，有人发出悲痛的哀号声，有人发出悲切的长啸声。那些死去的人，或有他们的亲人，或有与他们一起长大的伙伴、朋友。

哗啦啦的铠甲声响，数万人不用吩咐便齐跪于地上，向他们的同伴致哀。

“传令勒将军，速领军在今夜寅时之前赶至檄原与本将会合！”

东殊放紧按腰间的刀柄，目光炯炯地望向沉沉夜色中的荒原。好快的动作！不该分军而行的，风惜云今日的盛名实非偶得！

而那时，风惜云正与部将商议计策。

“涓城太小，若被七万大军全力攻城，以我们的兵力，不用两天便会城破。而且涓城百姓才从上一次战争中稍稍恢复，若使之再遭城破家毁之灾，再让诸多无辜生命枉死，实在是于心不忍，所以我们撤离涓城。只不过东大将军既为讨伐我而来，那不论我躲往何处他都会追来，所以我们必得一战！

“祈云王域为平原，除第一高山苍茫山外，整个王域仅有五座小山，落英山便是其一。落英山之所以被称为落英是因其外形，从高处俯瞰，此山有若平原之上的一朵落花，这一次，我们的战场便在这座落英山上！

“东大将军当然不喜欢和我们一起游赏落英山，所以我们还有一个第一战场，那就是檄原！在这个平原上，我们将东大将军请上落英山吧！”

在亮如白昼的王帐中，风惜云手指在舆图上轻轻一点，话音铿然有力。

十月二十三日，酉时。

檄原之上阵垒分明，一方是身着褐甲的七万禁卫军，一方是身着银甲的三万风云骑，带着寒意的北风从平原扫过，拂得旌旗猎猎作响，长枪上的红缨如翩舞在风中的血纱，浓艳更胜斜挂于天际的那一轮鲜红落日。

禁卫军的最前方一骑是东大将军，身旁是禁卫军副统领勒源，他是一个年约四旬的壮汉，身材高大结实，给人一种彪悍勇猛之感，在他们身后则是五名偏将。

风云骑的最前方是林玑、修久容两将，素来出战都会立于最前方的女王此次却不见踪影。但风云骑在面对数倍于己的敌人之时依然是阵容严整，锐气冲天。

咚！咚！咚！咚！咚！咚……

战鼓擂响，霎时冲天的厮杀声响起，两军仿如潮涌，迅速向对方靠拢，当银潮与褐潮相撞时，尖锐的兵器相击声直刺耳膜，随之而起的是凄厉的痛呼与惨叫声，殷红的血喷洒在脸上，战士们皆全力挥出手中的刀剑，砍向敌人的脑袋，刺向敌人的胸膛……

这是一场人数悬殊的战斗，所以很快战争的胜负便渐渐分出，可以两人或三人围攻风云骑的禁卫军很快便取得了压倒性的胜利，而寡不敌众的风云骑则被禁卫军的勇猛气势所压，渐有畏惧之意，节节败退，一些胆小的士兵甚至被敌人吓得兵器都丢了，掉转马头便飞逃而去。在战场之上，若有一人带头逃走，那跟随的人便多了，首先不过是几条小“银溪”往后遁去，但经过半个时辰的艰苦激战后，眼看获胜无望的风云骑已有一大半人胆怯逃跑了！

正杀得兴起的禁卫军怎肯让敌人逃走，更何况他们还要为那一万兄弟报仇，所以步步紧逼，不给敌人丝毫放松的机会。可很显然，风云骑虽人数比禁卫军少，此时战斗的气焰也没了，但其逃跑速度胜过他们的对手，所以双方渐渐地拉开了距离。

士兵们已开始逃走，风云骑的两名大将林玑与修久容武艺高强，当然不似士兵这般窝囊，在战斗中分别杀死敌人一名偏将，然后在看到大军不断后逃之时也曾呵斥，无奈一人之声无法传遍全军，在敌人数名偏将一齐杀来之时，也只得掉转马头败逃而去。

“大将军，是否下令全军追击？”勒源请示着东殊放，但他那跃跃欲试的神情早就真实地表达了他自身的意见。

看着前方不断后退逃跑的风云骑，东殊放粗眉略略一皱。风云骑盛名远播，开战还不足一个时辰，对方竟已毫无战意，己方似乎胜得太容易了。但在目光扫过此时士气极其高昂的大军之时，他还是下达命令：“全军追击！”

这檄原他早已勘察过，绝不会再似先锋军一般跳进风惜云的陷阱之中，就算对方有诡计，以他的七万大军，他不相信对方会得逞。

“是！”勒源兴奋地领命。

主帅下令，禁卫军顿时如开闸的洪水，全速追击逃跑的风云骑，必要将敌人斩于刀下方能泄心中愤恨！逃跑的风云骑此时全无抵抗之意，只是没命地往落英山逃去，沿路头盔、断剑丢了一地，十分狼狈，而在溃逃的过程中，夕阳隐遁，暮色悄悄降临。

“传令，停止追击！”东殊放看着前方的落英山下令道。

“大将军，为何不追？”勒源不解。

“天色已暗。”东殊放看着已全部逃入落英山的风云骑道，“他们遁入山林中，再追对我们不利，有可能会遭埋伏。传令，包围落英山！”

而已全部逃入落英山的风云骑，在追兵没有跟来的情况下稍缓一口气，然后迅速而敏捷地登上落英山。

落英山里，林玑喃喃地道：“目前为止，一切符合主上的设想，进行得很顺利。”

“快走吧，主上说不定等我们很久了。”修久容不理会他的话，加快步伐，将林玑甩得远远的。

“真像一只可爱的小狗迫不及待地想回到它的主人身边。”林玑看着那道飞快穿行的背影，又开始喃喃自语，只不过他的脚步同样变得十分快，可惜没人在他的身后同样丢下这句话。

第四十四章　落英山头落英魂

黑夜悄悄遁去，白日又冉冉而来。

落英山下，经过一夜休憩的七万禁卫军恢复了体力与生气，爬出营帐，开始生火做饭。很快，饭菜香味夹着酒香以及士兵的高歌声一起在落英山下飘散开来，和着晨风送入山上的风云骑耳鼻中。

“这烤羊好酥好香！”

“这炖狗肉光是闻香就让人流口水！”

“这酒够烈！”

“牛肉下酒才够味！”

“山上的，你们也饿了吧？这里可是有酒有肉呢！”

“对啊，光是啃石头也不能填饱肚子呀！”

“风云骑的小狗们，赶紧爬下来，老子给你们几根骨头啃啃！”

…………

诸如此类的诱惑与辱骂三餐不断，山中的风云骑照单全收，但不论禁卫军如何挑衅，山中都是静悄悄的，没有人回骂，也不见有人禁不住诱惑而溜下山来。若非亲眼见到风云骑逃上山去，禁卫军的人皆要以为山中根本没人。

如此一天过去了，夜晚又降临大地。

酒足饭饱又无所事事了一天的禁卫军只觉一身的劲儿无处发泄，对于藏在山中的风云骑，心中自是十分不屑，这等行径哪还够资格被称为“天下四大名骑”之一？

“我们干吗在这儿干等，为什么不冲上山去将风云骑杀个片甲不留？”

“就是啊！凭我们七万大军的优势，干脆直接杀上山，将风云骑一举歼灭了！”

“想那风云骑号称当世名骑，昨日见到我们还不是落荒而逃了？真不明白大将军为何不让我们追上山去，若让我们追上山，昨夜便大获全胜了，今天我们应该是在庆功了！”

…………

各种各样的话在士兵中传开，而禁卫军副统领勒源的帐中，三位偏将不约而同地到来，半个时辰后，三位偏将皆面带微笑地离开。

帐中的勒源却在来来回回地走动着，神情间犹豫不决又带着一丝兴奋，最后他望着悬挂于帐壁上的御赐宝刀，神情坚定地自语道："只要成功，大将军便也无话可说！"

而三位偏将，回去后即各自点齐五千亲信士兵，在夜色的掩映下，悄悄地向落英山而去。

落英山，虽有落英之称，但山上极少有树木花草，除山顶湖心的落英峰上长有茂盛的林木外，它的山壁基本由褐红色的大石与泥土组成，所以从高处俯瞰，它便似一朵绽在平原之上的微红花朵。

而此时，模糊的夜色之中，无数黑影正在这朵落花的花瓣之上爬行着，小心翼翼，唯恐弄出了大声响惊醒了沉睡中的风云骑。

"大将军。"

在禁卫军的主帅帐中，东大将军正闭目端坐，不知是在思考着什么还是在单纯地养神。

"什么事，利安？"东殊放睁开眼，眼前是侍候他的亲兵，稚气未脱的脸上嵌着一双亮亮的大眼睛。

"三位将军似乎上落英山去了。"利安恭谨地答道。

"哦。"东殊放只是淡淡地应了一声，似乎对这些违背他命令的人，既不感到奇怪，也未有丝毫怒气，片刻后他才又道，"年轻人就是沉不住气。"

"大将军，就这样任他们去吗？"利安有些担心。

"他们带了多少人？"东殊放目光落在落英山的地形图上。

"各领有五千。"利安答道。

"嗯。"东殊放微微点头，再次闭上眼睛，"就让他们去试试吧。"

而在"落花"之上爬行着的禁卫军，在要接近"花瓣"之顶之时，忽然听到头顶传来的极其惊惶的叫喊声："不好啦！不好啦！禁卫军攻上来了！"

这样的喊声吓了禁卫军一大跳，还未来得及有所行动，头顶之上便有无数大石飞下。

"啊！"

"哎哟！"

"痛死我了！"

…………

这一次的叫声却是禁卫军发出的，山顶飞来的大石砸在他们头上，飞落在他们身上，砸破了他们的脑袋，压断了他们的腰腿，甚至直接将他们从山壁上砸下山去，摔了个粉身碎骨……一时间，落英山上只闻得禁卫军此起彼伏的惨叫声。

不过，石头也有砸完的时候。当头顶不再有乱石飞落之时，禁卫军们咬牙一口气爬上山顶，而那些呆站在山顶，两手空空的风云骑似乎对于他们的到来十分震惊且慌乱，当禁卫军的大刀、长枪凑到面前时，他们才反应过来，但并不是拔刀相对，而是抱头鼠窜。

"啊……禁卫军来了！快逃吧！"

"禁卫军攻来了，快逃命吧！"

"呀！快跑呀！"

…………

好不容易爬上山顶的禁卫军，还未来得及砍到一个敌人，便见敌人全都拔腿逃去，动作仿如山中猴子一般敏捷，让禁卫军看傻了眼，只不过憋了一肚子火的禁卫军如何肯放过他们，当然马上追赶敌人。

从第一峰到第二峰，需走下第一峰山脊，然后经过低洼的山谷，再爬上第二峰，这便是落英山独有的地形。所以此时不论是风云骑还是禁卫军，都不是在往上爬，而是在往下跑，因是往下冲，所以行动皆十分迅疾，只不过风云骑先前在山顶丢石头，比起被乱石砸后使尽吃奶之力爬上山脊的禁卫军，体力自是更胜一筹，所以禁卫军便落后一截。而且历来逃命者比起追杀者意志更为坚韧，奔跑的速度也就更加快，因此双方渐渐地拉开了距离，当风云骑跑到山谷底时，禁卫军还在山腰之上，而就在此时，从第二峰腰间射出一阵箭雨，箭雨从风云骑的头顶飞过，直射向第一峰腰上的禁卫军！

"哎哟……"

又是一片惨叫声响起，山腰之上的禁卫军倒下一大片，而谷底的风云骑借着箭雨的掩护，猫着腰迅速地爬上了第二峰。

"快往回撤！"

在那连绵不绝的箭雨的攻击下，三位偏将只好停下追击的步伐，命令士兵暂退至峰顶之上，隔着这么远的距离，飞箭是无法射到他们的。

而这一夜便是如此僵持着过去。

风云骑躲在第二峰之上不出动，以逸待劳，但只要禁卫军往下冲，他们便射箭。禁卫军是无论如何也不肯退下山去的，一则爬上此山可是费了九牛二虎之力，并牺牲了许多士兵，二则无功如何向大将军解释私自出兵的理由？所以禁卫军这一夜只能忍受着山顶的寒气蜷缩在一起。

当朝阳升起，山顶上被十月底的寒夜冻得僵硬的禁卫军，终于可以稍稍活动他们的四肢，爬起身来，好好看一下昨夜让他们大吃苦头的落英山。前方早已没有风云骑的踪影，只不过当看到地上风云骑留下的东西后，三位偏将兴奋地叫起来。

呈在东殊放面前的是一堆野果的果核，以及几支树枝削成的简陋木箭，箭上还残留着几片树叶。

"大将军，三位偏将昨夜偷袭风云骑，已成功占领第一座山峰，而风云骑一见我军到来即落荒而逃，足见风云骑已被我军之威吓破胆！而且他们以野果填腹，以树枝为箭，可谓矢尽粮绝，此时正是我们一举歼灭他们之时，请大将军下令全军攻山吧！"禁卫军副统领勒源脸不红心不跳地以十分洪亮的声音向东殊放禀报。

东殊放闻言却是不语，只是看着眼前那一堆果核及木箭沉思，半晌后才问道："现在是什么时辰了？"

"已近酉时。"勒源答道。

"哦。"东殊放沉吟半晌，才淡然地道，"先送些粮上去吧，他们昨夜应该都没来得及带上吧，饿一天了可不好受。"

“是！”勒源垂首，接着又问，“大将军，我们何时攻山？”

东殊放不答，目光落回那几支木箭上，神色凝重。风云骑真已至这种地步了吗？风惜云便只有此等能耐？墨羽骑至今未有前来援助的动向，难道……？

“大将军。”帐外传来利安清脆的声音。

“进来。”

“大将军，探子回报，墨羽骑已启程前往交城。”

“交城！”东殊放浓眉一跳，“帝都危矣！”他猛然起身，“勒将军，传令全军整备，戌时攻山！”

“是！”勒源的声音又响又急。

暮色之中，望着对面雀跃的禁卫军，林玑已知主上第二步计划已顺利完成。他抬手取下背上的长弓：“儿郎们，要开始了！”

前方的禁卫军在确定后方的援兵即将到来时，那本就将告罄的耐心此时更是丝毫不剩，纷纷拔刀在手。

“弟兄们，让我们在大将军面前再立一功吧！”三位偏将大声道。

“好！”

禁卫军齐声吼道，浩浩荡荡地从山顶冲下，打算给那些被吓破胆的风云骑狠狠一击，在军功簿上记下最大的一功！而一直隐身的风云骑此时也在第二峰峰顶之上现身，夕晖之下，银芒耀目，有如从天而降的神兵！

“儿郎们，让他们见识一下真正的风云骑！”林玑同样大吼一声。

“嗬！”

霎时，三万风云骑齐齐从第二峰峰顶冲下，仿如银河从天倾下，瞬间淹至。那一万多名禁卫军还没来得及胆怯，寒光已从颈间削过，脑袋飞向半空，落下之时，犹自睁着的眼睛清楚地看到自己的鲜血将那褐红的山石浸染成无瑕的血玉，有如天际挂着的那轮血日……无数的凄号声在低洼的山谷中回响，尖锐的兵器声偶尔会划开那些惨叫声，在落英山中荡起刺耳的回音。

当血日完全坠入西天的怀抱时，禁卫大军终于赶至，看到的只是遍地的尸身以及寥寥可数的伤兵，风云骑已如风似云般消失。

“杀！”

东殊放齿间只蹦出这一个字，此刻，他已连愤怒与悲伤都提不起！

“杀！”

天光朦胧，刀光却照亮了落英山，悲愤的禁卫军浩荡无阻地冲往第二峰峰顶，已打算不顾一切地与风云骑决一死战，但他们的计划似乎从遇到风云骑开始，便无一成功。

“人呢？”

从东、北两方一鼓作气冲上来的禁卫军，却连半个风云骑的影子都没有看到，入眼的是一个天然的湖泊，湖心之中一座小小的山峰，淡淡弦月之下，湖面波光粼粼，清新静谧的氛围令杀气腾腾的禁卫军们霎时便消了一半的煞气，而巨石天然围成的湖堤似是在招手邀请他们前往休憩片刻。

从西、南两方冲上峰顶的禁卫军却无此等好运，前面等着他们的并非清湖美景，而是勇猛无敌的风云骑！

风云骑凝聚成一支银箭，直射向西南方一点之上的禁卫军，无数的禁卫军被银箭穿透胸膛，殷红的血染红了箭头，却未能阻挡银箭半点儿去势。银箭以锐利无比的极其快捷干脆的动作射向落英山下，淡月之下，银箭的光芒比月更寒、更耀眼！

"集中一点突破重围？不愧是风惜云！"东殊放虽震惊，却也不由得赞叹，手重重地挥下，"速往支援，两边夹攻，必要将风云骑围歼于落英山中！"

"是！"

顿时，禁卫军全往西南方向冲去，只是狭窄的山脊无法让如此之多的人并行，因此不少禁卫军从山坡或山谷前行，走在平坦的山谷无疑要比陡峭的山脊方便轻松多了，所以禁卫军渐渐往底部行去。

当山谷中满是行进的禁卫军之时，只听到轰的一声巨响，震耳欲聋，紧接着接连响起轰轰之声，所有的人还未从巨响中回过神来，原本静谧的湖水已掀起滔天巨浪，化作可怕的水兽，张开巨口，猖狂呼啸着向他们扑来！

"啊！"

禁卫军发出惊恐的惨叫声，拔腿往山顶上退去，但山坡上已是拥挤混乱一团，他们还来不及迈开腿，背后激涌的湖水已从头顶淹至！有些人甚至连一声惊叫也来不及发出，就已被无情的巨浪吞噬……

"救命！"

"快救人！"

"把手伸过来！"

"快啊……"

…………

不论是山谷中求救的人，还是山顶上想要救人的人，都只能徒劳无功地将手伸出。破堤而出的湖水激烈而迅猛地涌出，将山谷中的士兵狠狠地撞向山体，然后产生一个又一个回旋，卷走一个又一个生命，身着沉重铠甲的士兵，在洪流之中笨拙无力地扭动着四肢，然后一个一个地沉入湖水……不过顷刻间，又有数千的躯体沉向那无底的寒泉。

从堤口汹涌流出的湖水在将山谷淹没后，被高高的山壁阻挡，无法再向山顶之上的禁卫军伸出无情的手，终于在吞噬了无数的生命后慢慢平息。

站在高高的山顶之上，看着在脚下湖水中沉浮着的士兵尸首，东殊放紧握双拳，满脸愤恨，却无法吐出半句言语。想他带兵一辈子，却在短短的几日内屡屡失算于一个不及他一半年龄的小女子。

他遥望西南方向，那里的喊杀声也已渐渐停止，看来风云骑已突破重围了！七万大军，竟被那个风惜云玩弄于股掌之间！他东殊放一辈子的英名，此刻已尽数折损！

"风惜云啊风惜云，不愧是凤王的后代！果然不同凡响！"东殊放仰首望向夜空，弦月在天幕上散着暗淡的光芒，仿如他此刻颓丧的心情。不知明日是否会升起皓朗的星月，只是……他模糊地感觉着，以后的那些朗月与明星，都与他不相干了。

忽然，他的目光被湖心山峰上闪现的一抹光芒吸引，一瞬间，颓丧的心神为之一振，这么暗淡的天光下，怎会有如此明亮的银芒？只有一个解释——那是铠甲反射了月光后发出的光芒！是了，破堤之后，他们根本来不及逃走，必是藏于湖心的山峰之中！他差一点儿便忽略了！

湖心的山峰上，风惜云坐在一块大石上，周围环立着数十名士兵，左侧则站着坚决不肯和林玑一起突围的修久容。从那些松树的枝丫间可以清楚地望见前方的情形，看着在湖水中挣扎沉浮的禁卫军，她神色安宁，只是一双比星星还清亮的眼眸中闪现着复杂无奈的光芒。

当湖水终于重归平静后，风惜云侧耳倾听，轻声道："林玑他们似乎已经成功突围了。"

"嗯。"修久容点点头，"主上的计策成功了。"

"现在该是丑时了吧？"风惜云抬首望向东北方，"应该要到了。"

"主上应随林玑一起走才是。"修久容目光穿透树枝，遥望对面的禁卫军，秀气的长眉有些担忧地皱起，"若被他们发现……"

"我若不留下，他们或许就与禁卫军同归于湖水中了。"风惜云目光扫过身前的士兵，"况且我留下……"她转首看着修久容，目光清澈，"久容，你应该知道才是。"

"嗯。"修久容忙不迭地重重点头，白皙的面孔上又浅浅地浮上一层红晕，"久容知道。"

风惜云再次微笑，笑容纯澈透明，带着温暖。

修久容看着她，胸膛里溢满欢喜与满足。

主上，久容明白的。

决不置己于乐土而置兵于险地！

主上，这是您一直以来坚持的原则。战斗之时，您永远是站在最前方的。

而且，这回连番决战使我军疲惫，可是只要您留在这落英峰，留在这被禁卫军层层包围的险地，那么我们风云骑必然斗志高昂，因为他们要救您出去，他们必然能打败禁卫军——在与墨羽骑会合后。

主上，久容全明白的，所以久容一定会保护您的！久容以性命保证，决不让您受到伤害！

时间流逝，夜空上的弦月悄悄地下沉，落英山上的禁卫军，落英山下的风云骑，都在各自准备着。

山峰之前的禁卫军并未急着撤下山去，似在等待着什么。

山峰上，数十名银甲士兵静默地守卫在他们的主上身前，直视前方，而修久容则是悄悄地凝视着他的女王。

斑驳月影下，风惜云黑色的长发披在白色长袍上，在夜风中摇曳如丝绢，额间的玉月莹莹生辉，映亮那张清俊无双的容颜，星眸里清波潋滟……

他轻轻地移动双足，于是两人的影子慢慢靠近，悄悄地相依，他偷偷地战栗地伸出手，夜风中飘飞的发影便在他的掌中欢快地舞动……

主上……

一丝满足而欢欣的笑容浮现在修久容的脸上。

"唉。"

一声叹息忽然响起，吓得修久容的手猛然垂下，满脸通红，一颗心跳得比那重重擂响的战鼓还响，一声又一声震得头昏脑涨。

“丑时将尽，为何还未行动？”风惜云将目光从夜空收回，纤细合宜的长眉微微蹙起。

抬手安抚着胸膛内乱跳的心，修久容微微移开一步：“或许……”

“久容，决战之时没有‘或许’！”风惜云打断他的话，面向东北方，目光穿透林隙落得远远的，声音带着长长的叹息，还夹着一丝难以辨认的失望，“墨羽骑没有来。”

修久容无言以对，只是关切地看着他的女王，看着她微微垂首，看着她抬手抚额，似要掩起一切情绪，可是……他清楚地看到她眼中闪过的那一抹比失望更深切的神色，那抚额的指尖是在微微颤动着的，搁在膝上的左手已不自觉地紧握成拳，白皙的皮肤下青蓝色的血管清晰可见。

主上，您是在伤心吗？主上，您是在生气吗？

因为雍王令您失望了？

“希望林玑能见机行事，千万不可莽撞了。”片刻后，风惜云放下手，神情已是王者该有的冷静与端庄。

十只简单的木筏落在湖面上，每一只木筏上站着十名全副武装的禁卫军，一群脱掉铠甲、打着赤膊的士兵在猛灌几口烈酒后，跳进冰冷的湖水，推动木筏快速向湖心的山峰游去。

“本以为他震怒之余不会想到我们藏在山中，想不到这东大将军竟没有马上撤下山去……”风惜云看着湖面上游来的禁卫军，不禁站起身来。

“看来他是想活捉我们。”修久容道。

“想来是如此。”风惜云淡淡一笑，从地上捡起一把石子，“若只是这般，我们倒也不怕。”

“嗯。”修久容也取下背上的长弓。

而那数十名士兵，不待吩咐，纷纷取弓在手。

当禁卫军的木筏离山峰不过十丈远时——

“射！”修久容轻喝。

数十支长箭疾射而出，无一落空。

“哎呀！”惨叫声四起，木筏之上顿时倒下数十人，混浊的湖水中涌出一股殷红的血，可紧接着夜风似被什么击破一般发出呼啸声，湖中的禁卫军还未弄明白怎么回事，咚咚咚……又倒下数人！

长箭与石子接连不断地射向湖面，惨呼与痛叫声不断，片刻间，又有一百五十名禁卫军丧生于湖中！

“大将军。”勒源见根本无法靠近山峰，不禁看向东殊放，“这如何是好？”

“哼！本想活捉，看来是不行了！”东殊放冷冷一哼，“本将就不信没法逼出你们来！”他抬手一挥，“火箭！”

话音刚落，数百支火箭齐齐射向落英峰。

只是……如若东殊放知道山中之人是风惜云，他或许便不会射出火箭，而是向她宣读皇帝的诏书，那或许……落英山的这一夜便会有不一样的结局。

“我攻其以水，他攻吾以火，还真是礼尚往来啊！”风惜云长袖打落一支射来的火箭，冷笑着道。

火箭如流星般射来，有射向人的，有直接射在地上的，地上枯黄的落叶一点即着。

“久容，看来这次我们要死在一起了。”

火箭还在源源不断地射来，山峰上的火从星星点点渐渐化为一片海洋，赤红的火光之中，风惜云回头笑看修久容，那样满不在乎的神情，那样狂放无忌的笑容，一双清眸不知是因着火光的映照还是受火的感染，闪着一种不顾一切甚至有些疯狂的灼热光芒。

修久容挥舞着的长剑微微一顿，神情一呆，但也只是一瞬。

“主上。”他右膝一屈，以长剑拄地，目光如天湖般纯净明澈地看着风惜云，“主上，墨羽骑不来没有关系，我们的风云骑一定会来！雍王不需要您没有关系，我们风云骑、我们青州需要您！乱世中，人有千百种拔剑的理由，但是我们风云骑、我修久容只为您而战！”

声音并不高昂，他只是平静地叙述着他心中所想，那样淡然而坚定。一支火箭从他的鬓角擦过，一缕血丝渗出，鬓旁的发丝瞬间着火，他却一动也不动地看着他的女王，诚挚而执着。

“久容。”风惜云长长地叹息，手伸向修久容的鬓边，熄灭了火，也染上了那赤红而温热的血。

“修将军，主上就拜托你了！”

隐忍的声音似含着莫大的痛楚，风惜云回首，却见那数十名士兵正紧紧并立成一个半圆形挡在自己和修久容身前，那不断射来的火箭在他们身后停止，射入他们的身体！

“愚蠢！”风惜云怒斥一声，手一挥，白绫飞出，将飞射而来的火箭击落，“孤可没有教你们以身挡箭！”

“主上，您一定要活下去！林将军一定会来的！我们风云骑因您而存，为您而战！”

火已在士兵们的身上燃起，血似要与火争艳，争先涌出，将银甲染成鲜艳的血甲，士兵们的数十双眼睛依旧灼亮地看着他们的主上，身躯依然挺得直直地保护着他们的主上！

“你们这些笨蛋！”

白绫仿如白龙狂啸，带起的劲风将三丈以内的火箭全部击落，风惜云狠狠地瞪视着那挺立着的“火人”，晶莹的水滴滑过脸颊。

“主上，我们先寻个地方躲一下。”修久容拖起风惜云便跑。

风惜云任他拖着，到了一处山洞。

山洞被外面的火光照亮，洞穴并不深，三面皆是石壁。

“久容啊，我们不被烧死，也会被熏死。”风惜云倚在石壁上，看着洞外越烧越旺的山火，脸上是从未有过的苦笑，一双眼眸却是水光濯濯。

修久容垂首看着手中的那一只手，这是他此生唯一一次牵她的手，这么近，一次足矣！他运转真气，将全部的功力集中于右腕，他只有一次机会。

“久……”风惜云刚开口，瞬间只觉得全身一麻，然后左腕被修久容紧紧攥住，还来不及思考，全身大穴便已被修久容制住。

“久容，你……”风惜云不能动弹，唯有唇还能翕动发音。

“主上，久容会保护您。”修久容转至她面前，此时他面向洞口，炽热的火光映在他的脸上，让那张残缺却依然俊秀的容颜更添一种高贵风华，“十三年前久容就立誓永远效忠于您！”

“久容，”风惜云平静地看着他，目中却有着一种无法控制的慌乱，“解开我的穴道，不许做任何傻事，否则……孤便视你为逆臣！”

修久容闻言只是淡淡一笑，那笑纯净无垢，无怨无悔。然后他伸出双手轻轻地拥住风惜云，那个怀抱似乎比洞外的烈火更炙热。刀光一闪，霎时一片温暖的热雨洒落于她的脸上，一柄匕首深深地插入他的胸口，鲜红的血如决堤的河流，汹涌而出！

修久容一手抚胸，一手结成一个奇异的手势置于额前，面容凝重肃穆，声音悠长，有如吟唱：“久罗的守护神，吾是久罗王族的第八十七代传人久容，吾愿以吾之灵魂为祭，祈求神灵恩赐，让吾血遇火不燃，让吾血护佑吾王安然脱险！”

“久容……”风惜云只是轻轻地吐出这两个字，便再也无法言语，眼睛睁得大大的，眼珠定定地，仿如一个石娃娃一般呆看着修久容。

一瞬间，一道淡青色的灵气在修久容的双手间流动，他一手将风惜云揽于胸前，让那汹涌而出的鲜血全部淋洒在她身上，一手捧血从她的头顶淋下，血顺着额头、眉梢、脸颊……慢慢而下，不漏过一丝一毫的地方，鲜红的血上浮动着一层青色的灵气，在风惜云的身上游走、隐匿……

血从头顶流下，腥甜的气味充塞鼻腔，她从来不知道人的身体里有那么多鲜血，仿佛可以淹没她，也从来不知道人的血竟是那么热，烫得她骨髓都痛！

“主上，您不要难过……久容能保护主上……久容很快活……”修久容俊秀而苍白的脸上浮起温柔的微笑，他抬手笨拙地拭去风惜云脸上滑落的泪珠，那样晶莹珍贵，如同他怀中的珍珠，“主上，您一定要安然归去……风云骑……青州所有……所有的臣民都在……等着您……”

本来轻轻拥着她的身体终于萎靡地倚在她的肩上，双臂无力地垂下，落在她的背后，仿佛这是一个未尽的拥抱，他张开最后的羽翼，想保护他立誓尽忠的女王。

“久容……”一丝轻喃从那干裂的唇畔溢出，脆弱得仿佛不能承受一丝力量，风惜云的手犹疑地，轻轻地，极其缓慢地伸出，似有些不敢，又似有些畏惧地碰触那具尚且温热的躯体，指尖触及衣角的瞬间，她的双手紧紧地抱住那具身躯。

第四十五章　试心血战现裂痕

“你们突围出去之后，依墨羽骑的速度，那时他们应已赶至。你们会合墨羽骑，再从外围歼，合两军之力，必可一举将禁卫军歼灭！”

在整个战局中，这是风惜云定下的第四步，也是获取胜利的最后一步。但是，在林玑最后离开之时，风惜云又给了他另一道命令：“若墨羽骑丑时末依旧未到，那么你们决不可轻举妄动，必要等到寅时三刻才可行动！”

风惜云、丰兰息，他们两人位列“乱世三王”，是东末乱世之中立于巅峰、最为闪耀的风云人物，他们的婚约更为他们充满传奇色彩的一生添上了最为瑰丽的一笔，一直为后世称颂，被公认为是乱世中最完美的结合，比之皇朝与华纯然的英雄配美人，他们则是人中龙凤的绝配。

但是这最后一道命令，落英山的这一夜，在他们的完美婚约之上投下了一道阴影。在后世，那些无比崇拜他们的人往往略过这一笔，但是有些人还是公正而无情地提出疑问：青王与雍王真如传说中那般情意深重？落英山的那一道命令，落英山的那一战，双方分明存在着试探与猜忌。

史家不会花时间与精力去考证风惜云与丰兰息的感情，他们关注的只是两王的功绩及对后世的贡献，所以这是一个谜团。但这丝毫不影响后世对两王的崇敬与倾慕，只让他们觉得更加神秘，让他们围绕着这个谜团而生出种种疑惑，做出各种美丽的假设，从而撰写出一部又一部“龙凤传奇”。

风惜云对落英山一战虽早有各种谋算与布局，但有一点她并未算进整个计划之中，那就是她的部将、她一手创建的风云骑对她的爱戴。这漏算的一点让无数的英魂陨落于落英山，令她一生痛悔！

风云骑的战士有许多是孤儿，是风惜云十数年中从各州各地的灾难中救回的，从寒冷的街头破庙抱回的，从那些人祸和暴力事件中抢回的……他们没有亲人，没有家，更没有国。他们心中只有一个人，那就是他们的主上。他们不为国家而战，不为天下苍生而战，只为风惜云一人而战！

当落英峰上绯红的火光冲天而起时，山下突围而出的风云骑那一刻全都不敢置信地仰视着山顶，当他们回过神来之时，目光一致地望向主将林玑。而那刻，林玑亦是震惊地看着峰顶，手中的长弓已落在地上。

“将军。”风云骑的战士们唤醒他们的主将。

林玑回神，环视左右，所有战士的目光都是炙热而焦灼的！

他的手高高扬起，声音沉重而坚决地传向四方：“儿郎们，我们去救主上！”

“是！”数万战士响应。

无数银色的身影以超越常人的速度冲向落英山。

主上，请原谅林玑违背您的命令。但就算受到您的惩罚，就算拼尽性命，林玑也要救出您！在林玑心中，在我们风云骑所有战士心中，您比这天下更重要！

如画江山，狼烟失色。
金戈铁马，争主沉浮。
倚天万里须长剑，中宵舞，誓补天！

天马西来，都为翻云手。
握虎符，挟玉龙，
羽箭射破、苍茫山缺！

道男儿至死心如铁。
血洗山河，草掩白骸，
不怕尘淹灰，丹心映青冥！

雄壮豪迈的歌声在落英山中响起，那样的豪气连夜空似也为之震撼，歌声在半空中荡起阵阵回响，震醒了天地万物，惊起了呆立的禁卫军。

“风惜云以女子之身，却能写出如此雄烈之歌，可敬，可叹！”东殊放听着那越来越近的歌声，拧着的双眉不禁飞扬，一股豪情充溢胸口，“你既不怕‘草掩白骸’，那本将自要‘丹心映青冥’！”

“大将军，风云骑攻上来了！”勒源慌张地前来禀告。

“好不容易突围，不赶紧逃命去，反而全面上山。”东殊放立在第二峰峰顶上，居高临下地看着山下仿如银潮迅速漫上来的风云骑，“只为了救这火中的人吗？真是愚蠢！”

“大将军，我们……”勒源此时早已无壮志雄心，落英山中的连番挫折已让他斗志全消，只盼着早早离开，“我们不如也集中兵力从西南方攻下山去吧，肯定也能突围成功的。”

“勒将军，你害怕了吗？”东殊放看一眼勒源，目光利如刀锋地盯着他那张畏惧惨白的脸，“风惜云的部下冒死也要上山救她，难道本将便如此懦弱无能，要望风而逃？三万风云骑也敢上山，难道我们七万禁卫军便连正面对决的勇气也无吗？”

“不……不是……”勒源讪讪地答道。

“传令！”东殊放不再看他，粗豪的声音在山顶上响起，传遍落英山，“全军迎战！落英山中，吾与风云骑，只能存其一！”

“是！”

褐色的洪水从山顶冲下，迎向那席卷而上的银色潮水，朦胧的月色下，那一朵褐红色的落花上，绽开无数朵血色蔷薇，一阵一阵浓艳的蔷薇雨落下，将落花的花瓣染得鲜红灿亮，在月辉之下闪着慑人的光芒。

山顶上，山坡上，山谷中，无数的刀剑相交，无数的矛枪相击，无数的箭盾相迎……

对从山顶冲下的禁卫军来说，当东大将军的命令下达之时，他们已无退路，只有全力地往前冲去！他们要突围而出，并且要将敌人全部歼灭！只有将前面的敌人杀尽，只有踏着敌人的尸首与鲜血向前，他们才有一条生路！

对从山下拥上的风云骑来说，他们的主上还在山上，他们的主上还在火中，他们要救他们的主上！这是他们唯一的目的，是他们战斗的唯一理由，是他们忘我冲杀的动力！火还在燃烧着，沙漏中每漏一粒细沙，风云骑战士手中的刀便更增一分狠力砍向敌人！将前面的敌人全部杀光，将前路的障碍全部扫光，他们要去救他们的主上！

论战斗力，风云骑胜于禁卫军，但禁卫军的人数远胜于风云骑，这是一场兵力悬殊的战斗！只是……一个求生，一个救人，双方都被逼至绝境，都是不顾一切地往前冲杀而去，彼此都是用尽力气挥出手中的刀剑……断肢挂满山坡，头颅滚下山顶，尸身堆满山谷，这是一场惨烈而悲壮的战斗！

鲜血流成河、汇成海，无数的生命在凄号厉吼声中消逝，不论是禁卫军还是风云骑……银潮与褐洪已交汇、融解，化成赤红的激流，浸透了整座落英山……

“大……大将军……这……这……”勒源哆嗦地看着下方的战斗。那样惨烈的景象是固守帝都的他此生未曾见过的，只是眨一下眼，就有许许多多的人倒下，那喷出的鲜血，仿佛会迎面洒来，令他不由自主地闭上眼睛。

东殊放看一眼勒源，那目光带着深切的不屑与悲哀。

“勒将军，自古战场即是如此，胜利都是由鲜血与生命融筑而成的！”他拔出长刀，振腕一挥，“儿郎们，随本将杀出去！”

猩红的披风在身后飞扬，月形的长刀在身前闪耀，禁卫军的主帅已亲自冲杀上阵，霎时，他身后那一万亲兵吼着冲杀而出，冲向那激斗中的风云骑……

当无数的禁卫军冲下山去之时，落英峰的火海之中忽然响起一声长啸，啸声清亮悠长，穿透山中那如潮的厮杀声，直达九霄之上！

“是主上！是主上！主上还活着！”

那一声长啸令苦斗中的风云骑精神一振，抹去脸上的血珠，抡起手中大刀，“弟兄们，我们去救主上！”

在那一声长啸声断之时，火峰之上猛然飞出一道红影，满天的彤云赤焰中，那仿如由烈火化成的凤凰，全身流溢着绯红夺目的光芒，冲出火海，飞向高空，掠过湖面……湖边的禁卫军还目瞪口呆，炽热的绯光中一道银虹挟着劈天裂地之势从天贯下……禁卫军的头颅飞向半空时，犹看到一道白龙在半空中猖狂呼啸，盘飞横扫，无数的同伴被扫向半空，然后无声无息地落下……

嗒嗒嗒嗒……

密集的马蹄声仿如从天外传来，踏破这震天的喊杀声，一阵一阵仿如雷鸣，惊醒了酣斗中的两军，大刀依然不停地挥下，脚步依然不停地前进，脑中却同时想：难道是墨羽骑赶来了？

这样的想法，令风云骑气势更猛，令禁卫军心头更怯！

马蹄声渐近，那是从平原西南方向传来的，朦胧的天光中，伴随着嗒嗒嗒的蹄声，银色的骑兵仿从天边驰来，铠甲在夜色中反射着耀目的光芒，凤旗飘扬在夜空中……这……难道是风云骑？可是，为何还会有一支风云骑？可此时不是考虑这个问题的时候。

在第一峰山顶、山坡厮杀的两军有一些已不由自主地转首瞟向那支迅速奔来的骑兵，当那支骑兵越来越近，已可看清最前面的人时，风云骑的士兵不禁脱口大叫："是齐将军！是齐恕将军！"

"齐恕将军来了！"的喊声刹那传遍落英山，仿若一股巨大的力量注入山中的风云骑的体内，令他们精神振奋，气势更是锐不可当！而苦战中的禁卫军心头一寒，身体一颤，动作稍缓间，脑袋便被风云骑战士削去！

驰在最前的一骑正是风云骑大将齐恕，而与他并排而行的是四名年貌相当、身着银色劲装的年轻人。当接近山脚之时，那四人直接从马上跃起飞向落英山，几个起纵，人已在山顶之上，仅这一手已足可见其武功远胜于江湖上的一流高手。他们却毫不停歇，直往落英峰上飞去，途中试图阻拦的禁卫军，全化为他们的剑下亡魂！

新到的五万风云骑则在齐恕的指挥下直扑向落英山，原本僵持不下的两军顿时起了变化，禁卫军陷入苦苦挣扎的险境，风云骑则斗志更为激昂，攻势更为猛烈，倒下的便更多是褐甲的战士！

山中的厮杀还在继续，银甲与褐甲的战士都没有停手的意思，他们似乎一开始就有一个共识，那就是最后站着的人便是胜利者！所以不论倒下了多少同伴，不论砍杀了多少敌人，活着的人只有继续往前去，或冲出包围，或杀尽敌人……

不知过了多久，月色渐淡，天地都似陷入了沉沉的黑幕中，而此时，从西北及东北忽然又传来了马蹄声，近了，近了，那全是身着银甲的战士！徐渊与程知率军赶到！

"大将军……风云骑……风云骑……很多的支援……我们……我们被困住啦！"勒源望着满身浴血的东殊放，望着这满山的尸首，望着越来越少的禁卫军，望着那越来越多、越来越近的风云骑，声音嘶哑吃力，恐惧到了极点，"大……大将军，我们……我们逃吧！"

"勒将军，你很害怕吗？"东殊放平静地看着勒源。

“是……是的……”勒源吞吞口水，已不在乎这是一个多么丢脸的回答，“我……我们根本就不应该来讨伐青王，我们根本不是风云骑的对手，这是陛下错误的决定……我们……”

东殊放平静地听着，手中握着的长刀垂在地上，温和地开口：“既然你如此害怕，本将便助你一臂之力吧！”

话音刚落，在勒源还未来得及明白东殊放是何意之时，刀光闪现，他颈上一痛，然后只觉得头脑一轻，再然后，清楚地看到自己的身躯倒下……

“陛下不需要你这样的臣子！”东殊放轻轻地吐出这句话。

他握紧手中的长刀，目光如炬，扫向前方的风云骑，大踏步地向前走去，一名风云骑的战士挥剑斩来，他手腕一扬，霎时，那名战士的头便与躯体分家。他看也不看一眼地继续前行，不论前方走来的是谁，长刀扬起之时，必有一阵血雨喷出，然后一具尸体倒下！

东殊放不知道自己走了多远，也不知道已杀了多少人，只知道不停地前进，不停地挥刀，然后周围的声音渐渐地稀了、低了……是将风云骑杀光了吗？还是禁卫军全被风云骑杀光了呢？那些似乎都不重要，他只需往前就是，杀光所有阻挡的人，然后砍下风惜云的首级回到帝都，回到陛下的身边。

前方有什么东西在闪耀，刺目的光芒在空中如电飞过，挟着风被划破而发出的凄厉吼声，那一刻，他恍惚间明白了什么，忽然笑了。身为武将，便当如是！他手腕一扬，长刀化作长虹直射而去……然后他意识忽然清醒了，清清楚楚地看到，半空中，长刀与银箭如电飞驰，在半空中交错而过……

咚！耳朵清晰地听到了声音，可是他的身体似乎失去了感觉，眉心有什么渗出，流入眼中，他抬手擦去，却碰到了深嵌入额的长箭！他的身体在往后仰去，所有的力气也似在慢慢流失，眼睛看到的是无边无际的天空，那样广，那样黑。他模糊地感觉到，前方似乎也有什么倒下了，但那已与他无关了。

他摸索着从怀中掏出那一纸诏书，那是陛下吩咐他交给青王的，只是他不曾有机会见到青王，将陛下的恩典当面赐予她。但是他还是要让她知道的，要让她知道陛下是一位仁慈宽厚的君主。

他的手指无力地松开，一阵风吹来，吹起地上的诏书。诏书在半空中展开，两尺见方的白纸上却只有一个大大的“赦”字！

赦？

东殊放嘴角无力地勾起，这一刻忽然明白了什么，只是……自己似乎辜负了陛下的一番苦心！

赦！

陛下，无论臣是败于风惜云还是降于风惜云，您都赦臣无罪。

陛下，这就是您的旨意吗？可是臣不需要！您才是臣唯一的君王！

“道男儿至死心如铁。血洗山河，草掩白骸，不怕尘淹灰，丹心映青冥！”

东殊放呢喃，声音渐低，落英山似也沉寂了。

“陛下……陶野……”

大东王朝最后一位大将军东殊放在景炎二十七年十月二十六日寅时末闭上了眼睛，他最后的遗言是：陛下、陶野。

而那个时候，景炎帝在定滔宫内彻夜静坐，东陶野则在与皇朝交战。

对于这一位末世将军，后世评论其“固执且目光短浅”，但史家给他一个“忠”字，无人能反驳。

战斗已近尾声，落英山中的禁卫军幸存者寥寥可数，可是好不容易碰头的齐恕、徐渊、程知没有半分兴奋，彼此对视的目光都是焦灼不安的。面对千万敌人都能镇定从容的大将，此时却怎么也无法掩饰内心的惶恐。

落英峰上的火渐渐小了，渐渐熄了……可是主上呢？久容呢？林玑呢？为何他们一个也没见到？三人移目环视，尸首遍地，其中有许许多多的风云骑战士！

“就是将这座山挖平，也要找出他们！”程知的声音又粗又哑，目光回避着两人，扫向前方，只是那尸山血海令他禁不住虎目紧闭。

忽然徐渊的目光凝住了，他快步走过去，可只走到一半便停住了脚步，仿佛前面有着什么可怕的东西令他畏惧，令他不敢再移半步！

齐恕、程知在他的身后，原本抬起的脚忽然落回，忽然不敢走近他，半晌后，两人才提起如有千斤之重的腿，一步一步地慢慢走去，似乎走得慢一点儿，前面那可怕的东西便会消失了。可是这一刻的路如此短，任他们如何拖延，终也有面对的时候。

“林……林玑……”程知粗哑的声音中断，呼吸猛然急促，肩膀不受控制地剧烈抖动着，然后他那巨大的身躯一折，跪倒在血地上，双手抱住脑袋，紧紧地抱住脑袋……

“啊！！！”

凄厉的悲号声响彻落英山，荡起阵阵刺耳震心的回音。

齐恕与徐渊没有号叫，只是身躯似都不受他们控制了，无力地跪倒在地上。

“这不会是林玑的。”向来冷静理智的徐渊喃喃着，祈盼能听到否定的答案。

可是没有人回答他，齐恕只是机械地移动着双膝，当移到那具躯体身边时，这个素来沉着稳重的男子扑倒在地上，十指紧紧地抓着，任那锋利的山石割破手掌！

风云骑的神箭手此时静静地躺在地上，躺在他自己的鲜血中，手依然紧紧地抓着长弓，可是他再也不能张弓射箭了，因为一柄长刀端端正正地砍在他的脑袋上。而他的不远处，躺着的是东殊放大将军，一支银箭洞穿他的眉心！

嗒嗒嗒的马蹄声再次传来，片刻后，黑色的大军仿如轻羽飞驰而至，这世间有如此速度的只有墨羽骑，只是山上的风云骑没有一人为此欢呼。

战斗已结束了，满山的同伴，满山的尸首，满怀的失落，满腔的悲痛。

落英山中变得分外安静，没有刀剑声，没有喊杀声，也没有人语声……此处有数万人，气氛却是一片沉重的死寂。

墨羽骑的将士们目瞪口呆地看着眼前的情景，他们也是从刀林箭雨的沙场上走下来的战士，却被眼前的惨烈景象震得脑中一片空白，如此景象，该是何等激烈的战斗所致！

“主上，我们来迟了！”

端木文声与贺弃殊齐齐看着身前的丰兰息，然后移目落英山上的风云骑，那一刻，他们心头不知为何生出一股寒意。

“结束了……”丰兰息的声音无意识地轻轻溢出。

结束了……结束的是什么？是战斗结束了，还是有其他的东西结束了？

稀疏的马蹄声传来，众人侧首便见一骑远远而来，马背上歪斜着一名青衣人。

“雍王，夕儿呢？”久微笨拙地跳下马背，喘息着问丰兰息，他不会武功，骑术也不精，所以现在才赶至。

丰兰息闻言，脸色瞬间一变，幽海般的眸子霎时涌起暗潮，身体从马背直向山上飞掠而去，恍如一束墨色闪电，眨眼即逝。

端木文声与贺弃殊赶忙追去，久微也往山上跑去，只可惜不懂轻功的他被抛得远远的。

可当他们奔至第一峰山谷之时，眼前的人影令他们顿时止步。

齐恕、徐渊、程知三人垂首跪在地上，他们中间无声无息地卧着一人。

难道……那一刹那，一股恶寒袭向丰兰息，令他身形一晃，几乎站立不住。

咚、咚、咚……

静极的山中忽然传来脚步声，似每一步都踏响了一块山石，极有节奏地从上传下，从远至近……

东方已亮起曙光，落英山中的一切渐渐清晰，从第二峰峰顶走下的人影缓缓走进众人的视线，一步一步走近，一点一点清晰，当看清那人的刹那，所有人震惊得不能呼吸！

那个人……那是一个血人！

她从头到脚、从每一根发丝到每一寸肌肤都是鲜艳的血色，便是那一双眼睛似也为鲜血染透，射出的光芒赤红而冰冷，木然地看着前方，似乎前方是一片虚无。她右手握着一柄长剑，剑已化为血剑，鲜血还在一滴一滴地落下，左手握着一根长绫，绫也是血绫，长长地拖在身后……在后面，四名银衣武士紧紧跟随。

衬着身后那淡淡的晨光，这个似从血湖中走出的女子，在日后，因为这一刻被称为“血凤凰”。

“主上！”

齐恕、徐渊、程知三人却是悲喜交加的，起身迎上前去，那一刻，眼泪不受控制地涌出，想要说什么，可喉咙被堵塞住，只能流着泪看着他们的主上，看着他们安然归来的王。

风惜云的目光终于移到他们身上，然后清冷而毫无起伏的声音响起：“你们都来了啊。”

“主上，您没事就好了。”程知擦着脸上的泪水哽咽着。

“嗯，我没事。”风惜云点点头，似乎还笑了笑，可那满脸的血让人无法看清她的表情，“我只是有些累了，很想睡一觉。”

“主上。”

齐恕与徐渊上前，可才一开口，就无法再说下去。

风惜云目光一转，看向他们，然后看到了地上的林玑，微微点头："林玑也累了呀，他都睡着了。"她目光再一转，落在久微身上，再轻轻开口，"久微，久容他也在山洞里睡着了，你去抱他下来好不好？"

"夕儿……"久微心头发冷。

风惜云却不等他说完，又看向程知："程知，我怕别人会去打扰久容，所以在洞口放了一块石头，你去帮久微搬开好不好？"

"主上……"风惜云的言语和神态令程知震惊。

"久容其实很爱干净的，不喜欢随便被人碰。"风惜云却又自顾自地说道，"不过由久微你去抱他，程知去搬石头，他一定愿意的。"

说罢她即径自下山去了，自始至终，她不曾看一眼丰兰息，也不曾看一眼前方伫立的数万墨羽骑。

落英山的这一战，最后得胜的是青王，但是，这胜利是以极其昂贵的代价换来的。此战她不但痛失两名爱将，而且麾下三万风云骑损失了一万两千！这一战也是风云骑自创立以来经历的最艰苦的一战，也是自有战斗以来伤亡最大的一战！而禁卫军则是全军覆没！

这一战在日后史家的眼中依然是青王作为一名杰出军事家的精彩证明，其以三万之兵引七万大军于山中，挫其锐气，折其兵力，再合暗藏之五万风云骑尽歼大东王朝最后的精锐。其整个战略的设计相当完美，所采用的战术也精妙不凡，实不愧其"凤王第二"的称号。

史家只计算最后的结果，那一万多名丧生的风云骑战士在他们眼中，不过是为着最后的胜利而付出的一点儿必需的代价。他们却不知，这一万多条生命的消逝，对风惜云来说是何等沉痛的打击！他们不知道，这一万多条生命的消逝，便等于在风惜云身上划开一万多道伤口，鲜血淋淋，深可见骨！

十月二十六日，申时末。

"六韵，主上现在如何？"

青王帐中，随侍的五媚轻声问六韵。

六韵拧着柳眉忧心地摇头："主上一回来就沐浴，可她泡在浴桶里已近两个时辰了，我虽悄悄换了热水，让她不至于着凉，但是泡在水中这么久对她的身体不好啊！"

"什么？"五媚惊叫一声，赶忙捂住自己的嘴，"还泡在水中，这怎么可以？我还以为主上在休息呢。"

"主上也许是在浴桶里睡着了。"六韵答道。因为她自己也不能肯定主上是否真的睡着了，虽然她每次进去换水时，主上的眼睛都是闭着的，可是……

忽然哗啦啦的水声响起，两人精神一振。

"主上醒了？"

六韵、五媚赶忙往里走去。

"主上，您醒了！"

风惜云漠然地点点头。

六韵和五媚赶紧帮她擦干身子，穿上衣裳，风惜云的目光漠然微垂，然后定在衣上，这是一件丝质中衣，质地轻柔，色白如雪，这如雪的白今日却白得刺目。

"衣呢？"她忽然问道。

"呃？"五媚一怔，衣不是正在穿着吗？

"孤的衣呢？"风惜云再次问道，眼神已变得锐利。

"主上是问原先的衣裳吗？"还是六韵先反应过来，"刚才交给韶颜去洗……"

话还未说完，那有如利刃的眼神立刻扫来，令她的话一下全卡在喉咙里。

"谁叫你洗的？"

一声呵斥传来，惶恐的两人还没来得及回答，眼前人影一闪，已不见了风惜云。

"啊？主上，您还没穿衣呢！"六韵慌忙奔出去，手中犹捧着白色的王袍，可奔出帐门后，哪里还见得到风惜云的影子？

那一天，许多将士目睹了青王只着一件单薄的中衣在营帐前飞掠而过的情景，她的动作那样快，又那样急切、惶恐，令人以为有什么重大的事情发生了。于是风云骑的士兵们赶忙禀告齐、徐、程三位将军，墨羽骑的士兵则赶紧禀报雍王。

河边的韶颜看着手中腥味刺鼻的血衣，又看看冰冷的河水，不禁皱起好看的眉头，长叹一口气。

若依她的话，这衣裳真的没必要洗了，染这么多血如何洗得干净，主上又不缺衣裳穿，不如丢掉算了，也可省她一番工夫。可六韵大人偏偏不肯，说主上肯定会要留着这衣裳的。哼！她才不信呢，肯定是六韵大人因为她偷看雍王的事故意为难她的。

她认命地抱起血衣往河水里浸去，还未触及水，一股寒意已浸肌肤，令她不禁畏惧地缩了缩手。

"住手！"

一声呵斥猛然传来，吓得她手一抖，那血衣便往河中掉去，她还来不及惊呼，耳边疾风扫过，刮得肌肤一阵麻痛，眼前一花，然后有什么咚地掉在水里，溅起一片白花花的水浪蒙住她的视线。

"哪个冒失鬼呀！"韶颜抬袖拭去脸上的水珠骂道，可一看清眼前，她顿时瞠目结舌，"主上……"

风惜云站在河中，呼吸急促，仿佛奔行了千里，长发衣裳全被水珠溅湿，冰冷的河水齐膝，她却似没有感觉一样，冷冷地甚至是愤恨地瞪视着韶颜，而那一袭血衣，正完好地被她护在怀中。

"主上，奴婢……"韶颜扑通跪在地上，身体害怕地颤抖起来。主上用那样冷酷的眼神看着她，似乎她犯了什么十恶不赦的罪，可是她不知道到底是哪里触怒了主上。

“起来。”

冷冷的声音传来，韶颜不禁抬首，却见风惜云正抬脚踏上河岸，一双赤足踩在地上，留下湿漉漉的血印。

“主上，您的脚受伤了！”韶颜惊叫起来。

可是风惜云根本没听进她的话，前面已有闻讯赶来的风云骑、墨羽骑将士，当看到她安然地立于河边之时，不禁都停下脚步。在他们最前方，一道黑影伫立。

风惜云一步一步地走过去，近了，两人终于面对面。

看着眼前这一张雍容淡定如昔的面孔，风惜云木然的脸上忽然涌起潮红，一双眼睛定定地瞪视着他，亮亮的仿佛能滴出水来，灼灼的仿佛能燃起赤焰，可射出的目光却是那样冰冷、锋利！她的嘴唇不断地哆嗦着，眸中各种光芒变幻……那是愤！那是怒！那是怨！那是悔！那是苦！那是痛！那是哀！那是恨……她的手似在某个瞬间动了，丰兰息甚至已感觉到一股凌厉的杀气……

可又在刹那间，这所有的都消失了，风惜云双手交叉于胸前，血衣在怀，全身都在剧烈地战栗着，牙紧紧地咬住唇，咬得鲜血直流，左手紧紧地抓住那要失控劈出的右掌！

那一刻，她的左右手仿佛被两个灵魂控制着，一个叫嚣着要全力劈出，一个却不肯放松，于是那右手止不住地战栗，那左手紧紧地扣住右腕，指甲深陷入肉，缕缕的血丝渗出……

“惜云……”丰兰息伸出手，想抱住眼前的人。

单衣赤足，水珠不断地从她的发间、身上滚落，寒风中，她颤颤巍巍地紧紧抱住胸前的血衣。丰兰息眼前的人此时是那样单薄，那样脆弱，那样孤伶，那样哀伤，又那样凄美。惜云……他心房中有什么在颤动着，可伸出的手半途中顿住了。

风惜云忽然站直了身，颤抖的身躯平静了，所有的情绪消失了，右手垂下，左手护着胸前的血衣，那双眼睛无波无绪地平视着丰兰息。

那一刻，丰兰息忽然觉得心头一空，似有什么飞走了，那样突然，那样快，可下一刹那又似被挖走了什么，痛得全身一颤。

那一刻，两人之间只有一步之隔，丰兰息却觉得两人之间的距离从未如此遥远。

不是天涯海角之远，不是沧海桑田之遥……一步之遥的这个人是完完全全陌生的，不是这十余年来他所认识的任何一个风惜云。他眼前这个人，是完完全全静止的，眼前这双眼睛，是完完全全虚无、空洞的，没有憎恨、哀伤、绝望……如在冰山之巅被冰封了万年，封住了所有的思想，所有的感情，若是可以，便连生命也会凝固！

他们长久地对视，静静地对立，寒风猎猎，拂起长袍黑发，漫天的黄沙翻飞，天地这一刻是喧嚣的，却又是极其静寂空荡的，无边无际中，万物俱逝，万籁俱寂，只有风飞沙滚。

她是想杀他的！刚才那一刻，她恨不能杀掉他！

丰兰息平静地站着，心头如被冰刀剐过。

“天气很冷了……青王不要着凉了。”他听到自己极其缓慢、极其清晰的声音轻轻地在这空旷的天地间响起。

“嗯，多谢雍王关心。”风惜云点头，声音如平缓的河流静静淌过，无波无痕，抱紧怀中血衣，转身离去。

“寒冬似乎提早到了……”

看着那绝然而去的背影，丰兰息喃喃，垂眸看向自己的手，似被这冷天冻着了，所以微微地发抖。

这个冬天，似乎比母后逝去的那一年的冬天还要冷。

第四十六章　离合聚散乱世魂

“她毕竟顾全大局。”

望着寒风中风惜云渐渐远去的身影，端木文声轻轻松了一口气，紧握剑柄的手也悄悄滑下。

“青王……”贺弃殊开口想要说什么，脑中所有的话语却忽然之间消失了。遥望前方，白色长衣在风中不断翻飞，长长的黑发交缠，单薄纤弱得似能随风而去。他看着，许久后，所有的思绪化为一声叹息。

端木文声转过身，看向风云骑整齐的营帐：“五万风云骑……竟然五万之外还有五万。”

“以青州的国力，拥有十万精兵并非难事，只是……”贺弃殊微微一顿，隐隐有些忧心，“青王的这五万精兵，不但我们不知，便是主上似乎也不知。”

“连主上也不知吗？”端木文声心一沉。

贺弃殊同样担忧：“青王暗中的力量实是不可小觑，以后真不知是什么样的局面。难怪穿雨会这样防备着。”

“穿雨虽然力阻，但主上依旧领兵救援，足见青王在主上心中的分量。”端木文声望向静立如雕像的丰兰息，心中是深深的感慨，“只可惜，我们来迟了。但不论以后两王如何，我们只要记住我们的主君是雍王即可。”

“是啊！”贺弃殊也往丰兰息那边望去。所有的人都走了，可他们的主上依然独立风中，负手望天，不知是何种心情，不知是何种神情，只是风中的那个背影，令他生出一种寂寥凄凉之感。

睡里销魂无处说，觉来惆怅销魂误。

欲尽此情书尺素，浮雁沉鱼，终了无凭据。

却倚缓弦歌别绪，断肠移破秦筝柱。[1]

商城府衙后方的宅院里，凤栖梧捧着书卷低低地吟哦，然后忍不住叹息，合手掩卷。古人的诗词冷香幽幽，却太揪人心肠。她捧起桌上的热茶，寒冷的夜里，茶杯温暖，抬眸，望见的却是莲花烛台上燃了半截的红烛。

"红烛自怜无好计，夜寒空替人垂泪。"她轻叹声里带着自怜之意，伸手抱起矮几上搁着的琵琶，指尖一挑，幽幽的曲调便在房中响起，只是这曲中之意，又有几人能听懂，又有何人能入心？

"凤姑娘，任军师求见。"笑儿轻巧地推门进来。

"任军师？"凤栖梧指尖一顿，"他找我何事？"

"姑娘见见不就知道了？"笑儿依旧是满脸的巧笑。

"夜深了，不方便，替我回了。"凤栖梧冷淡地道。

"可军师说有很重要的事要与姑娘商议，还说与主上有关。"笑儿小心翼翼地看着凤栖梧，果然见她神色一变。

"好吧。"凤栖梧沉吟片刻，放下琵琶，起身跟着笑儿走出房门。

前院的正堂中，任穿雨正端坐着。

"凤姑娘。"见凤栖梧走来，任穿雨彬彬有礼地起身。

"不知军师深夜来访所为何事？"凤栖梧冷淡的眸子扫一眼任穿雨，在他的对面坐下。

面对凤栖梧直截了当的问话，任穿雨并不着急回答，而是打量着她，目光里带着几分研判，仿佛在估量她的价值。

等了片刻，依然不见任穿雨答话，凤栖梧起身："军师若无事，栖梧要休息了。"她说完即转身往后院走去。

"栖梧，栖梧，自是要凤栖于梧，可放眼天下，唯有帝都堪为凤栖之梧。"

身后传来任穿雨的声音，凤栖梧顿住脚步，转身冷冷地看着任穿雨："军师此言何意？"

"凤姑娘之才貌万中选一，难道要终身屈就歌者之位？"任穿雨笑得一脸温和，"主上他日大业有成，凤姑娘难道不想重振凤家声威，不想重继凤家传说？"

凤栖梧看了任穿雨良久，然后冰霜似的脸上罕有地浮起笑容，一时艳光满堂，让任穿雨见之心头暗喜，直以为自己打动了她，不想转眼间凤栖梧的笑一收，眼中尽是讥诮："任军师算无遗策，却是看错我凤栖梧了！"

任穿雨顿时怔住："姑娘……"

"夜深了，军师请回吧。"凤栖梧却无意再继话题。

"姑娘果真傲骨铮铮。"任穿雨站起身来，脸上亲切的微笑此刻一扫而光，代之而起的是

1　引自晏几道《蝶恋花》。

一脸的肃然，“可穿雨此话，并非轻视姑娘，只因为姑娘待主上情深义重，希望姑娘能长伴主上左右罢了。”

闻言，凤栖梧目中讥诮之色微收：“多谢任军师美意，不过栖梧再愚笨也有自知之明。况且……”她微微一顿，眼中神情辨不清悲喜，“那两人……岂容他人插手？”说完，她毫不犹豫地转身离去。

望着门边消失的身影，良久后任穿雨才喃喃地叹息：“凤家的人……可惜了，真是可惜了！”

连绵的营寨中，搭起了一座白色营帐，格外显眼。

营帐里，白色的蜡烛，白色的帷幔，白色的人影……满目的白色，仿如苍莽雪地，空旷寂寒。

“你们都退下。”

“是！”

侍从悄无声息地退下，帐中只余白衣似雪的风惜云。

宽敞的帐中，一左一右地摆放着两具棺木。

风惜云迈开如有千斤重的腿，一步一步地移近，目光缓缓移向棺内静静躺着的人，刹那间眼泪不受控制地汹涌而出，身体似被抽离了所有的力气，跌坐于地上，肩膀无法抑制地剧烈颤抖。

“久容……林玑……”

极力压抑的啜泣声自唇边溢出，她抬手想捂住脸，却听到啪的一声，一个锦囊自袖中掉出，白色的绸面上是干涸的血迹。

她怔怔地看着地上的锦囊，耳边响起齐恕的话。

“主上，这是从久容怀中找到的，想来是他珍惜之物。”

她捡起锦囊，颤着手打开，囊中是一块玉佩，雪白的玉佩上那一点朱红此刻看来令人分外心惊，粉色的珍珠散落在玉佩周围，如同玉心沁出的泪珠。

“久容……”她攥紧锦囊，泪如脱线的珍珠般滚落，滴在玉心，落在囊中。她想着久容的死，压抑的哭泣顿时化为悲切的恸哭，安静的帐中一时只有她痛苦的哭声，白蜡滴泪相陪，昏黄的烛火摇曳着，帐中的一切便在一片凄凄的光影中浮浮沉沉。

也不知过去多久，风惜云终于止了恸哭，将锦囊拿起，站起身来。

她目光转左，看一眼林玑，目光转右，看一眼久容，眷恋而不舍地左右看着，而后抬起双手，一左一右地托着棺盖前移，棺盖盖住了腿，盖住了腰，盖住了胸，盖住了肩，盖住了颈，盖住了口，盖住了鼻，盖住了眼，盖住了额头……

久容！

林玑！

她闭上眼，手腕一推，与两人就此永别。

“主上。”

齐恕、徐渊、程知及四名银衣武士步入帐中。

“你们也与林玑、久容道别吧。”

“是！”

七人恭恭敬敬地拜别昔日的兄弟，叩首之时，几滴水珠落下，地上晕开浅浅的水印，再抬头，却是七张肃然无畏的面孔。

“作为青州之王，作为风云骑的主帅，有些话本是决不可说出的，但对于你们几个，我还是要说。”风惜云的声音在帐中无波地响起，她负手身后，背对七人，白衣及地，长发掩身，无形中，那个背影显得静穆而庄重。

“臣等恭听！”七人垂首。

风惜云看着漆黑的棺木：“以后……无论你们与谁决战，当确定不能获胜之时，你们当退则退，当逃则逃，当降则降！”

“主上！”七人震惊地看着他们的主君。

“因为，只有你们还活着，我才可以救回你们、找回你们！”风惜云只是静静地看着棺木，棺木中躺着她再也不能救回的人，“在我的心中，你们重过这江山！”

“主上！”七人当下跪地叩首，看不到脸，可那耸动的肩膀泄露了他们激动的心情。

“孤真的不是一个合格的王！”风惜云自嘲地笑笑，“这种话都说出来了，日后史上必然留下话柄。”

此言确实留于史册之上，却只引得后世连连叹息。

史家曰：“青王待臣若此，足见其仁者之怀。观青王一生，才智功业，古今少有，足可谓明君。然，明知不可言，仍言；明知不可为，仍为。如此君王，奈何！奈何！”

七人俯首于地：“主上，无论他人如何评价，在臣等心中，您独一无二！”

“起来吧。”风惜云转身看着他们，“齐恕，你选些人将林玑和久容的灵柩送回青州。”

“是。”齐恕领命。

风惜云再望向那四名银衣武士，沉吟片刻，道：“无寒，今日起你便是齐将军的侍卫。”

“是！”无寒躬身领命。

“晓战，你为徐将军的侍卫。”

“是！”晓战应道。

“斩楼，你为程将军的侍卫。”

“是！”斩楼领命。

“宵眠，你为久微的侍卫，不离左右地保护他。”

“是！”宵眠领命。

这四人都年约二十四，虽面貌不同，但身高、体形、装束一致，乍看之下，会以为是同胞兄弟，都是气质冷峻，浑身散发着一种锐利如剑的气势，一望便知是顶尖高手。

风惜云最后回首看一眼棺木，然后慢慢闭上眼睛，仰首，声音平静而冷冷地道：“我们去结束这乱世，包承、林玑、久容的血不能白流。”

“是！”帐中的响应声坚定有力。

十月二十八日，乔谨领墨羽骑攻下交城。

十月二十九日，青王与雍王率大军往帝都进发。

途经落英山时，青王凝视山峰良久，最后道："落英……落英……陨落无数英魂！以后，此山便改名'英山'吧。"

于是，落英山从此改名为英山。

十月底，柳禹生与诚侯一行抵达冀州王都，而后他请求见纯然公主——现今冀州王后华纯然，留守冀州监国的二公子皇炅应允。

在庄严肃穆的冀王宫中，柳禹生向华纯然禀告三位公子战死于炅城之事，华纯然自然是悲伤不已。

最后，华纯然请柳禹生代她转达一句话："虽然三位兄长去了，但余下的九位兄长与侄儿们必然于父王膝下承欢，还请父王珍重。"她说完，即从腕间解下一条丝帕，命身前宫女接过置于一个锦盒中，然后交给柳禹生，命其转交幽王。

柳禹生恭敬地接过锦盒，而后拜别。

柳禹生退去后，华纯然屏退左右，独坐殿中，看着殿外寂静的宫墙，怔怔地出神。

许久后，她蓦然起身："来人。"

话音刚落，数十名宫人齐齐赶来。

"申时在庆熹殿设宴为诚侯家眷接风。"

"是。"马上有内侍下去安排。

华纯然走至铜镜前，看着镜中的容颜，喃喃地道："诚侯家眷远道而来，不可失礼，须得盛装朝服。"

"是，娘娘。"宫女们应着，然后忙碌着为王后沐浴梳妆。

到十一月中旬，初雪飘扬之时，柳禹生扶着三位公子的灵柩回到幽州王都。

幽王的病榻前，柳禹生凄然拜倒，然后转达了华纯然的话，并呈上那个锦盒。

苍老病弱的幽王取出盒中的丝帕，目光落在帕上所绣的图案上，摩挲良久后，面上浮起悲喜交加的笑容："蛩蛩与距虚，传说中形影不离，纯然之意便是如此吗？"

柳禹生惊诧。

"蛩蛩距虚，形影不离……华氏与皇氏从此亦如此……纯然便是要告诉父王此话吗？哈哈哈……咯咯……咯咯……"

"主上！主上！"

榻上的幽王一阵剧烈的咳嗽，内侍、宫女顿时慌成一团。

景炎二十七年十一月十四日亥时，幽王薨，遗旨传王位于驸马——冀州之王皇朝。

景炎二十七年十一月十五日，北王攻破帝都。

马蹄声嗒嗒，薄雪覆盖的街道上铁骑如风驰过，溅起丈高的雪水，在斜斜的日光下，折射出七彩的虹芒，却怎么也不及雪中那一朵朵血色的梅花、一道道血色的赤虹显眼。

被战火摧毁的房屋，被士兵屠杀的百姓，到处都是残垣断壁，尸首堆积巷道，这便是此刻的帝城，而北王便纵马奔驰于这样的帝城里。

从北王都出逃以来，北王数月都在攻城、逃亡，再攻城、逃亡……周而复始，徒劳无功，疲惫、厌倦、憎恨、恐惧……种种情绪纠缠着他，蒙蔽了他的眼睛，搅乱了他的理智，耗尽了他的信心，磨去了他的斗志。

北州亡了，家室亡了，臣僚散了，将士折了……可是他总算来到了帝都！

六百多年来盘踞于他们头顶俯视着他们的东氏皇朝，今日终于毁在了他的手中，他白景曜已于史册上留下浓重的一笔。但这还不够，他要亲自抓住东氏皇朝最后的皇帝并亲手斩杀，那样“白景曜”三字必然是千古难忘！

北王狠狠挥下鞭，马儿吃痛长啸，放开四蹄，以更快的速度往前驰去，马背上是斑斑血痕，而前方，已可望见那朱红的宫墙和连绵巍峨的宫殿……那里是皇宫！是皇帝所在的皇宫！

眼见着离宫门不过五六丈了，忽然间一大片黑云从天而降，严严实实地挡在北王眼前，来得那样突然，那样诡异！

北王勒住马，震惊地看着眼前的“黑云”——那其实是人，全身黑衣的人，他们立在那儿，如一堵坚实的黑墙，散发着来自地狱的寒气！

马似乎感觉到了危险，不停地嘶鸣着，欲往后退，北王紧紧地抓住缰绳，回首。他身后跟随着数百将士，这是他最后的追随者，凭着这数百人，可以冲破眼前这堵墙吗？

“主上！”

北王耳边蓦然传来叫声，他转头，见一名臣子双膝跪地，架剑于颈，圆瞪双目，紧紧逼视。

“臣常宥恭送主上！”

恭送？北王怔忪。一阵寒风迎面拂来，臣子颈间的宝剑在雪光下折射出刺目的冷芒，刺痛了北王的眼睛，令他蓦然醒悟，移目四顾，顿时万念俱灰！

那一刻，北王忽然清醒了，他忽然想清楚了，看透彻了！

“丰兰息，丰兰息……好！好！好！”

北王仰天长叹，抬臂挥剑，一缕鲜血飞出，溅落在雪地上！

眼见主君自刎，余下的数百将士纷纷拔剑自刎，顷刻间纷纷倒地。

寒风呼啸而过，卷起新生的阴魂。

皇宫的中心是凌霄殿。

皇宫里此刻一片混乱，但凌霄殿里依然安静，此刻大东朝的皇帝景炎帝就坐在殿中，伏于书案上，专心致志地画画。

“此时此刻，陛下能不动如山，挥毫洒墨，兰息真是佩服。”

清朗的声音响起时，景炎帝的画也画完了，收笔之时，他暗想：这等好听的声音若为歌者，必歌绝世之曲。他放下笔，抬首望去，殿中立着一人，轻袍缓带，容颜如玉，只是一眼，他便赞叹，好一个浊世翩翩公子，不愧是六百多年前那个大东第一美男“昭明兰王”丰极的后代！

“雍王来了。”景炎帝平静地开口。

“是的，陛下。”丰兰息微微躬身一礼，便算尽了人臣的本分，抬头，从容地望向皇帝。

“最先到这里的果然是你。”景炎帝同样从容地笑着，从椅上起身，“朕曾经想，冀王、青王与你，谁会最先到呢？”

“陛下想见我们三人吗？”一道清朗的声音响起。

景炎帝循声望去，便见门口立着一名白衣女子，清眸素颜，风姿绝伦，以一种仿如踏在云端的轻盈优雅的步伐走来，然后站在丰兰息身旁，两人白衣黑裳，黑白分明，却融洽如一幅画。

“青王也来了。”景炎帝颔首微笑，“不只是你们三人，若是可以，朕希望能见到七王，最后一次也是第一次，朕想见七州之王。”

“闽王已缺，陛下的心愿难以实现。”丰兰息温文尔雅地笑道。

“大东王朝是由威烈帝与七王缔建，当年他们便是在凌霄殿前封王授国，滴血盟誓。而现在是大东王朝崩溃的最后时刻，若东氏、皇氏、宁氏、丰氏、白氏、华氏、风氏、南氏——当年建国的八人的后代能再次齐聚于此，有始有终不是很完美吗？”景炎帝云淡风轻的模样不似在谈论一个王朝的覆灭，而似谈论着游戏最后的结局。

风惜云静静地看着景炎帝，片刻后她道：“陛下应生于泰通年间。”

泰通是大东第十九代皇帝的年号，那是大东帝国最为繁盛昌平之时。

“青王是说，朕只能做个太平天子，而无末世雄主之气概？”景炎帝望向风惜云。

风惜云淡淡一笑：“每个人都有一些会的和一些不会的，帝王同样如此。”

景炎帝闻言点点头，移步走近，注视着两人额间的那轮玉月，微微感慨：“六百多年前，在凌霄殿中分割的这一对玉月，终于在六百多年后的今天重聚于此。”

丰兰息、风惜云闻言，不禁同时抬手抚向额间的半轮玉月，侧首相视，然后静静地移开目光。

景炎帝转过身，面向大殿的正前方，那里悬挂着开国帝王、名将的画像：“离合聚散，因果循环。生生息息，周而复始。人生如此，天地如此。”他的声音肃穆低沉，说完，他于书案上取过一块赤绢，“这是你们要的，拿去吧。”

第四十七章　梅艳香冷雪掩城

景炎二十七年十一月十五日，逆臣白氏景曜攻破帝都，随后逼宫篡位，幸雍王赶至，帝都解危，白氏事败自刎。帝感雍王仁贤，留诏禅位，不知所终。然雍王谦恭，不敢接也，曰：“必扫天下，以迎帝归。”

长达九日的惨烈决战，数万逝去的生命，血雪相掩的帝城……以及那些藏在阴暗之中的人与事，在史家的笔下，最后只是凝结成这短短的一段话。

栖龙宫前，丰兰息立于高高的丹陛上，举目望去，整个皇宫，整个帝都，都在脚下。

“主上，常宥自刎了。”任穿雨在他下首站定，“他留下遗言：尽忠于主上，却负白氏之恩，今已无颜苟活。”

“常宥。”丰兰息轻轻念着这个名字。当年还是个十岁少年的他，遣了正当壮年的常宥去了北州，一晃十几年已过，常宥完成了他所交付的，最后却没有见他一面。默然良久，丰兰息轻轻叹息：“厚葬常宥，以北州的忠臣之名！”

“是！”任穿雨垂首。

“已是寒冬了。”丰兰息负手而立，抬首眺望，似要望到天的尽头，“穿雨，你看这皇宫，一眼望不到边，现在，它在我们脚下。”

任穿雨闻言，躬身道：“主上，不单是皇宫、帝都，以后整个天下都在您的脚下！”

“是吗？”丰兰息似是反问，语气却有一种胸有成竹的淡然。

任穿雨抬首，目光悄悄扫过丰兰息那张看不出神色的脸，张口似要说什么，却几次咽下。任穿雨转身望去，是庄严肃穆的宫宇，极目远眺，是气势恢宏的帝都。数月前，他们还在雍州，可今日他们在帝都，在皇宫！眼前的人不会止步于此，他会登上苍茫山顶，他会君临天下！

于是，挥开那些犹疑，他垂首，认真而坚定地开口：“主上，请纳凤姑娘为妃！”

闻言，丰兰息收回遥望的目光，侧首看一眼身旁的臣子，墨黑的眸子深不见底。

“凤姑娘乃凤家之后，若主上能纳其为妃，那在天下人心中，主上当是毋庸置疑的皇帝！”任穿雨的声音沉静中带着激昂与兴奋，似长途跋涉之人，忽见眼前有一条可直通目的地的捷径。

丰兰息看着任穿雨，目光幽深，神色平静，良久后，他转过身，抬头看着眼前壮丽宏伟的栖龙宫，缓缓开口："穿雨，你对孤忠心，孤清楚，但此话再不可提！"

"主上！"任穿雨欲再劝。

丰兰息摆摆手，微微眯眸，看着栖龙宫，平静的声音里夹着一丝难以捉摸的叹息："何曾不思，然前鉴于此，栖龙宫里曾摔白璧无数……"

十一月底，已是天寒地冻，位于大东最北的北州早已有大雪降下，放目而望，到处是白皑皑的一片。

王宫里，内侍们早已将各宫通道上的积雪铲尽，但屋顶、树枝上依旧积着厚雪。

"公主。"全身都裹在厚厚裘衣里的品琳轻轻唤着已在园子里站了近一个时辰的白琅华。

"什么事？"白琅华的声音木然，没有生气。

"公主，这里太冷了，我们回去吧。"品琳心酸地劝道。原本仿如花蕾般鲜活娇美的公主，如今却变得如这冬日的枯木，毫无生机。

"我看这棵树已看了七天，树杈上的雪没有融，反倒结成了厚厚的冰。"白琅华痴痴地看着那棵光秃秃的树。

"公主……"品琳开口，声音却哽咽着，喉咙里一阵酸涩，什么也说不出口。

她能对公主说什么？

先是修将军，接着是主上，噩耗一个接一个地传来，这叫公主如何承受？

连养的鹦鹉死了都会伤心哭泣许久的公主，在听到修将军、主上的噩耗时，却一滴泪也没有流，只是像个木偶般，从此只会呆呆地坐着，站着。

"品琳，别难过。"

品琳正低头伤心，忽然觉得脸上有冰凉的触感，忙抬起头，原来是公主不知什么时候走到了她身前，正拭去她脸上的泪水。

"品琳，不要哭啊！"白琅华轻轻拥住哭泣的品琳。

这些泪水是代自己流的吧？她一颗心已是千疮百孔，任是流血流脓，眼泪也无法流出，只有这日日夜夜刺心烙骨的痛，日日夜夜无尽无止的恨！

"公主……公主……你要好起来啊……品琳要你好起来……"品琳的声音因为哭泣而断断续续的，比那些已远去的疼爱与思念要来得真切温暖。

"品琳，我会好的，我会好的。"白琅华闭目，"只是这个地方太冷了，彻心彻骨地冷！"

两天后，琅华公主自北州王宫中消失，宫中众人大惊，多番寻访却毫无所获。此后，再也无人见过这朵曾经娇美无瑕的琅玕花。

在风云骑、墨羽骑入驻帝都时，冀州争天骑也未有片刻安歇。

十一月十二日，皇朝领争天骑往祈云王域的椋城进发。

十一月十八日，皇朝抵椋城，与椋城守将——东殊放大将军之子——东陶野激战七日，最后争天骑攻破椋城，东陶野败走蓼城。

十一月二十七日，皇朝攻蓼城，东陶野坚守，奈何双方实力悬殊，蓼城被争天骑攻破。东陶野欲自刎殉城，却为家将所阻。皇朝入城后，起怜才之心，曾遣人寻找东陶野，却生不见人，死未见尸。

十二月月初，风云骑大将齐恕、程知与墨羽骑大将乔谨、任穿云各领五万大军，兵分两路往黥城、裒城进发。

十二月中，帝都一夜大雪，纷纷扬扬，至第二日清晨，屋外已是白茫茫一片。

帝都郊外十里有一处“昉园”，乃熙宁帝修筑的行宫。熙宁帝是大东朝有名的贤君，生性节俭，是以昉园虽是皇家行宫，但修筑得朴实无华，简约淡雅。熙宁帝一生好梅，昉园东面的山坡上遍种梅树。

大雪纷扬的这夜，许是想与这天花争妍一番，红梅一夜绽放，一树一树如燃烧的火焰，红白相间，冰火相交，仿如琉璃世界，璀璨晶莹。

“夕儿，你出来很久了，还要在这里站多久？”久微气喘吁吁地爬上山坡，在雪地里留下一行深深的脚印。

坡顶的红梅树下，风惜云静静地立着，素衣如雪，若非时而被寒风撩起的漆黑长发，她几乎与这白雪世界融为一体。

“久微，陪我看一会儿梅花吧，你看它们开得多艳。”风惜云的声音清冷如雪，目光落在一枝红梅上，却又似穿透了梅树，望得更深更远。

“夕儿……”久微开口却不知说什么好，看着梅下的人，最后只是慢慢走近，将手中的狐裘披在她的肩上，与她并肩而立，同看一树红梅。

入帝都后的第二日，风惜云即移驾至昉园“静心养病”，因“病体虚弱”一直不曾回城，丰兰息则“宵旰忧劳”地忙于整治朝务，抚慰劫后余生的帝都百姓，屈指算来，两人已近一个月未见。

“都道红梅似火，可你不觉得这红梅更似血吗？”风惜云抬手，似想碰触枝端的梅花，可手到中途便落寞地垂下。

“夕儿，你何必自责？”久微抬手拂去她鬓角的落雪。

“久容和林玑已经到家了吧？”风惜云目光又从红梅上移开，遥遥望向茫茫远方。

“夕儿，那不是你的错。”久微的手轻轻落在风惜云肩上，“落英山的悲剧非你之错，也非林玑他们之错，只因……他们救你心切！”

“身为主君，便应对一切负责。”风惜云唇角勾起，绽开一抹飘忽的浅笑，“无论功过，都不容推卸。”

“夕儿……”久微落在风惜云肩上的手微微用力，“若真要追究，那也是……”他的话没有说完。

“要怪便应怪雍王吗？”风惜云回眸看他一眼，似笑非笑，似悲非悲。

“夕儿，”久微揽过风惜云的肩膀，两人正面相对，眼眸相视，“你们已然至此，你还要和他一起走下去吗？为何……你为何就是不肯走另一条路？”

“久微……”风惜云轻轻叹息。

久微紧紧地盯着她，目光深沉而锐利，但风惜云垂眸不语，半晌后他自嘲一笑，放开她。

那一刻，梅坡上一片寂静，只有寒风舞起雪花、吹落梅瓣的簌簌之声，两人静静地伫立，一个远眺前方，一个仰首望天。

“久微，你很想达成你的愿望吧？”

很久后，久微才听到风惜云有些低沉的声音。

“当然。”久微闭目，似被那耀目的雪光刺痛了眼，“我们盼了六百多年……六百多年了，世世代代……那已不单单是一个愿望，那里面承载了太多太多的东西……”

“我明白。”风惜云目光温柔地看着久微，不曾错过他脸上一闪而逝的深沉痛楚之色。

“你明白，可是你不愿意做！”久微睁眼，目光犀利明亮且夹着一抹责难。

风惜云垂眸一叹，那声叹息幽幽长长，仿佛有许许多多深沉的东西随着那一声叹息倾泻而出，让人闻之恻然。

“夕儿，我……”久微顿时心生歉意。

风惜云微微摆手，看着久微的目光沉静而温和：“雍王如此待我，或许所有人都认为我该与他反目。凭我青州的国力与十万风云骑，我若要争夺江山，或许真的可以做个开天辟地、独一无二的女皇。只是……久微，那一番辉煌又需多少鲜血与生命来成就？那一顶女皇的皇冠又是多少家破人亡，多少妻离子散，多少哀号心碎熔铸而成的？这样的东西我不要！”

久微哑然。

风惜云转身，直直地看向前方，眼眸明亮而坚定：“战争带给百姓的从来都是苦难与悲痛，我与雍王结盟，已可保两州百姓免受战乱之苦，若为一己私怨而拔剑相对……那我风惜云岂配为青州之王？王者，非为一己之私欲，该是为普天百姓谋求安泰，这才配称为王！”

久微看着风惜云，心里轻轻叹息，似是欢喜，又似失落。

“久微，我也有愿望的。”风惜云的声音极轻极淡，如风一样一吹就散，以致久微不自觉地全神贯注地听，可那一刻他看不清她的神情，那张清逸的脸上似乎涌上一层淡淡的薄雾，雾后的那张脸模糊不清，“虽非我愿，但既生在王家，既已为王，那便要担当一个王者应担的责任。所以……有一些虽很重视，却必须舍弃，有一些虽然不喜欢，但必须摆在首位！”

她说这番话时，微微抬起右手，五指轻拢，似握住了掌心某样无形的东西。

“夕儿，”久微看着她，目中是敬重与怜惜，“与你相比，我太过自私狭隘了。”

“你也不过在尽你的责任罢了。”风惜云摇头，从山坡望下，前方是茫茫雪地，“人心总是变幻的，这一刻我是如此肯定我的责任，可是……时日久了，便如这白雪覆盖的大地，或许我也会辨不清最初的方向，而到那时……战争是最残酷的，血火之中，会有很多东西消失的。”

久微心口一痛，沉默半晌才道：“这一个月来你避居行宫，未插手帝都任何事，这也是你的舍吗？”

“这里环境清幽，还有这么美丽的梅花，久微不喜欢吗？”风惜云侧首道。

“嗯，喜欢。”久微只能如此答。

风惜云淡然一笑，目光落在那一簇簇红艳艳的花瓣上，怔怔地出神，良久后忽然道：“你看这梅花，红艳艳的，是不是显得喜气洋洋的？”

“嗯？”久微疑惑地看着她，不知她为何突然冒出此言。

“这梅花一夜绽放，说不定是预示着某件喜事。”风惜云伸手，指尖拨弄着梅蕊中的雪，然后看着它静静地融化在手心。

“喜事？”久微眉一皱，可片刻后似想到了什么，不禁怔住。

“凤姑娘才貌双全，更兼深情一片，他能有这样的佳人相伴，也算是幸事。”风惜云指下用力，折下一枝红梅，手腕一转，梅瓣仿如红雨，纷纷飘落于雪地。

“夕儿，你……同意？”久微凝眸盯着她。

“凤家从威烈帝起，至泰兴、熙宁、承康、永安、延平、弘和、元祯，八代帝王皆娶凤家女子为后，是以凤家缔造了‘凤后’的传说。在大东人心中，凤家是后族，凤家女子的丈夫理所应当是皇帝，若他能娶凤家的女子……”风惜云没有继续说下去，只是看着手中光秃秃的梅枝，目光有些迷离。

久微却道：“并不是所有的东氏皇帝都娶了凤家女子为后。”

风惜云轻叹：“崇光帝就是打破凤家‘凤后’传说的人，也是史上唯一一个娶平民为后的皇帝，从那以后，一直在凤冠荣光笼罩下的凤家开始从东氏王朝的顶端慢慢滑落，可也是从那时起，强盛的大东帝国开始衰落。在那些有着‘凤氏后族’这种根深蒂固的观念的人心中，崇光帝未娶凤家女子为后致使国运衰败。所以，此时若出现一位有着‘仁君’之名的男子，娶了凤氏女子，你说他们会做何感想？”

久微并不在意凤家的传说，伸手握住风惜云握着梅枝的手，紧紧地盯着她，却无法从那张平静的脸上看出丝毫情绪：“夕儿，你同意？”

“这是一举数得的事，他岂会错过？”风惜云抬手甩开手中的梅枝，似要甩去手心纠缠着的某些东西，“这桩婚事于任何一方都有好处，我又岂能不成全？”

久微无言。

梅坡上霎时又陷入一片静寂，寒风吹过，梅瓣和着雪，在空中飘飘荡荡，落得远远的。

久微一直看着风惜云，没有错过她眸中闪过的那抹怅然与憾意，他抬手拂去落在她肩头的梅瓣与雪花，温柔地揽她入怀：“夕儿，真的放弃了吗？你与他……”他声音一顿，张开五指，温柔地插入她浓密的发中，将那颗脑袋安放在自己的肩头，“夕儿……”他想要说什么，却无从开口，末了只能微微用力地抱紧她，无言地传递着关怀之意。

“久微，你不用担心。”风惜云倚在他的怀中，脸上浮起一丝微笑，淡得有如那轻轻飘落的雪花，“我是凤王的后代，我们风氏女子的血液里……”后面的声音已淡不可闻，她抬眸，望向碧蓝的天空。天蓝得那样澄澈，映着雪，又明亮得刺目，她垂下眼睑，将头抵在久微的肩膀上，轻轻舒一口气，不再说话。

久微无言地收紧双臂。

这一刻，两人相依相偎，没有距离，没有暧昧，这冰天雪地中，只有彼此给予的一份温暖。

十二月二十六日，青王“病体康愈”，回到了帝都。

因不想惊扰百姓，所以风惜云只是乘着一辆普通马车悄悄入城。

车中，久微掀起车帘一角，看着街道上，不禁轻轻感叹：“看到城中如今这番面貌，不得不佩服他。”

当日他们入城之时血肉遍地，到处狼藉一片，城内人心惶惶。可不过短短一个月时间，城中已焕然一新，街道整齐干净，屋宇修葺完好，街道上人来人往，叫买吆喝声，声声入耳，人人脸上洋溢着安然之色，早不复当初城破时的惊惶。

“他的治世才能，我从未怀疑过。”风惜云瞟一眼车外的景象，淡然地道。

“所以才能放心地舍？”久微回头看她一眼。

风惜云不语，手指扣着腕间的一枚玉环，轻轻转动着，眼眸湛然如镜，隐透光芒：“年尾了，新的一年又要开始了。”她的声音冷静利落，透着金属质感。

久微看着她，虽有疑惑却不再追问，马车一路往皇宫驶去。

而皇宫里已被宫人们按节气装饰得喜气富丽。

任穿雨一路走过，看着那些华灯彩缎，也颇有些欢喜。

要过年了啊，百姓们是非常盼望着这一天的，这是团圆喜庆的日子，可他们这些人似乎都忘记了，往年在雍王都时，宫中虽都大摆宴席，但是主上……从未出席过雍王宫里任何一次团圆宴。

东极殿前，侍者禀报后轻轻推开门，请他入内。

“穿雨拜见主上。”

“起来吧。”

丰兰息合上手中的折子，抬眸看向案前立着的人：“帝都的事已处理得差不多，你那边准备得怎样了？”

“随时都可以。”任穿雨毕恭毕敬地答道。

“嗯。”丰兰息满意地颔首，“通知乔谨、弃殊、穿云、文声，未时于定滔宫议事。”

“是。”

“下去吧。”

“臣告退。”任穿雨躬身退下，只是才走几步忽又转回身，抬眸看着丰兰息，略有些犹疑地开口，“主上……”

“还有什么事？”

“快要过年了呢。”任穿雨的语气尽量淡然。

“嗯？”丰兰息的目光冷冷地扫来。

“新年是百姓们最记挂的节日，帝都百姓都盼着和主上一起迎接新年呢。”任穿雨隐有深意地提醒。

“是吗？”丰兰息自是明白任穿雨言下之意，沉吟半晌后才道，“丰苇老是抱怨无聊，就让他准备宫中的庆宴吧，至于百姓……子时孤与青王同登东华楼，与民同庆新年。”

“是。”

任穿雨退去后，书房中的丰兰息看着折子上勾画的朱笔印记，不禁有些恍惚：“过年了吗？”

丰兰息抬首望向窗外，入目的是一片艳丽刺目的红色，那一瞬间，猝不及防！

红绸顿时化作血湖铺天盖地而来，淹没了宫殿。白色丝履踩在殷红的地上，瞬间被染为血履，他蹒跚地爬过地面，伸出手来，想抓住血泊中漂荡的翠色衣裙，却只抓到满手鲜血。血丝丝缕缕地从指间溢出……血泊里那张惨白的脸了无生气，黑色的长发如海藻一样缠绕全身，那翠色的身影在血湖中沉沉浮浮、远远近近……

砰！他猛然起身关起窗门，脚步一个踉跄，跌坐在椅上。

那一刻，他如湖海里沉浮许久的人终于爬上了岸，急促地呼吸着，抬手紧紧遮住双眸，似要阻挡那如潮如海的血色的侵袭，想要压抑住全身的战栗，可那血潮依然源源不断地涌来，越积越深，最后成为深沉无底的黑色深渊！

“母后……”一声低语细微而脆弱，似轻轻一扯，那声线便要断了。

整座皇宫被高高的围墙围成了一个巨大的方形，简单地分成前中后三部分。

前一部分是以光明殿为中心的外朝，乃是大臣们上朝、议政的地方；后一部分则是妃嫔们居住的后宫；中间是以凌霄殿为中心的宫殿群，围绕着栖龙宫、缔焰宫、静海宫、极天宫、写意宫、金绳宫、凤影宫、幼月宫。这八座宫殿在大东初年是威烈帝东始修与皇逖、宁静远、丰极、白意马、华荆台、风独影、南片月这七将所居住的宫殿。

历朝历代，皇宫中向来只住着皇帝、妃嫔、年幼的皇嗣以及侍候他们的内侍、宫女，让七将也住在皇宫，可谓史无前例，但那八人确实曾经同吃同住于皇宫，只因威烈帝曾曰：“江山皆可共享，况乎区区宫室？”

时至今日，大东帝国虽已面目全非，这八座宫殿却也见证了当年八人的深厚情谊。

走在弯弯曲曲的长廊上，看着一眼望不到尽头的廊道，任穿雨难得地胡思乱想起来。

当年有着那么深厚情谊的八人，为何最后要分离？威烈帝又到底出于何种理由亲手裂土分权？真的是因为凤王风独影？既然有那样深厚的情谊，那七王为何要接受这样的安排？

他走了一路，想了一路，却想不出答案，除非他能回到六百多年前。

轻轻叹一口气，任穿雨收回神思，停住脚步，望向廊外的各种花树，寒冬里最多的是红艳如火的梅花，隐隐的花香随着冬风飘来，清冷优雅。不过站得片刻，便见前头长廊里转过一道身影，他目光一闪，迎了上去：“这不是久微公子吗？”

“任军师。”久微回以温和的淡笑。

“公子又为青王准备了什么？”任穿雨瞟过久微手上的托盘，盘中有一个盖得严实的瓷盅。

“今晨采了才开的白梅，泡了一壶茶。”久微淡然地道。

“哦？”任穿雨微微眯眸，“说来，自从公子照顾青王起居饮食，青王不但玉体康泰，更是容光照人，实是公子功劳。”

久微眉头一皱，看着眼前笑得一脸温和无害的任穿雨，顿时沉下了脸。

“我等臣子都住宫外，独先生留住凤影宫中，青王对公子真是另眼相待呀！”任穿雨依旧淡然，却是笑里藏刀，话里藏针。

“你……”久微勃然变色，目光如针般盯着任穿雨。

两人隔着三尺之距静立，远处有忙碌的宫人经过，这里却是窒息一般的寂静，寒风拂过，吹起落花、扬起衣袂，却拂不动两人紧紧对峙的气氛。

半晌后，久微忽然笑了，单手托盘，一手拂过眉梢的发丝，眼眸似睁似闭，刹那风华迸射，让一张平凡的脸有了魅惑众生的魔力：“一直听说任军师是个聪明厉害的人，今日我总算信了。”

“哪里，哪里，穿雨愚笨，还要多多向先生请教才是。”任穿雨同样笑得温雅。

“不敢。”久微侧首看向廊外，一枝梅花斜斜伸过，倚在栏杆上，他抬手轻触梅枝，姿态娴雅，“只是久微痴长几年，倒是有些话可以和军师说道说道。”

“穿雨洗耳恭听。”任穿雨颔首。

“善刀者卒于刀。”久微轻声道，然后猛然转首，目光如出鞘的剑，射向任穿雨，“那自然……善谋者卒于谋！”

任穿雨被那目光刺得呼吸一窒，刚要开口反驳，目光无意间一扫，顿时不敢置信地瞪大眼睛，眼睁睁地看着久微的手从梅枝上移开，看着他指间一缕青气绕过，然后那枝香艳的红梅瞬间枯萎！他惊骇万分，怔怔地看着久微：“你……”

“军师怎么了？”久微温和地开口，瞟过任穿雨发白的脸，眸中冷光更利，手腕一挥，指间的青气如线般游动，自他指间飘出，然后如蛇般缓缓向着任穿雨游去。

任穿雨手足冰凉地呆立着，眼睁睁地看着那缕青线一寸一寸地接近，却无法移动半步：“你……你是……”他话才吐出，那青气已绕上身体，颈间顿时一紧，一口气喘不过来，霎时便失了声音。

青气化成的线一圈一圈地绕着任穿雨的脖颈，一点一点收紧，他伸手往颈间抓去，却什么也没抓住，那青线圈越来越紧。他的脸慢慢涨红，又从红变白，从白变青，从青变紫！他张开口，想要说什么，却根本无法出声，咽喉似被铁钳扼住，胸腔里一阵疼痛，脑子里嗡嗡作响，四肢渐渐发软，周围一切变得模糊，眼前有一圈圈的光晕闪烁，而后渐渐散去，最后化为一片黑暗……那一刻，他仿佛听到死亡之门打开的声音，一阵凄冷阴森的寒风自门洞吹出，他立时坠入无底的黑暗深渊……

“为了久容，我恨不能将你打入阿鼻地狱！”他耳边蓦然响起声音，细细轻轻的，却是字字清晰入耳，如冰剑刺骨，“可是夕儿……看在青王的分上饶过你，若以后你再敢生出歹念伤害青王，我必让你生不如死！”

话音落下，颈上一松，他终于又可以呼吸，然后周身的感觉慢慢回归，眼前的景物渐渐清晰。

长廊依旧典雅，梅花依旧香艳，便是眼前的人也依然温和如春风。

任穿雨抬手抚向颈间，什么都没有，手下是温暖的肌肤……刚才的一切是幻觉吗？他抬头看着久微，难掩慌乱：“你……”

“哎呀，青王还在等着茶呢，改日再与军师闲聊，先告辞了。”久微拂开脸侧被风吹乱的发丝，从容地越过任穿雨。

“等等……”任穿雨转身，想唤住他，奈何对方理也不理，径自离去。

久微离去的背影瘦削挺拔，青衫洁净，长发及腰，用一根发带松松系着，风拂过，衣袂飞扬，潇洒出尘。

可那一刻，任穿雨觉得前方的人无比诡异，周身都萦绕着一股阴寒之气。

“你……你是久罗族人！”他脱口而出。

但那个背影依旧不疾不徐地前行，连步伐都未乱一分，渐渐远去，消失在长廊的尽头。

任穿雨回首，长廊空空，廊外宫人如花，红梅正艳，而自己正完好无损地站着。难道刚才的一切真的是幻觉？可是……他抬手抚胸，急促的心跳是刚才命悬一线时恐惧的证明，目光扫过四周，顿时定住。

栏杆上，一枝梅花斜斜伸展，却已枯萎焦黑！

啪！肩膀忽然落下的重量让任穿雨一惊，他转头，却见贺弃殊立在身后。

“穿雨，你在这儿发什么呆呢？”贺弃殊有些奇怪地看着任穿雨，这种呆呆的甚至有些惶然的表情在他身上实属罕见。

“弃殊。”任穿雨唤了一声，然后松了口气，紧绷的身体在这一刻也放松下来，这才发现手心竟一片潮湿。

“你这样子……”贺弃殊看着他，眉头习惯性地皱起，“发生了什么事？”

“没什么，我正要去找你呢。”

“找我？”

“嗯，主上交代的……”

两人并肩而去，走过长廊，穿过庭园，淹没于层层宫宇。

一队宫女提着宫灯走来，一盏盏地挂上。

“呀！这梅开得好好的，为什么独有这一枝枯了呢？”一名宫女惊讶地叫道。

“快折了吧，这可不是好兆头！”

斜倚在廊栏上的枯枝在廊外满树的红花中格外显眼，寒风拂过，颤巍巍地坠落几朵枯梅。

第四十八章　夕夜听琴忆流年

十二月三十日。

今日的庆华宫是皇宫中最热闹的地方。

大殿显然经过一番修饰，殿顶之上高高挂起了琉璃宫灯，照得殿内亮如白昼，艳红的纱幔沿着壁柱垂下，被吹拂起时，轻柔如烟，几案、软榻整齐地列于殿中，大殿正前方的玉座在灯下华光灿灿，宫人轻盈地穿梭，侍者匆忙地奔走，为着即将开始的年宴而准备着。

而忙得最起劲的便是丰苇了，但见他一会儿吆喝着宫人别碰坏那珊瑚盆景，一会儿指挥着侍者摆正那盆紫玉竹，一会儿说屏风太素得换那张碧湖红梅纱屏，一会儿又说那青叶兰生必得配那雾山的云梦玉杯……叫叫嚷嚷，忙忙碌碌，至酉时末，一切终于忙妥。

"雍王、青王驾到！"

当殿外侍者的唱呼响起时，殿内恭候的文臣武将齐齐转身，躬身迎接。

殿外，两王并肩缓缓行来，在这样的大日子里，两人皆着正式的礼服，头上也端正地戴着七旒冕冠，玉旒垂落，随着两人的步伐若流水般轻轻晃动。

"臣等参见雍王、青王！"

"平身！"

君臣就座，华宴开始，举杯共饮，欢贺一堂，佳肴如珍，美酒如露，丝竹如天籁，舞者如花。

景炎二十七年的最后一天，青王、雍王与两州及帝都的臣将于庆华宫共赴年宴。

日后有朝臣回忆起那一次的年宴，总觉得如雾中看花，无法将当日的一切情景忆个清楚明白，却偏因其迷蒙缥缈，而更让人念念不忘。

那一次的宴会到底有何不同呢?

宴会并不见得如何奢华，昔日任何一次皇家宴会比其都有过之而无不及，也并不见得如何热闹，只是一殿君臣，可也并不冷清，玉座上的两王亲切随和，殿下的臣子谈笑对饮，一切是那么和谐……如果一定要说有什么特别之处，那么便是——平静！

皇家的宴会不是奢靡喧哗，也不是庄严肃穆，而是平静如水，没有一丝波澜，平静得恰到好处。

从宴会的开始到结束，都是平静而自然地度过，品御厨做出的珍肴，互敬百年的佳酿，听宫廷乐师的绝妙佳曲，赏如花宫女的曼妙舞姿……当子时临近之时，君臣前往东华楼，与百姓共度这一年的最后时刻，与百姓共迎新年。

东华楼前的广场上早已是人山人海，帝都的百姓几乎全聚集于此，顶着刺骨的寒风翘首以待，只为着见一见青王、雍王，那仿如传说中的王者。

终于，当百官簇拥的两王登上城楼，那一刻，广场上原本喧哗的百姓全都安静下来，仰首望着，城上雍容高贵的两王含笑向百姓挥手致意，霎时楼下万民跪拜，恭贺声如山呼海啸般响起。

这一拜融合了帝都百姓所有的敬爱与感恩。感谢青王、雍王将他们自北军手中解救出来，帮他们治疗伤痛，帮他们重建家园，帮他们寻找失散的亲人……他们感激、崇敬……以最朴实的动作表达着自己的心情。

当两王温柔的抚慰、激励与祝福轻轻而清晰地传入每一个人耳中时，寒风忽化春风，拂去所有的寒意，让人身心皆暖。那一刻，万民跪拜，那一刻“万岁”响彻九天，那已不只是感激，完完全全是拜服，拜服于那仁德兼备、品貌无双的王者脚下！

当烟花升起之时，所有的人抬头看着那一朵朵的火花在夜空中绽开，绚丽地点亮夜空，然后化为璀璨的星雨落下。

霎时臣民皆欢，全城振奋，便是任穿雨、久微，此刻也是含笑抚额，为这乱世中难得的盛典欢喜。

风栖梧的目光从绚烂的烟花移向城楼最前端的两王身上。

城楼上，朝臣们都隔着一定的距离立于他们身后或者左右，然后还有内侍、宫女、侍卫，城下则有万千百姓，那么多的人簇拥着他们，他们却似脱离了人群。

他们并肩而立，仰首看着天幕上的花开花灭，脸上都是雍容的淡笑，天上虽有无数璀璨的烟花，却无法遮掩那两个人的光芒，那种淡雅却高于一切的风华。

朝臣、百姓、喧哗声、笑语声忽然全都消失，城楼之上只剩那两人，衬着身后那满天烟花，那两个人是如此耀眼，是如此超脱绝伦……他们是如此相配的人，可为什么如此疏离？虽百官环绕、万民欢呼，可为何那两人流露出如此孤绝的气息？

风栖梧默默地注视着两人。

在烟花似海，在欢声笑语中，那刻高高在上的丰兰息、风惜云，心头却同时涌上空寂孤绝之感。

无论人如何多、周围的气氛多么热闹，他们都远远地在此之外，侧首，只是看到对方模糊的笑脸。

他们并肩而立，只有一拳之距，靠得如此近，又离得如此远，仿佛隔着一面透明的镜墙，可以清楚地看到对面的人，触手却是无法逾越的冰凉鸿沟。

“今天其实也是主上的生辰呢，只是主上从来没有庆祝过。”

身后忽然传来端木文声的喃喃轻叹，风栖梧全身一震，心头涌起一阵无法言喻的酸楚之意。

子时，宫中的灯火一盏盏熄灭，欢庆已过，所有人已安眠。

极天宫的寝殿里，钟离、钟园侍候着丰兰息洗沐后，悄声退下，合上门时，看见他们的主上正斜倚在窗边的长榻上，手中雪色的玉杯里盛着流丹似的美酒，窗门微微开启一角，寒冷的夜风吹进，拂起墨色的发丝，飘飘扬扬，披泻了一身，也掩起了容颜。

唉！两人心头同时轻轻长叹，每年的今夜，主上都是通宵不眠，看来今年亦要相同。

他们转身离去，却见一名内侍匆忙跑来。

“什么事？”钟离问道，并示意对方放轻脚步，不要惊扰了主上。

那内侍赶忙停步，轻声答道：“凤姑娘求见。”

“嗯？”钟离、钟园相视一眼，那两张一模一样的脸上露出一模一样的困惑表情：她这么晚了来干什么？

然后由钟园回答：“主上已经歇下了，凤姑娘若有事，请她明日再来。”

“奴婢也是如此答复，只是……只是凤姑娘她……”内侍有些吞吞吐吐，小心翼翼地看着眼前一模一样的两张面孔，到现在依然分不清这两个人，只知道这是雍王身边最亲近信任的人，不能得罪，“凤姑娘……一定要见雍王，所以……”

钟离、钟园闻言，再次相视一眼，然后一齐走回门前，钟离轻轻敲门：“主上，凤姑娘求见。”

寝殿里，丰兰息正凝视着杯中艳红的美酒出神，闻言一怔，沉吟片刻，扯起一抹淡淡的笑：“请凤姑娘至暖兰阁稍候。”

“是。”

钟离前往转达，钟园则推门入内，侍候丰兰息着衣，当要为他束起头发时，丰兰息却挥挥手，就这样披着发走了出去。

暖兰阁里，凤栖梧静静地看着壁上的一幅雪兰图，雪似的花瓣中，却有一点点嫣红颜色，仿是不小心滴落的鲜血。她知道，这是丰兰息今晨画就的。

吱嘎轻响，阁门被推开，冷风灌入。

凤栖梧回头，便见一道几乎要融入身后漆黑夜空的人影缓缓走来，便起身默然行礼。

“凤姑娘这么晚找孤有何事？”丰兰息浅笑着问道。

钟离、钟园合上门退去。

凤栖梧抬首，凝视着面前的人。

依旧是往日俊美优雅的熟悉仪容，只是今夜，再看那双与平常一样的黑眸，她却心头一痛。那双眼睛那样黑，那样深，如幽暗无底的旋涡，藏着他的喜怒哀乐。

她走向房中的圆桌前，以平淡的语气道：“栖梧做了点儿东西，想请雍王尝尝。”

“哦？”丰兰息挑了挑眉，有些讶异地看着灯下艳光逼人的凤栖梧。深更半夜的，她请他品尝一下她的厨艺？

凤栖梧将桌上食盒外包得严严实实的棉布解开，打开盒盖，盒中露出一碗面。

丰兰息看到那碗面的瞬间，脸上的雍容浅笑终于慢慢退去。

“虽然晚了，但这是栖梧第一次做的，雍王能赏脸尝尝吗？”凤栖梧端出面条，轻轻地放在桌上。

丰兰息怔怔地看着桌上的面条。

“还是热的。”凤栖梧将筷子搁在碗上，抬眸看着丰兰息。

丰兰息怔立了片刻，然后缓缓移步，走近桌旁，看着那碗面。

面实在很普通，而且只看便知，那味道绝不可能“美味”。面显然煮得太久了，都坨了，上面罩着一层青菜，但因焖得太久，菜叶已经发黄，青菜上搁着两个水煮的鸡蛋，但剥鸡蛋壳的人水平不佳，鸡蛋表面上坑洼一片，唯一可以确定的是，真的是热的，在这滴水成冰的寒夜，瓷碗上有缕缕升腾的热气。

见丰兰息审视着面条，凤栖梧顿时有些心虚：“那个……嗯，因为是第一次做，所以……看起来不甚好看，只是……”她吞吞吐吐地想要解释，却越说越没底，纤指紧紧绞着，看看丰兰息，又看看面条，雪白的容颜上涌起红云，垂下头，声音低不可闻地道，“应该……可以吃吧？”显然连她自己也不能确定了。

丰兰息呆呆地看着那碗面，恍惚间想起很久很久以前，有一个温柔的声音对他说过：“息儿，你要记住，在每个人的生辰这天，我们大东的习俗是母亲与子女都会亲手煮一碗面给对方吃。息儿现在太小，所以先吃母后煮的，等息儿长大后，可要多煮几碗补偿母后哦。”说完，那柔软的手还会轻轻抚着他的头顶，带给他温暖安然的感觉。

生辰……面条……

母后死后，已再无人为自己煮过面条，便是生辰，自那一个血色的年夜开始，已再无人提起，他也决不允许有人提起。

他遗忘每年的今天是什么日子，记住每年的今天发生过什么，天长日久，一切温暖的东西已远了，只有冰冷的疼痛深入骨髓，可是……

丰兰息侧目，目光落在凤栖梧身上。

素日冷漠孤傲的人，此时却为一碗面而面红耳赤，忐忑不安。在这个寒冷的冬夜，在这个所有人带着盛宴的余欢沉入梦乡的年夜，她却独自做了一碗家常面，没有恭贺，没有祝愿，只说请他尝尝她此生做的第一碗面。

一丝暖意就这样悄悄浮上心头，二十多年未曾有过的暖意，此刻再次感受到了，于是丰兰息轻笑，笑容温柔如水。

“是可以吃的。”

他在桌前坐下，拾起筷子，开始吃这碗热热的面条。

凤栖梧终于松开绞着的手，也在桌旁坐下，静静地看着丰兰息吃面，看着他吃完青菜，看着他吃完鸡蛋，再看着他喝完面汤……这刻，暖兰阁是如此温暖、馨香、静谧，仿佛时光可以就此停止，停在这微微幸福、酸楚的时刻。

叮！筷子搁在碗上发出清脆的响声，丰兰息终于吃完了面。

凤栖梧伸手，默默地收拾着。

丰兰息静静地看着她的动作，看着碗筷被收进盒内，看着她轻轻盖上盒盖，他微微闭目，微带叹息地道："这些年，除了从钟离、钟园手中递过的东西，几乎未吃过别人的。"他唇边浮起一丝浅笑，与其说是嘲讽，不如说是凄凉。

凤栖梧闻言手一颤，抬眸看向他，将那一抹笑看入眼中，顿觉如银针刺心，轻微却长长久久地痛着。

"以前……很多试食的人都死了，后来便只吃钟离、钟园做的，那样才没死人了。"平淡得近乎没有温度的语气，冷得近乎无情的神色，丰兰息侧首，目光落向墙上的雪兰图，"母后死后，寝食无安呢。"

凤栖梧只觉得眼前蓦然模糊，有什么从脸上滑过，冰冰凉凉的。她赶紧低头，将棉布一层一层地包回食盒，有什么滴落在布上，洇开一圈一圈的水印。

"暗箭周藏，举步维艰。"丰兰息以手支着脸颊，偏头看着雪兰中的点点殷红色，墨黑的发丝泻下肩膀，遮住了容颜，让人看不清神情，模糊了声音，"每年的今天都在提醒着我，只是……这样的面是第一次吃到。"他目光温柔地看着对面垂首的佳人，"栖梧，这是我在母后死后吃到的第一碗面。"

凤栖梧抬头，容颜如雪，眸中却闪着温热的水光，唇边扯出一丝极浅的绝艳笑容："栖梧很幸运。"

"栖梧，"丰兰息长长地叹息，伸手轻触眼前的人儿，指尖拂去她眼角的泪珠，寒夜中手指炙热如火，"栖梧……"他无限感慨地轻轻唤着她。

他自知她对他有情，却不知她用情至此。这个外表冷漠、骨子里极度自尊高傲的女子，却愿意跟随着他。他召唤时，她便为他弹一曲琵琶，唱一曲清歌；没有召唤，便静静地站在角落里，没有任何要求，也没有任何怨悔之心……这一生啊，第一次有这样对他的人，便是……也不曾如此。

这一刻，任是寡情如丰兰息也深深感动，墨黑无底的眼眸中，此时真真切切地蕴着温柔之色，那样怜惜的柔光是凤栖梧从未见过的。

凤栖梧看着那双墨黑眼眸，一瞬间无限满足。无须前因后果，无须前情后事，只是此刻，他便足矣！

"栖梧……"丰兰息看着凤栖梧的神情，心头顿时柔软，伸手轻轻握住她的手，从未曾有过的念头便这样轻声道出，"栖梧愿不愿意成为……"

那一语即将脱口而出之时，一缕琴音隐隐传来，令阁中的两人一震。丰兰息霍地起身，疾步走至窗前推开窗，那琴音便清晰地传入。

当听清楚琴曲之时，丰兰息猛然睁大双目，黑眸里霎时波涛汹涌，目光灼灼地看着夜空，似穿越那茫茫黑夜望到琴音的另一头。

"这是……清平调！"他的声音微微发抖，似怕惊吓到琴音，那样小心翼翼，那样犹疑到难以置信。

清平调？那是什么曲子？能让他有如此反应？

凤栖梧看着窗边呆立的丰兰息，看着他脸上闪过的复杂得无以言喻的表情，心头五味杂陈。是谁在这深夜里弹琴？是谁能如此撩动他的情绪？

“清平调……原来……她没有忘啊！”丰兰息的叹息似从内心最深处吐出，那般悠长绵延，余音缭绕，如丝如蔓，在暖阁中飘荡一圈，和着夜风溢到窗外，悠悠地飘向远方。

那一刻，凤栖梧忽然明白了。这世间能让他如此的人，除了青王风惜云还能有谁？

看着丰兰息脸上闪过各种情绪，迷茫、忧伤、欣喜、无奈……那样复杂，可这样的他，她何曾见过？这一刻，酸楚与快乐同时涌上，半为自己半为他。

她提起食盒，无声地离去。

窗边的丰兰息转身看着她，那双总是黑不见底的眼眸此刻却明澈如湖，可清晰地看到里面流动的光芒：“栖梧，这碗面，兰息终生不忘。”

“嗯。”凤栖梧微笑着点头，轻轻开门，没有任何犹疑地跨出门，再轻轻合上门。

门里门外，两个世界。

门里明亮，温暖如春；门外漆黑，天寒地冻。

门里门外，两个人。

门里的人激动、喜悦甚至幸福；门外的人酸楚、凄然却又欣慰。

琴音还在继续，低回婉转，清和如风。

门外的凤栖梧抬首望一眼夜空，寒星泛着微光。她将还温热的食盒紧抱在胸前，嘴角绽开一抹浅笑，神色微涩却又释然：“愿苍天佑福。”

门里的丰兰息抬手遮目，却全身心地放松，唇边绽开一抹微笑，语气温暖而伤感：“苍天未弃息吗？”

“你吹的是什么曲子啊？蛮好听的。”

“清平调，以前母……母亲每年的今天都弹给我听。”

“以前？她现在不弹了？”

“她……不在了。”

“呃？也没关系啊，反正你都会吹了嘛！要不这样啊，你把你的烤鸡给我吃，以后我弹给你听吧。”

…………

极天宫窗前伫立的人，凤影宫琴旁静坐的人，脑中忽然都想起了这样的对话，眼前都浮起记忆里最初的画面。

那个年少初遇的岁末寒夜，老桃树下，篝火旁边，俊雅沉静的少年、清俊爱笑的少女，相依取暖，相谈甚欢……

那时候他们年少纯真，彼此是初遇投缘的陌生人，他博学温雅，真实无欺，她灵慧机敏，好吃贪玩。那时候的他们没有日后的分歧，没有今日的利害得失，而是惺惺相惜、心心相印……

曲已终，琴声已止，幽幽深宫重归寂静，窗边的人依然痴立，琴旁的人茫然失神。

为什么会记得？为什么会在今夜弹出？彼此都不知道，又或是彼此都知道却不愿承认？

她颓然地伏于琴上，埋首于臂弯里，深深地藏起表情，却无法按住心底涌出的悲哀情绪。

昔日无论多么美好，他们已不可能再回到过去，今后无论艰辛还是平顺，已不可能同步，便是那些刻骨的回忆，今日的你我已不能再拥有，只能将其埋葬或……丢弃！

同样的夜晚，同样的时刻，隔着山山水水，隔着城池甲胄，砚城也有彻夜不寐的人。

嗒！笔轻轻被搁在笔架上，手顺势落回铺着玉帛纸的桌面，那手仿以最好的白玉精心雕琢而成，修长洁净，散发着柔和温润的玉泽，完美却不真实。

"终于完成了。"玉无缘长舒一口气，起身走至窗前推开窗，一股冷风拂来，侵入温暖的室内，但也注入清新的空气。

闭目深深吸一口沁凉清冽的空气，神思顿时清爽，玉无缘抬首睁开眼睛，漆黑的天幕仿如最上等的墨绸，星子如棋，争相辉映，映射着大地，山林屋宇影影绰绰。

"星辰已近，命定的相会将要开始。"他声音轻飘悠长，眸子明澈如镜，"又或是一切的结束？"唇边浮现一抹缥缈的浅笑，男子负手而立，仿如一座白玉雕像，淡看天上星辰变幻。

"无缘。"低沉的嗓音响起，玉无缘转首，却看到皇朝走了过来。

"怎么还没睡？"玉无缘问他。

"睡下了，只是睡不着。"皇朝推门而入，仅在睡袍外披了一件长袍，显然是才从床上起来的。

"伤又复发了？"玉无缘眉心轻皱。那一次的箭伤伤及心肺，本应好好调养，但皇朝忙于征战，以至伤势反反复复，一直未能彻底痊愈。

"没有。"皇朝答道，走近桌旁，目光被桌上墨迹未干的墨卷吸引。

"皇朝，江山之外偶尔也要想想自己的身体。"玉无缘忧心地看着他。

但显然，对他的劝告皇朝未曾入耳，皇朝的心思已完全沉入墨卷之中。

玉无缘无声地叹息，望向天宇，那墨海星辰浩渺无垠，世事变幻尽在其中，天地万物万生，真的只能沿着命运的轨迹而行？无论怎样努力，都无法人定胜天吗？

帝星已应天而生，将星也应运而聚，那些星辰的升腾与陨落，都只为苍茫山顶的那局棋吗？他们号为天人的玉家，在这个风云变幻的乱世到底是一个什么样的角色？手不沾血的修罗？救生创世的仁者？这些都只是命定的吗？

命定？

想起这两个字，玉无缘那张平静的脸上浮起一丝嘲讽而略带苦涩的笑容，眼眸无力地闭上，任身心都沉入那无边的虚无中。所有的这些不都是世人向玉家人求解的吗？而玉家人既被称为天人，那自是最清楚这一切的，只是命运……是他们玉家人最痛恨的！

"或许你才是真正的天下之主！"寂静的房中猛然响起皇朝沉稳有力的嗓音，那双明亮的金眸此时正灼灼地注视着窗前的人，"'慧绝天下的玉家人'果然慧绝天下，若玉家的人要这天下，便如探囊取物，轻而易举！”

玉无缘回首看向他，皇朝手中是自己刚刚写完的卷帛。

“这份‘皇朝初典’在你登基之日便可昭告天下。”玉无缘淡淡地开口，转身走回桌前，取过卷帛仔细收好，“新的王朝建立时，你可照典而行……”他话音微顿，后接着说道，“或许……你就做参考罢了。”

“我想这世上再不会有比你所写更完美的，即便是青王、雍王也不可能。”皇朝接过玉无缘递与他的卷帛，感慨道。

玉无缘却恍若未闻，走回窗前，目光穿透茫茫夜空：“新的一年已开始了，不知苍茫山顶上的雪何时会融化？”

“登上苍茫山便可知了。”皇朝走至窗前，与他并肩而立。

“苍茫山……苍茫棋局吗？”玉无缘的声音低低地散入风中，“或许留为残局更佳。”

第四十九章　天人玉家帝业师

新年的第二天，帝都的百姓还未从新年的欢庆中醒来，便听到了青王、雍王王驾离都的消息。百姓虽不舍，但也只能依依送别，以表心意。于是帝都城内那一天道路阻塞，挤满了送别两王的百姓，玉辇只能缓缓前行。

当青王、雍王一行终于出了帝都城时，已是近午时分。

“看来你们是尽得民心。”宽广舒适的玉辇中，久微透过窗帘望向那犹自遥遥目送的百姓，微微揶揄着，“所谓得民心者得天下，你们已无后顾之忧。”

“丰苇虽年轻，但以他的身份坐镇帝都再合适不过，确实无后顾之忧。只是这得民心者，当今天下可不止他雍王一人，还有人……是更甚于他的！”风惜云微微叹息。

“哦？”久微眼眸一转，微笑中隐有一丝令人费解的意味，“你是说玉无缘？”

“玉家的人……”风惜云的目光有些恍惚。

咚咚！车门被轻轻敲响，紧接着响起徐渊的声音：“主上，雍王吩咐臣将此卷呈你。”

“进来吧。”

随侍在车内的女官五媚、六韵一左一右掀起车帘、打开车门，徐渊低头走入。玉辇内极为宽敞，铺着厚厚的锦毯，软榻、几案一一陈设，就如一间温暖小巧的房间。

“坐吧。”

风惜云接过徐渊呈上的卷帛，一边展开，一边示意徐渊坐下。坐在软榻另一边的久微则斟了一杯热茶递给徐渊，徐渊接过道谢。

“真不愧是玉家人！”风惜云看着卷帛，越看越惊心，“别说是皇朝那等奇才，便是一个稍有能耐的人，亦可做个贤王明君！”

闻言，车中几人不禁都看向她，疑惑这卷帛上所写到底为何，竟让她如此感慨？

“你们也看看吧。”风惜云将手中的卷帛递过去。

久微接过，匆匆扫视，却只是淡淡一笑，抬手又递与徐渊：“玉无缘……玉家的人有此等才能并不稀奇。”

徐渊看过后却是面色一变，震撼地看着手中的卷帛。

一旁的六韵、五媚见他如此反应，也有些好奇，但她们只是小小女官，是不得参与国事的，所以只得忍耐。风惜云注意到她们的神色，微微点头，示意可以看。两人得到首肯，马上一左一右地走近徐渊，待看明卷帛上所书内容，顿时也是满脸惊叹之色。

“由此卷看来，那句‘只要玉家的人站在你身边，你便是天下之主’的话确非虚言！”风惜云的声音中包含着感慨与敬佩，还有隐忧以及一丝若有若无的惆怅，“大局未定，他却已在筑建新的王朝……好一个玉无缘！”

“这些……是怎么到手的啊？”素来冷静的徐渊此时却无法抑制自己的激动。

“自然是雍王的功劳。”风惜云轻轻叹道，“连玉无缘的东西也能拿到手，孤也不得不佩服他的本事，想来这世上没有他不知道的事，只有他想不想知道而已。”

“雍王难道愿意用玉无缘的东西？”久微却不以为然。

“久微觉得如何？”风惜云不答反问。

“无懈可击。”久微一言蔽之。

“哦？”风惜云闻言笑笑，目光又转向徐渊：“徐渊又如何看？”

“臣是武将，对治国并不大懂，只是……”徐渊垂首看着手中的卷帛，冷淡的双目中少见地绽出灼热的光芒，他自己都没有意识到自己将卷帛攥得紧紧的，好似怕它突然飞走了，“此卷已将治国之道尽述，依卷而行，必当明主。”

“嗯。”风惜云颔首，示意他继续说下去。

徐渊沉吟了片刻，才道：“若将一个王朝比作一个巨人，那么王朝建立之初仅仅是立起了巨人的骨架，而卷帛上所述的这些东西，便是铸造巨人的经脉、血肉，当这些铸造成功了，才能真正建立一个根基牢固、雄伟壮阔的王朝！”说着，他恭敬地将卷帛奉还。

风惜云接过卷帛，目光再次落在卷帛上的字上，半晌后才轻叹：“六百多年前，威烈帝曾曰‘吾能天下之主，实玉师之功！’今日我们算是知道了，此言诚然不虚。”

“主上，这玉无缘……您所说的玉家人到底有什么来历？”五媚好奇地问道。

一旁的六韵闻言，看了五媚一眼，欲言又止。

风惜云睨五媚和六韵一眼，淡淡一笑道：“玉家人有好几百年不曾出世，难怪你不知道。”说着，她轻轻叹了口气，“大约这天下也少有人记得玉家人，但作为七王之后，自是铭记于心！”

五媚闻言不禁瞪大了眼睛，而虽知玉家之名，但对玉家并不了解的六韵、徐渊则看着风惜云，只有久微依旧静静地品茶，目光淡淡的，看不出一丝情绪。

“每一个大东人都知道，大东帝国是由威烈帝东始修与皇逖、宁静远、丰极、白意马、华荆台、风独影、南片月八人缔造，却少有人知道，在这八人身后还有一个人——天人玉言天。他是八人的老师，可以说，若无此人，便不会有东始修，也不会有七王，更不会有大东帝国！”风惜云说至此，微微喘了一口气，抬起头望着车顶，“八人尊称玉言天为‘玉师’，而他的子孙也继承他的遗志，相继辅助过泰兴帝、熙宁帝、承康帝，因此玉家人也有‘帝师’之称。玉家人只辅帝王，这在东氏皇族及七州王族是心照不宣之事，而玉无缘便是这个玉家的人。”

“原来玉家这么了不起啊！”五媚感叹。

感叹刚结束，她便听到一声轻哼，却是久微发出的。

风惜云侧首看着久微，目光里有着淡淡的温柔及内疚之意，然后挥手：“你们退下吧。”

徐渊、五媚、六韵闻言会意，起身退出玉辇。

“久微。”风惜云轻轻唤了一声。

久微苦笑一声：“我没事，你不用担心。”

风惜云无言地伸出手，握住久微搁在矮几上的手。

久微回握，两人的手是温暖的，握于一处给人安心的感觉：“雍王在新年之初即启程，是不是因为玉无缘？”

“嗯。”风惜云点头，目光落在卷帛上，“以玉无缘的本事，不出两个月，那些为冀王所占城池里的百姓必将心向于他，亦会因他而向冀王献上忠心，到那时，我们所用的大义名分便会成为泡影，就算……最后能二分天下，那也是败了！”

“哦？”久微微勾嘴角，“雍王有把握能胜玉无缘？”

风惜云没有回答，只是抬手推开窗，看着窗外萧瑟的天地。

久微也没有追问，转而看着卷帛道：“雍王既得到这份东西，会不会用呢？”

“不会。”风惜云这次却很快就回答了。

“为何？”久微挑眉。

风惜云微微闭目，唇边若有若无地勾起一抹笑：“他虽然是一个很喜欢借他人之手做事的人，但这一次决不会用玉无缘的东西，这是属于王者的骄傲！”

“王者的骄傲。”久微眯起眼眸轻轻重复了一遍，淡淡一笑，然后端正仪容，看着风惜云，“你与雍王……你至今都未对他解释那凭空出现的五万风云骑，而他也未向你解释迟到落英山的原因，你们这样……好吗？”

风惜云没有回答，只是望向旷野。

“夕儿？”久微轻轻叹息。

风惜云依旧沉默着，许久后，车中才响起她低低的话语：“解释对我们来说……已经……不必了。”

清晨气温极低，寒风凛冽，凌空扫过，如冰刀般刮得人肌肤生疼。

风云骑与墨羽骑以一种从容的气度快速地前行着，蹄声齐整，盔甲铿然，高空上升起的那轮红日，洒下一层淡淡的薄辉，轻轻镀在黑白铠甲上，闪着熠熠明光，远远望去，似是行走在天边的神兵。

车队靠后的一辆马车里，任穿雨在看兵书，看得极认真，似乎整个人都沉入书中，神态安谧。坐在他对面的端木文声与贺弃殊却坐得有些心焦了。

最后，端木文声先打破了车中的安静：“穿雨。”

任穿雨将目光自书上移开：“你们要和我说什么？”

他这般难得地直接问话，倒让贺弃殊与端木文声怔了怔，然后两人相视一眼，看着任穿雨，欲言又止。

“难以开口吗？”任穿雨轻轻一笑，目中尽是了然之色。

“穿雨，我觉得对青王，你还是不要插手了，就让主上自己决定好了。”贺弃殊斟酌着开口。

任穿雨看着两人，轻轻一笑：“不只是你们，大约乔谨和穿云也是这话。”他忽然合上书，端正面容，“这事你们不要管，我自有我的道理！”

贺弃殊眉心微皱：“你不觉得你操之过急了吗？”

“操之过急？哼！”任穿雨哼了一声，面上浮起淡淡的讽笑，“难道要在大局已定时再有所行动？到那时便一切晚矣！”

“穿雨，你所考虑的事也可能只是杞人忧天而已。”端木文声也劝道，“青王自始至终都未曾有异心，反而是我们一直都在……”

“端木，乱世之中休言妇人之仁！”任穿雨打断他的话，“青王若真与主上一条心，那如何解释多出的那五万风云骑？”

端木文声与贺弃殊想到那凭空出现的五万风云骑，也是心中一凛，只是想到当日落英山的惨烈景象，又觉得若让任穿雨继续这样下去，只怕日后会出现更糟糕、更难以挽回的局面。

任穿雨却不等他们说话，继续道：“你们不要忘了她本来就是一州之王，所拥有的东西本就与主上旗鼓相当，若真到天下大定的那一日，她无论是名声还是势力，都只会更加壮大，若那时再有万一……”他握拳，声音变冷，“前车可鉴！若当年庄帝不给予桓帝那么大的权力，不那样重用他，不让他建那么大的功勋，以至一枝独秀，桓帝何至于功高震主？何至于兄弟相残？！所以……我要将一切可能扼杀于腹中！”最后一句话冷厉干脆。

端木文声与贺弃殊闻言，想要反驳，又觉得他说得有些道理，可对他的行为又不能认同。

静默了片刻，贺弃殊才道：“穿雨，你我跟随主上十多年，他是何等人，我们都清楚。从上次便可看出，他对青王的心意，所以……”

“正是因为如此，”任穿雨蓦然打断他的话，声音低沉，眼神冰冷，“真正让我不能放心的便是她对主上影响太大！女人影响一个男人不算什么，但主上不是一个普通男人，而是帝王！自古以来，但凡受女人影响的帝王，不是祸乱朝纲，便是身败名裂后以王朝陪葬！”

那话，令端木文声与贺弃殊悚然而惊。

元月七日，一北一南两路大军相会于东旦渡，举世瞩目的风云人物全聚于此。

东旦渡并不是地势险峻之地，也不是风景秀丽之地，只是“苍佑湖”湖边的一个渡口，因着苍佑湖的润泽，这渡口也聚集了人烟，形成一个小镇，只是现今，只见渡口而无人烟。百姓风闻大军到来，早已携家带口地跑得远远的。

虽然这东旦渡只是一个小渡口，此刻它却是两军必争之地，只因渡过这苍佑湖便是苍舒城，而苍舒城便在苍茫山下，有着当世唯一一条通往苍茫山的官道。

昔年威烈帝登上苍茫山顶，曾经感叹："仰可掬星月，俯可揽山河，当谓王者也！"

是以，苍茫山也有"王山"之称。

丰兰息与皇朝皆是日夜兼程，都想在对方未至东旦渡之前截住对方，却仿如天意一般，两军同时抵达东旦渡。

欲登苍茫，先得苍舒，这是双方的共识。

这场江山之争到此，双方都已各得半壁，彼此都知对方无论哪方面都与自己旗鼓相当，那么剩下的便是会于苍茫山顶，看谁才是真正的天下之主。

苍佑湖宽广浩渺，无水鸟飞渡，无半叶渡舟，只冷冷幽蓝的湖水在寒风中荡着一圈又一圈的波纹。

当夜幕降临，东旦渡便被笼在一片橘红的光芒之中，千万束火把将幽幽的苍佑湖也映得绯红，迎风摇曳的旌旗在半空中高高俯视着渡口的千军万马。

"此次会战，雍王有何打算？"王帐里，风惜云问丰兰息。

"没有想到会在东旦渡相会，这或许真是天意。"丰兰息微微感叹。

风惜云没有理会这感叹，只道："东旦渡周围几乎全是平地，于此处作战，没有可依凭的。"

"正面相逢，相面迎战，大约皇朝也是这样认为的。"丰兰息淡然地道。

"那你是要与他们斗兵法，斗布阵？"风惜云将目光自手中的茶杯移向丰兰息身上。

"青王有异议？"丰兰息侧首看向她，眼角微微挑起。

风惜云却垂眸轻笑："我们开蒙学的都是玉家的《玉言启世》，习骑射、武略时，先要背玉家的《玉言兵书》……我们七王之后，无论文武杂艺，都离不开一个'玉'字，可以说都是玉家的学生，而如今对面正有一位玉家人，也算是学生对上老师，却不知谁的胜算大些。"

"'青出于蓝而胜于蓝'，此话尽人皆知。"丰兰息微微一笑，"有皇朝与玉无缘……如此难得的盛会，如此难得的对手，你我可与之相遇，又岂能辜负上苍这一番美意？！"他说着，长眉轻轻扬起，沉静如海的黑眸里泛起波澜，晶亮的目光似比帐顶的明珠还要璀璨。

风惜云不禁侧目，这样的丰兰息她还是第一次见到，他显然在为这场即将到来的战斗而兴奋，期待着对面那两个绝伦的对手。他自信自己的能力，眉宇间更是绽放出一种少年的意气风发。

怔怔地看了他半晌，她浅浅一笑："无回谷里，孤已会过冀王，此次便无须现丑，只在一旁欣赏雍王与玉公子冠绝天下的武功与谋略。"

她的话音落下，帐门外响起侍者的通报声，风云骑、墨羽骑的将领都到了。

与此同时，对面皇朝的王帐里，也有着类似的谈话。

"无缘，记得在无回谷之时，你说过'无回谷不是你们决战之地'。"皇朝倚靠在榻上，看着对面的玉无缘。

帐中飘荡着轻轻浅浅的琴声，出自玉无缘之手。听到皇朝的话，他也未停手，只是抬首看了皇朝一眼。

“玉家人号称‘天人’，精于命算，那这东旦渡便是我们命中注定的相会之地吗？”皇朝低沉的嗓音夹在琴音中便显得有几分飘忽。

玉无缘依旧没有回答，只是抚着琴，琴音清切地响着，简简单单，却自然流畅，令人闻之即心神放松。

“这一战便是我们最后的决战？那么谁才是最后的胜者？登上苍茫山的是一人还是两人？”这三问，皇朝倒似是喃喃自问。

“既终有一战，又命会东旦，便放手一搏！”琴音中，玉无缘的声音仿如苍穹落下的天语。

“命会东旦，放手一搏……”皇朝睁开眼，看着帐顶上云环龙绕的花纹，目光渐渐灼热，“风惜云、丰兰息……两人皆是当世罕见，这一次却可与他们真真正正地决战，真是令人期待！”他抬起双手，手指战栗着，那是激烈的兴奋所致。

琴音蓦地停止，玉无缘看着皇朝，声音平淡清朗：“与雍王这等智计冠绝、瞬息千变之人对决，与其费尽心力，苦思竭虑，倒不如随机而动，以不变应万变。是以，你今夜摒弃思虑，好好睡一觉最好。”说罢他抱琴离去。

第五十章　东旦之决定乾坤

夜深人静，除巡逻的士兵外，其他人早早入睡，为着明日的大战养精蓄锐，但并不是人人都能安然入眠。

风云骑王帐旁的一座营帐里，一灯如豆，久微静静地坐在灯前，昏黄的光线映着他瘦长的身影，显得有些单薄孤寂。

帐帘被轻轻掀起，风惜云无声无息地走入，看着灯前孤坐的久微，轻轻叹息一声："久微。"

听到声音，久微回头，目光还有些茫然，看清了是风惜云后，无神的眸子里绽出一丝光亮："夕儿。"

"睡不着吗？"风惜云在他身旁坐下，看着他瘦削苍白的脸，也看到了他眼中复杂的情绪，心头沉了沉。

久微嘴角一动，似想笑笑，却终是未能笑成，目光沧桑而疲倦地看着风惜云："瞒不过你，此刻我脑中如有千军万马在厮杀，扰得我心神不宁，我……"他没有说完，只是无奈地看着风惜云。

风惜云静静地看着他，目光深沉，在这样清澈沉静的目光里，似乎所有的错与罪都可被包容，所有的因与果都可被接纳。

与风惜云对视片刻后，久微终于勾唇一笑，有些无奈，有些妥协，有些认命："夕儿，这是毁家灭族之仇，是数百年无法申诉的冤屈与怨恨！"他的声音沉重而悲愤。

"久微，我明白。"风惜云轻轻叹息，目光微垂，看到久微的手，顿时心头一凛，伸手将他的手握住。

那双被风惜云握住的手轻轻颤抖着，指间有丝丝缕缕的青色灵气溢出，灵气在手指间激烈地环绕着，似要将双手紧紧束缚，又似要脱出这双手的掌控呼啸而出！

"夕儿。"久微看着那双紧握自己的手，再抬头，便看入风惜云明亮如水的眼睛里，一瞬间如乱麻绞成一团的心绪忽然松懈开来，然后指间环绕的灵气慢慢消散，最后那双手安安稳稳地任风惜云握在掌中，"若说这世间还有谁能真正了解久罗族人的痛苦，那便只有你了。"

“是的。”风惜云垂眸看着两人握在一起的手，“因为我们流着相同的血。”

闻言，久微长长地叹息：“原来你真的知道。”

“我当然知道。”风惜云笑笑，笑容里却有着悲伤之意，“久罗族虽然近乎灭族，数百年来已无人记得，但我们青州风氏的族谱上清清楚楚地记着‘风氏独影，王夫久罗遗人久遥’。我们青州风氏，是凤王风独影和久罗族三王子久遥之后。”

久微看着风惜云，看着看着，蓦地放声大笑起来：“哈哈哈哈……哈哈哈哈……当年威烈帝和他的兄弟亲自灭了久罗族，可最后他们的妹妹和久罗族的王子成婚，哈哈哈哈……不知那时威烈帝他们眼睁睁看着两人结为夫妻是什么心情？！哈哈哈哈……”

他的笑声里满是悲愤与嘲讽之意，风惜云看着他，无言以对。

“真是可笑又可悲！当年他们一怒之下灭我久罗，致使数万无辜生命一夕全亡，鲜血染红了久罗山，可最后他们又得到了什么？他们只得个兄妹分离、憾恨终生的下场！哈哈哈哈……这也算是报应！”

久微不可抑制地大笑，笑得全身颤抖，笑得声嘶力竭，笑得泪流满面，笑声在这寂静的夜里显得分外凄凉悲恸，闻者心惊。

“久微，”风惜云终于忍不住走过去抱住他，“久微……久微……”她不断地温柔地唤着他的名字，安抚着他悲痛的灵魂，直至笑声渐歇。

“夕儿，我很恨！我很痛！”久微抱住风惜云，声音嘶哑地道，“我们久罗族世世代代居于久罗山中，与世无争，可为什么……为什么我们要遭受那种毁灭命运？数百年来，我们都只能躲躲藏藏，久罗山上怨魂不息！夕儿，我恨！”

“久微。”风惜云只是紧紧地抱着他，感受着肩头的湿润，那是他流下的泪水。

“夕儿，我恨！所以，我要他们毁家灭国，血流成河，尸陈如山，我要他们的子孙后代也尝尝我们久罗族数百年来的苦痛！还有那个玉家人！他们担着天人美名，却是一切罪孽之源！夕儿，我恨啊……我真的想……想杀尽他们这些仇人！”

“久微，久微……”风惜云抱着他，心头痛楚难当，只能不停地唤着他的名字，安抚此刻满怀悲愤与仇恨情绪的人。

“夕儿，现在的东旦，几乎天下兵马尽聚于此，他们实力相当，要全力一战，无暇他顾，我只需略施手段便可让他们玉石俱焚。夕儿，我可以做到的，可以让他们同归于尽，让东旦堆满尸首，让苍佑湖化成血湖，就如当年久罗山上的场景！”久微的声音里有抑制不住的兴奋之意，眼睛里闪着灼亮而疯狂的光芒。

风惜云闻言一震，放开久微，静静地看着他，那双清澈的眼眸如黑夜中最亮的星辰，明亮的光芒似可照射至天之涯，心之底，看透世间的一切。

在她的注视下，久微眼中的光芒淡去，然后他不由自主地摇头：“是的，我做不到的。我做不到视数十万人如草芥，视苍生如无物，所以……”

风惜云明亮的眼眸里神色更加柔和。

久微看着风惜云，眼中便有了无奈之色：“夕儿，为何你不肯争这天下？你若肯要这片江山该多好啊，那我便可理所当然地站在你的身边，毫无顾忌地用我的能力为你除去所有障碍，助你得到江山帝位……可是你偏偏……夕儿……”说到最后，他只能失望地无力叹息。

“久微，不要妄用你的能力，所施与所受从来是一体的。”风惜云再次握住他的手，“不要让你的手沾上鲜血，你要干干净净、平平安安地等着那一天的到来。”

“夕儿，我不怕报应。”久微无所谓地笑了笑，笑得苍凉而空洞，“最可怕的报应也不过人死魂灭，可这算什么？这么多年来，天地间就我一个，死亡不过是解脱。”

“久微，不止你一个，还有我啊！”风惜云抬起久微的手，放在自己的脸上，温热的脸颊温暖了那双冰凉的手，“久微，我们是亲人，是这世上最后的亲人。”

“最后的亲人……”久微看着风惜云，然后苦涩而悲哀地笑着，“是啊，久容已经死了，青州风氏也只余你一人，这世上只有你和我血脉相连，我们是这世上最后且唯一的亲人！”

“久容……”提起修久容，风惜云顿时心头一痛。

久微想起那个纯真害羞却又勇敢无畏的修久容，眼角一酸：“久容能救你，心中必然是快活的，只是……”

“只是我们还不知道他是亲人时便已失去了他。”风惜云眼中有着无法抑制的酸涩与痛楚之色。

久微忍不住抱紧了风惜云：“我们久罗王族拥有异于常人的灵力，灭族之前，久罗的王族除了久罗王久邈外，还有他的两个弟弟——久迤和久遥。我的先祖是久邈，你的先祖是三王子久遥，久容的先祖必然是二王子久迤。其实当初我见到久容时便有些疑惑，可是……如你所说，我们还来不及知道便已失去了他。”

风惜云靠在久微怀中，忍住眼中的酸痛：“我们青州风氏虽有久罗王族的血脉，但是当年清徽君……也就是久罗的三王子久遥，不希望那些仇恨遗祸子孙，所以不想后代知道自己拥有久罗血脉，也不想后代知道自己拥有异于常人的灵力，因此我们风氏子孙代代如常人，否则岂会与久容相处这么多年却不知是亲人？”想起这些年与久容的相处，她眼眶一热，已流下泪来。

落英山上，修久容以命相护，佑她安然，却也用他的死在她心头留下一道伤痕，那是她永生难愈的痛。

“清徽君久遥……原来如此。”久微喃喃，然后问道，“既然他隐瞒了一切，夕儿你又怎知青州风氏亦是久罗之后？”

风惜云沉默片刻，才道：“先祖风独影成婚是在她封王之后，以她那时的身份，成婚对象必然要选高门贵胄，不会无缘无故地挑个平常之辈，但无论是史书上还是青州风氏王族的一些记载，对清徽君的出身都只是简单的一句‘久罗人，封清徽君，配婚凤王’，所以我自小就对他好奇。”她顿了顿，自久微怀中移开，看着他道，“这世上，我若真要弄清楚什么事，自然就会弄清楚，更何况第二代青王……他毕竟是凤王和清徽君的儿子，所以曾留下些线索。”

久微默然片刻，才道：“那位久遥……与凤王，当年……”他说到此处便止了，末了只是轻轻叹息一声。当年英姿绝伦的凤王为何会与亡族的久罗王子成婚，隔着六百多年的时光，他们已无从得知，只是……只是……当年必定是有一番恩怨情仇的。

两人一时都没有说话，只是彼此心中起伏的情绪在这安静中慢慢收敛。

过了片刻，风惜云才拉着久微重新坐下："久微，无论当年久罗因何而亡，无论当年的悲剧如何惨烈，但今时今日，大东王朝亦将不存，所以就让那些恩怨情仇随着大东王朝的消亡而结束吧。"

久微没有说话，但神色亦不再怨怒。

风惜云看着久微，平静地道："久微，我承诺的已经做到了，所以你要好好地活着，回到久罗山，以久罗王之名召唤流落天涯的久罗人，重归故里，重建家园。"

"夕儿，你……"久微震惊地看着风惜云。

风惜云却冲他点点头，然后唤道："折笛。"

她的话音一落，帐帘被掀开，冷风灌进，然后帐中便多了一道人影。

那是一个穿着银灰色短装的年轻男子，身材挺拔，五官端正，外表虽不甚出色，脸上不笑神色间却带着笑意，令人一见便心生亲切感。

"他是……？"久微惊讶地看着那人。

"折笛见过久罗王。"折笛躬身行礼。

"折笛？"久微看向风惜云。

风惜云笑而不语。

折笛却几步走到久微跟前，然后单膝跪下，朗声道："折笛奉青王之命，向久罗之王呈此丹书！"说罢，他双手一举，一只玉盒便呈于久微眼前。

久微对折笛此举感到讶异，再次看向风惜云，见她点头示意，才接过玉盒，疑惑地道："折笛请起。"

折笛却并不起身，只是抬头打量着久微，那目光令久微脊背发凉。

风惜云一见，立时吩咐道："折笛，你的任务已了，回山上去吧。"

折笛却似没听到，目光炯炯地看着久微，眨了眨眼睛道："久罗王，你缺不缺侍卫？要不要我当你的侍卫？要知我折笛精通十八般兵器，会二十八种掌法，懂三十八门内功心法，曾击败四十八名一流高手，并与五十八名剑客于浅碧山论剑六十八天，然后以独创的七十八招'碧山绝剑'一举夺魁，也因此收了八十八个聪明伶俐的徒儿，正打算娶九十八个老婆，似我这般人才天下可不多见，所以久罗王快快把握机会，请我当你的侍卫吧！"他一口气说完，再次眨了眨眼睛，笑眯眯地看着目瞪口呆的久微。

"你……"久微一生也可谓遍游天下，什么样的人没有见过？眼前这个口若悬河、喜欢眨眼睛，并且一个大男人把眨眼睛这等小儿女的情态做得潇洒自然的人他却是头一次见到。

"怎么样？久罗王要请我当侍卫吗？只要你请我当你的侍卫，我可以考虑每天付你十枚金叶，并且考虑从我那八十八个徒儿中挑选一名最美丽的女徒儿当你的贴身侍女。"久微的话还没说出口，折笛又开口了。

"我……"

"我唯一的要求就是：只要你让我这个侍卫随时跟随你，随时可出手保护你就可以了。你决不能像某人一样，我当了十五年的侍卫，却从头到尾只干了一件跑腿的事情，十多年来把我丢在浅碧山上，不闻不问不管不顾任我自生自灭孤苦伶仃艰难度日，那简直寂寞得不是人过的日子，以至我终日只能将各门各派的武功翻来覆去地练，闲时也只能四处找找无聊的人打架比武，可又因为身份使然不能于武林中显威名，让我这等文武双全的英才空埋于荒山上，或许最终还要因怀才不遇郁郁而亡！”说完他连连眨眼，泪盈于眶却未夺眶而出。

“我……”

“我平生夙愿就是做一位名副其实的侍卫，若久罗王请我，我必会恪尽己责，便是呕心沥血也在所不惜。你若想学什么盖世武功我都可教你，便是想要学戚家可以让人永远年轻英俊的鬼灵功我也可以教你，还可以让你吃遍各门各派的灵丹妙药，养颜补体，延年益寿，多妻多妾，多子多孙……”折笛唠唠叨叨的声音忽然止住了，但并不是他自愿的，只是因为脖子上突然多出了一柄寒光闪闪的宝剑。

“闭嘴！”执剑的人冷冷地吐出两个字。

折笛眨眨眼睛看看久微，再看看执剑的人，然后再眨眨眼睛看看袖手旁观的主君，最后满脸忧伤地叹息道：“原来久罗王已经有宵眠当护卫了，这样的话，我看在从小一起长大的情分上也不能抢自家兄弟的饭碗，因此只能忍痛割爱挥泪拜别……啊！”脖子上的剑尖忽然前进了一分，贴在肌肤上，冰凉刺骨。

“乌鸦嘴很吵！”宵眠冷峻的脸上浮起不耐烦的神色。

“乌鸦？”折笛笑眯眯的脸顿时抽搐起来。

宵眠点头：“再吵割了你的舌头！”

“我俊美无匹、玉树临风……啊！”

折笛才开口，宵眠的剑尖已毫不留情地直取他的咽喉，久微的一声惊呼还未出口，身前跪着的人已没了影儿。

“君子动口不动手！”久微还诧异着时，便见风惜云的身后露出一颗脑袋，“久罗王，你什么时候不喜欢那根木头而想起玉树临风、英俊潇洒、幽默风趣、古今第一的我时，请一定捎信给我。”

“折笛。”风惜云回头瞟了身后那人一眼。

“在！”折笛马上应道，谄媚地看着风惜云，“主上，你终于知道我很能干、很重要，所以决定将我从那蛮荒之地的浅碧山召回来了吗？”

“是的。”风惜云点点头，似笑非笑地上下打量着他，“似你这般出色的人，真是世所难求，若不用实是浪费，可又怕事小委屈了你。不如这样吧，你说说你想做什么？”

“当然是做主上的贴身侍卫！”折笛毫不犹豫地答道。

“哦？贴身侍卫能做些什么？”风惜云转了转眼珠。

“可以做很多事呢！”折笛顿时眉飞色舞，“贴身侍卫顾名思义即是时时刻刻紧随在主上身边，我可以为主上赴汤蹈火、披荆斩棘、狠辣无情，可将所有对主上有不轨之图的坏蛋以无影掌拍到九霄云外！而且我可以侍候主上吃饭、穿衣、洗沐、睡觉……”他正说得兴起，忽又哑声了。

“怎么啦？”风惜云问道。

折笛看看风惜云，又看看帐顶，再看看一旁的久微、宵眠，眉头忽然皱在一块：“稍等，稍等，让我再想想。嗯……我虽然精通十八般兵器，会二十八种掌法，懂三十八种心法，打败了四十八个高手，独创了七十八路高超的剑法，还有八十八个徒儿帮手，并且摸到了戚家那老不死的家主嫩嫩的脸，也扯了宇文家老祖宗的胡子，可是……”他看着风惜云，最后颇有壮士断腕的决心般道，“可是这一切加起来似乎还是敌不过雍王的一招‘兰暗天下’，那么侍候主上吃饭、穿衣、洗沐、睡觉时我便会有危险，所以……唉！我还是回浅碧山修炼得更厉害一点儿时再说吧。”他目光忧伤地望着风惜云，“主上，不是折笛不挂念您，而是这世上虽有无数的珍贵之物，但所有的珍贵之物加起来也抵不过性命珍贵，所以折笛只能挥泪拜别您。当然，如果您能保证雍王不会对我用‘兰暗天下’，那么折笛愿舍命侍候主上吃饭、穿衣……”

“扑哧！”

不待折笛说完，久微已忍俊不禁，便是宵眠也目带笑意，只不过笑中略带嘲讽之意。

折笛闻声回头，移步走近久微，却一脸正容，恭恭敬敬地行礼，颇有大家风范：“折笛拜别久罗王，后会有期。”

“后会有期。”久微起身回礼。

折笛行礼后，再抬头仔细地看看他，复又嬉笑道：“虽然面相没有我英俊，不过笑起来有着惑人的魔力，久罗人果然不可小看。”话音一落，他已飘走，“什么时候久罗王想请我当侍卫时，记得要来浅碧山，记住，是浅碧山，而不是什么深碧山、浓碧山的！”音未消，人已远。

久微哑然失笑，回头却已不见宵眠：“青州臣将皆对你恭敬有加，倒是少见如此有趣之人，应是十分合你脾性。”

折笛的一番“胡言乱语”，扫去了帐中的沉郁气氛。

风惜云微微一笑：“折笛的性子很合白风夕，但不合青州之王，是以让他长年守在浅碧山，以护‘体弱多病’的惜云公主。”

久微了然地点头，然后看向玉盒：“这是什么？”

“这是我继位之日以青王身份做的第一件事。”风惜云看向玉盒。

久微闻言眉头一扬，打开玉盒。盒中是一卷帛书，他放下玉盒，拾起帛书，展开后顿时一呆。

帛书上的内容，是祈盼了数百年的愿望，此刻蓦然呈现眼前，酸甜苦辣悲喜哀痛瞬间全涌上心头，他一时也理不清是何滋味。他是想大笑，还是想大哭？似乎都是，又似乎都不是，以至他只能呆呆地看着，眼前渐渐模糊，却全身僵硬，未能有任何反应。

“这份丹书上，有青州风氏、冀州皇氏、雍州丰氏以及玉家的家族印鉴，你、我、雍王、冀王、玉公子五人各持一份，这江山最后不论握于谁手中，这份丹书都会在那人登基之日昭告天下。这是我们四人的承诺，也是我们还六百多年前的一笔债！”风惜云握住久微有些颤抖的手，“无论谁胜谁负，都不会伤害你！无论成败，我都已做到！久微，你不可负我的一番心血！”

"夕儿……"久微声音哽咽。

"久微，"风惜云看向摇曳不定的烛火，"无论明日一战能否分出胜负，但苍茫山上必有结果！苍茫一会后，无论结果如何，都请你离开，回久罗山静待新王朝的到来……那时候……无论我是生是死，无论我是坐于朝堂上还是魂散天涯，都由衷高兴。所以你要平安地回到久罗山去，宵眠会代我守护你一生。"

"原来……你早已安排好一切！"久微忽然明白了，抓住风惜云的双肩，"难怪你派无寒、晓战、斩楼、宵眠为我们的侍卫，原来无论成败如何，你都不许我们有失！你……你将我们护得周全，可是你……你……"他眼睛通红，死死地看着风惜云，心头忽然酸酸涩涩，胸口堵塞难舒。

"久微！"风惜云拍拍肩膀上抓得她骨头作痛的手，"你太小看我了，要知道我不但是青州的王，有无数将士护着我，我还是白风夕，以我的武功，这天下有谁伤得了我？所以你尽管放心，我决不会有事，只是需要你们的安然来安我的心。"

"可是……"

"没有可是！"风惜云断然道，神色一凛，王者的自信与气势出现，令人不敢违抗。

久微顿时止声。

"久微，相信我。"风惜云放柔语气，将肩膀上久微的手拿下，紧紧一握，"无论成败，无论生死，无论是否天各一方……我们彼此都会知道的。我们是这世上唯一血脉相系的亲人啊！"

久微深深地看着她，看着眼前这张沉静自信的脸，纷乱的心忽然安定下来："夕儿，我相信你，所以在久罗山等你！无论多少年，我都等你来！"

"好！"风惜云笑了笑，放开久微的手，"已经很晚了，该歇息了。"

说完，她转身离去。看着她的背影，久微蓦地唤住她："夕儿！"

风惜云回首。

"为什么？为什么明日一定要战？你们都年轻，要夺江山还有许多时间，也有许多地方可以选，可为何定要在东旦渡一战？为何明日一战即是结束？一战的成败并不足以分出真正的胜负，可为何你们只要这一战？"久微问出了心中存在很久的疑问。

风惜云看着他，沉默良久，才道："以雍王为人，本不应有东旦之会，但……"她微微一顿，神色似有些无可奈何，"苍茫山下的一战，他似乎期待已久。"看看久微怀疑的眼神，她笑了笑，"或者是有某种约定，关于苍茫山顶的那一局棋。"

"苍茫山顶的棋局……"久微心中一动，"难道真要以那局棋来定天下之归？"说完，他都觉得有些荒唐可笑，哪有这样的江山之争？

"'苍茫残局虚席待，一朝云会夺至尊。'这一句流传久矣，而山顶之上的那盘残局想来你也看过，那确实存在着，所以以棋局胜负来定天下归属也未必无可能。"风惜云却满不在乎地笑了笑，这一刻白风夕的狂放又隐隐回来了，"敢以一局赌天下，那才是真正豪气！"

"那可是万里江山，不是区区金银财物，输者若真就此放弃，那必是疯子！"久微不敢信。纵观历朝历代，为着那张玉座，谁不是血流成河、尸陈如山才得来的？哪一个失败者不是战至最后一兵一卒到万念俱灰时才肯放手？！

“一定要战至最后一兵一卒者才是疯子！”风惜云厉声道。

久微无语，半晌后才道：“若在东旦大战一场，以目前的情况来看，极有可能是……”后面的话他咽下了，转而道，“以兵家来说，康城才是必争之地。”

“康城……黥城……”风惜云眉头一跳，“康城还有……”却说到一半又止住，低头似陷入沉思。

久微也不去打扰她。

半晌后，风惜云似已想通某点，才抬首看着久微道：“若真以棋局定天下才是最好的结局，否则……”她眼中一片凝重神色，“那必是哀鸿遍野，千里白骨！”

久微心头一跳，怔怔地看着风惜云。

“久微，你看现今天下百姓如何？”风惜云问道。

“虽有战祸，但冀州、幽州、雍州、青州素来强盛，再加四州各结同盟，是以四州百姓的日子还算安泰，北州、商州和祈云王域的百姓却饱受战乱之苦，不过冀王、雍王与你皆非好杀残忍之人，虽攻城略地，却军纪严明，又常有救济之举，所以百姓之苦已算降至最低。”久微答道。

风惜云点头：“虽是如此，但是战乱中死去的又何止士兵？被祸及的无辜百姓又岂止成千上万？！”她轻轻叹息，想起每进一城时，沿途那些惶恐的百姓，那些失去亲人的恸哭，那些绝望至极的眼神，一颗心便沉在谷底，“自我继位以来，便战争连连，入目尽是伤亡之人，而我自己亲手造成的杀戮与罪孽怕是倾东溟之水也洗不净！所以若能在此结束这乱世又何尝不好？”说着她复自嘲地一拍额头，“一州之王竟有这种天真的想法，真是……幸好是久微。”

久微闻言却不答话，而是神色奇异地看着风惜云，那样的目光令风惜云浑身不自在，因为极少有人会用这种目光看着她，那里面有着刺探、怀疑、研判……以往那只黑狐狸偶尔会这样看她，但她往往选择忽略，可久微不同，她不能视而不见，却希望他可以停止这种眼神。

“夕儿，你在乎的并不是天下至尊之位落入谁家，而是天下百姓。”久微紧紧地盯着风惜云的双眼，不放过那里面的一丝情绪。

“那至尊之位有什么稀罕的？那不过是一张无数人坐过的脏破椅子。”风惜云在久微那样的目光中，忽生出逃走的念头，心头隐隐感知，似乎下一刻，她便将陷入万劫不复之地。

“既然你不在乎江山帝座，那为何不相助冀王？以你们冀、幽、青三州之力，再加上冀王、玉公子与你三人之能及帐下名将，雍王再厉害必也处于弱势，乱世或可能早些结束。为何你却毫不犹豫地站在雍王这一边？以你之心性，又或者可以直接将青州托付于冀王、雍王中的任何一个，然后你自可逍遥江湖。可你为何明知会为家国王位所缚却依然选择留下，甚至订下婚约？”久微双眸明亮、眼神锐利，直逼风惜云惊愕的双眼。

风惜云张口欲言却哑然无声，不知所措地看着久微。

久微不给她喘息的机会，紧接着道：“白风夕潇洒狂放，对任何人、事都能一笑置之，可唯独对一个人百般挑剔、百般苛求、百般责难！青王风惜云雍容大度，对部下爱惜有加，对敌人狠辣无情，可就算那个人让她爱如己身的部下命丧黄泉，即便那个人做了许多让她失望、愤怒、伤心的事，她依然站在那个人的身边，从未想过背离那个人，更未想要出手对付那个人、报复那个人、伤害那个人！夕儿，你说这些都是为什么？”

仿佛是雷霆轰顶，振聋发聩，她一直不愿听的东西此刻却清晰地灌入耳中！

仿佛是万滔席卷，击毁坚壁铁墙，将她一直不愿承认的事实直逼身前！

仿佛是雷电劈来，劈开重重浓雾，将她一直不愿看的东西直摊在眼前！

那一刻，风惜云无所遁形！

那一刻，对面那双眼睛那样明亮，如明剑悬顶，直逼得她仰首面对！

风惜云面色苍白，浑身颤抖，惶然无助，踉跄后退！

这是她一直以来从未想过、从来不去想的，也是一直以来从来不敢去想的！那是她最不愿承认的事实！那是她最不可原谅的事！

可是此刻，无论她愿与不愿、敢与不敢，它都清清楚楚、明明白白地呈现在她的眼前，印在她的心头，以峭然之姿要她正面相对！

风惜云一步一步地后退，瞪大眼睛，惨白着脸，一直退到帐门处依靠着，平息着情绪，半晌，抬手指着对面的人：“久微，你欺负我！”

帐帘一卷，人影已消失。

“到底是你欺他，还是他欺你？又或是你自己欺自己？”久微轻轻松松地坐下来，平静地笑着，“你也该看清、该决定了！你要以我们的周全来安你的心，那我也要以你的周全来安我的心！”

元月八日，天晴，风狂，鼓鸣，旗舞，紫金耀目，刀剑光寒，杀气冲天。

东末最后、最激烈、最著名的一场大战便在这东旦渡上展开，后世称其为“东旦之决”。

“这一战，我想我们彼此都期待很久，期待着这场决定命运、决定最终结果之战！”皇朝对着身旁的玉无缘道，金眸明亮地望向对面的对手。

“玉无缘位列四公子之首，这一战便看看他是否当得起这‘天下第一’的名号，看看我们谁才能登上‘天下第一’的玉座！”丰兰息平静地对身旁的风惜云道，黑眸遥遥望向对面的对手。

君王的手同时挥下，那一刻，战鼓齐响，如雷贯耳！战士齐进，如涛怒涌！旌旗摇曳，如云狂卷！

“乔谨！齐恕！弃殊！徐渊！”丰兰息召唤。

“在！”四人躬身。

“东、南、西、北四方之首！”丰兰息手指前阵。

“是！”

“金衣骑与数月前已不可同日而语，皇朝御兵之能当世罕有！”风惜云看向战场上锐气凛然的金甲士兵感叹道，“今日方是真正的四大名骑会战！”

“端木！程知！穿云！后方三尾！”丰兰息再唤。

“是！”

风惜云转头看向他：“你如此布置，我倒真不知你打算以何阵决战。”

“何须死守一阵？战场上瞬息万变才可令对手不可捉摸。”丰兰息淡然一笑。

风惜云嘴角一勾，似笑非笑地道：“你不怕任是千变万化也逃不过一座五指山？”

“正想一试。”丰兰息侧目。

对面，皇朝目光不移，看着前方唤道：“皇雨！”

“在！”皇雨迅速上前。

“去吧，中军首将！”

“是！”皇雨领命。

“雪空！九霜！”

“在！”萧雪空、秋九霜上前，一个雪似的长发在风中飞舞，一个银色的羽箭装满囊袋。

“左、右两翼！”

“是！”

大军双方的阵势已展开，各军将领已各就各位，两边高高的瞭望台上屹立着双方的主君，决战即将开始！

“传令，北以弩门进发！”墨色的旗下发出号令。

“是！”

传令兵飞快地传出命令，霎时北方的风云骑变换阵形，仿如箭在弦上、一触即发的长弓般快速前冲，首当其冲的金衣骑顿时被“弩箭”射倒一片！

“中军弧海御敌！”紫色的焰旗下传出命令。

“是！”

传令兵马上传令，位居中军的金衣骑顿时疾退，片刻后便化为弧形深海，如弩箭而出的风云骑便如石沉大海，被深广的金色海水吞噬殆尽！

“传令，东军双刃！”丰兰息对战场的变化淡然一笑。

“是！”

传令兵传下命令，东边的墨羽骑霎时化为一柄双刃剑，配以墨羽骑当世无以匹敌的速度如电而出，位居左翼的争天骑被刺了个措手不及！

“传令，左翼空流！”皇朝迅速发令。

“是！”

左翼的争天骑化为滔滔江流，墨羽骑之剑直接穿出，却刺了个空，争天骑已往两边分开，有如江流拍岸，再蜂拥而上围歼墨羽骑，墨羽骑顿如剑束鞘中，动弹不得！

“传令，穿云长枪！”丰兰息丝毫不惊。

“是！”

霎时，只见右翼的墨羽骑如长枪刺出，锋利的墨色长枪划过紫色的“剑鞘”，顿时飞溅出血色的火花！而鞘中的墨羽骑如剑横割而过，冲破“剑鞘”直逼中军金衣骑，将陷入金色弧海的风云骑解救出来！

“传令，中军柱石，左翼风动！”皇朝下令。

“是！”

中军金衣骑阵前顿时竖立无数盾甲，仿如擎天之柱，任风云骑、墨羽骑如潮汹涌，它自岿然不动，坚如磐石！左翼则化为风中紫柳，墨羽长枪刺来，它自随风隐遁！

“皇朝名不虚传呀！”丰兰息笑赞，却也迅速下令，“东、北暂无大碍，西军阵雨！”

“是！”

军令方下，墨羽骑已长弓如日，贺弃殊大手一挥，霎时一阵墨色的箭雨疾射出，右翼的争天骑未及反应便被射倒一大片！

“争天骑右翼的将领似乎是那个有着神箭手之称的秋九霜，那她率领的右翼军必也精于骑射。”丰兰息看着阵中那飘扬着的、有着斗大“秋”字的旗帜微笑着道，“但制敌须取先机，我倒想看看皇朝该怎么破这一招，看看当世仅次于你的女将有什么作为。”

“论到箭术，秋九霜……已当世无二了！”风惜云看着战场，墨羽骑的箭如连绵阵雨，雨势如洪，无数争天骑在箭雨中挣扎着倒地！

丰兰息闻言看她一眼，目光一闪，似要说什么，却终只是默然地转头。

“传令，右翼壁刀！”皇朝洪亮的声音响起。

“是！”

命令传下，右翼争天骑中忽射出一箭，如银色长虹飞越千军，直射向墨羽骑阵中，迅猛无匹，众人还来不及为这一箭惊叹，一顶墨色的头盔已飞向半空，咚的一声被长箭紧紧钉在有着“贺”字大旗的旗杆上！

“将军！”墨羽骑阵中传来惊呼，瞭望台上的丰兰息眉峰微动，眨眼间却了无痕迹地平静下来。

“本将无事！不要乱动，守好阵形！”伏在马背上的贺弃殊起身，除失去头盔外，并无半点儿伤痕，抬眼遥望对面，暗自咬牙：好你个秋九霜！若非躲避及时，此刻被钉于旗杆上的便不是头盔，而是本将的脑袋了！

墨羽骑因这一箭而军心稍慌不过是片刻之事，但对面的争天骑已趁机变动阵势，当墨羽骑回神之时，争天骑阵前已齐列全身甲胄的战马，战马之前是厚实长盾，严严实实、整整齐齐一排，墨羽骑射出的箭全部坠落。而争天骑在长盾的掩护之下，步伐一致地向墨羽骑冲杀而来，箭已无用，墨羽骑迅速拔刀迎敌，两军相交，墨羽骑的刀全砍在了长盾之上，而争天骑的盾甲之中忽然伸出长长的一排利刃，霎时，墨羽骑战士血淋淋地倒下大片！

“挫敌先挫其势！好，秋九霜不负盛名！”丰兰息赞曰，眉峰一凛，“端木，锤刀！”

“是！”

左角墨羽骑闻令而动，直冲向争天骑，即将相会之时，迅速变阵，头如锤，尾似刀，争天骑还未明其意之时，那墨色银锤已夹雷霆之势锤向坚实的长盾，尾刀贴地扫向战马甲胄披挂不到的四蹄，“啊呀”之声不绝于耳，争天骑兵纷纷落马，坚实的盾壁顷刻间便被瓦解！

“除风惜云外，我未曾遇如此强敌，丰兰息不愧是我久候的对手！”皇朝沉声道，目光炯炯地望向敌阵，眉间锐气毕现，“传令，右翼疏林，中军倾山！”

“是！”

军令下达，右翼争天骑前后左右疾走，顿时散如疏林，银锤挥下，触敌寥寥！中军重骑纵马飞跃，不顾一切地冲向敌人，有如金色山石砸向那一波一波袭来的银洪墨潮，无数石落，阻敌于外，歼敌于内！

“传令，北军鹰击！”

“传令，左翼豹突！”

“传令，东军狼奔！”

“传令，右翼虎跃！”

…………

一道一道命令从双方的主帅口中下达，下方大军迅速而分毫不差地执行着。

两军阵势变幻莫测，战场上尘沙滚滚，战马嘶吼，刀剑鸣击，喊杀震天！

那一战从日升杀至日中，又从日中杀至日暮，无数战士冲出，又有无数战士倒下，放眼望去，银、黑、紫、金甲的士兵无处不在，倒着的，站着的，挥刀的，扬枪的……一双双眼睛都红彤彤的，不知是血光的映射还是吸进了鲜血！风狂卷着，怒吼着，吹起战士的号角，扬起溅血的战旗，却吹不熄场上的战火……血飞，血落，声扬，声息，风来了，风过了，战场上依然鼓声震耳，依然刀寒剑冷，依然凄号厉吼！

“传令，左翼五行封塞！”

“传令，西军八卦通天！”

…………

瞭望台上的主帅依然头脑冷静，反应敏捷！为这场决定最终命运的战斗、为这世所难求的对手，双方都倾尽一生所学、己身所能！

皇朝目光炽热，剑眉飞扬，谈笑挥令，傲气毕现。

玉无缘淡然的脸上此刻一片凝重之色，眉峰隐蹙。

风惜云负手而立，静观战局，神情淡定。

丰兰息雍容的浅笑已尽数退去，取而代之的是肃然谨慎的神色。

“传令，中军蛇行……”

“不可！”一直静观的玉无缘忽然出声，“中军指峰，左翼龟守，右翼鹤翔！”他一气道完后转首看向皇朝，“雍王是一个让人兴奋的好对手，但不要忘了月轻烟评他的那个‘隐’字，他的左、右尾翼至今未动！”

“是。”皇朝颔首，长舒一口气，有些自嘲地道，“这样的对手太难得，以至忘形，后面的你来吧。”

“若论行军布阵，你并不差他，但若论心计之深、思虑之密，这世上难有人能出其右！”玉无缘目光深沉地看着下面，双方阵势已一变再变，彼此深入，复杂至极，稍有不慎便会一败涂地。

而对面丰兰息见争天骑之举动，不禁讶异地挑起眉头，但随即淡淡一笑：“东军鲽游，西军龙行！”

“难道他……”玉无缘一惊，眉头一跳又蹙起，“右翼四海，左翼八荒！”声音利落而沉着，深沉的眼眸此刻却亮如寒星。

“嗯，被看穿了吗？”丰兰息轻轻自语，看看战场上的阵势，又自信一笑，“但已晚了。”

“传令，左尾极天。”

“好一个老谋深算的丰兰息！”玉无缘看着两军的阵势感叹着，“他果然早有算计！左翼无为！”

“右尾星动，结了。”丰兰息轻轻吐出一口气，志得意满地笑了笑。

“中军归元，成了。”玉无缘轻轻吐出一口气，展开眉头。

但下一刻，看着阵势的两人却同时一愣，然后齐齐苦笑。

风惜云看着战场，侧首叹道：“若此为下棋，该叫死棋还是平局？”

第五十一章　孰重孰轻取舍间

“五星连珠！只曾在古书上见过，寥寥数笔，无迹可寻，想不到今日竟然有人能摆出此阵！丰兰息可谓当世第一人！”玉无缘感慨地遥望对面的瞭望台，那里有第一次让他全力以赴的对手。

“本以为‘五星连珠’世所无敌，谁知竟被他识破，并以‘三才归元’相御，玉无缘不负天下第一的名号！”丰兰息望着对面的瞭望台，长长地叹息，这也是他第一次佩服一个人。

“五星连珠，八面相动。”古书虽有记载，但此阵复杂凶险，无论布阵、破阵，数百年来都未有人成功过，而今它却出现在这东旦渡，便是玉无缘这样的人也为之震惊。

“三才归元，天地相俯。”这是《玉言兵书》结尾记载的话，世人熟读此书者不计其数，却从未有人能布出此阵，久了，便只当是兵书的结语，此刻它却出现在世人眼前。

“五星连珠、三才归元此等绝世阵法今日同时出现，真叫人大开眼界！”风惜云清亮的眸子此刻更亮了，“只是如此一来，岂非僵局？”

“怎么可能？”丰兰息目视对面，“平手之局毫无意义，我想对面之人也是同感。”

“那么五星连珠与三才归元都要在这东旦渡上一显神威吗？”风惜云目光微敛，“极有可能便是两败俱伤。”

丰兰息闻言默然，紧紧盯着战场，最后沉声道：“五星连珠阵我也是第一次用，其威力如何我也不知，但……事已至此，避无可避！”

风惜云心头一凛，看着他，转头望向战场：“这种不计后果的行为，一点儿也不像你。”

丰兰息侧首看她一眼，然后遥视对面，幽深的眸子里罕见地射出灼亮的光芒：“面对皇朝和玉无缘这样的对手，不尽全力是不可能获胜的，而今日五星连珠与三才归元同时出现，我想但凡是略通兵略的人都会想试一试，看看两阵孰会更胜一筹。我若错过今日，再去哪里寻此对手？！况且……”他微微一顿，目光一冷，“我就要看看玉家人的仁心与能耐，看他们是不是真的无所不能！”

前面的话倒也没什么，最后一句却让风惜云愣了愣，她有些不敢相信这隐带任性的话会是出自冷静雍容的丰兰息之口，以至她一时只是呆呆地看着他，半晌后回神，心生寒意之余不禁咬牙切齿地道："若是玉石俱焚，那你便从苍茫山顶跳下去吧！"

丰兰息笑吟吟地侧首看她："放心，我一定会拉着你一起跳的。"

只是此话一出，两人同时一惊。

四目相对，刹那间，脚下千军万马全都消失，天地安静至极，耳边只有对面传来的细微呼吸声，眼中只有对面那双眸子，怔怔地看着彼此。

而下方的两军未得主君的命令此刻都只是严阵以待，未敢有丝毫妄动。

"五星连珠对三才归元吗？"皇朝金眸灿亮，跃跃欲试："无缘，谁胜谁负？"

"不知道。"玉无缘目光明亮，脸上浮起微笑，"从未有人破过五星连珠，三才归元也一样，所以最后或许会是最不愿意看到的两败俱伤场面。"他抬眸望向对面，目光变得幽远，"只是……我也挺想知道结果的。"

最后那句他说得极轻，若非皇朝功力深厚，一定听不到。一时皇朝眼中厉光收敛，变得深沉平静，片刻后，他扣住玉无缘的肩膀："无缘，你趁早打消玉石俱焚的想法，我是决不允许你这样做的！丰兰息有风惜云相伴一生，那么你我也会相伴一生！这世间，离我最近的也只有你！"他的话很霸道，声音很坚定，可那一刻，他的身上涌出了一股落寞孤绝的气息。

玉无缘的目光依然遥遥地落在远方，似乎他的人在此，神魂却已不知飘向何处。

皇朝只是扣紧玉无缘的肩膀，越扣越紧。

"你放心。"良久后，玉无缘才开口，转身面向皇朝，神色平静，那双眸子依然无波无澜，"现在对面有你此生最强大的对手，不要分心。"

"嗯，"皇朝将目光移回战场，看着下方僵持着的两军，傲然一笑道，"任你智计深远，我依然要赢这一战！传令，火炮！"

"是！"传令兵挥动令旗，片刻后，下方有四辆战车被推出。

"火炮！那是幽州的火炮！"刚刚登上瞭望台想一探究竟的任穿雨一见之下不禁惊呼，也惊醒了对视中的丰兰息与风惜云，"难道冀王想用火炮破阵？但此刻两军联结，它必会误伤己军呀！"

丰兰息和风惜云的目光也落回战场上，彼此俱面色一紧。

"想不到皇朝竟然还留有这一手，只是即便他可看清阵势，士兵却无此眼力……"风惜云的话蓦然而止。

下方，争天骑中军士兵忽然都微微散开，然后露出藏于阵中的一辆战车，车上缓缓升起一座小小的瞭望台。那瞭望台做得十分精巧，桅杆以精钢铸成，并可折叠，此刻一节一节升起，竟高约十丈，四面也都是精钢制成，只余一个一尺见方的小窗，下方士兵缓缓转动战车，瞭望台也跟着转动，将战场尽收眼底。

"原来早有准备！"丰兰息微眯黑眸，"瞭望台中的人纵观全场，自可知孰为敌孰为友，由他发号施令，便不会误伤己军。"他说完，蓦地扬声唤道，"弃殊！"

声音远远传出，话音刚落，墨甲大军中一箭射出，直取瞭望台前方的小窗，但箭未至窗口便不知被何物所击，直坠而下。

“果然如此。”丰兰息皱眉，盯着阵中的小瞭望台。

此时小瞭望台的窗口伸出旗帜，但见那旗一挥，三人心头一跳，即知那是火炮命令。

“五星连飞！”那一刻，丰兰息的声音又快又急，却也清清楚楚地传出。

刹那间，阵中的墨羽骑、风云骑忽然变动阵形，情况急剧变化，连带着争天骑、金衣骑也无可避免地跟着变动。也就在那时，小瞭望台窗前的旗帜再次快速一挥，同时响起一声如雷暴喝：“转！”

引线已被点燃的火炮被炮手急剧一转，紧接着砰的一声巨响，争天骑右翼五丈远处尘土飞扬。

“可惜。”丰兰息看着远处半空上的尘土有些惋惜，刚才这一炮若非小瞭望台中的人下令及时，他们便要自食其果了。

“好险！”任穿雨松了一口气，“只是若每一次皆如此行动避其火炮，那我们会消耗大量体力，反之敌军则可以逸待劳。而且火炮威力奇大，一刀一剑再利再狠也只可杀一人，它却可一击毁千百人。”

他的话音刚落，小瞭望台的窗口忽然伸出四面旗帜。

“这人不但反应极快，而且聪明，这一下便连他是何时发令、哪一面旗才是真正的命令也难知晓了。”任穿雨顿时瞪眼。

风惜云转头看着他，微勾嘴角：“军师素来多谋，不知可有对策？”

任穿雨摇头：“敌我双方本是势均力敌，只是他们有火炮助威，胜我们一筹。”说着他望向小瞭望台，“若能毁了瞭望台，那就依旧是五五之算。”

“哦？”风惜云微挑眉尖，“那瞭望台四面精钢，刀砍不进，箭射不穿，更何况高达十丈，无人能及，如何毁得？当然，如果军师得了神通，可挥手间移山碎石，自是另当别论。”

任穿雨习惯性地抬手抚着下巴，侧目看向风惜云，道：“穿雨无此才能。”目光对视时，他心头一跳，隐约有些慌神。

风惜云看着任穿雨，脸上是似笑非笑的表情：“若是有个武功高强的人持神兵利器冒死一击，大约能毁了瞭望台吧？”

闻言，任穿雨心头剧跳，看着风惜云的目光变得有些忧虑。

风惜云自然无须他回答，回首望向前方：“孤倒是想试一试。”说着，她侧首看向丰兰息，神色淡然，“五星连珠必应不败，你无须顾我，做该做的事便是。”话音一落，人已跃上栏杆，足尖轻点，身形飞起时又回眸一笑，目光淡然，“我一直认为，作为帝王，你必然是出色的。”

人已远去，笑已模糊，只留那清晰的话语轻轻萦绕在瞭望台上。

“你……”丰兰息伸手，却抓了个空，握拳垂首，片刻后再抬头时，只是冷静地吩咐：“传令，若敌军瞭望台里挥动旗令，便……五蕴刹化！”那一刻，他的声音冷厉刺骨，黑眸中是暗夜最汹涌的寒潮！

身后的任穿雨清清楚楚地看见了他的神色，明明白白地听见了他的命令，想要说什么，最终却只是默然而立。

青王此举到底是为了阵中那数万将士的性命还是为了主上，似乎并不重要，重要的是结果会如何。

他抬首，目光追着那道化为白鹤飞入战场的身影，被千军万马虎视也无损她的镇定从容之色，这样的女子啊，不应属于这个鲜血淋漓的乱世。他回头看着身旁的主上，十多年的相处自然能看懂此刻那双黑眸深处的悸动情绪，这样无情的人终也不能逃脱情之一字吗？

半空中飞掠的那道白影顿时吸引战场上所有人的目光，有赞叹的，有惊羡的，有畏惧的，有忧心的，也有冷厉的。

“她终于出手了。”皇朝目光紧锁住半空中仿如御风而行的身影，“她其实更适合做武林中那个第一女侠，作为一州之王，她并不合格，否则岂能有如此轻率之举？！”他眼神复杂，“只是……能得她如此相待，也算是丰兰息修了几世才有的福气。”

“长恨此身非我有。”玉无缘目光空茫地望着那越飞越近的身影。

“长恨此身非我有……”皇朝喃喃地重复。这一刻，他隐隐明白了那种遗憾。无论是她，是他，还是自己，都是“此身非我有”。

“她既已出手，那么皇雨便危险了。”玉无缘垂眸，无意识地抬起手掌，目光落在掌心，然后紧紧拢起手掌。

“她非嗜血嗜杀之人，目的只是瞭望台，况且皇雨也非弱者。”皇朝语气淡然，看着半空中的白影，抬手招来侍卫。

那时刻，争天骑右翼阵中，无数长箭瞄准了半空中的人。

“射！”一声轻喝，箭如蝗雨飞出。

“主上！”风云骑发出惊呼。

箭在疾射，人在疾飞，相隔不远，有人闭上眼不忍目睹。

“啊！”惊叹声四起，却见那白影猛然下坠，顿时那瞄准她的箭雨便全部射空，然后力竭而坠落。

“主上！”

风云骑提到嗓子眼里的心还未来得及放下，又紧紧提起，一支银色的长箭凌厉射出，那一箭之猛之快，绝非前面的箭雨可比，半空中的人避无可避！

叮！但见半空中剑光一闪，长箭化为两截坠落，而白影在半空中足尖互踏，身形猛然前飞，然后轻盈地落在风云骑阵中。

“主上！”马背上端坐着的徐渊在这寒天里已大汗淋漓。

风惜云抬首一笑，拍拍徐渊的马头：“别担心。”她环视周围以敬服的目光注视着自己的风云骑士兵：“记住，此刻是在战斗，不论发生什么事，都必遵从军令，不可妄动！”

“是！”徐渊垂首，众士兵则以眼神答应。

“那就好！”风惜云轻轻跃起，落在徐渊的马背上，抬首遥望前方的小瞭望台，长长地深呼吸，“徐渊，助孤一臂之力！”

"是！"徐渊平摊手掌，风惜云足尖一点，轻飘飘地落在他的手掌上。

"去！"

一声轻喝，徐渊扬起长臂，掌上的风惜云腾空跃起，双臂平张，衣袂飞扬，仿如展翅凤凰飞上九天！

"射下她！"争天骑右翼阵中的秋九霜厉声喝道。此时的她眉峰紧锁，目光焦灼，同时手中的长箭离弦而去。

霎时，无数飞箭跟随着银色长箭飞射向空中的凤凰，也就在那刻，风云骑阵中飞起三道人影，半空中划出一阵银芒，便见断箭如雨，纷纷坠落，而后三道人影落回阵中，千万士兵也无人看清他们的身形面貌。

而空中的凤凰此刻离小瞭望台不过数丈，却身形微滞，显然是力气将竭。众人正担心她是否会坠落，却见她左手微扬，一道白绫飞出，缚上瞭望台一角，手一拉，身形借力再次飞起，直向瞭望台冲去。

"射下她！决不可让她靠近瞭望台！"秋九霜的声音此刻凄厉惶然，她双目赤红，手紧紧拉开长弓，弦上三支长箭，银牙一咬，三箭如雷电射出，银色的光芒划过上空，撕裂长风！

争天骑左翼中冰雪般的男子猛然抬首，满头雪发在风中飞扬，目光追着那当空掠过的银箭，眼眸慢慢变化，化为纯净透明的雪空，盈盈似雪欲融。

风云骑阵中的三道人影再次跃起，上、中、下三柄长剑在空中一闪，那刻士兵只觉得光芒炫目，一阵刺痛，不由自主地闭上眼睛，迷糊之中似有金石之音不绝于耳，再睁眼之时，看到的却是另一番景象。

半空中小瞭望台前不知何时多了四名男子，手中长剑带着耀眼的金辉直刺那迎面而来让人猝不及防的凤凰。千钧一发之际，墨羽骑阵中四支长箭射出，可那四人不躲不避，长剑依然疾刺，竟是拼死相阻，以自己的性命来庇护瞭望台中的人！

眼见四剑即将刺中自己之时，白影左手一抖，白绫击在瞭望台上，人已借这一击之力猛然后退，右手一扬，凤痕剑出鞘，手腕一转，剑锋一划，半空中与四柄长剑相碰，执剑的四人却下定决心要在这一击之中取她的性命，是以这一剑均携千斤之力，并未被阻住，反以更大的冲力直刺而来。但她并未打算一剑得手，反借着对手击来的力道，身形再次高高跃起，令四剑刺空，然后翻身、旋腰、张臂，从高坠下，如凤凰临空直扑向四人。

"去！"一声清叱，白绫飞舞，风啸长空，长剑挥出，匹练蔽日！

那一刻，战场上的人只见半空中长绫飞卷，如狂龙飞舞，势不可当，银虹闪烁，如雪凤耀天，气冲霄汉！一时间，空中仿佛有两个太阳，金芒白光交相辉映，炙肤刺目，凌厉的劲风凌空横扫，沙尘暴起，人站立不稳，似随时都会被卷上空去！

叮叮叮的叩击之声响起，剑芒散去，白绫停止飞舞，四道人影和着断剑从半空坠落。

"快收起瞭望台！"争天骑右翼阵中传来急切的命令。

瞭望台下惊呆的士兵终于回神，急忙要将瞭望台降下，却一下手慌脚乱，反将瞭望台摇得团团转。而瞭望台中的人枉自有一身武艺，此刻却也撞了个鼻青脸肿，咒骂连连，只可惜无人听到。

而半空中白影一闪，风惜云轻飘飘地落在高高的瞭望台上，长身玉立，银甲在阳光下闪着灿烂的光芒，白色的披风、黑色的长发被风卷起，在身后交缠飞扬。任瞭望台如何转动，她自岿然不动，抬目四顾，前方青山碧湖，脚下雄狮百万，霎时一股豪情充溢胸襟，傲然的微笑便这样轻轻绽放。

那一刻，战场上数十万士兵目不转睛，所谓的风华绝代不外如是！

“主上，弓箭到！”紫焰旗下，侍卫恭敬地奉上弓箭。

皇朝看着弓箭，接过。

“你？”一旁的玉无缘忽然伸手搭在长弓上。

皇朝回头看着玉无缘，眼中光芒闪烁，时热时冷：“我只有一次机会！”他眼中似燃烧着什么，炙热得令人窒息，又无情得令人绝望。

玉无缘与他对视片刻，松开了手。

那时，只有那名送上弓箭的侍卫看到了，阳光下那手晶莹如雪玉雕成，完美得无一丝瑕疵，却也令人悚然。他看得心神一慌，赶忙移开视线，却对上了玉无缘的眼，那双眼睛看着他淡淡一笑。

如此完美无瑕的面容，如此淡然出尘的笑容……可那一刻，那名侍卫呆呆地站着，两行眼泪就这样流下，自己却浑然未觉。

“你会后悔的！”玉无缘的声音显得缥缈。

“我决不后悔！”皇朝的声音坚定决绝。

小瞭望台上的风惜云抬手，凤痕剑若一泓秋水，秋水中荡漾着一线红痕，指尖轻弹，剑鸣似凤。

瞭望台上的皇朝抬手，金色的长弓，金色的长箭，那是骄阳的颜色。

剑举起，如虹炫目。

箭搭弓，弦张如日。

皇朝抬目，最后看了她一眼。

即便隔着千军万马，隔着他们永远也无法跨越的鸿沟……他依然能看清她银色的盔甲、黑色的长发、额间那弯莹莹雪月、清亮如星的眼眸，甚至是她唇畔那丝满不在乎的微笑……那是无论时光如何流逝，无论沧海如何变幻他亦不会忘却的。

小瞭望台上，凤凰高高跃起，长剑高高扬起，瞭望台还在摇晃下降，银虹已从天而降。

那一剑的光华令天上的朗日黯然！

那一剑的鸣啸令争天骑右翼阵中的秋九霜发出绝望的凄吼！

那一剑气如劈山，势如地动！

那一剑是她倾尽毕生功力挥出，是为了她所关注的所有人！

那一剑必不会失手！

砰！两米高的瞭望台被银虹一劈为二！

瞭望台裂开，她看着台中的人，台中的人看着她。

她讶异，他震惊。

一双大眼正瞪得不能再大，难以置信地看着她，那是一个明朗男子，毫发无伤。

她不禁展颜一笑，笑如春日的清风。

然后那人也扬眉一笑，笑如夏日的灿阳。

无论他们是敌人还是仇人，此刻相逢一笑。

那只是一瞬间的事。

半空中身影交错，一个失力坠下，一个力尽而落。

“风夕！”惊呼声响起，皇朝手中拉得紧紧的弦同时松开！

那声呼唤令战场上所有的人耳膜一阵嗡鸣，众人抬首的瞬间，只见一支金箭如流星划过天际，拖着耀目的金芒，穿越千军万马、苍穹大地，撕裂虚空气流，携着射破霄汉的气势，如一道迅疾的闪电，直直没入空中那力竭无法躲避的白色身影中！

霎时，战场上一片寂静。

“嗯……”

那声痛呼极低，可战场上的万千士兵都清清楚楚地听到了。一瞬间，那一箭似射在了他们自己身上，还未来得及感到痛楚，空中那道白影便已无力地坠下，白色的披风高高扬起，若凤凰被折的羽翼，铠甲在阳光下闪着银光，仿佛是折翼凤凰发出的最后光芒。

“惜云！”

这一声呼唤是那么震惊与难以置信，是那么激烈与惊惧，带着深沉而无法掩饰，仿佛撕裂一个人的心肺一般的剧痛，也刺痛了战场上每个人的心。

声音未落，一道黑影从大军的上空飞掠而过，比闪电还要快，比疾风还要迅猛。

空中的凤凰即将坠落于地上时，落入了黑影的怀抱中。

砰！重物坠击地面的巨响传来，尘土飞扬中，落在下面的黑影紧紧抱着怀中的白影。

“皇雨！”

争天骑阵中也飞出一道身影接住了另一个从天空中落下的人。怀中那身体的触感是温热而充满活力的，这一刻，秋九霜收紧了手，潸然泪下。

“哈哈……我现在知道了，对你来说，我真的很重要。”皇雨欢笑地看着紧紧抱住自己的人，虽然刚在鬼门关前转了一圈，却是从未有过的高兴，“而且你竟然也会流眼泪，看来你还算得上是个女人。”

“哼！怎么你还没死？！”秋九霜恼羞成怒，一拳狠狠挥出，正中目标。她本以为他会很快还手，谁知皇雨却望向天空，轻轻叹息：“那便是青王风惜云吗？”

“惜云！惜云！惜云！”

丰兰息呼唤着，轻轻地摇晃着怀中紧闭双眸的人，从未有过的紧张、恐惧、战栗情绪紧紧地将他攫住。是的，这一刻他害怕。从不知畏惧为何物的雍王此刻非常非常害怕。害怕得心脏都痉挛着，似随时会停止跳动……他害怕怀中这个人再也不会睁开双眼，那闭着的唇再也不会对他吐出冷嘲热讽。

“惜云！惜云！”他温柔地拍着她有些发白微冷的脸颊，“惜……”

忽地，怀中的人睁开了双眼，眼中分明藏着戏谑之色，嘴角微微上扬，勾起一抹熟悉的讪笑：“我现在承认你的‘兰暗天下’比我的‘凤啸九天’要快。”

耳边清晰地响起独属于她的清越嗓音，丰兰息有些迟疑地开口：“你……没事？”

“嘻嘻……多亏了这颗宝石。”风惜云轻轻一笑，从胸前拔出那支金箭，箭尖带出本嵌在银甲上的红宝石，手一晃动，宝石碎成粉末落下。

“啧，这一箭好大的力道！”风惜云咋舌道，并在丰兰息怀中舒服地伸了个懒腰。

丰兰息定定地看着她，许久后猛然毫无预警地将她往地上一扔，自顾自地站起来，转身便往回走。才走一步，他便发现双腿虚软得无法使力，抬起双手，手还在剧烈地颤抖着。他慢慢将手握紧成拳，闭上眼深深吸一口气，平息全身流窜的气息，平复狂跳不止的心，这一刻心中竟是无法诉说的喜悦之情，喜悦中却又带着酸楚、恼怒。他一甩袖，抬步离去。

“黑狐狸，你……”

下一刻他听到了风惜云轻轻的呼唤，甚至带着一丝温柔的挽留。她已经很久不曾如此唤他了。丰兰息不禁转身，随即惊恐地睁大了双眼。

“你……我……”风惜云右手微伸，似想拉住离去的他，左手轻抬抚在胸口上，嘴角溢出丝丝鲜血，一张脸惨白如纸，“我……”她才一张口，鲜血便如喷涌的泉，瞬间染红她一身。

“惜云！”丰兰息跨前一步，伸出双臂。

风惜云张口，却终未能讲出话来，眼眸一闭，无力地倒入丰兰息怀中，嘴角微微上扬，似想最后再对他笑笑，笑容却终未来得及绽放。仿若一朵雪昙花，开得最盛时，却带着万般不舍的依恋毫无预警地败去，绝艳而凄婉。

“惜云！！！”

咆哮声响彻战场，仿佛是重伤垂死的猛兽发出的最后狂啸，声音惨烈凄厉，让每个人的心神为之震撼。

“他们伤了主上！他们伤了主上！为主上报仇！”

战场上的风云骑狂怒了，发出震天的怒吼，扬起刀剑，杀气狂卷……却依然不敢有丝毫妄动，只因他们的主上曾经下令，未得军令不可妄动！

在那一声咆哮响起的同时，玉无缘全身一颤，眼眸无神地盯着虚空。

而皇朝，在那惨烈的咆哮声过后，手中已被他握得变形的金弓终于掉落。

“传令……”

皇朝的声音令玉无缘清醒过来，他抬手抓住皇朝的手，那力道令皇朝痛得全身一颤：“不可！”

“现在雍王心绪已乱，理智已失，正是一举击溃他的时候！”皇朝看着他，一字一顿地道。

“那里……”玉无缘抬手遥指对面的瞭望台，气息虚弱却语气坚定地道，“那里还站着一个人，那个人不简单，站在那里，便等于是雍王！你若妄动，他必会发动五星连珠阵，此刻我心绪已乱，无法把握……若你们在此两败俱伤，那还能有何作为？”

而在对面的瞭望台上，猛然一声“下令收兵”响起，吓得任穿雨身子一抖，他转头便见久微就站在身旁，却不知对方是何时登上瞭望台的。

“收兵？怎么可以？！”任穿雨一听差点儿跳起来，“若他们趁机……”

“不会，那边有玉无缘！”久微不以为然地道。

“但是此刻青王她……嗯……受伤，所谓哀兵必胜，若趁此我们定可……”

“下令收兵！”久微看着他，目光锐利，如剑逼颈。

两人对视，互不相让。

“如若你死了，那么以此刻雍王的心境来说，你们必败！”久微抬起手，指间青色灵气带着森森寒气直逼向任穿雨，在离额一寸处停住，“是选收兵还是一败涂地？”

“你……”任穿雨狠狠瞪他一眼，然后转身，“传令，收兵！”

“不但收兵井然有序，且一直保持双翦阵，若遭袭击便可随时反击。收兵之后，中军以横索为守，左翼以隔岸为观，右翼以乱鸥为窥。”玉无缘站在高高的瞭望台上将下方情况尽收眼底，依然面白如纸，眼神却已复清明，“墨羽骑的军师任穿雨果然也非泛泛之辈，即便此刻雍王、青王不在，他也决不容你渡过苍佑湖。”

“去唤萧将军来。”皇朝转头吩咐。

“是！”亲兵领命而去。

“你是要夺下康城？”玉无缘目光一闪，“黥城离康城更近些。”

“没关系！”皇朝看向战场，似找寻着什么，“刚才你也听到了，此刻他根本无暇顾及。为着这一战，我们双方的将士都已调至此处，黥城也不过一些守军，康城那里……师父说过，即便能上苍茫山，但若失东旦与康城，那便已先输一着！所以康城我决不能让与他！”

玉无缘默然，半响后才开口：“那一箭真能……夺她的性命？”

“她必死无疑。”皇朝闭上眼，“那一箭若在平时，以她的功力最多重伤她，但……她以全力劈开瞭望台，力尽之时护体的功力便也散尽，那是她最脆弱之时，那一箭携有我全部的功力，她必五脏俱裂！”

“是吗？”玉无缘的声音轻飘得好似风一吹便散。

皇朝双手握得骨节发白，双眼紧闭，似不想看到任何东西，良久后，他才轻轻吐出两个字：“是的！”

这一句话吐出，他只觉心底仿佛有什么东西散于天地间，心里顿时空荡荡的。

“我亲手……杀了她！”他低声念着，仿佛是为了加强心底的信念，只是……那沙哑的声音怎么也无法掩藏那一丝痛楚之意。

玉无缘无言，向远处看去，那双空茫的眼睛此刻似已与这苍茫的天地融为一体。

“但愿你永远无悔。”轻轻丢下这一句话，他移步下台，留下皇朝依然伫立于瞭望台上，背影挺拔，却不知为何显得那样孤寂。

日已西坠，天色渐暗，皇朝眼前模糊，看不清天，看不清地，也看不清底下的兵马。周围似乎很吵闹，耳膜一直嗡嗡作响，但又似乎很安静，耳中什么都没有听到。

“主上！主上！”

有什么在拉扯着他，皇朝茫然地回头，却见萧雪空正握着他的左臂，似乎握得很用力，骨头都在作痛，直痛到心底。

“主上，您……”萧雪空没有将话说出口，只是震惊地看着皇朝。

“你领一万大军前往康城，五日内必要将其夺下。”皇朝吩咐。

“是！”萧雪空领命，走前回头看了皇朝一眼，“主上……”

“快去！”

“是！”萧雪空按下满怀的震惊与心头的绞痛，转身快步离去。

“雪人，你被火烧了吗？跑这么急干吗？！”窄窄的梯台上，迎面走来的皇雨抚着被萧雪空撞疼的肩膀道，却忽然被那双蓝空似的眼眸中深沉的悲恸吓了一跳，“雪人，你……你怎么？……”话未说完，耳边一阵冷风刮过，眼前的人已不见了。

“该死的雪人，竟敢不理我！”皇雨瞪了一眼远去的背影，继续拾级而上，可一登上瞭望台，不禁当场惊呆：“王……王……王兄，你怎么哭了？啊……不……不是……是你脸上为什么有眼泪？是不是受伤了？很痛吗？谁……谁竟敢伤王兄？我要为你报仇！”

笨蛋皇雨，你真是……自求多福吧！听着身后传来的叫嚣，萧雪空暗暗叹气。

“主上，现冀王也已收兵，双方皆不敢轻渡苍佑湖，那我们此时应派黥城的墨羽骑攻下康城，只要将康城拿下，到时可两面夹攻，冀王必败无疑！”

营帐前，任穿雨急急地追上丰兰息。

丰兰息却抱着怀中的风惜云直奔王帐，对任穿雨的话充耳不闻。

“主上！”任穿雨挡在他身前，“请下令攻取康城！”

“让开！”丰兰息冷冷地看着任穿雨，短短地吐出两个字，却散发着森冷的寒意。

“主上……”

任穿雨还要再劝，却听到丰兰息猛然暴喝一声：“滚开！”

任穿雨心头一颤，不由自主地侧开一步，脸上冷风刮过，再回神时，丰兰息已走出很远。

“你们怎么不劝劝他？”他猛地对身后跟着的那一大帮人喝道，有些挫败地握紧双拳，这么好的机会，却……

众人默然不语。

“任公子，你此时说什么话都没用。”闻讯而来的凤栖梧轻声劝了句，目送那匆匆离去的背影，“雍王现在心中、眼中只有青王。”

“可是这天下比青王更重要！”任穿雨望着那个背影喊道，可那个背影一个转身便消失在众人眼前。

“你还不明白吗？”凤栖梧看着他，冷艳的脸上浮起一丝嘲笑，带着一丝自怜，“现在整个天下加起来也不及他怀中重伤的青王。”

“不行……不行！我决不能让他一时感情用事而毁了这十多年的辛苦！”任穿雨同样听不进凤栖梧的劝阻，抬步追去。

凤栖梧看着紧随任穿雨身后的诸将，微微叹了口气，不由自主地抬步跟去，垂首的瞬间，两行清泪滑过脸颊，滴在地上，嘴角却勾起一丝浅笑。

“钟离、钟园，守住帐门，任何人都不得打扰，违者格杀勿论！”王帐前，丰兰息冷冷地看着追来的任穿雨他们，声若寒霜。

“是！”钟离、钟园垂首。

“主上！”任穿雨快步上前想要拉住丰兰息，回应他的却是紧闭的帐门。他抬手想推门，钟氏兄弟却一个伸手格住，一个伸手将他推开。

“主上！康城决不能被冀王夺得，那是在苍茫山下呀！苍茫山是王山，决不能失！”任穿雨不顾钟氏兄弟的推阻，焦急地喊道。

他话音未落，忽然全身一轻，然后身子被空移三尺，叮的一声，眼前寒光一闪，两柄宝剑架在颈前。

“请不要再打扰，否则我们便执行主上的命令！”钟离、钟园一人一剑逼视着任穿雨。

“你们想误了主上的大业吗？让开！”任穿雨怒火中烧，就要上前。

“大哥，你就别再费劲了！”任穿云上前拉住哥哥，“钟离、钟园只听主上的命令，真的会杀了你的！”

“只要主上恢复理智，将我这条命拿去又如何？！”任穿雨却无惧，甩手想将弟弟甩开，奈何书生之身，力气根本比不上武功高强的弟弟，双臂被钳得紧紧的，当下又急又怒又恨，“穿云放手！”

“哥，你怎么还不明白？青王不醒，主上又如何会醒？！”任穿雨抱住自家哥哥，不让他不要命地往前冲，因为那对双胞胎手中的剑绝非唬人的。双胞胎自小受教于主上，年纪虽小，武功却远胜于他们四将，只要自家哥哥再进一步，必会血溅三尺！

任穿雨闻言呆住了。

“穿雨，你何时见过这样的主上？”身后乔谨抬步上前，拍拍任穿雨的肩膀，看向紧闭的帐门，深深叹息。

这样的主上……是的，他也从未见过。

“果然！”任穿雨恨恨开口，目射怨毒，“都是青王！我果然没看错，她便是要毁了主上的人！女人祸水，千古至理！早知今日，我便是拼着被主上责骂也要取她的性命才是！”

“你再对我主不敬，便拼着两州分裂，本将也要取你的性命！”徐渊冷冷地逼视任穿雨，腰间长剑直指他颈前。

“任军师，你道青王祸水毁你雍王，可怎能肯定雍王不是心甘情愿的？”一直静观的久微终于出声，抬手推开徐渊的长剑，目光平静地看着任穿雨，“就如你为雍王的大业愿肝脑涂地，万死不辞，那么……雍王为青王也愿倾力相护、倾国以许！”

“那怎么可以比？千古大业与儿女私情孰重孰轻，这还不明白？！”任穿雨大声道，可在久微澄净如湖的目光中，只觉得希望破灭，大势已去，却犹心有不甘，心不能平，“主上是要成大事的明主，怎么可以舍大取小？怎么可以为一个女人而失去理智？！十多年的心血啊，我们为着今日不知费了多少神思，不惜以手染血，不惜负孽于身……可是……一个女人……一个女人便要毁了这一切吗？”话至最后已声音哽咽，他双目赤红地盯着帐门，身形摇摇欲坠。

所有的人看着他，这一刻，风云骑诸将也不忍苛责他，墨羽骑诸将感同身受。

还是乔谨上前道：“穿雨，当前要紧的事是守住东旦渡，不要让冀王得逞。”

这话令任穿雨自满怀失落中醒转：“只能如此了。”

第五十二章　付卿江山以相许

从丰兰息走入帐中算起，已两天两夜过去。

风云骑、墨羽骑诸将虽然忧心如焚地想守在帐前，但都被任穿雨一句“别忘了自己的身份与责任”唤走，只要一有空闲便都会前来，可每每都只看到帐前默然而立的久微与凤栖梧。

而任穿雨自那日后便不再前来，为着守住东旦渡已殚精竭虑。对面是他此生未逢之强敌，他不敢有丝毫大意，也因他的坐镇，暂失主帅的雍、青大军才未军心涣散，依旧严守阵地，锐气不减，令对面的皇朝也不禁刮目相看，一时双方相安无事。

第三日清晨，帐内终于传出声音：“参汤！”

只是简短的两个字，却让守在帐外的人如闻天籁。

钟氏兄弟很快便将参汤送入帐中，而帐外的人从久微、凤栖梧至闻讯而来的诸将依旧不得入帐，一个个盯着帐门，满眼焦灼。程知这个五大三粗的大汉甚至目中含泪，不住地合掌向天，祈求老天爷的保佑。

日升又日落，月悬又月隐，朝朝暮暮，众人度日如年，但总算也有个尽头。

第五天清晨，帐内终于响起轻盈的脚步声，帐外守候的一干人顿时振奋不已。

帐门终于开启，金色的晨曦斜斜投在门口的人身上，那人银甲泛起炫目的光辉，如同天人伫立，令人几乎怀疑是幻影。

帐门前，立着完好无损、气色如常、神情平静的青王。

“主上！”

“青王，主上呢？”

众人急切地上前。

风惜云一摆手，目光扫视一圈，那一刻，惶然、激动、焦灼的众人不由自主地噤声。她的目光最后落在久微身上：“久微，他就拜托你了。”

久微目光微沉，道：“我定尽我所能！”

风惜云目光再扫过诸将，抬步走出大帐：“你们随孤来！”

诸将相视一眼，都沉默地跟随风惜云离去，帐外很快恢复宁静，只余久微、风栖梧、笑儿及钟氏兄弟。

“凤姑娘先回去休息吧，我会照料好雍王的。”久微冲风栖梧点头，抬步跨入帐中。

“等等！”风栖梧唤住他，“请让我看他一眼。”

久微回头看看风栖梧，良久后微微一叹：“好。”

两人走入帐中，绕着屏风，拂开床前丝幔，露出床榻中闭目而卧的人。

那一刻，两人只觉得胸口有什么轰然倒下，沉甸甸得让人窒息，眼鼻一酸，已是泪盈于眶。

那个卧在榻中的人，真是他们所熟悉的雍容高贵的雍王吗？真是俊雅无双、风采绝世的兰息公子吗？

榻中的那个人，似乎一夜间老去了三十岁。

曾经如美玉一般的容颜此刻布满细纹，曾经白皙光洁的肌肤此刻枯黄，曾经如墨绸般的黑发此刻已全部灰白，曾经如幽海一般摄人心魄的眼眸此刻黯然合上，那任何时刻都飞扬的神采已消失无踪，只是死气沉沉地躺在榻上，若非胸口那一丝微弱的起伏，几乎让人以为这是一个死人。

“为她，他竟如此！”凤栖梧伸出手来想要碰触榻中之人，终是半途垂下，无声落下的泪珠便滴在了手心。

海枯石烂，天荒地老，从来仿如绚烂的神话，可美丽的神话此刻是如此苍白无力，眼前的苍颜白发便已是永恒。

“仿如最美的墨玉一夜之间被风霜刻下了一生的痕迹。”久微看着榻中的人也不禁动容，“‘雪老天山’原来真的不是传说，‘天老’传人便是他吗？”

凤栖梧抬首看向他，“雪老天山”是什么？“天老”又是什么人？那与她无关，她只在乎：“他会如何？”

“‘雪老天山’是天老救人性命的秘诀，只是……”久微轻轻叹息，“他救了她，却也等同于用自己的性命去交换。”

凤栖梧顿时心口一窒，泪水潸然：“以性命交换？”

“他只剩一个月寿命。”久微轻声道。

脚下一个踉跄，凤栖梧跌坐在地，眼神悲痛：“只有一个月？”

“是的。”久微点头，并没有去扶地上的凤栖梧。

“一个月……怎么可能？”凤栖梧捂脸哽咽，“怎么可以这样？！”

久微看看凤栖梧，再看看榻中的丰兰息，长长地叹息：“他既肯如此对青王，又是‘天老’传人，那我便要救他一命。天老、地老在苍茫山顶留下的那盘棋可还等着他去！”

说罢他脱去鞋，盘膝坐上床榻，扶起丰兰息，一手覆其胸，一手覆其额，青色的灵气霎时笼罩丰兰息的全身。

那时，青王帐中，风惜云下达了一个令诸将震惊的命令。

"主上……"性急的程知立刻开口，却被齐恕拉住。

而其余的人都呆呆地看着风惜云，不明白她为何要下这道命令。

"任军师。"风惜云的目光落在任穿雨身上。

任穿雨的脑中一瞬间便闪过许多念头，他恭恭敬敬地低头："穿雨遵令。"

风惜云颔首，目光再转向其他诸将。

诸将只是犹疑片刻，便都俯首："臣等遵令。"

风惜云点头："那么都下去依令行事吧。"

诸将退下。

元月十四日，雍、青营阵里升起白幡，全军缟素，白凤旗倒挂于空中。

东旦渡的千军万马在那一刻都明白了一件事——青王薨逝！

获此消息，便是处于敌对位置的争天骑、金衣骑也无不震动。

青州的女王死了？那个凤凰般耀眼的女子真的死了？

元月十六日，风云骑发动攻势，白幡如云，缟衣如雪，凤旗翻卷，杀气腾腾！

皇朝命金衣骑布下金甲阵，风云骑未能破阵。

十七日，风云骑再次发动攻势。

皇朝仍命金衣骑布下金甲阵，风云骑依然未能破阵。

十八日，风云骑第三次发动攻击。

皇朝命金衣骑布下九轮阵，风云骑堪堪入阵即收到命令撤退。

十九日、二十日，风云骑皆未有动静。

正当皇朝心存疑惑时，二十一日，风云骑与墨羽骑联合出击，皇朝命皇雨、秋九霜领争天骑与金衣骑战，双方势均力敌，各有小小损伤，而后偃旗息鼓。

二十二日，康城。

一大早，萧雪空推开门，便发现下起了小雪，细细密密，飘飘荡荡，为大地染上一层浅浅的白色。他伸出手掌，想接住从天而降的雪，抬眼间却看到了立在树梢上的人。

那人白衣黑发，迎风而立，绰约如仙，似真似幻。

那一瞬间，涌上萧雪空心头的是不可抑制的狂喜——她没有死！但下一瞬，他却如坠冰窖。

她未死！她在此刻现身，那只代表一件事：康城危矣！

"虽然下雪，但我知道，拂开这些雪花，天空必然湛蓝如洗。"树梢上站着的风惜云仰望天空，声音极轻，在满天风雪中却清晰入耳，"有蓝空，有白雪，还有从极北的冰峰吹来的最洁净的风。雪空，这样干净的日子最适合你了，今天的雪是为你下的。"

萧雪空握住腰间的佩剑，一寸一寸轻轻拔出，晶亮的剑身映照着飘舞的雪花，画面美妙迷离。

风惜云低头看着院中如剑挺拔、如雪静寒的萧雪空，叹息道："你只要不踏出此院，我便不会出手。”

“已经攻城了吗？”萧雪空的声音如冰珠坠地，清脆铿然却无温度。

“是的。”风惜云点头，“康城不但是兵家必争之地，对雍王来说还有另一种意义，所以昔年他与我一起踏平断魂门后即在城中为今日布下了暗局。而今我来了，你当知你已无胜算。”她语气平静，本无须解释这些，却还是说出。虽然明知不可能，但或许她依然希望他能放下剑。

“主上说康城有另一条通往苍茫山的路，乃他的恩师地老昔年上山与天老观星斗棋时所留，是通往苍茫棋局之路，是以康城决不能失。”萧雪空也平静地道。

“雪空，你守不住康城。”风惜云伸出手掌接住眼前飘落的雪絮，看着它静静地融化在手心，“你便与我在此赏雪如何？”

“可以与青王一起赏雪，那实是雪空无上的荣耀，但是……”萧雪空眉峰一扬，“我是冀州扫雪将军，士兵浴血奋战之时岂有为将者畏缩不出之理？我为冀王之臣，自当为王尽忠！”话音落地的同时，长剑噌地出鞘，伫立于风雪中岿然不动。

“即使知道结果是败亡？”风惜云语气轻柔，说出的却是决绝之语。

“是！”萧雪空答得斩钉截铁，澄澈的眸子中如有风雪聚集，“能与青王一战，雪空无憾！”

风惜云看着院中的一人一剑，半晌后喟然轻叹：“扫雪将军的‘扫雪剑法’当世罕见，我一生懒惰，未能于剑上下功夫。”她微微一顿，又道，“我有一名臣子名折笛，虽未曾出世，但其武艺放眼天下也是屈指可数的。他隐居浅碧山十年，独创一套‘碧山绝剑’，鲜有对手，今日我便以他的‘碧山绝剑’会一会将军的‘扫雪剑’，也算不辱将军。”说罢手腕一扬，风痕剑出鞘，漫天的风雪也不能掩那一线红痕。

雪似乎下得更大了，风似乎更急了。

一人静立庭院中，一人盈立树梢上。

一剑晶亮如冰，一剑澄亮如水。

一个冷峻蹙眉，一个静然无波。

雪絮纷纷扬扬地落下，寒风扫荡，但无损那两人笔挺的身姿，风雪飞卷，却未有一片雪花落在两人身上，便是长剑上也未沾分毫。

远处传来厮杀声、刀剑相击声、人的凄厉呼痛声……再后来便是急促的脚步声、急剧的喘息声。

“将军！将军！城门被攻破了！将军！将军！你在不在？”

门外有人使劲地捶打着门板，嘶声呼唤，奈何任他如何敲打推拉门板也无法开启，任他如何叫喊门内也无人答应。

“将军！将军！你到底在不在？城里有细作，他们里应外合，墨羽骑攻了进来，他们人数太多，我们根本无法阻挡！将军……”声音忽然消失了，门外咚的一声有什么倒落，或许是兵器，或许是人。

院中蹙眉不动的人终于忍不住动了，刹那间人如剑飞，剑如电射。

树梢上的人也动了，看着迎面而来的剑光，轻轻一叹，手中长剑挥出，轻松写意的一招，却如山岳般稳重，将所有的攻击封阻。

冰雪般的长剑迅猛如火，秋水般的长剑潇洒如风，无论是如火还是如风，一剑挥出，裂石穿云，风被斩裂而发出厉吼，雪被切割而发出凄叫。

那一刻，小院中风雪狂舞，寒光闪烁，人影如鬼魅，剑气纵横！

那一刻，无人能靠近小院，只余那漫天飞舞的雪花与那笼罩天地的剑意！

忽然间，清亮的歌声划开剑气，冲破风雪，在天地间悠悠荡起：

剑，
刺破青天锷未残。
长伫立，
风雪过千山！

剑，
滴滴鲜血浑不见。
鞘中鸣，
霜刃风华现。

剑，
三尺青锋照胆寒。
光乍起，
恍若惊雷绽。

院中雪光飞射，剑气如穹，那歌声却于风雪剑气中从容唱来，气息平稳，不急不缓。

当一句"恍若惊雷绽"结束时，风雪中绽开一朵雪莲，莲心里裹着一丝红蕊，于院中轻盈一绕，霎时满院的雪花红蕊，让人再也看不见其他东西，惊艳不已时，叮的一声清脆剑鸣传来，然后清亮的歌声停止，满天的风雪静止，满院的剑气消逝，一切归于平静。

雪地中倒伏着一个与雪融为一体的人，雪中慢慢有殷红色的血洇开，在那洁白的雪地中绽开一朵血色莲花。

站立着的人凝视着剑身上的那一丝鲜血，看着它凝聚于剑尖，然后滴落在雪地上，剑身便恢复成一泓秋水，澄澈明亮。

醉里挑灯麾下看。孤烟起，狂歌笑经年。

她一声声慢慢吟来，一寸寸慢慢移开目光，声音清如涧流，偏轻柔如空中飘落的雪絮，空茫而怅然，微带一丝历尽沧桑的倦意。

“无寒。”风惜云轻声唤道。

“在。”银衣武士悄然出现。

风惜云将目光从天空中移向雪地上倒卧着的人身上，移步走近，蹲下身来托起雪地中的人。

她拂开银发，那张如雪花般美丽的脸此刻也真如雪花般脆弱，似一碰即化，唇边溢出的血丝分外鲜红，那曾经澄澈的眸子此刻黯淡地看着她，眸子深处隐着一抹幽蓝的光，那样深沉而魅惑地看着她，似乎有无数的话藏在其中，又似什么都没有。

“送他去品玉轩吧。”

“是！”

无寒移步抱起地上的人，然后一个起纵，身影消失，只余一朵血莲犹自在雪地中怒放。

待无寒走后，风惜云身子一晃便坐倒在雪地中，捂住胸口。尖锐的痛楚令她锁起长眉，屏气凝神，片刻后那痛楚才缓去，她轻轻一叹：“到底不比从前了。”她抬首遥望那屹立于天地间的苍茫山，喃喃自语，“你以性命相许，我便回报这一条通往玉座的王道吧。”

她起身，轻跃过墙头，远远地便见一队黑甲骑兵风速般驰来，当先的一人白袍银枪。

“青王，康城已取下。”任穿云跃下马躬身。

“嗯。”风惜云颔首，“乔谨那边如何？”

“他说虽截住了秋九霜，但未能全功，被其领着余下的人逃走了，想来女人就是胆小些，逃命的功夫厉害些。”任穿云这次未费什么大力便取下康城，心下正轻松，所以有啥便脱口道来，话一说完，忽想起眼前的人就是个女人，当下不禁心慌，“臣……青王……臣不是……不是说您！”一句话说得磕磕巴巴甚是辛苦，兼急得面红耳赤，没有半分刚才英勇杀敌的豪爽劲，令身后一干将士看得抚额暗叹。

风惜云摆手示意不必在意，心下倒是有些奇怪任穿雨那等心机深沉、狼顾狐疑之人倒是有个爽利明朗的弟弟，只是再想想也就明白了，或就因有那样的哥哥，所以才有这样的弟弟。哥哥能为弟弟做的事已做尽了。

“收拾好康城，静待雍王到来吧。”

“是！”

就在墨羽骑夺取康城之时，东旦渡对峙的两军也发生了转变。

二十二日，数日来一直采取守势的皇朝忽然发动攻势，出动全部兵力以迅雷不及掩耳之势向风云骑、墨羽骑发起攻击。

冀王亲自出战，争天骑、金衣骑气冲霄汉！

“真是糟糕，老虎头上拍了几巴掌便将它激怒了。”任穿雨听到禀报，不禁暗暗苦笑，“发怒的老虎不好对付啊！”

“唠叨完了没？”贺弃殊白了他一眼。

“知道了。”任穿雨正容，“我们也迎战吧！”

“是！”

任穿雨爬上马背，望着前方翻滚的沙尘与风雪，问身后的亲兵：“主上还没醒吗？”

“久微公子说主上至少要今日申时才能醒。”亲兵答道。

“申时吗？但愿……”厮杀声响起，令任穿雨的话有些模糊。

“军师说什么？”亲兵怕自己漏掉了什么重要的命令。

“迎敌吧！”任穿雨回头看他一眼，书生白净的脸上有着男儿的慨然无畏。

战鼓擂起，喊声震天，旌旗摇曳，刀剑光寒！

风云骑、墨羽骑分以左、中、右三路大军，左军端木文声、徐渊，右军贺弃殊、程知，中军齐恕，三军摆出连云阵，此阵攻守兼备，兼军师任穿雨指挥得当，阵形调动灵活，当是行如连云轻渡，攻如百兽奔啸，守如铜墙铁壁。

而争天骑、金衣骑连成一线，如汹涌狂潮，连绵不绝，大有气吞山河之势。待到两军即将相遇之时，狂潮忽化为无数剑潮，锋利的剑尖如针般插入风云骑、墨羽骑中，霎时在猛兽身上刺穿无数小洞，待风云骑、墨羽骑痛醒过来化攻为守时，剑潮忽退，又成一线汹潮，咆哮着窥视着眼前的猎物。

“传令，左、右翼龟守，中军横索！”

“是！”

传令兵迅速传令，顿时风云骑、墨羽骑立刻变阵，收起所有攻势，全军化为守势，将剑潮挡于阵外。

“竟然无法抵挡冀王的全力一击吗？”任穿雨看着前方喃喃自语。

己方虽暂将争天骑、金衣骑攻势阻住，但其攻势如潮，前赴后继，一次又一次地攻向风云骑、墨羽骑。

“那是气势的不同。”

猛然身后传来声音，任穿雨回头，却见齐恕提剑而来。

“冀州争天骑素来以勇猛称世，兼冀王亲自出战，其士气高昂，斗气冲霄。而我军连续几日出兵，士气早已消耗，再者两位主上不在，士心惶然，是以不及争天骑与金衣骑。”齐恕一口气说完，目光坦然地看着任穿雨，“而且你我非冀王的对手，无论布阵、变阵皆有不及。”

“喂，决战中别说这种丧气话，而且身为中军主将，不是应该立于最前方吗？”任穿雨没好气地看着他。

“非我说丧气话，而是你的心已动摇，面对冀王，你已先失信心！”齐恕目光犀利地看着他，手腕一动，一枚玄令现于掌心，“我来是为传君令：非敌之时即退！”

任穿雨脸色一变，目光锐利地盯着齐恕，而齐恕毫不动摇地与之对视。

“我知你对雍王忠心，决不肯失了东旦渡，但你若在此与冀王拼死一战，或许能守住这半个东旦渡，但我们必然要伤亡大半！”齐恕一字一顿地道，“若是那样，你又有何面目去见雍王？”

任穿雨紧紧握拳，愤恨地盯着齐恕，半晌后才松开双拳，吐了一口气。

齐恕见此，即知目的达成，策马回转，忽又回头：“任军师，你的才干大家有目共睹，东旦渡能守至今日是你的功劳，但……若两位主上有一位在此，也不是今日的局面，是以你当知，臣守臣道，臣尽臣责！”最后一语隐含告诫。

二十二日未时，风云骑、墨羽骑退出东旦渡五十里。

争天骑、金衣骑渡过苍佑湖，进驻苍舒城。

申时末，雍王醒来，风云骑、墨羽骑大安。

次日，东旦渡失守与青王未死、康城失守的消息分别传报至康城与东旦，那一刻双方各自一笑，苦乐参半。

“所谓有得有失便是如此。”玉无缘站在苍舒城的城楼上，远眺幽蓝的苍佑湖，似乎对这一结果并不惊讶，“围绕苍茫山有四城，你得苍舒、径城，他得康城、黥城，以苍茫山为界，你与他真正各握半壁江山，各得一条王道，这就如当年天老、地老所观的星象，如苍茫山顶那下了一半、势均力敌的棋局。”

皇朝默然不语，仰望头顶的苍茫山，白雪覆盖，仿如玉山，巍峨耸立，一柱擎天。

“皇朝，去苍茫山顶吧，那里会给予你答案，那里有你们两人想要的……答案。”

第五十三章　苍茫残局虚席待

元月二十六日，康城。

风惜云推开窗，外面暮色初降，只是前些日下的那一场小雪还未化完，皑皑残雪映着天光，天色倒也不显得阴暗。

“冬日里最后的一场雪也要尽了。”她幽幽一叹，“再来该是春暖花开了。”

她将目光落在庭院中的一树红梅上，或也因花期将尽，梅瓣和着风簌簌飘落，残雪中落红如雨。

把酒祝东风，且共从容，
垂杨紫陌洛城东。总是当时携手处，游遍芳丛。[1]

不知不觉中，风惜云忆起当年与丰兰息一道踏平断魂门的光景，那时正是三月春光无限好的时节，桃花开得如云似霞，两人各携一坛美酒，一路折花而歌，歌的便是这首词。

那时年少春衫薄，意气相惜，无拘无束，潇洒恣意，但而今……

“聚散苦匆匆，此恨无穷。”她轻叹一声，抬手接住一瓣随风飘荡的梅花，“今年花胜去年红……”

“可惜明年花更好，知与谁同。”一道清朗的嗓音接道。

风惜云一惊，抬眸望去，一道比残雪更洁、比落梅风姿更寂的身影悄然立在院中。

“好久不见。”

两人同时道出一句，然后微微一笑，只是一语之后，却有恍如隔世之感。

天支山上两人把酒言欢也不过一年多时光，此刻回想，却如前世一般遥远，那时心惜意

1　引自欧阳修《浪淘沙》。

通，今日却是敌我不同。

“想不到这最后的残雪落梅竟可与玉公子同赏。”风惜云轻叹，看着眼前如玉出尘的人，心头微有遗憾与伤感之意。

“能于天支山上同赏一轮月，能于康城同赏一场落梅残雪，便是人生聚散无常，年华易逝，无缘也觉无憾。”玉无缘抬手从梅枝上拈下一撮雪，手腕轻轻一扬，那雪便正落在风惜云的掌心，与掌心的红梅相对，辉映成画。

“今日来的是天支山上的玉无缘还是冀王身边的天人玉无缘？”风惜云看着掌中的梅雪轻轻问道。

“青州女王风惜云与武林名侠白风夕你可能分割开？”玉无缘淡淡地反问，“雍王与黑丰息你是否又能不同相待？”

风惜云默然。

“所以天支山上的玉无缘与天人玉家的玉无缘又有什么区别？”

风惜云看着他，那双眼眸里有可看透红尘的明澈光芒，又有穿越红尘后的空茫倦色。这个人，无论何时何地，于她总是心生一股痛惜之情，无由无解。

看倦了红尘，看淡了世情，所以他心若古井，无波无澜，潇洒去来，无迹可寻，可那双眼睛里为何总是蕴着那样深沉的郁色？

世人敬仰他，恋慕他，依靠他，可世人又何曾看清他满心满身的疲倦、寂寥？

无缘……

风惜云深深吸气，垂眸，敛起所有的情绪：“那么玉公子此番前来有何贵干？”

玉无缘看着她，良久后伸出手来：“我来找你下一盘棋。”

风惜云一震，抬眸，盯着对面那双眼眸。

那眼眸映透了万物，涤尽了万物，偏还无情无尘。

玉无缘抬手握住风惜云的手，连着那落梅残雪一起握于掌中，两人的手都是雪一般白，雪一般冷。

两人凝眸相视，四目相近，玉无缘平静地、一字一字地轻轻吐出：“玉无缘与风惜云为天下苍生下一盘棋——下苍茫之局！”

“苍茫之局？”风惜云呆呆地看着他。

“对，下苍茫之局。”玉无缘目光紧锁风惜云，那样的目光似从她的眼看到她的心底，“非以你之智，而以你之心！以你之心下一局你心中真正想要的棋，下出你心中最想要的东西！”

以你之心下一局你心中真正想要的棋，下出你心中最想要的东西！

这一语淡然无波，却如惊雷响彻云霄，轰得她双耳阵阵嗡鸣，击得她心跳如擂鼓。

什么是她真正想要的棋？什么是她心中最想要的东西？她……二十多年来，是否曾停步细细思索？她是否曾认真确认？她又是否曾如实回答？又或是她从未发问？

可是眼前这人为何要这般问她？

她心头战栗，一切在他眼中无所遁形。他看穿了她所有不自觉隐藏的情绪，看透了她所有不自觉的希冀。

白风夕是知道她真正想要什么的，可风惜云不会有真正想要的东西。

“以你之心为自己、为苍生下这苍茫之局吧！”

那声音近在耳边，如耳语般轻柔，似从遥远的天际传来，如暮鼓晨钟直叩心门。

二十七日，寅时末。

淡淡的晨曦中，乔谨轻轻放开缰绳，马儿便稍稍走得急了，蹄声在人烟未起的清晨显得格外清晰。康城已巡视完毕，他该去向青王禀报诸事兼问安了。

才行至康城府邸前，他偶尔一抬头，顿时心头一跳，不自觉地拉紧缰绳，马儿发出一声嘶鸣，停下步来。

“将军？”身后跟随的士兵疑惑地叫道。

乔谨定了定心神，下马，将缰绳交由亲兵：“你们自去换班就是。”

“是！”

待所有士兵离去后，乔谨轻轻一跃便飞上屋檐，几个纵跃，便落在府中最高的屋顶上。一道白色身影正倚坐于屋顶上，微寒的晨风拂起她的衣襟和长发，她却毫无知觉一般，只是怔怔地看着前方，清亮的眸子似要穿透茫茫虚空望到极远之处，又似早已望到尽头，所有已尽在眸中。

“青王，风寒露重，请保重身体。”乔谨微微躬身。他早就听穿云说青王昔日化名白风夕行走江湖时是如何无忌的一个奇女子，却还是第一次见到。

“乔将军。”风惜云依然望向前方，“在这世上你有没有最想要的东西？”

“呃？”乔谨怔住。

“将军未曾想过吗？”风惜云回首，眸子仿若天幕上未隐的寒星，是这世间最亮的光源，“将军跟随雍王多久了？”

“自十四岁跟随主上，已十四个年头。”乔谨恭敬地答道。

“十四年了吗？”风惜云偏头淡淡一笑，“这么多年啊，那即便不能全部了解，也应该略知一二吧。将军知道雍王最想要什么吗？”

“主上想要的东西？”乔谨又是一愣。

“嗯。”风惜云点头。

主上最想要的是什么？乔谨一时竟答不出来。

江山帝位吗？看起来似乎应该是。

“我带着你们，将这万里山河踏于足下，让你们名留青史。”

那是很久前主上说的话，那时主上还只是一个纤弱少年，可说出此话时他们没有一人质疑，他们都相信那个谈吐狂语的少年一定会带他们实现承诺。那这算是他最想要的吗？

乔谨望向眼前的女王，不过一袭简单的白色长袍，黑发直披，随意地倚坐于屋顶上，却依然风华清绝。当日东旦渡大战中那一箭后主上的言行一一浮现于脑海。

这世间，什么才是主上心中最重要的人或物？此刻，乔谨似明了，又似模糊。

“乔谨愚昧，不知主上最想要什么。”乔谨深深躬身，“只是乔谨觉得，青王于主上，足抵这万里江山！”

“哈哈哈哈……”一阵清越的笑声便这样轻轻荡开，随着晨风散于天地间。

乔谨依旧躬身不敢抬头，这笑声如此好听，但他辨不出悲喜。

笑声渐渐消了，屋顶上一片寂静，很久，风惜云才幽幽地叹道：“不论哪一样是最重要的，我成全他。”

乔谨浑身一震，可还未想明白，身前风动，待他抬首，眼前已无人影。

二十八日，雍王王驾至康城的日子。

午时刚过，康城城楼上，风惜云静静地伫立，遥望前方，身后立着乔谨、任穿云。

也不知等了多久，等得任穿云脖子都拉长了不少时，城楼上的风惜云蓦然飞身跃下城楼。城楼上的将士还来不及惊呼，便见她轻盈如白蝶般落在城下的一匹骏马上，而后她一抖缰绳，骏马撒开四蹄飞驰而去。

一路风驰电掣，不到一盏茶的工夫，前方已见尘烟，她拉住缰绳，马儿放慢了速度，然后停步。

荒原上，她静静地等待着，风吹起那白衣长发，似欲随风飞去，风姿意态画图难书。

蹄声如雨落，身着银甲、黑甲的将士如浅潮般快速蔓延，铺天盖地般要淹没荒原，待看到前方那一骑之时，大军放缓速度，隔着十丈之距齐齐停步，于马背上躬身行礼，然后朝两旁分开，露中大军簇拥中的玉辇。

荒原前方一骑静立，大军之中玉辇静驻，双方隔着那不远也不近的距离。

这一刻，虽有千军万马，却安静至极，天地间只闻风声。

嘎吱一声，车门开启，钟氏兄弟走出，然后一左一右打起帘子，躬身恭候车内的人。

一道墨黑的人影从容地走出。

那一天的天气极好，碧空如洗，丝絮似的浮云在空中飘移，朗日高悬，暖暖的阳光洒落，天地清朗明丽。

她隔着那不近也不远的距离将阳光下的那人清晰地看入眼中。

那人已不是容颜如玉，墨发如绸。

明朗的阳光为那人灰白的长发镀上一层浅浅的银华，银华里裹着一张风霜浅浅刻画的脸，可是那人气度雍容如昔，意态雅逸如昔，那些沧桑痕迹无损他的神韵风骨，更显那双眼眸墨黑幽深如温润古玉，以一种从未有过的柔和目光看着她。

阳光下，他浅浅地微笑，如兰开香涌，眼角细长的笑纹中绽放着一抹红尘尽揽的恣意风华。

阳光下，他是安好的。

那一刻，她潸然泪下。

那一刻，她方知何谓失而复得。

那一刻，她方知天地虽广，万生万物虽多，最在意的原来不过是眼前之人。

那一刻，她愿倾尽所有，无怨无悔。

车上的人跨下车，一步一步从容地走来，马背上的人眼睛一眨不眨地看着他。

两人之间的距离在缩短，身影为何更模糊？

风吹过，面上一片清凉，她眨了眨眼，终于看清那人。

他就站在马下，张开双臂，脸上是那雍容优雅的笑容，眼眸明亮温柔而又缱绻地看着她。

那一刻，她毫不犹豫、毫无顾忌地张开双臂，飞身扑入他张开的怀抱中。

灰白的发、墨黑的发在风中交缠。

白色的衣、黑色的衣在风中相逐。

修长的臂、柔软的臂在风中紧缠。

“啊！”

那一抱震惊万军。那一抱惊艳天下。

“雍王万岁！青王万岁！”

无视礼法、无视天地、无视万生万物万军的拥抱，震慑住所有的人，撼动了所有的心。

万军下马，屈膝，叩首，为眼前这一体的双王山呼：“万岁！万岁！万岁！”

康城的城楼上，代表青州的凤旗与代表雍州的兰旗并扬于风中，城中十万墨羽骑、风云骑和睦相处。经过与争天骑、金衣骑的数场决战，同生共死的两军将士已生出惺惺相惜的感情，也真正明白两州是一荣俱荣，一损俱损。

接了丰兰息回到康城后，风惜云即以车旅劳累为由，让他先去休息，自己去见了一干臣将，处理诸般事宜。

华灯初上时才算完事，推开窗，一股冷风扑面而来，她不禁打了个激灵，可又不想关窗，就立在窗前仰望夜空，漆黑的天幕上挂着疏朗的星子，地上的灯火都显得明亮些。

“主上，该用晚膳了。”门轻轻被推开，六韵、五媚提着食盒进来。

“雍王可用晚膳了？”风惜云问道。

“先前雍王醒来，得知主上在忙，便先用膳了。”六韵一边答道，一边与五媚将盒中菜肴摆在桌上。

风惜云走到桌前坐下：“久微去哪儿了？”

“先前他为雍王探过脉，也先用过膳了，这会儿正在为雍王煎药。”五媚答道。

“哦。”风惜云点头，举筷用膳。

用过膳后，她歇息了半个时辰，五媚、六韵又服侍着她沐浴。

温热香汤里，风惜云舒服地闭上眼睛，放松了身体，懒洋洋地问着两位女官：“六韵，以后出宫了，你最想做什么？”

六韵动作轻柔地洗着风惜云的一头青丝，浅浅笑着道：“想做个女先生，教些女学生。”

“传道授业不错。”风惜云点头。

“她就是爱训人，若当个女先生不正好名正言顺嘛！”一旁的五媚取笑道。

“多嘴！”六韵瞪了她一眼。

“嘻嘻……难道我说错了？往常宫里那些人没少挨你训的，一个个见着你呀，就像老鼠见着了猫，逃命似的闪。”五媚笑道。

她们两人都是自小服侍风惜云的，情分不同，这会儿就三人在，自然也没什么顾忌。

风惜云眼睛微微睁开一条缝：“五媚想做什么？”

五媚眨了眨眼睛，道：“想嫁个如意郎君，相夫教子过一生。”

“不害臊！”六韵屈指一弹，弹得五媚满脸水雾。

“这有什么害臊的？男婚女嫁，人之常情。”五媚甩甩头，一点儿也不怕羞。

“女先生、贤妻良母……嗯，都不错。”风惜云点头，又闭上双眸靠在桶沿上，“孤定会成全你们。”

六韵、五媚闻言却怔住。

但风惜云已闭上眼睛，显然不欲再说话。

两人按下心头疑惑，继续服侍。

室中一时沉静，只余哗啦水声、迷蒙热气、幽幽暗香，以及那藏于朦胧水汽中的汹涌思绪。

当沐浴完毕，水雾中缓缓睁开的双眸明亮如星，清辉满室。

“六韵，去召齐恕、程知、徐渊三位将军来。”

“是！”

戌时，风惜云跨入丰兰息住着的院子，一进门就听到久微的声音。

“按这药方，早晚一次，三个月内不要断。”

久微将药方递给钟离，钟离躬身接过，望向倚在榻上的丰兰息。没有主上的命令，他们是不可能随便用药的。

“多谢。”丰兰息浅笑着颔首。

钟离放心地将药方收起。

“不用谢我，你不过沾了夕儿的光，若非顾着她，你的生死与我无关。”久微毫不领情，直言不讳。

丰兰息不以为忤，微笑着点头：“久公子说得是，孤无须致谢。公子怀中的那纸丹书可也有孤的一份功劳，公子都没谢过孤，不如就此两相抵消吧。”

“你……”久微瞪着眼前这个笑得雍容淡雅的人，腹诽着，难怪夕儿要骂他是狐狸，“雍王不愧是雍王，公平又明理。”这话十足带有讥诮之意。

“彼此，彼此。”丰兰息笑得一派和气。

“不敢，不敢。”久微面上也是一派亲切。

一旁的钟氏兄弟面色不改，各自忙着手中的活。

久微瞟了一眼道：“这两个小子年纪虽小，若放出去也是一方人物。”

“那当然，强将手下岂有弱兵？”丰兰息抬手拂开挡在眼角的发丝，只是看到那灰白的头发，眉头顿时皱起。

“我倒觉得是什么样的主子便教出什么样的属下。”久微讥讽道，待看到丰兰息抚发皱眉的动作，不禁翻起了白眼，“一个大男人需要这么在意容貌吗？”

丰兰息瞟他一眼，悠悠地道：“听说那医者本领只三分的越是架子高，医人时也只尽一分力，治好三分标，留下七分根，好拿捏病人。”

“你……”久微气结，但随即收敛了怒气，看着丰兰息笑得十分和煦，“想昔日兰息公子乃天下倾慕的美男子，与青州惜云公主可谓才貌相当，一对璧人，只是如今青王依旧容颜绝世，雍王却是苍颜白发，可真是天差地别呀！唉……真是为我的夕儿心痛呀！”他幸灾乐祸地特意在“我的夕儿”四个字上落下重音，然后满意地看着床榻上的人面色一僵。

丰兰息僵硬的神色不过只出现一瞬，他马上恢复如常，一双黑眸却似冰潭般寒意森森，偏语气还是那般温文尔雅：“孤虽已不再容颜如昔，但可换得惜云性命无忧，自是无怨无悔。而且……”他的目光在久微的脸上扫视一圈，利得似要从上面刮下一层皮来，“总比某些藏头缩尾、不敢见人的家伙要强些！”

久微闻言顿时气结，偏生又被说到心病，一时竟反驳不得。

“我倒不知你们两人如今竟‘意趣相投、言语相悦’呀！”清清亮亮的声音从门边传来，两人侧目望去，正见风惜云掀帘而入，面上是似笑非笑的表情。

“夕儿！”久微马上迎上去。

这一声顿时让床榻上的人不自觉地推倒了醋壶，什么夕儿夕儿的，真是刺耳！

“久微。”风惜云将目光停在久微的脸上，“说真的，我也挺好奇你的真正面貌是什么样的，这世上大概没人见过真正的你吧？”

“呃？”久微目光扫了丰兰息一眼，笑道，“夕儿想看？”

“当然。”风惜云点头，眼眸一时晶亮异常，紧紧地盯着久微。

“还是不要看了。”久微似乎有些为难，只可惜满眼的笑泄露了他的真实意图，“我担心某人会自卑得想撞墙。”

“我想自卑的另有其人吧？”丰兰息却不愠不火地道，“若不是自卑妒忌，又怎会不肯完全治好孤？！”

“妒忌？”久罗王怒了，“你以为你是谁啊？还想要我耗尽灵力来治你这张臭皮囊？丰兰息我告诉你啊，我肯救你的命那已是仁至义尽，给了夕儿天大的面子了，你以后若是敢忘恩负义，欺负夕儿，我动动手指就能让你做回活死人！”

“久微，别气。”丰兰息还未有反应，风惜云倒是牵起久微的手安慰道，“他的脸皮那么厚，你哪里是他的对手啊？”

丰兰息闻言顿时幽幽叹气：“女人的胳膊肘果然是往外拐的。”他抬手拾起肩膀上的头发，“唉，定是因为这头华发，让人变心了啊！”

那声叹息幽幽绵绵，无限伤怀，钟氏兄弟无碍，风惜云无碍，却只让久微抖了抖：“世上怎么会有这么臭美惜容的男人？”

“你平时看他的挑剔劲就该知道了呀！”风惜云摆了摆手，继续说她关心的事，“别管他了，久微，让我看看你的脸嘛！”

“虽然不能保证，但可以试试。”久微却望着屋顶，“千年何首乌、百年雪莲子、九九灵芝草、十年人参珠、桃源雪兰根、玉谷赤玄霜。”

“钟离，都记下了吗？”床榻上的人慢悠悠地问。

“主上，都记下了。”钟离说话的同时将笔放回架上。

“久微，让我看看你的脸。”那一边风惜云不依不饶地念着。

久微却充耳不闻，反而伸手拉过风惜云的手，搭在脉搏上，过了半晌才轻叹一声。

风惜云没在意，床榻上的人却竖起了双耳，紧张万分。

“本来以你们两人的修为，活个百岁也是易事，只是如今……”久微叹息，“虽然性命无忧，但到底都伤了经脉、损了元气，老来说不定还要病痛缠身。”

“庸医！”床榻上的人干脆利落地丢下两个字。

久微却只是牵着风惜云的手：“夕儿，和我回久罗山去，我保你长命百岁。”

“好呀！”风惜云答应得十分干脆，“不过，你要先给我看你的脸。”

床榻上的人闻言心惊，黑眸霎时变得幽深，如暗流汹涌，危险万分，然后淡然地开口：“听说久罗族的人都懂妖术，所以也都容颜妖冶。”

“这哪里是狐狸？简直是毒蛇！”久微怒目而视。

“久微，我要看你的脸。”风惜云对这些话概不入耳，只惦记着久微的真容。

久微看着她，颇为无奈，然后在一旁的椅上坐下，闭目盘膝，不一会儿便见他面上浮起淡淡的青色灵气，然后越来越浓，渐渐将整张脸覆盖。房中的人都目不转睛地看着，片刻后，那浓郁的青色灵气又慢慢转淡，渐渐露出眉眼肌骨，直至灵气消尽。久微睁眼，那样一张旷世之容便现于人前，饶是见惯美人的几人也不禁一震。

如若说萧雪空如雪般净美，修久容如桃之俏倬，皇朝如日般炫目，玉无缘如玉般温润，丰兰息如兰般幽雅，那么眼前的久微则如琉璃般明澈。

雪容太过冷峻，令人不敢靠近；桃容太过娇柔，需细心呵护；日容太过耀眼，永远高高在上；玉容太过出尘，远在云天之外；兰容太过矜贵，孤芳自赏，都不若眼前之容的无瑕，灵蕴天成，令人望之可亲。

“久微，真好看！”风惜云惊叹，“传闻久罗王族之人皆是神仙品貌，果然不假！”说着，她捧起久微的脸，低头以迅雷不及掩耳之势在那琉璃般通透未染纤尘的脸上印下响亮的一吻，“哈哈……久微，我肯定是第一个亲你的女人！”

风惜云得手便退开，似偷了腥的猫一般得意扬扬。

“夕儿，你亲错了。”谁知被偷亲的人毫不惊奇，只是出声加以指点，那灵气凝聚的双眸贼亮，长指指了指嘴唇，“应该亲这里，才能显出你我之间最亲密的关系！”

“真的？”风惜云眼睛一亮，似猫忽又发现了更肥的鱼。

床榻上的人生气了吗？没有！他是潇洒从容的兰息公子，是雍容优雅的雍王，怎么可能会有生气这种有失风度体面之举？！所以……

“钟园。”淡淡的声音从容地响起。

"在。"

"久罗妖人施展妖术迷惑青王，替孤将妖人叉出去！"床榻上的人优雅地换了个姿势，倚靠得更舒服了。

"是。"钟园向久微走去："久罗王，夜深露重，请让钟园送您回房休息。"说罢他挽起久微的胳膊，没有多余的动作，可久微就是不由自主地随着他起身迈步。

"夕……"

钟园指尖一动，便让久微闭上了嘴。

一室静默，风惜云与丰兰息两人，一个看着窗外，一个盯着几案，彼此神思恍惚，目光偶尔相对，却迷离得如置梦中。

"惜云。"很久后，丰兰息轻声呼唤。

"嗯。"风惜云应着，目光移向床榻。他的眼神令她不由自主地走了过去，在榻上坐下。

丰兰息握住她的手，与她十指相扣，轻轻叹息："我们都还活着！"

一句话，安两心。

是的，他们都还活着，活着才有无限的未来与可能，若死了，那便只余终生悔痛遗憾。

所以，很庆幸，他们活着。

"世人皆道你我聪慧，可我们又何其愚昧？我们可以看透人生百态，却看不清自己，看不透对方，定要毁灭了方能清醒。"丰兰息摩挲着两人交握的手，有些自嘲地笑了笑。

"我们相识十余年，从初会起便未曾坦诚相待。"风惜云低头看着相缠相扣的手，浅浅地笑着，"彼此隐瞒，彼此猜忌，彼此防备，却又彼此纠缠，到如今……人生没有几个十年，也没有几人能有你我这样的十年，所以……这些日子我总在想，我们应该有很多话要说清楚，有很多事要解释清楚，可是……此刻我觉得已不必再说。"

"嗯。"丰兰息浅笑着应道。

两人十指扣紧，眼眸相对，这一刻无须言语，彼此的眼睛便已说清一切。

两人的眼神不再是以往的幽深难测，不再是以往的讥诮嘲讽，不再是以往的算计猜疑，不再是以往的躲闪逃避，从未如此刻这般澄澈坦然，这般心心相印，心意相通。

他们又何须再提以前？何须再来解释？江湖十余年隐瞒身份的打闹，落英山前犹疑的迟到，五万风云骑暗藏的防备……那些都是伤痛，都有怨恨，可那些在她被那一箭击中时，都已烟消云散。

是的，他们早已命脉相连，融为一体。

这一刻，两人四目相对，两心相依，便是天荒地老。

左手缠在一处，风惜云伸出右手，抚向丰兰息灰白的头发，抚着那风霜细画的容颜，目光柔情似水，胸中柔情四溢："黑狐狸，你以后得改叫老狐……"一个"狸"字生生咽在喉中。

两人嘴唇相触，鼻息相缠，双眸轻闭，婉转相就，此时星月朦胧，良宵静谧，良人在前，情浓意动，且将那翡翠屏开，芙蓉帐掩，香罗暗解，鸳鸯曲唱。

唇扫过是火，手抚过是火，那轻语如火，那叹息如火，那呼吸如火，那火从四肢百骸烧来，炙热得似要将身体融化……心却如水，柔软、缱绻地蔓延，蔓过炙火，滴滴水珠滑落，激起一阵战栗……两人伸出手紧紧地抱住对方，颈项相交，肌肤相亲，心跳相同，任那火燃得更炙，任那水暗涌如潮，任那水火交缠，任那战栗不止，只想就让此刻永无休止，又或此刻就是尽头。

晨曦偷偷地从窗逢里射入，透过轻纱薄帐，欢喜而欣慰地看着相拥而眠的人。

发与发纠结，头与头相并，手搭着肩，搂着腰，两人面容是恬静的，神情是恬淡的。

风惜云先醒来，微微睁眼，慢慢适应房中的光线，转过头痴痴地凝视着枕旁的睡容，然后俯身轻柔地印下一吻。

她轻巧地起身，下床，着衣，然后推开紧闭的窗，灿烂的冬日阳光霎时便泻了一室，暖暖的金辉中，微寒的晨风灌了一室的清爽之意。

她眯起眼眸，任晨风拂起披散的长发，任清风抚过脸颊，留下一片凉意。

“这么好的阳光，这么好的天气，很适合远行。”她没有回头，却已知床榻上的人起身了。

丰兰息目光深沉地看着她，思绪万千，可看到她一身白衣，随意地披着长发，却已心知肚明，霎时胸中如万流奔涌，狂澜起伏，面上却镇定从容。

“我要走了，你应该知道，也应该明白。”

窗边的人回头，一脸无拘的灿笑，姿态潇洒恣意，朝阳为她周身镀上了一层浅辉，她似从九天降下，又似瞬息便融于九天。

丰兰息无力地坐在榻上，微微合上眼眸。

“知道与明白是一回事，可不可以接受是另一回事！”半晌后，房中才响起他有些喑哑的声音。

风惜云目光如水地看着他：“我本应早早离去，那样或许很多事便不会发生，我明明知道互相猜疑的两个人不可能同步同心，却依然留下。那一半是缘于我的怀疑与防备，一半其实是缘于我的不舍，我舍不得你。”

“而今要舍了吗？”丰兰息看着她，面上的浅笑有几分惨淡，“其实……这么多年我明明早就察觉我们之间的牵绊，却一直不能确定也不敢确定，因为在害怕。我害怕当一切都清晰地摊于眼前时，便是你离我而去之时，我害怕你会离去。”

“黑狐狸，”风惜云轻轻叹息，走至榻前，抚着他不自觉紧皱的长眉，“你说青王、雍王再并肩走下去，结果会如何呢？”

丰兰息凝望着她，望进一双明澈如水的眼眸里，那双眸子将所有情绪都显露其中，也将他的所有表情一一看进。

“你我都清楚，那有无数可能。”风惜云指尖抹开他纠结的眉心，怜惜着他眼角的细纹，“那无数的可能简单地分为好与不好，可不论是哪一个，你知道我都不会开心。”她深深地看着他，“无论是风惜云还是白风夕，人骨子里的东西总是不会改变的。而以往那些死去的人，那些流过的血，是无法抹去，亦无法忘记的，甚至以后会有更多我不愿看到的场景。我无法与你待那万骨成灰之时并坐在皇城中，笑看万里江山，我……终只会江湖老去！”

风惜云俯首，眼眸一眨也不眨地看着丰兰息，他墨玉般的眼眸便在眼前，眸中有千言万语、万千思绪，她都一一看进眼里，那一刻，心是柔软、酸楚的，可即便如此，她也决然无悔。

“青州与风云骑我全部托付于你，而我走后，你才是真正毫无顾忌，毫无牵绊，自可放开手脚，将这江山拥入怀中。”她的手抚上他的脸，“黑狐狸，无论我在哪儿，都会看着你。这一生，我都念着你、看着你。”她轻轻抚着那张令她心痛万分的容颜，目光蒙眬，俯首相依，呢喃轻语，“此刻……是你我……最美好的时候！”

唇温柔地吻上那双墨玉般的眸子，将眸中那万千情意轻轻吻进心中，便是心如刀绞，便是万箭穿心，她也已做好决定。

一室寂静，只有寒风不停地吹进，拂过那窗棂，拂过那丝幔，拂过灰白的长发，拂过痴坐的人，拂过黯淡失神的眼眸。

丰兰息抬首四顾，如置梦中。

这……刚才的一切是否为梦？一切未发生？一切可不作数？

可是他胸膛中传来的痛提醒着他：这一切是真的！

相伴十余年的人，真的离开了他的生命！

昨夜相拥入怀的人真的弃他而去，从今以后消失于他的生命中，永不再现。

胸膛里的痛似乎麻木了，然后便是一片空荡，风吹过，便是空寂的回音。

天空是如此阴沉，窗外的天地是如此暗淡，隐约入耳的声音是如此聒噪……那所有看入眼的画面为何全无了颜色？那所有听入耳的声音为何全无了意义？

隐约间他似明白了什么，一腔怒焰勃然而生。

“该死的臭女人！”一声暴喝直冲云霄，震慑康城。

那是俊雅的兰息公子、雍容的雍王，有生以来第一次毫无风度地怒骂。

第五十四章　且视天下如尘芥

元月二十九日，康城雍王所住的院落里，钟离、钟园听到雍王一整天都在骂“该死的臭女人”。

他们不大清楚发生了什么事，竟能让主上如此震怒。昨夜主上与青王不是处得好好的吗？不过他们并不想去弄明白，只是小心翼翼地侍候着主上。而除了主上一反常态外，康城基本上安然无事，只是齐恕、徐渊、程知三位将军神情悲楚。

薄暮时分，钟离、钟园正要入室掌灯，可手才触及房门，里面就传来一句：“都下去。”声音很轻，语气却不容置疑。

于是，钟氏兄弟悄悄退下。

房内，丰兰息依旧坐在那张榻上，呆呆地看着窗外，似如此看着，那个人便会从窗口飞回，可一直等到子夜……那人都未曾回来。

他不肯相信、不肯放弃，在这一刻却彻底绝望地承认，她永远不会出现在他眼前了。她竟如此绝情地弃他而去。

夜是如此黑，不见一丝星光。

天地是如此空旷无垠，却只留下他一人。

风是如此冷，彻骨寒意包围着他。

只要合上那扇敞开的窗，他可以足踏万里山河，可以盘踞皇城玉座，可以掌控万生万物的生死……无上的权势与无尽的荣华就在触手可及的地方。

可是天依旧那么黑，心依旧那么空，他依旧那么冷。

漫长的一生啊，此刻他却可以看到尽头，没有她的一生，至尊至贵……也至寂至空。

元月三十日，雍王终于不再怒骂了，但依旧整日闭门不出，城中诸事自有诸将安排妥当，所以也就没有什么事需要钟氏兄弟冒着生命危险去敲开那扇门。

康城是平静的，虽有十万大军，但城中军民相安。

风云骑也是平静的，虽然他们的主上现在没在城中。在雍王抵达康城的第二日，青王即派齐恕将军昭告全军，因伤重未愈，须返回帝都静养，是以全军听从雍王之命。

墨羽骑、风云骑对这一诏命未有丝毫怀疑之意。

那一日青王中箭、雍王惊乱的情景历历在目，他们初见为救青王而一夜苍颜白发的雍王时的震撼感依然在，而两王于万军前相拥的画面，清晰地刻于脑中。

所有的人相信两王情深义重，两州已融为一体，荣辱与共，福祸相依。

二月一日，清晨。

这天，雍王终于启门而出，钟氏兄弟顿时提起十二分精神好好侍候。不过这一天的雍王很好侍候，因为他基本上都待在书房里，非常忙碌，至华灯初上，兄弟俩恭请他回房休息时，书房中的一切东西井井有条。

二月二日。

丰兰息照旧一大早便入了书房，钟氏兄弟侍候他用过早膳后便守候在门外。

“钟离。”半晌后听到里面的人叫唤，钟离马上推门而入。

“着人将此信送往苍舒城，孤邀冀王明日卯正于苍茫山顶一较棋艺！”

“是。”钟离赶忙接信退下。

“钟园。”

“在。”钟园上前。

“召乔谨、端木、弃殊、齐恕、徐渊、程知六位将军前来。”

“是。”钟园领令退下。

待书房中再无他人之时，丰兰息看向窗外，风清日朗。

“该死的女人！”他脱口而出的又是一声怒叱。

窗外的明丽风景并不能熄灭他满腔的怒火，而书房外守着的其他侍者对主上此种不符形象的怒骂在前几日见识过后，便也不再稀奇了。

片刻后，门外传来敲门声。

“主上，六位将军已到。”

“进来。”丰兰息平息心绪，端正容颜，从从容容地坐下。

毕竟该来的总不会迟到，该面对的总不能跳过，该做的总是要有担当，他又不是那个该死的任性女人。

二月三日，冀王、雍王相会于苍茫山上。

那一日，晨光初绽，一东一西两位王者从容登山。

那一日，碧空如洗，风寒日暖。

那一日，苍舒城、康城大军翘首以待。

那一日，康城六将神情复杂，却又无可奈何。

那一日，天地静谧如混沌初开之时。

那一日，午时，苍茫山上一道黑影飘然而下。

那一日，康城墨羽骑、风云骑静候雍王诏命，但只等来雍王的淡然一笑。

当一切安排妥当时，丰兰息长叹一口气，似将心头所有憾意就此舒出。

“暗魅、暗魑。”他轻唤道。

青天白日里有两道鬼魅似的黑影无息飘入。

“主上。”

“去黥城。”丰兰息微眯双眸，现在心情并不痛快，偏生这阳光和他作对似的分外明媚，好得过头，“将穿雨、穿云敲晕了送去浅碧山，并留话与他们，从今以后可大大方方地告诉世人，他们是宁家子孙。”

“是。”黑影应声消失。

“暗魍、暗魉。”

又是两道黑影无息而来。

“主上。”

“将这两封信分别送往叔父及丰苇处。”丰兰息一手一信。

“是。”黑影各取一信，无息离去。

“该死的女人！”他不由自主地又骂起来。

这一去便是真正大去，他好不甘心啊，真恨不得吃那女人的肉！

“嘻……你便是如此想我吗？”一声轻笑令他抬头，窗台上正坐着一人，白衣长发，恣意潇洒，可不正是那让他恨得咬牙切齿的人吗？

这时满腔怒火忽然都消失了，满心的不甘顿时化为乌有，他平心静气地瞟了她一眼：“你不是已经逍遥江湖去了吗？怎么又在此出现？”

倚坐在窗台上的人笑得一脸灿烂：“黑狐狸，我走后发现自己少做了一件事，而这事若不能做成，那我便是死了也会后悔的。”

丰兰息平静地看着她，笑得云淡风轻：“难得呀，不知什么事竟能令你记挂到死不瞑目呀？！”

窗台上的人拍拍手跳了下来，站在屋中纤指一指他，理直气壮地道：“我要把你劫走！”话音一落，白绫飞出，缠在了丰兰息的腰间，“黑狐狸，你没意见吧？”她笑眯眯地看着那个被她缠住的人。

“我只是有点儿疑问——”被白绫缠着的人毫不紧张，悠悠然地站着，倒好似就等着她来绑一样，黑眸幽幽地看着她，“你劫了我做什么？”

白绫一寸一寸收紧，将对面的人一寸一寸拉近，待人至面前之时，她郑重地道：“当然是劫为夫婿！”

白绫一带，手一揽，一白一黑两道身影便从窗口飞出，足尖在墙头一点，转瞬间便消失不见。

钟离、钟园遥遥望着那远去的身影，难得地叹了一口气。

“唉……我们也该行动了吧？”两人齐声互问，然后相视一眼，再齐齐笑开。

风云骑与墨羽骑的将士们此刻齐聚于校场上，只因乔谨、齐恕两位将军传令，要在此颁布王诏。

那时日正当头，天气虽有些冷，但明朗的太阳照下，令人心旷神怡。十万大军整齐地立于校场上，铠甲黑白分明，光彩夺目，目光齐齐落于前方，等待着两位颁诏的将军。只是……他们等待的人还未到，却有两道身影自半空中飞落，高高的屋顶上，一黑一白两道身影并肩而立，风拂起衣袂，飘飘然似从天而降的仙人。

众将士还在愣怔，一个清亮的嗓音带着盈盈笑意在康城上空清晰地响起："风云骑、墨羽骑的将士们，吾听闻你们的雍王俊雅无双，今日得见果真名不虚传，是以吾白风夕今日劫之为夫，于此诏告天下，胆敢与吾抢夺者，必三尺青锋静候！"

霎时，校场上的人呆若木鸡。

"你还真要闹得天下人都知道呀？"丰兰息摇头叹气，看着这个张狂无忌的女人，似薄恼，似无奈，心头却一片欣喜。

"嘻嘻……让天下人都知道雍王被我白风夕抢去做夫婿了，不是很有趣、很有面子的事吗？"风惜云眉眼间全是笑。

这时底下的万军回过神，顿时哗然，举目望去，虽距离遥远，但依稀可辨那是雍王与青王。可青王不是回帝都去了吗？何以又出现在此？何以如此放言？而雍王又为何任她如此？

却见屋顶上雍王一抬手，万军顿时收声敛气。

"墨羽骑、风云骑的众将士，孤已留下诏书，尔等听从乔谨、齐恕两位将军的安排，敢有不从者，视为忤逆之臣，就地斩杀！"

丰兰息的话音一落，风惜云清清亮亮的声音再次响起："好了，你们都听清楚了，敢有不从者，视为忤逆之臣！"说完，她侧首看着丰兰息："现在我们走吧。"

"好。"丰兰息点头。

两人相视一笑，伸手相牵，前方江湖浩渺，风雨未知，从今以后，你我相依相守。

黑与白两道身影翩然飞去，消失于风云骑、墨羽骑等人眼前，消失于康城上空。

众将士还未从震惊痴愣中回神，乔谨、齐恕已捧着诏书走来。

"奉两王诏命……"

自那以后，便有许许多多的传说：有的说，白风夕爱慕雍王，强抢其为夫婿；有的说，雍王为白风夕的风姿所折，弃了江山追随而去；也有的说，白风、黑息其实就是青王、雍王，他们不过因为惧怕冀王，所以弃位逃去；还有的说，雍王、青王并非惧怕冀王，乃不忍苍生受苦，是以才双双弃位，归隐山林，过着神仙眷侣的生活……

传说有很多很多种，无论是在刀光剑影的江湖，还是在柴米油盐的民间，总是有关于那两个人的许多故事，总是有关于那一日的许多描述，只是那些都只能当作传说。

那一日，记入史册的不过一句话：

景炎二十八年二月三日，雍、青两王于康城留诏弃位而去。

传说也好，史书也好，有精彩的，有非议的，有赞颂的，有悲伤的……但那些都比不上当日目睹两人离去的十万大军的感受。

那样潇洒无拘的身影，那样飘然轻盈的风姿，岂是“遁逃”一词所能轻侮的？！

湛蓝的天空，明丽的阳光，那两人一条白绫相系，仿如比翼鸟齐飞，又如龙凤翱翔。

东旦一战，雄兵奇阵，吾心折服；苍茫一会，治国恤民，吾远不及。冀王雄者，定为英主。区区荣华，何伤士卒？既为民安，何累百姓？吾今远去，望天下臣民，禀苍天之仁，共拥冀王，共定太平。

这是雍王亲笔写下的弃位诏书。这一番话大义在前，大仁在后，普天之下的人莫不为雍王之举所感，便是千年之后，人们翻起《东书 · 列侯 · 雍王兰息》篇时，也都要赞雍王一个“仁”字。

皇朝登基后，着史官撰写《东书》，严正的史官记下了如此一笔：雍、青两王德才兼备，兵强将广，已然有二分天下之势。然两王禀苍天之仁，怜苍生之苦，不欲再战，乃弃位让鼎，飘然而去，此为大仁大贤也！

让鼎！

那位史官不怕当朝皇帝降罪，也要记下两王的风骨，足见其铁骨铮铮。

而一代雄主皇朝，也未降罪于史官，更未令其修改，任由史书记下这个“让”字，无畏后世讥他“让”得天下，其胸襟气魄亦令后人拊掌赞叹。

而那离去的两个人，不论是白风、黑息，还是雍、青双王，无论是当世还是千百年之后，那样的两个人都是比传说更甚的传奇。

这些都是后话。

不提康城万军的茫然无主，不提天下人的震撼激动，远离康城数十里外的小道上，一黑一白两骑正悠悠然并行。此刻他们已不再是雄踞半壁江山的雍王、青王，而只是江湖间那潇洒来去的白风、黑息。

“你放得下心吗？”丰息看看身旁那半眯着眼似想打盹的人道。

这女人一脱下王袍，那贪睡、好吃、懒惰、张狂……所有的坏毛病便回来了，唉……罢了，罢了，这一生他已无他法了。

“放心。”风夕随意地挥挥手，打了个哈欠，“风云骑从不会违我诏命，况且极为敬重齐恕、徐渊、程知他们，康城有齐恕在决不会有事。徐渊则携诏回青州，朝里那些异臣我继位时便赶尽了，冯渡、谢素皆是见惯风浪的老臣，素来爱民，当不会不顾青州百姓的生死而妄起干戈。说到底，百姓最看重的不是玉座上到底坐着谁，而是能让他们生活安康的人。皇朝又不是残暴无能之辈，而且我给齐恕、徐渊、程知下过命令，即便他们要离开，至少要待两年之后，那时风云骑应早就被皇朝收服了。”说罢她转头笑看丰息，“倒是你呢？墨羽骑可不比风云骑。”

丰息也只是淡淡一笑："论忠贞四大名骑中当推风云骑，但墨羽骑有一点是值得夸赞的，那就是完全服从君命，决不敢违。乔谨他们是良将，并无自立之心，也无自立之能，而叔父那老狐狸巴不得可以抛开这些令他躲避不及的棘手之事，颐养天年，丰苇那小子有叔父在，不用担心。至于我那些'亲人'嘛……哼，若想来一番'作为'，没权没兵的，且凭他们那点儿能耐，不过正好让皇朝来个杀鸡儆猴罢了！"最后那笑便带上了几分冷意。

"喏，要不要猜一猜皇朝会如何待他们？"风夕眨了眨眼睛。

"无聊。"丰息不屑地瞟她一眼，"他若连这些将士都不能收服，何配坐拥这江山？他若是敢对这些人怎么样，哼哼，他这江山便也别想坐稳了！"

"嘻嘻……黑狐狸，你后不后悔？"风夕笑眯眯地凑近他。

"后悔怎样？不后悔又怎样？"丰息反问。

"嘻……不管你后悔也好，不后悔也罢，反正这辈子你已被我绑住了！"风夕指了指至今还系在两人腰间的白绫。

丰息一笑，俯首靠近她："女人，别以为我不知道你和玉无缘的那一局'棋'！"

风夕闻言，抬手抱住他："你知道又如何？还不是乖乖跳入？"

"哈哈……"丰息轻笑，揽她入怀，轻轻咬住她白生生的耳垂，呢喃道，"普天之下，万物如尘，唯汝是吾心头之珠，渗吾之骨，融吾之血，割舍不得！"

"嘻嘻……我要把这句话刻在风氏族谱上。"

"是丰氏。"

"不都一样嘛！"

…………

一黑一白两骑渐行渐远，嬉笑的话语渐远渐消。

苍茫山上，暮色沉沉，秋九霜和皇雨费了九牛二虎之力终于爬上山顶，却只见皇朝一人临崖而立，负手仰望苍穹。

"主上，该下山了。"秋九霜唤道。

皇朝却恍若未闻，伫立于崖边，任山风吹拂着衣袂。

皇雨与秋九霜对视一眼，不再说话，只是站在他身后。

良久，两人才听到皇朝道："他竟然说，若赢得天下而失去心爱之人，那也不过是个'孤家寡人'。玉宇琼楼之上的皇座，万里如画的锦绣山河，都比不上怀抱爱侣，千山万水的双宿双飞！他竟然就这样将半壁江山拱手让人，就这样挥手而去！你们说他到底是聪明还是愚蠢？"

两人一听不禁一震，实想不到本以为是一场激烈的龙争虎斗，竟然是这样一个收局！

皇朝转身，走至那石刻棋盘前。

棋盘上的棋子未曾动分毫，只是石壁上又增刻了两句话：且视天下如尘芥，携手天涯笑天家！

"苍茫残局虚席待，一朝云会夺至尊！"皇朝念着石壁左边原已刻着的两句话，心情没有慷慨激昂，而是带着几分迷茫与失意，“明明是夺至尊，那家伙却是‘且视天下如尘芥，携手天涯笑天家’，这个人人梦寐以求的天下竟然如此简单可弃！”。

他垂首摊掌，手心上是两枚玄令，那是王者象征的玄枢。

皇雨与秋九霜相视一眼，隐约间对事情明了了几分。

“你们明日随我走一趟康城。”皇朝的声音已恢复冷静。

“需带多少人？”秋九霜问道。

“不必。”皇朝却道。

“主上……”秋九霜欲阻止。

“我若连这点儿胆量都无，又何配为风云骑、墨羽骑之主？！”皇朝挥手断然道。

“乔谨、文声、弃殊，冀王其人胸襟广阔更胜于我，实为一代英主，必不会亏待你们。你们若念我这些年待你们之情意，那便不要白担了墨羽骑大将之名，好好领着他们，守着他们。从今以后忘记旧主，一心跟随冀王，打出一个太平天下，以不负你们一身本领志向，也不负我这一番苦心。

“我此番离去，必不再归来。天下人或会讥笑我胆怯，又或日后于史书上留下话柄，但我终不悔。”

康城城楼上，乔谨抬首仰望苍穹，夜幕如墨，星光闪烁，不期然地想起那双墨黑的眼眸，似乎偶尔在他极为开怀时，那双幽沉的眸子便会闪现如此星芒。

康城慌乱的大军在他与齐恕的合力之下总算安抚下来，而黥城有弃殊、程知去了，以弃殊的精明、程知的豪气，想来也已无事。只是……此生他们可还有机会再见到那令他们俯首臣服的两人？

“不论哪一样才是最重要的，我成全他。”

青王，这便是你的成全吗？

若主上选江山，你以国相赠，助其得到天下。这是成全其志？

若主上选您，则失山河帝位，但得万世仁名，并有您一生相伴。这是成全其心？

乔谨合眸握拳，默念：主上，请放心，乔谨必不负所托！

康城另一位大将齐恕却没乔谨大将军城楼赏星的闲情，此时正站在院门前，有些头痛着到底要不要进去。

唉，他还是去找乔将军两人挤一挤吧。最终他叹一口气，打算去找乔谨搭窝睡一宿，脚刚抬起，门却嘎吱一声开了。

“将军，您回来了呀！快进门呀，我已做好饭了，就等将军回来。”一声娇媚的呼唤，门里走出一个明媚女子，满脸温柔甜蜜的笑容，可不正是青王的女官五媚嘛！

“我……我……”

“有什么话也先进来再说呀，外面黑漆漆的，又冷，我已给你温好一壶酒了，快喝一杯驱驱寒意。”

齐恕还来不及推辞，已被五媚一把挽进了门内，迎面而来的是一室的温暖及飘香的酒菜。

他默默地叹了一口气，想起了主上临走前的话——“齐恕，五媚如同我的妹妹，本应为她找个好夫家，但此刻已身不由己。所谓君有事，臣服其劳，所以你便代我为她找个良人吧。”

唉，这哪里是要他找“良人”，主上分明就是要他做“良人”！

同样的夜晚，苍舒城中的冀、幽军民则是一片欢跃，皇朝却静坐于书房中，出神地看着墙上的一幅烟波图。

咚咚！门口传来轻轻的叩门声，不待他出声，门便被轻轻推开。

能随意进出他的房间的当世只有一人。

皇朝转头，果见身着一袭皎洁如月的白衣的人飘然进来。

“还在想吗？还未能想通吗？”玉无缘在皇朝的对面坐下。

“我想通了，只是无法理解。”皇朝轻轻摇头，“他那样的人本不应有如此行为，却为何偏偏如此行之？”

“情之所钟，生死可弃。”玉无缘淡然地说道，“你若同有如此行为，自能理解，但你若理解，那这天下便不是你的。”

“情之所钟吗？”皇朝喃喃地道，神色一瞬间有些迷茫与柔和。

“嗯。”玉无缘点头，“他能如此，你我只能羡慕。”

“羡慕吗？或许也有。”皇朝淡淡一笑道，“将这江山玉座视如尘芥的潇洒之态千古以来也只他一人有，所以啊，这天下之争算你我赢了，另一方面，你我却输他。”

“何须言输赢？但无悔意便为真英雄。”玉无缘凝神看着皇朝。

“昔年师父预言我乃苍茫山顶之人，可他定料想不到会是这样的结局。”皇朝有些怅然地道。

“当年，天老、地老虽观星象得天启，但是……他们下山太早。”玉无缘淡笑道，“所以他们未能见到最后的奇异天象。”

“哦？”

“王星相峙，异星冲霄。光炫九州，刹然而隐。”玉无缘仰首，目光似穿透那屋顶，直视茫茫星空。

“这颗异星便是青王。”皇朝顿悟，“只是……”他剑眉微扬，奇异地看着玉无缘，“当年你才多大？”

“十岁。”玉无缘老实地答道。

“十岁？”皇朝惊讶，又笑起来，“果然呀……天人玉家的人！”

玉无缘一笑而对。

片刻后，皇朝端正神容，道：“明日我与皇雨、九霜三人去康城，不带一兵一卒，你可有异议？”

“康城可放心地去。”玉无缘看着皇朝，目光柔和，微微一顿后又道，“明日我不送你，你也无须送我。”

砰！皇朝猛然起身，撞翻身前的矮几，几上的壶、杯、玉雕便全坠落于地，发出叮叮当当的声响，可他此刻顾不得这些，只是本能地抓住玉无缘的手，厉声道："无缘，什么'无须送我'？"

"你我相识以来，未曾见你如此慌乱过。"玉无缘却拨开他的手，弯腰将矮几扶起，将地上的东西一一捡起。

"无缘……"皇朝看着玉无缘平静地收拾着东西，胸膛里一颗心上下跳动，这么惶然的感觉此生第一次出现。

"皇朝。"玉无缘收拾好东西，抬首看着他那双不再平静犀利的金眸，心头不禁也是一番感动叹息，抬手按在他的肩上，"皇朝，记住你的身份，万事于前应岿然不动。"

皇朝此时却已无法做到岿然不动，目光紧锁着玉无缘："你我相识也近十年，我敬你为师，视你为友，虽非朝夕相伴，但偶尔相聚，偶尔书信相传，你我情谊我自信不输'生死之交'四字，每有事时，你必至我身旁……我以为……你我会一生如此……难道……难道你也要离我而去吗？"

似乎无法直视金眸中那灼热的赤子情怀，玉无缘微微转过头，目光却落在墙上那幅烟波图上，看着那朦胧的山湖雾霭，刹那间眸中浮起迷蒙的水雾，可眨眼间又消失于无痕。

"我们玉家人被世人称为天人，代代被赞仁义无私，可只有我们玉家人才知道我们无心无情。"玉无缘的声音缥缈如烟，神情也如雾霭般模糊，"我没有亲人，能得你这一番情谊也不枉此生，若是可以，我也愿亲眼看到你登基为帝，看你整治出一个太平盛世，与你相交一生，只是……我命不由己，我的时间已到尽头。"

"什么意思？"皇朝目射异光，紧扣住玉无缘的手。

"天人玉家何以未能天人永寿？"玉无缘回首看着皇朝，脸上是嘲弄的笑，"当日在幽王都之时丰息曾如此问我。"

"天人玉家何以未能天人永寿？"皇朝惊愕地重复。

"哈哈……"玉无缘笑了，笑得凄然，笑得悲哀，将双手摊于皇朝面前，"皇朝，你看看我的手，我寿数将尽。"

皇朝低头看着手中紧扣的那一双手，那一刻脑中轰然巨响，一片空白。

许久后，他才回过神来，看清那一双手，心头懊恼、悔恨、心痛、恐惧等情绪交杂，一时间胸膛里激流奔涌般混乱，又空空然似什么也没有。

那双手是白玉雕成，那样完美，没有一丝瑕疵，可就是这样完美才令人恐惧。人的手再如何保养，再如何白净细嫩，也决不会真的化成玉，总是有柔软的皮肤、温热的血液，可眼下这双手……这双手当然没有石化为玉，可与玉已无甚差别，冰凉，透明，握在手中，感觉不出那是手！

可是还有让他更震惊的事，那双手……掌心的纹路竟是那样淡，淡得看不见；那样短，短得什么都来不及展开便已结束。

人的一生，生老病死，荣辱成败，尽在其中，可他的……莫如说一切都短都无！

为什么？为什么自己从来不知道？为什么自己从未发现？自己说敬他为师、视他为友，可为何竟未发现他的双手已生变化？未发现他掌心的秘密？

“无缘……”皇朝抬眸看着面前的人，此刻才发现他那张脸竟也如玉般莹亮，眉宇间的神气却已衰竭，那双永远平和的眸子中此刻是浓浓的倦色。为何自己未发现？皇朝的手在抖，声音也在抖：“无缘……我不配为你之友。”

“傻瓜！”玉无缘将手抽出，拍拍他的肩膀，“这又不是你的错，这是我们玉家自己造的罪孽。”

“罪孽？难道……当年久罗……”皇朝猛然醒悟，心头一沉，“可是……那不是玉家的错，威烈帝与七王又何曾无错，为何承受的却是玉家？这不公平！我……”

玉无缘一摆手，阻止他再说下去：“七王之后应都知当年的悲剧，只是知道玉家人承受血咒的……当年在场的只有雍昭王丰极，想来他将此事传与了后人。当年那场悲剧虽起于凤王，却结于玉家，由玉家承担所有的罪孽，是玉家人心甘情愿的事。六百多年来，我们玉家虽未有一代能活过三十岁，但无一人怨七王，一代一代都是毫不怨悔地走至命终。”

“我们七王之后安享荣华，竟不知这些都是一代代玉家人以命换得的！”皇朝笑，笑得悲痛，“可是都这么多年了，难道玉家都不能解开血咒吗？”

“久罗王族的血咒是无法解开的。”玉无缘淡然一笑，“久罗全族的毁灭只以一个玉家相抵，其实是我们赚到了。所以……日后你为皇帝时必要好好待久罗族人，以偿还我们祖先当年造下的罪孽。”

“我为皇帝……我为皇帝……我为皇帝之时还有什么是不能做的？！无缘，你留在我身边，我必寻尽天下灵药，必访尽天下能人，必可为玉家解去血咒！无缘，你信我！”皇朝急切地说道。

玉无缘平静地看着皇朝，见他一脸焦灼，忽然觉得全身一松，似乎一切可就此放下，再无牵挂。即便性命即将终了又如何？即便终生无亲无爱又如何？他不是还有眼前这个朋友吗？不是还有这一份赤子情谊吗？玉家人对人生所求都很少很少，所以有这些足够了。

“皇朝，威烈帝当年又何曾不是想尽办法？六百多年来玉家人又何曾不是用尽心思？只是啊……”玉无缘笑了笑，笑得洒脱从容，“玉家人是很信天命的，当年先祖明明知道凤王会引发血祸造成悲剧，明明知道玉家将遭受劫难，却没有在与凤王相遇时杀掉她，而是让一切应验命运。他当年的理由，可能是乱世不可少一名英才，可能是为了威烈帝，又可能是为着他们的师徒情谊……而我玉无缘，虽无力改变玉家的命运，却不想再依命而行。我要让玉家的命运就此终结！”

“无缘！”皇朝全身一震，心头剧痛。他怎可如此轻松、如此淡然地笑着说，世人仰慕的天人玉家从此将绝迹于世？……

“鸟倦知返，狐死首丘。”玉无缘握住皇朝的手，“皇朝，兽犹如此，况乎人？玉家的人从来不会死在外面，我们……都会回家去。”

皇朝紧紧地抓住手中的那双手，就怕一松，眼前的人会消失，可是自己如此抓紧，他就不会离开吗？自己身边注定不会有旁人吗？

“我走后，你……”玉无缘轻轻一叹，“只是，寂寞……是帝王、英雄必随的！”

二月四日。

皇朝领皇雨、秋九霜三骑入康城，乔谨、齐恕恭迎。

那一日，皇朝立于城楼上，独对下方十万大军，那一身凛然无畏的大气，那睥睨天下的霸气，令雍、青大军心折。

可那雄昂霸气中……已有一丝孤寂之意如影相随。

那一日，在远离康城百里外的郁山脚下，风夕和丰息骑着马慢悠悠地晃荡着，忽从山道上传来马车驶过的声音，片刻后便见一队车马向他们行来。

待那队人马走近，领头的不正是钟离、钟园兄弟吗？

风夕正诧异，却见钟离、钟园上前，向丰息躬身道："主上，已全按您的吩咐办妥了。"

"嗯，不错。"丰息满意地点了点头。

"黑狐狸，你搞什么鬼？这些是干吗的？"风夕疑惑地看着那一队车马，长长的队伍，不下五十辆车。

"不过都是些我日常用的东西罢了。"丰息淡然地道。

"日常用的东西？"风夕瞪目。日常用的东西需要五十辆马车来装？她将目光转向钟离，眼神示意速速招来。

钟离十分识趣，下马躬身向她汇报："回禀夫人，这五十车除了二十车是金银外，其余三十车确实全是公子的日常用物。十车是公子的衣裳冠戴，十车是公子素来喜看的书籍，五车是公子平日喜欢的古玩玉器，三车是公子日常的饮食器皿，一车是公子素日用的琴笛乐器，还有一辆空车乃供您与公子休息所用。"

钟离那边才说完，风夕已目光定定地看着丰息，还未及说话，那边钟园一挥手，便有数十人走近："这些都是侍候公子的人。"他转头对那些人道："你们快来见过夫人。"

话音一落，那些人便一个个上前，在风夕的马前躬身行礼，依次报上名来——

"夫人，我是专为公子缝衣的千真。"

"夫人，我是专为公子制茶的藏香。"

"夫人，我是专为公子酿酒的掬泉。"

"夫人，我是专为公子养兰的青池。"

…………

或许太过惊奇，风夕没有发现这些人对她的称呼。

当那些人全部自我介绍完毕后，风夕仰天长叹："我上辈子造了什么孽，今生竟认识这么个怪物？！"

丰息却还嫌不够似的道："此去旅途不便，只得这么些人侍候，等你我寻得地方定居后，再多收些仆人吧。"

"啊？"风夕此时已哑口无言。

其他人则是悄悄打量着眼前这令他们主上抛江山、弃玉座的女子。

半晌后风夕才回过神来，看看那长长的车队，道："你带这么多东西招摇上路，就不怕有抢劫的？”

“抢劫？”丰息扬眉，“我倒想知道这天下有谁敢来抢我的东西？便是皇朝他也得掂量掂量！”

正在此时，一阵琴音从山头飘来，清幽如泉，淡雅如风，令人闻之忘俗。

“这是……？”

风夕凝神细听，这琴音听来耳熟，且如此飘然洒脱，绝非常人能弹。

“这是那一晚……”片刻后，她猛然醒悟，这不就是那一晚在天支山上玉无缘随心所弹的无名琴曲吗？顿时，她掉转马头迎向郁山。

琴音此刻也越来越近，越来越清晰，似乎弹琴者已走下山来。

山下一行人都静静地听着这清如天籁的琴音，一时间心魂俱醉。只有丰息平静淡然，看一眼欣喜的风夕，略一皱眉，但也未说什么。

终于，一个皎洁如月的人飘然出现，似闲庭信步般走来，却是转眼就至身前，一张古朴的琴悬空停于他的指下，长指轻拂，清雅的琴音便流水般轻泻。

当一曲终了之时，玉无缘抬首，一脸安详的浅笑。

“闻有喜事，特来相贺。”他目光柔和地看向风夕，“那晚天支山上所弹之曲，我将之起名《倾泠月》，这张无名琴也随了曲名，一起相赠，以贺你们新婚之喜。”

风夕看看玉无缘，又看看他托在手中的琴与琴谱，下马上前，伸手接礼，抬眸展颜一笑，笑容如风之轻，如水之柔：“多谢！”

玉无缘一笑回之：“这《倾泠月》中记我一生所学，闲暇之时，或能消遣一二。”

“嗯。”风夕点头，专注地看着玉无缘，“此一别，或再会无期，保重！”此生无缘，唯愿你一生无忧无痛。

“保重！”玉无缘亦深深看她一眼。此生无缘，唯愿你一生自在舒心。

目光越过风夕，他与丰息遥遥对视一眼，彼此微微一笑，化去所有恩怨情仇，从此以后，相忘江湖。

两人颔首一礼，就此拜别。

目送玉无缘的背影消失，风夕回头：“我们该上路了。”

丰息点头，两人并肩行去，长长的车队隔着一段距离跟随在身后。

从今天起，他们将开始新的旅途，天涯海角，且行且歌。

而一座山坡上，有两道纤细的人影遥遥目送他们离去。

玉无缘走出半里后，倚着一棵树坐下，闭目调息，半晌后才睁开眼眸起身，遥望身后，已无人影，从今以后，他们真真是再会无期。

他无声地叹息，然后将所有的红尘往事就此抛却。

“玉公子？”一个冰冷的声音似有些犹疑地唤道。

玉无缘转身，便见一个冷若冰霜的佳人和一个满脸甜笑的少女立在一丈外。

真是快要到尽头了，有人如此接近他都不能发现。他面上却浮起温和的微笑：“是凤姑娘，好久不见。”

“想不到竟还能见到玉公子。”凤栖梧冷艳的脸上也不禁绽出一丝笑容。

一旁的笑儿则满眼惊奇地打量着玉无缘，虽随公子行走江湖，却是第一次见这位列天下第一的人，果真是世间无双，只是……何以气色如此衰竭？

玉无缘看着笑儿颔首一笑算是招呼，转头又看向凤栖梧："姑娘是来送行吗？"

"嗯。"凤栖梧点头，抬眸望向早已无人影的地方，有些怅然地道，"只是想送一送。"

"姑娘想通了。"玉无缘赞赏地看着她，果然是蕙质兰心之人。

"栖梧愚昧，直至青王受伤时才想通。"凤栖梧有些自嘲地笑了笑，"穷其一生，栖梧之于他不过是一个模糊的影子，又何苦为难别人，为难自己？何不放开一切，轻松自在？"

"好个轻松自在。"玉无缘点头，"姑娘以后有何打算？"

凤栖梧回头看笑儿一眼，道："栖梧本是浮萍，到哪儿便是哪儿。只是蒙公子怜惜，令笑儿相伴，岂能让她随我受那风尘之苦？所以栖梧想寻个清静之所，两人安安稳稳地度过余生。"

"哦。"玉无缘目光扫向笑儿，但见她虽满脸甜笑，却目蕴精芒，自是有一身武功的，所以丰息才会对凤栖梧放心，只是两个纤弱女子，漂泊江湖总是不妥，去那异地也难谋生，终轻轻一叹，道，"姑娘既只是想寻个幽居之所，那便随无缘去吧。"

"嗯？"凤栖梧疑惑地看着他。

"我将玉家的居地送给姑娘吧。"玉无缘目光幽幽地望向天际。

"啊？那如何使得？！"凤栖梧闻言赶忙推辞。

"姑娘无须顾忌。"玉无缘看着凤栖梧，淡然地道，只是那目光却穿过凤栖梧落向另一个虚空，"我已不久于人世，玉家将再无后人，几间草屋，姑娘住了正不浪费。"

"什么？"凤栖梧一震，瞪目看着眼前如玉似神的人，怎么也不敢相信他刚才所言。

笑儿则知玉无缘所言不假，看着这才第一次见面的人如此轻描淡写地说着自己的生死，心头不知为何竟一片凄然。

玉无缘依然一脸平静："姑娘的人生还长，以后找个称心的人，平平淡淡、安安乐乐地过一生，未尝不是美事。"

说罢，他望向九天，抿唇长啸。

那一声清啸直入九霄，声传百里！

那一声清啸哀哀而竭，那一声清啸袅袅而逝！

远远的半空中，有白影飘然而来，待近了才看清，那是四个白衣人抬着一乘白色软轿御风而来。

"终于……要回家了。"

玉无缘轻轻合上双眸，天与地就此隔绝！

他放松身心，所有束缚与坚持就此散绝，身轻飘飘的，魂也轻飘飘的，一切遥遥远去。

"玉公子！"蒙胧中隐有急切的呼唤声响起。

无须呼唤啊，亦无须悲伤，有的人生无可恋，死为归宿。

尾声

四月，皇朝登基为帝，国号“皇”，年号“昔泽”，封华纯然为后。

同日，皇朝颁下诏命，复久罗族号，允久罗族人重归故里。

四月十日，皇朝发诏天下，颁布《皇朝初典》，并熔玄极与七枚玄枢铸成一柄绝世宝剑，赐名——龙渊。

四月中旬，皇朝命巧匠，以世所罕见的凤血玉雕刻一方棋盘，再以苍山白玉、九仑墨玉为棋子，亲手布下一局棋，存于昱龙阁里。

曾有幸目睹棋局的臣子们都赞曰：那是绝世之局！棋局之妙非在布局上，亦非落子之险，而是敌我双方皆未损一子，黑白棋子深入彼此腹地，最后黑白相融，共存于棋盘上，乃一局绝世仁棋！

新的王朝开始迈开它的第一步，天下的百姓以期待的目光看着皇城玉座上的新帝，看着昭明殿上齐聚各州贤才的文臣武将，看他们如何整治一个太平盛世。

而在苍茫山顶，有两位老人立于巨石前，看着那盘棋，看着添上的那两句话。

“是我输了。”黑袍的老者轻叹道。

“不算。”白袍老者摇头，“重江山者得江山，重爱侣者得爱侣，各得其所，谁也没输。”

黑袍老者闻言，看着巨石上的两行字：“且视天下如尘芥，携手天涯笑天家。哈哈哈……不错！不错！不愧是老夫的徒儿，江山可舍，皇位可抛，笑傲帝室仙家，他只求他所要的，哈哈哈……这等气概普天下有几人？！”

“然。”白袍老者颔首微笑，“我的徒儿宁被后世讥笑‘让’得天下，也未曾毁去这两句话，这等胸怀亦是普天下难有！”

两人相视一眼，仰首大笑。

“哈哈哈……”

遥远的南方，一座高山下，两道人影伫立。

“这就是久罗山吗？”六韵仰首望着眼前的苍郁青山。

“嗯。”久微目光迷蒙，“六百多年了，终于回来了。”

“恭喜公子回家。”六韵侧首看着久微，温柔一笑。

久微勾起嘴角，淡淡的笑容浮上他清俊的容颜：“回家了。”笑容未退，泪已流下。

六百多年已过，青山依旧，人却已不是从前的人。

等候了六百多年，他回到了这里——祖先们念念不忘的故乡。

（完）

番外一　只道当时年纪小——娃娃篇

初夏的午后，阳光透过枝缝在石板地上洒下零碎的阴影，轻风拂过，树影婆娑，和着知了的鸣叫，便是一支歌舞，这歌舞催人昏昏欲睡，便是那要打起十二分精神的皇宫侍卫也不能阻下唇边那一个哈欠。

可夏日的瞌睡虫并不青睐小孩子，大人们昏昏沉沉时，他们却一个个精神抖擞。

悄悄地绕过床畔眯眼摇扇的宫女，轻轻地开启殿门，再猫着腰从那昂首挺胸却半闭着眼的侍卫身边溜过，轻手轻脚地穿过长廊庭院。

那是景炎八年，四月十二日，午时。

从皇宫的极天宫、凤影宫、缔焰宫、金绳宫悄悄溜出一个眉目精致的玲珑娃娃。

紫衣娃娃出了缔焰宫后，环顾了一下所处位置，便转身往左边的道路走去。别看他年纪小、身量小，却剑眉星目，抿着小红唇，抬头负手，显得极气派严肃。那些侍卫一看他的衣着神态，便知这定是冀王带来的小世子，所以也都没敢上前问话，任由他在皇宫里穿梭。

他昂着那小脑袋耀武扬威地“巡视”了皇家侍卫一番后，发现跟自家宫里的没啥不同，便失了兴趣，决定去探探他一入宫就发现的宝地——八荒塔，也就是父王再三告诫他不能去的地方。可他才一转身，便见到对面走来一个玄衣娃娃。

玄衣娃娃从身量模样来看大约和他一般大，只是神态仪容截然不同，肤色雪白，头发漆黑，长眉凤目，再加一脸温柔乖巧的微笑，令人望之即生亲近喜爱之感。是以他经过御花园时，那些修剪花草的宫人纷纷送他礼物，以至他现在满怀黄白青紫红蓝的花花草草，衬着那张雪白的小脸，倒似天上掉下来的小仙童，偶生兴致来逛逛这人间帝府。

紫衣娃娃与玄衣娃娃互相看了看，都在打量着对方，半晌后，两个娃娃不约而同地撇了撇嘴。

一个盯着对面娃娃怀中的花花草草，极为不齿对方堂堂男儿却“拈花惹草”。

一个盯着对面娃娃负手挺胸的模样，极为鄙视对方年纪小小却装模作样。

两个娃娃对视了一会儿，同时抬步上前，彼此都决不肯落后对方一步，同样决不肯露出焦急的模样，一个依旧严肃凛然，一个依然微笑可亲，皆以一种极快又极镇定的步伐向对方走去，到彼此只一步之距时却又同时一转，目标一致地踏上同一条青石板路。

两个娃娃同时踏上青石板路时，不禁都瞅了对方一眼，又赶紧移开目光，昂首挺胸地以一种王者巡视自己疆土的气势跨步前行，只是一不小心步伐一致了。这让两个娃娃非常不乐意，可又不肯示弱地慢对方一步，所以两个娃娃只好继续齐步走下去，可那心头的不乐意怎么着也得表现出来，这不，一个更微笑如花，一个则目射锋芒。同样，彼此都不乐意看着对方，于是两个娃娃便一左一右地扭头看着两旁的侍卫，这一下左右两旁的侍卫的反应便反差极大。

左边的侍卫只见这么一个粉雕玉琢的小娃娃，抱着满怀的花草微笑地看着他们，当下皆不由自主地扯开僵硬的脸绽开一抹僵硬的笑以做回应，生怕笑得不及时拂了人家的好意。右边的侍卫却见这么一个明明不及自己腰高的小娃娃，抬头阔步，气势如虹地瞪视着他们，当下皆不由自主地低头后退一步，生怕是自己挡了他的道才让他如此不悦。等那些侍卫反应过来这里是禁地时，那两个娃娃已走得不见影儿了。

翠竹森森，遮住了炙热的骄阳，舞起阵阵清风，沙沙风吟，凑起悠悠清歌。

一入竹林，两个娃娃顿觉清爽，不约而同地长舒一口气，待发现对方和自己行动一致后，同时冷哼一声转过头去。

正在此时，竹林中忽然响起轻微的声响，似是某种小动物睡梦中发出的咂嘴声。

两个娃娃马上四处张望一番，各自寻思着是可以抓到一只小兔子或者一只小猫儿，可看了一圈并未见着什么小兔子、小猫儿的，入目皆是苍翠竹枝。正疑惑间，那轻轻的咂嘴声又响起，这一下听得清楚了，两个娃娃这次不计前嫌地对视一眼，然后轻手轻脚地往声源处走去，走出约莫两百步后，又同时脚下一顿。

前方丈来远的地方有一张汉白玉石桌，桌上睡着一个白衣娃娃，桌下落了一地吃得干干净净的骨头，而白衣娃娃口中还含着一根骨头，津津有味地吮着，睡得十分香甜。

紫衣娃娃与玄衣娃娃走近几步，围着白衣女娃娃转了几圈依然不见她醒来，除了间或响起几声咂嘴声外便再无动静。两人不禁都觉得这睡娃娃十分可爱，当下一个伸手扯了扯娃娃散落在石桌上的头发，一个从怀中抽出一朵白牡丹轻轻在睡娃娃的脸上碰了碰。

正睡得香甜的白衣娃娃觉得头皮一紧，又觉得脸上一阵瘙痒，伸手无意识地挥了挥，嘴巴动了几动，那骨头便滑出口，但白衣娃娃还是毫无所觉地睡着。

紫衣娃娃与玄衣娃娃看着觉得非常新奇有趣，当下都继续手上的动作，白衣娃娃不舒服了，伸手用衣袖遮了脸，缩了缩脑袋，闷闷的呓语声便传来："好哥哥，别吵我，等我抓着了人参娃娃炖鸡汤给你治病。"

"扑哧！"紫衣娃娃与玄衣娃娃闻言不禁笑出声。

"好哥哥，别出声，小心吓跑了人参娃娃，到时都没的吃了。"白衣娃娃迷迷糊糊地梦呓着。

闻言，紫衣娃娃与玄衣娃娃噤声，看着睡梦中的白衣娃娃，只觉眉目清俊，肌骨柔嫩，十分可人，同时伸手想捏捏那嫩得可掐出水的脸蛋儿，伸到半途的手却碰到了一块儿。两个娃娃抬头瞪了对方一眼，皆无声要求对方让自己先捏，只可惜彼此的目光及意志都十分强悍，僵持了半天谁也不肯让谁。

两个娃娃慢慢收回手，目光紧紧绞着，五指微微张开，说时迟那时快，两只小手猛然出击，这一次都正中目标，只不过顾得了速度便没顾着力道，只听到“哎哟”一声痛呼，白衣娃娃反射性地抬起两手往脸上的“凶器”上狠狠一抓。

咝！咝！连着两声吸气声响起，却是紫衣娃娃与玄衣娃娃发出，捏在白衣娃娃脸上的手同时缩回，白嫩的手背上都多了五道红印。

白衣娃娃打个哈欠睁开眼，有些迷糊地看着面前的紫衣娃娃与玄衣娃娃，不明白怎么一觉醒来，这个让她清净地睡了两天午觉的好地方怎么会多了两个人，而这两个人还都以一种很是幽怨的目光看着她。

“丝兰芙蓉鸡我已经吃完了，没有分给你们的！”白衣娃娃脱口而出，以为这两个人发现了她从御膳房偷来的“丝兰芙蓉鸡”，因为想要分吃却没有分到而埋怨她，立即声明。

要知道这丝兰芙蓉鸡普天之下也只有两只，一只她很有义气地留在了御膳房让皇帝陛下享用（当然，她肯留下是因为听说明日皇帝陛下寿宴时会赐给六州诸侯每人一份，到时她乖乖地做个小公主，父王肯定很高兴，就会将那一份也给她吃了），另一只当仁不让地先进了她的肚子。不过她还是悄悄留了一只鸡腿给写月哥哥，只是这两人都没写月哥哥好看，凭什么分给他们？

紫衣娃娃与玄衣娃娃一听这话都气红了脸，什么芙蓉鸡的，谁稀罕啊？！她竟将他堂堂世子与叫花子混为一谈！

呃？等等！丝兰芙蓉鸡？那稀罕得普天之下也只有两只、号称“地上凤凰”、只有皇帝才可以享用的鸡？

紫衣娃娃与玄衣娃娃同时将目光移向地上那些啃得十分干净的骨头，看了半晌，再将目光移至桌上的白衣娃娃，她竟然……？

白衣娃娃终于完全清醒了，反应过来自己说了什么，有些心虚地溜下石桌，看着地上的骨头，理直气壮地道：“这不是鸡骨头……”

被紫衣娃娃灿阳似的金色眸子一瞪，她语气弱了些：“这是……我吃的鸭骨头……”

玄衣娃娃漆黑得像宝石一般的眸子定定地看着她，令她声音又小了些：“这……这至少不是丝兰芙蓉鸡……”

“这是丝兰芙蓉鸡。”玄衣娃娃语气温和，笑容温雅。

“鸡冠如兰，普天皆知。”紫衣娃娃指了指地上残留的鸡头骨上形状完好的兰冠。

“所以你偷吃了皇帝陛下的贡品。”玄衣娃娃很是惋惜。

“按律满门抄斩！”紫衣娃娃语气森然。

“这……真的是丝兰芙蓉鸡吗？”白衣娃娃有些迟疑、有些胆怯地问道，足尖更是无助地在地上打着圈圈，那模样十足无辜。写月哥哥说过，遇上强敌时先示弱，而后可攻其不备。

“这是只有皇帝陛下才可以享用的丝兰芙蓉鸡！”

紫衣娃娃与玄衣娃娃同时肯定地道，都十分同情地看着白衣娃娃。

“那怎么办？我会被砍头吗？”白衣娃娃双眼含泪，小手绞着衣襟，楚楚可怜地看着高她半个头的紫衣娃娃和玄衣娃娃。写月哥哥说过，女孩子的眼泪可让男孩子化为绕指柔，她虽然不懂什么叫“绕指柔”，但平日父王的姬妾们经常会泪盈于眶地望着父王，以她的聪明要学还不是易事？

“也许会吧。”玄衣娃娃模棱两可地点了点小脑袋。

“应该是如此。”紫衣娃娃十分肯定地点头。

“那……两位小哥哥会救我吗？”白衣娃娃赶忙求救。写月哥哥说过，男孩子都喜欢当英雄，并且特别喜欢英雄救美。她虽然还没有见过“英雄”，但是她……至少每一个拜见父王的人都夸她将来会是个“美人”，那么如果这两个人肯帮她，她可以勉强承认他们是“英雄”。

紫衣娃娃与玄衣娃娃闻言，围着白衣娃娃转了两圈，将她仔仔细细地打量了一番，半晌后，两个娃娃都爽快地点头。

玄衣娃娃暗自思量，平日父王常说，宁多交小人，不可多树一敌。他今日不过是不说话便可救这白衣娃娃一命，照宫女们常说的“滴水之恩当涌泉相报”，那将来他有需要时便可要她无偿地回报，实在是一本万利的事。

紫衣娃娃则想着，平日父王教导，示人以恩，得人以忠，看这白衣娃娃模样好又生得聪明，以后说不定堪为大用。至于这“大用”到底为何“用”，他虽还没弄清，但以他的聪明才智，再过一两年肯定能弄明白了，到时他就可以“大用”此人了。

白衣娃娃一见两人点头，不待他们开口承诺即非常大方地赞美道：“两位哥哥是大英雄！”说完还奉上一个大大的笑脸以示感激。

紫衣娃娃与玄衣娃娃一见她笑，不禁有些惊异，只觉得她一笑甜美干净，没来由地便浑身一松，通体舒畅。

“两位哥哥怎么会来这里？”白衣娃娃好奇地问道。

紫衣娃娃抬首透过竹枝仰望耸立的八荒塔，以一种不符合他年龄的深沉语调道：“听说这八荒塔是整个帝都最高的地方，站在上面连皇宫都踩在脚下！”

玄衣娃娃却温文浅笑，说道：“只有这里我还没有看过。”

“你又怎么来这儿的？”紫衣娃娃反问白衣娃娃。

“因为这里凉快安静好睡觉。”白衣娃娃答得干脆。

三个娃娃答完后互相看了一眼，心头忽然生出一种感觉，模模糊糊。那时，未来被称为“乱世三王”的三人都还小，还无法分辨那是与命定的对手相遇时的紧张与兴奋。

“这个地方叫八荒塔吗？”白衣娃娃脆脆的声音再次响起。

“是的。”紫衣娃娃点头，可一说完顿生警惕之心，往玄衣娃娃看去，正碰上玄衣娃娃转来的目光。两人心头一跳，有些心虚地看向白衣娃娃，希望她不知道。

“原来这里真叫八荒塔呀！”白衣娃娃一脸高兴地说道，眼珠滴溜溜地瞅着紫衣娃娃和玄衣娃娃，笑得好不灿烂，“听说这里没有皇帝陛下的旨意擅自闯入者都要被斩头的！两位哥哥，是不是呀？”

紫衣娃娃与玄衣娃娃同时盯着白衣娃娃，刚才还觉得她乖巧可爱，怎么眨眼间她就变得狡猾讨厌了？刚才她竟敢玩弄他们！

“两位哥哥，你们是怎么来这里的呀？”白衣娃娃声音甜美，总算报了刚才处于下风的仇。

紫衣娃娃与玄衣娃娃互看一眼，达成共识，再看向白衣娃娃，三人再次达成共识。

“这不是丝兰芙蓉鸡。”紫衣娃娃从鼻孔里哼道。君子报仇，十年不晚，他大度地想着。

玄衣娃娃笑如春风，附和地点头：“这是鸭骨头。”能屈能伸方为真人杰，他很平和地想着。

“嘻嘻……”白衣娃娃笑容欢畅，“我就知道两位哥哥是骗我的，这里当然不叫八荒塔。”能欺负人算不得什么了不起的事，能欺负看起来就了不起的人却是非常愉快的事。她在心里非常有成就感地称赞着自己，回头跟写月哥哥说说，哥哥一定会欣喜平日没有白教她兵法的。

三个娃娃相互对视一眼，郑重地点头，默契地达成约定。

正在此时，林中忽然传来轻轻的铃铛脆响，三个娃娃同时转头，便见翠竹中慢慢飘动一片粉色衣摆，片刻后，便见一个粉衣女娃娃转了进来。那娃娃眉目如画，肌肤胜雪，仿如一尊玲珑剔透、精致非凡的水晶娃娃，漂亮得令三个娃娃都看呆了。

粉衣娃娃见到竹林中的三个娃娃也是一怔，犹豫不决地站在原地不敢妄动，目光在三个娃娃身上转了几圈，最后觉得温柔微笑的玄衣娃娃最是俊美可亲，当下轻盈优美地走过去，牵起玄衣娃娃的衣角，娇娇脆脆地唤道：“小哥哥，你知道凤王的‘凰冠’在哪里吗？”

呃？三个娃娃闻言不禁一怔，一时未能答话。

“父王说，这里叫八荒塔，塔里珍藏着凤王的冕冠。父王还说，那是比皇后的凤冠还要尊贵的东西，被威烈帝陛下亲自赐名‘凰冠’，纯然想要！”粉衣娃娃娇俏地偏头，虽然年纪小，可言行姿态间已隐透妩媚风华。

三个娃娃听到粉衣娃娃的话，同时瞪圆双眼看着她，想不到这娃娃虽然看起来最小，志向倒是挺大的。

“凤王的凰冠天下只有一顶，凤王薨逝即被威烈帝封入八荒塔，并下旨‘凤归九天，凰冠永绝’，便是凤王后代继位的青王都不可以戴的，更何况你？”紫衣娃娃看着这粉衣娃娃着实精致可爱，不禁好心解释，以免她为着一顶已蒙尘数百年的古冠而送命。

“可是……可是纯然很喜欢！纯然想要！”粉衣娃娃闻言一撇嘴，晶珠似的眼泪便扑簌簌地顺着晶莹的脸蛋儿流下来，无限委屈的模样，看得三个娃娃心头一软。

刚才白衣娃娃还只是眼含泪珠，粉衣娃娃却是立时泪珠如雨落，很显然，比白衣娃娃更高一筹。

玄衣娃娃当下非常罕有地软心肠一回，也热心肠一回，低头抚了抚粉衣娃娃的头顶哄道：“乖哦，不哭。那凰冠都放了几百年了，肯定又破又旧，妹妹你生得这般漂亮，以后说不定会是天下第一的美人，那只有天下间最美的女子戴的凤冠才配得上你的。”他的语气神态是那么温雅真诚，实在让人不忍心生怀疑。

“凤冠很漂亮吗？”粉衣娃娃一听，当下泪止，满是希冀地望着玄衣娃娃。

“当然。”玄衣娃娃点头，俊雅的面孔上一片赤诚之色，“皇后母仪天下，是天下最美的女子，所以妹妹以后要戴皇后的凤冠，别要凤王的凰冠。”说罢他还微微弯腰似要与粉衣娃娃说悄悄话，只是紫衣娃娃与白衣娃娃都听得清楚，“悄悄告诉你哦，听说凤王生得很丑。”

“那好，纯然不要凰冠，纯然要做天下最美的女子，戴最漂亮的凤冠！”粉衣娃娃当下高兴地拍拍小手，重新确定目标。

一旁的紫衣娃娃对玄衣娃娃这么快哄好粉衣娃娃有些妒忌，而对粉衣娃娃竟分不清凤冠与凰冠孰尊孰卑有些鄙夷，当下有些不是滋味地仰首望天以示不“同流合污”。

白衣娃娃却对玄衣娃娃的信口雌黄并且哄骗这么可爱的粉衣娃娃的行为有些生气，可又不忍心拆穿玄衣娃娃的谎言令粉衣娃娃哭泣，当下很是不忿地抬首看天以示不予计较。

紫衣娃娃与白衣娃娃这一看却惊呆了。

原来在他们头顶的竹梢上竟坐着一个不染纤尘的白玉娃娃，正以一种幽深沉静的目光看着地上的他们。那娃娃看模样比他们大不了多少，却可轻松地坐在高高的柔软脆弱的竹梢上，微风拂动竹梢，他也随风而动，这令紫衣娃娃与白衣娃娃震惊佩服，毕竟当时的他们是无论如何也做不到这样的。

“你是谁？”紫衣娃娃扬声问道。

“你是神仙哥哥吗？”白衣娃娃也问道。

玄衣娃娃与粉衣娃娃听到他们的问话也抬头望去，都惊异不已地看着竹梢上那飘然欲飞的白玉娃娃。

白玉娃娃却不答话，只是静静地看着竹林中的四个娃娃。哪一个是他要找的呢？或许他去过苍茫山后便会知道吧。

“还会见的。”

淡然飘忽的嗓音响起，白玉娃娃从竹梢上起身，足尖在梢上一点，那小小的身影便飞向半空，眨眼间便不见踪影。

“啊，那肯定是天上的白玉仙人哥哥！”白衣娃娃无限感慨，无限崇拜，无限神往地看着白玉娃娃消失的方向道。

“神仙都是有胡子的！”紫衣娃娃纠正她，并且强调，“而且我以后也可以飞到竹梢上去！绝对比他还要高！”

“那是假的神仙。”玄衣娃娃则反驳。

“那是真的神仙！”白衣娃娃却坚持道。

“不是！”

“是假的！”

“是真的！”

…………

三个娃娃不依不饶地争起来，一旁的粉衣娃娃便优雅地在石凳上坐下，并从袖中掏出粉色的丝帕拭了拭脸上的泪珠，津津有味地看着争吵的三个娃娃。

那便是风惜云、丰兰息、皇朝、华纯然、玉无缘的第一次相见。

那时候他们年纪小，只是在皇宫禁地里偶然相遇。

他们那时并不知道，这一别后他们很多年未再见，以至归去后没多久，这一次短短的初会随着他们的成长便在彼此的记忆中被淡忘。

他们也不知道，很多年后，长大的他们再会之时，会有哪些纠缠与牵绊。

他们更不知道，很多年后，立于乱世巅峰的他们在历史的舞台上重会时，将共同演绎出一幕幕绝世传奇，给予彼此最刻骨的悲喜哀乐。

他们还不知道，很多年后，此刻漠然看待的娃娃会在彼此的生命中融入骨血。

这八荒塔下，几个身份不凡的娃娃未通名姓、未报家门便已暗暗地小小交锋了一番，以平局结束。

那时小小的他们各自的习性已开始成型，虽各有些聪明，各有些狡猾，但他们那会儿还算纯真善良，都还肯直言自己的愿望，肯坦诚相诉日后影响他们一生的那些话。

一个想要站在至高之处俯视天下。

一个要将未看过的风景看尽。

一个只是想寻个清凉静地睡觉。

一个想要戴女子的至尊之冠。

还有一个，正沿着家族宿命迈出他人生悲欢难辨的第一步。

很多年后，作为对手、朋友、敌人、亲人相遇时，他们虽想不起这幼时的一面，也记不得这一天说过的话，但都各得其愿，也各有所失。

只是，八荒塔下的相遇随着时间长河的流淌而悄然流逝，最后烟消云散。

只是，他们当时年纪小吧。

番外二　平淡夫妻事事“悲”——风息篇

话说丰息和风夕领着那五十车的行李及一群属下一路行去，一个月后，到了某座山下，再一日后，到了某座山谷。

山谷四面环山，谷内十分开阔，又早有先到的属下打点过了，所以他们到时，这里已是有湖、有溪、有田、有地、有花、有树、有房……的世外桃源。

“倒是个耕读的好居所。”当时风夕是这么感慨的，然后就和新近升为她夫婿的人商量，“到了这里，不用处理朝政，也不用打仗，我们可以过一过男耕女织的田园生活了。”

丰息欣然点头：“那我们就如民间的夫妻那样，过一过男主外女主内的日子。”

夫妻俩便如此拍板了。

那些屋舍是先前来的属下建的，如今两位主上到了，自然是要按他们的要求建更大更好更舒服的庭园来住，于是在属下们忙着给他们建居所的时候，夫妻俩则暂时住在属下腾出的一间屋舍里，过起男耕女织的日子。

所谓男耕女织，简单来说，就是男人在外耕作，种出谷物、菜蔬，以保证一家人能吃饱；女人则在家做饭、打扫、裁织，以保证有热的饭食可吃，有干净的屋舍可住，有衣裳可穿。

于是乎，白天丰息让一名懂耕种的属下领着，去锄地挖田，播种栽菜，风夕则在家生火做饭，打扫屋舍，洗涤衣物。

两人如此过了三天，第四日薄暮，丰息拖着锄头扶着腰往家走，到了门口，便看见坐在阶前揉着手腕等着他的风夕。

夫妻俩彼此打量了一番，再对视一眼，然后齐齐叹气。

“郎君。”风夕掐着嗓子说，“可怜这风吹日晒的，你的脸都成枯树皮了。”

那声“郎君”让丰息抖了抖，他一脸深情地道：“卿卿，可怜这油熏烟染的，你都快成黄脸婆了。”

一声“卿卿”，风夕连打了两个哆嗦，不再掐嗓子了，而是一脸温柔地道：“郎君，你这手……哎呀，都长水泡了，这以后可怎么写诗吹笛呀？”

要表现温柔体贴，丰息自是信手拈来，当下柔情似水地牵起妻子的手：“卿卿，你这手……唉，可怜的，都长茧了，这以后可怎么弹琴画画呀？”

两人似乎并没有感觉到自己的“辛苦”，只是“疼惜”着对方，执手相看，颇为动容，差一点点就能达到“无语凝噎”的境界。

两个人“含情脉脉”地对视了一会儿，还是风夕先败下阵来：“我看这男耕女织的日子不大好过，我们换一种吧。”

丰息自是求之不得，环顾四周，道：“以前我们要做的事太多了，老是感慨没得闲暇，如今既然到了这山清水秀的地方隐居，那我们就过悠闲安乐的日子得了。”

于是乎，两人放弃了田园耕作，改为清闲度日。

对他们这几日的劳作，一干属下悄悄点评：两位主上完全是吃饱了撑的，没事找事做，结果自讨苦吃。

清闲度日，顾名思义，整日不用做啥，自己想如何过就如何过。

第一天。

丰息扛了根钓竿去湖边钓鱼，只是当丰公子看到属下给鱼钩挂上的鱼饵——一条扭动的蚯蚓时，当即恶心得甩了钓竿，并且下令，以后饭桌上严禁出现鱼。

风夕则去山里转悠，想看看有什么珍奇野兽没，要有中意的就捉一只回来养或者吃，不过转了大半日，别说珍奇，就是老虎、狼、狐、豹这类凶猛的野兽也半只没看到，只有几只灰毛毛的野兔、野鸡、野猪。而对这种没有半点儿挑战性的小东西，风女侠都不想动一下指尖。

第二天。

丰息觉得可以做做他擅长的事——养花。于是他指挥着几名属下，挖出几块花田，将带来养在院子里的珍稀兰花自花盆里移到花田里，想着以后一定要让这山谷开满兰花。只是翌日他再去花田时，却发现栽下的兰花全都不见了枝叶，田里只留几行野猪蹄印。丰公子看着昨日还青青翠翠，今日却只剩光秃秃的花根的花田，心里头割肉似的痛。

风夕没去山里转悠，想她做过公主、做过将军、做过女王、做过女侠甚至偶尔还扮过乞丐装过无赖，可就是没做过闺秀，于是闭门在家，寻了针线过来，想绣个鸳鸯戏水的帕子，回头甩到丰公子的脸上，也表一表她的贤良淑德。奈何十根指头上都扎满血洞了，那帕子上只纠结着一团线，以她十丈外也可看清蚂蚁爬行路线的眼睛看了半天，她也没能看出那是团什么东西，至于鸳鸯……风女侠觉得还是去湖边看算了。

第三天……

大清早，丰公子与风女侠站在门前环顾四周，面面相觑。

半晌后，丰公子问：“你今天打算怎么过？”不如她干什么，他也跟着吧。

风女侠反问：“你打算怎么过？”她实在没想做的，不如跟着他吧。

两人沉默，最后长长地叹息。

“这清闲日子也不好过了。”丰公子按按眉心，“我们不如再换一种。”

风女侠深表认同：“那你说过哪种日子？”

丰公子看着风女侠。

风女侠看着丰公子。

看着看着，丰公子脑中闪过一个念头，于是他长吁短叹："这半生都快要过完了，可从相识到现在，你对着我大半时候是冷嘲热讽，要不就是一言不合跟我打一架，如今好不容易成婚了，也少有温言软语，更别说什么举案齐眉、琴瑟和鸣了。"

听完这番话，风女侠眨眨眼睛，明白了："晨起郎君画眉，夜来红袖添香？"

丰公子微笑颔首："然也。"

丰郎画眉，风卿添香……想象一下，这是很美好、很恩爱的画面。

第一天。

清早起床，当风夕洗漱后，坐在妆台前梳头，丰息很自觉地走过去为爱妻画眉。只是——他在妆台前扫视一番后，问："石黛呢？眉笔呢？"

风夕顿住动作，目光也在妆台上扫了一圈，然后很是心虚。

妆台上别说没有画眉用的石黛，便是胭脂水粉这些东西也没有，就几支钗环。

丰息无语，很想说一句"你还是不是女人"，但看着爱妻俊美的面容，顿时又笑如春风："有道是清水出芙蓉，卿卿不需要那些庸脂俗粉来修饰。"

晚上，自然是风夕红袖添香了。

丰息决定画目前居住的山谷，于是风夕为他倒茶磨墨，丰公子认真地画着画，等觉得砚台没墨、茶杯没水的时候，抬头一看，风女侠已趴在案上睡着了。

第二天。

鉴于昨日缺了画眉的必要工具，是以丰息先从一名女属下那里弄来了石黛、眉笔。所以等风夕梳好头发，他便走过去，拾起眉笔，蘸好石黛，抬头要画时，看着妻子的眉毛又顿住了。

"怎么了？"这回轮到风夕有疑问了。

丰息盯了半晌，然后叹气，将妻子的头转向镜子："要怎么画？"

明亮的镜子里，映出风夕的面容，光洁的额头上，两道眉毛纤长平直，乌黑秀丽，画了反倒多此一举。

晚上，丰息继续昨日没画完的画。因为昨天不小心睡着了，于是今天风夕拿了卷书在手上，以驱瞌睡虫。只是——

丰公子看着案前看书入迷的风女侠，提醒道："茶喝完了，添一杯。"

风女侠躺在榻上跷着腿，听到这话将手一伸，把茶杯递了过来："给我也倒一杯。"

…………

在谷中待了一个月后，某日两人爬上高山。

风夕眺望远方，道："我们还是出山去吧。"

丰息仰头望向碧空："然。"

是龙，就要游在大海里。

是凤，就要飞在九霄上。

番外三　小雪初霁晴方好——雪空篇

昔泽三年，冬。

湛蓝的天空如一方无瑕的暖玉，莹润澄澈，朗日轻轻洒下暖辉，将下方的青山绿水、红楼碧瓦镀上了一层明亮的光华，明耀地昭示着这太平天下。

长长的队伍从大堂一直排到街上，从白发苍颜的老人至不及三尺的幼童，从六尺大汉至娇娇弱女，无论是紫袍绛服还是白衣青衫，所有的人规规矩矩、安安静静地排着队。

临街的牌匾上是三个斗大的隶书——品玉轩。不过是简朴的白板，平常的素墨，偏这三个字尽显雍容格调，令人见之生敬。

品玉轩，天下人都知道，这是一座医馆，天下人也都知道，这品玉轩中的主人是天下第一的神医——有着“木观音、活菩萨”之称的君品玉。天下人更知道这君神医医人的规矩：无论贫富贵贱，求医者一律亲自到品玉轩，神医都会亲自诊断，但恕不上门出诊。

大堂里，一个二十岁出头的女子正端坐在长案后，耐心地听着案前坐着的病人讲述病症。

那女子一袭淡青衣裙，头上仅一支黄玉钗绾着满头青丝，修饰得甚是朴素，却生得极为妍丽，一张完美的鹅蛋脸，雪肤黛眉，杏眸樱唇，端的是难得一见的佳人，加上眉目间那柔和温煦的神态，让人生了再重的病，见到她也要缓上三分。

“老人家，按这药方抓药，早晚一剂，半个月后当可痊愈。”

她不但人美，便是那声音也柔润如水，通畅地流过，怡心怡脾。

“好好好。”病人连连点头，脸上堆满感激的笑，“多谢君菩萨。”

“石砚，送送老人家。”君品玉颔首，目光转向下一位病人，柔和的神态未有丝毫改变：“这位大爷有哪里不妥？”

…………

这一边，君品玉有条不紊地诊病开方，大堂的另一边却静立着五名男子，目光炯炯地看着她。

那五名男子当中有一人二十七八岁，着一袭浅紫长袍，除头顶束发玉冠外，全身无一丝奢华之物，却气度高华凛然，目光顾盼间自有一种令人不敢对视的威仪。而他身后做随从打扮的四名男子虽无主人的出色仪表，但也都挺拔英武，望之不俗。

这五人巳时即至，却不见其排队问诊，也不向主人问座请茶，只是站在一旁看着，看这简朴的品玉轩，看这品玉轩的女神医，看医馆中的学徒，看那些排队治病的病人。

而观这五人，也不似有病，石砚曾上前招呼，若是看病便请排队，若是有事找师父，便请酉时再来。为首之人只是淡笑着摇头，那模样倒似石砚的询问打扰了他，于是石砚不再多管，自一旁忙去。毕竟他跟随师父时日已久，什么样的怪人没见过呢？

申时四刻，乃品玉轩闭馆之时。

送走最后一个病人，人来人往了一天的品玉轩终于安静下来，颇有倦色的君品玉揉揉眉心，目光扫一眼那五人，也未予理会，自入后堂去。几名学徒则迅速整理打扫，完事后也回后堂去，只余那五名男子依旧伫立于堂中。

“主人？”四名随从中有人开口，毕竟以他们主人的身份岂能被如此冷待？

为首的紫衣男子摇摇头，目光轻轻扫向堂中的一把椅上，马上便有随从会意，将椅子搬过来。紫衣男子当下舒服地坐下，然后才淡然地道：“不急。”

四名随从点头，静静地立于他身后。

沙漏轻泻，时光流逝，酉时已至，堂中光线转暗，夜幕悄悄掩下。

阻隔内堂的那道青帘终于被掀起，一道橘红的灯光射入堂中，一身素裙的君品玉走出，手挑一盏小巧宫灯，照着眉目间那一分慈柔之色，仿如临世观音。

“几位已候一日，也观品玉医人一日，既然等到现在依旧未离去，想来品玉这点微技还堪入目，只是恕品玉笨拙，不知几位前来到底有何事？”

君品玉将灯挂于架上，施施然地在问诊的椅上坐下，杏眸望向紫衣男子。

紫衣男子也看着君品玉，似审视又似赞赏，片刻后才道：“我确实有事相求姑娘。”

“哦。”君品玉了然地点头。

“我想请姑娘前往家中为家兄治病。”紫衣男子起身施礼道。

这一礼令他身后的四名随从微微变色，然后目光一致地射向君品玉，似乎她若是敢坐着受这一礼，他们便……嗯，他们此刻也不敢怎样，但总是要表达不满的。

还好，君品玉离座侧身回礼，当然不是怕了那四人的目光，一来她并非妄自尊大之人，二来眼前这人让她下意识地觉得不可贸然受礼。

“公子既来品玉轩，那便应知品玉轩的规矩。”君品玉轻声细语道。

“姑娘从不离开品玉轩，这一点我知道，只是……”紫衣男子隐有些烦忧地叹了一口气，“只是家兄实也不便前来，所以我才想恳请姑娘，是否能行个方便？”

“品玉自十二岁开馆行医以来，馆规十年未改。”君品玉又施施然坐下，语气就如问诊之时那般柔和，“无论贫富贵贱，想要求医者必要遵品玉轩的规矩。”

“这样吗？”紫衣男子神色凝重。

“主人……”那四名随从对主人如此低声下气地请求这人，对方却不愿应之很是不忿。以他们主人的身份，这世上有何事需他做如此委屈之态？

紫衣男子摆了摆手，制止四人，然后目光有些焦灼地看向君品玉："姑娘，家兄……家兄实不能前来，我将家兄的病情讲与姑娘听，姑娘可否诊断？"

君品玉皱眉，本想拒绝，那男子的目光却令她一顿。

见她不语，紫衣男子更急了，向前几步立于长案前："姑娘妙手救了天下许多人，家兄救的人却比姑娘更多，他之生死关乎天下……"讲到这里男子显然意识到讲了不该讲的话，话音便一顿，缓了一口气才继续道，"家兄若能病好，则可救更多的人。姑娘菩萨心肠，还盼施以妙手。"

君品玉凝视着紫衣男子，依旧从容地道："公子既道令兄所救之人比品玉更多，那医术自是更胜品玉，又何须求助于品玉？若以令兄之医术都不能自救，那品玉这点儿微末之技又如何救得？"

"不是的。"紫衣男子摇头，"姑娘以医术救人，但家兄与姑娘不同，他并不懂医术，是以另一种方式救了这天下许许多多的人家。"

他言语隐晦，君品玉也不追问，只是语气柔和地道："若是求医，那便请病人亲自上门，就算是病入膏肓，一乘软轿、一辆马车都可送来。"

"唉，别说他未至如此，便是行坐不良，又岂会让人抬？"紫衣男子幽幽叹息，"平日里连对那些御……誉满一方的名医的诊断他都嗤之以鼻，被他骂为庸医之言，开出药方也道是浪费药材，从不肯用。他行事总只求己身痛快无悔，却不顾别人心情，他……唉！不瞒姑娘，我此次前来还是瞒着家兄的，回去若被他知晓，说不定还会被训一顿。"

君品玉闻言，黛眉略略一皱，道："令兄如此讳疾忌医，不知珍惜性命，旁人再急又能如何？"

君品玉这话隐带苛责之意，四名随从颇有怒颜，紫衣男子却只是轻轻摇头道："他也非如姑娘所言之不惜性命，只是他呀……"话语一顿，他似是不知要从何说起，又似有一言难尽的怅然，目光落向那灯架上的宫灯，似透过那明亮的灯火仰视那如烈日般耀目的兄长。

片刻后他才继续道："家兄的病这些年来也算是看尽天下名医，用尽灵药，奈何皆无良效，唯有一故人所留之药能稍缓其症，是以他便不肯再用别人的药，也严禁家人再寻医访药，以免浪费人力钱物。只是他的病一年重似一年，故人之药也不能根治其病，他病发之时总是强自忍耐并瞒着我们，可我们这些亲人又岂能不知？所以……因姑娘素有神医之名，我此番前来，只盼能求得良方，好救兄长。"

说罢，他看向君品玉，眸中隐有企盼之色："姑娘就听听家兄的病情，看在他也曾救人无数的分上，为其开一方良药可好？"

君品玉看着眼前这紫衣男子，观其眉目，隐藏傲骨，当是极其刚强之人，他此时却肯低头求助于她；视其气度，雍容凛然，定是大富大贵之家，他此时却肯卑微地乞求她。她以往所见，如此身份之人求医之时，要么盛气凌人，要么以钱财压人，不得之时，不是言语辱之，便是痛号之。而这男子虽低头求人，却不失礼仪，虽失望焦灼，也不失风度。有如此不凡的弟弟，那哥哥又会是何等人物？

"说来听听。"她沉吟良久，终于开口。

一言既出，紫衣男子顿时面露喜色，当下便将其兄的病况一五一十地道来，讲述之时也不忘观察君品玉之神色，见其眉峰不动，面容平静，倒有些心安，只道兄长之病在这位女神医看来定不重，讲得更是详尽了，就盼这神医了解得更彻底些，好一下根除兄长的病。

只是当君品玉听完他的讲述后，却轻轻吐出两个字："无治。"

"什么？"不但紫衣男子闻言变色，便是他身后那四名随从也面露惊慌之色。

君品玉却不为所动，平静清晰地道："听你所言，令兄之病乃他三年多前所受箭伤引起，当年身受重伤不但不卧床根治静养，更在伤未好的情况下即四处奔波操劳，此便已种下病根。加之你刚才所言，他这些年来宵旰忧劳，未曾有一日好好歇养，要知人乃五谷养就的凡体肉胎，非铁身铜骨，他此时必已心力交瘁，体竭神衰，若是普通人一年前大约便已死了，令兄能拖至今日，一方面乃故人良药所养，另一方面……"

话语一顿，她打量紫衣男子一眼，才又道："观你精气，应有一身武艺，令兄的武艺想来也不低于你，所以他能拖至今日，也不过赖其一身修为在强撑，修为耗竭之时，便是命断之日。自身知自事，是以令兄才会禁止你们寻医访药。"

君品玉依然神色淡然，只是将这断人生死之语也说得这般慈和的人少有。

紫衣男子此刻面色惨白，牙关紧咬，虽力持镇定，却已无法掩饰目中忧痛之色。他非愚人，也非不肯面对现实的弱者，这些年来那些名医的诊断无一不是如此结果，只是他总不肯放弃，觉得兄长那等人物岂会被小小箭伤所累而至送命？所以他一次又一次地寻访名医，总盼着下一个能有不一样的诊断结果，可眼前……眼前这有着天下第一神医之称的人也如此下定论，不啻阎罗王下的生死帖！

"品玉虽有薄技，但也非起死回生之神仙。依令兄的病情，已无须亲诊，公子若想令兄活得久些，便从今日起劝其安心静养，不再劳心耗神，再辅以良药，或还能活至明年夏天。"君品玉看着紫衣男子的悲痛之情虽有恻隐之心，但亦无能为力。

"明年夏天？"紫衣男子有些呆滞地看着君品玉。

"是的。"君品玉点头，"强弩之末岂可久持？"

"现已近腊月，竟连一年都不到？可是我如何劝阻他？能令他言听计从的人早已走了。"紫衣男子喃喃地念叨，目光呆滞，身形摇晃，那模样显然是受打击过甚，一时神痴魂散，足见其兄弟情深。

正在此时，堂外传来轻浅的脚步声，渐行渐近，然后一道修长的身影步入大堂。

那身影一走入，堂中霎时光华迸射，昏暗的灯火也分外明亮起来，堂中几人顿时都将目光移去，便是那失神的紫衣男子也看了过去。

那是一名与紫衣男子年纪相仿的男子，仿佛是从雪中走来的仙人，雪般洁白柔顺的长发轻泻一身，容颜更胜绝色佳人，但那斜飞入鬓的两道墨色剑眉平添了凛然英气，双眸射出的是冷利锋芒，偏一身浅蓝的衣衫又淡化了他一身冷肃的气息，凛冽气息化为男儿的傲世风华。

几人这一看顿生各样情绪。

君品玉柔和平静的眼神掠起一丝波澜，脸上也浮起一丝浅笑："你回来了。"

只是她这一声问候无人答应。

那进来的人此时定定地看着紫衣男子，冷漠如冰的脸上裂开一道细缝，露出惊愕的神情。而紫衣男子更是瞪大眼睛，仿如见鬼一般看着他，只不过常人见到鬼不会如他这般兴奋激动罢了。而那四名随从也如主人一般瞪大眼睛，一脸震惊。

堂中一时安静得只闻呼吸之声。

“雪人！”

一声响亮的呼唤打破寂静，一道紫影瞬间掠过，带起急风晃起了灯架上的宫灯，霎时堂中灯影摇曳。

“雪人！雪人！你没死呀？！太好了！雪人没死呀！”只听紫衣男子连连呼唤，而他人已至那浅蓝的身影前，一把将其抱住，一双手死命地拍着他的背，“雪人，你真的没死呀！”

那素来冷淡的蓝衣男子此时竟也任他抱了、拍了，似也需这热切的言语、激烈的碰触来确定对方的存在。

“雪人，我哪儿都找不到你，以为你死了，可是皇……大哥说你没死！原来大哥真的说对了啊，你真的没死呀！太好了！没死呀……”

紫衣男子不住地念叨，堂中数人都瞪眼看着他激动的言行，一时似有些反应不过来。

“雪人，雪人，你怎么不说话？”紫衣男子见蓝衣男子久久不回应，不禁放开他，上下打量了他一番，然后嘴一咧，绽开一脸朝阳般灿烂的笑容，“我知道了，你这雪人肯定是见到我太高兴、太激动了，所以一时不能言语！哈哈，雪人，你想念我了吧？太久没见到我激动得想流泪了吧？！哈哈，放心，你想流就流吧，我决不会笑你的。”紫衣男子边说边拍拍他的肩膀，“雪人，我虽然没有一点儿想念你，但是见到你还没有化成灰，我还是有一点点高兴的，你不用太感激我的。”

紫衣男子说完这番话，原本觉着他有大家风范、雍容尊贵的君品玉此时不禁怀疑起自己的眼光，眼前这人似眨眼间便倒退了十岁。

蓝衣男子却只是一挑眉头，淡淡地看着紫衣男子道：“九霜不在，想不到你一人也可以这么聒噪。”

“聒噪？你竟然说我聒噪！”紫衣男子马上跳脚嚷了起来，抬手成拳击在蓝衣男子肩上，“枉费我自你失踪后日夜担忧，枉费我还每日派人打扫你的房子，枉费我还上庙里为你求平安签，枉费我还……”

紫衣男子说着许许多多的“枉费”，那蓝衣男子说嫌他聒噪却也未加阻止，只是静静地站着，任凭他的拳击打在身上，虽然有些疼，但疼得温暖，疼得痛快！

而君品玉此时看这紫衣男子只觉得他又倒退了十岁，不过是一个赖皮小孩子，被同伴一句话刺着了要害，不禁恼羞成怒，打打骂骂地欺负着，可这欺负倒似是说：我们这么久不见，我不欺负你一下怎能显出我和你的好来？

而那人……她目光移向蓝衣男子，见其非但未有嫌恶之色，冰冷的眸子里还射出一丝丝暖光，这倒是稀奇了。

三年前那个雪夜里，本已睡下的她忽被石砚的惊叫声唤醒，披衣起身，出了门，便见石砚他们几个抬着一个雪血交融的人至她门前。

睡在后堂的石砚本已睡着了，谁知被院中响声惊醒，起床开门，便见院中卧着一个血人，虽惊疑不已，但察探下知这人还有气息，当是救人要紧，忙唤起师弟们将其抬至她院中。

他身上只有一道剑伤，偏那一剑极深极重。

前一年，他几乎都卧于床榻上，至第二年才可勉强起身，但也只限于在房中慢慢活动，第二年过完之时才算完全康复。

她想起为他治伤的那前一年里，他闭口不言，从未道及自己的来历，也不问及他自己身在何方，只是静静地躺着，任人施为，偶尔目光移向窗外，张望一眼那通透的蓝色天空，但眸中神色黯淡阴郁，令人见之揪心。

她常年接触的便是徘徊生死间的病人，自能了解那样的眼神，那是心若死灰之人才有的绝望。

明明如此年轻出色的人物，为何却有这样的眼神？她忆起自身，对他便心生一丝同病相怜的情绪，虽不知其来历，却依然尽心医治，偶尔得闲，也来他的病榻前闲说几句，基本都是她在说，他从未回答，但她知道他都听进去了。

直到有一天，因白日里她医治了一个重伤的江湖人，是以晚间洗去一身血腥后来他的房中闲说，便自然地说起了江湖间的事迹，也很自然地说起江湖人的武功，然后很自然地便说："虽不知伤你的是何人，但从伤口来看，那人定是罕世高手，那一剑的分寸拿捏得丝毫不差，不要你的命，却可令你重伤两年不起。"

就在她那一句话说完，他死灰一般的眼眸里忽闪现一丝亮光，那总是漠然地望着屋顶的双眸立时看向她，似在向她确认。那一刻，她知道，伤他的必是他心中极重要的人，伤在身，痛在心！而她这一句话，解开了他的心结。

第二日，她再去看他之时，他终于开口，雪空。

只是简短的两个字，但她知道他是在告诉她他的名字。那时，素来心绪淡然的她竟隐有愉悦之意。她想，这人是打算活下去了，活着的生命当比死去的令人开心。

而那以后，他虽然依旧言语不多，但在她问话之时偶有回答，且治疗时极其配合，不再是生死无关的漠然神态，眉眼间神韵渐现，那罕世的容颜、冷厉的气度常令轩里的徒弟们失神。

待他渐渐好起来，能自由活动之后，便常在院中练剑。她虽通武艺，但也只是练有几分内功，为着救人之时的方便，于其他却是懒于练习，武技一途不及医术一半，只是平日接触的江湖人不少，稍有些眼力，看得出他的剑术极其高明。再有时间，他便是待在她的书房里，只是她的书籍大多是医书，难得他看得进去。

待他伤好后也未曾离去，而两年的相处，品玉轩的人都当他是自己人了，一个个待他极好，巴不得他不走，所以他便留在了品玉轩。偶尔品玉轩太忙之时他也伸手帮忙，只是他的帮忙很难生效，那样特异的容色，无论病人还是徒弟们常常只顾着看他去了，是以几次后他便极少出内堂，倒是常上天支山去，早出晚归，回来时还会带回一些草药，想来书房中的那些医书他定是看了不少的。

她虽非江湖人，也不与朝堂接触，但接触的人多了，自也能看明白一些事。雪空必不是凡人！只不过她行医已久，看惯了生离死别，也看淡了世情百态。这人来便来了吧，若要去时那便也去吧。

如此又过去了一年，品玉轩的人似都忘了他是凭空出现的人，只当他就是这品玉轩的人，一辈子都在此了。

可此刻，眼前这身份不明却定来历非凡的紫衣男子亲密地唤他“雪人”，而冷淡待人的他肯任紫衣男子搂抱捶打，那眸中分明有着暖意与愉悦之色。

他该要离去了吧？

“雪人，你既然没事，为什么不回去？你不知道我们多担心你吗？竟连封信也不给我们，你真是雪做的啊，没一点儿人情味！”

这边君品玉思量一番，那边紫衣男子还在唠叨。

“雪人，你这么久都不回去是不是因为这个女人？”紫衣男子忽然眼珠一转，手指向君品玉。

君品玉倒不防他会这么说，虽有些讶异，但也无一般女子的羞恼之意，只是淡淡地看一眼此刻眉飞色舞的紫衣男子，他此时倒似忘了兄长的病，而那一身的雍容贵气早已荡然无存，不知是很会装还是素来便有两副面貌。

雪空与他相处多年，自知他的性子，只是淡然地道：“我受伤了，一直在此养伤。”三年多的时光便用这简简单单的一句话带过。

“受伤？”紫衣男子赶忙将他全身打量了一番，见他无碍才放下心来，“当初在康城……原来你受伤了啊，现在好了吧？当年没有你的消息，我和九霜要派人去找你，大哥却说不必了，你决不会死。那时我怎么也不能安心，今日倒是信了。”

“主……主人他……好吗？”雪空目光闪烁了一下，轻轻问了一句。

他这一问，倒是将紫衣男子的开心全给问回去了，紫衣男子一下怔在那儿，不知要如何作答。

紫衣男子的犹疑令雪空眉峰一皱，雪空打量着他，问道：“你为何会来此？”

“我……”紫衣男子张口，目光却扫向君品玉，再看看雪空，似不知到底要不要说实话。

可雪空也非愚人，一看他这样再一思量便明白了：“来品玉轩的人都是为了求医，你来……”他仔仔细细地打量了紫衣男子一番，“你无病无伤，那能令你前来的必是九霜或者……”话音一收，眼眸中已是利光迸射，“谁病了？”

那三字他说得缓慢，声音却低沉有力，隐透压迫之感，那五人未曾如何，君品玉却目露异色。

“九霜很好。”紫衣男子避重就轻地道。

“皇雨！”雪空的声音变冷。

“唉，”紫衣男子——皇雨轻轻叹息，“是大哥。”

“怎样？”雪空猛然抓住皇雨的肩膀，急急地问道，问出后，心中却马上明白了。

皇雨会来品玉轩求这第一神医，必是极难医治之病，而能让他亲自来此，那必是严重至极，否则……刹那间，雪空的双眸忽生变化，眼中奇异地涌现一抹蓝色，由淡至深，最后变得雪原蓝空般纯净透亮。

一旁看着的君品玉暗自惊异，虽不明白为何他的瞳眸会变色，但从他的神色已知他此时极其激动。这个人一直冷如冰雪，自身的生死都不能令他变色，可此刻……真不知那能令他如此的是什么样的人！她淡然一笑，心头却有些不明所以的失落情绪。

“当年的箭伤一直未能痊愈，反成病根，再加这些年来他日夜忧劳……他……他……”皇雨有些吞吞吐吐，看向君品玉，依然盼着她能说出相反的结论，奈何君品玉神色不变，他深深吸一口气，才幽幽地道，“刚才这位君神医已下诊断，大哥他……他活不过明年夏天……”他说完最后一字，似被扯痛了心上的某根线，不禁脸上痉挛。

“什么？”雪空愕然瞪大眼睛，似不肯承认现实般瞪视着皇雨，然后缓缓转头望向君品玉。

一时间，堂中一片寂静。

半晌后，轻轻的脚步声响起，雪空慢慢走至君品玉面前，定定地看着她，然后推金山倾玉柱般跪于地上。

此举不但令君品玉震惊地起身，便是皇雨也一脸惊色，疾步上前，一边唤着“雪人”一边伸手去拉他。

雪空却似生了根般跪在地上，目光明亮清澈却也犀利威严：“得姑娘救命，却一直未曾言明身份，是雪空之过。雪空乃昔日冀州扫雪将军萧雪空。雪空此生除了跪天地、君王、父母外，未曾跪他人，此生也从未求过人，但此刻厚颜乞求，求姑娘救我主上一命！姑娘的救命之恩和救主之恩，雪空来生必当结草衔环相报！”说罢他重重叩下三个响头。

“雪人，你……”皇雨看着萧雪空的举动，心头酸甜悲喜情绪竟全都有。

君品玉定定地看着地上的萧雪空。她当然知道眼前之人是个冷傲的人物，可到底是什么人能令他如此？这一刻，一贯淡然的她心里竟涌出微微酸涩之感，依稀间似极久以前也曾如此心酸苦痛。

“原来是‘风霜雪雨’四将之一的扫雪将军。”君品玉轻轻启口，目光移向紫衣男子：“想来这位便是昔日‘风霜雪雨’中的雷雨将军、现今的昀王殿下了。”说罢，她后退一步盈盈行礼，柔和地道，“望昀王与将军恕品玉不识之罪。”

萧雪空依旧跪在地上，有些愣怔地看着君品玉。

“姑娘又何须如此令雪空难堪？”皇雨叹一口气，扶起地上的萧雪空，“雪空虽未向姑娘表明身份，可我素知他，无论何时何地，他的性情与行事绝无改变，姑娘所知所识之人真真实实，又何须责怪？”

君品玉闻言，不禁有些讶异地看向这位昀王，想不到他竟如此敏锐，连她那一点点恼意也看出来了。其实在雪空唤他“皇雨”时她不就应有所觉吗？毕竟“皇”可是当朝国姓，怪只怪自己素来对外界之事太漠然了，才会一时想不起来。

“我隐瞒身份前来求医自也有我的苦衷，姑娘是明白人，当知我皇兄的病情不仅关乎他个人的安危，也关乎天下的安定。”皇雨说道，这一刻那雍容威严之态又回到了他的身上，“还望姑娘体察宽恕。”

原来他那轻松的一面只对他亲近的人。

君品玉微微垂首，依然平静柔和地道：“请昀王放心，品玉自然会守口如瓶。”

皇雨静看了君品玉一会儿，最后忍不住开口：“姑娘……我皇兄真的没有法子救治了吗？”

君品玉抬头，六双眼眸紧盯着她，令她有些好笑又有些感怀。

不待她答话，皇雨又道：“而今天下太平，百姓生活安康，虽不能说全是皇兄一人的功劳，但他确功不可没，姑娘就算不为他，便为这天下苍生出手如何？”

君品玉暗暗叹息一声，垂眸，不忍看那六双失望的眼睛：“昀王，恕品玉无能。”

“姑娘……”萧雪空急切地上前，身旁的皇雨却拉住了他。

“雪人，你不要再说了。”皇雨闭眼，然后睁开，眸中已是一片冷静沉着之色，“君姑娘肯听皇兄的病况，肯吐真言，我已十分感激。其实当年无缘离去之前交代我要让皇兄‘戒辛劳，否则命不久长’，那时我就有所警觉，只是皇兄那人你也知晓，他决定的事谁能劝阻？这些年来他安定边疆，操劳政事，早就耗尽了心血，那么多御医都诊断了，只是我不肯死心罢了，才来求君姑娘，而今……”

“主上他……”萧雪空才开口忽又一顿，想起他的主上现今已是皇帝陛下，想起昔日的誓言，想起昔日的君臣相伴、金戈铁马，不禁一阵恍惚。

“我要回去了，你跟我一起走吗？”皇雨看着萧雪空。

“我……”萧雪空张口，脑中却一片空白，似无法面对皇雨那殷殷期盼的眼神，稍稍转头，却不期然碰上君品玉望来的目光。两人各自一怔，都不着痕迹地移开视线。

皇雨将这一幕看在眼中，却只是微微一笑。经过这些年的磨炼，他早已不再是昔日的懵懂少年。

“康城城破后你生死不明，我与九霜总不死心，皇兄登基后，我数次让他下诏寻找，可他总说你必性命无忧，青王决不会继瀛洲后再取你的性命。而你若不愿回去，他又岂能强求于你？”皇雨负手身后，自有一种皇家人的雍容风范，“他说君臣一场，知你甚深，你未有负于他，他岂能负于你？是以，你若愿回去，自是有许多人开心；若不愿回去，也绝无人苛责于你。”

萧雪空抬眸看着皇雨，眼神犹疑又迷茫。

“雪人，你与我不同的，数载君臣你已尽情义。”皇雨淡然地道，“而我，无论他听不听我的话，我总要为他担一份辛劳。”说罢他忽又笑笑，附到萧雪空耳旁，悄声道，“雪人，你若是舍不得这位女神医要留在这里，那也是美事一桩，大喜之日千万记得通知一声，我便是偷溜也要前来观礼的。”

听完这一言，萧雪空难得有些恼地瞪他一眼。皇雨看着更是开怀，笑吟吟地转头看向君品玉，那双浅金色的眼眸霎时晶亮一片，光华流溢，令君品玉心头一跳，紧接着头皮一麻。

“君神医，我最后有一事相询。”

“昀王请说。”君品玉微微低头。

“听闻昔日有一贵公子以情诗赠姑娘，以示爱慕之意，谁知姑娘……”皇雨话音微微一顿，目光有些诡异。

君品玉此刻知道自己刚才为何会觉得头皮一麻了。

投我以木瓜，报之以琼琚。匪报也，永以为好也。
投我以木桃，报之以琼瑶。匪报也，永以为好也。
投我以木李，报之以琼玖。匪报也，永以为好也。[1]

皇雨摇头晃脑地吟罢，继续道：“多美的诗啊，多深的情呀，偏偏姑娘却道‘既说要赠我桃李木瓜，何以未见？既说要报我以琼琚瑶玖，何以未至？这桃李木瓜不但可食，还可入药，正可治病，这琼琚瑶玖则可当了买几筐鲜梨，轩里已无止咳的梨浆了！’哈哈哈哈……”他放声大笑，“我就想知道，姑娘当日是不是真有此言？可怜那人的一番心意，哈哈哈哈……姑娘自那以后便得了这‘木观音’的名号，人皆道姑娘虽有观音之容，却是不解风情的一尊榆木观音！哈哈哈哈……”

皇雨笑得前俯后仰，引得萧雪空瞪了他一眼。

倒是君品玉依然神色未动，神态柔和：“品玉确有此言，只因在品玉眼中，那桃李木瓜比之情诗更有益处。”

“服了！”皇雨笑弯了腰，却犹抱拳作揖，动作甚是滑稽。

那四名随从倒似见惯了主人的狂态，此时方上前向萧雪空行礼问好。

等到皇雨终于笑够了，看着眼前神色如常的“木观音”，心头暗暗生奇。自他见她起，她脸上那份柔和的神态便未动分毫，那柔润如水的声音也无起伏，仿如挂着一副面具一般。这“木观音”啊，果真是一尊木观音！

“好了，问完了，天不早了，我也该回去了。”皇雨移步，走至萧雪空身前，拍了拍他的肩，“我这三日会在府衙里，无论你是回去还是不回去，都欢迎你前来一叙，毕竟你我兄弟一场，这些年总有些话要说吧？”

“我会去。”萧雪空颔首。

皇雨向君品玉微一点头，转身离去，走了几步忽又回头对萧雪空道：“对了，忘了告诉你，皇兄已有一子，皇嫂现今又有了身孕，而我已与九霜成婚，你可不要太落后哦。”说罢，他眨了眨眼看了看君品玉。

戌时已尽，品玉轩的书房里却依然亮着灯火，柔和的灯光下，青衣慈容的女子捧着一卷

---

1 引自《诗经·卫风·木瓜》。

医书，目光虽落在书上，双眸却定定不动，半个时辰过去了，那一页书依然未翻动。

院子里的藤架下却立着一道人影，仰首望着夜空中的一轮皓月。

今夜月色清寒，如霜般轻泻了一天一地，屋宇、树木全染上了一层浅浅的银白光芒，轻风拂过，树影婆娑，配上藤下那如画似雪的人物，这小院便如那广寒桂宫。

书房的门轻轻开启，走出黛眉轻蹙的君品玉，看着院中伫立的人影也未惊奇。

“还未睡？”她淡淡地开口。

院中的人并未答话，只回头看她一眼，又将目光移向夜空。

两人一时皆未言语，君品玉看着藤下静立如雪峰的人，挺拔孤寒，从来如此。她抬眸望向天幕上那轮明月，倒更似那人的归处，这小小的品玉轩又岂是他的久留之地？

“今夜这般好的月色，想是中秋之月也不过如此了吧。”恍惚间她却听到萧雪空开口。

君品玉转头望去，只见他冰雪般的容颜上浮起思慕之色。

“我仰慕过一个人，就如仰慕这轮皓月一般，便是隔着这遥遥九重天也无法不为她的绝世风华所吸引，只是……”萧雪空声音微微一顿，然后才幽幽地叹道，“只是那样的人，便也如这轮皓月，无论我如何引颈渴望，如何努力追攀，都永远天遥地远。”

君品玉闻言，不禁心中一动，忆起昔日自己那唯一的一次动情。那时她不也是为那人的绝世风采所倾倒吗？只因那样的人物此生仅见，那一刻的心动不由自己。情生时，又岂是自己能控制的？

“那次的伤便给了我一次机会，就当扫雪将军殁于康城，而重生的只是一介平民雪空。我想知道能育出那人那恣意性子的江湖是什么样的，想尝试一下那样的生活，想离那人近一些，所以没有回去，而是留下了。现今三年的时光过去了，我却并未体会到什么，而那快意恩仇的江湖、柴米油盐的民间也并未令我生出依恋，倒让我迷茫而不知前途。”

萧雪空抬手，寒光闪过，扫雪剑出鞘，于月夜中泛着凛凛寒光。

“今日皇雨的到来却让我清醒了，我根本无法融入江湖，根本无法庸碌一生，根本无法忘记昔日的誓言，根本放不下我的主上！”

他轻轻弹指，剑鸣如龙吟，眼眸微眯，霎时锐气毕现，人剑如一。

“无论生死，萧雪空永远是冀王，不，是皇帝陛下的扫雪将军！”

他声音虽轻，意志却坚；瞳眸虽冷，眼神却利；人虽冷淡，却有热血丹心。

“将军终于下定决心了吗？”君品玉轻轻移步至院中。

“治国比建国更难，雪空虽拙，也要为主上尽一份心力！”萧雪空还剑入鞘。

“那么品玉要恭喜将军了。”君品玉淡淡一笑。

萧雪空看着她，片刻后望向夜空：“对这样的月，人人都会心生喜爱对吧？”

“嗯？”君品玉一时未能明了他的意思。

萧雪空将目光从皓月上移至君品玉的双眸上，眼睛一眨不眨地看着她：“今夜你我为这月色所倾倒，可明日绚丽的朝阳升起之时，我们也会为那浩瀚无垠的光华所折服。人一生会有很多令其心动倾慕的事物，但并不是全能拥有，很多只能遥遥观望，又有很多只是擦肩而过，还有一些是在我们还未明了之时便错过了，所以我们能抓在手中的东西，其实很少。”

“啊？”这一下君品玉可是讶然瞪目了，想不到这个冰雪般冷漠的人今夜竟肯说这么多话，还是说着意义这般深刻的话。

萧雪空见她似乎没有听明白，不禁又道：“我是说……我和你……那个……白风、黑息……他们……喜欢……那个……我们……”

舌头似打了结，一句话他怎么也无法连贯起来。

“将军是要说……”君品玉隐隐地似有些明白，隐隐地有些期待，一颗心怦怦直跳。

“我是说我们……我们有我们的缘，他们……他们是……”萧雪空很想利落地将话说完说明白，奈何口舌不听指挥，手中的扫雪剑都快被他捏出汗来，最后他似放弃一般止了声。

君品玉呆呆地看着他，似不能明白，又似在等待。

这一刻，院中静谧却不寒冷，两人相对，那不能言说的情意，却透过双眸传达。

“姑娘……愿不愿意和我去帝都？”萧雪空再开口，已不再口吃，眸中浮现柔光，“在帝都也可以开品玉轩的，有姑娘在的地方便是品玉轩。”一言道完，那张雪似的脸上竟罕见地浮现淡淡的红晕，在这月夜中分外分明。

君品玉只觉得心剧烈地一跳，张口欲言却发现无法出声。

萧雪空却不待她答话，又急急地加了一句：“姑娘考虑一下，嗯，认真地考虑一下。”话音一落，人已跃起，眨眼间便已不见影儿，竟施展轻功逃遁了。

院中只留君品玉以及那清晰入耳的心跳声。

“刚才……他算是求亲吗？”

良久后她才呢喃轻语，然后脸一热，不禁抬手捂脸，却捂不住唇边绽放的那一丝微甜的浅笑。

“该死的雪人，你竟让我空等三天！”

一大早品玉轩便迎来了一位客人，这客人来了后也不要人通传便直奔后院，看到院中的人便大声叫嚷。

萧雪空淡淡地瞟一眼怒气冲天的人，冷冷地吐出一个字：“忙。”

“忙？”皇雨瞪大眼睛，指着他的鼻子，义愤填膺道，“亏我们数载情谊，你竟都不肯拨一个时辰来看我一下？我……我……我要和你割袍断交！”

“别挡路，我要整理行李。”萧雪空对他的怒气与指控充耳不闻，将他推置一旁，自顾自离去。

“你……你……”皇雨气得浑身发抖，“竟嫌我挡路？什么狗屁行李这般重要？竟连我……呃？等等，你整理行李？整理行李干吗？难道是……？”他赶忙跟上前去，抓着萧雪空的手臂待要问个清楚，却被甩开了手。

“有空啰唆不如帮忙，品玉轩的东西很多，光是医书便已装了三车。”

“啊？”皇雨当场蒙了，待醒悟过来，竟似个孩子一般跳起，“你是说……你是说君姑娘……君姑娘也去？你和我……你和她都跟我回帝都去？”

根本无须萧雪空答话，皇雨此时已眉开眼笑，嘴角都快咧到耳根去。

太好了！太好了！此行真是大有收获啊！不但找着了雪人，还将这天下第一神医也带回去了，那样的话……皇兄……皇兄一定不会……一定可以挺过明年夏天的！

“将这个搬到后巷的马车上去。”

皇雨还在院中傻乐时，冷不防一团黑影凌空飞来，即将被击中额头时总算回神，慌忙后跃三尺，掌一绕化去劲道，再两手一抱，便将东西稳稳地抱在怀里，一看是一个三尺见方的黑木箱子。

“死雪人！你想谋害我吗？要知道我现在可是昀王，你竟敢以下犯上？等回到帝都，看我不削掉你的一层皮！”

“说来也是，昀王身份尊贵，雪空怎可让昀王动手？这箱中都是品玉医人的用具，还是让品玉自己搬吧。”

皇雨正想趁此机会扭转地位，偏生斜刺里走出君品玉，轻言一语便令他赶忙低头。若他惹恼了这神医，她不肯去帝都了，那皇兄的病……当下他笑如朝阳，语如春风，和和气气，温温暖暖地洒了一院：“不不不，我正空闲呢，非常乐意，非常乐意！”说罢他抱起木箱一步三跳地往后巷走去。

想他虽贵为皇弟，但当年在“风霜雪雨”四将排名中居于末尾，一直耿耿于怀。而今他可是堂堂昀王了，理应居于首位，只是……四将中一个成了他的老婆大人，而这剩下的一个，很显然也不把他这昀王放在眼里，身边还站着一个掐住他的命脉的神医，看来他这辈子是别想来个“雨雪霜”了！

“昀王真是个有意思的人。”君品玉看着皇雨离去的背影笑道，回头看着萧雪空，“有这样的弟弟，不知皇帝陛下是怎样一个人？”

萧雪空眼眸中涌现一丝崇仰的光：“陛下……便是陛下。”

“哦？”君品玉看着萧雪空雪一样的长发，恍惚间想起另一个人。那人黑衣黑眸黑发，完全是另一番品貌，那样俊雅绝伦的风采此生未见，以后当然也不会再有那样的人。说无遗憾是假话，但眼前这人，自己此刻喜欢着，此刻为这人背井离乡也心甘情愿，这便足够了。人生短短数十载，她能遇着这人已是幸事。

“人生百态，情有万种。”萧雪空看着君品玉惘然的神色，有了然，有同感，有欣慰，“你和我是芸芸众生之一，也是独一无二的，能相遇相伴，便要珍惜。”

“有理。”君品玉浅笑着颔首。

一行人走了近一个月，到帝都时已是年尾，天气日渐寒冷，这一日竟下起了雪，鹅毛般的雪纷纷扬扬地从天而降，为大地铺上了一层厚厚的雪毯。

众人在雪里行进，马蹄、车轮在雪地里轧出深深的痕迹。

“雪人，你说这雪是不是为你下的？”骑在马上的皇雨仰头看着上空绵绵不绝的雪花道，“因为知道你回来了，所以下雪欢迎你这雪将军。”

萧雪空闻言目光一闪，不禁想起当年康城城破之时的情景。

那一天也下着雪，只是并不大，一早开门他便见到静立于树梢上的人影。茫茫细雪中，那人似真似幻。那时她也如此说："雪空……今天的雪是为你下的吗？"

皇雨犹在一旁唠叨着，可萧雪空神思恍惚，耳中已听不到了，只有那风呼剑啸之声，一缕悠扬的歌声荡开风雪，和着剑气缓缓传来，盘绕于苍茫天地间，久久不绝……

"雪人！雪人！你听到没？"皇雨猛然拍了萧雪空一下，看他那样，似要神魂出窍了。

萧雪空猛一回神，然后略皱着眉头看向皇雨："你说什么？"

皇雨瞪他，不过还是再次道："你回来的消息，我已派人先一步告知皇兄了，我怕你猛然出现在他面前让他太激动，毕竟他现在的身体……马上就到帝都了，你们先住到我的府里，等你的府邸收拾好了你们再搬过去。我等一下先进宫去，明天你再随我进宫见皇兄。"

"嗯？"萧雪空疑惑地看着他。

皇雨与他相处多年，当然知他疑惑什么，道："皇兄当初赐我府邸时便也留了座宅子给你，说若你哪一天回来，不能让你连家也没有。你我的宅子连在一处，后园只有一墙之隔，这些年我虽派人在打扫，但现在要住人总还要再收拾一番才行。"说罢他顿了顿，有些黯然，"瀛洲的墓地便在你我府邸的旁边，皇兄说，我们'风霜雪雨'总要在一起的。"

"哦。"萧雪空垂首，让人看不清神色。

但皇雨并不想探究，遥指前方："帝都到了。"

"嗯。"萧雪空抬头，前方巍峨的帝都已可望见。

"走吧。"皇雨一扬鞭，马儿撒开四蹄，往城门前奔去，白雪飞溅。

萧雪空同样扬鞭纵马，紧随其后，那七辆马车及随从当下也快马加鞭，紧跟上去。

入城后，因为下着雪，街上的人极少，一行人畅通无阻地在帝都城内七拐八弯，终于停于一处气派恢宏的府邸前，门前两只大石狮子上落了厚厚的积雪，倒似那天宫降下的玉雪狮子，淡去了威猛姿态，倒是剔透可爱多了。

"就这儿啦。"

皇雨下马，只是到家门前他倒有些情怯了。此次他出门两月未归，且离去前只是留书就走，只怕等一下那女人会找他算账，而且门前的侍卫怎么忽然多了起来？偏他看着却觉眼熟，难道是那女人想在这家门前便算账，所以特令这些人候着他？

"殿下回来了！"门前的侍卫迎上来行礼。

"起来吧。"皇雨挥了挥手，"快去通知林总管，来了贵客，让他准备客房及酒菜，再着人来搬行李。"

"是！"当下一人领令离去。

"殿下，陛下在府中。"侍卫头领禀报道。

"啊？"皇雨呆了呆，"你说皇兄在这里？他什么时候来的？这么大的雪他为什么出宫？"

"陛下未时便到了。"侍卫头领恭敬地答道。

"雪人，"皇雨回头笑了，"看来皇兄是在等你呢，快进去吧。"说着他即走至第一辆马车前，敲了敲车壁："君姑娘，到家了。"

车门吱呀一声打开，狐裘雪帽的君品玉走出。

皇雨扶她下车，然后拖着还痴立门口的萧雪空往府里走去："雪人，我们进去啦，这些东西交给他们吧，放心，不会碰坏的。”

三人绕过前院，穿过长廊，前方大殿已赫然在目。

“这些人就不知道将门关上吗？这么大的风雪，皇兄若受了寒怎么办？”皇雨一看那大开的殿门，不禁念叨，却不想想客从远方来却闭着门又是何道理？

“你总算知道要回来了呀，这两个月在外面可快活吧？”

三个人一跨入殿中，便听到一个清朗的女声，一个英姿飒爽的女子立在殿前的屏风前，似笑非笑地看着皇雨。

“先迎贵客。”皇雨赶忙将萧雪空、君品玉往前推去。

昔日的霜羽将军、今日的昀王妃秋九霜在目光触及萧雪空之时，那明亮的大眼中霎时水光隐现，唇不住地颤动，却无法言语，极力想笑，却又笑不出来。

“你这雪人，这么多年都不给我们一点儿消息，害我以为你真的化成了灰，只好嫁给这个自大皮厚的人了！”秋九霜平息激动的情绪，上前抓一把雪发，将萧雪空的脸扯近，抬手便拍在那张脸上，“幸好雪人的脸还是这么漂亮。”

萧雪空眸中温暖的光芒一闪，然后他伸手将头发抢回，拍了拍秋九霜的肩膀：“脾性像男人，嘴巴像女人！没变。”言简意赅。

“死雪人，我可是弱女子，你下手就不会轻点儿？！”秋九霜抚着吃痛的肩膀怒瞪他一眼，然后看向君品玉，脸上已堆满亲切的笑容：“君姑娘一路劳累了，快快进来。”

“品玉见过王妃。”君品玉躬身行礼。

“哟，你可不必这样多礼。”秋九霜赶忙扶住她，“以后就是一家人，用不着这些繁文缛节。”说罢，她冲君品玉眨了眨眼睛，“雪人这些年可多亏了你照顾，不过你也有收获不是吗？”

君品玉暗自一笑，心道：这昀王和王妃倒是绝配。

“都站在门口干吗？进去吧。”皇雨在后面推着萧雪空。

“是呢，还有人等你们呢。”秋九霜牵起君品玉往里走去。

几人绕过玉石屏风，便见大殿正前方一张长榻上端坐着一人，手捧一杯热茶，轻轻吹开茶叶啜了一口。

萧雪空在见到那人的刹那脚步一顿，然后疾步上前，于那人身前三步处双膝一屈，跪倒匍匐于地，哑声道：“雪空拜见陛下！”

榻上的男子轻轻将茶杯搁在一旁的案上，抬眸向他们望来。那一刻，君品玉只觉得全身一震，然后不由自主地随着萧雪空跪下。

平淡而威严的声音在头顶响起：“朕的扫雪将军终于回来了。”

萧雪空双肩一暖，身体不由自主地被轻轻托起，他抬起头，便见皇朝那双金色瞳仁正满含感慨欣喜之意地看着自己。那一刻，萧雪空只觉得眼眶酸涩，抬手紧紧按住肩膀上君王的手：“陛下，雪空……雪空有负陛下！”

皇朝看着眼前的爱将，展颜笑道：“说什么傻话呢？朕的扫雪将军铮铮傲骨，从来不流泪的。”

"是，雪空失态了。"萧雪空垂下头。

"君姑娘请起。姑娘仁心仁术，实是天下百姓之福。"淡淡的一句话自带威势，却发自肺腑。

君品玉起身抬眸看着眼前的皇帝，未着华服玉冠却气势天成，尊贵凛然，令人只可仰视。这雪天里本看不到太阳，可那金色的眼眸明如朗日，光华灿烂。

这样的人是病人吗？

这是她亲口断定活不过明年夏天的重病之人吗？

眼前之人无论是容颜还是神色，皆看不出丝毫病态，遑论如昀王口中那样病入膏肓、无药可救？

不，这人怎会是病人？定是昀王误导她。

"皇兄，大冷天的，你干吗出宫来？若是你受了寒、引发了病，可怎么办？"皇雨一边有些责难地念叨，一边扯过兄长往长榻走去，拉过榻上的狐裘披在兄长的身上，"皇兄，不是臣弟说你，你今天便是不来看雪人，明日我也要带他入宫见你。反正都几年没见了，也不急在这一天，他又不会怪你不来看他。是吧，雪人？"

"嗯。"萧雪空郑重地颔首，走至皇朝身边打量着他的气色，"陛下，您的身体……"

皇朝在榻上坐下，微仰着头道："朕没事。"他仰头眸间，睥睨天下的傲然气势自然流露，金眸中锐气如昔，"朕若死，也决不死于病榻上。"

"呸！说什么死呢？！"皇雨勃然变色，只因他经历过兄长病发时自己无能为力的痛苦，"我讨厌听到那个字！"

"是啊，陛下这样的人不适合死于病榻上。"

皇雨才吼完，想不到又听到一个"死"字，不禁瞪向君品玉。

君品玉却不理会他，从容上前，毫无顾忌地捉住当朝皇帝的手，纤指搭在腕上，顿时旁边三人都紧盯着她，心一下悬在了嗓子眼里。

指一搭上脉门，君品玉的心便一沉。她侧目看去，看到的却是一张镇定淡然的脸，当朝皇帝神色从容地看着她，似看透了她的心绪，浅浅一笑，似是安慰。

这样的人怎能短命？不，决不可以的！

她君品玉素来尽人事，听天命，可这一刻不肯了。便是与天抗争她也要搏一搏，要救眼前之人。和他的身份无关，和他系天下苍生无关，她只是单纯要将眼前这一轮皓日留于九空之中。

"姑娘的眉眼倒很似一位故人。"皇朝看着君品玉眉眼间那柔和的神态有些失神。

"陛下以后饮食起居请听品玉的。"君品玉淡淡地开口，目光坚定地看着皇朝，"还有，让品玉随时可出入皇宫。"

皇朝扬眉，金眸中有锐芒一闪而逝。

他看着眼前神色不变的女神医，觉得不但神态像，便是说话的语气也有些像。这世间从来只有无缘才会直接要求自己听他的，而皇朝便是贵为天下至尊，也从不驳他一言。

"陛下，"萧雪空单膝跪地，"雪空此生唯陛下是主，请陛下准许雪空追随陛下一生！所以，请陛下要活得长长久久。”

“皇兄！”皇雨、秋九霜一齐跪下。

皇朝看一眼跪着的兄弟、臣子，目光移向前方的玉石屏风，看着屏风上雕刻的高山碧湖，片刻后轻轻开口道：“你们都起来吧。”

他算是答应了。可那一刻，一旁的君品玉从那双金眸中窥得一丝极淡的寂寥之色。

昔泽三年冬，帝都喜事不断。

先是皇后娘娘又怀有身孕，喜讯传出时，无论朝堂还是民间都为之高兴，毕竟皇帝陛下目前仅有太子一子，皇嗣单薄。

然后是一直在乡下养伤的扫雪将军萧雪空终于回朝，皇帝陛下龙心大悦，封其为“靖安侯”。

最后则是皇帝陛下为萧将军与女神医君品玉赐婚，并亲自为其主持婚礼。

昔泽四年，元月五日。

年前下的一场大雪，虽未化完，但街道上的积雪早已被清扫干净。

今天是萧将军与女神医的大喜之日，是皇帝陛下选定的吉日，天公甚是作美，朗日一早即高高升起，暖暖的轻辉洒下，映着屋顶、树梢的残雪，雪照云光，天地一派明朗瑰丽景象。

将军府前披绸挂彩，门前更是车马不断，客似云来。

萧将军战功彪炳，兼深得皇帝信任，是以朝中官员无论大小皆前去恭贺，便是昔日为敌、今日同殿为臣的齐恕、徐渊、程知也来了。

“吉时已至，新人拜堂！”主持婚礼的太音大人扬声道。

新郎新娘皆父母双亡，但大堂上方端坐的是当朝皇帝，傧相是堂堂皇弟昀王，两旁含笑观礼祝福的是晖王、昕王及号为皇朝六星的乔谨、齐恕、贺弃殊、徐渊、程知、端木文声六位将军，堂下文武百官围着，这样的婚礼还能有何遗憾？便是当年昀王的婚礼也不若此刻风光。

新郎雪似的容颜在喜服华冠的映衬下更显清俊，平日冷漠的眉眼今日也平添了喜气柔光。凤冠流苏下，新娘的面貌虽看不清，但窈窕的身段、亭亭而立的风姿，令人不难想象其妍美之态。

一个是当朝大将军，一个是当世女神医，如此身份，如此容态，如此婚礼，岂能说不完美？世人谁能不羡？

一拜天地，谢天地降下这一份姻缘。

二拜天子，谢陛下赐下这一份祝福。

夫妻对拜，谢彼此给予这一份未来。

从今以后，夫妻一体，荣辱与共，祸福共享，病痛同担。

“掬泉奉我主之命，特来恭贺！”

正当所有人满怀欣喜羡慕地看着新人完礼之时，一个有些低沉的声音远远传来，满堂宾客皆清晰地听入耳中。

那些官员还未觉得如何，在堂上的诸位大将及堂外守卫的那些侍卫已瞬间变色。来人当是内力深厚的高手。

堂外的侍卫齐齐戒备，堂中诸人则望向皇帝。皇朝神色未动，只是看着皇雨，淡淡地颔首。

皇雨会意："迎客！"

"多谢！"那低沉的声音再次传来，过了片刻，众人便见堂前远远走来一名身着葛衣的男子，身形飘逸，步态从容，瞬间便到了堂上。

众人此刻才看清，那男子颇为年轻，二十五六岁，双手捧一尺见方的镂花木盒，长身玉立，眉清目朗，虽比不上新郎那般容华绝世，但自有一种风流韵味，镇静地立于这高官显贵环绕的大堂中，却无丝毫窘迫之态。

有人暗暗生奇，仆人已如此出色，真不知那主人又该是何等风范？

身着葛衣的男子到了堂上也不自行介绍，无视堂中的高官贵客，直接望向主位上端坐的皇帝，然后微微躬身算是行礼。

皇帝未有任何不悦之态，堂中的官员们却有些薄怒，而其余诸王、诸将只是静静地看着，倒是乔谨、端木文声、贺弃殊三人神色有异，目光炯炯地注视着身着葛衣的男子，但无怒色，反隐透着激动欣喜之意。

"掬泉此行代表我主，赠美酒一杯，祝愿新人白头偕老，和美一生！"

身着葛衣的男子——掬泉将手中的木盒置于近旁的桌上，打开木盒，从中取出一个高约三寸的翡翠玉瓶，再取出两个翡翠玉杯，然后轻轻拔出玉瓶瓶塞，顿时一股酒香溢出，芬芳清冽，溢满大堂，堂中众人无不为这酒香所吸引，皆注视着玉瓶，不知是什么样的仙酿竟如此香醇。

掬泉手轻轻一斜，玉瓶中便倾倒出流丹似的美酒，盈盈注于玉杯中，碧杯彤霞，煞是好看。那酒倒完后不多不少，竟正好两杯，令那些为酒香所醉的人不禁有些惋惜自己无此口福。

"此酒名曰'彤云'，乃三年前掬泉为我主大喜所酿，仅留此一瓶，我主说赠予故人。"掬泉将玉杯递与新郎。

萧雪空目光定定地看着掬泉，正确地说是盯着他的衣裳，那洗得有些发白的葛衣衣襟上绣有一缕白云，腰间缠绕的腰带上绣有一朵浅淡的兰花，这平常的修饰却令萧雪空浑身一震，刹那间心神摇动，几乎不能自持。

过了片刻，他躬身行礼，再恭敬地接过玉杯："雪空多谢尊主赐酒！"说罢他转身递了一杯给身边的新娘，两人一饮而尽。

掬泉将翡翠玉瓶、玉杯收起，又从木盒中取出一个高约两寸的白玉瓶及一个白玉杯，拔出瓶塞，香溢满堂。众人一闻，觉得仿佛百花幽香，再闻却有药草清香，一时只觉心旷神怡，通体舒泰。掬泉小心翼翼地将酒倒入白玉杯中，那模样倒似瓶中之酒无比珍贵，不可浪费一滴一毫，只是此酒不比先前那般色艳如霞，反是无色的一杯清液。

"此酒名曰'碧汉'，当世仅此一杯，我主令掬泉奉与皇帝陛下。"掬泉捧着杯子，微微躬身。

主座上的皇朝起身，走至掬泉身前亲手接过酒杯，这一下满堂官员皆惊。

"苍涯凤衣！"

大堂中蓦地响起新娘子的惊呼，然后众人便见新娘子抬手拂开凤冠前遮颜的珍珠流苏，露出一张如观音般端美慈和的面容，疾步走至皇帝身前，从他手中取过玉杯置于鼻下细闻，片刻后惊喜地看着皇帝："陛下，真的是苍涯凤衣！"

堂中除掬泉依旧神色淡然外，众人皆疑惑不已，不知这"苍涯凤衣"到底为何物，竟能让新娘子如此失态。不过新郎与诸王、诸将有些为新娘子欣喜的神色所感，隐约间有些明了，一个个也面露喜色。

君品玉回身看着掬泉，然后躬身一礼道："品玉代……代天下百姓谢过尊主赠酒！"

掬泉微微侧身，道："夫人不必多礼。我主曾说此酒必不会浪费，看来不假。"

君品玉转身，也不理会堂中那些惊异的宾客，看向萧雪空、皇雨、秋九霜三人，那眸中的欣喜与急切之色顿时令他们惊醒。

皇雨对一旁的太音大人使了个眼色，太音大人马上会意，扬声道："礼成，新人向陛下敬酒！"

萧雪空与君品玉一左一右扶着皇朝回座，马上便有侍者搬来屏风置于座前，挡住了众人的视线。

"陛下，请尽饮此杯，然后运气静坐。"

君品玉将玉杯递与皇朝，接着拔下发上的一支玉钗，将钗头轻轻一转拔下来，钗身中空，装着数十枚细细的银针。

"苍涯凤衣为百世难遇的灵药，莫怪乎说当世仅此一杯，想不到他们竟将这灵药赠予陛下，实陛下之福，两年之内陛下的病无碍。"君品玉轻声说道。

皇朝金眸中光芒一闪，似感动，似怅然，欲言又止，最后只是轻闭金眸，静心运气。

而屏风外的众人正惊诧着，却见昀王皇雨笑吟吟地走向掬泉，微微拱手道："掬泉公子，你代主人来赠美酒，新郎新娘再加皇兄他们都已喝过，却不知皇雨是否有福也能讨得一杯呢？"

"九霜虽为女子，却也极爱美酒，不知掬泉公子能否也赏我一杯呢？"秋九霜也笑眯眯地问道。

当下众人的注意力便全被昀王及王妃吸引了，皆注视着掬泉及那镂空木盒，不知那盒中还有何等仙酿，又有谁能有此口福。

掬泉也不答话，只是微微一笑，然后打开盒子，取出一个高约六寸的水晶瓶，瓶身通透，众人皆可看见瓶中碧色的美酒，莹润如水浸碧玉，煞是美观。又见他再从盒中取出六个透明的水晶杯，拔出瓶塞，将碧色美酒均匀地倒入六个杯中，清冽醇美的酒香阵阵流溢，堂中众人无不酒虫涌动。

众人正艳羡时，掬泉却取了原先置于桌上的白玉托盘，将酒杯一一置于其中，然后走至乔谨、齐恕、徐渊、贺弃殊、程知、端木文声六人面前。

“此酒名曰‘丹魄’，乃我主赐予六位将军的。我主曾言，六位将军忠肝义胆，仰可对天地，俯无愧于君王百姓，足可谓‘丹魄’！”

众人正有些失望之时，却见六位将军齐齐屈膝，叩首于地：“臣拜谢！”

“六位将军请接酒。”掬泉将玉盘捧至六人面前。

六人起身，恭敬地接过酒杯，高举于顶，然后才仰首饮尽。

堂中众人愣愣地看着六将。他们六人竟以如此大礼接酒，便是皇帝陛下的恩赐也不过如此，这掬泉的主人到底是什么人啊？此时已有人恨不能出声相问了，转头再看向昀王，却发现他没有丝毫不悦神色，而有一些人看着六将的恭敬神态，再细思六将的来历，隐约有些明白了。

“主上……可好？”六将饮完酒后，团团围住掬泉。

“主上……现在何处？”性急的程知更是紧问一句。

“几位将军放心，两位主上一切安好，自在逍遥，十分快活。”掬泉微笑道。

六人还有许许多多的话要说要问，皇朝却从屏风后转出。

“替朕传话，朕藏有一坛百年佳酿，想与你家两位主人一起品尝。”

“掬泉定将话带到，只是两位主人居无定所，行踪缥缈，若不得召唤，便是掬泉也难见其面，最近听闻夫人要去碧涯海擒龙，想来难有空来帝都。”掬泉垂首道。

好大的架子，对皇帝陛下的邀请不感恩戴德，他竟还说没有空！堂中有人暗暗骂道。

“莫非你家主人怕喝酒喝不过朕？”皇朝轻轻一言威严尽显，偏那金眸中是淡淡的笑意，还藏着一丝极浅的期望。

去碧涯海擒龙？也只有那人才会有这等奇思异想。

“这一点恕掬泉难答。”掬泉微微一笑，然后躬身，“礼已送到，掬泉要回去复命，就此拜别。”说罢他即转身离去。

“他们都有酒，就没有我的吗？好偏心啊！”皇雨喃喃地念叨，目光隐有些幽怨地盯着掬泉。

掬泉足下一顿，回身看着眼前这一人之下万万人之上的皇弟那一脸似孩子吃不到糖的怨气，当下笑笑，从袖中取出一个青花瓷瓶，手一抛，说道：“这是掬泉路上解渴的，昀王和王妃若是不嫌弃，便拿去吧。”

皇雨伸手接住，拔开瓶塞，酒香扑鼻，熏人欲醉，比之宫中那些佳酿不知胜过几多，当下连连赞道：“好酒！好酒！谢啦。”

掬泉淡笑着摆手，飘身离去。

“宾客入席！”

太音大人嘹亮的嗓音远远传开，将军府中顿时人影匆匆，宾客按位就座，仆人侍女穿梭如花，大堂庭园百席齐开。

清明时节雨纷纷，路上行人欲断魂。

今年的清明却无雨，天气反晴朗一片，只行人断魂倒是事实，大街小巷阡陌小道上提着香烛祭品的无论男女老少皆面有黯色。

帝都昀王府百米外便是一片竹林，这竹林属昀王府，外人绝少来此。林中有一幢竹屋，于这凤尾森森间倍感雅致，平日里只有昀王及王妃会来此待上一日。

绕过竹屋，其后便是一座坟墓，汉白玉的墓碑简朴大气。

此时墓前立着四道人影，正是昀王、昀王妃、萧雪空及君品玉。

“瀛洲，又是一年了，不知你在那边是何景况？”秋九霜斟满酒杯。

“唉，他先去了这么多年，等我们去时他已不知立了多少功勋，到时排起名来，他定又是首位。”皇雨喃喃地叹道，将手中之酒尽洒于地上。

萧雪空、君品玉同样敬酒一杯。

“不知他在那边有没有娶老婆？只是以他那木讷内向的性子，他怕是很难娶到呢。”秋九霜忽又道。

“说得也是，我们‘雨雪霜’三人都成婚了，只余他一个孤家寡人实在说不过去，要不下次我们给他送个美人去？”皇雨接口道。

萧雪空冷冷地一瞥皇雨，便不再理他。

君品玉倒是柔柔一笑：“烈风将军生为豪杰，死亦鬼雄，倒真该配红颜绝色。”

“‘红颜绝色’这词却辱了白风夕那样的人。”秋九霜在一旁接口道，“瀛洲生前念念不忘的可是她。”说罢她瞟一眼萧雪空，神色隐有些戏谑。

萧雪空对她那一眼视而不见，只是抬首望向墓碑，碑上是皇帝的亲笔：烈风将军燕瀛洲之墓。

“这话倒有理，‘红颜绝色’本是美人难得的赞词，但于白风夕确弱了些。”皇雨难得不反驳秋九霜的话。

“白风夕那样的人世间无双，又岂能是一语说得？”君品玉看看萧雪空，眸中是淡淡的笑意。

萧雪空看看她，轻轻颔首，眸中柔光一闪。

四人正说着，忽一缕清音传来，缥缈似在遥遥天际，却又清晰入耳，细细辨来，竟是一首诗：

浮云终日行，游子久不至。
三夜频梦君，情亲见君意。
告归常局促，苦道来不易。
江湖多风波，舟楫恐先坠。

片刻，朗朗清音便传到竹林中，轻柔又隐带愁郁，四人一惊，举目环视，竟不知人在何方。那声音似从四面八方传来，便是皇雨、秋九霜、萧雪空这等武功高强之人也辨不出其立身之处。

出门搔白首，苦负平生志。
冠盖满京华，斯人独憔悴。
孰云网恢恢？将老身反累。
千秋万岁名，寂寞身后事。[1]

那吟哦之声终于止了，林中霎时一片寂静，四人默默地对视一眼，彼此点头。

“何人擅闯？”皇雨扬声问道，淡淡的威严隐含其中。

萧雪空将君品玉拉近，手环住其腰，将其护在身旁。她已有身孕，当得小心。

君品玉抬眸看他，盈盈一笑。

“不过是小小竹林，本少爷若愿意，便是皇宫帝府也照闯不误，若是不愿意，你请我我还不来呢。”那声音淡淡道来，仿若琴鸣。

苍翠竹影中忽有白云轻悠飘来，眨眼之间，墓前便立着一个白衣少年，四人望去，皆暗暗赞叹。

少年衣若洁云，丰神如玉，不过十四五岁的模样，却一派写意无拘之态，神韵间有着说不尽的清俊灵秀，落落大方，潇洒地站在四人面前，倒似是站在自家的后花园面对着闯园的四名不速之客。

白衣少年目光依次扫过皇雨、秋九霜、君品玉，至萧雪空时稍作停留，倒非为他的容色所慑，那模样似是识得他，但也只是一顿，然后落向墓碑上，移步上前，微微躬身，三揖方止。

“这位公子是瀛洲的旧识？”等那白衣少年礼毕，秋九霜率先发问。

白衣少年礼毕回身，淡然地道：“我与他素不相识，不过我姐姐敬他为英雄，那我自也敬他三分。”

“令姐是……？”皇雨接着问道，心里却惊奇，不知那木头人什么时候竟有了位红颜知己。

白衣少年看一眼皇雨，却不答他的话，反将目光移向一旁的萧雪空：“我来此就是想问你呢，你知不知道我姐姐现在哪里？”

听了白衣少年这话，皇雨、秋九霜、君品玉皆看向萧雪空。

萧雪空一直看着白衣少年，只觉得似曾相识，却忆不起何时见过，听了这话，猛然间醒悟，脱口而出道：“你……是韩朴？”

白衣少年点头：“我姐姐去哪儿了？”

萧雪空此刻也是惊奇不已，眼前这白衣洁净、容颜俊美、武艺高强的少年竟是当年那个

1　引自杜甫《梦李白二首》。

脏兮兮地直叫着姐姐救命的小孩？

“问你呢，哑了吗？”韩朴见萧雪空只瞅着他却不答话，没好气地说道。

“你这小子真没礼貌。”一旁的皇雨摇头。这不知打哪儿冒出来的臭小子狂妄得很，自进林来正眼都没瞧他们一下，问他话也不理，倒只管追着人家问姐姐去哪儿了。

“姐姐连酒都不肯请的人，有什么了不得的？”韩朴却出言相讥。

“扑哧！”秋九霜闻言笑了，也不顾被讥之人是她丈夫，含笑瞅着这少年，这一刻倒是知道他要找的人是谁了。

“这臭小子！”皇雨口里恶狠狠的，眼中却有了笑意。

“我并不知道你姐姐在哪儿。”萧雪空答道。

“齐恕他们六个也不知，想不到你也不知道啊！”韩朴失望了，“我以为她肯赠你酒，定视你不同呢。”

“韩公子找风姑娘有何事？若是有事需帮忙，我们也可略尽绵薄之力。”君品玉插话道。这少年眸中隐有抑郁之色，若久结于心，必伤心伤神，她看他与白风夕颇有渊源，不忍不助。

“木观音真有观音的慈悲心肠呢。”韩朴看着君品玉，点了点头，“只是你们都不知道她在哪儿，又如何帮我呢？”

“公子只是想找到风姑娘？”君品玉微微讶异。

“姐姐说过五年后即可相见，可是五年都过去了，她却还没来见我。”

白衣飘展，眨眼间便已不见人影，空余那幽幽长叹。

“这臭小子心里难道就只有他姐姐？”皇雨看着韩朴消失的方向嚷道。

萧雪空看着韩朴消失的方向微微叹息，扶着君品玉：“我们回去吧。”

“走吧。”秋九霜最后回首看一眼墓碑，拉过皇雨，走出竹林。

竹林中霎时寂静下来，只余袅袅酒香飘荡，阳光透过竹叶在地上落下碎碎的影，风拂过，竹叶簌簌作响。

流年易逝，转眼间，又是一年春逝夏来。

番外四　琅华原是瑶台品——琅华篇

昔泽五年八月末，华州曲城。

虽已是秋日，但地处南方的曲城气温依旧很高，正午的日头毒得很，明晃晃的，只是再如何毒辣的日头也不能阻这曲城的热闹与繁华。

自天下一统以来，昔日的幽州便分为华州、纯州、然州，州之下又各设六府。这三州之名合起来便是当今皇后闺名，皇帝陛下以其名命名其故乡，足见夫妻情深，很是让曾经的幽州，现今的华州、纯州、然州的百姓欢喜。

而作为曾经幽州最富的曲城，如今已被划入华州，凭着曲城人特有的精明能干，再加上代代累积的财富资本，今日的曲城或不敢称皇朝最富，但其繁华程度比之昔日有过之而无不及，是声名远扬的贸易商城。熙熙攘攘的街道市集，形形色色的商人旅客，琳琅满目的珍奇货物，不绝于耳的吆喝叫卖……如此在他城难得一见的热闹景象，在曲城却是最为平常的。

午时，一名三旬左右、着褐色布衣、貌似普通旅人的男子从东门进入了这富饶的曲城。他不紧不慢地走在这繁华的大街上，看看两旁的店铺、小摊上或珍贵或稀奇或精致的货物，看看那街上满脸朝气、来往不绝的人群，眼中略有困惑，但那些迷茫无损他的仪态。方脸浓眉，深目高鼻，组成一张端正英挺、极富男儿阳刚之气的面容，身形高大，双目明亮，他虽是一身平民衣着，看着这人却觉得应是那戎装骏马、领军千万的大将，不凡的英姿令街上的那些妇人侧目不已。

褐衣男子在曲城转悠了半天，至薄暮时分，差不多将街市看了个遍，那街上的人便也渐渐稀少，陆陆续续地归家去了。他转了半天也有些饿了，打算寻个店填填肚子，左望右瞅的，终于在约莫二十步前的方向寻着了一家看起来适于普通百姓的饭馆，当下移步前去。

哐啷啷！

那男子才走得几步，忽从右面急速飞出一堆东西，稀稀拉拉地落了一地，正挡在他的脚前，令他踏出的脚步顿住。

那落了一地的不是什么腌臜物，全是珍珠宝石、翡翠玛瑙，落在地上被夕阳一照，光华灿烂得让人移不开眼。

男子看着地上那些珠宝半晌，心头微微叹息，然后才移开眼，转向右方想看看到底是什么人竟弃珍宝如粪土，只这一眼却震得心魂一跳。

那是如火般灿烂的石榴花吧？西天的晚霞也不及它一半的明丽，雍容的牡丹也不及它一半的艳媚，恣意地怒放着，恣意地妖娆着，恣意地将万般浓艳风情展现着，迷花人眼，魅惑人魂！

“看什么看？！没看过女人？！”

那清脆却又泼辣的声音将他惊醒，他反射性地低头，目光落在脚下的珠宝上。

“看什么看？！眼皮子别这么浅！”

那泼辣的声音再次响起，并带着一种明晃晃的嘲弄与轻蔑。

男子再次转头看回去，右街边敞开的半扇门前斜倚着一名女子，火红的罗裙，半散的乌发，金钗横簪，雪肌花容，高高地仰着下巴，睨着眼底万物，满身的沧桑风情，却有一种公主般的高傲无尘气势。

那些都似曾相识。

男子想着，是视若无睹地转身离去，还是……

还不待他想清，一个含着万分心痛的声音便响起：“离姑娘，你不高兴也犯不着拿这些东西出气啊，要知道这每一件东西都是价值连城啊！你不喜欢也犯不着扔掉啊，要知道这每一件都是我精心挑选的啊！离姑娘……”

“你有完没完啊？！”女子泼辣地叫道，柳眉一竖，“姑奶奶我今天就是看这些东西不顺眼，怎么着？姑奶奶我就是喜欢扔这些个腌臜货，你又怎么着？”她一手叉腰，一手指着眼前人的鼻梁，“姑奶奶今天看着你就是生厌，你识相的便给我滚得远远的！否则姑奶奶待会儿扔的就是你！”

那是个中年男子，锦衣华服，一脸富态，本是养尊处优让人侍候惯的，闻言眉一跳已生怒意，可一看女子又忍下了，柔声细语道：“你今天不舒服便算了，明天我再来看你。”说罢他又留恋地看了女子一眼才转身离去，看也不看地上那些珠宝一眼，倒是身后的仆人一一将之捡起。

女子讥诮地看着，然后冷冷一笑便转身回屋，隐约听到里头传来的三两轻语。

“我的儿呀，你就不怕得罪了庞爷？再说你生气也犯不着扔那些宝贝呀！我的儿，那得值多少钱，何苦全扔了呢？”

“妈妈你急什么？明儿个他还不捧着更多更贵重的东西来？”

“哎哟，我的儿，你倒是想得明白。”

…………

男子听着这些话，不禁好气又好笑。这天底下就是有这些男人视家中贤妻如糟糠，拼着那举案齐眉的不要，巴巴地奉上所有去讨那勾栏里的姐儿的欢心，可人家全不当回事不说，心里还不知道怎么蔑视侮骂这些男人呢。

他想着便要离去，可不知怎的，又忍不住转头看一眼门内，那火红的榴花早没了影儿，倒是一眼看到了正对门口的一幅画，光线不大亮，只模糊地觉着画的是一个舞着枪的小将，旁边还题着几个字，看不大清。男子眉头一动，再抬头看看这临街的楼房，楼顶的牌匾上是三个金粉大字“离芳阁”，略一沉吟，转身离去。

白日的曲城是繁华热闹的，夜晚的曲城却是别有风味的。

当夜幕遮起天地，曲城却披上华衣，绮丽而妖娆。

一盏一盏明灯下是一处又一处的小摊。

摆着精致小绣件的摊后，侧身立着一位豆蔻少女，略羞涩地抬首，你能不心头一动？琳琅满目的饰品后，那风华正茂的少妇正晃着皓腕上一个雕工精巧的银镯，你能忍住不多瞧一眼？各色水粉后，风韵犹存的大娘正用那半是沧桑半是风情的眸子瞅着你，你能不稍停脚步？那憨实的邻家哥哥正用竹枝编着小老虎，你能忍住不伸手去碰碰？山水书画后，清高又孤傲的书生正就着昏黄的灯光读着手中圣贤书，你能不回首一顾？瘦小精明的大爷手一翻一转，一张香味四溢的煎饼便落在盘中，你能忍住不咽口水？更有楼前檐下那一盏盏绯红的花灯，在轻风中袅娜舞摆着，那才是曲城最美最艳的风情。

曲城最亮丽的花灯在离芳阁。

离芳阁在曲城，便如曲城在皇朝般有名。

曲城是皇朝的积金城。

离芳阁是曲城的销金窟。

当夜幕降临，星辰明月齐出，便是离芳阁芳华绽放之时。

离芳阁是曲城最大、最有名的花楼，里面的离华姑娘不但是曲城的花魁，乃至在整个华州也是首屈一指的。

提起离华，那是人人称颂的，其人如榴花胜火，其歌舞冠绝华州，兼擅琴棋书画诗词文章，若非其身份低下，人们怕会将其与昔日的幽州公主、今日的皇朝皇后华纯然相提并论了。想当年纯然公主招亲，幽王都倾尽天下英杰，而今日的离华，就算不能说倾倒天下男儿，但倾倒整个曲城的男人是轻而易举的。

若说言之过誉，离芳阁满满一堂宾客便可为证。

大堂最前有一高约丈许的彩台，此时帘幕低垂，堂中宾客皆翘首以待，只盼着那帘幕早早钩起，那艳冠群芳的离华姑娘早早露面。

夜色渐浓，灯火渐明。

从离芳阁开门至今，已一个时辰过去了，彩台上依旧未有分毫动静，堂中的客人大多是熟客，知离芳阁的规矩，也都知离华姑娘万般皆好，唯一脾气不好，是以倒未不满，依旧饮酒吃菜，偶与他人闲聊几句，慢慢等候。

可二楼正对彩台的雅房里的客人等得有些不耐烦了。从敞开的窗口可将彩台与大堂尽收眼底，乃离芳阁位置最好、价钱最贵的雅房。此时房中坐着两名客人，皆是二十七八岁，仪容出众。一个着浅紫锦袍，玉冠束发，五官俊美，一身高华贵气；一个雪发雪肤雪容，绝顶的俊俏容颜也绝顶冰冷，偏一身淡蓝的长衣融化了几分冷峻气质，若湖上初雪。

“这离华姑娘到底美到何种程度呢？竟敢让人如此等候！”紫衣男子有些不满地道。

蓝衣男子没有理他，只是指尖敲着腰间的剑柄。

“雪人，你说这离华会不会有皇嫂的美貌？”紫衣男子再问。

蓝衣男子仍未答话，只是余光瞟了他一眼。

那略带蔑视的目光刺激了紫衣男子，英挺面容上那双于男子来说大得有些过分的眼睛霎时流转着诡异的光芒，“雪人，这离华会不会有你漂亮？”

蓝衣男子冰冷的面容顿时更冷一分，冰冷的眸子射出锋利的冰剑。

“嘻……”紫衣男子却毫不畏惧，一脸与其气度不符的嬉笑表明，“若她……”他慢吞吞地说着，长指却迅速地一挑蓝衣男子的下巴，“有你这等姿色，便是再等几个时辰我也不介意。”

啪！蓝衣男子一掌拍下紫衣男子的手，目光冷冷地看着他：“听说前几天九霜将昀王府前的石狮一掌拍碎了。”

紫衣男子闻言那满脸的笑顿时僵住了，半晌后才干笑两声：“哈哈……我此次可是奉皇兄之命来办事的，说起来……唉……”他忽然叹气，“明明我在帝都练兵练得好好的，为什么皇兄一回朝便将我打发到这曲城来办这么小的一件事？”

蓝衣男子此刻终于正眼看他，字字清晰地道：“因为你太聒噪了。”

言语精简却犀利，紫衣男子顿时被刺得跳脚：“死雪人，孤哪里聒噪了？！”他虽愤怒，却还是压低着声音。

“哼，”蓝衣男子从鼻孔里哼了一声，“陛下有品玉照顾即可，何需你日夜多嘴？”

“死雪人，孤那是兄弟友爱，你敢指责，孤要治你以下犯上之罪！”这么多年过去了，他念念不忘的仍然是这地位的高下。

“哦。”蓝衣男子很不以为然地应了一声。

紫衣男子还待再说，却见蓝衣男子一摆手：“你等的美人出来了。”

彩台上的帘幕被层层拉起，一个红衣佳人袅袅出现。

“等回朝了一定要奏明皇兄好好治你。”紫衣男子仍不忘哼一声。

这两人正是皇雨和萧雪空。

皇朝征羌射大胜而归，只是回帝都后旧患复发，一时吓杀了朝廷内外，皇雨更是急得跳脚。虽有君品玉全心医治，他却依旧不放心，上朝下朝总不离皇朝身旁，时刻不忘念叨“皇兄不可操劳，皇兄要多休息、多进补食”，倒不似堂堂皇弟，反倒成了皇帝的侍从。皇朝烦不胜烦，正好派萧雪空来华州处理军务，便将他也打发来了，美其名曰“协助”，实则是想耳根清净。

两人到了曲城，皇雨听说了离华的美名，也就随口问了问。那曲城的府尹对这位昀王的大名早有耳闻，当下也不管那朝廷的律法及诸多礼制，只管在离芳阁订了雅房，请这两位贵人前往一观。

此刻帘幕被拉起，两人终于看到了久候的美人。

红色虽有令人眼前一亮之感，但总是太过浓艳而不为高雅之士所喜，可这离华姑娘一身红衣非但不俗，反相得益彰，肌肤若雪，罗裙一衬，隐生淡淡的嫣红之感，若朝霞遍洒雪原，艳光四射更透清华贵气。

“嗯，为如此美人干等一个时辰倒也不亏。”皇雨当下赞道，“虽还稍逊皇嫂几分，但已是丽色罕见。”

彩台上，离华怀抱琵琶，缓缓地走至台中在锦凳上坐下，然后才扫一眼堂中的人，不行礼，不言语，也未有笑容，冷冷淡淡的，十分高傲。说来也怪，那堂中的客人大多是有几分财势的人物，可对着这傲慢无礼的离华姑娘未生半分怒意。

萧雪空也看着台上的美人，那样的容颜自是少见，他看着的却是那一双眼睛。杏仁似的双眸黑白分明，看着堂中众客如视无物，那不是做作的傲慢，而是骨子里与生俱来的傲骨。

“这样的人为何会在这样的地方？”他不禁轻轻念了一句。

“哟，雪人竟也会怜香惜玉了？”皇雨顿时取笑道。

“按规矩，请上雅房的客人点曲。”离华抬眼扫向正对彩台雅房中的皇雨和萧雪空。

房中两人闻言倒是一怔，都不知离芳阁有这规矩，两人也没这逛花楼的经验，又都是武将，听过的歌也是士兵唱出的雄豪壮烈之曲，在这花楼总不能点《破阵子》吧？萧雪空当下垂眸，不予理会，皇雨没法，对着彩台上的美人颇为潇洒地笑了笑，可一时还真想不起来应该点什么曲，只好道：“姑娘看什么适合唱一曲就是。”他把这难题丢了回去。

离华柳眉一挑，看一眼房中的两人，这等仪容风范的人物，在这种地方倒是第一次见。她心头一动，勾唇淡笑，目光扫过台下众客，笑容带着隐隐的嘲意。

“既如此，那离华便斗胆了，若唱得不中意，还请客人原谅。”说罢她指尖轻拨，琵琶声动，寥寥数响，却是金石之音，令人心头震动。

如画江山，狼烟失色。
金戈铁马，争主沉浮。
倚天万里须长剑，中宵舞，誓补天！

离华才一开口，房中皇雨、萧雪空顿时正容端坐，全神贯注。

天马西来，都为翻云手。
握虎符，挟玉龙，
羽箭射破、苍茫山缺！

女子清音，唱来却铿然有力，气势万钧，堂中众客只觉朔风扑面，金粉碧栏的离芳阁顿时黄沙滚滚，刀剑齐鸣，万军奔涌，仿身临那碧血滔天的战场。

长街上一个白衣少年正缓缓而行，当那一缕高歌入耳时，脚下一顿，便再也无法前行，茫然回首，歌声不绝。他移动脚步如被歌声所牵，一步一步走入离芳阁，那守门的人伸手想要拦，却被他一甩袖全摔到了街上去。

道男儿至死心如铁。
血洗山河，草掩白骸，
不怕尘淹灰，丹心映青冥！

离华的歌还在唱，琵琶铮铮，似响在人心头，激起满腔热血。

那少年已走到台前，堂中众人都为歌声所惑，未曾察觉。

少年眼睛一眨也不眨地看着台上的歌者，那神情竟似痴了，却不知是为台上的人还是为歌。

待红楼碧水重入画，唤纤纤月，
空谷清音、桃花水，
却总是，雨打风吹流云散。

歌至最后，万千气势袅袅淡去，余下的是千古怅然。

一曲终了，满堂皆静。

"'歌尽曲城'实至名归。"楼上的皇雨悠然赞叹，"想不到竟可在此听到青王的《踏云曲》，想不到这青楼女子也可歌金戈铁马！"

"风尘多有奇人。"萧雪空举杯向空中敬酒。

台上的歌者目光迷蒙地望着前方，似遥落于万里长街外，似沉入白骸青冥中。

"你唱得很好，你知道我的姐姐在哪儿吗？"

一个仿若古琴幽鸣的声音轻轻响起，霎时惊醒众人。

"呀！那小子怎么在这里？"皇雨此时方看到那白衣少年，惊道。

萧雪空看向那少年，眉头一动，心头却叹息："万水千山，不见不休。"

"唉，还真是个死心眼的小子。"皇雨叹惋。

"你说什么？"离华如梦初醒，看着眼前陌生的白衣少年，仪容俊秀，却眸带郁结之色。

白衣少年看看离华，忽而一笑："当年凤姐姐歌艺妙绝天下，只是人间早已不闻，而今有你，倒也不差。"

"凤姐姐？"离华全身一震，杏眸盯紧白衣少年。

"'落日楼中栖梧凤，启喉歌倾九天凰'，你身为歌者难道竟不知吗？"白衣少年忽有些不满。

"凤栖梧！"离华眸中闪着奇异的光芒，"你认识凤栖梧？"

"嗯。"白衣少年点头，似乎认为认识这曾名动九州的歌者没什么大不了的，"你的歌唱得很好，我请你喝酒吧。"那语气淡淡的，似乎便是他请皇帝喝酒，皇帝也应该欣然答应才是。

"哪里来的臭小子，还不快给老子滚出去？！"那守门的两人此时一瘸一拐地冲到台前，伸手就要将少年拖走。

“住手！”

那两双手还未触及白衣少年的衣角，但闻台上离华厉喝一声，柳眉高高挑起：“本姑娘的客人，你们敢无礼？！”

“姑……姑娘，这小子他……”

“还不给我滚出堂去？！”离华蓦地站起身来，手一指门外，杏眸圆睁，“哪里轮得到你们说话？”

“姑娘……”

“滚！别让我再说！”离华怀中的琵琶猛然砸向台下两人，那两人马上闪身躲开，琵琶砰地碎成数块。

“是……是……我们马上滚，姑娘别气。”两人赶忙退出。

堂中众客屏气凝神地看着这一幕。曲城人哪个不知，离华姑娘生气时须得顺着，否则必是堂塌楼倒方可罢休。

“哎哟，我的儿呀，你这是怎么啦？”离芳阁管事的离大娘一听到禀告慌忙赶来，却只见台上气喘吁吁的离华、台下碎裂的琵琶，以及一个长身玉立的白衣少年及满堂安静的宾客。

“骂了两条狗。”离华挽袖淡然地道。

“骂便骂了，可不要气着自己，我的儿可比那些狗要金贵百倍啊！”离大娘满脸堆笑地道。

“今日累了。”离华抬手抚抚鬓角，视线扫一眼堂中众人，冷傲的神色却偏分外勾人，“明日离华跳一曲舞吧。”

此言一出，不说离大娘那脸上的笑容更深了几分，便是堂中众客也面露雀跃之色。离华的歌当是冠绝，可离华的舞才真正惑动华州，只是离华愿每日一歌，却百日难得一舞。

“我的儿，累了便去休息吧。婵儿，快扶姑娘回房。”离大娘一脸疼惜，马上令人扶离华回房。

一名清秀小婢赶忙上前侍候，离华走了几步，忽回头看着那白衣少年：“你是谁？”

白衣少年平静地回答：“我是韩朴。”

“哦。”离华点头，眼神略带挑逗地瞅着韩朴，“我是离华，请你喝酒，来吗？”

“好。”韩朴十分爽快地答应了。

“那便随我来吧。”离华转身离去。

韩朴只是轻轻一跃便无声地落在台上，跟在她身后，转入后台不见影儿。

“呀！这小子可真有艳福！”堂中众客一阵艳羡。

离大娘看离华离去，忙转身招呼众人，满脸的笑若花开般灿烂，可惜是朵瘦黄花。

“各位客人，我们离芳阁的姑娘们特为各位准备了一曲《醉海棠》，还有奴家珍藏的五十年的女儿红，各位尽可开怀。”

“这五十年的女儿红酒劲儿可大着呢，离大姐姐，咱若都醉了那如何？”有人调笑道。

一声“离大姐姐”唤得离大娘心眼也开了花，一双眼都只见缝儿了。

"哟，我的大爷，咱离芳阁别的说不上，可就不缺这舒软的床铺、体贴解意的美人呀！您便是醉上一辈子，离芳阁也包侍候得您周周到到的。"

"哈哈，有道是酒不醉人人自醉，离芳阁海棠盛开，大娘，快拿酒来……"

"就来、就来……"

丝竹声再起，台上美人鱼贯而出，再加那醇香的美酒，顿时欢声笑语满堂。

楼上，萧雪空起身："走吧。"

"嗯，"皇雨也起身，却有些犹疑，"那小子还这么小就和那离华去……嗯……若是做错了事怎么办？咱们真不理吗？怎么说他也和青王有些渊源。"

萧雪空一顿，挑帘走出："白风夕的弟弟岂要我们操心？"

"也是。"皇雨点头，再看一眼大堂，正要抬步时却愣住，"咦？雪人，那不是解鹰府的总捕头印春楼吗？他怎么跑到曲城来了？"

已走出门的萧雪空闻言不禁回跨一步，顺着皇雨的目光看去，正见几人走入大堂，虽皆是常人装扮，眉眼间的气势却与众不同。

"他身旁的好像是曲城的都副唐良和捕头冼信宇，身后的那几个大约是他们的属下。"

"他们到这儿来干吗？"皇雨盯着他们，"那神色可不像是来喝花酒的。"

两人对视一眼，沉吟片刻，一个念头涌入脑中。

"该不是韩朴那小子犯了什么事吧？"两人同时脱口而出。

"若以他那性子，没做些'除恶惩霸、劫富济贫'的善事倒令人奇怪。"皇雨喃喃地道。

萧雪空点头："以他的武功，出动印春堂倒也是应该的。"

"喂，雪人，若他真犯了事你管不管？"皇雨斜眼瞅着萧雪空。

萧雪空想了想，说道："还是先问问看是什么事吧。"

"嗯，也对。"皇雨点头同意，"那你唤唐良上来问问。"

"这事应该印捕头最清楚，还是你唤他来问问。"萧雪空却道。

"为什么要我唤？"皇雨不解，"你唤还不一样？"

"他属解鹰府，不归我管，而你是昀王，百官俯首不是吗？"萧雪空瞟他一眼。

皇雨盯了他半晌，然后眨眨眼，说道："若他回帝都后和二哥说了我在这里喝酒的事，二哥又跑到皇兄面前参我一本，皇兄到时罚我禁足王府一年半载可怎么办？"

"那是我大皇王朝之福。"萧雪空想也不想便答道。

"雪人你……！"皇雨气结。

"你不叫，他也看到我们了。"萧雪空忽指向那正惊愕地抬头看着他们两人的印春楼诸人。

离芳阁后园占地极大，又分成好几个小园，那都是给阁里有地位的姑娘们住的。白华园便是离华的住处。

此时正是桂香飘飘的时节，园中桂树下摆有一张小桌，桌上有几样小菜、两个酒坛，菜没怎么动，地上倒是有几个空酒坛。

离华与韩朴相对而坐，似是酒逢知己，酒兴正浓。

“原来除姐姐外，还有女子也这般好酒啊！”韩朴一张脸白里透红，分外俊俏。

离华抱着酒坛一气灌下半坛，玉面晕红，已有几分醉意，杏眼如丝，媚态可掬。

“我一晚上已听到你提‘姐姐’无数次了，你姐姐到底是谁呀？你老是念着她，不说还当你念着你的小情人呢。”

“胡说！她是姐姐！”韩朴怒视着离华。

“哈哈……”离华摇摇有些眩晕的脑袋，“姐姐便姐姐吧，她是谁呀？说来看我识不识得？”

韩朴抱着酒坛灌下一口酒，含混地道：“你不是唱她的曲吗？你怎能不知道她？”

“嗯？”离华杏眸微睁，有些迷糊。

“我找她好久了。”韩朴放开酒坛，抬头看着顶上的桂树，深深的愁郁之色弥漫上俊秀的脸庞，“苍穹大地到处都有她的影子，万里山河到处都有她的声音，可我就是见不到她。”清朗的声音忽幽沉艰涩，“那么多的人知道她，我就是见不到她……”本来清澈的眸子忽地蒙上浓雾，似要遮起那深深的失望与哀伤情绪。

看着他，离华心头蓦然一跳，脱口道：“真像啊！”

“像什么？”韩朴问她。

“哈哈……”离华笑得意味不明，“像我。”

韩朴闻言眉一皱，他堂堂男儿怎可像女人？可他看着她嫣红的双颊、涣散的目光，足以昭示她的醉意，于是晃一晃脑袋，不与她计较。

“哈哈……你这模样真像以前的我。”离华抱起酒坛又灌下一口酒，“忧愁抑郁烦闷苦恼……我都尝过……哈哈……像……真像呢……那时我也如你这般思慕着一个人，痴痴地等着……傻傻地等着……等啊等啊……哈哈……一直等到……哈哈……”笑声渐响，却苦涩万分。

“他变心了？”韩朴看她那模样，猜测道。

“变心？不，他没变心。”离华立马否定，“他那么好的人怎么会是那变心的坏蛋？！”

见她如此维护那人，韩朴倒觉得有些稀奇，抱起酒坛入怀，只是看着她，却不追问。

“他真的没变心。”离华又嘟囔一句。

韩朴无意识地笑笑，举坛猛灌几口，顿时觉得头有些晕了，眯起眼想要看清眼前的景象：“他既没变心，那他在哪儿？你为何又在这里？”

“哈哈……”离华傻傻地一笑，“我吗？因为我逃家了啊……我……我要做江湖女侠，然后……就到了这里。他嘛……哈哈……”她松开酒坛，直起身子，抬首，透过桂枝，今夜的月半明半暗，“他死了呢。”轻轻柔柔地吐出的声音，和着酒香与夜风，融入寂寂长空。有什么从眼角溢出，顺着鬓角隐入发中，留下一道冰凉的痕迹。

韩朴又灌了一口酒，酒意冲上头脑，身体似乎都变轻了。

“既然他没变心，那你便无须伤心。要知道……这世间虽有许多白头到老的夫妻，可他们的心从来没有靠近过，比起他们，你可要幸福多了。”

"幸福……哈哈……"离华忽然大笑，指着韩朴，杏眸中水光潋滟，"你这傻小子年纪小小的怎么能知道？！哈哈……他没变心，那是因为……是因为他的心从未在我身上！"脱口而出后，她霎时只觉所有的伪装、坚强都在这一刻崩溃了，那些碎片四处散落，有些落在心头，划出一道道深痕，血淋淋的，疼痛非常，眼眶里泛起阵阵热浪，泪珠怎么也止不住地倾泻。

韩朴半晌无语，呆呆地看着对面泪倾如雨的女子，那么陌生却异常美丽，那么悲痛愤怨，却不想去安慰劝解，只觉得哭得非常好，似乎自己身体里有什么借着她的泪倾泻而出。

"醉了吧？"他喃喃自语，抱起酒坛灌酒。

"哈哈哈……呜呜呜……"离华又哭又笑，忽举起酒坛直灌，酒一半入口，一半湿了衣衫，"当年的我……哈哈……你知道我是谁吗？哈哈……"这一刻她应是毫无顾忌的，不管对面是谁，不管这是什么地方，也不管明日，这酒冲开了往日的束缚，"我便是北州的公主白琅华，曾经的北州琅玕花！哈哈，知道吧？"

"不知道。"韩朴眯着眼，那树在移，那月在摇。

"哈……你这小子竟然不知道！"离华生气地敲敲酒坛，"我白琅华貌比琅玕花，那什么天下第一美人的纯然公主，什么惊采绝艳的惜云公主，全都比不上我！知道吗？"

"你在说……说大话……哈哈……"韩朴傻笑。

"那是真的！"离华瞪圆杏眼，只是再怎么瞪也没半点儿威严，红玉似的脸，酒意蒙眬的眸，妩媚入骨，可惜面对的是不解风情的韩朴，否则哪个男人能不骨酥肉软？

"当年我是尊贵的公主，那么好……那么喜欢他，为什么……为什么他竟然不喜欢我？"

"为什么？"韩朴乖乖地追问了一句，脑袋不住地摇晃。

"为什么啊？……哈哈……"离华笑得诡异又尖锐，靠近韩朴的耳朵轻轻、冷冷地道，"因为他心中藏着一个人！"

"藏着谁啊？"韩朴继续问道。

"哈哈……藏着一个他永远只能仰望的人……哈哈……他藏得再深再重又如何？他永远不可能得到那个人……你说可笑不可笑？"

"不可笑！"韩朴却道，"你笑什么？"他疑惑地看着她，"笑你自己吗？"

"笑我自己？"离华重复一遍，忽而恍然大悟般拍桌大笑，一边笑一边点头，"哈哈……可不是嘛……小兄弟……还是你聪明……知道我是笑自己……"

"笑得真难看。"韩朴皱了皱鼻子。

"胡说！"离华一拍桌子，却整个身子都软了，伏在桌上嘟囔道，"我白琅华貌压华纯然，才逼风惜云，你怎么可以说我难看？！"

"你说什么？"韩朴趴在桌上，努力抬头想要听清楚。

"我说……他为何不喜欢我？"离华抬头，抱着酒坛摇晃着，"我那么好，他为什么不喜欢我？为什么？……"

"嗯，我也想问姐姐，她为什么这么久了都不来见我？"韩朴也抱起酒坛摇晃着，"五年早就过去了，我也艺成下山了，可她为什么还不来接我？"

两人隔着酒坛相望，然后都傻呵呵地笑起来，笑着笑着忽又大声哭起来，一时园中夜鸟惊飞，花木同悲。直哭了小半个时辰两人才止了泪，哭了这么久，酒意似轻了几分。

“你说我姐姐会不会来见我？”韩朴用衣袖擦擦脸问道。

“你说我可不可以回到十七岁？”离华睁着泪眼问道。

“哈哈……”两人又大笑起来。

“十七岁啊，多么好的年纪……那个时候正是我遇上他的时候。”离华抬头看着夜空，泪又蒙上眼睛，黑漆漆的天幕，模糊的淡淡疏星，“正当韶华，天真烂漫，而不是如今，满身疮痍，心如老妪……”

“嗯，”韩朴闻言直起身，隔着桌靠近她的脸，审视片刻后道，“还没老，论姿色，我看过的人中除了纯然公主和凤姐姐外，你是最好看的。这么美的你当有那长着慧眼的人来喜欢你，那时你自会开怀。”

“哈哈……”离华轻笑，一推韩朴，“比你姐姐如何？”

“我姐姐……”韩朴迷糊的脑子忽然清醒了几分，染着酒意的眸子一亮，“你们岂能与我姐姐相提并论？！”

“哈哈……你小子真没救了！”离华指着韩朴大笑，“只是你姐姐到底是谁呀？”

“如画江山，狼烟失色。金戈铁马，争主沉浮。你今晚都唱着她的曲，怎么不知道她是谁呢？”韩朴笑道。

他忽然站起身来，一挥手，腰间长剑出鞘，这一刻，身形稳如松柏。

“我也知道唱姐姐的诗歌。”他轻声道。

身形一动，长剑划起，园中霎时剑光若雪。

杯酒失意何语狂，苦吟且称展愁殇。
鱼逢浅岸难知命，雁落他乡易断肠。
葛衣强作霓裳舞，枯树聊扬蕙芷香。
落魄北来归蓬径，凭轩南望月似霜。

他轻而慢地吟唱着，挥剑却急如风雨，偏又带着从容不迫的写意，身如苍竹临风，剑如银虹绕空，细小的桂花被剑气一带，飘飘洒洒若轻雨飞舞。

离华看着园中舞剑的白衣少年，恍惚间似回到那个十七岁，回到银甲如霜的风云骑阵营前，仿佛看到那个容易害羞的年轻将军，在同僚的起哄下有些无奈地红着脸起身，拔剑起舞，剑光如匹，人矫如龙，剑气纵横中是一张俊秀得令人心痛的容颜……

“久容……”

剑光散去，那人回首，白衣翩然，却不是那银甲英武的将军。

“你在看谁呢？”韩朴回首问她。

那样悲切而带痛意的目光当不是看他。

宝剑寒光闪烁，离华忽然酒醒了，轻轻一笑道：“你小子可真大胆，竟敢说青王是你的姐姐。”

“你都可以是北州的公主，我为何不能是青王的弟弟？”韩朴手按着胸口，那儿有半块翡翠玉。当年年少无知，可这么多年，他已长大，看清了很多事，想明白了很多谜。

“哈哈……说得也对。”离华起身，脚步有些晃，扶着桌抬手指向天边月，“老天爷的眼睛看得清楚，我是北州琅华，青州风云骑大将修久容的妻子；你是韩朴，青州青王风惜云的弟弟。哈哈……我们实在有缘……今夜相遇，桂下醉酒……哈哈……”

韩朴却对她的话恍若未闻，自语般轻吟着：“昨夜谁人听箫声？寒蛩孤蝉不住鸣。泥壶茶冷月无华，偏向梦里踏歌行。”手一挽，长剑回鞘，“那时候姐姐说我不懂‘泥壶茶冷月无华’的清冷，而今我懂了，她却不在。你知不知道她在哪儿呢？”

“不知道。”离华答得干脆。那两个人，无论是功业千古的青、雍双王，还是武林传奇的白风、黑息，无论在天下人心中他们何等崇高……她，却愿永远也想不起来，此生唯愿永不再见！

“多谢你的酒，我要去找她了。”韩朴转身离去，长剑在地上划下孤寂的影，“天涯海角总有尽头。”白衣一展，他眨眼间便消失于夜空中。

离华呆呆地目送他离去，那背影单薄却倔强。

一阵风吹过，她不禁瑟缩，紧紧地抱住双臂，想求一点儿暖意。

他，前路茫茫，迷雾重重，可认定了要走到底。

而她……路已绝。

夜深了，离华回首，满桌狼藉，满园寂寥，唯有夜风不断拂过酒坛发出幽幽的轻响。

万籁俱寂，万物俱眠。

沉沉的夜色里，离华依旧独坐园中，灯早燃尽了，只余天边斜月洒下淡辉，伴着园中孤影。

砰砰砰的拍门声猛然响起，在这寂静的夜里分外响亮，惊醒了沉浸于往事中的离华，她迷茫地抬首，一时间分不清置身何处。

“开门！”这声音简洁有力，伴着的拍门声也是沉稳而有节奏的。

“离华，快快开门。”离大娘的声音却有些急。

神魂一点点回体，离华站起身，却差点儿摔倒，抬手扶住石桌，只觉得头晕目眩，四肢绵软。她蹒跚地走到门边，才打开门，便拥入一群人，幽暗的园子中顿时灯火通明。

“什么事？”离华厌恶地皱了皱眉。

“搜！”为首的男子一挥手，数人已冲往屋内。

“干什么？”离华厉声喝道，来不及阻止，只能看着那些人直奔屋内。

“请姑娘见谅。”为首的男子抱拳施礼，倒是大方得体，“因事情紧急，多有得罪。”

“深更半夜破门而入，姑娘我杀人越货了吗？”离华冷冷地看着他道。

“我的好姑娘，你小声点儿。”离大娘赶忙扯了扯离华，小心翼翼地朝那男子笑笑，凑近离华轻声道，“你在这后园离得远没听到，今夜前面可是闹翻天了。这位是解鹰府的总捕头印大人，他们在抓逃窜的重犯，这犯人不知怎的潜到我们阁里来了，可厉害呢。印大人他们早做好了布置，却还是让那人逃了，大人担心犯人还躲在阁里，所以在各园都查看一番。姑娘莫生气，这也是为着阁里头大家的安全嘛，否则你想想，有这么个重犯待在阁里，你叫我们怎么安心过日子？那往后可怎么……”

“好了，大娘。”离华不耐烦地打断离大娘的话，转头瞅着印捕头：“快点儿完事，别耽搁姑娘我休息。”

“那当然。”这位捕快的总头儿对离华的态度倒没生不满情绪，依旧有礼地道，“印某还想请问姑娘，夜里可听到什么响动或是见到什么异常之处？”

离华打了个哈欠，才道：“今晚上唱了一曲后碰上一位韩公子十分可心，便请韩公子来我这里喝酒，我们倒是相谈甚欢，可没听到什么，也没见到什么异常的地方。”说着她瞟一眼印捕头，波光盈盈却隐带冷嘲之意，“韩公子走后我不胜酒力，坐在园子里歇息，吹吹这秋日凉风想醒醒酒，连房门还没进大人们便来了。”

“哦？”印捕头看看园中那些空酒坛，看看满桌残羹，又看看离华疲倦的神色，闻着满身的酒气，知其所言不假，又独自在园中四处走走，一双眼睛不放过一草一木。

“印捕头。”园外传来一声呼唤，紧接着是轻而匀称的脚步声，然后从门口又走进两个人。

印捕头一听到呼唤便赶忙转身，一见那两人马上躬身行礼，态度极为恭敬。

“如何？”走在前面的皇雨问道。

“暂没有发现。”印捕头恭谨地答道。

萧雪空仔细地扫视园子一眼。

一旁的离华见到那样的目光不禁心惊，似乎只这一眼，这园子里里外外便被那一双冰冷的眸子看得清清楚楚，连房门墙壁都不能阻挡。此刻近了，她可清楚地看清两人的容貌，紫衣人玉冠俊容一身华贵，一望便知是高位之上的人，而这蓝衣人一头雪似的长发十分奇特，面容之美连她这华州花魁都生出自愧弗如之感。她心头一动，忽想起以前有人调侃着说过“扫雪将军雪发雪容可谓男中纯然，无愧雪空之名”的话，再看一眼两人的气度，再加上那印捕头的态度，心里当下十分肯定了两人的身份。

“味道好重。”萧雪空皱了皱眉头。

众人闻言嗅了嗅，园中除桂花香外还有一股浓郁的香味，是从那开启的房门中传出的。

“是檀香。”印捕头道，转头问向离华：“姑娘未曾入房，这檀香是何人所点？”

离华满不在乎地捋捋被夜风吹乱的发，淡然地道：“我房中日日夜夜月月年年都燃着檀香，从未断过。”

“是呀，大人。”离大娘赶忙上前，“离华一向睡眠不好，本来点着檀香是为安神的，但后来离华说喜欢这味道，白天也点着。自她住这园子以来，这檀香便从没断过，都是从漱香斋特别制的，一支可粗长着呢，早上点一支可以一直燃到第二日早上，这香都是离华自己点的，从不假手他人，这在我们离芳阁可是上上下下都知道的，便是曲城，只要来过白华园的人也都知道呀！我们离华有名的可人儿，这曲城谁人不爱呀？白华园的客人也像这檀香一样从没断过，而且来的可都是贵客呀，像城西庞府的庞大爷、邱校尉家的大公子、刘家绸庄的刘大爷、百瓷坊的百坊主、曾府尹家的二少爷，还有李参将呀、黄主簿呀……”

“闭嘴！”

冷不防萧雪空冷喝一声，顿时吓断离大娘滔滔不绝的说辞，声音不大却震慑全场。离大娘更是大气也不敢出了，畏缩地看着他，不知道是哪句话说错了，惹恼了这个美得不像话也冷得不像话的人。

园中侍在一旁的那些捕快、士兵本还为这灯火下艳色逼人的花魁而心跳加速，可此刻听着离大娘数着这些白华园的入幕之宾，一时皆诸般不自在了，看着离华的目光也有些异样了，有些甚至不自觉地后退几步，本想一亲芳泽的美人此刻不知怎的肮脏丑陋了些，这檀香袅袅的白华园一下子臭气熏天了。

离华听到萧雪空这饱含怒意的喝声倒是有些讶异，不禁看向他，却正对上那双如冰般明澈的眸子，心头一震，转头避开，却又隐隐不甘，转回头，杏眸一眨，波光流转，妩媚地挑逗道：“这位公子以后多来白华园走走，便惯了这气味的。”

此话一出，萧雪空顿时一呆，不知该做何反应，一旁的皇雨却忍不住笑了。

正在这时，入屋搜寻的诸人陆续回报，皆无所获。

印捕头闻言皱眉，转头看看皇雨，皇雨点了点头。

“都回去。”印捕头吩咐属下，又转身向离华抱拳：“打扰姑娘了。”

离华不置可否地点了点头，不看他人，只瞅着那株桂花。

众人一时退去，皇雨扯着萧雪空：“走吧。”

萧雪空跟随其后离去，走至门边忍不住回头，正碰上离华转来的目光。离华慌忙垂首再次避开，萧雪空轻轻一叹，离去。

“雪人，你不会动心了吧？”园外皇雨打趣着萧雪空。

萧雪空摇头，心情有些沉重：“只是觉得她不应该待在这里。”

这位离华姑娘尽管满身风尘，却有些刻意，一个人的眼睛是内心最好的映照，那不经意间流转的傲气足以昭示她的出身，而且……那样黯然绝望的眼神很熟悉，如同数年前的自己……他忍不住轻轻叹息。

园内，离华听到那话，听到那一声长长的叹息，心头一酸。

“姑娘也累了，早些歇息吧。”离大娘伸手想扶离华进房。

“大娘回去休息吧。”离华手一转，不着痕迹地避开，然后引着离大娘出门。

离大娘离去后，离华关上园门，走入屋内，一闭房门，满室黑暗扑面而来，压得她无力地瘫倒在地。她一时悲从中来，再也忍不住恸哭出声，偏又压抑着，声音细细的，如受伤的孤雁，虽伤痛重重却仍要小心地不能哀鸣，只怕一声啼鸣便引来危机，分外凄切悲凉，闻者伤心。

十七岁……十七岁……十七岁……

那是她最幸福也最痛苦的一年！

她是北州尊贵的琅华公主，是美丽纯洁的琅玕之花，深得父兄宠爱。她……在火海剑光中遇到了他！她与他，公主与将军，英雄与美人，青王亲自赐予的姻缘……那真是最快乐、最幸福的事！

可是……眨眼间，国破家亡，父死郎亡！天上地下却是那样容易的一个转变！

国不成国，家不成家，亲人死散，无处安身。想离了那个让她痛彻心扉、冷彻入骨的地方，想摆脱一切悲痛，天高海阔，重新再活，谁知……愚昧无知的她啊，何曾真正识过人间疾苦？何曾真正见过地狱？……战场啊她见过可还算不得了，战场上只有生与死，那生死不能的才是地狱！十七岁……她也度过了她一生中最痛苦的日子！

在地狱转过一圈，看过了恶鬼邪魔，无知幼稚终于离她而去，她终于成长，换得了满身疮痍。尝尽人间苦痛，识尽了人间爱恨，她才明白，昔日自以为是的美好姻缘竟如此可笑，她一心爱恋的良人原来从不曾钟情于她，那双羞涩的眸子看她时何曾有过波澜？何曾有过一丝柔情？青王赐下的手链，那段姻缘的信物……他最后不是要回去了吗？只可笑她不曾明白，还可悲地认为那是他要去当作念想的……哈哈……那是念想，却不是为她，而是……为那个赐物的人！她……不过是他的主上赐给他的，他是永远也不会违背他的主上的命令的。

罢了，罢了……他死了，琅华也死了，她只是离华。

活下来了便活着，她要好好看着，看看这老天到底有没有眼。她一生未作恶，便要得如此结果？

那么他们……凭什么那两个人便是神仙眷侣？凭什么？！

拼尽一身糜烂，拼尽一身肮脏，她就是要活着，就是要看着，要看她到底会有怎么一个结果。她最后会得一个什么结果！

可是刚才的那个人……那样干净的眼睛，那样怜悯的眼神……他凭什么怜悯她？凭什么同情她？！她是公主！他不过是个将军！他凭什么那样看着她？他凭什么说那样的话？……她是公主！她是高高在上的公主，凭什么要让那个人高高在上地可怜她？！凭什么？！

她双臂紧紧抱住自己，咬牙止住冲喉而来的悲泣。

哭有什么用？不哭！她决不要哭！

这世间，没人珍惜她的眼泪她便决不要哭！

砰！一声闷响，似有什么重物落在地上，惊醒了沉入悲痛深渊的人。

响声过后便是一片寂静。

半晌后，离华起身，凭着记忆摸索着点了灯。

昏黄的灯下，她看到房中倒伏着一个人，一身黑衣，虽蜷缩着身躯，但依旧可看出是一名身材高大的男子，闭着眼睛，面色苍白，似已昏迷，可手中依旧紧抓着一个画轴，背上有一柄长剑。

离华走过去蹲下身子细细打量，这男子不正是白日里街上被她骂的人吗？

近得身她才发现那黑衣多处破烂，且湿湿地透着浓浓的血腥味，肩膀上还缺了一块布。她抬起头，果然发现横梁的钉上挂着小块黑布，想来这人刚才是藏身于梁上，实在支撑不住了才摔下来的，看来受伤颇重。再想想刚才那些闯入园中的人，离华有些明了情况了。

“皇朝的昀王与将军要抓的重犯便是你吗？”离华弯唇勾起一丝浅笑，“看来我这房里的檀香倒是无意中帮你掩了这血气。”目光一扫那人浓黑的眉毛，她站起身来，俯视着地上徘徊于生死之间的人，半晌后不无讽刺地道，“既然他们要抓你，我便救你吧。反正我已是如此，再坏也实在想不出还能坏到哪里了，哈哈……”

黑夜过去，白日到来。

清晨的阳光透过竹帘照人，正落在案上那枝桂花上，淡黄细小的花瓣儿顿时变得格外挺秀，袅袅淡香萦绕室中，清雅宜人。

他睁开眼，入目的是绯红的罗帐。

“醒了？”很清脆的声音响起。

他转过头，看到逆光里有一个窈窕的身影，面貌模糊，仿如梦里的仙女般缥缈。

“既然醒了，那看来便死不了了。”清脆的声音中夹着冷冷的嘲讽，很是耳熟。

他猛然清醒了，翻身坐起，却牵动伤口，闷哼一声又倒回了床上。

“你……你是……我……”看清了眼前的人，他却吃惊不小。这不正是昨日那将珠宝当腌臜物的女子吗？亏得她那一番作为反让他寻着了一直在寻找的东西。

“是我救了你，谁叫你摸进我房里了？”离华在床前坐下，手中端着一碗稀饭，“这粥给你喝，再饿也没有了，还是我省下来留给你的。”她将碗往床边小凳上一放，便起身转至妆台前梳发理妆。

床上的人看着她怡然自得的模样，有些疑惑，又打量了一番房中的景象，华丽富贵，倒正衬了她离芳阁头牌姑娘的地位。

“我这房中虽没我的允许不会有人进来，但你还是小心些吧，不要让阁里的人发现了，免得连累了我。”离华一边梳着发一边说道。

乌黑如绸的长发在雪白的指间滑动，被一绺绺地盘成发髻，用玉钗松松簪起，再插上一支金步摇，长长的珠饰颤颤垂下，在鬓间摇曳，眉不描而黛，肤无须敷粉便白皙如脂，唇脂一抿，嫣唇如丹，珊瑚链与红玉镯在腕间比画着，最后绯红的珠链戴上皓腕，白的如雪，红的似火，鲜艳得夺目，绛红的罗裙着身，翠色的丝绦在腰间一系，顿显那袅娜的身段，镜前徘徊，万种风情尽在。

床上的人看得有些痴迷。他出身武将世家，从记事起便日日与军营里那些粗犷的汉子为伍，长大后也只知战场上敌人如虎，再后来便沦落江湖，从不曾识得女子柔情，也不曾有半日闲情，更不曾如此躺在香闺罗帐里看美人对镜理妆，如此绮丽风情，刹那间令他产生身在幻境之感。

“你身上我给你擦洗过了，那伤口虽涂了药，但也不知是哪年哪个客人留下的，管不管用就看你的运气了。你那衣服早破了，昨晚我便烧了。”离华转头瞟一眼床上的人，“哈，你也别不好意思，男人的身子我见得多了，比你身材好的人多的是，姑娘我没占你什么便宜。”她转回头，将一个金圈穿着的玉锁挂于颈上，对镜细看一番，满意地起身。

“多谢姑娘。”床上的男子抱拳道谢，神色坦荡，倒没有扭捏。

“姑娘我不稀罕你谢。”离华撇撇嘴，走至梨木架边取下画轴，“这画轴似乎是我们阁里的，你拼了命就为偷它？”

“那画……请姑娘给我。”床上男子一见画轴，顿时变得紧张。

离华展开画看了两眼，画上是一个舞着枪的银袍将军，那将军年纪甚轻，英姿勃发，甚是符合少女心中那如意郎君的模样，画旁题着四字“穿云银枪”，除此外并无甚奇特之处。

“名画佳作我也见过不少，这画在我看来最多算中上之品，你为何定要此画？”离华一扬画，挑着眉头问道。

男子不语，似有难言之隐。

“这画是我的，岂能你要便给？”离华将画一卷。

男子闻言，忽地目射精光，紧紧地盯着离华：“姑娘说……这画是你的，不知姑娘是从何处得此画的？”

“这画……”离华微一思索，然后道，“似乎是一位从风州过来的客人送给我的。”

“风州？”男子目光一凝，锁起眉头，陷入沉思。曾经的青州如今已分为风州、云州、月州。

离华又打开画看了看，画上那银袍将军英姿勃发，无论时光如何流逝，都不能磨灭这股气势，倒似要衬她今日的颓靡。她心头忽生恼恨情绪，指下用力，画纸吆吆作响。

“姑娘！”男子低声喝道，目光炯炯地看着离华，“请姑娘莫要损画！”

“哈，为何？”离华挑衅地勾唇，“我的东西我要怎么样你能奈我何？”

男子定定地看着离华，片刻后轻声道：“姑娘若不顺心可将气发在我身上，但求姑娘莫要损画，那画于我……于我来说比性命更重要。”

“比性命更重要？”离华重复一句，垂眸再看一眼画，不解中更添怒意，“这画重在何处？这画上的人？墨羽骑的将军就这么了不起吗？”

男子一听不禁惊奇：“姑娘识得这画中的人？”

离华闭口，握画的手却抖了起来。

“姑娘，你识得这人，可知他是谁？他现在何处？”男子不顾身上的伤口，猛然起身急切地问道。

离华听到他的提问倒是一怔，扬扬手中的画问道：“你不识得画上的人？”

“我未曾见过画上的人。”男子摇头。

“既然你不认识，那干吗一定要得到此画？当初我之所以留下此画，不过是因画上之人曾经相识，可除此外，这画还有何稀奇的地方能让你视之重过性命？”离华再仔细看一遍画，实在看不出有什么特别到能重过一人性命的地方。

男子沉吟，似在思考到底要不要说出实话。

离华凝视他片刻，最后自嘲地笑了笑，道：“你无须烦恼，姑娘我不稀罕你的秘密。告诉你吧，这画大约是在两年前得到的，画上的人是昔日雍州墨羽骑四将之一的‘穿云将军’任穿云。”

男子闻言，抬目看向离华，目光清亮，神态坦诚：“多谢姑娘告知。非我不愿与姑娘说实话，我乃罪人，不想累及姑娘。”

“哦？”离华似笑非笑地瞅着他，本想冷言讽刺，可看着那样明亮诚恳的眼神，心下一堵，咽了回去，“既然你想要，我便送与你吧，反正没要钱的。”她将画递给他。

男子看了离华片刻，道：“多谢。”简单却郑重。他伸出双手，垂首，额贴被面地接过画轴，态度甚是恭敬。

离华看着心头一动，递画的手不禁握紧。

“姑娘？”男子疑惑地看着她，不解她为何突然握得那么紧。

“哦……你休息吧，我去找找，看能不能给你弄到衣裳和伤药。”

离华转身离去，刚走至门边，身后却传来男子的问话。

“姑娘是谁？”

极轻的声音却似惊雷般劈在离华的耳边，脚下一个踉跄，她差点儿没站稳，闭目吸气，只当没听到，猛地拉开门疾步走出，可那低沉的嗓音如附骨之疽般传来。

“姑娘不是这种地方的人。”

门砰地被合上，秋阳耀眼，刺得她眼眸生痛，痛出眼泪来。

房内的人看着那扇闭合的门，目光中有着疑惑与深思之意。这画中之人既是墨羽骑的将军，她一个华州的青楼女子为何会识得？他虽不识得穿云将军，对其名却早有耳闻。不单是他，墨羽四将声名远播，可他从未听说过谁有风流韵事，若她为雍州人，当年战乱，雍州一直安泰，她没必要从雍州千里跋涉来华州。而且……虽然她言语低俗，满身风尘，可他总觉得有几分刻意，那双眼眸黑白分明，怎是艳帜高张的花魁所能拥有的？那偶尔睥睨的一眼，是青楼女子再如何骄傲也不会拥有的，那是与生俱来、身居高处的人睥睨众生的眼神。

等离华再回房时，便看到床上的人出神地看着画轴，指尖摩挲着画上的字，神情恭敬中犹存思念。

她将手中黑色的布衣往床上一抛，再从广袖中掏出几个馒头递了过去。

“这都是偷的，你先将就着。”

床上的人回过神，平静地接过馒头：“辛苦姑娘了。”

离华瞟一眼被男子珍而重之地放于枕边的画轴，唇一动，却终是忍住了。

男子慢慢起身，正想穿上衣服，园外忽传来砰砰的敲门声，房中两人同时一惊，对视一眼，离华摆了摆手，走至床前扶男子重新躺下，将锦被盖严实又放下罗帐，才打开门走至园中问道：“谁？什么事？”

“姑娘，奴婢是婵儿。大娘着奴婢来问问姑娘，曾府寿宴，前些日早派人来请过姑娘，但姑娘都回绝了，今日曾府的大管家又亲自来请，大娘问姑娘要如何答复？”婵儿隔着门道。

离华开门，瞅着门边的小丫头：“曾府的寿宴是今日？那大总管可有说什么？”

“回姑娘，那大总管带了许多礼物，还备了四人抬的大轿，说他家二少爷就爱听姑娘唱的曲，今日寿宴也不做大了，只约了些亲友。奴婢瞅他们态度倒是十二分诚恳。”

“哦。”离华略一沉吟，道，“你去回大娘，就说我应了，让曾府的人稍等会儿，我准备下就来。”

“是。”婵儿赶忙回去复命。

离华转回房，钩起罗帐。

“我出去一趟，你现在一身伤，动也动不了，就先在这里养着吧，这园子还算静，不会有人随便闯进来。”她又看一眼沾血的被面，“昨晚上的药不够，这血总是渗着，你的衣裳也暂时别穿了，等我晚上带药回来敷了再穿吧，否则脏了衣裳再偷便难了。”

离华交代完了，也不理会人家是否答应了，转到镜前再察看一番妆容，便打开门去了。

床上的男子思索了一会儿，决定暂时留下。一来左腿上的箭伤透骨，令他整条腿都无法动弹，左肩的那一剑虽未伤到筋骨，却入肉甚深，一动便绽开血口，再加上身上那些细小的伤口，别说走出离芳阁，只怕连这房门他都出不了，便是出去了，大约也是出了离芳阁就被那些四处严密搜查的捕快抓起来，那时还会连累离华姑娘。

他先在这儿躲几天吧，等能动了再想法离去。况且……他终于找到了线索，怎能不留着性命？

黄昏时分，离华回来了，却带伤而归，离芳阁众人顿时惊作一团。

“哎哟，我的儿啊，你这是怎么啦？好好的一个人出去，怎么……怎么变成这样啊？”闻讯而来的离大娘一看离华身上的血，当场吓傻了，赶忙上前察看，却见离华一张脸苍白如纸，转头再见众人围成一团，不禁骂道：“你们这些没用的还傻站着干吗？还不快去请大夫？！若延误了，看老娘不剥你们的皮！”顿时有人跑去请大夫。

离大娘扶住离华，直咋呼：“哎哟我的儿啊，这都流血了……天哪！到底是怎么回事啊？婵儿，叫你小心侍候姑娘，你就这么侍候姑娘一身血地回来了？回头看我不抽死你！哎哟我的儿啊，心疼死大娘了，来，快些躺着，一会儿大夫就来了。娌儿，快去催催，那大夫怎么还没到？我的儿，小心些，大娘扶着你呢，娥儿，快来帮把手扶住姑娘……”

离大娘扶着离华躺下，一会儿曲城里医术最好的陈大夫便气喘吁吁地来了。察看伤势，包扎伤口，开方抓药，交代注意事项，等大夫忙活完了走人时，这曲城里也传遍了离芳阁的花魁离华姑娘在曾府二少爷的寿宴上只因敬了二少爷一杯酒就被二少爷那号称“二老虎”的妻子当众拔钗刺伤的事。

“好了，大娘，我只是伤在肩膀上，自己进去就行了。大家都还没吃饭呢，都过饭时了，先去吃吧，饿着难受。”

离华在白华园前拒绝了眼前一众要扶送她回房的人。

“哎哟，看我糊涂了吧。”离大娘一拍巴掌，说道，“姑娘定也饿了吧？婵儿，快让厨房做些可口的东西给姑娘送来，记得还要煲一盅好汤给姑娘补血。”

“一整天都没吃，待会儿多送些，口味清淡点儿。”离华抚着伤臂皱眉道。

“对，受伤了要忌口，婵儿记得吩咐厨房做些药膳。”离大娘赶忙接道。

“是。”婵儿领命去了厨房。

“闹了这么久大家都累了，早些吃饭休息去吧。”离华抬起右手揉了揉眉心，有些不耐烦地看着门口的众人。

“姑娘累了吧？那早些歇息，我们便先回去了，晚间我再来看看，娥儿今夜就留在这儿服侍你吧。”离大娘一看离华的脸色，赶忙识趣地道。

“晚间不必劳烦大娘了，离华只是伤着胳膊，还能动呢，不用人服侍。”离华看一眼包扎好的左臂，然后从离大娘手中接过大夫留下的伤药包，“让婵儿待会儿送饭和热水过来就可以了，我想早些睡。”

“那好。”离大娘点头，离华不愿人进白华园是众所周知的事，“你先去歇息着，娥儿快去准备热水。”

“是。”

离大娘领着离芳阁的众人离去。

离华待他们走远了才推门进去，天色已暗，园内更显幽静，无一丝声响。

她特意加重脚步，又一把推开房门，檀香浓郁的香味扑面而来，穿过外厢，绕过屏风，珠帘一钩，那罗帐如她离开时一般低垂。她心里不禁有些紧张，不知那人是否听到了她的话，还是……已经离去？

离华放轻了脚步走至床前，伸出手，又微微一缩，最后还是轻轻钩起帐帘，幽暗的帐内一双亮晶晶的眼睛正看着她。那一刻，她的心跳忽然停止，可刹那间又擂鼓般跳动，又急又快！

“你……”她开口却又不知要说什么。

“姑娘回来了。”床里的人倒是镇定地开口。

“嗯。”离华点头，转身点上灯，房中顿时明亮起来。

“姑娘那是……？”男子眼利，一眼便看出离华左臂不适。

离华微微抬一下左臂，淡然地道：“遇着个醋坛子，被金钗划了一下，血虽流得多，但伤口不深，没什么要紧的。”

“哦。”男子放下心来。

“倒托这事的福，那大夫留了许多伤药，不用烦恼怎么替你找药了。”离华将药包放在桌上，右手打开，瓶瓶罐罐倒是不少，从中挑了一个白瓷瓶，“陈大夫的医术很不错，自制的药也是城里有名的，你起来，我给你上药。”

“这……”男子想起被下未着寸缕的身子。

离华看一眼男子，自知他为难什么，有些好笑又有些感慨：“你只坐起就行，我给你的背上药，前面你自己上吧。”

男子点头，慢慢坐起身子。

离华拿着药走近，昨夜在灯光下早已看过他的身子，此刻却仍为那累累伤疤惊心。伤那么多，那么深，常人受任何一处只怕早已没命，可眼前这人……唉！

等上完药穿上衣裳，园外也传来婵儿的声音，饭送来了，离华开门接过饭打发了人。

菜色果然都是些清淡的小菜，分量很足，两人吃足够，只那饭……原只给离华一个那可吃两顿了，但一个大男人吃怕是需要三份才行，汤倒是有一大盅。离华移过一个小几置于床上，将菜碟摆好，用带来的两个小碗分别盛了一碗汤、一碗饭，余下的连盒一起递给了床上的人。

“将就一下，省得碗多了让人起疑。”

她转身从柜里取了双银筷自己用。

男子看离华那一小碗饭，心下感动，将手中大盒里的饭往离华碗中拨，说道：“我曾四日未进一粟照样活着，每日能有一饭充饥足矣，姑娘莫委屈自己。”他结结实实地压了又压，小碗里足放了两碗饭的分量。

离华看着这往自己碗里拨饭的人，眉宇平静，神色坦然，似是一件再自然不过的事，可她……这一生从未曾有人将碗中的饭分一些给她。无论是从前富贵还是而今卑贱的情况，这样平常里透着亲密的事她从未体会过。看着灯下那张沧桑却又神色坚毅的脸，离华恍惚了。

男子扒了几口饭，却见床沿坐着的离华犹自怔怔地看着他，眼中神色奇怪，不禁问道：“姑娘为何不吃？”

“哦。”离华回神，看看碗中堆得满满的饭，自己平常便是这一小碗也吃不完的，动了动唇却终没说什么，只是安静地一口一口吃完整碗饭，又喝完那碗汤。

完了，男子将碟里剩下的菜全倒在自己碗中吃尽，又端了汤盅要再给离华倒一碗汤，离华忙拦住他：“你喝吧，我今日实已算吃得多的了。”

男子看离华一眼，然后笑笑，不再客气，又慢慢将一盅汤喝完。

两人刚吃完，娥儿又送热水来了，离华收了银筷，将碗碟收进食盒中给娥儿带去，自己接过热水进来。

她倒了一盆水给男子擦洗了一番，然后放下帐帘，又移过屏风，将剩下的热水倒入浴桶里。

幽静的夜里，只有窸窸窣窣罗衣落地的声音，然后是哗哗的水声，一缕有别于檀香的幽香淡淡地萦绕于房中。

男子侧卧于床里，闭着眼想睡下，头脑却清醒异常，无一丝睡意。他听着帐外的声响，闻着萦绕于鼻间的幽香，这一刻，心头的滋味竟是平生未有的。

帐帘再被撩起时，幽香伴着灯光扑面而来，令他不禁睁开眼，却在刹那间痴了。

女子素白中衣，湿润黑发，玉面丹唇，铅华尽洗，却是芙蓉天生，清丽不可方物。

离华看着他那样的眼神，也是一呆。

“琅华原是瑶台品。”正当两人神摇意动时，门外忽传来轻柔的吟哦声，两人同时一震，“甘露育出珍珠果。”

声音虽轻，却字字清晰，犹带着淡淡的叹惋，离华听清了那声音，面上不禁露出浅浅笑容，安下心地冲男子摇了摇头，然后打开门走出。

桂花树下，白衣少年舞剑如龙，团团剑华比那天上的月还要耀眼，银芒裹着那点点星光泻了满园，清朗的吟哦声仿若古琴沉鸣，一字一音皆撩动心弦。

“一朝雷雨断天命。”剑风飒飒，急卷黄花，“堕入凡尘暗飘零！”半空花飞，似倦似怜，剑光敛去，终落尘埃。

月下桂花清影摇曳，夜静风凉，少年如玉。

“我来是想问你，要不要我带你离开这里？”

桂花树下，白衣少年淡淡地说着，离华的心中却激起千层涛浪。

园中很静，门边的人静静地站着，树下的人静静地等着。

良久，离华缓缓地开口：“你带我离开，能一生不弃我？”

韩朴不自觉地眉头微微一皱，说道：“我又不是你的什么人，何谈一生不弃？你难道就不能自己过活？”

离华看韩朴半晌，忽然哈哈笑起来，笑出了眼泪，笑弯了腰。

“你笑什么？”韩朴一扬眉头，“若不是看在你与姐姐有渊源的分上，我才不理会你呢。”

离华收住笑，目光盈盈：“你因看在青王的面上，所以要‘救’我？”

韩朴又皱起眉头：“你既是琅华公主，想来沦落至此处必有苦处，所以我助你离开。”

“离开？”离华似笑似讥地看着韩朴，“外面天高海阔，山清水秀，人善如佛吗？”

“外面虽非乐土，但在我看来自在。”韩朴答道。

“哈哈……自在！”离华的一声长笑冷厉如霜，“你可知我为这‘自在’两字受了多少苦？你看在姐姐的面上要‘救’我这可怜人出苦海，可……可当年若不是风惜云与丰兰息，我能有今天？灭我家国，害我父王，让我无处可安身，这不都是拜你的好姐姐所赐吗？”

“你……！”韩朴闻言不禁有了怒意，“当年我虽不在姐姐身边，可我早找过齐恕他们，那几年发生了什么事我早叫他们告诉我了。姐姐当年视你如妹，对你爱护有加，你莫要恩怨不分！”

“恩？那样的恩……你休要再提！”离华厉声喝道，只觉得胸口翻涌，这么多年的恨与怨因着眼前这个人此刻全部发作。

“姐姐与那……人是灭了北州没错，可你若说姐姐做错，若敢怨恨姐姐，休怪我对你不客气！”韩朴气红了一张俊脸，清朗的眸子此刻冷厉地盯着离华。

“我就是要怨，就是要恨，你又能如何？怎么？你要杀了我吗？”离华走下台阶，一步一步逼近韩朴，眸中是又毒又利的恨意，“凭什么她灭了国、杀了人却是彪炳青史的千古功业？凭什么我国破家亡却不能怨恨？凭什么我千金之躯却被那些恶人糟蹋？凭什么我堂堂公主却要沦落到青楼里？凭什么你敢站在这里指责我？”一连串的诘问冲口而出，埋了那么深、藏了那么久的凄苦怨恨情绪全部冲向眼前这个揭她伤疤的人。

“你说被恶人糟蹋是什么意思？”韩朴本恼怒万分，可听到最后万丈怒火全消了，皱紧眉头看着离华，“你到底是怎么到这离芳阁的？”

“哈哈……你不知道啊？我来告诉你。”离华放声长笑，此刻完全不顾会惊到他人，完全不顾守了许久的秘密就此曝光，此刻的她被一腔怨恨所控，理智早已离她远去，只想将满腔的爱恨怨仇宣泄而出，“‘自在’，可不都是因为这两字啊！当年他死了，父王死了，北州亡了，可我想外面天高海阔，任人逍遥，便忘了那家国破灭的仇恨，弃了琅华公主的身份，以一个平民百姓的身份重新活过，不要荣华富贵，也摆脱那份刻骨伤痛，但求江湖山水自在一生。哈哈，我这想法没有错吧？”

她眼睛灼亮异常地望着韩朴，眸子里燃着疯狂的火焰。

韩朴默然，只是等待她继续说下去。

“自在一生……哈……你看我想得多么美好，多么容易啊！”离华冷冷地笑着，一双杏眸里却是透骨的哀凉之色，“那年冬天，我带着品琳离开王宫，想着天高海阔，江湖快意，自有我白琅华的一番天地，哈哈……可你知道我们遇着了什么吗？哈哈……山水哪里清幽干净了，不过才走到第一座山便遇着了一窝盗匪，他们……他们……”

离华的声音忽然嘶哑起来，目光幽幽如鬼火般盯着虚空的某处，眼里燃烧着怨念与恨意，她死死地盯着那一处，韩朴那一刻忽觉得全身一冷，秋风似乎寒得有些彻骨了。

“他们数十个大男人，把我和品琳抓去了，轮番着来，日日夜夜没完没了。”

鬼火般的目光盯在了韩朴身上，那声音低哑得如从地狱传来，带着森森鬼气与寒意，绵绵不绝地在耳边响起，声声回荡。

“你听懂了吗？”那幽幽的鬼火慢慢靠近，那森森“恶鬼”露出一口白牙向他逼近，“数十个大男人呢，一窝盗匪呢，强暴了我和品琳，灌了我们药，日日夜夜地蹂躏，你都懂了吗？”

韩朴猛地退了一步，面色惨白地看着距他一步之遥的人，那张扭曲狰狞的面孔如地狱恶鬼，哪里是昨夜艳冠群芳的美人？

“你害怕了？你觉得肮脏了？”离华却又逼近一步，近得气息吐在韩朴的脸上，“可是还没完呢，你要好好地听着，一字一字地给我记着。那样生死不知、人鬼不辨的日子过了一个月，那些强盗玩腻了便将我们卖到了妓院，哈哈……妓院里倒不灌我们药了，因为客人不喜欢玩死人，可是……可是品琳疯了！她已被那些盗匪逼疯了！哈哈……”她惨笑着，笑出了满脸泪水却不知，一双手不知什么时候抓住了韩朴的臂膀，紧紧地扣住，指甲深深陷进了肉里，“妓院里怎么会要一个疯了的妓女？所以他们像扔腌臜货一样将品琳扔了出去，然后……然后一辆马车就这么冲了过来……将品琳活生生地……活生生地……”

离华眼睁得大大的，瞳孔扩大，如没有神魂的木偶一般，身子摇摇晃晃地战栗着，声音越来越低，韩朴却还是清楚地听到了：“品琳的头断了，身子上全是血，手和腿都奇怪地弯曲着……”

“够了！”韩朴打断她的话，伸手扶住眼前的人，“我都知道了。你……你忘了吧。”

“不，我怎么可以忘了？！”离华猛然清醒了，挣开韩朴，眸子中又燃起鬼火，“我怎么可以忘了品琳？！我怎么可以忘了她不成人形地瘫在大街上的样子？！我决不会忘记！当初无论他们如何鞭打折磨，我都不肯接客，可是那一天我求着他们让我接客，因为我要赚到钱，因为我要求他们买副棺木安葬品琳！”

韩朴看着她，连张几次口却无法出声。

“琅华原是瑶台品……哈哈……真是多谢你的诗！”离华看着眼前的白衣少年脸上的痛楚神色，心下一阵快意，“见到你姐姐时，你可一定要告诉她，琅华现在活得好好的，而且一定会继续活下去，因为她要看看这老天到底有没有眼，看看这天下到底还有没有公理，看看那‘仁义无双’的雍王、青王是不是一生携手天涯笑傲天家，看看这世间恶人是否无恶报，好人沦入地狱，看看白琅华这一生还会得些什么，最后会有什么下场！”

“你……”

“去呀，快些找到你的姐姐，一定要记得告诉她。”离华笑得分外明媚，笑容却显得恶毒扭曲，“我一直愁着见不到她呢，有你替我传话真是太好了。”

“你……”韩朴看着离华那一脸怨毒的笑，看着那双充满怨恨之意的眸子，满怀的同情怜惜忽地收住，看她几眼，最后吐出一句，“你和姐姐相比果然是天地之遥！”

离华脸上笑容一僵，但很快又笑了：“我这低贱的妓女又怎能与仁义无双、才华绝代的青王相比？！”

见她一再讽刺他敬若天人的姐姐，本就是傲气性子的韩朴差点儿当场发作，可一看她那惨然悲痛的眸子，想起她刚才所说的经历，终是收了一腔怒意。但他自小就跟随风夕，一生追着风夕的脚步，在他眼中，人无论男女都应如他姐姐那样，强大得可傲视天下，纵横四海，可一手撑起家国，掌握命运前途，而非遇事即怨天尤人、凄苦自怜，是以虽听了离华的凄惨遭遇，虽同情她，但并不因她的遭遇与现在的身份而抱异感，不过心底对她实有几分愤慨与轻视。

“你认为你今日的际遇皆是因为雍王和姐姐灭你家国所致，可你为何从没想过自己的责任？”沉默了半晌，韩朴终于开口，犹带稚气的俊脸上却有一双沉稳而智慧的眸子，“姐姐与你同样生在王家，可她是名扬四海、才冠天下的惜云公主，你不过是有着‘琅玕之花’美誉的琅华公主；乱世临头，她不但守护了自己的家国，还可指挥千军万马夺得半壁江山，而你只会眼看着家国破灭，再逃离所有的痛苦与责任；她可为天下苍生弃位让鼎，你却一朝沦落便再也无法站起；无论是天高海阔还是山险水恶，她自可纵横潇洒，你却只会将自身凄苦全责怪在他人身上，只会日夜怨恨而从未想过如何自救重生。你这样的人又怎配我姐姐视你如妹，又怎配做我姐姐的仇人？！”

“你……你竟敢……你竟将……”离华将一腔怨恨全撒在了韩朴头上，只是因为迁怒，却不想反被韩朴指责一番，一时又羞又恼，气得说不出话来。

韩朴却不为所动：“没错，你是受尽苦难应被同情，可你有今日，难道不也是因你自己的无知无能所造成的？”他一言刺中要害且毫不留情，“姐姐他们当年对帝都的皇帝都未加害，更何况是你？你若肯待在北州王宫，怎会遇到盗匪？姐姐他们离去时，无论是对国、对臣、对民，都有一个妥善安排，难道他们会独独弃你于不顾？天下人本就有善有恶，你天真地以为外面的世界一片干净自在，却从未想过以自身之能能否存活于世，这又怪得了谁？”

“你……”离华想要反驳，却又不知从何驳起。

“难道我说的话都没有道理？难道只有你所说所想才是正确的？”韩朴眸中有雪亮的锋芒，“人贵自知，可你连半分自知之明都没有。可怜你白活了这么多年却从未长大，从未看清人世。人生那么长，悲欢喜乐苦痛忧愁何其多，有几人一生快乐幸福？便是姐姐那样的人，难道就没有承受过凄苦忧痛吗？人活着，不要老想着昔日的事，正在过的是今日，抬头看的是明日。”

离华没有怒斥，韩朴也没有再说话，院中一时寂静异常。

离华呆呆地看着眼前的白衣少年，明明比她小，明明一张脸还透着稚气，偏偏对她讲了一堆道理，这堆道理还让她哑口无言。可是……这些年来她就是凭着这股怨气和恨意活着，她的信念就是要看他们有什么下场，而她……最终会得个什么果。可此刻，这少年说错了，全错了……怎么会？怎么可能？！她脑子中一团混乱，怨痛悲恨酸甜苦辣在心头交织着。

韩朴看着夜风中离华单薄娇小的身影，心头沉重非常，缓了口气道："本来……我听说你受伤了，所以想来看看你要不要我帮忙，只是……"他本因她与姐姐的渊源想伸手帮助一把，未承想会揭起她那么深、那么痛的伤疤，非他所愿，想来亦非她所愿。

"我不会跟你离开，也不要你帮忙。"离华咬了咬唇道，抬眸看他，已没了那入骨的怨恨神色，可眸中的凄凉之意更深更重，"我离了这儿，还不一样无法活？你无法护我一生，我也不是你那绝代非凡的姐姐，我是无知无能的白琅华，我……我……"她有几分赌气，又有几分认真地道，"这一生，我就要一个护我、宠我、对我不离不弃的人！若没有，我宁肯在这里烂掉死掉，也不要外面的自在干净！"

韩朴看她良久，最后只淡淡地说了一句："随你。"

离华一咬牙，低下了头。

两人一时又不说话了，只有彼此怒过后有些粗重的呼吸。

半晌后，韩朴看向那闭合的房门，道："你房里藏的就是昀王他们要找的人吧？"

"什么？你……"离华一惊，脸色发白。

"别担心，我可不喜欢管闲事。"韩朴撇嘴道，目光落在她受伤的手臂上，"你这伤……就是为了他？"

离华反射性地按住手臂，沉默了片刻，才道："你怎么知道？"

"哼，"韩朴冷哼一声，"他的呼吸虽尽力放缓了，别人听不出，但武功天下第二的我可是听得出的。"

离华知道瞒不过他，一时倒也放松了："他不是……"

"不必跟我说什么。"韩朴摆手，"我只是提醒你，若只是那什么印捕头倒没什么，但不巧得很，昀王和萧雪空都在这里，他们可是十个印捕头都比不上的，你小心些。"

"嗯。"离华点头。

"那我走了。"韩朴转身，刚抬足又顿住，回头看离华一眼，思索了片刻，从怀中掏出一个小瓷瓶抛给她，"既然你要救他，那这东西便送给你吧。我也不会再来找你，以后是生是死、是悲是喜，全看你自己吧。"话音未落，足下一点，人已飞跃而起，眨眼间即消失于茫茫夜色中。

离华呆呆地站在院中，看着手中犹留体温的瓷瓶怔怔出神。今夜她大悲大痛，全不似这隐忍数年的自己，可是……能将满腹怨恨倾吐而出也全身一松。

她握紧手中的瓷瓶，推门进屋。

刚挑起帘子，她便见应躺在床上的人衣冠整齐地立于房中。

哼，他是觉得这里太脏、太恶心了要离开了吗？离华自嘲地笑笑，却满不在乎地走进房里。

“东陶野见过琅华公主。”房中的人却出人意料地屈膝行大礼。

离华当场愣住，片刻后反应过来，只觉得异常讽刺，尖声道：“你这是在嘲笑我吗？”

“陶野昔日曾闻北州琅华公主有‘琅玕之花’的美名，今日方知名不虚传。”跪在地上的人——东陶野——朗声道。

“闭嘴！”离华厉声叫道，冷冷地盯着他，“你也敢来讥嘲我？！”

东陶野抬首，目光炯炯地看着离华，眼神坦然。

“刚才那人所言是有道理，可也非全然正确。人是应自强自立，可非以人人皆类青王。青王文才武功莫说女子，便是男儿，古往今来又有几人可与之比肩？虽说人应自信，不应妄自菲薄，可人必须承认有一些人就是比自己出色，无论先天才慧还是后天成就，就是要胜出许许多多寻常人，那样的人是让人惊叹向往，可那样的人毕竟是少数。世间众生万象。公主纤纤女子，历经国破家亡却可放下仇恨乃是智，可弃荣华尊位走入江湖乃是勇，身心遭劫却可生存至今乃是坚，厚葬忠仆乃是义，肯施手救助伤者乃是仁，如此智、勇、坚、义、仁的公主，普天下又有几人可比？而能有忠仆生死相随，必是可敬可爱之人！”

离华呆呆地看着他，似乎不明白他都说了些什么。

“青王天姿凤仪已是神话，可公主历悲喜忧患，有爱恨情仇，乃是活生生的真实人生。所以公主无须与青王相较，也无须与任何人相比，琅华公主就是琅华公主，不是惜云公主，不是纯然公主，是这世间独一无二的琅玕花！”东陶野一气说完已面色发白，跪在地上的身躯已有些抖，可他的神情仍是那样坦荡真诚。

房中静静的，只有东陶野因伤痛而有些粗重的喘息。

“我也有智、勇、坚、义、仁之性？我也是可敬可爱的？我是独一无二的琅玕花？”

很久后，离华喃喃地念着，似笑似泣地看着东陶野。

“公主是这世间唯一被赞为‘琅玕之花’的琅华公主！”东陶野肯定地道。

离华猛然抬手捂住脸，没有痛哭，没有哀泣，身子却如风中落叶般颤动，指间泪珠无声滚落。

她贵为公主时，虽享尽荣华与宠爱，偏生是好胜的，不忿华纯然比她美貌，不平风惜云比她有才，总想着有一天超越她们，可最风光之时也是在她们的阴影之下。而今她们一个贵为当朝皇后，母仪天下；一个已成传奇，万世传诵。她……她却身份低贱，历尽苦难，与她们更是天遥地远。

可是他……他说，她不必与人相较，无论是尊是卑，她就是她，是北王的女儿，是北州的公主，也是可敬可爱的，是世间独一无二的。

这一生，何曾有人对她说过这样的话？

这一生，何曾有人如此看她？

莫要说永远视她如天真小儿的父兄，他们眼中只有宠溺之色；而那些臣子侍婢眼中的她，只是个任性无知的公主；甚至昔日对她爱护有加的风惜云，看她不也与那雍王一样，怜惜中带着一丝戏谑之意？

可是他……是这样看她。

他当她是平常人，是活生生的人，认为她可敬可爱……

这一刻她酸楚难当，悲喜交加。

这一刻便是天崩地裂，便是身处无间地狱，她……也无憾。

东陶野只是静静地跪着，静静地看着她，没有温存地为她拭泪与抚慰，只是看着并等待着。

也不知过去多久，当离华，哦，不，是琅华，当白琅华放开捂脸的手，泪痕犹在，眸中犹存泪水，可神色已变，没有怨恨凄苦，也非冷若冰霜，那脸白白的，那眸清清的，那笑纯纯的，那是美丽无伦的琅玕花。

“东陶野，我知道的，东殊放大将军之子，‘抚宇将军’东陶野。”白琅华清脆地道，“琅华不过一州公主，哪能受将军此礼？请将军快快起身。”她弯腰扶起他，“小心起来，若崩了伤口，便又白忙一场。”

“多谢公主。”东陶野就着她的搀扶起身。

白琅华小心地扶他躺回床上，道：“现已是皇氏王朝，我虽不忘身份，但这‘公主’两字还是省去。你比我年长，我唤你‘东大哥’，你唤我‘琅华’可好？”

“好。”东陶野爽快地答应，转而却道，“皇氏王朝我决不承认，我只知道我的陛下才是天下之主，皇朝不过是窃国的叛臣！”

白琅华听到他的话不禁一怔，此时算是明白了他为何会被追捕。但自北州破灭，父王逝去，无论是东氏王朝还是皇氏王朝，于她都无所谓。她的一方天地窄得很，只容得下她自身，所以东陶野的所言所为，于她来说无甚关系。

“我不懂这些，只是既与大哥相遇，必会护住大哥。”白琅华上前为他拉起被子，“大哥早些歇息，于伤有利。”

东陶野淡淡地一笑，配合地闭上眼。

白琅华正要放下帐帘，忽想起韩朴给的瓷瓶，刚才顺手搁桌上了，忙取了过来，道：“大哥看看这药如何？”

东陶野睁眼，接过瓷瓶，拔开塞子，闻着药香不禁面露异色，赶忙凑近鼻下闻闻，神色便有些激动了：“这是韩家的外伤灵药紫府散，这东西不是已在江湖上绝迹了吗？你从何处所得？”

“刚才韩朴给的。”白琅华道，看他如此神色，不禁也有几分高兴，“如此说来这东西很好？”

“岂止是好？”东陶野起身，白琅华赶忙扶起他，“我本担心我这伤没个把月是好不了的，可有了这药，五六天便能好了，这东西千金难买，想不到他竟肯给你，倒是很有义气。”

“那小子……”白琅华想起韩朴俊俏又傲气的脸，不禁笑了笑，“他心里、眼里除了他的姐姐，这世间便是至宝之物、至尊之位，于他大概也是不屑一顾的，又岂会在乎区区一瓶伤药？”思及他聪慧却忧郁的眼神，心头却忍不住沉沉叹息。

“哦？”东陶野想想，道，“他叫韩朴，想来便是昔日武林世家韩家之人。紫府散与佛心丹乃韩家独门灵药，当年韩家就是因为这个而惨遭灭门。我听他声音很年轻，想来韩家遭难之时他年纪更小，那么小的时候便遭逢家破人亡的痛事，倒是可怜，与琅华的境遇实有些相像，想来对你另眼相看也是因同病相怜了。”

他这一番感慨出发点倒是好的，奈何全没猜中韩朴的心思。

韩朴一生最敬爱的人便是风夕，是以一生行事也都随着风夕，只是凭心任性而为。

他说要请白琅华喝酒是因为她唱了姐姐的曲，并且唱得好；他愿帮白琅华离开，不过是因姐姐怜惜过她，他留药倒真是看在白琅华的分上，却并非同病相怜，而是不想她再为伤药而自伤，只因他看出白琅华今日的钗伤乃是故意为之，究其原因是这离芳阁没有伤药可治东陶野。

白琅华闻言却是另一番思量：你说韩朴可怜，与我境遇相同，却错矣。他虽遭逢家难，可同时得到一个更胜亲人的姐姐风夕，有她的庇护他又哪里可怜了？他习了一身本事，可以笑傲江湖，傲视天下，以后定也是名声响当当的人物，又哪里与我相同？可她一抬头，却看到那双褐色眸子温柔坚定地看着她，一瞬间忽又觉得心暖了，那刚起的几分不平与凄楚情绪又消失了。

韩朴留下的药果然非常好，东陶野上了药的第二日，伤口便愈合了，第三日已可下床慢慢走动，到了第六日，除腿上透骨射出的箭伤外，其余皆好了八成。

这些日子，白琅华借口臂伤而不见客，那离大娘倒没生不满之心，只知道因离华受伤而来探望的客人络绎不绝，奉上的珍奇礼物让离大娘笑得合不拢嘴。虽说离华一个也未见，但离大娘自打理得妥妥的，将那些客人的心吊得紧紧的，另一方面，好汤好药地侍候着离华，盼着这棵摇钱树快好起来。

如此半个月过去，东陶野的伤痊愈了，白琅华的伤更是早好了，而且因紫府散的功效，连个疤也没留。

这一日，离大娘将白琅华请了去，那模样、那语气不过是想问问白琅华何时可接客，毕竟她老不露面的，断了客人们的念想可不妙。白琅华想了想，应承当晚跳一曲舞。离大娘听得当下两眼放光，赶忙去预备。这边白琅华走回白华园，一路却又喜又悲，喜的是东陶野伤愈，悲的却是……却是那么多。

伤好了他自然要离去了。他心心念念的是找寻他的陛下，切切挂记的是他弟兄的安危，每一日都恨不能插翅飞往他的陛下身边，每一夜都担心着他那些逃亡在外的兄弟的生死。那伤折了他的翅，这离芳阁阻隔了他与他的兄弟……他就要去了，也该去了。外面无论天高海阔还是山险水恶，都不能阻止他的脚步，那是他的世界，而她……而她……白琅华猛然扶住园门，心痛如刀绞，忍不住低低地哀鸣起来。

她真的要在这离芳阁终老吗？真的要做一辈子离华吗？离华……琅华……她在心里当自己是琅华，可她的身子已只能做离华！这卑贱污浊的身子……

白琅华推开园门，里面寂静无息，疾步走过，推开房门，仍是一室寂静。

他走了，真的走了。

一颗心顿时如坠渊底，悠悠荡荡毫无着落，她失魂落魄地挑起帘幔，却见那人立在帘后。

白琅华当场呆立，傻傻地看着。

“怎么啦？”东陶野眉头一皱，抬手想要扶那傻傻站在帘下的人，却有什么凉凉的东西落在掌心。他一看，那人脸上的泪珠似断线的珍珠，全落在他的掌心上，凉凉的，令他的心顿时痛起来。

“琅华。”他情不自禁地伸手环住落泪的人，“为什么哭？受了什么委屈？和大哥说，大哥帮你。”他笨拙地拍拍她的头，又拍拍她的背，心好似被什么揪住了，纠结地疼痛着。

这个怀抱多温暖坚实啊！白琅华闭上眼。她盼了半生，争了半生，其实永在风惜云、华纯然之下又如何？她只要有这样一个怀抱就可以满足。在这个怀抱里，她永远是天地间唯一的琅华！

“琅华不哭……琅华不哭……”他曾经是号令千军的将军、刀光剑影走来九死一生的勇士，此刻却只是笨拙地安抚孩子一般安抚着怀中的佳人。

到后来，东陶野不再吱声，任由琅华埋首怀中无声地哭泣。

也不知过了多久，东陶野才听到她低低地唤一声：“大哥。”

“嗯，”东陶野马上应道，“琅华，怎么了？”

白琅华抬头看着他，东陶野却在那一刹痴了。

盈润的眸子楚楚含情，长长的眼睫上还颤颤地沾着一滴泪珠，雪白的小脸若初绽的白生生的花瓣般娇嫩柔软，绯红的唇是花中那一点丹蕊，是清纯的，也是艳极的。

他没有亲眼见过琅玕花，可是眼前的人便是那传说中天庭落下的仙花，承着天庭琼露，纯白不染纤尘。

他情不自禁，仿佛神魂不受控制般缓缓低头，似害怕碰碎她一般，温柔地将唇印在那朵琅玕花上，印去那凉凉的、咸咸的露珠。

白琅华叹息地闭上双眸，嘴角微弯，那是比琅玕花还要纯洁、幸福的笑容。

“大哥，我今晚要跳舞，你还没看过我跳舞吧？当年雍王和青王也曾赞我的舞与凤姐姐的歌并为天下第一，大哥今晚看我跳舞可好？”

然后……你永远离去，我永远留下。

“好。”

那一夜的舞，很多年后，曲城的人都还津津乐道，那是从未见过的无与伦比的舞蹈。

那一夜的离华姑娘，弃她一贯喜着的红装，换上一袭雪白的罗裙，淡淡妆容却清丽动人。

轻纱广袖如烟般缥缈，纱罗长裙若云般飘逸，高台上袖飞裙舞，高空中烟飘云行，那人是瑶台人，那舞是飞天舞，那一夜倾倒离芳阁所有的宾客，那一夜迷惑了天地星月，离芳阁从未这么静谧，天地从未如此恬净，所有的人沉浸在那绝伦的舞姿中，所有的人痴迷着那绝丽的花容。

“很美很绝望的舞！”清醒而冷厉的声音在叹息。

今夜，离芳阁的客人前所未有地多，可正对彩台的雅房中仍是半个月前的那两位客人。

“这样的舞此生第一次见，大概也是此生唯一一次见。”皇雨唇边的笑似对那绝丽的舞的赞叹，目光却前所未有地冷厉，“雪人，这些日子我听你的没有动他们，但现在小鬼已尽，当除首恶！”冷厉的目光盯着阁中某个隐秘的地方。

“等我见过离华姑娘后再行动吧。”萧雪空淡然地道，目光落在彩台上那纤弱的素白身影上，然后转个方向，那里的人影已消失。

“好。”皇雨目光落回彩台上，“雪人，我可以放过这位离华姑娘，但必要取东陶野的首级！”大大的桃花眼中，此刻流溢的是冰冷的光芒，“凡是敢坏皇兄千秋大业的人，我一个不饶！”

萧雪空转头看他，对这样冷漠无情的皇雨他不陌生，战场上那一剑斩下敌首的皇雨便是此刻的模样。

白琅华一舞过后，便离开了大堂。

绕过一处精致的花园后，便是通往后园的长廊。阁里的人此刻都在大堂中侍客，这里便分外冷清，她缓缓地走在长廊上，将绯红的廊柱与昏黄的宫灯一一甩在身后。

“离华姑娘。”

寂静的夜里忽然响起的呼唤令白琅华一惊，她抬头看去，前方不知何时站着一人，淡蓝的长衣，雪似的容颜，是他！白琅华心头剧跳，扫雪将军萧雪空！他为何在此？他想干什么？难道……难道他是来抓大哥的？一念至此，她顿时乱了神思。

“离华姑娘。”萧雪空再次唤道，一眼便看穿了白琅华的慌乱神色。

白琅华定定神，笑了笑：“不知将军唤离华何事？”

将军？萧雪空暗中一叹，自己从未点明身份，她便是看出来也应装作不知，偏这样直接唤出，岂不是自乱阵脚？

白琅华一说完便后悔了，忙又道：“将军容貌特别，民间有甚多传说，离华也听过一些，所以一见将军便知道了。前些日子离华无礼，还望将军海涵。”说罢她盈盈施礼。

“姑娘不必多礼。”萧雪空摇头，“我来，是为……”他看着对面的女子，一时却不知要如何开口。

白琅华疑惑地看着他，这一看忽然发现这位将军在灯光下更是美得不可思议，不禁暗想：这样美丽的人上了战场如何号令千军？那些士兵会听他的？她忽又想到另一张秀美却残缺的脸，心头一痛，定了神思，忽然奇异地不慌乱了。这个扫雪将军不知为何并不令她害怕，她心里就是觉得他并不若外表那样冷漠，不会伤害她。

“琅华公主。”萧雪空再一次唤道。

白琅华全身一震，可转念一想，以他们的能力，他们要查出她的真实身份又有何难？

“公主可愿随我们去帝都？”萧雪空犹豫了一下，终于开口，“陛下与皇后娘娘定然会善待公主。”

白琅华猛然抬头，惊怒羞愤的情绪一一从心头掠过，最后却在那双冰冷眼眸的注视下化为乌有。

“妾身是离华，将军唤错了。”白琅华展颜笑了笑，风情艳丽。

“那……离华姑娘可愿去帝都？”萧雪空又问。

“去帝都干什么？”白琅华摆出一副惊奇的表情，“难道将军要为妾身在帝都筑一座离芳阁来个金屋藏娇？”说罢她眨了眨眼，妩媚而挑逗地看着他。

萧雪空一窘，平生未有女子敢对他勾引挑逗，他实不擅应对。

“将军若看上妾身了，不用去帝都的。”白琅华轻移莲步挨近他，“就在这里……今夜将军可愿去妾身的房中？”

萧雪空急退三步，如避猛兽。白琅华不以为意，仍步步逼近，声如燕语：“妾身自问阅男人无数，可从未见过将军这等人物，妾身心慕将军，还望将军成全妾身，今夜便与了妾身。”说着她伸出纤手就要抚上他的脸。

“公主不愿离开，是为着东陶野？”萧将军纵横沙场，岂是挨打的料？

白琅华伸出的手定住了，娇笑的脸瞬间惨白。

“琅华公主。”萧雪空清晰地再次唤道，“请随我们去帝都可好？陛下圣明，皇后宽仁，必会善待公主。”

夜再次沉寂，风拂过长廊，灯火在瑟瑟摇曳，影凌乱地晃荡。

半晌后，萧雪空才听到白琅华微弱的声音：“不，我不去，琅华已死。”

“那么……”萧雪空的声音蓦然一沉，目光紧紧盯在那张苍白的花容上，“今夜请公主……请离华姑娘早些安歇，无论发生什么事，请好好保重自己！”

“你……你们是要……？”白琅华蓦地瞪大杏眸，惊恐地看着面前的人。

“姑娘心里明白就行。”萧雪空目光不移，“雪空言尽于此，姑娘……以后愿上苍佑福姑娘。”说罢他转身就走。

“等等！”白琅华急忙唤住他。

萧雪空回头：“姑娘还有何事？”

“为什么？为什么一定要抓他？为什么就不能放过他？”白琅华紧紧地抓住衣袖问道。

“姑娘既知他是东陶野，难道就不知道他都做过什么？”萧雪空反问道。

“他做过什么？……”白琅华喃喃，可马上又坚定地道，“即使他做过什么，那也是忠君之为！”

“忠君？”冰雪似的人难得动了一丝怒容，“没错，他是忠臣，忠于他的君主，但他杀了我皇朝八名将领，四次聚众起事，令我皇朝数千无辜士兵、百姓丧命！于东氏他是忠臣，可于皇氏他是凶手！”

“这些难道全是他的错？”白琅华忆起前尘往事，心头猛起怒火，愤然反问，“若非你们野心勃勃，大东朝依旧好好的，我北州不会灭亡，我父王不会死，陛下不会生死不知，东大哥不会这些年来风雨奔走，辛苦寻找。他杀的那些不过是叛臣，起事为的是复国，哪里有错了？臣夺君位无错，臣护君主反有错了？”

萧雪空瞠目看着她，似不敢相信这样的话是从她口中说出来的。这个被称为“琅玕之花”的公主，昔日也曾是才貌可与纯然公主、惜云公主齐名的人物，竟然……竟然……是这等……

他深吸一口气，才道：“请问姑娘，景炎陛下十六岁即位，在位二十八年，有何作为？”他目光锐利地看着那张若琅玕花般美丽的脸，“在那二十八年里，大东日渐分裂，各州更是战事频起，作为一国之主，他却从未有任何作为，只是坐在皇城里看着乱世成形，看着百姓离亡，请问这样的皇帝，于国于民有何用？请问这样名存实亡的大东，有何存在的意义？”

白琅华张唇，却又无话可说。

“姑娘再看看而今的王朝，四海归服，百姓安康，疆土之广、国力之强比之大东最强之时还要昌盛。你去问问百姓，他们是要做东氏王朝的子民还是皇氏王朝的子民？你去问问他们是要景炎陛下还是皇朝陛下？公主出身王家，竟如此狭隘，只是以个人视天下而不知以百姓视天下！”萧雪空的目光已变得冷淡，“况且我主仁厚，爱惜人才，但凡有才之士皆可重用，陛下曾多次相招东陶野，但其冥顽不灵，不知悔改，屡杀臣将，屡次率众生事，屠害无辜百姓，扰乱民心。此等人，便是陛下要饶，我也不留！”

最后一语他说得冷厉无情，瞬间刺伤了白琅华的心。

“对东陶野的忠心我感同身受，是以我不乘人之危，也不以阴谋相害，但是……”萧雪空郑重地道，“请姑娘转告，他是东氏的抚宇将军，我是皇氏的扫雪将军，今夜就如两军阵前交锋，我与他在离芳阁外一决生死！”话音落地之时他已转身离去。

“等一下！”白琅华急忙唤道，一颗心惶惶的。谁对谁错她无法分清也不想分清，她……只要他活！

“姑娘还有何事？”萧雪空站住，头也不回地问道。

“若是……若是他以后不再……若是他以后销声匿迹，不再出现，你还定要与他决一生死吗？”

萧雪空回头，昏黄的灯光下，那双眼睛却雪似的亮：“姑娘认为他会肯？”冷淡的语气中有着一丝毫不隐藏的嘲讽之意，“他若肯，便不会有今日。昔日的墨羽骑、风云骑几位将军，他们哪个不曾与陛下为敌？可今日他们是威名赫赫的皇朝六星。不怕告诉你，景炎陛下是被青王送往浅碧山护起来了，那里还有雍王昔日的部下任穿雨、任穿云两兄弟，我们陛下清清楚楚地知道，但他未动他们分毫！对前朝君臣，陛下已仁至义尽。”

白琅华脸色煞白地看着前方的人，似无法承受那样无情的话语，踉跄后退了几步：“不要杀他……你们不能杀他，他……他……”不能杀他的理由有千百个在脑中滚动，可她说出口的是，“他是好人，不要杀他。”

“好人？”冰雪似的容颜上有一丝恍惚之色，半晌后萧雪空才沉沉地叹出一口气，“这世间，好人也有必死的理由！”

“必死？”白琅华一瞬间如坠入寒潭，周围都是冰冷刺骨的水，灭顶而来，“为什么？”她茫然地呢喃着。

为什么？

这一生并不长，可生死成败、悲伤喜乐她已经历太多，她不解的事很多，要问的问题太多，可问出时，又盼望得到哪一个答案？

“世间之人生生死死何其多，有几个是以人的好坏来定？姑娘又以什么来定人的好坏？”萧雪空再看琅华一眼，转过身，“姑娘自己保重。”

“一晚好吗？”微弱的乞求话语轻轻地飘来，“让我们好好过完今晚好吗？”那是卑微而绝望的乞求。

很久后，久得白琅华都要绝望时，前方才传来重重的一个字：“好。”

雪似的将军也随即融入夜色。

“谢谢。”白琅华对着黑漆漆的夜空道。

长廊空寂，灯火昏暗，杏眸失去光彩地盯着头顶的那盏灯，夜风拂过，笼中的烛火便无助地摇摆着，就如此刻的她，随时都有湮灭之危。

回想起萧雪空刚才那惊讶的目光，她不禁恍惚地笑了。

他也失望了吧？他想不到曾贵为一国公主的人会说出那样的话来。狭隘？哈哈……若是风惜云在此会如何做呢？她应该是大义凛然的吧，或根本不用萧雪空出面，她就会亲手杀了东大哥，只因……青王心念苍生！哈哈……她那样的人怎么会和无能的她一样卑微地向人乞命呢？她只需长剑在手，自可护得重视之人的周全，岂会如她……岂会如她？！

哈哈……白琅华无声地笑，脸上是凄凉的泪。

可她白琅华不是风惜云！苍生在她眼中有如虫蚁，她要护的只有东大哥！无论对错，无论成败，她只护他。为他，她也生死可抛！她这一生只有东大哥。

她迈步往回走，烛火在摇晃，长廊在摇晃，极目处是无垠的黑暗，就像她这一生。可她只能往前走着，一步一步地走过……岌岌可危、顷刻便会倾覆的一生！

白琅华梦游似的推开园门，关上，梦游似的推开房门，关上，挑帘，点灯，那人正摩挲着手中的画轴，望着窗外出神。

灯光将那人自沉思中拉回，他转过身，明亮坚定的目光移到她身上，温暖的笑浮起：“琅华，你回来了。”

“嗯。”她轻应一声，脸上浮起温柔的笑。

“琅华，今夜的舞，我至死不忘。”他再次开口，温暖的笑不变。

“嗯。”她仍轻轻地应着，温柔地笑。

“琅华，”他走到她面前，抬起右手轻柔地抚上她的脸，“琅华……”他轻轻地唤着。

“嗯。”她痴痴地应着。

从额头到鬓角，从眉眼到脸颊，他终是忍不住将她紧紧揽入怀中。

“琅华，我必须走了，他们已经来了，琅华……”他闭目掩起眸中所有的情感，压住胸口澎湃的情绪。

“为何刚才不走？”若刚才他从大堂逃脱还有机可乘，可此刻……他们早布好网了。

“琅华，我不会不告而别的。”东陶野紧拥她的手臂又紧了几分，紧得她发疼。

白琅华却恨不得能再紧些，再紧些，紧入骨血，可以连体，可以生死与共……生死与共！

"大哥，"很久后，白琅华抬头，"你要去哪里？"

东陶野放开她，举起左手中的画轴，目光深沉地穿透前方："我要去风州，这画是陛下画的，是从风州传出的，陛下可能在风州，我一定要找到他。"

风州……

轰隆！天空猛然响起惊雷，屋外的风有些急了。

白琅华看向窗外，轻声道："要变天了。"

"嗯。"

"大哥，"白琅华对着黑沉沉的夜空道，"你要如何离开？"

东陶野不答，只是虎目中闪现刀锋似的光芒。

"大哥，你要找的人在风州，可他们也知道，你去了那儿也会……"白琅华咬住唇。

"我已死过很多回了，"东陶野淡然地道，手紧紧抓着画轴，"这条命本就是陛下的。"

一阵急风从窗边掠过，白琅华一阵瑟缩，秋风有些凉了。

"大哥，你带我离开好不好？"她极轻地问着，风吹过，声音便散了。

东陶野沉默不语。

"大哥，你带我离开好不好？"白琅华定定地看着他。

东陶野不出声，只是目光越过她落在窗外的夜空中，雷声沉闷，风急尘扬，要下大雨了。

"不好。"很久后，东陶野的回答清晰地响在风中。

白琅华慢慢转身关起窗，那雷声与风声便小了。

"大哥嫌弃琅华？"

"不！"他很快很坚定地回答。

"那为什么不愿意？"白琅华迈步走近他。

"我不要你死。"东陶野看着她道。

"死？"白琅华偎近东陶野，目光迷蒙，"什么是死？什么是生？"

东陶野垂目，看着那张近在咫尺的娇容。

"大哥要琅华死在离芳阁吗？"白琅华忽然浅浅笑开，笑容无忧无惧。

东陶野深沉的眸子中闪过一丝动摇之色。

"大哥便是死了也不算死。"白琅华把头贴在东陶野的胸膛上，闭目倾听着他沉稳的心跳，"可琅华活着，已死了很久了。"

东陶野落在身侧的手慢慢抬起。

"大哥，你要琅华孤零零地死在离芳阁吗？"平静而轻柔的声音，却在瞬间击垮坚盾。

东陶野的手终于稳稳地落在白琅华的背上，他合拢双臂，圈起一面温墙："琅华，我带你离开，一生护你、宠你，不离不弃。"他平静地轻声承诺道。

"好。"怀中的人露出淡然却满足的笑，一滴泪滑落眼角流至嘴里。

夜更深了，风更急了，月早隐入黑云，除了偶尔响起的惊雷，天地再无声息。

两人紧紧握着手，穿过长廊，穿过花园，穿过大堂，仿佛是御风归去的仙侣，雪白的衣裙在风中飞掠，紧紧缠着一片黑色的袍角。

踏到门外，长街空旷，夜风急掠，两人才转过一个街角，夜色中走来一道人影，雪似的容颜和白发在黑夜中散发着冰晶似的冷芒。

两人握在一起的手握得更紧了些。

那道人影在离他们三丈处停步，手轻轻搭上剑柄。

“你答应的。”白琅华往前踏了一步。

萧雪空轻轻皱眉。

“一个晚上。”白琅华紧紧握拳，“萧将军，琅华只要一晚！”

两人目光相碰，白琅华的目光带有乞求之意，坚定而凄切，冰冷的视线动了一下，他转而看向另一双眼睛，那人眼神无畏而警惕。

萧雪空搭在剑柄上的手落下了，没有言语，一个转身，如来时那般突兀地消失于夜色中。

无须言语，东陶野与白琅华握紧手飞奔，奔过长街，奔向城门。城门竟是开着的，两人无暇多想，只是往前奔去……时间不多，他们要走的路还长还远。

奔过了宽敞的大道，又奔过崎岖的小路，也不知多久，终于到了一处山下，两人停步稍作喘息，抬头望向那黑黝黝的山。只要翻过这座山他们便离开了华州，进入地形复杂的云州，那些人要追来便不是那么容易了。

“唉，雪人老是这么心软。”一道很精神的嗓音划破夜风，击碎了他们的希望。

两人同时一惊，转过身，黑暗的树林中缓缓走出数道人影。

“东陶野，孤在此候你很久了。”皇雨的声音很轻松，甚至带着笑意，可黑夜中眼神冷得令人心颤。

“你是……？”东陶野看着夜色中那道挺拔从容的身影，手搭上背上的长剑。

“孤是昀王皇雨。”皇雨很客气地答道。

“昀王皇雨？”白琅华不由自主地抓紧了东陶野。

“正是孤，这位想来就是琅华公主了。”皇雨转向琅华，“公主的舞真是美呢。”

“你……昀王，萧将军答应了……”白琅华急切地道。

“他答应可不是孤答应了。”皇雨打断她，依然很客气地道，“公主现在是要回离芳阁还是要随我们回帝都都可以的，只要放开手走开就好了。”

“不。”白琅华想也不想地摇头，转头看向东陶野，黑夜里看不清他的脸，可是看得到他那双闪亮的眸子，“我要和东大哥在一起。”

“如此也算是英雄美人，真是可叹又可惜。”皇雨很是遗憾地摇头。

东陶野拔出长剑，将白琅华轻轻推向一边：“等我。”

“好。”白琅华点头。

皇雨看着东陶野，道：“东将军当年一人尽败华国三位公子，真是英雄了得，孤一直以未能与将军一战而遗憾。”他缓缓地抽出长剑：“若孤今夜死了，你们便带东将军回帝都。”

后一句他是对那些属下说的，独战东陶野是他对一代名将的尊重，也是对自己本领的自信。但东陶野也非等闲之辈，想当年华国三位公子以数倍于他的兵力都被其尽斩于马下，是以若有万一，他决不能让其生离，再生战事扰乱皇朝的安宁，那时属下则无须再有顾忌，自可一拥而上杀死东陶野。

“是。”那些人真的依言退开。

轰隆隆！天雷滚动，夜风更狂了，飞沙走石，树木摇动，暴雨即将来临。

拔剑相对的两人却一动也不动，剑尖微微垂下，眼睛一眨也不眨地盯着对手。

皇雨的那些属下都很镇定地站在远处观望，而白琅华此刻也很平静地站在风中注视着这一切。

风一下停了，雷声歇了，那两人仍没动，周围弥漫着紧张的气息，一触即有山崩地裂之危。

砰！山中忽然传来一声极清脆的碎裂声，令静默的诸人一震。

东陶野几经生死危难锻炼出的沉稳这一刻发挥作用，他抓住皇雨刹那间的闪神机会行动了，但不是扑向他的对手皇雨，而是急速后退，长臂一伸抱起白琅华便没入黑暗的山林。

这一变故快若闪电，众人回神时，两人的身影已消失。

皇雨笑了："这倒是有些意思了，哈哈……好久没有围猎了，你们便随孤去打猎吧。"话音一落，他即闪身飞入山林，属下也迅速跟上。

夜黑，山林中更黑，基本上眼睛无法视物，其中不知隐藏了多少危机，可白琅华这一刻一点儿也不害怕，甚至是高兴的。她知道，紧紧抓住她的手的人本是一个战士，是那种在对等的战斗中便是战死也不后退的勇士，可是他现在为着她，放弃了战斗！他是为她！是为她白琅华！黑暗中白琅华幸福地笑了，闭上眼握紧东陶野的手，不停地往前奔着，前方便是万丈深渊她也心甘情愿地追随他。

风又起，树木沙沙作响，间或有断枝咔嚓声。

两人也不知奔出多久，身后蓦然响起飒飒声，隐约传来一声急呼“皇雨”！

她脚下一个踉跄扑在东陶野的背上。

“琅华。”东陶野有些焦急地唤着。

“大哥……我的脚崴了一下。”黑暗中白琅华喘息着道。

“我背你。”

“不……没什么事，我们快跑。”白琅华站直身子。

“嗯。”东陶野抓住掌中纤柔的手尽量托住她，再次前奔。这是他们唯一的机会，这黑夜、这深山、这树林、这狂风惊雷都在掩护他们，只要他们逃脱了便能活下来。

知觉似乎已离开身躯，两人唯一知道的是抓紧那双手，脚下不停，眼前渐渐开阔，淡淡的光依稀可见。

砰的一声，瓷坛摔碎的声音在林中霍然响起，紧接着一道略带怅意的声音响起：“这一坛酒怎的如此少？”

“韩朴！”白琅华一听这声音全身忽有力了，“韩朴！”她大声呼唤，“韩朴！”她不怕追兵了，那个人……那个人会救他们的，他一定会和他的姐姐一样的！

“韩朴！我是琅华！韩朴！”

激动急切的呼喊声在山林中回荡，又很快湮灭在风声、雷声中。

“皇雨！”身后远远地也传来呼唤。

白琅华顾不得了，一路奔一路高呼：“韩朴！韩朴！”

“好吵！”随着一个懒懒的声音响起，一道人影在树梢上飞掠而来，韩朴一手抱着酒坛，一手提着一盏灯，无论风如何狂卷，灯笼不摇不熄。

“韩朴！”白琅华此刻见着他便如见着亲人般激动，疾步向他奔去，都越过了东陶野。

“不要叫了，声音真难听。”韩朴将灯挂在树上跃下来，皱着眉头看着白琅华。

那灯虽暗，却已够三人看清彼此。

“韩朴救我！”白琅华脸色煞白，可一双眼却闪着喜悦的光芒。

“琅华！你……中箭了！”东陶野的声音有些抖，触目惊心的是白琅华背上的长箭和那湿透衣裳的鲜血。

“总算追上了。”追了这么久，皇雨的呼吸也不再平缓。

韩朴一看他手中的长弓，眼睛里顿时冒起了火花，咬牙切齿地道：“我姐姐顾惜的人你们竟敢伤！”他当下拔剑而起，夺目的剑光霎时划破如黑纱的夜，凌厉的雪芒刺向皇雨。

“皇……韩朴住手！”

追赶而来的萧雪空一到即被那势不可当的一剑刺得胆战心惊，不及细思，飞身而上，迅速拔出长剑拦向韩朴的剑。

叮！剑在半空相交，发出锐利刺耳的响声，惊醒了众人，也令横剑相交的人一惊。一个心惊当年只会叫着“姐姐救命”的孩子此刻已可与他横剑相对了，另一个则惊异于天下第二的自己竟无法一招制敌。

险险逃过一劫的皇雨此时方从那一剑中回过神来，不禁怒从心中起：“韩朴，你知道你在干什么？”

“哼哼，我就看到你在干坏事！”韩朴哼了哼。

“韩朴，这事你不要管。”萧雪空道。

“哼哼，”韩朴又哼了两声，“这事我管定了！”

“韩朴，你不要是非不分就乱帮忙。”皇雨被韩朴这几声“哼哼”哼得火气更旺了些。

“谁说我是非不分了？”韩朴眼一翻，斜视皇雨，“第一，这位姑娘是我姐姐顾惜的人，凭这一点我就决不能让你们伤她！第二，你们有八个人，而他们才两个人，以多欺少，是你们的错！第三，他们一个是纤纤弱女子，一个是重伤未愈的伤者，你们是八个身强力壮、武艺高强的大男人，以强凌弱，是你们的错！哼哼！我说错了吗？”

“你……！”皇雨气得眼睛发红。

“哼哼！我是，你非！”韩朴再哼了两声，也不给人家答话的余地，长剑一扬，便又挥向皇雨：“你们快走！”这后一句话他却是对白琅华他们说的。

“他……”东陶野还有些担心韩朴，“而且你的伤……”

"没事。"白琅华打断他的话，拉起他就跑，"伤不重。"

"你们不能走。"萧雪空急追。

"你也别走。"韩朴的剑从皇雨面前转了一个弯，拐向萧雪空。

"韩朴！"萧雪空的唤声已带警告之意。

"你们都不许追！"韩朴一直抱在左手中的酒坛忽然飞起，掌心内力一吐，那酒水便如密雨似的罩向那六名追出的属下，那雨点打在身上竟如重石砸下般痛，"再走出一步，可别怪我！"他五指一拢，那酒坛顿时四分五裂地落下，掌心却扣着六块小瓷片。

那六人一时顿在原地。

"韩朴，你再闹可别怪我不客气！"皇雨是真的生气了。

韩朴不说话，剑一下指向他，一下又指向萧雪空，招招凌厉竟毫不容情，而他们两人颇多顾忌不敢下重手，反而受制被困。

"你们还不快追？！"萧雪空百忙中呵斥了一声，那六名属下赶忙追出，可眼前的人影一闪，韩朴却撤剑撇了萧、皇两人挡在了六人面前。

"韩朴，这非儿戏！"萧雪空冰冷的眸子里也冒出了火光。

"我不会让你们去追的，那是我姐姐曾经保护的人！"韩朴的声音很冷静。

一道闪电划过夜空，清晰地照见了韩朴的脸。

轰隆！惊雷响起，那一刻却似同时响在八人的心头。哗啦啦的暴雨终于倾盆而下，将呆立的八人淋得湿透，那落下的雨水却在少年的身躯寸许之外如碰石壁般飞溅开去。

剑气！八人心头同时闪过这个念头，他年纪这么轻竟已练成剑气！

少年静静地站在那儿，单手扬剑，神情淡定，只一双眸子里闪着夺目的锐气。

跑了多久，跑了多远，两人已全然不知道，有树枝划破衣裳、划破肌肤，雨水早已将全身淋得湿透，可他们全然顾不得了。背上的伤似乎消失了，白琅华已感觉不到疼痛，意识渐渐模糊，可脚下不停，本能地紧跟着东陶野的脚步，只为那紧握着她的手的手。

前方终于有了一丝亮光，是天亮了吗？还是他们已跑出了山林？

"琅华，我们终于走出来了。"

是吗？太好了。白琅华脚下一软，再也无力支撑。

"琅华！"东陶野急忙一把扶住她。

"大哥，我……我只能走到这里了……"白琅华的声音低得几乎淹没在风雨声中。

"我背你。"东陶野一矮身抱起她就走。

"不……"白琅华手软软地推着他，"大哥，你走吧……你的陛下在浅碧山……不用担心，他们……没有害他……"

"琅华。"东陶野的声音在风雨中仍是那么坚定有力，"无论生与死，我都不会放开你的，今夜我才说的，一生护你、宠你，不离不弃！"

"哈哈……"白琅华轻轻地笑了，转眼又喘息起来。

东陶野赶忙停步，环视四周，见前方隐约有一块山石，忙抱她去那里，可那山石无遮盖，雨水仍无情地浇灌而下。

白琅华挣扎下地，东陶野将她扶在怀中，靠着墙壁躬身遮着她，尽量让她少淋些雨。

白琅华抓住他的手，缓缓地道："到此刻，我终于知道了。"一道闪电划过，那苍白的脸上有着倦倦的自嘲的笑容，"无论是名将还是大侠，我白琅华……今生都无此能……我原只能在那……雕栏玉砌中受人养护，偏生我不服。若……若是……"

"琅华，你不必做什么名将大侠，你有我保护，就做你自己，一朵最美最洁的琅玕花。"东陶野咬着牙，小心地拥着她，不敢碰她背上的那支长箭，可他整个人都在发抖，仿佛难抵这冰冷的雨水。

黑暗中，那双黯淡的杏眸里又闪现了微弱的亮光，眼前的人看不清五官，她却清楚地看到他的眼睛那么明亮，那么坚定、那么专注地看着她。

"原来……这便是我白琅华最后的结局。"她微微叹息，却带着淡淡的满足感，"嗯……我喜欢……比起……无法确定的往后……我倒喜欢这个收梢，至少我现在十分确定……"她轻轻倚向东陶野怀中，那双在暴雨中依然温热的大手正小心翼翼地抱着她，那卷被他视为性命的画终于被抛弃了吗？此刻那画定然满是泥污了吧？她心头浮起喜悦之情："大哥……我现在在你心中是不是最重要的？"

"琅华，不只现在，还有以后，一直一直到我死的那一刻，你都是我心中最重要的人。"东陶野紧紧地将白琅华抱在怀里，心和眼眶同时酸痛，虎目里终忍不住滚下滚烫的泪珠，一滴滴落在白琅华的脸上，那温度慢慢沁到她的心里。

"那样啊……我开心……死也是开心的……"白琅华欢欣地笑了，终于有一个这样的人了。

"琅华，你不要死，不要离开我，我以后一定会好好珍惜你，珍惜你胜过这世间的一切！琅华……这世间只有你和我……只有你和我……"东陶野感觉咽喉被什么堵住了，呼吸间都是撕裂的痛。

"大哥……"白琅华吃力地睁开眼睛，极力想看清面前的人，"我很开心，真的很开心……虽然我……没有华纯然的倾国美貌，没有风惜云的绝代才华，可我……可我有你……有你视我最重……就这……我就没输她们……我开心……大哥……"

"琅华……琅华……怪我……若不是我，你就不会……"东陶野只觉有一千把刀在铰着五脏六腑，痛不欲生，却只能无助地紧抱住怀中的人。这一刻，他但盼苍天开眼，这一刻，他愿和魔鬼交易！不要夺走他这一生仅剩的一份温情，不要夺走他怀中珍爱的女子！她是如此美好，苍天你怎忍心？！

"大哥，你不要难过。"白琅华忽似有了力气，伸出手来紧紧揪住东陶野胸前的衣襟，仿如紧握住那颗滚烫而完全属于她的心，"现在是我这一生中最开心的时候，比当年……比当年青王赐婚时还要开心。这些年来我都在地狱里……大哥……大哥是来带我走的……是在救我……我开心得很……"

"是的。"东陶野垂首贴近怀中的人，泪水混着雨水流下，"我是来带你离开的，我们……要去天高海阔之地……"

"嗯，"白琅华忽然一阵瑟缩，"冷……大哥……我很冷……抱紧我……"眼皮却渐渐合上。

"琅华……不冷的，我抱着你呢，不会冷的……我带你去天高海阔之地，那里四季温暖……琅华……"东陶野紧紧抱住她，似要将她融入骨血般抱紧。

"嗯，不冷了。"白琅华展开双眉，勾起嘴角，绽放若琅玕花一样美丽无瑕的笑容，"陶野，我们要早些相遇，我是公主，你是将军……我们是英雄美人，也要是千古佳话……陶野，来生要早……"

轰！空中传来一声巨响，雷霆怒滚，暴雨更急更猛了，倾了一地，泥水飞溅，雨雾迷蒙，天地处于一片混沌中。

山石下，东陶野慢慢抬头。

这是天地最宁静的一刻，他清晰地听到琅华一遍一遍地在他耳边诉说着：我们是英雄美人，我们是千古佳话……天地这一刻也是最明亮的，他清楚地看到琅华美丽的面容、雪白的罗衣、雪白的脸、黛色的眉、嫣红的唇，唇边一朵甜美的笑好像闪着光一般耀眼。

"琅华，你是这世间最美、最好的姑娘，不论是华纯然还是风惜云，都比不上你。"东陶野缓缓垂首，冰冷的唇印在那雪白冰冷的额头上，"琅华，你是天上最纯洁、最高贵的琅玕花，这污浊的尘世怎配留你？"

他起身抱起琅华，蹒跚前行，任那狂风暴雨袭来。

"琅华，我带你走，那瑶台天池才是你的归处。"

数天后，白州东查峰顶。

两道人影伫立良久，最后其中一人似受不了那股沉默的气氛，跳起脚来叫道："雪人，你干吗这样看着我？"

另一人依然沉默。

"我明明瞄准的是东陶野，她自己要替他挡的，怎能怪我？！"那人很是恼火地道。

另一人还是沉默。

那人忽然不气也不跳脚了，很冷酷地道："在我眼中，皇兄第一，皇兄的江山第二，九霜第三，二哥、三哥和你们第四，其他的人谁死我也不伤心！"

另一人不知是被他这话所气还是逗的，唇终于动了："我要把他们埋在这里。"说完他转身看向那株高大的琅玕树下紧紧相依的两个人。

"你要埋就埋，难道我会阻你不成？！"那人恨恨地道。

一个时辰后，那株琅玕树下堆起一座新坟，坟前无碑。

数月后，又有两人登上了东查峰顶，已是寒冬腊月，却正是琅玕结蕾之时，满树团得紧紧的、指头大小的白色花蕾，如穹盖似的笼罩着那座无碑坟墓。

坟前立着两人，白衣如雪，黑衣如墨，寒风扬起衣袂，飘然似天外来客。

"想不到一去经年，归来时却是如斯情景。"白衣人幽幽地叹息。

"她不是你的责任。"黑衣人淡然地道。

“可我终未能护住这朵世间唯一的琅玕花。”白衣人黯然伤怀。

“女人，你护住的人已经够多了。”黑衣人挑起长眉，墨玉似的眸子幽沉沉的，让人看不清情绪，“听说韩朴那小子正满天下地找你。”

“朴儿吗？”白衣人转过头，黑发在风中画起一道长弧，“好些年没见他了，都不知他现在长什么样了。”

“那小子吗？”黑衣人狭长的凤目中闪起诡魅的光，“说起来，这两年我们不在，武林中可发生了一些变化。”他侧首看着白衣人，脸上浮起淡淡的笑容，气质说不尽的雍容清雅，“既然江山给了皇朝，那我们就来做做这武林的帝王吧。”语气云淡风轻得仿如伸手摘下路旁一朵野花般容易。

“你做你的，别拖累我。”白衣人对此毫不感兴趣，挥挥手潇洒地离去，“我要去找我弟弟，然后要去把黑目山的那窝土匪给灭了！”

“说得也是。”黑衣人点头，“武林皇帝当然是我做，以后封你个皇后吧。”

这话一出，白衣人脚下一顿，回转身，清亮的眸子亮得有些过分：“要做也是我做女皇，你做皇夫！”

“要比吗？”黑衣人高高地扬起长眉。

“白风、黑息可是叫了十多年了。”白衣人同样挑起长眉，并笑得甚是张狂。

“那么拭目以待。”

“走着瞧。”

东查峰顶的话无人听到，可上天为这话做了见证。

番外五　天涯地角有尽时——韩朴篇

“快！别让他跑了！快追上！”

“站住！韩少侠！你站住！”

夜幕下，一群人举着火把，提着灯笼飞奔着追赶前边一道人影。

借着朦胧的灯光，可以看见，后面一群是皆做家丁护院装扮的壮汉，前边飞跑的却是个十五六岁的白衣少年，眉目俊秀，一脸不耐烦又带着两分满不在乎的随意，施展着轻功快速飞掠着。而身后追赶的人虽比不上他的功夫，却也都是练家子，所以跑得也是飞快，一路远远追着，兼人多势众，追得气势汹汹。

就在这一群人你追我跑中，漆黑的夜色里忽然响起一个清朗的女音。

“哈哈……这可真有趣。”

前面飞掠的白衣少年脚下一顿，然后一脸惊疑，侧耳去听，似乎想知道方才是幻听还是真的有人说话。

“几年不见，你小子就这么点儿出息？”女声再次响起，带着调侃与笑意。

白衣少年这次听清了，顿时呆若木鸡，竟不知道是要欢喜还是愤怒，只呆呆地站着，望着前方。

幽暗的夜里，前方忽然亮起一片柔和明亮的灯光，几丈外的地方停着一辆极大的马车，马车周身漆黑，在车檐前挂了两盏水晶宫灯，灯里亮着的并非烛火，而是鸽蛋大小的夜明珠，光华闪烁，将周围数丈内照得犹如白昼。

“他在这里！追上了！”

“韩少侠！你别再跑了！”

那群护院追上来了，看到前方白衣少年的身影，顿时大喜，一个个围了上去，手里拿着绳索，显然是想要绑了白衣少年。待走近时，一群人看到那辆奇异的黑色马车，顿时也有些惊疑，一时面面相觑，犹豫着是不是先上前把人给绑了。

就在这时，马车嘎吱一声，车门被打开了，走出一位女子，素衣如雪，发如墨绸，额间一枚弯月玉饰，映着那盈盈的双眸，仿如新月坠湖，衬得她清姿绝世，风华无双，那群护院顿时看呆了。

那女子却将目光落在白衣少年身上，笑吟吟地看着他。

白衣少年看着那女子，看着看着，忽然哇的一声大哭起来，此举顿时惊得那些护院一个个张大了嘴，不知要如何反应了。他们可是知道这白衣少年的厉害的，可怎么也没想到他们眼中的绝代高手，竟然就这样无缘无故地哭了，一时护院们也都傻眼了。

可白衣少年只是号啕大哭，像个走失了找不着家的孩子般哭得伤心又无助。

那女子却只是静静地看着他。

许久，白衣少年终于止了哭声，抬眸看向白衣女子，目光又是怨恨又是欢喜，神情又是委屈又是渴望，那真是复杂又纠结。

“朴儿，你怎么还跟小时候一样爱哭啊？”女子轻声叹道。

这话一出，白衣少年再也绷不住了，飞身扑了过去：“姐姐！”

女子伸手轻巧地接住了少年。

“姐姐！你为什么说话不算话？为什么这么久了都不来接我？”少年抱住女子埋怨着。

这少年不是别人，正是韩朴，这女子自然就是江湖久已不见的风夕了。

“嗯……”风夕含混地应了一声，“姐姐有点儿事耽搁了，这不一回来就马上来找你了吗？”

“真的？你不是哄我？你不是不想要我了？”

“当然是真的，姐姐怎么会不要你了？”

“呜呜呜……你这么久都没来找我，害我以为……”

“乖，别哭了，姐姐就你这么一个宝贝弟弟，怎么会舍得呢？”

“你这回可不许再抛下我了。”

“不会了，从今以后，姐姐在哪儿，你就在哪儿。”

两姐弟一个百般撒娇，一个百般抚慰，一旁的护院们看得满脸抽搐。

这就是那样武艺冠绝的韩少侠？他们一个个下巴都快要掉下来了。

安抚完韩朴后，风夕总算抽出时间理会眼前这群人了：“朴儿，这是怎么回事？”

“什么事都没有。”韩朴哪肯说实话？

而那群护院这会儿回过神了，一听韩朴的话，岂能答应？当下一名看似首领的汉子上前几步：“韩少侠，请跟我们回去。”

风夕扫一眼那护院首领，目光再转向韩朴。

韩朴沉着脸没说话。

护院首领倒也直接，道：“韩少侠，成亲的吉时不能耽误，你要不肯走，那我们只好把你绑回去了。”

风夕一听这话，眉头顿时挑得老高：“朴儿，你定亲了？”

“我才没有！”韩朴连忙摇头，“是他们强自为难人。”

“哦？”风夕看着他，尾音微微拖长了一个调。

护院首领却不同意他的话：“韩少侠，你这话就不对了，我们哪里是强自为难人？明明是你摘了绣球，自然就得和我们小姐成亲。”

“我又不知道那是绣球。”韩朴嚷道。

“那就是绣球，我们柳家招亲的事，这方圆百里内谁人不知，谁人不晓？”护院首领也有了火气。

“我就不知，我就不晓。”韩朴一句话就推了个干净。

护院首领见劝说无果，一挥手说道：“把韩少侠请回去。”

那群护院顿时纷纷围了上来，准备要绑人了。

“你们再强逼，可别怪我出手无情了。”韩朴也被惹出了火气，特别是这事还被他敬为天人的姐姐撞上。

眼看着双方就要动手了，风夕叹了口气：“朴儿，你给我把事情说清楚。”

她这话一出，韩朴立马缩了缩脑袋，而那帮护院觉得有机可乘。他们不是姐弟吗？这婚事或许只要姐姐点头了，弟弟还不是得乖乖听话？

护院首领马上冲风夕抱拳行礼，道：“这位姑娘，您是韩少侠的姐姐，常言道长姐如母，这事您得做主了，可不能由着韩少侠这般任性行事。”

“哦？说说怎么回事。”风夕先看了韩朴一眼，才把目光转向壮汉。

于是护院首领将事情细说了一番。

原来这群人是撷镇柳家庄的护院，这柳家庄在这方圆百里那也是颇有声名的，柳家庄的主人柳老爷夫妻年过半百，膝下只一女，年方十六，才貌双全，柳老爷夫妻爱若掌上明珠，舍不得女儿出嫁，想招个女婿上门，只是周围的适龄男子柳小姐全不中意，于是弄了个绣球挂在庄前的柱子上，说谁能摘了绣球就可以娶她。

那挂绣球的柱子是柳小姐命石匠砌的，光秃秃的高达六丈，常人哪里爬得上去？是以这绣球挂了大半年也没人摘到，但今日韩朴路过柳家庄时看到绣球，轻轻一跃便摘下了绣球，这不是天赐良缘吗？

“韩少侠既摘了绣球，自然就要和我家小姐成亲，这走到哪里都是这个理，姑娘说是不是？”

“我都说过了，我根本不知道那是绣球，更不知道你们柳家招亲！”韩朴怎么肯同意，吼完了护院，立马转头望着风夕，神色紧张地道：“姐姐，我是真不知道，我就过路时看到那柱子上挂了个花篮很漂亮，一时好奇就取了，哪里知道那是招亲的绣球？”说起来，他才真是冤。

“哈哈哈哈……”风夕听完这前因后果却一顿大笑，“朴儿，你怎么干出这么乌龙的事啊？小小年纪的，你这不是惹风流债吗？”

“姐姐！”韩朴恼羞成怒。

“这位姑娘……”听着风夕这话，护院们心里没底了。

风夕却不理他，只上下打量着韩朴，然后颇为欣慰地点头：“唉，朴儿长大了啊，都可以娶媳妇了。”

“我才不要娶媳妇！”韩朴立时反驳，转头便又冲那些护院叫道：“我决不会和你们小姐成亲的，你们快快回去，再纠缠不清，我就真的动手揍人了！”

“你这人敢做却不敢当，我们还怕你不成？！”护院们也恼了。

风夕叹气，转身回了马车，小孩子惹的事得自己解决。

眼见一言不合就要开打时，远处忽传来叫唤声。

“你们别吵了！小姐来了！”

众人齐齐转头望去，暗夜里又有灯光飘来，过了会儿，便见一群男女仆从拥着一位十六七岁的俏丽少女走来。

“小姐。”护院们忙迎了上去。

这少女显然就是柳小姐了，手中捧着一个十分精致漂亮的花球，风夕看了才知道为何韩朴要说是花篮了。那花球是以细竹编成，形状像半球形，周围绕着许多株描着七彩的花，远远看着真的像花篮。

柳小姐一到，谁人也不看，径直往韩朴走去，将手中的花球往他面前一送，冷冷地道：“挂回去！”

韩朴本来是打起了十二分的戒心，听到这么一句话，倒是愣了下，那些护院更是一脸惊愕。

“又不是给你摘的，你多什么手？！”柳小姐满脸好事被破坏的恼怒之色。

韩朴醒悟，顿时神采飞扬：“挂回去就没事了？”

柳小姐皱了皱眉头：“要不是没人能跳那么高，谁耐烦来找你？”

她话音一落，护院们可有意见了：“小姐，老爷和夫人可不会同意的，韩少侠既然摘了花球，自然就是小姐的夫婿。”

柳小姐冷冷地扫一眼护院们，然后盯着韩朴。

“朴儿，小姐的花球是在等人，你快挂回去。”马车里传来风夕的声音。

“好！”有了姐姐的吩咐，韩朴如奉纶音，“姐姐你稍待片刻，我马上就回。”话音一落，他已飞身掠起，眨眼间便消失于黑夜中。

柳小姐看了马车一眼，没作声，转过身在仆人们的拥护下回去了。

那些护院面面相觑了一会儿，然后追着小姐走了，反正回头柳老爷夫妻要责难他们也可以推到小姐头上了。

一切归于平静后，马车里传来风鸣玉叩似的优美嗓音：“一场闹剧！你这弟弟可真是长进了。”

“别急着笑话，我弟弟就是你弟弟。”风夕哼了一声，又开了车门跳了下来。

她等了不过两刻钟，韩朴便回来了，一见到马车前的风夕，眼睛顿时亮了起来，脸上的焦灼之色也退了：“姐姐！”

两个起纵他便落在风夕身前，伸手抱住了她。刚才他很怕回来时又见不到人，便是满天下去寻找，却怎么也找不到。他害怕那种恐慌感，仿佛被遗弃了，世间就他一人。

风夕似乎知道他的感觉，揽住他的肩膀抱了一下，才放开他：“好了，我们回家去。”

韩朴浑身一震，抬头傻傻地看着风夕。

那样的目光令风夕有些心疼，有些愧疚：“傻朴儿，你不和姐姐回去吗？”

“我……我要去哪里？”韩朴傻呆呆地问。

“回家，姐姐是来接你回家的。”风夕温柔地看着他。

韩朴心头一震，眼眶一热，哇的一声又哭了。

他以为他没有家了，也没有亲人了，这一年找她都找得快要绝望了，一时心头的酸甜苦辣委屈伤心情绪全都爆发了。

只不过韩朴这一回还没哭几声，马车里忽然哇哇哇地响起一阵洪亮的婴儿啼哭声，把他的哭声给吓断了。

他呆呆地忘了哭，愣愣地看着马车。

车门开启，走出一身墨衣的丰息，只是——他的怀中抱了一个婴儿，但就算抱了个婴儿，那也不能损他半分的雍容高贵气质。

“他饿了。”丰息将怀中的婴儿往风夕面前一送。

韩朴瞪大眼睛，看看丰息，再看看他手中的婴儿，然后转回头看着风夕。

风夕接过婴儿，哄了几声，婴儿不哭了，她便将孩子捧到韩朴面前：“朴儿，这是你的小外甥，还没起名，你要不要给他起名？”

“你是不是生孩子去了，所以不来接我？”韩朴梦呓似的问着。

风夕语塞。她发现怀着这孩子时，在碧涯海中的岛上，害喜严重，吃不了，睡不稳，人躺在床上动不了，哪里能坐船回来？她只好等生下孩子，结果就过了约定的时间。

韩朴见她不说话，顿时再次哇地大哭起来，一边哭一边道：“难怪你不来找我，原来你有了孩子，所以不要我了！”

他一哭，婴儿也哭起来，顿时哭声热闹，直惊得四野虫鸣鸟飞。

“朴儿，谁说姐姐不要你了？我这不一回来就来接你了？”

“可你有孩子了。”

“有了孩子，你还是我的弟弟啊！”

“你还跟这只坏狐狸成亲了！”

“这……朴儿以后也会成亲的啊！”

“我才不要成亲！”

“臭小子，话别说这么满。来，跟姐姐说说，喜欢什么样的女人？刚才那位柳小姐其实也不错。”

“哼，我才不要那些又笨又丑的女人！”

“……”

“我要娶姐姐这样的女人！”

“……”

“姐姐，你休了这只坏狐狸，嫁给我吧。”

“……”

“啊！！！坏狐狸想干什么？姐姐救命！”

…………

马车缓缓驶去，一路飘下啼哭、号叫、怒骂、吵闹……以及满足的欢喜笑声。

番外六　千秋功业寂寞身——皇朝篇

冠盖满京华，斯人独憔悴。

千秋万岁名，寂寞身后事。

广袤的草原此刻黄草折地，尸陈如山。

到处散落着残损的旗帜、断缺的刀剑、染血的盔甲……偶尔响起战马的哀鸣。

落日仿若血轮斜斜地挂着，晕红的光芒洒下，天与地都在一片绯红中，分不清究竟是夕辉染红草原，还是鲜血映红了天空。

“蒙成草原以后便是皇朝的马场！”无边无垠的草原中，一骑伫立若山，平淡至极地道。

男人瞭望广阔的原野，俯视足下已征服的土地，却不再有热血沸腾的感觉。

他抬首看去，晚霞如锦。

将蒙成王国辽阔的草原纳为自家的马场，这样狂妄的话语仿佛有前人说过，他却已想不起来也不愿再想当年是谁告诉他的。

九天之上，除了云和落日，可还有他物？

“恭喜陛下！”身后有人恭敬地道。

“雪空，你是否也觉得朕就如世人所讲的好战成性？”夕阳下，紫甲的帝王平静地问道。

雪发雪容的将军想了会儿，才道：“陛下为的是千秋功业。”

“千秋功业？”淡淡的语气似有些不置可否。

风拂过来，带着血腥味。

“千年之后，又有谁能知我皇朝？”他似是疑问，又似是在自问。

“皇朝壮阔的山河会记下陛下的丰功伟业，皇朝骁勇的铁骑会万世传承陛下天下无敌的武功！”身后的将军真诚地道。

在他心中，他的陛下当是千古第一君！

“无敌天下？”男人轻轻嗤鼻，不以为意。

他极目遥望，目之所及是无边无际的疆土。

君临天下，万民臣服，天地间，此刻唯他是主。

可这一刻他心中是无边无际的空虚与……寂寞感。

“雪空。”男人悠悠吟叹，“无敌并不是幸事。”

挥手扬鞭，天地任我驰骋……南丹臣服了，羌射已从历史上消失，采蜚也倾国拜倒了……再到而今这以彪悍著称的蒙成王国也败于足下。

这么多年，竟然没有一个……皇朝竟连一个敌国都没了。

这么多年，在这广阔的天地奔走，从东至西，从南至北，他只是……想找一个对手，一个势均力敌、能畅快对战的对手。

一个相互匹敌的对手。

一个可激起他的斗志的对手。

一个可令他热血沸腾的对手。

一个与他对等的灵魂。

谁承想，自东旦之后，皇朝竟再无对手了。

至高至尊之处，无人可与他比肩。

他拔剑四顾，唯影相随。

至高必至寒，至尊必至寂。

“雪空，无敌并非幸事。”他轻轻地长长地叹息。

这一句寂寥而惆怅的话，令皇朝大将军萧雪空记念一生，也恐惧一生。

当那长长的叹息还在草原上回荡时，天下无敌的皇帝却从马背上一头栽倒。

“陛下！”萧雪空大惊。

“陛下！”远处的臣将惊呼。

“快，快请萧夫人！”有人急道。

《皇书 · 本纪 · 神武帝》记：昔泽八年，帝征蒙成，大胜。宿疾发，幸大将萧涧妻善医，随军，救帝于危。

昔泽八年秋，皇朝大军征蒙成凯旋，皇朝百姓欣喜之余却更忧心皇帝陛下的病情。这位陛下虽有些好战，但不损百姓对他的爱戴之心，他们不会忘了是谁终结了乱世，建立而今这太平强大的新王朝。

“品玉，陛下怎样了？”

“萧夫人，陛下的病情如何？”

君品玉才踏出宫门便被守候在外的人团团围住。她抬眼一看，晖王、昕王、昀王、秋九霜、皇朝六将及丈夫萧雪空无不紧紧盯着她，面对这么多双隐含焦灼与希冀之色的眼睛，饶是君品玉看惯生死，此刻却也默然垂首。

“难道皇兄……？”皇雨一看君品玉的神情不禁急了，“你……你……你不是活菩萨吗？你要……你快给我治好皇兄！”他一伸手便紧扣住君品玉的手腕，那模样似乎她不把兄长医好他便决不罢休。

"嘭！"君品玉痛得倒吸一口冷气。

"皇雨，你抓痛她了！"离得最近的秋九霜一掌拍开丈夫的手，自己却又紧紧抓住君品玉，"品玉，陛下……陛下没事吧？"一贯英姿飒爽的霜羽将军此刻却也有些懦弱、有些自我欺瞒地望着君品玉，就盼从她口中说出自己最想听的答案。

君品玉张口，却无法出声。她断人生死无数，可此刻心头绞痛，无法开口。

一双略带凉意的手从人群中伸过，握住了她的手，令她浑身绷紧的神经一松。

"品玉。"萧雪空触及妻子冰凉入骨的手，顿时心头一沉，脸色顿时一沉，再也无法开口。

"你说啊！"众人催促。

君品玉抓紧丈夫的手，深吸一口气，抬首看着西边那一轮红日，缓缓地道："日……要落了。"

砰！皇雨直直地摔倒在地上，却浑然不觉，紧咬牙关，仇人般恨恨地盯着她。

秋九霜呆呆地看着她，似乎不明白她说了什么。

晖王、昕王两腿一软靠在墙上，却还是止不住地瑟瑟发抖。

六将脸色惨白。

宫门前顿时一片死寂。

旭日又升了，皇宫内外却仍如夜般沉郁。

"陛下，该喝药了。"

两旁的宫女挑起床帐，华纯然舀一勺药试了试温度，然后递至皇朝嘴边。

皇朝偏头想要避开，可看华纯然一眼，终是张口吞了，然后自己端过药碗一口气喝光。

华纯然接过药碗，递上清水给他漱口，一旁的宫女捧了盆接着。

"你们都下去。"皇朝吩咐道。

"是。"一时侍从退得干净。

"陛下有话要说吗？"华纯然在床沿坐下，看着她的夫君，当朝的皇帝陛下。

叱咤风云，受臣民敬仰，并令敌国闻风丧胆的一代雄主，就算此刻病入膏肓，可一双金眸仍锐利如昔，光芒闪烁间仍霸气傲然。

"皇后与朕成婚多久了？"皇朝看着眼前依旧容色绝艳的妻子。

"十年了，陛下。"华纯然微微笑道，倒是奇怪他会问这个。

"原来这么久了。"皇朝微眯眼眸，似在回想什么，嘴角淡淡地勾起一抹笑，"皇后容颜依旧，令朕觉得似乎是昨日才娶到天下第一的美人。"

"陛下取笑臣妾了。"华纯然美眸流盼，妩媚依然。

"朕娶到你是幸事。"皇朝伸手握住床沿的玉手，"只是委屈了你。"

"臣妾能嫁陛下是前世修来的福气。"华纯然有些惊讶又惊喜地看着皇朝，这么多年，他似乎从未说过这般温柔的话，也从未有如此温存的动作。

皇朝摇头："朕知道的，这些年来聚少离多，朕真的对不起你。"

“陛下为的是家国，臣妾完全理解，陛下不要这样说。”华纯然回握住皇朝的手。

“朕已时日无多，再不说以后便没有机会了。”皇朝淡然地道。

“不会的！”华纯然抓紧皇朝的手，“陛下万寿无疆，臣妾不要听陛下说这样的话。”

“什么万寿无疆？那都是些哄人的话。”皇朝嗤笑，“朕虽然病了，可从没糊涂过。”

“陛下……”华纯然心头一酸。

皇朝摆了摆手：“皇后，朕已下旨，华氏一族全迁往敦城。”

敦城地处极北，荒凉芜绝之地。

“臣妾已知。”华纯然垂首。

“皇后可有话要说？”皇朝看着垂首的人。

“臣妾知道是陛下爱惜臣妾。”华纯然抬头，面色有些苦涩。天家的怜悯爱惜也是如此防备冷漠。

“你虽明白，却依旧难掩委屈。”皇朝明了。

“臣妾不敢。”华纯然眼眸一垂。

“不敢？”皇朝笑，“却实有之。”

“陛下……”华纯然眼眶一酸。

皇朝看着她，明亮的金眸洞若观火：“朕不怪你。”看着她松一口气，他不禁有些叹息，“纯然，你若是一个平庸女子，朕也不必如此，华氏一族也不必受此番苦，偏你如此聪慧……”

“陛下。”夫妻多年，这却是他第一次唤她的名字，却是在此等情况下，华纯然心中酸甜苦辣皆有。

“你既如此聪慧，当能真正明白朕之心意。”皇朝面容一正，声音已带肃杀之意。

“臣妾真的明白。陛下实出于爱护之心，不想臣妾，也不想华氏一族有丝毫机会铸成大错。”华纯然明眸直视皇朝，“臣妾决无丝毫怨怪之心，谨记陛下恩德。”

“你明白便好了。”皇朝闭上眼，“等皇儿长大了，自会召回他们，那时……一切自然就好了。”

“陛下，歇一会儿吧。”华纯然见他神色倦怠，起身想扶他躺下，脸上温热的触感却令她一怔。

“纯然，你还这么年轻，这么美……”皇朝睁眼，怜惜地抚着这张曾令天下英豪倾慕的绝美容颜，“朕却要丢下你走了，真是对不住啊！”

“陛下。”华纯然眼眶一热，泪珠终于忍不住滚落。

“别哭。”皇朝搂住妻子，“以后三个皇儿便全交给你了，会很辛苦的。不过纯然这么聪明能干，朕很放心。”

“陛下！”华纯然伏在皇朝肩头失声痛哭。

这些日子来的担惊受怕，这些日子来的辛劳忧苦，此刻终于得到抚慰，华纯然霎时泪如雨下。

这么多年来，这是她第一次伏在他的肩头痛哭。

这么多年来，这是他第一次对她如此怜惜。

这么多年来，这是他们夫妻第一次如此靠近。

这么多年啊，为何要到这最后一刻？……

“朕走后，皇雨他们会好好辅佐太子的。”皇朝抚着妻子的发温柔地道，“朕说过纯然是个聪慧的女子，他们会尊重你、听取你的意见。太子是国家的支柱，纯然一定要好好教导。”

“陛下……臣妾知道……陛下……臣妾会的……”华纯然哽咽着道。

皇朝扶起妻子，擦干她脸上的泪珠。

十年岁月，忽如走马灯似的在脑中回转，那有限的朝夕相处时光，他从未在意过的点点滴滴此刻却鲜明起来。指下是美丽的容颜，难得的是这皮相下还有一颗聪慧玲珑的心，这样好的女子，这些年来，在某些地方他确实有些亏欠她。而往后的漫长岁月，她如此年轻美丽的生命却注定要消耗于这重重深宫中。

“纯然。”皇朝轻轻唤了一声。

“嗯。”华纯然抬眸看着他。

“这一生，朕君临天下，你母仪天下，史册万载留名，于你我可谓得偿所愿，也了无遗憾了。”皇朝金眸中锐光涣散，意识渐渐迷离，“得偿所愿，了无遗憾……却终有些意难尽，不是吗？”

华纯然心头一震，却只轻轻应了一声：“陛下。”

“纯然，我们去白湖吧。”皇朝金眸中亮光微闪，然后他缓缓地闭上眼说道，“我们去白湖……”

华纯然将昏迷的皇朝搂入怀中，抚着他瘦削的面容，温柔地道：“好，我陪你去白湖。”

一滴泪落下，滴在皇朝闭着的眼眸上。

他终有些“意难尽”吗？

昔泽八年八月，皇帝旧疾复发，皇后陪其前往南州行宫休养，大将萧涧偕夫人随驾，晖王监国。

南州行宫可说是神武帝皇朝——这位被后世极其褒赞、论功业在千古帝王中唯与威烈帝比肩的英主——这一生做的唯一一件令人费解质疑的奢侈之事。但不论当年朝臣如何反对，皇朝依旧下旨，在南州西境这座平平无奇的荒山上耗巨资费人工挖湖建宫。

湖，御旨赐名“白湖”。

行宫，御笔亲题“白湖天宫”。

说来也是稀奇，那白湖挖成后竟是一处活泉，仅仅数日便涌出满满一湖清水，工匠再挖掘暗沟将多余的湖水排出，又润泽了山下的农田，本是任性行为，到最后却又成一桩善举。

这南州行宫也不似其他皇家行宫那般富贵华丽，依山势而建，虽为人工建造，却反似是天然的宫殿，简朴的天工显得素雅大方。

今夜正是月中，皓月如玉，清辉遍洒。

“这是百年的老参，怎么样也要陛下喝一口进去。”君品玉将亲自熬好的参汤小心地递给华纯然，又仔细地叮嘱了几句。

“嗯。”华纯然接过参汤。这些日子，她日夜侍于皇朝榻边，从不假手他人，绝艳的容颜已有些憔悴。

“陛下。”她轻声唤着，榻中的人却毫无反应，自那一日昏迷便不再清醒，不过是赖君品玉的医术及灵药吊着一脉气息。

华纯然低头自己先喝了一口参汤，然后扶起皇朝哺进去，如此反复，半个时辰后才将一碗参汤喂完。

她拾起丝帕为他拭去唇边沾染的汤汁，看着那消瘦到几乎不成人形的容颜，心头酸痛难当。

“好清的一湖水啊！”蓦然，清若风吟的声音悠悠传来，传遍行宫内外。

华纯然手一颤，呆住了。

榻中昏迷不醒的人一动，忽然奇迹般睁开了双目。

“陛下！”华纯然惊喜地叫道。

“她来了。”那双金眸此刻炯炯有神。

“是的。”华纯然嫣然一笑，扶他起身，为他着装。

皇朝稳稳地踩在地上，然后捧起枕畔那以无瑕白玉雕成的莲形玉盆，一步一步矫健地往外走去。

华纯然含笑目送。在他心中，那人永远是揽莲湖畔踏花而歌、临水而舞的莲华天人。

行宫内外的侍卫虽被那突如其来的声音惊起，但并未慌乱，仍各就各位，只因宫门前的萧将军镇定地挥手令他们退下。

依山一湖，月夜下波光粼粼，倒映着宫灯如火的行宫，仿如天庭瑶宫，那临湖而立的白衣人便仿若天外来客，不沾尘埃。

他一步一步接近了，这个身躯仿佛不是自己的，病痛全消，轻盈如御风而行。

那人风华依旧，清眸含笑，唇畔含讥。

时空仿佛倒流，仍是荒山两人初遇的昔日。

“我依约而来。”

白衣飞舞，黑发飘摇，她仿佛是从夜空中走下。

他看着她，然后弯腰，玉盆盛着满满一盆清水，捧到她面前，看着她道：“吾为卿舀清水一盆。”

她看着他，然后展颜一笑，若夜昙初开，暗香浮动，纤手浸入盆中掬一捧清水淋洒在脸上：“吾天涯归来，当净颜涤尘。”

水珠滚落，容颜更是清极。

他微笑，玉盆脱手，似一朵白莲漂于湖面上：“当年许诺，今日成真。”

她看着他展颜一笑：“君子一诺，贵比千金。”话音落地，她便转身离去。

“风夕。”他脱口唤道。

她脚下一顿，回首。

“这些年……”他有无数的话，有无尽的情意，却只能吐出这三个字。

“我知道。”她粲然一笑，清眸亮亮地看他一眼，飘然离去。

他目送那背影隐于夜空中。

“陛下，回去吧。”不知何时，华纯然已至他身旁。

皇朝抬首，月色如银，霜华泻了一地。

“牵朕的马来。”他忽然道。

华纯然讶然，却依旧唤侍卫牵来了他的骏马。

皇朝抚着骏马暗红的鬃毛，翻身稳稳地落于马背上。

他踞马眺望，山下万家灯火，远处山峦重叠，江河滔滔。

这些都在他的脚下。

“我皇朝焉能如病夫卒于病榻上？！”他傲然一笑，豪气飞扬，扬鞭挥马，骏马腾跃，身影屹立如山岳，然后飞起……落下……

“陛下！”无数人惊呼奔走。

“纯然。”迷离中，他微微睁开眼，“如重来，一切当如是。我不悔！”

一切重来，他仍会为荒山中那个张狂如风的女子动容，仍会在幽王都娶天下最美的公主，东旦对决时，仍会射出那绝情裂心断念的一箭！

这是他的选择，无论得到什么，他不悔！

“皇朝，我也不悔的。”华纯然抱紧怀中已安然而去的人。

她不悔当年在落华宫中对那个黑衣黑发的男子一见钟情，不悔在金华宫中点这个狂傲霸气的男子为驸马，也不悔这十年夫妻生活，数载寂寞。

昔泽八年八月二十五日戌时，一代雄主神武帝崩于南州行宫。

番外七　碧桃花下感流年——久容篇

桃花浅深处，似匀深浅妆。
春风助肠断，吹落白衣裳。[1]

丰息悠然念着，望着前方桃花树下正在捡落花玩耍的白衣男童，脸上浮起温柔的浅笑："世间之花，千妍百媚，但论到'娇俏'二字，独有桃花堪当。"他说完，侧首看向身旁的风夕，却见她神思恍惚，怔怔地看着前方的桃花树出神。

"怎么啦？"他揽过爱妻，拉回她的神思。

风夕回首，望向他的目光依然有些愣怔："没什么，只是忽然想起了故人。"

"哦？"丰息挑眉，"想起了哪位？"哪位都好，就别是玉无缘。

"久容。"风夕声如呓语般说完，转过头，怅然地望向桃花树下。

丰息一顿，看着她默然无语。这会儿他倒宁肯她想起的是玉无缘，也不愿她想起修久容。

远处的山坡上，青草如茵，粉桃如霞。

七岁的男童坐在树下拾捡落花，将其堆成花堆，风拂过，桃瓣缤纷，吹落在他白色的衣上，吹落在他墨色的鬓间，他拈花在手，展眉一笑，面容清俊，如画如诗。

"当年我初见他时，他也这般大小，这般模样。"风夕看着树下的男童恍惚一笑，目光半是温柔，半是追忆。

景炎十年，春。

青州王都郊外，数株野桃，粉桃开遍，满树芳华，平添春色。

1　引自元稹《桃花》。

穿着麻衣的男童蜷卧在树下睡着了，身旁放着竹篓，篓中堆着些许草药。

远处，身着白衣的女孩随意地哼唱着小曲，轻快地走在小路上。她显然发现了桃花树下的男童，于是蹦跳着跑过来，看清了树下的男童，顿时满目惊异之色。

粉霞似的桃花树下，酣睡的男童眉目如画，肌肤胜雪，漂亮得像一尊通透无瑕的琉璃娃娃。

女孩蹲在树下，目光灼灼地看着男童，越看越喜欢，越喜欢越舍不得移开目光，看着看着觉得腿有些累了，于是坐下继续看，坐了会儿又躺下看，躺了会儿也有些困了，便挨着男童也睡了。

金色的阳光洒落，粉色的桃瓣在春风里飘飞，树下两人沐着暖阳，披着桃花，酣梦正甜。

也不知过了多久，男童醒了，迷蒙地睁开眼睛，眼前却多出了一颗脑袋。他有些发蒙，难道是在做梦？于是他转过脑袋，上方依旧是他睡前见着的桃树，四周依旧是睡前熟悉的山坡，那么……他没有做梦。

如此一想，男童也就清醒了，转回头看着多出的那颗脑袋——雪白粉嫩的一张小脸，纤长乌黑的眉，高翘挺直的鼻，如桃花般的唇，显然是个美丽的女孩。

男童呆呆地看了半晌，才想要起身，可一动就觉得腰间沉重，却是女孩抱紧了他的腰。

男童看着女孩香甜的睡颜，想了想，舍不得叫醒她，于是悄悄伸手想拉开女孩的手，可手才碰到女孩，女孩却蓦然睁开了眼睛，眼神犀利，完全不似孩童。

男童看着那双眼睛，一瞬间有些呆怔，这么清澈明亮的眼睛，让他想起书上的一个词：亮若星辰。

女孩看到他的一瞬间，收敛了眼中犀利的光芒，脸上绽出甜美的微笑："你醒了啊。"

男童点头。

女孩看着他呆愣愣的样子，配着他秀美无伦的脸蛋、琉璃珠般干净的眼睛，只觉得他可爱极了，忍不住倾过头，在男童的脸上响亮地亲了一下："你真好看，做我的弟弟吧。"

男童的脸瞬间便红了起来，他张开嘴，却一个字都吐不出来。

女孩看着他的模样，越看越爱："粉嫩嫩的，真像只桃子，让我咬一口。"她说完，便扑过去在男童白里透红的脸蛋上轻轻咬了一口。

这一下男童不只是脸红了，脖子也红了，连耳尖上都滴血似的通红，不像粉桃子，而像熟透了的水蜜桃。

女孩看着，哪里忍得住？她又扑过去在他的脸颊上重重地亲了一口："你跟我回家吧，做我的弟弟吧。"说完她又在他的另一边脸颊上亲了一口，笑眯眯地看着他。

男童傻呆呆地张着口，茫然又惊愕地看着女孩。

"哈哈哈哈……真可爱。"女孩站起身，牵着男童的手将他也拉起来。

男童起身后，依旧有些不知所措。

女孩拈起他鬓发上的一朵桃花，道："我家里女人很多，男人却少，只有父亲和哥哥，我看着你就喜欢，你做我的弟弟好不好？"

男童这会儿虽然脸上的红云还没退尽，脑袋却清醒了，听了这话摇摇头，然后弯腰背起地上的竹篓，转身便快步离去。他不知道要如何应对这个女孩。

女孩大失所望，难道是自己吓着他了？眼见他离去，想这么可爱合意的人却难得碰到了，她甚是不舍，于是跟在男童的身后："你不要走啊，再想想啊，我做你的姐姐后，会照顾你的。你这篓子里的东西是草药吗？那以后我跟你一块儿去采药好不好？你看我可以帮你采药啊，做我的弟弟吧？"

一路上男童背着竹篓在前一声不吭地走着，女孩跟在后边，絮絮叨叨，左右不离"做我的弟弟吧"，直到男童走到山坡下的村落里的一处小院前，女孩才收声。

篱笆围着的小院前，男童转身，看着跟在身后的女孩，动了动嘴唇，好一会儿才终于说话了："我回家了，你回去吧。"声音细细的，却非常清脆动听。

跟了这一路，这是男童第一次开口，女孩顿时满脸喜色："原来你会说话啊，不但人好看，声音也好听啊！"

男童脸上又爬上了红云。

女孩看着男童的模样，一边感叹着真是漂亮啊，一边又道："你怎么这么容易便红脸呢？你是男孩还是女孩？你要是女孩，给我当妹妹也行。"

男童脸上的红云又重了几分，他看了女孩一眼，低下头，没有恼怒，倒似是为自己生得像个女孩而有些羞愧。

女孩惊叹地看着，世上竟然有这样的男孩，太可爱了。

"我叫风夕，你叫什么名字？"

男童沉默了片刻，才蚊子音似的答道："我叫久容。"

"嗯，我记下了。"女孩郑重地点头，"今天我先回去了，明天再来找你。"

风夕第二天果然又来了。

第三天她也来了。

第四天她又来了。

…………

她天天来找久容。久容去河边洗衣时，她跟着；久容去地里摘菜时，她跟着；久容去山上采药时，她跟着；久容去买油盐柴米时，她跟着……她总有许多许多的话说，说她的哥哥很聪明能干；说她家里父亲的女人太多，见一次就累去半条命；说她来的路上碰到了英姿飒爽的江湖客；说她买了栗子鸡，留了一半分他吃；说她总有一天要去外面，看看地有多广，天有多高……最后总少不了一句"做我的弟弟吧"。

久容不大说话，总是未语脸先红，秀气羞涩的模样比女孩更甚，每每风夕看得就忍不住想去咬一口，很想拐他带回家去。有时候她自己也很费解，以她的身份，平日漂亮的孩子，无论男女她不知见过多少，可就是这个爱脸红的男孩，她看着就格外喜欢，格外亲近。

当然，她也不可能真的日日都来，只能是得空，并且父亲看得不紧的时候才能出来，有时候能连着几日来，有时候隔着半月、一月，更久的大半年也不见得能出来一趟，但无论隔多久，她从来没有忘记过这座小院里住着的男孩。

日升月落，花开花谢，流光倏忽间便转过了三载。

又是一个桃开如霞的日子，风夕再一次站在小院前。

这三年里，久容长高了许多，面貌秀美，不再像粉嫩的桃子，而像一株纤瘦的芝兰。

她来向他道别，在她不懈的努力以及写月哥哥的劝说下，父亲终于答应了让她出门游历。明天她将离开王都，独自去外面那广阔的天地闯荡。

久容得知她要远行，进了屋里，一会儿出来，手中多了一个小包裹，道是父亲配制的一些药丸，让她带上防身。

风夕接过包裹，道了谢，挥挥手走了。

一年后，风夕回来了，再去看久容时，发现久容又长高了，已换下麻衣，穿上了天青色的布袍，如一株挺秀的芝兰立在篱笆前。

两人久别重逢，自然是十分欢喜，连着数日风夕都来找久容，与他说着外面天地的那些人和事，天真烂漫，神采飞扬。

第七天，久容请风夕去家中坐坐。

风夕闻言满脸惊异之色。她与久容相识数年，来找久容的次数更是不计其数，但从没踏入过篱笆院内一步，久容也从未邀请她入内一次。自然，她也从周围的邻里那儿听说过，久容姓修，母亲三年前亡故，父亲是大夫，医术很好，但为人孤僻，不大与人交往，除了替人看病外，等闲不会出门。

在风夕愣怔时，久容以为她不愿意，微红着脸道："爹爹说想见见我的朋友。"

"好呀！"风夕哪会不同意，自是欣然点头，随着久容进了修家。

看到修父的第一眼时，她颇为惊讶。

修父非常年轻，二十五六岁的样子，面貌非常俊美，只是身体消瘦，面色苍白，隐有病态，这令她想到写月哥哥，顿时便对修父生了好感。

而修父看到风夕，眼中亦生出讶色。

他的儿子内向羞涩，父子俩在家有时一天也说不上几句话，可他多次听到儿子提起一位爱笑爱说、爱玩爱跳的小姑娘。儿子提起她时很开心，他听得多了自然也生了好奇之心。虽然儿子如今年纪还小，但他家特殊，娶妻都是要寻访许多年，只挑那心地洁净、心思简单的，所以他才想着见一见人，看其品性如何，也好决定是接纳这位姑娘，还是让儿子以后断绝与小姑娘的来往。

"小姑娘姓什么？"这是修父的第一句话，很突兀，甚至有些失礼。

风夕挑眉，没在意："姓风。"

听到这个姓，修父心头一跳，看着风夕的眼神便有些奇异。天下间姓风的人很多，在青州王都姓风的人却不多，最有名的也就那一家。

"姓风？"他喃喃地重复，神色越发奇异。

"姓风。"风夕大方地点头。

修父没有说话，而是去拉风夕的手。

风夕自小习武，几乎在修父伸手靠近的瞬间便要避开，只是看到一旁的久容，心中一动，便任由修父拉住了她的手。几乎在指尖相触的瞬间，她便觉得手腕上微微一疼，垂目看去，却见修父的指甲在她的腕间划出了一道细细的血痕。

风夕这回皱眉了，不解地看向修父。

修父却没有看她，而是对久容道："你带小姑娘去擦点儿药。"

单纯的久容只当父亲不小心，忙领了风夕去隔壁房间。

风夕满腹疑惑地跟了去。

他们离去后，修父抬手舔了舔指尖的血染，霎时脸色一变："原来……竟然真的是！"

他望着指尖上的血迹怔怔地出神，直到久容与风夕回来，才抬头看去，看着风夕的眼神似喜似悲："你想要我的儿子当你的弟弟？"

风夕想大约是久容和他提过，于是点头，笑道："是啊，我喜欢久容，想要他当我的弟弟。"

"好。"修父应承，"你们以后就是姐弟了。"

这话一出，风夕与久容俱一怔，虽则心中有些奇怪，却都欢喜起来。

"叔叔放心，我会像亲姐姐一样爱护久容。"她笑得开怀。

"我……其实我也能保护你。"他红着脸小声地道。

那时候，他们是那样承诺的。

二月春归风雨天，碧桃花下感流年。

残红尚有三千树，不及初开一朵鲜。[1]

风夕喃喃地吟道，立在桃花树下，仰头看着风中纷纷飘落的桃花，恍惚又看见那个沐在桃花雨中，漂亮得不可思议的琉璃娃娃。

"娘，你为什么这么喜欢桃花？爹爹最喜欢的可是兰花。"白衣男童问她。

风夕低头看着儿子，没有回答他的问题，而是道："儿子，今日为你起名容，字容风。"

白衣男童眨了眨眼睛："那我以后不叫丰风（风丰）了？"他爹娘为着他到底姓丰还是风可是争了好多年，弄到现在他都没有名字，爹娘总是丰风、风丰地叫着他。

风夕依旧没有答儿子的问题，只是拈一朵桃花在手上："丰容，桃花很美，但第一次看到的桃花最美。"这些年，她看过的桃花很多，这一生她还将看到更多的桃花，但看过的最美的桃花，是当年落在久容鬓间的那朵，是久容当年卧睡的那株。

---

1 引自袁牧《题桃树》。

“残红尚有三千树，不及初开一朵鲜。”丰息优美的声音传来，“丰容，这便是你娘喜欢桃花的理由。”

风夕回首，望向缓缓踱步而来的丰息。

漫天芳华里，两人相视一笑。

落英山的悲歌终于消逝，从此后他们自当是携手淡看“满树和娇烂漫红，万枝丹彩灼春融[1]”。

1　引自吴融《桃花》。